清詩話全編

順治期一

張寅彭 編纂
楊君 點校

國家出版基金項目
NATIONAL PUBLICATION FOUNDATION

上海古籍出版社

圖書在版編目(CIP)數據

清詩話全編・順治康熙雍正期 / 張寅彭編纂;楊君點校. —上海: 上海古籍出版社, 2018.11
ISBN 978-7-5325-8755-1

Ⅰ.①清… Ⅱ.①張… ②楊… Ⅲ.①詩話—中國—清代 Ⅳ.①I207.22

中國版本圖書館 CIP 數據核字(2018)第 037599 號

清詩話全編・順治康熙雍正期
(全十册)
張寅彭 編纂
楊 君 點校
上海古籍出版社出版發行
(上海瑞金二路 272 號 郵政編碼 200020)
(1) 網址: www.guji.com.cn
(2) E-mail: guji1@guji.com.cn
(3) 易文網網址: www.ewen.co
安徽新華印刷股份有限公司印刷
開本 850×1168 1/32 印張 198.125 插頁 51 字數 5,500,000
2018 年 11 月第 1 版 2018 年 11 月第 1 次印刷
印數: 1—1,100
ISBN 978-7-5325-8755-1
I・3255 定價: 1580.00 元

國家出版基金資助項目
二〇一二年國家社科基金重大項目（編號 12&ZD160）

封面題簽　集翁方綱字
執行編輯　劉　賽
責任編輯　（以姓氏筆畫爲序）
占旭東　史良昭　戎　默　杜東嫣　祝伊湄　馬　顥　黄亞卓
常德榮　章　行　劉　賽
校對人員　楊思華　梁　勤　王怡瑋　王舒平　等
美術編輯　嚴克勤
技術編輯　耿瑩禕　隗婷婷

清詩話全編總目

全編序

清代詩學文獻的整理，民國初即有丁福保首輯《清詩話》，此後郭紹虞等多人迭有續輯，相繼選編了《清詩話續編》、《三編》及《訪佚初編》等，學術遺澤甚厚。今《清詩話全編》受此學澤，又得國家之力相助，寅彭遂敢承乏，以六十之年，與一班同道，賈餘勇完成此一極大之書。至於以「詩話」爲題，而盡收詩評、詩法、摘句圖、本事詩、論詩詩、點將録等各體勒爲成書之作，非僅詩話一體之專輯，此乃從何文煥《歷代詩話》以來之老例，以方便叢書之命名，固非用其體例之本義也。

有清一代文化繁盛，乾嘉學術臻于傳統學術的高峰，詩學自是其中的一部分。又由於時間距今最近，保留較歷代爲完整。據各家書目著録，幾達一千數百種之多，雖不無亡佚或有目無書，但數量仍極可觀。今《全編》遍訪海内外藏書單位，所獲將近千種，亦庶幾可謂備矣。全書編輯兼採傳統之「編年」與「分類」兩法，相輔而行：先以分類劃出内、外兩大編，内編置自撰之著，外編置彙輯之著。而内編採編年法，以順遂十帝三百年間詩學生成發展之自然之勢；外編下復分「斷代」、「地域」、「詩法」三類，俾其體例與題旨之繁複多樣稍得各愜其當。其詳可參凡例，此處不贅。

清代詩學留存下如此鉅量的文獻材料，這爲今人解讀清人之詩觀、詩法、詩情乃至詩生活，提供了在它之前任何一個朝代的詩學之於當代都未曾有過的充裕條件（應與同樣鉅量的詩人詩集合觀）。

我們可以具體地讀到，詩觀、詩法是如何集歷代之大成而又推陳出新的，詩情是如何四处溢出而導向平民化的，尤其社會日常生活是如何普泛地詩化的。總之，在經歷了唐宋詩的輝煌及元明詩的學唐後，清人在詩學方面繼續前行的同時，更在生活方面日常地踐行着「詩言志」、「不學詩無以言」、「詩可以興觀群怨」的聖人古訓。而其前所未有的具體可感的程度，最是令人感覺新鮮。無庸諱言，此種體認效果也是閱讀上述幾種局部選輯性質的清詩話叢書難以達成的。

清代詩學的學術屬性，余嘗援《四庫全書總目》集部詩文評類小序「五例」之概括，進而約爲詩評、詩法、詩話三大體例，及各從其體例的三種屬性，以爲非藉此不能從容把握其總量之鉅，不能認清其體例繁複背後之實質。

如清人詩評、詩觀集成與創新的情形，二十世紀以來學界已有比較充分的研究，歸結爲所謂「神韵」、「格調」、「性靈」、「肌理」四大說。當然現在統觀全部材料之後，還可以補充更多的内容。例如康熙時吴喬倡言、趙執信弘揚的「詩中有人」說，中經乾、嘉時發展爲「詩中有我」說，迄於道光初落實於潘德輿的「質實」說，實是足與四說的「文飾」性質平行分立的另一條詩學的主流脈絡。故余嘗謂潘德輿「質實」說乃是清人詩觀的第五說，其義切「今」，匡扶本朝詩風之功，不在四說下也。而即就四說本身言，也有了較之二十世紀學界更進一步的認識。如「格調」說旨在承舊，「性靈」說易發寫詩之興，前者温厚無偏頗，宜作初學之教科書，後者則在當年鼓蕩起一場盛大的詩潮，兩說之長皆不在詩理之新創也。惟王漁洋之「神韵」說與翁覃溪之「肌理」說，最具論學之質，王說立足五言而盡出其妙緒，翁說時所遺存最小之一部，欲藉此殘餘斷片，以窺測其全部結構，必須備藝術家欣賞古代繪畫雕刻之眼光及精神，然後古人立説之用意與對象，始可以真瞭解。所謂真瞭解者，必神遊冥想，與立説之古人，處於同一境界，而對於其持論所以不得不如是之苦心孤詣，表一種之同情，始能批評其學説之是非得失，而無隔閡膚廓之論。否則數千年前之陳言舊説，與今日之情勢迥殊，何一不可以可笑可怪目之乎？（《金明館叢稿二編·馮友蘭中國哲學史上册審查報告》）

陳先生此言寫於民國二十年，針對一部學術著作，自是一個學術的立場。但是否也是對於剛過去的「五四」運動中的反孔之舉，作出的一個極早、極敏鋭的反思呢？

在走完了敌視祖宗文化的幾乎整個二十世紀之後，刻下回味陳先生此言，才驀然驚覺其言之善。二十一世紀中華文化的復興之業，不得不需要從接續上世紀被鑿出的文化斷層開始，不得不需要從頭再培養起此種「瞭解之同情」的正常心態。余與同仁此番編輯《清詩話全編》，不避瑣屑而務求其「全」，即秉持此種同情之心態，欲爲古人續命也。蓋清後之百年，或罪其以少數族入主中土，或罪其挫於中、西交涉之際，更有罪其爲「封建專制」而全盤抹煞者，影響流傳所及，已全然不知康、乾盛世之得中華文化之正，即連詩話也幾成絶學了。在此謹冀望《全編》的出版，能够促進清詩的整理、閱讀、研究之業，推動評定其作爲繼唐詩、宋詩之後第三個高峰（汪辟疆語）的歷史位置。詩與文，本是最能代表中華文化的權威兩體，其中如唐詩的價值，乃是在宋人手上評定的；宋詩的價值，更在歷經元、明兩代，在清人手上才得以評定，其獲定評都費去了數百年的漫長時間。如此則清詩距今尚不算遥遠，又有汪辟疆、錢仲聯、錢鍾書等前輩學者開導在先，正是今後大可用武之地，吾儕豈能不努力乎。

這一套大叢書的編輯，余雖忝列首席，實賴同道團隊之合作：內編順治、康熙、雍正三期之點校由楊君担任，乾隆期由劉奕担任，嘉慶期由姚蓉担任，道光期由朱洪舉、張宇超担任，咸豐、同治期由鄭幸担任，光緒、宣統期由王培軍担任；外編斷代類由鄖國平担任，地域類由蔡錦芳担任，詩法類由嚴明担任。此外如李德强、李清華、竇瑞敏等同學，亦曾先後參與其間。付梓階段，又與上海古籍出版社奚彤雲、劉賽等往復切磋，郭時羽亦參與了前期的工作，書名題簽由虞桑玲集翁方綱字而成。數年中我們同聚於清人詩話之字裏行間，甘苦與共，炎涼同嘗，有得於學術之餘，亦可謂不負歲月人生也。

張寅彭識於丁酉臘月

全編凡例

一、清人説詩風氣繁盛，各家書目、各級地志著録的詩評、詩法、詩話類著作，不下一千數百種，惟有目無書及散佚者不在少數。今借國家之力，得以遍訪海内外藏書單位，所收亦有近千種之鉅，雖仍不免掛漏，亦可云備矣。

一、「詩話」本是傳統詩學諸種體例中的一種，其他尚有詩評、詩格詩式、摘句圖、論詩詩、選本等，至清人又新創一「點將録」體，不一而足。然明清人編叢書，好泛用「詩話」之名，以概其餘，後遂相沿成習。清人詩學叢書，前即已用此名，輯有《清詩話》、《續編》、《三編》等。今《全編》亦從此例，而非用「詩話」之本義也。

一、所收各書，自以成於有清一代爲限。人入清而其書成於前明者，如錢謙益《讀杜小箋》有崇禎六年序，盧世㴶《讀杜私言》、馮舒《詩紀匡謬》有崇禎間刊本，方以智《通雅説詩》末有崇禎壬午之署年，張次仲《瀾堂夕話》，《昭代叢書》本楊復吉跋謂乃其少作，皆未入清，則錢、盧、馮、方、張人雖入清，而書仍不收。又清人入民國者，其作於民國之詩話，自亦不宜闌入，以清兩朝之時限。

一、全書編輯兼採「編年」與「分類」兩法。首據「自撰」與「彙輯」之不同，分爲内編、外編兩大類。内編自撰之著，按順治、康熙、雍正、乾隆、嘉慶、道光、咸豐、同治、光緒、宣統十朝之時序排列，俾三百年之進程得以次第呈現之。外編彙輯之著，則按題旨内容分爲斷代、地域與詩法三類，其下又各分小類若干，較内編多一層次。此是全書之體例框架也。

一、内編各期按十帝次第劃分命名，稱「期」不稱「朝」者，以所輯非史著也。各期内之排列，略按成書之先後，如毛先舒《詩辯坻》成書於順治九年，即列於順治初；葉之溶《小石林文外》有乾隆元年張雲錦序，林昌彝《射鷹樓詩話》有咸豐元年家刻本及温訓序，即據以分别列爲乾隆、咸豐朝之首。又如阮元《定香亭筆談》成於嘉慶三年戊午，轉較趙翼《甌北詩話》之成於嘉慶九年前後爲早，則阮元歲齒雖較趙翼晚三十餘年，其書仍得置趙書前。如此排列，可復當年諸書次第面世、讀者先後接閲之實情，亦即叢書以「書」爲第一輯旨之謂也。

一、成書、刊刻年份無考者，則據撰者生卒年、科第先後等酌定。如宋顧樂壽短，逝於雍正元年，其《夢曉樓隨筆記》未明寫作時間，即置为康熙朝殿軍。馬魯，乾隆二十五年舉人，其《南苑一知集》有論詩二卷，未知作於何年，即按其科名年份置於乾隆二三十年間。成書於同一年者，亦據撰者生平先後排列。一無可據者，則列於相應各期乃至全書之末。

一、一人有一種以上著作者，按最早之一種排列，其餘接排於其下，不復按時序，俾便睹其著述之全。如周春（一七二九—一八一五）享壽長，其《杜詩雙聲疊韵譜括略》作於乾隆二十年至四十六年，《耄餘詩話》作於八十一歲之嘉慶十四年，即據前一種置於乾隆期，不復分置兩期。然若或自撰或彙輯，則不能不分隸内、外編矣。仍以周春爲例，其《遼詩話》一種屬彙輯而非自撰，即另入外編之「斷代類」。他皆倣此。

一、彙輯之著偶有内容不盡合於上述外編三大類者，如徐釚輯《本事詩》屬徵事性質，張宗柟輯《帶經堂詩話》屬專家性質，石林鳳輯《閨閣詩話》屬閨秀性質等，其數量尚不足以别成一類。又有王毓芝《詩剩》、張道《蘇亭詩話》、鍾秀《陶靖節紀事詩品》之類，半屬彙輯半屬自撰。凡此皆不再另立類目，以避枝蔓，而改入内編相應各期，非自亂體例也。

一、清人説詩好操選政，遂與别集、總集無分。如徐增《説唐詩》、吴喬《西崑發微》等，《四庫全書總目》概不入詩（文）評類。本叢書亦略倣此，如吴瞻泰《杜詩提要》、屈復《唐詩成法》、吴淇《六朝選詩定論》等，雖各有主旨，今皆視同選本，不予收録。惟此類著述之可單獨抽離部分，如徐增《説唐詩》卷首之《與同學論詩》一卷，李懷民《重訂中晚唐詩主客圖》卷首之《圖説》一卷等，前者即曾被張潮改題《而庵詩話》，收入其《昭代叢書》，則後者亦不妨抽出，收入《全編》。又如紀昀《玉溪生詩説》既選一百六十餘首，儼然義山詩選本，却又爲不選之三百六十餘首逐一説明理由，則又破從來選本之例矣，亦不容不收入。故此種界劃需要隨書逐一審慎甄别，非可一概而論。

一、説《三百篇》者例屬經部，自在不收之列。偶有稍近詩話旨趣者，如王夫之《詩譯》、勞孝輿《春秋詩話》等，前人已收入詩話叢書，今亦酌予採録。

一、版本必據最善者。其「善」有二義，即最接近於原貌者與最全者。前者如王士禛《詩問》取康熙刻本，方薰《山静居詩話》取管庭芬《花近樓叢書》本；後者如蘇一圻《詩法問津》取乾隆壬午静遠堂刻本，嚴首昇《瀨園集》「三十四年十五刻」，《詩話》三續之，即取其最終所續之全本。惟每種擇一本收入，不作彙校之工作。

一、一種之稿本、鈔本、刻本並存，亦就其善者擇一本收入，如《皃亭詩話》、《梧門詩話》取定稿本捨鈔本，《養一齋詩話》取刻本捨稿本等，亦不作彙校之工作。然若刻本與稿本差異較大而各著影響，則一併收入。如吴喬之《逃禪詩話》、《與萬季野書》與《圍爐詩話》三種併收，田雯之《山薑詩話》與《古歡堂雜著詩話》兩種併收等。此亦庶幾「全」之謂也。又有原刻本與改訂本形成差異，其異稍大者亦併録，如《西河詩話》之八卷本與一卷本等；改訂轉不如原撰者，則取一捨一，不併録，如順治間葉弘勳《詩法初津》與乾隆間錢思敏《增訂詩法》，錢氏雖云增訂，實僅減損而已，故不復收録。而併録與否，又嚴於乾隆以後，乾隆以前則稍寬。

一、清人詩話稿本、鈔本保存至今者甚夥，自當一一辨析整理而寶重之。然亦頗有率爾抄撮、不成著述者。如上海圖書館藏佚名鈔本《詩話》一卷，乃摘抄袁枚《隨園詩話》若干則而成；南京圖書館藏鈔本《槐堂詩話》一卷，乃摘抄宋長白《柳亭詩話》若干則；復旦大學圖書館藏《涵暉書屋詩話》一卷，乃摘抄《堅瓠志》若干則。諸如此類，略無價值，一般皆予删汰，以免蕪雜。其抄撮成帙、稍有輯旨者，如方起英《古今詩麈》等，則酌予收録。凡條删者擬倣《四庫總目》「存目」之例，容於稍後之《清詩話總目》中著録之。存其目而不録其文，或爲兩宜。此則非《全編》之不「全」也。

一、整理以存舊爲上。書名、序跋題辭、撰人署名款式、卷次、分則等，皆從原版式；引詩、引文文字與今傳本有異者，一般不予校改。蓋求整理本之忠實程度，達於「下影印一等」之水準。其他如古今字、異體字、避諱字等酌情改爲通行字，俗字歸雅，闕字用□標識；少數顯誤之字，或逕改，或據别本及相關文獻校改，並出簡明校記。

一、叢書名「清詩話全編」五字，乃集翁方綱法書。翁先生一代書法大家，又兼詩學大家，足膺此任。

一、各種前弁以提要，略述撰者生平、版本異同、成書始末等。撰人入《清史稿》者則予標明，以示身份。版本述其刊刻流傳有關者，不復一一羅列，以與書目相區别。每種又務求闡明其詩學旨趣及體例特徵，疏通其與前後上下各家之相互發明者，此乃提要之「要」義所在，故雖限於學識，而不能不著力於此也。文字用淺近文言，半文不白，期以銜接古今。此在白話通行百年後之古籍整理場域，勢或不得不然：純用文言不通於今，純用白話不通於古，不古不今，豈稍得「中」之謂乎。

順治康熙雍正期目次

第一册

順治期

第二冊

第三冊

第四册

第五册

第六册

第七册

第十冊

康熙期

雍正期

第一册目次

順治期

杜少陵秋興八首偶論

杜少陵秋興八首偶論提要

《杜少陵秋興八首偶論》一卷，據道光八年刊《賈静子先生集》本點校。撰者賈開宗（一五九五—一六六一），字静子，號遡園、野鹿居士。河南商丘人。明諸生，曾入軍幕參與抗清事。明亡歸里，著述以終。有《遡園集》。賈氏少有才名、狂名，與侯方域等爲友，晚年則歸於儒。論詩極尊杜，其詩集一卷，亦自謂只存法杜調者。此篇專論杜之《秋興八首》，洋洋灑灑，説至二萬四千餘言，篇幅大過歷來杜集中之説此詩者。其較歷來之論不同者，在視老杜此篇可抵諸葛武侯隆中「預籌三分之業」，乃在「瞿塘孤舟之中」發其「重整唐家乾坤」之大志，而此人實乃「開元來未經嘗試之國手」也。故解八首之旨，有無上深意在。前七首依次爲「本是契、稷之徒」，「應過大聘、充過言路」，「也曾抗言而疏時事」，「如見大用必引經正名爲先」，「朝廷正而百官莫不正」，「必先格君心之非」，「急務則用兵削平海内，乃孔子得政而首隳三都之作用」云云，詩旨出處之正大，幾如《毛序》之嫡傳，即何絜序「大有合於卜氏」之謂，固不得以强解非之也。其具體之論亦復如此，如解第五首「識聖顔」、「青瑣點朝班」俱爲玄宗極盛之時，與各家分屬玄宗、肅宗兩朝或竟屬肅宗一朝者不同，似更合整首憶頌老皇英主之旨，而益見杜之志高情摯也。其解幾於每字皆能發抉旨意，復串通照應前後上下各句、各首，辯才不輸同時之金聖歎，而較金之説杜細密。據此本賈氏後人慧心序，《遡園集》二十卷失落已久，道光初始聚攏零本重刊之。惟《偶論》亦非無引用者，如吴瞻泰《杜詩提要》「昔人謂《秋興八首》其題原於盧子諒，其氣取之劉太尉，其文詞縱横，一絲不亂，法本於左太冲」云云，「昔人」即指賈氏也。而錢注所謂「章雖有八，重重鈎攝，有無量樓閣門在，今人都理會不到」，則似未見此書。篇中之評語當出自何絜之手，蓋《文集》署「何雍南、程千一兩先生選評」，而評語即各署何、程等名；《偶論》僅有何絜一序，則評語不另署名者，當即一人之故也。篇中又有答其子發秀問者；篇末附發秀解杜《登兖州城樓》一首，謂杜「以伯魚自處，而孔子其父者也」，宗旨思路，幾與其父《偶論》同一機杼。

序

古詩三千，孔子删之，存三百篇，約已，何更約其要於《駉》篇一言？豈非以讀《詩》者當知其全，尤當知其要哉？卜子夏，深於《詩》教者也，論「素絢」，通其説於禮，孔子許其「可與言詩」，非知其全，更知其要者耶！中州賈静子先生，博通經史及天官、地誌、律吕諸書，尤深於詩。今讀其所著《秋興偶論》，而知先生之深於詩，大有合於卜氏也。卜氏論「素絢」，偶也；論「素絢」，通其説於禮，非偶也，故孔子許其「可與言詩」。少陵因秋而興而有是八律也，亦偶也。少陵偶而興焉，先生偶而論焉，夫是偶也，非偶也。少陵生平遞歷盛衰，感愴無盡，總于是《秋興》八律寓之。先生之論是八律也，能以一律論八律，能以八律論一律，又能以八律兼論少陵之全，以少陵之全合論是八律，是能知其全者也，知其全更知其要者也。且通其説於諸書，凡其所以論是八律者，又能取之經史及天官、地誌、律吕諸書，以釋其義而達乎其辭，更斐然而成文章。名之爲「偶論」，偶耶？非偶耶？讀其論，當必有能知之者矣。

康熙己酉孟夏南徐何絜雍南氏譔。

序

静子公諱開宗，著《遡園集》二十卷，板之失落已久。心父尋板不得其板，尋書不得其書，寤寐之間，難免其憂慮也。乙酉冬，心父仕於柘，在王畏齋先生處得《秋興偶論八首》詩集一卷、《遡園語商》一卷，命心鈔出。丙戌春，心回郡應試，心盟兄葉榮之先生在《永城縣志》鈔得《李孝子傳》一篇、《太丘題陳仲弓祠》詩一首，又在《詩正初集》鈔得《海舶失柁歌》一篇、《詩説》一篇、《聞官軍收曹南》詩一首。又戊子夏，在九世姪孫永昇家得文集四卷。觀文集中侯朝宗先生與公之傳，言公少遊京洛，集所聞見，述《帝都》、《君德》、《相術》三篇；走泰岱，觀日出處，述《山靈》、《地勢》二篇；已買舟金陵，泛吴越歸，而星象、占緯、兵食、圖籍各有論説。心一無所見。心父謹將所有者重刊，所未有者，以俟親友處尋出續刻。

道光八年歲次戊子中秋下浣，來孫慧心敬叙於朱襄署内。後學喬誦芬頓首填諱。

杜少陵秋興八首偶論

睢陽賈開宗靜子甫論　男發秀啓夕甫述

秋興八首

唐拾遺杜少陵《秋興》本諸晉中郎盧諶《時興》詩，而以「秋」字易原題「時」字者，兼取楚大夫宋玉悲秋之義也。古人詩文遞相祖述，决不苟作。學者須細細尋其源流。凡古人標物指事，有總有專。「時」與「秋」俱節序之名，「時」者，總紀一年；「秋」者，專表一時。盧值晉板蕩之餘，慨然有匡輔之志，故其詩本亦傷秋，而總目以時者，慚日月之云邁，冉冉老至，而桓文事業，終無可階之資，以建立于世也。少陵此詩，雖當唐室再造之後，生民猶未離湯火，其專目以「秋」者，傷天地閉塞之久，否極而泰，剥盡而復，堯舜君民之志，或可冀其展布耳。此詩既易「時」爲「秋」，于原題「興」字則仍舊者。「興」者，興也，緣感而起也。故《詩》有六義，而興括比、賦及風、雅、頌之全。在盧不過感時而作，此詩八首，則六義咸備。至其篇末以「白首吟望」作結，則又取本集「老去詩篇渾漫興」之義焉。若其章之有八，或謂應八風、八音，或謂應唐律八句，非也。夫人立言期于盡意，意至則行，意盡則止。八首自是出于偶然，不必曲爲之説也。○客有問于遡園子曰：「悲秋昉于宋玉，玉復何昉？」曰：「昉于其師屈平作《離騷》，雖平分四時，而秋意居多。其源總出于六經：

《春秋》洽天人，而首以秋七月垂訓；《詩・邠》居《風》末，實開二《南》之先，其名篇則用流火之七月；《書》紀成功，首載帝舜之歌，而賡歌者秋官皋陶，遂爲萬古詩人之冠冕；《易》先、後天俱叙乾爲首，乾、兑者秋金之卦也；又《洪範》五事，聲以屬秋，散文主言，韵語兼聲，故詩具有秋之德也。此少陵之所謂『遞相祖述復先誰』也。」○又問：「從來作詩，皆發目前之一刻耳，此詩備寫一秋者何？」曰：「古者三月無君則皇皇如也，一秋凡三月。」○又問：「先生以少陵《秋興》出于盧諶《時興》，憑乎？」曰：「少陵之詩以《文選》爲宗，本集曰：『課兒續《文選》。』故《秋興八首》其題原于盧子諒，其氣取之劉太尉，其文詞縱横，幾于亂絲，而端緒井然，一忽不紊，法本于左太冲《詠史》八首。『熟精《文選》理』者當自知之。」論杜詩，首自《文選》説起，而卒歸之《三百篇》，千古絶識。

其一

玉露凋傷楓樹林，巫山巫峽氣蕭森。江間波浪兼天湧，塞上風雲接地陰。叢菊兩開他日淚，孤舟一繫故園心。寒衣處處催刀尺，白帝城高急暮砧。

先將眼前所歷秋景實寫一首，乃文章叙題之法。然不從初秋寫起，却劈自中間秋分寫起。秋分之前爲白露，秋分之後爲寒露，即第六首之「露冷」也。因其色而白之，生于見分；因其體而寒之，生于覺分。入解即深至。有淺深之别，故淺則取見，而深則取覺焉。此詩獨變文稱「玉露」者，玉之爲物，視之則白，察之則堅，能兼白、寒兩義。故《楚詞》平分四時，此詩平分一秋。自白露而泝之立秋之始爲一節，以楓樹紀之。楓望秋而零，明入秋之尚淺也。自秋分、寒露而數至霜降之末爲一節，以菊紀之。菊冒霜而華，明其涉秋之已深也。則是襟乎兩節之合，而據乎全秋之勢者，惟此玉露之能也。至于截去長夏，以表秋之初界，其能又屬楓樹。然必原本于玉露，以合徵其能，何也？四時奉天而行，其加于物也，必有所施之具；而物之受者，必有所效之跡。故日月風雷、雨雪霜露，皆其所施之具。然風雷雨雪，非有恒期，故《中庸》獨取「日月所照，霜露所隊」。「秋」字原本日月。是極。但日月者加物之所以然，無迹可尋，而霜露則固日月之應也。然霜露本一物耳，或解而爲露，或結而爲霜。當其解而爲露，值春夏之際，滋潤群生，無表時之功，故《月令》不取。至于霜降，則季秋之節氣，若用爲起，則遺却孟、仲二秋，非《春秋》首時之義。惟此「玉露」當一陰之後，三伏之餘，其色漸變，其質漸凝，便有凋物傷物之能。第世間草木之性善耐，故其黃落，必待露結爲霜之後。而楓樹獨脆弱，其葉易隕，其色易變而赤。世間一切物類，無顯切于楓樹者。故于楓林之凋傷驗玉露之效，于玉露之凋傷楓林驗秋氣之應。透極。故他處賦秋起手如見一葉之已落，乃取梧桐蚤凋之義，止足托一秋之始，而不足冒全秋之勢。此詩獨于天文取「玉露」，物類取「楓樹林」，暗以「凋傷」二字點破「秋」字，不惟其勢足冒乎一秋之全，而又可爲一秋之托始，故以七字爲首章之首句耳。第二句「巫山巫峽」急接「楓樹」，以表身所現歷之地，在全篇爲下文「望」與「聞」、「思」所憑之處。其所望之京華，所聞之長安，及所思之蓬萊宮闕、曲江、昆明池、渼陂，皆從此四字楔出。在此章則全首之柱。下「風雲」、「叢菊」，皆屬山邊；「波浪」、「孤舟」，皆屬峽裏；「氣」即宋玉「悲哉秋之爲氣」；「蕭森」從上「凋傷」二字來，「凋傷」以質言，「蕭森」以象言。「巫山巫峽」之物色，不止「楓樹林」，并兼下文「波浪」、「風雲」之物以爲勢。故勢分而爲物，則舉質而曰「凋傷」；物簇而成勢，則舉象而曰「蕭森」。「江間」二句緊接第二句寫景，「江間」指巫峽，巫峽長矣，其波浪無時不湧至，携此「蕭森」之秋氣，其湧遂至「兼天」；「塞上」指巫山，巫山高矣，其風雲無時不陰至，携此「蕭森」之秋氣，其陰遂至「接地」。此二句寫得慘澹之極，與後第六首「萬里風烟」句略同。此時雖未明點出「望京華」來，却有被此兼天之波浪、接地之風雲隔斷長安之意。「叢菊」二句寫情，今日之在「巫山巫峽」，非今日始也，來自去年之秋矣。悠悠忽忽，整過一年，瞥見叢菊再開，不覺兜底警心，客夔之久也。「他日淚」乃指去年到此初逢菊開之淚，則今日之淚，不問可知。若第云今日再逢之淚，則不顯他日之淚矣，何也？淚云「今日」，則繫于「兩開」而屬時；淚云「他日」，則繫于「叢菊」而屬物。蓋當深秋之後，不惟楓樹，即一切草木之類，無不凋傷殆盡，獨此黄菊吐葩，揚芬于宿莽之叢，無異被放之屈平，故見之而淚下耳。去秋初至巫峽，思歸念切，自謂舟不停纜耳。豈知去秋繫纜于此，直到今日，不曾一解。不惟不能還我故園，即此夔府之若遠若近，亦不曾轉那一步，無異繫不食之匏瓜。此故園之心，所以彌切耳。要知「故園」非爲田園之私，乃子牟之懸情魏闕也。蓋子美家本秦川，特借以點出「心」字，爲下文「望」、「思」二字張本。「思」者，心之所憶；「望」者，心之所注也。故淚下于有觸，如上句之見菊，或如下首之聞猿。而心之在故國，獨不關乎有所觸、無所觸也，故以「一繫」二字夾入「兩開」中間。「兩開」者，由今日之秋逆泝去年之秋，剗去中間冬、春、夏三時，而虚立兩歲之名；「一繫」者，自去年之秋順數今日之秋，連着中間冬、春、夏三時，而實歷一年之所。此一年之中，身羈異鄉。乃不曰「異鄉身」，而曰「故園心」者，蓋云「異鄉身」，則感在乎「孤舟」而屬物；云「故園心」，則感在乎「一繫」而屬時。與上句之義互相錯綜。本集云：「南菊再逢人卧病。」又云：「天地一孤舟。」取以證此，足知少陵屬對不板，有虚實、主客之分也。按：三、四寫景，極山峽之大觀；五、六寫情，引山峽之瑣物。夫大觀能移人之情，而瑣物足逗人之情。「江間」二句，如伯牙從師蹈海，白日淪晦，驚鳥悲鳴。精魂嗒然俱喪，心感何由而發。故人心所發之感，雖可括囊天地，而必自一絲爲之牽連而起。入想至微，而筆力之猛捷，足以透之，最能快讀者之意。園亭之菊，特植爲佳，至于叢生，分是幾株野卉，棄置于接地風雲之中，全然無人理論，見之那得不淚？江湖之舟，方涉爲利，至于孤泊，分是萬里浮梗，飄泊于兼天波浪之中，全然無人理論，當此何以爲心？故「叢菊」、「孤舟」，雖瑣瑣小物，寫得慘憯之極，却與「兼天」、「接地」之勢相敵。又三、四寫景，是橫寫現象；五、六寫情，是縱寫時光。「江間」二句，上而天，下而地，其蕭森之氣，無處不到矣。菊曰「兩開」，則前此已過之時光；舟曰「一繫」，則後此未來之時光。其蕭條之象，無時不然矣。然時光荏苒，雖成于頓，而實因于漸。故末二句又借「刀尺」之「催」、「暮砧」之「急」，以發明此義，見此時光前後俱難度，而最難度者，莫如此眼前之一刻，何也？以身所處者，非「故園」而「巫山巫峽」也。所以中四句以「山」、「峽」兩柱分承。至末二句，在常手定然「山」、「峽」雙結，此放開不用，却于巫山之麓、巫峽之岸，另推出一座白帝城來。夫巫山巫峽，天險也；白帝城，人險也。不然，「刀尺」、「暮砧」本屬人事，與「風」、「雲」、「楓」、「菊」之物色不同，將何所安頓之乎？夫「刀尺」之「催」，乃城中闤闠之事，作者身在舟中，何由見之？全在「白帝城高」一句收轉回來，極有力量。夫寒衣催刀尺，刀尺催砧，砧有傳聲遞響之能，携彼秋氣，踰高城而送入作者之耳。在作者藐爾一身，孤立乎兼天波浪、接地風雲之間，對此兩開之叢菊、一繫之孤舟，已自難堪，況重之以此急急之暮砧乎？夫刀尺催于天之寒，砧急于日之暮，總急于佳人之心。隨手拈來即妙。佳人之心在于憂夫，亦猶作者之心在于憂君。《孟子》曰：「是以如是其急。」借此「急」字，形容「秋」字之神髓，兼以截斷「秋」之末界。四時之氣，夏曰暑，冬曰寒，春曰韶，秋曰占。衣以寒稱，似侵入冬節一步，然寒衣需于冬而備于秋，故刀尺、砧聲之催、急，可表秋之末界，而秋之初界，却不侵夏一字者。此從來作詩之法，止據現前俄頃之用。故「玉露」云云，秋之初界已自斷得分明，全無拖泥帶水之痕。不惟秋之初、末兩界，即其中間次第，莫不由淺而深，節節相銜，趁勢而起。如陸平原稱材作樓，遇風輒摇蕩而不傾。試總其前後細玩之，夫秋之爲氣，其至也普天皆徧，本無先後也，又何有時先後？但作者下筆寫之，則不能不有先後。故詩人開口，必自物相分之顯者，與我見分之近者起手。此詩作于秋，相分最顯之物，無如玉露凋傷之楓樹。作此詩之時，適在巫山巫峽之間，而楓樹之凋，于見分尤近，故寫秋于楓樹之顛，猶寫風于青蘋之末也。夫以楓繫樹，其體似微；以樹繫林，其勢則鉅。玉露所霑，樹樹凋傷，凡在我見界之内者皆秋矣。至于巫山巫峽，全蜀之形勝在焉，則非見界之所能盡者。但楓樹林附巫山巫峽以爲形，巫山巫峽依楓樹林以爲勢，兩相交簇，共成一片蕭森之氣，則無處不秋矣。然巫山巫峽雖非見界所能盡，然猶與見界相連。由而推之，波浪之勢，上而兼天；風雲之勢，下而接地。則是天地之間，無處不秋矣。然此特一年之秋耳。「叢菊」云云，乃去年曾于此地逢秋；「孤舟」云云，今尚未歸，不知在此地更住幾秋。則是前乎此者、後乎此者，一生一世俱在秋中過矣。然此特一人之秋耳。「寒衣」云云，則是遍蜀之人，遍天下之人，無有不在秋中矣。然此寫秋，乃秋之大段，以後二首，却又逐日逐時寫去。第二首自暮而朝，第三首自朝而暮，是通朝暮爲一日也。故連疊「日日」二字，應上「每」字，見九十日中無日不秋也。第二首以「落日」承「暮」字，以砧報暮，以猿報夜，以笳報夜闌。第三首承「月」字，拈出「朝」字，以信宿之漁報晨，以飛飛之燕子報晝，旋復以砧報暮，暮而朝，朝而暮，無時不秋矣。夫一日之時爲朝暮，猶一年之時爲春秋，自有一定之序。宜從朝起而先言暮者，秋，一年之暮；暮，一日之秋也。故此首之末，「砧」字上帶出「暮」字來，以起下文之「落日」、「朝暉」云。◯大抵此詩以悲天憫人爲骨，此首尤爲較著。「江間」二句，天地閉；「叢菊」二句，賢人隱；「寒衣」二句，天下亂。首二句乃天地閉塞之由，秋者，天地之殺機也。天發殺機，故有凋傷之物；地發殺機，故有蕭森之氣。此不必徵諸普天之下，即此巫山巫峽一地，江間之波浪兼天，天爲之閉，是積行君子，壅不上聞也；塞上風雲接地，地爲之塞，是朝廷之澤，屯不下究也。天地既閉，則賢人自隱。此不必徵諸普天之下，即少陵一身，可謂一代之大賢矣，鹽梅舟楫之用無聞焉，而使之行吟荒山野菊之叢，惆悵空峽孤舟之中。彼天下之懷瑾握瑜者，又孰有事王侯之事哉？賢人既隱，則天下之亂，正未艾也。此不必徵諸普天之下，即白帝一城，附藉蜀川之險，當唐室板蕩之餘，海內生靈塗炭幾盡，而此城之民人幸爾無恙，無奈四方苦兵戈不休，而蜀之丁壯盡征戍在外，其存其亡，總不可知。于何驗之？驗以「寒衣」云云也。催刀尺、急暮砧，以備寒衣，則城中皆婦女矣。刀尺處處催，暮砧處處急，則全蜀之丁壯竟無一人在家者，以見此時天下總無一㞐樂土。夫天下之無樂土，其禍肇于安、史，故此詩特取阮籍《詠懷》詩「湛湛長江水，上有楓樹林」，注云：「楓樹，江南關郟之地最多。漢宫殿每植之，故稱帝座曰楓宸或丹宸」。「凋傷」云云，蓋喻朝廷爲安、史大創之象也。二句蕭森大創之後，四海蕭條之象也。三、四極將安、史一番大創，極力寫去，直寫到否之極、剥之盡處，然否不終極，剥不終盡，此中却留得一點生意，如不食之碩果，即今日作《秋興》之人是也。五、六急表此人，菊有落英，屈平比之蘭茝，喻此人之内美；舟利涉川，殷高儷之鹽梅，喻此人之修能。結句謂此人有憫人之心，合之前「江間」云云，悲天之意見。此人本是契、稷之徒，不是沮、溺一流。次首謂此人也曾應過大聘，也曾充過言路。三首此人充言路時，也曾抗顔而疏時事，其疏時事，不敢嘗以無稽之言，必援附經術而進，惜當時未竟此人之用耳。假今日而重新徵聘此人，令此人依舊充言路，得以極言天下之事，或更加大任，使天下之事得以專行，而遂此人之望焉，如二章。此人定然依舊抗疏，依舊傳經，如三章。此人既見大用，其施行之次第，必引經義正名爲先，如四章。所寓之微意，名既正則朝廷正，而百官莫不正，如五章。然後條教庶可須乎，而猶未也，必先格君心之非，如六章。俾有悔過遷善之美，而後始以出令，其令之急務，則用兵削平海内，如七章，乃孔子得政而首隳三都之作用也。然後加富加教，興致太平之業焉。昔諸葛武侯未遇，而預籌三分之業于南陽草廬；杜少陵浪迹，而經營天下之規模，蚤定于瞿塘孤舟之中。苟有用我，直把唐家乾坤重新整頓一番。然其詩中却追述舊事，何也？蓋唐家之盛，莫過貞觀、開元，蓋欲以轉往日之舊事，作後來之新猷耳。《書》曰：「詩言志。」詩者，眼前所據現在之景；志者，心中所期後來之事。不然，少陵此詩豈效晉武之見人輒道生平舊事，都無經世遠略耶？此詩八首之中，所以只除首章寫眼前現在，而餘七首俱述往日之事耳。然首章雖寫現在，亦似暗寫往事者，何也？今之白頭吟望者，即昔之彩筆凌雲者。計作《渼陂行》之天寶末載，至作《秋興》之大曆二載，中間十餘年來，其不幸而不見于時者，沮于安史之亂，是天之未欲平治天下也；其幸者，經安史之亂，依然無恙，爲碩果之不食，天欲平治天下也。舍此人，其誰耶？故此詩首章首四句，極寫天地閉塞之象，將以急急覆去天寶後之殘局；後四句請出開元來未經嘗試之國手，臨枰另着。

其　二

夔府孤城落日斜，每依北斗望京華。聽猿實下三聲淚，奉使虚隨八月槎。畫省香爐違伏枕，山樓粉堞隱悲笳。請看石上藤蘿月，已映洲前蘆荻花。

第一首前四句以「秋」寫景，後四句以「興」寫情，俱是眼前現景。以後七首追述往事，却于寫情中挾出景語居多。第二首、第三首尚是現景與往事夾寫，總以寓其忠君愛國之心。兩首俱言「望」，目之所注，心之所在也。此首句「夔府孤城」四字，緊接上首結句「城」字。白帝城距夔城尚五里許，公孫述之舊都，《夔府》絶句所云「白帝夔州各異城」是也。上用「白帝」，此用「夔府」者，上首對「秋」而言，故用古名；下首對「京華」而言，故從國家之輿圖而用今名。又上首寫秋，秋之氣高，非砧聲之高不能寫；砧聲之高，非城之高不能寫。此首寫望，望之人孤，人之孤非斜陽之孤不能寫；斜陽之孤，非城之孤不能寫。然「白帝」曰「城高」，先所後能；「夔府」曰「孤城」，先能後所。夫先所而後能者以取勢，秋之高，勢爲之也；先能而後所者，所以標地，人之遠，地爲之也。故孤之城與高之城，取境似異，而城之孤與舟之孤，寓意則同也。「落日斜」承上「暮」字，却又退轉向後一步。「暮」者，日之已落；「斜」者，日將落未落也。上首用「暮」字者，婦人夜作，故砧聲急于暮。此將寫己之心事，故取賈生《鵩鳥賦》「坐隅之日斜」，移之「夔府孤城」耳。「每依」句，或登城而望，或否，不必泥。「依」者，順也。「北斗」，即本集「故園當北斗」，又云「北斗故臨秦」，又云「秦城北斗邊」是也。「依北斗」有數義：一寫尊君之意，北斗之北，則紫微垣也，辰居星共，朝廷之象；一寫地勢之偏，且距京華之遠也，巫山巫峽僻居天末，地勢欹斜，方向莫辨，故以北斗爲指南，旅其地者，如泛溟之占星焉；一以身所據以望之地與所望之時相符，夔府偏居西南，孟秋之月，斗柄正指其方，故順北斗可以望京華；一以傳「望」字之神理，夫思則低頭，望則舉頭，所望愈遠，則所舉愈高，此望之所取于北斗也。故此詩第一首平寫，此首仰寫，末首俯寫，皆有神理，無不斷肖。下四句俱寫「望」，却不正寫「望」，而以下文「聞」字、「思」字暗立兩柱，見以目治，聞以耳治，思以心治。「聽猿」句、「山樓」句只寫耳有所聞，則目無所見可知矣；「奉使」句、「畫省」句只寫心有所思，則目無所見可知矣。作者描寫至此，可謂十分渺寂之極，前邊「望」字幾無踪影可尋，于是又掉轉筆來寫見，借此洲月，復醒出前「望」字來。然月而命以「石上藤蘿」，則是「巫山巫峽」之月，而非「京華」之月；不照長安之使槎、畫省，而照洲前之蘆荻，則見非所見，仍是無所見耳。要知此二句不是實實寫景，乃其徘徊永夜，至聽猿、聞笳之後無聊之極，兜的見月，不覺自言自語，自驚自嘆，而曰「請看」云云也。寫照處如聞嘆息之聲。不然，藐耳孤城，止有杜陵一老耳，將更請誰看之乎？本集曰「永夜角聲悲自語，中庭月色好誰看」，政是此意。夫春以花朝，秋以月夕。「月」乃秋之物色，如「玉露」之類；「藤蘿」、「蘆荻」亦秋之物色，如「楓樹」、「叢菊」之類。然八首之中獨取「玉露」作起，爲「秋興」之主，而「月」反作第二首之結，何也？玉露之能凋物，其迹甚顯，故取以弁八首之首；秋月之映，與物無傷，其迹過而不留，無紀時之能，但微點綴之以助興耳。然月之精神在中秋之望，不取中旬之望月，而取下旬下弦前後之月者，下弦之月與歲之秋、日之暮同一理也。然詩之于月，但稱其所照之物，曰「藤蘿」、「蘆荻」；稱所照之物之所，曰「石上」、「洲前」。偶拈其所照石上之物而號之曰「藤蘿月」，而藤蘿遂得有月名，而石上遂得爲月所。而「蘆荻」專爲所照之物，「洲前」仍爲蘆荻之所。然在月本無私照，此由詩家之見分而作，非因物之相分而作。若論相分，則月所固在天上，而「石上」、「洲前」各以其勢取。此皆以地論，未嘗以時論，曷自而知爲下旬之月乎？以全詩之章法而知之。若是上旬之月，則宜見之于落日之前；若是中旬之月，則落日之時即當見月。又以緊承「畫省」二句而知之。此詩紀時，不止砧以報暮，猿以報夜，笳以報夜闌，其實寫處具有次第，即虚寫處如「奉使」句、「畫省」句，與實寫亦自參插互印，各因其次第而附之。猿有取曉鳴者，《斤竹澗》詩曰：「猿鳴誠識曙。」謝客用以紀幽谷之曉。猿有取夜鳴者，《白帝懷古》詩曰：「噭噭夜猿鳴。」陳子昂用以紀空峽之夜。當時少陵身在巫峽，其用以紀夜也無疑。古樂府曰：「巴東山峽猿鳴悲，夜鳴三聲淚霑衣。」故少陵連摘「三聲淚」三字以見意。「奉使」云云，本涉想憶，似無切于時，然而博望乘槎，既以八月，固是拈合「秋」字。而嚴君平曰：「客星犯斗牛。」「斗牛」者，秋天昏見之星，亦非于夜無關也。山樓斥堠，見當時之戒嚴。以粉塗堞，取其望而易見。笳，戍人奏之以戒曉暮。悲者，雖取聲調之高，實由戍人之思怨，易以感人。隱者，聞自遠也。夫笳兼戒曉暮，此獨用以報曉者，何也？方落日之際，塵喧未浄，初爲砧之所亂，既爲猿之所聒，迨至夜氣既清之後，方能聽得山樓中悲笳之聲，隱隱自粉堞而出，故用之以紀夜闌也。「畫省」句雖亦虚追往事，正與夜闌相切。唐制：入朝將侍君王，必以香爐引隨。「香爐」而繫以「畫省」，是將入未入之際也。「違」即去而違之義，謂去拾遺之職。「伏枕」者，以病而去也。病而曰「伏枕」，特用一「伏」字，暗形出一「起」字，謂當年此時，已拋枕而起矣。前二句先實而後虚，此二句先虚而後實，乃文法互變之妙。其先實而後虚者，蓋以「聽猿」

句與「奉使」句對雖流水，然實是兩平，總承起二句，自暮至夜，前大半夜之景；此先虛而後實者，以逗起下文「請看」二句，總以寫將曉未曉之數刻也。何也？天下境之實者，成于所歷；境之虛者，出于所觸。故論境之所觸，則似宜先「山樓」、「悲笳」，而後「畫省」、「香爐」，使不聞笳則未必憶及「畫省」、「香爐」矣；論境之所歷，則正宜先「畫省」、「香爐」，而後「山樓」、「悲笳」，蓋聞笳之時，遥當入朝之時；而「畫省」、「香爐」則當未入朝。而初起在畫省之中，所以今夜在夔聞此悲笳之聲，不覺兜爾自驚曰：「此非當年五更三點入鵷行之時乎？悲笳之聲，胡爲乎來哉？」于是又不覺抬頭一看，見月出乎「石上」、「藤蘿」之上；而低頭一看，已映乎「洲前蘆荻花」矣。要知月非至聞笳時始出，其出約在「畫省」、「香爐」之時。何爲至此方見？緣少陵心懸京華，痴痴掙掙，終夜悵望，竟不覺月光之出；及笳聲一驚，而始省月之既出耳。真是想得入，寫得出。「請看」者，有無限校量之意。問此「石上」之月，寧復昔年傍九霄之月乎？問此「映洲前」之月，還能直照西秦乎？此二句從《齊詩》「匪東方則明，月出之光」脱來。彼亦蚤朝之詩，苟非下旬之月，何爲當雞鳴之時？月體尚未出地，而僅望其光，至于錯認爲日出耶。但《齊詩》取其未曙，見莅政之勤方始；此取其將晦，見世運之亂未艾耳。但「已映」二字，又脉脉映前「落日」，謂日落幾何而月出，更有冉冉老至之悲焉。此首夾序往事，乃少陵自表其生平出處之大節，謂出身雖不由科目，然不敢假他途以進。「奉使」云云者，乃應詔隨使入京，獻《大禮賦》，是其進身之正也。當應詔時，自負其才，應付以伊、吕之任，不意一尉見授，故曰「虚」也。肅宗之朝，纔得備員拾遺，得言天下之事，庶幾少伸平生之志。而又以伸論房琯而去，是其退身亦正也。不云不得其言而去，而托之病者，不欲張吾君之拒諫也。第三首「匡衡」二句，又其語默之當。○發秀復曰：「下弦之月與歲之秋、日之暮，何爲同理也？」曰：月有朔、望兩弦，上弦如春，望如夏；下弦如秋，晦如冬，朔則一陽初復也。熟讀《參同契》自知之。

其　三

千家山郭静朝暉，日日江樓坐翠微。信宿漁人還泛泛，清秋燕子故飛飛。匡衡抗疏功名薄，劉向傅經心事違。同學少年多不賤，五陵衣馬自輕肥。

一前四句跟上首「望」字寫景，後四句追往事寫情。首句緊接上首「月」字，謂月甫出而即繼之以日，略括時光迅速意。「朝暉」字人知遥對上首「落日」字，不知切對第一首「暮砧」字。蓋「暮砧」之「急」、「朝暉」之「静」，兩相形容，秋之性情，方描得出。而「静」字尤爲深微，薄暮波浪風雲之蕭條，入夜山猿城笳之悲鳴，牢騷過甚，未免涉于怨尤，苟非此一「静」字，曷徵遁世無悶之養歟？然「静」因于「朝暉」者，謂其挾有平旦之氣，雖在秋令，猶得片時清爽。下文「漁人」之「泛泛」、「燕子」之「飛飛」，從此「暉」字映出相分，實由「静」字生出見分。「山」即巫之山，「郭」即夔之郭。千家山郭，静于朝暉，是謂景静。「江」即峽之江，「樓」之所臨，「翠微」即巫山之椒，樓之所傍。坐于樓中，是謂身静。然「坐翠微」，文法與上首「依北斗」文法相似，則亦應有「望京華」之意。然言「坐」而不言「望」者，其文蒙上，其意關下，謂此抗疏、傳經之人，不立之青瑣、朝班，而坐之翠微、江樓乎？「信宿」二句分承「江」、「樓」：「漁人」，江中之物色；燕子，樓邊之物色。曰「泛泛」，曰「飛飛」，二句雖是寫景，其中兼帶紀時與感懷。蓋漁人定見于朝暉之後，而燕子定見于漁人之後。漁人曰「信宿」，則當少陵徘徊孤舟之時，漁人固在，特以黝黑無所見；至凌晨日出而始見，故借此顯出「朝」字，專紀凌晨之一刻，賦江樓驗坐之蚤也。燕子曰「清秋」，「清秋」者，入秋淺深之間，當歸之候也。夔州地近赤道，燕歸稍遲。凌晨不飛，必待晡日，自晡日而晌日，以及前章之斜日，皆飛飛之時也，故借此以紀坐江樓之强半日，以驗坐之之久。然後以此章「静山郭」之「朝」爲首界，合首章「催刀尺」之「暮」爲末界，是專寫坐江樓之一日也。且也一宿爲宿，連乎昨日矣；再宿爲信，連乎前日矣。故漁人信宿，見漁人者亦信宿矣。又燕以春稱，鴻以秋稱。燕子曰「清秋」，則違其時矣。燕子違時而飛者非一日，而見燕子之「飛飛」者，入秋亦非一日矣。此總細細紀時，以結上文坐江樓之「日日」也。此「漁人」與後「漁翁」不同。漁翁，太公之流，意不在魚；漁人，尋常覓利之徒，得利即歸矣。曰「泛泛」，無所得矣。「還」者，未艾之詞。燕子之來，自春歷夏。其「飛飛」也，爲作巢養子之計。今已秋矣，猶然「飛飛」，將欲何爲乎？「故」者，無故也。蓋作此喻以比其「功名薄」、「心事違」爾。下「匡衡」二句實賦其事，正應「奉使」句及「畫省」句。蓋上首自述其生平出處之節，此首自述其當時立朝之概。「功名」者，堯舜君民之績；「心事」者，堯舜君民之願。「畫省香爐違伏枕」，功名薄矣，則以「抗疏」之故；「奉使虚隨八月槎」，心事違矣，則以「傳經」之故。「經」者，聖人傳心之要典，見學之有本；「疏」者，人臣體國之忠謨，見才之有用。「匡衡」、「劉向」，不是景仰古人，乃取以自擬。使槎、畫省，朝廷不我棄也；抗疏、傳經，我亦不負朝廷。至于「功名薄」、「心事違」，亦非朝廷之我棄。不信乎友，弗獲乎上，良由同學之士輕肥自躭，不肯汲引之故。此蔽賢之罪，不以累上，而卸之朋友。既無懟君之心，而責之朋友，亦第曰「同學」云云，怨而不怒，足徵其所養之静矣。○第一首從「巫山巫峽」起，中分「山」、「峽」二柱，末結到「城」上；第二首緊接「城」字，以「夔府」照出「京華」，遂以「夔府」、「京華」分作二柱，末仍結到山之石、峽之洲上。第三首即接以巫之山、夔之郭，此處特添一樓于峽之濱、山之椒，下即以「樓」與「江」略分二柱，末結到「五陵」，以起第四首之「長安」，總紀身所歷之地也。第一首「孤舟」之「繫」，第二首「孤城」之「望」，第三首「江樓」之「坐」，歷紀身之所在也。又此紀前半日之景，故以「朝」起；第一首紀後半日之景，故以「暮」結。總合兩首之前後各半日，共成一晝矣，顯出第二首之獨爲一夜。合夜與晝而一日過矣，積之日日而一秋過矣，此紀身所歷之時也。第一首只寫身在巫山巫峽，眼前現在之事，未露京華之意；第二首、第三首寫望，方顯出心在京華。然第二首情與景夾寫，乃立而夜望之神理；第三首景與情截寫，乃坐而晝望之神理。晝而江樓，夜而孤舟，身心一片，無處安排，此寫情之妙也。○或曰：「八首中唯第三首另是一樣手筆，何也？」曰：第一首身在舟中，有望之意，而無望之勢，所見惟巫山巫峽，界近，故將秋寫得十分蕭騷之甚，即本集所云「大江秋易盛」也。第二首身在城邊，望者京華，界遠，故將秋寫得十分渺寂之極，即本集所云「空峽夜多聞」也。此首身在江樓，平平望去，界在近遠之間，獨寫得静逸之至者，以秋之爲氣，盛于暮，淡于朝；朝暉所映，又當翠微之中，故此首在八首内，覺得另是一樣筆墨耳。○客問：「古人稱日，有連夜在内者，有截夜于外者，其義奚辨？」曰：日有連夜而言者，如李白詩「三百六十日」，指太陽右行黄道一度是也；日有對夜而言者，如傅玄詩「志士惜日短」，指宗動天帶日輪左行起，自東地平至西地平是也。總之，夜者，日之餘氣，亦猶乾、屯等爲《易》卦之正氣，而坤、蒙等卦又爲乾、屯等卦之餘氣。故此詩八首，只二章承首章「暮」字寫得一夜，而七首皆寫晝日。日者，正氣，男子事業之會；暮夜，餘氣，乃女工之會耳。○或曰：「舊註『漁人』，隱者；『泛泛』，自得之意。秋燕數飛，其雛殆將之以歸。少陵于此，亦欲歸隱爲著述之計。然乎？」曰：少陵何時不隱？奚待歸耶？少陵何時不著述？奚待歸隱之後耶？少陵生平之志，主于匡君濟民。其思歸也，乃冀大用而歸朝耳。其云「故國」者，家在長安，故借以寓意耳。至于著述之説，則後人因「傳經」訛作「傳經」，遂有此誤。按《漢書・匡衡傳》：「朝廷有議政傳經以進。」註：「傅，讀如附，依也。」注此詩者，當以《漢書》爲正。或曰：「從來注家皆云『傳經』。蓋孔子刪定之後，如子夏傳《詩》，漆雕氏傳《書》，以迄漢之諸儒相傳，各有淵源。又江淹爲梁諸王五經傳其大意。其來歷豈不彰著乎？」曰：古人作詩援引古事，取其相切而又要與上下文義相貫通。若云傳經如江淹，少陵不曾爲唐諸王官屬；以爲如先儒之傳經，乃布衣之事，又何須下文同學之汲引哉？將二意反照，俱駁得倒。或曰：「傳經誠是矣，奈其説不出于《劉向傳》，而出于《匡衡傳》，余心終不安也。」曰：不須疑也。古者爲史，出于好學深思之士，俱有非常之識。故其列傳有兩人合傳者，有兩人對傳者。《史記》屈原、賈誼合傳，括楚騷之始終也。《漢書》李陵、蘇武對傳，昭漢詩之權輿也。劉向、匡衡兩傳，亦是對仗而作，蓋用經術相比也。夫漢之治經術者多矣，而獨以兩人相對者，諸儒之治經，發明古義而已，而兩人則傳之時事之中耳。今取兩傳合讀之，所載劉向之疏凡幾，匡衡之疏凡幾，或因天變，或因時政，莫不緣目前當務之急，而援引古義，俾爲有稽之言。則是抗疏、傳經，兩人同有之事。具如此心眼方可以讀盡古人之書。而作詩者筆之所到，偶而分拈。如孟子之「憂心悄悄」，文王之事爲孔子，而別取太王「不殄」之詞補爲文王。若少陵者，可謂讀書不死者矣。他日贈元道州云：「匡衡常引經。」非其明證耶？且下文「同學」「學」字即從此「經」字生。夫「同學」不必如古之負笈而共事一先生，亦不必如今之同鉛槧與糾連遠社者；大約謂所學之同，同于經術也。夫幼而學，壯而行，傳經抗疏，慷慨而言天下之事，而不少變塞者，如少陵者幾人？其庸碌之輩，往往借此經術爲博取富貴之媒，及富貴到手，而患得患失之心生矣，孰肯傳經抗疏，慷慨而言天下之事哉？彼既不肯言天下之事，又孰肯輕覷一己之富貴，而汲引夫傳經抗疏，慷慨而言天下之事之人哉？「少年不賤」，從《魯論》「吾少也賤」脱來。以彼少年不賤，以形此老而尚賤者也。然彼之少年不賤，由于奥援之多。故下末句「衣馬」之上又加「五陵」二字，謂彼皆有可蔭之勢，各各共爲黨朋，特單單擯出個老賤之經生在外耳。故二語絶非羨慕之詞，曰「少年」；見老成之棄置，曰「五陵」，見側陋之沉淪。○客問：「禮云：治民必須獲上，獲上必須信友。古人誠重乎汲引之義矣。少陵獨見于此章乎？」曰：八首之中俱有此意，但如灰中之綫、草中之蛇，苟非好學深思，未易識其意之所在耳。今試先將當世所用之人分爲兩途：一者如此章「同學」云云，乃患得患失之夫，天寶以來釀亂之人；一者如四章「王侯」云云，乃高才捷足之士，靈武以來因亂而得功名者。在少陵自負五百名世之望，值安史之亂，藏頭于荒草凉烟之中，幸而無恙，則亦不絶如綫矣。故第二首兩京恢復，始伸頭而望，「望」上加一「每」字，「每」字從孟子「三宿出晝，予日望之」來。蓋冀其還有個出頭日子耳。然非藉朋友汲引之力不可。無奈先進者各自愛其輕裘肥馬，既不引手于昔年；新進者各自安其宅第衣冠，誰肯推轂于今日？即在昔年，雖班列青瑣，無異東方曼倩之玩世承明，苟非上書自譽，誰識大臣之才？至于今日，流落江湖，顛擠益甚，除是飛熊自發聖王之夢耳。汲引之事，夫復何望？此所以行吟于巫山巫峽之間，而低頭吟望歟？

其四

聞道長安似弈棋，百年世事不勝悲。王侯第宅皆新主，文武衣冠異昔時。直北關山金鼓振，征西車馬羽書遲。魚龍寂寞秋江冷，故國平居有所思。

全篇關鎖，全在此首起手一「聞」字、末後一「思」字。「思」字起下四首意，「聞」字突出上兩首「望」字之外。「道」者，得自傳説。二字直貫通章，兼含山川修長、干戈阻間、望而亡所見意。然所聞之長安，宜即當時眼前現在之京華。玩其通章語氣，則今日之所傳聞者，又連乎昔時之所親見者。何也？少陵寓夔，距離長安之時，已經數載。代宗之立，父終子繼，應無改建王侯。易置文武之事，俱在肅宗靈武即位及還京之時，此時玄宗固儼然在也。肅宗貪于急立，故富貴其私人，而實由當時群臣貪于立肅宗以爲富貴之資。不然，令當時而仍奉玄宗，或還京而玄宗復辟，則王侯宅第依然舊主，文武衣冠依然昔時矣。此唐人置君，少陵比之「弈棋」，本于《左傳》「弈棋者，不勝其耦，況人君乎」之意，只緣此一着置子之差，遂因循以致肅、代兩朝，而高、太以來五世之戚勳無一存者。且一時之若文、若武、若衣、若冠，皆非天寶之舊物，又況開元之典型乎？此今日所聞之事，與昔日所見之事，其本末相連而及者也。然亦有事不相連而相關者，則近日代宗之立是也。夫不孝有三，無後爲大。故古人有子，爲人生百年大事。肅終而代立，是肅宗得有其子也，益顯玄在而肅立，則玄宗不得有其子也。直可作絶好史論讀。玄宗不有其子，則肅宗不有其父矣。天性、天倫之謂何？此百年世事所以不勝其悲也。夫肅豈獨無天性？肅與群臣豈盡不知天倫？衹是汩没于富貴之中，故致「王侯第宅」云云耳。在肅宗以爲爲吾臣者，吾能富貴之，彼必急我之所急矣。豈知孝慈所以作忠，肅既子不急其父，臣亦不急其君，尤而效之，又何怪「直北」云云乎？二句本是互文，直北之急，則征北之遲可知；征西之遲，則西方之急可知。是當時群臣助轍圍戚則有餘，而爲國禦盜則不足。何也？群臣皆已富貴矣，戀其宅第，美其衣冠，又誰肯抱桴捐軀，圖報効朝廷乎？「魚龍」句又指上皇還京，自南内移西内之事。按地志：長安西有魚龍江，江有異魚，人以爲龍。故取以喻玄宗。龍以秋爲夜，故于「江」上着一「秋」字，以喻玄宗此時爲潛龍。第五首「蓬萊」云云，謂此時之潛龍，固昔日之飛龍，故于「識聖顔」之上點出「日繞龍鱗」四字。第六首、第七首謂此時之龍潛，由亢而潛也。其「曲江」云云、「昆明」云云，蓋亦失水之喻。故此「魚龍」而曰「寂寞」者，肅宗内制于張后，外惑于李輔國，移上皇于西内，不復定省之儀也。「秋江冷」者，上皇在西内，防閑之嚴，至不令與臣人相見。然當時臣人，亦遂不敢接見上皇。蓋「直北」云云，現在之君父且不急其難，又何有于退位辭朝之君父乎？讀之如聽急管繁絃，生人悽惻，豈止註詩明切耶！所以上皇冷冷清清，老死西内，總無一人理論。單單只有去國離鄉之一老常常係思，雖鼎湖之後，猶爾不忘也。末句曰「故國」，即第一首之「故園」。「平居」者，以故國爲平日之居，則此地爲暫時之寓也。「有所思」，古樂府題，「思」雖憶事之稱，而係以「有所」，則義兼懷人。故下四首追述往事，肅與代略不説及，單單只道玄宗一朝之事，情見乎辭矣。夫此詩作于大曆二年之秋，已非肅宗之世，乃越之而遠述玄宗時事者，一惜國事之錯，一悼家事之非。論君人之才，代不如肅，肅不如玄。玄宗天資英邁，可與圖治，開元之時，允爲勵精。雖不能舉世于唐、虞三代，然而校之貞觀太平仁義之效，庶亦不遠。故天寶之初，餘烈猶存。及其末載，一念作狂，遂致亂起倉卒。當時諸臣，若有忠謀定見，或奉之勿失，或還京後迎之復辟，以彼英邁之資，當此大創之後，必且自悔自艾，而孜孜補過。其理政用人，皆已試之轍，由兹輕車熟路，則開元之業可望再復。肅宗雖稱能君，然其才僅可恢復唐室，令不廢墜而已。而冀其復致開元太平之舊，必無濟矣。試觀開元之際，姚、宋諸賢接踵于朝；而乾元之初，一房琯之直而不能容，且累及救琯之人，其優劣居然可知。而當時云云，是國事之錯也。雖然，靈武之役，玄宗蒙塵，群臣即欲奉之，何從奉之？還京之後，局勢已成，而欲迎之復辟，或强奉之如後世之奪門，不亦迂乎？不知非迂也。夫子與子路論衛事，曰：「必也正名乎？」國不可一日無君，子亦不可一日無父，古今之常道也。「名不正」云云，夫子亦第論千古之常道如此，爲後世戒。若必令出公退還世子之位，而復奉蒯聵爲衛君，然後爲政，勢所不能矣。勢所不能而夫子言之不爲迂，豈少陵亦作此想而獨爲迂哉？然當時之臣以爲迂也，因而弃置其君，非不假托于以國事斷家事之義，而實有悖于劉向傅經之旨矣。○客有以舊註「秋江」爲巫峽者。試以《哀江頭》詩證之，「清渭東流劍閣深，去住彼此無消息」，刺肅宗之忘親于生前可知；「魚龍寂寞秋江冷，故國平居有所思」，見少陵之念君于逝後。客又以「魚龍」本地名耳，未必有指。曰：「魚龍」信是地名，然即下文之「秋江」也。若無所指而但云地名，則「魚龍」之下既曰「寂寞」，則「秋江」之下不得又着一「冷」字矣。况古人比類有常例，《易》以「龍飛」喻君，《詩》以「魚在」喻臣。故此詩以之寓意于今日秋江寂寞之潛龍，而下首點出「日繞龍鱗」，追尊爲九五之飛龍，此以喻玄宗也。又于前首便伏下一信宿之漁人，喻己之往日功名不建，心事已灰。第七首又拈出江湖之漁翁，喻己之目下壯心不已，待時而建功名。「龍」一照而「魚」再照，《易》曰一君而二臣。

其五

蓬萊宮闕對南山，承露金莖霄漢間。西望瑤池降王母，東來紫氣滿函關。雲移雉尾開宮扇，日遶龍鱗識聖顔。一卧滄江驚歲晚，幾回青瑣點朝班。

以下四首皆承第四首「思」字，前三首猶玄與肅並思，此後所思皆玄宗之事也。此首緊接「魚龍」句意，乃因後日西内之幽禁，而追憶其當陽御宇之時，吃要在「識聖顔」三字。「聖顔」，即玄宗之顔也。然「識聖顔」必有識之之地，故先寫朝，後寫朝班。其寫朝處有三義：一定朝之制度，是周公營宅之理也；二表朝之形勢，是婁敬建都之策也；三就朝極寫形勢制度之弘遠，是周、召分陝之制也。總伏後「帝王州」三字之案。蓬萊之宮，天子所居。表南山以爲闕，而夾以下文之「東」、「西」，則宮在北矣，是以北辰居所之義尊朝廷也。而又表以凌霄之承露仙盤，益見規模之峻矣。此真帝王之宅也。帝王建都，德險隨時。「闕對南山」，即《禹貢》所稱「終南惇物」，乃雍州之地，非天地之中，尚險之國也。秦曰咸陽，漢曰長安，唐亦曰長安。長安之西曰瑤池，周穆觴西王母之處。長安之東曰函關，尹喜遇老子之處。「瑤池」曰「西望」，是從長安寫到瑤池；「王母」曰「降」，是從瑤池寫到長安。而瑤池之西則不及寫，爲長安地偏于西北也，更西則異域矣。「東來」句獨于「函關」之「東」寫來者，蓋函關之東乃周及六國之故地也。老子爲東周柱下史，應爲紫氣之起界。老子西行，莫知所終。此詩取爲呵護長安，應爲紫氣之止界，而函關五千言之留，乃其過化之處耳。此句則略于起止，若莫測其始、莫測其終者，而獨于過化之「函關」着一「滿」字，取殽函百二之險，足以控制東周六國之形勢，故借以表長安之東南界，而借前王母之瑶池表西北界，兩界中間夾出箇千里秦川來，即□□詩「秦地山河似鏡中」也。此地可農可戰，故周以王，秦以帝，而漢、唐因之，此帝王之畿也。是以輯天下之朝貢于斯，走天下之賢能于斯，聚天下之商藝于斯。爰斯之時，天下一家，四海一國，决無弄兵潢池者，亦無跋扈自雄者，王者無外氣象，直于此「朝」字寫出。如蕭王畫扇，咫尺而具萬里之勢。下首「秦中自古帝王州」，正從此四句逗出。一帝王州不可作歌舞地，一旦破除之可惜；一時勢雖不克一戰，而地利儘足以守待勤王之師，何至倉皇出走；一還京之後，依舊得控制天下之勢，但當求賢人爲輔。然此是後意，若論現意，只是引起下文「朝」字，爲「識聖顔」之地耳。夫「朝」字既已寫完，「聖顔」似可即識。又作「雲開」句一頓者，威儀不備，王者不出，蓋借此雉尾宫扇一物以例其餘，天仗之整肅以此威儀，合之上文之形勢制度，而朝之物事始全。又借此宫扇推去宿雲之蔽，放出曉日之光，于聖顔方識得親切。然此「聖顔」即四十年太平之天子，世稱玄宗是也。然所以得識者，以身列朝班。故列朝班而謂之「點」者，謂官微職輕，聊點綴于班末云耳。後人有因「點朝班」之上有「青瑣」二字，謂授拾遺時事，「聖顔」應指肅宗。不知「青瑣」者，所以飾也。省垣有此飾，朝列亦有此飾，黄門掌之，即今早朝百官投職名處也。因世人多以「青瑣」美省臣，故遂以「青瑣」專爲省中故事耳。嘗讀《晉史》，賈女常于青瑣中窺韓壽，亦豈省中之飾耶？詩家所引，宜曰「青瑣朝班」，却將「點」字夾在中間者，曰「點青瑣朝班」，便是領班之長也；惟曰「青瑣點朝班」，則不過隨例須朝備數而已。官微職輕，身居末班，苟非雲移日出，何由得識聖顔乎？「識」者，遥認之謂也。夫「青瑣點朝班」五字既緊應「識聖顔」三字，而于五字上加「幾回」二字成句，于此句上又加「一卧」句者，所以結歸本題。不然，竟是一首蚤朝詩矣。「歲晚」即本題「秋」字；「滄江」從「青瑣」、「朝班」楔出，即本詩之「巫山巫峽」；「一卧」二字，特借以楔出「幾回」二字，言自此一卧，永不起矣。其前則有三仕三已之意。凡此總指眼前有思之一刻，莫將「一卧」誤認作華州去官之時説起，而遂以此爲授拾遺時事。夫授拾遺不及期，其時肅宗即位甫二載，京師雖復，而餘孽尚熾，方鎮不掉，無當于「西望」云云之頌，况末首「香稻」云云，唐家極盛之事，豈肅宗之所能當乎？大約此詩如周人之《魚藻》詩，隋人之《高祖頌》，所以斷「聖顔」爲玄宗也。「識」字又有兩義。以上首照之，識者所思之因。夫人莫不有見面之情，况臣之與君乎？乃以舉朝共識之聖君而老死于西内，如之何其勿思耶？以下首照之，識者初見之謂。少陵當時雖應詔赴闕，非有平臺之召，非有前席之請，僅于朝班之末，一望見顔色而已，未嘗大用。故天寶之末，變起倉卒。然釀之有漸，自有執其咎者。班末之小臣官微職輕，安能挽回，此所以望大用于今日耳。觀此詩，通章俱從「朝」字起興，益見前第二首末四句的爲憶蚤朝之時。此興于地，而彼興于時耳。地者，展抱之所；時者，幹功之會。故前第三章自蚤朝之時説起，遂接以第三章之「日日江樓」。其寫曰詳于寫夜者，詩云：「志人惜日短，愁人知夜長。」可見做事全在白日，而抗疏傅經尤在蚤朝之一刻。故本集又曰：「來朝有封事，數問夜如何？」○遡園子語客曰：律詩對偶，在他人得其上句，即可測其下句，唯杜少陵不然。試取一詩，覆其對句而射之，十不得一二。及發覆視之，絶出人之意外。反覆細玩，却又各如人意之所欲出。《秋興》八首對語凡十六，皆極儷詞之能事。如此首額聯二語，對偶錯綜，不惟三、四與六、七互錯，即二與五亦相綜。其推班出色之妙，匪彜所思。此二句所用之地二，瑶池、函關；所引之人二，王母、老子。唯「函關」爲長安之門户，是實地名；其「瑶池」不經見，昉于《穆天子傳》，西方之「瑶池」與東海之「蓬壺」，俱道家之寓言子虚，故不把與「函關」對，而却取老子示現之象，化作「紫氣」兩箇虚字對之。因此一錯，遂把「瑶池」亦化作兩個虚字，作王母之稱呼，猶曰「瑶池王母」云耳。至于老子獨不斥言，而目以「紫氣」，直若國家王氣之所自鍾者，以唐之列辟皆尊老子爲始祖，所謂仙李盤根是也。其以「函關」錯對「王母」者，偶拈人名、地名以屬辭耳。「函關」之正對，不惟不在「王母」，並不在「瑶池」。「瑶池」者，虚立之界，表其正對乃在「降」字之内，蓋暗指長安。何也？王母之降降長安，老子之來亦來長安，而函關乃其過化之地耳。不然，與「朝」字何關哉？「望」者，望其降也。先「望」而後「降」，王母先天之金精，與唐無所關切。唐既祖老子，若聖祖之慈，得得而來呵護其子若孫者，故言「來」不言「望」耳。「紫氣」之下特加「滿」字者，明老子道德之高妙，其豪光之所照耀，不惟函關，西而長安帝京，東而東周六國，無處不充足。若瑶池王母，亦并攝于其萬道豪光之中。故「王母」曰「望」，如夜之觀燎；「紫氣」曰「滿」，如太陽中天，其光自普三千世界，無須人之仰觀耳。此又唐所都之長安，乃綏福無疆之地，于此趁上「朝」字寫完。故下首但詳言「歌舞地」，而結之以第七句，却以第八句「帝王州」結此二句及上二句，如雙鰲然。若此處無此二語，便閃却一鰲之力矣。客曰：「二語在本詩中，自有『一卧』二句正結，曷事下首之旁結乎？」曰：西之王母、東之紫氣，俱聚一處，呵護神京。以寫「朝」字是此二句之形，即一朝而東連函關之東，西極瑶池之西，借寫王者表裏山河之盛。是此二句之勢，「一卧」二句足擎二句之形，而不足載二句之勢，故有待于後首云。

其六

瞿塘峽口曲江頭，萬里風烟接素秋。花萼夾城通御氣，芙蓉小院入邊愁。珠簾繡柱圍黄鵠，錦纜牙檣起白鷗。回首可憐歌舞地，秦中自古帝王州。

此亦思玄宗之詩也。玩通章語氣，句句寫天寶末年禍亂之慘與致禍亂之由，皆玄宗之過也。《春秋》大改過，故此詩雖句句説玄宗之過，實句句替他懺悔。其中含蓄有無窮意，須合前後八首參看，方知其妙。若第以此一首文若辭，淺淺解去，不過謂「瞿塘峽口」者，身所現在之所；「曲江頭」者，身所舊遊之處。瞿塘在夔府，曲江頭在秦中，相去萬里，邈不相接，惟當兹素帝司令、秋氣漸臻之時，風爲之颯颯然，烟之爲漠漠然，自瞿塘峽口以至曲江頭，萬里之間，無處不秋。是秋能携風烟，以遥接乎萬里之勢，而曲江雖遠，如在眼前矣。因而思其始也，「花萼夾城通御氣」，何其盛也；其後也，「芙蓉小苑入邊愁」，何其憊也。至今日，則曲江之上，珠簾繡柱已空，黄鵠圍之；

錦纜牙檣俱敗，白鷗起焉。夫此秦中，豈非自古所稱帝王州耶？奈何以爲歌舞地耶？用之爲歌舞地，則自應變而爲干戈地；至于變而爲干戈地，雖欲歌于斯、舞于斯，豈可得哉？此所以不堪回首也。如此解詩，止得少杜之皮毛耳。少陵鍾不世之大才，而又好學深思，心知其意，故所爲詩匪彝所思，况《秋興》猶爲苦心經營者乎？必須反覆玩味，審厥端緒，斯爲得之。此首在八首中尤爲深含難測，惟于末二語稍露其端。因其端而察之，證以别章之義，而其緒可不紊也。此末二句，蓋本《宋史》武帝既平長安，因劉穆之死，倉卒東歸，長安復陷。武帝復欲北征，謝晦諫之而止。于是登城北望，慨然不樂，命從臣各誦舊詩。晦誦王粲《七哀詩》云：「南登灞陵岸，回首望長安。悟彼下泉人，喟然摧心肝。」援引此意，以作此首之結，最爲深切。粲詩所謂「長安」，即此第四首之「長安」，而此首則易以「秦中」。蓋此詩第五首、第六首之妙，全在幾箇地名上點綴出意味。「長安」者，王城之名；「秦中」者，王畿之名。王畿能包王城内外，載得許多處所也。故以之爲「帝王州」者此「秦中」，以之爲「歌舞地」者亦此秦中。夫以爲「帝王州」，則曰「蓬萊宫闕」，曰「南山」，曰「瑶池」，曰「函關」，曰「青瑣朝班」；以爲「歌舞地」，則曰「曲江頭」，曰「花萼夾城」，曰「芙蓉小苑」，曰「珠簾繡柱」，曰「錦纜牙檣」。一線穿珠，自成九曲。其以爲「帝王州」者，設險守國則主形勢，體國經野則主制度，皆有國者所不可缺。蓋唐自高祖、太宗開創經營，以爲子孫萬世不拔之業者，非一日矣。而「花萼」等事云云，則玄宗之所自設，以供一身之娱樂者也。夫宋武之棄長安，出于不得已，猶且惜之；何况千年之業，博一時之樂，而有不可惜者乎？夫宋武自我得之，自我失之，且他人之物尚且惜之； 而玄宗則承之列辟者，可不惜乎？且也宋武雖棄長安，歸而猶不失九五之尊； 而玄宗遂致奔竄而幽囚以死，可不惜乎？ 則其惜之而回首，定在幸蜀之日矣。首二句「曲江」、「瞿塘」，萬里之遥，其間一路風烟慘淡不開，蓋喻玄宗蒙塵之象。 故其回首也，以爲玄宗之昔日，則是宋武之登城北望也； 以爲少陵之今日，則是以夔城當灞陵也； 以爲少陵代玄宗回首，則是謝晦之頌詩也。 回首者，自懺自悔也； 代爲回首者，代爲懺悔也。 原夫玄宗生平，過惡無多，只是寵一貴妃。 而「花萼」四句，正懺悔之實也。 蓋花萼聯芳，以比兄弟； 芙蓉並蒂，以喻夫婦。 玄宗築花萼樓以處諸王，而與之同寢食，其實防閑之； 至于更築夾城，甚矣。 若夫芙蓉謂之「小苑」，即隋煬之好作曲房密室，蓋預作之，爲與貴妃遊玩之所。 王詩曰：「邠王玉笛三更咽，虢國金車十里香。」亦同此意。 但「邠王」云云之詩，竟取妻黨之厚，以形父黨之薄； 此詩則借彼兄弟之薄，以見寵貴妃之罪過爲非小也。 蓋花萼樓外又築夾城，雖云幽閉骨肉，然而内通御氣，猶不失仁人于弟，常常而見之意。 至于禄山之反，實由貴妃所招，則社稷之傾覆，皆釀于芙蓉小苑。 白詩「漁陽鼓鼙動地來，驚破《霓裳羽衣曲》」，猶是邊愁來尋玄宗； 此「芙蓉小苑入邊愁」，則竟是玄宗自尋邊愁矣。 且也「珠簾繡柱」、「錦纜牙檣」原爲貴妃而作，而今日之黄鵠圍、白鷗起，皆貴妃所致之邊愁也。 或曰： 玄宗天寶之後委政林甫、國忠，而疏張曲江等正人，何止寵一貴妃。 不知其委政林甫、國忠，乃是替出此身，與貴妃作樂耳。 苟能翻然自悔，則林甫之輩自無所用之，而正人復進矣。 其以反歌舞地而復爲帝王州也，固甚易耳。 唐史論玄宗曰： 開元之時一玄宗，天寶之時又一玄宗。是玄宗之爲君，半賢半不賢也。白詩又曰：「漢王重色思傾國，御宇多年求未得。」是謂玄宗本重色之徒，其在開元年間勵精圖治，稱爲賢君，幸而得貴妃之晚耳；若其即位之始即得貴妃，其淪喪也，又何待天寶之後耶？則是玄宗一生，全非賢君也。少陵則以玄宗一生全是賢君，只是天寶年後多一貴妃耳。使得復辟，決定勵精圖治如開元時。白詩又以玄宗在南内，終日只是思念貴妃爲事，似無自悔自艾之心，與少陵意不合。觀史，玄宗在蜀時，每聞有赦使，輒惶懼無措；及迎養之使至，始肯還京。則後日南内之思貴妃，倘亦有所托而然耶？抑無所事事，無聊之極耶？○詩以「秋興」命題，八首之中，「秋」凡四見。唯此首「素秋」乃是正寫「秋」字，其他「秋江」、「秋風」、「清秋燕子」俱是借「秋」標物。獨于「燕子」之「秋」上加一「清」字，非秋之清，則摹燕子「飛飛」之態不出。此「秋」非「素」，則「風烟」無力矣，奚由接「萬里」之遠勢？

其七

昆明池水漢時功，武帝旌旗在眼中。織女機絲虚夜月，石鯨鱗甲動秋風。波飄菰米沉雲黑，露冷蓮房墜粉紅。關塞極天唯鳥道，江湖滿地一漁翁。

此感當時之亂，由于承平日久，人不習兵，變起倉卒，盜賊所到風靡。故又于「蓬萊」、「曲江」之外，更拈出「昆明池」，借漢武之事以起興，見玄宗之世，何常不修武備？如開元即位之初，即講武于驪山，何其軍令之嚴肅。其後募兵以充宿衛，則府兵制壞，而訓練遂成故事矣。此詩「織女機絲虛夜月」，傷名之空存；「石鯨鱗甲動秋風」，譏威之虛張。至天寶之際，併訓練故事亦亡矣。曷以驗之？首句于「昆明池」之下著一「水」字，明習戰在水不在岸。又此池與尋常游玩之地不同，原非種蓮長菰之所。且也習戰必有習戰之人與習戰之具。習戰之具固用旌旗，習水戰之具，其實用尤在舟楫。若誠習戰，千舟萬楫往來衝突，盤旋于池水之中，方且不有菰與蓮也，曷至菰成米而水爲之黑，蓮落房而水爲之紅乎？故「織女」云云，于池岸上寫，見水中習戰，故事猶在；而「波漂」云云，于池水中寫，則忘戰之危可知矣。「關塞」句，或指巫峽之險，非也，乃玄宗幸蜀之路。按史：玄宗幸蜀，書曰「帝出奔蜀，次于馬嵬」，又曰「帝至扶風」，曰「帝至河池」，曰「帝至普安」，「普安」即唐之劍州，曰「上皇至巴西」，曰「至成都」。夫幸蜀必由劍州者，懼追兵之至也。劍州關塞，極天險之至矣。其通蜀者，止有窄窄一條鳥道。追兵少則不能入，多則不能容。玄宗所恃以安行至成都者，此耳。故于「鳥道」上著一「唯」字。在本句則以鳥道之小，照極天關塞之大，以形容其孤危之甚。若以承上文六句，見習戰于昆明池水之中，其疏鑿之役，操練之資，所費不知幾，到此全然用他不著。幾能使詩中神理融成一片，誦之令人心目蕩漾。所恃以保全性命者，止此極天關塞中之窄窄一條鳥道也。故于此首之五、六用「波漂」二句掃去昆明池水之功，足徵所養非所用。而漢武之開昆明，竟不如漢高之修棧道，尚有得力之時耳。又以「唯」字楔下句「一」字，則又照君臣二人之孤危。關塞極天，高之極矣，單單只玄宗一人向窄窄鳥道邊行；江湖滿地，闊之極矣，單單只少陵一人在泛泛魚舟中住。此與第四首「魚龍秋江」句喻西内單單一玄宗，「故國平居」句單單一少陵思玄宗，格法略同。其曰「漁翁」，蓋以太公自比。曰「一漁翁」，有目空天下之意。繫以「江湖」者，影對廟廓，謂此發蹤指示之人，而奈何置之悠悠江湖之中耶？大約此詩，由前四句論之，則見國家雖安，忘戰必危，然不忘戰者，必不徒博訓練之名，而貴有其實，然後國家可恃以緩急也；由後四句而論，國家治兵之實，全在得人，其人不必戰將，貴得運籌幃幄之人，亦不必多人，得如太公望者，一人而足矣。昔衛靈無道寵南子，與玄宗之寵貴妃無異。而靈公無喪國之禍者，夫子所云「祝佗治宗廟，仲孫圉治賓客，王孫賈治軍旅」，用得其人也。及唐之世，天下一統，賓客非所急，而「國之大事，惟戎與祀」耳。前首「東來紫氣」云云，祀非所祀，言之詳矣。至于兵事，則又如此首前六句云云。以當日之爲國治兵者，非勳戚之徒，即閹豎之輩，全不知韜鈐爲何物，故卒致于敗耳。假若當時得王孫賈之人而用之，猶不至此，而況如太公之鷹揚者乎？然而當時固未嘗無太公之人，即今日之垂釣于江湖者是也。夫太公見用之年，適當八十耳。豈文王之用太公，必待其八十而後用之乎？少陵之少，既不見用于玄宗矣，是不得不望之于今日。使今日而用少陵，則將奚先？曰：莫先于用兵。何也？今日兩京雖復，盜賊之餘孽未盡，而方鎮之强且跋扈，以梗王化，故不得已而用兵削平之，然後政教始可下及于蒼生也。然而必用太公之人者，諸賊易滅，得如王孫賈之人而足矣；然賈之才能禦兵而不能禦將，方鎮雖强梁，然而不可盡誅，則必得太公之人，可不戰而屈，是廟策之最善者也。

其八

昆吾御宿自逶迤，紫閣峰陰入渼陂。香稻啄餘鸚鵡粒，碧梧棲老鳳凰枝。佳人拾翠春相問，仙侶同舟晚更移。彩筆昔曾干氣象，白頭吟望苦低垂。

此總結前七首，蓋因今日之作《秋興》，而追憶生平所作得意之詩。在晚年則此詩，而昔年則《渼陂行》也。然其昔年得意之詩，不止《渼陂行》，特以今日之《秋興》作于夔府，而昔年之《渼陂行》作于京華極盛之時，故借「香稻」云云極盛之事，以與今日相形，以補前七首未了之意。故前六句與眼前秋事全不干涉，乃檃括爲《渼陂行》詩意，若原詩之小序。然第七句專贊原詩之美，俱從「思」字來；末句緊接第七句，方抓歸本題，單以結本首上七句，實總結全篇八首之意。此一首與前七首處處遥相照應。前第五首，「蓬萊宫闕」，君之所；「青瑣朝班」，臣之所。第六首，「曲江」之「花萼城」、「芙蓉苑」，君游玩之所；此首「渼陂」，乃臣民遊玩之所，地與「渼陂」相連者，曰「昆吾」，曰「御宿」，曰「紫閣峰」，地名凡四。或注曰「逶迤」，曰「峰陰」，俱地名。則是兩句之中，除却六箇地名，只餘「自」、「入」兩箇虚字，使人讀之殊不覺其堆積。此用筆神化之極，直可以二字當六鰲也。「入」者，遊所期之地；「自」者，放舟之始也。自「逶迤」而「昆吾」，而「御宿」，而「紫閣」，而「峰陰」，始至「渼陂」，所經非一地矣，所歷非一時矣，暗伏下文「更移」二字張本，正起「香稻」二句，見景物之盛，在在皆然也。「香稻」二句俱在岸上寫，門籠鸚鵡，院植梧桐，沿陂一帶，俱是勳戚之家，宅第園亭。後人誤〔二〕以此句爲倒插句法，而不知乃是虚實錯對之法。上句「鸚鵡」是實，「香稻」是虚；下句「碧桐」是實，「鳳皇」是虚。亦猶第五首「紫氣」對「瑶池」，而「函關」却對「王母」耳。此雖渼陂景之盛，亦見當時勳戚之家享盡人間富貴。正與第六首「珠簾」二句、第七首「波漂」二句相形，與第四首「王侯第宅皆新主」相反。「佳人」二句，寫遊觀之盛，至于婦女皆出，因婦女之出而遊人益盛。「翠」者，佳人之飾也。不有遺者，安有拾者？其挨擠之甚，至于遺簪墜珥，則不相識之人皆出矣。至于「相問」，則相識者無不出，而或有未出者，則又轉訊其不出之故。此雖寫遊女之盛，而亦見當時天下全盛，無征戍之役，故婦女亦得閑暇無事，正與「寒衣處處催刀尺」相反。「仙侣」雖連己與岑家兄弟在中，却統指遊人。謂當時來游者，盡王孫公子、文人騷士也。「晚更移」者，亦以天下全盛，無飄零之苦，游觀娱樂，夜以繼日，而名士風流，頗有受用也。今人想慕當年。曰「同舟」，正與今日一繫之「孤舟」相形。曰「仙侣同舟」，又與此「五陵衣馬自輕肥」相反。此二句與上二句，語雖涉四排，然上二句乃承首句，而此二句當稍推開以起末二句。本詩曰：「公子調冰水，佳人雪藕絲。片雲頭上黑，應是雨催詩。」謂詩催于佳人、公子，而雨其適湊之趣耳。故此亦應以「佳人」、「仙侣」楔出《渼陂行》，即以《渼陂行》照前出《秋興》。但昔也「彩筆」「干氣象」，何其壯也；今也「白頭」「苦低垂」，何其哀也。當其賦渼陂也，時值全盛，負其胸中之才，又當年富力强，遂謂堯舜君民事業，可以力致，蓋志氣爲之也。至于今者，家國俱破，流落天涯，生平志氣，消磨已盡，堯舜君民事業，無可復望，故所作之詩，皆低頭吟望之語耳。

「望」字應前「望」字，但前「望」字乃張望以目，此「望」乃缺望以心。「白頭」對「彩筆」，「低垂」對「氣象」，中加一「苦」字，見衰颯之甚，總以形容今詩無復舊詩之氣象。觀其詩方知其志，勿逕説到志上。蓋此首專寫「興」，全無一字實寫「秋」，唯此句略帶「秋」意也。後之解此首者多不及此，其故有二：一者疑首六句既爲隱括《渼陂行》，却與原詞之事、之意、之時不合，恰似另作半首律詩者；一者疑末二句詞有抑揚，似揚《渼陂行》而抑《秋興》，與「晚來漸于詩律細」之義相悖。不知此正少陵故作謬誤，以起問者，見此八首爲生平極得意之作。學者不可草草讀過也。其于原詩事不合者，原詩自「游渼陂」起，「半陂已南」至「雲際寺」而止，自「天地黯慘」將晚起，至「水面月出」止，所紀不過一地一時之事；而此則自「逶迤」而「昆吾」，而「御宿」，而「紫閣」，而「峰陰」，既入渼陂，而猶然舟爲屢移，則莫測其游之始，莫測其游之終，無時不行樂，行樂無地不到，不似今日晝而江樓，夜而城頭，窮愁抑鬱之甚也。其意之不合者，原詩與此皆寫樂也，但原詩取托于天地之慘黷、神靈之蒼茫、波濤之汗漫、魚龍之隱見，是以奇險不測之意寫樂；此則鸚鵡之啄餘、梧桐之棲老、佳人之拾翠、仙侶之同舟，是以從容歡娛之意寫樂。前後如此之不同者，蓋作《渼陂行》之時，天下無事，少陵心中亦無事，只有一樂，更無苦處。與之相形，爲詩不得有牢騷之感，故止播弄筆端，以增作詩之氣象。以此賦爾時之游則足矣，若以形今日吟望之苦則不合。何也？今日天下多事矣，少陵心中何得無事？故作《秋興》之時，而追引《渼陂》之詩，原是借昔時之樂，以形今日之苦耳。但原以奇險不測爲樂，與今日之苦猶不相符，因而别有取夫從容歡娛爲樂者。

挑剔得極醒極透。故此六句不隱括原詩之詞，而隱括其意，其詞止可當原詩之小序，而不可替原詩之正文。明此六句爲《秋興》而作，非爲隱括《渼陂行》而作也。其時之不合者，此首本以寫「秋」，而「佳人」句内却似有意無意之間帶出箇「春」字來。細玩原詩，内有「菱葉荷花静如拭」句，乃夏秋之交也，可知此「春」字原出有意。就地而論，以京華、渼陂之春，形巫山、巫峽之秋；就世而論，以玄宗開元之春，形天寶肅、代之秋；就身而論，以昔作《渼陂行》之春，形今作《秋興》時之秋，此係顯義。若其深意，則兼他日見用經緯施設之次第。何也？此詩第一首表生平出處之節；第三首表立朝之槩；第七首表見用于時之急務在于用兵，削平海内。苟海内既已削平，則將何加？曰富，曰教。「香稻」句美其食，「碧梧」句安其居，有富之意；「佳人」句化行于閨門，「仙侣」句誼敦于朋友，有教之意。而以「春」字照出，何也？國家立政，仁以法春，義以法秋，此夫子所以因魯史以著訓也。前用兵削平海内，義也。故第七首内于風動鯨鱗之間仍點一「秋」字，用教養以永奠蒼生，仁也。故于拾翠相問之間特添一「春」字，蓋欲以昔時之春温，回今日之秋肅也。不惟「春」字有意，即下句「晚」字亦有意。「春」者，一歲之始；「晚」者，一日之暮。此時固天寶之末也，雖曰全盛，其實開元之暮氣也。故此詩所述天寶之末，不過借他作箇影子，其實所思乃在開元之時也。觀《憶昔》詩云「開元全盛時」，絶不及天寶，情見乎詞矣。其抑此詩以揚《渼陂行》者，政抑《渼陂行》以揚此詩也。蓋人生壯老不同，故所閲歷之境有苦樂，而造詣亦有深淺。《渼陂》之詩不云乎，「少壯幾時奈老何」，今果老矣；詩以窮愁，而亦工矣。故昔時之詩，雖曰氣象可觀，然得意疾書，意味尚淺；至《秋興》八首，則皆由慘淡經營中出，爲生平最得意之筆。玄、肅兩朝之成敗興亡，即此一詩可見；少陵一生之出處心事，即此一詩可知。故後有識者，謂少陵爲「詩史」；而此詩叙朝事則史家之斷例，而自述處則太史公自序也。○第七句雖指《渼陂行》，然亦概少年所作。「彩筆干氣象」，即本集「詩動帝王尊」，乃暗用漢武帝讀《子虛賦》「飄飄凌雲」之嘆，如左太冲「作賦擬相如」意。蓋以玄宗與武帝爲人，俱内多欲而外施仁義，生平行事甚相類。故前第五首「承露」句、「西望」句凡兩引，而「昆明」一首全章俱用武帝爲客，殆欲以垂頭吟望之《秋興》八首當沈初明通天臺哭訴一表。○發秀復曰：「唐人重鸚鵡者，何也？」曰：唐姓望出隴西，故俗作鸚鵡詩曰：「隴郡名因鸚鵡貴。」其實鸚鵡以隴郡貴也。武氏之亂，實兆于此，近赤祥矣。少陵拈出此俗，以見當時王侯戚主之富貴。至于「鳳凰」，又是從「鸚鵡」二字拈出，虚實錯對，乃是于王侯戚主之中獨檢出公主來。蓋唐室中有武、韋之亂，故公主最得寵。及平武、韋而公主之功居多，故公主之權更出諸王勛戚之上。此首雖指天寶中載，實暗影開元初年以見意。若實賦天寶之末，則外戚楊氏之權，反加公主之上矣。發秀又復曰：「『彩筆』句統述其少年之詩，既以『仙侶』句括《渼陂行》『岑家兄弟皆好奇』矣，若再以『佳人』句括《麗人行》『三月三日天氣新』，以刺秦、虢之遨遊，其意頗合。」曰：「小子可與言詩。」

【校勘記】

〔一〕「誤」，原誤作「娛」，據文意改。

總論

此詩以「秋」名「興」，然古人稱「秋」，有曰三秋，是以月紀；有曰九秋，是以旬紀。而此詩之「秋」，確指何時乎？第一首「玉露凋傷楓樹林」，又曰「叢菊兩開他日淚」，則斷在仲季之間矣。第二首徘徊通宵，將曉見月，當是仲秋之末也。然未必始于此，故「依北斗」上著一「每」字。而第三首坐江樓上叠兩「日」字，見其望之切，無日不然。又第一首以「暮」字結者，乃以「暮」字起後七首也。蓋秋爲一年之終，而暮爲一日之終也。終而始復，時光自然之序。故第二首即以「落日」承之，以及猿鳴而夜，笳奏而曙，方見月光，忽見朝暉，朝而暮，暮而朝，其望之切，無時不然。由而推之，自公遷夔之一歲，泝之入蜀之十餘歲，無歲不然。而此詩特以「秋」稱者，在秋言秋耳。作者于此，不勝身世之感焉。末首以玄宗開元之世爲春，則肅、代之世爲秋，「彩筆氣象」之時爲春，則「白頭吟望」之時爲秋。是以人生之暮當世運之暮，故世之須身者急，身之需世亦急。奈何此身所立之地，不在廟堂之上，而反置之「巫山巫峽」之間乎！夫「巫山巫峽」，西南之邊隅也，于位則坤兑，于野則鬼井之餘分。所以第一首末句點出「白帝」二字，借公孫命城之義。白爲秋色，而白帝行秋令者也。故此詩八首，特以「巫山巫峽」爲來龍之祖，因而照出「夔府」、「京華」爲兩幹，而衆枝附焉。可作杜陵輿地圖。

其附于「夔府」者，曰「江間塞上」，曰「白帝城」，曰「北斗」，曰「山樓」，曰「石上」、「洲前」，曰「千家山郭」，曰「江樓」，曰「翠微」，曰「滄江」，曰「瞿塘峽口」，曰「邊」，曰「關塞」，曰「江湖」，皆眼前現歷之地，所憑以望者也；其附於「京華」者，曰「畫省」，曰「五陵」，曰「長安」，曰「王侯第宅」，曰「魚龍」、「江」，曰「蓬萊宮闕」，曰「南山」，曰「承露金莖」，曰「西瑶池」，曰「東函關」，曰「青瑣朝班」，曰「曲江」，曰「花萼夾城」，曰「芙蓉小苑」，曰「昆明池水」，曰「昆吾」，曰「御宿」，曰「紫閣峰」，曰「渼陂」，皆昔日平居之地，今日之所遥望而追思者也。然望有阻，思無阻。故望之所窮，則夔府視京華如天上，第二首「夔府」二句，地之所限也；思之所通，則夔府視京華如眼前，第六首云「瞿塘」二句，時之所合也。故時如碁，地如枰。故盧中郎《時興》詩中，亦以「洛下」等地名爲骨。

此詩八首中所取用地名尤多，然有綱領焉。其大綱如左右之分陜，如前「夔府」、「京華」；其每章之細綱，如人伯之分方，第一首「巫山巫峽」，第二首「京華」，第三首峽上「江樓」，第五首「蓬萊宮闕」，第六首「曲江頭」，第七首「昆明池」，第八首「渼陂」。八首之中，雖各地主，然未有到底單用一偏者。其主「夔府」邊者，必用京華地名相照見意；其主「京華」邊者，必以夔府地名收轉顧題。第一首以「巫山巫峽」賦眼前所歷之實境中，却點出「故園」二字，以伏下文「京華」之案。第二首意在「望京華」，其中則兩地夾寫，而起結皆用夔府。第三首景不離峽邊之「江樓」，而末二句意馳「五陵」。「五陵」者，天下豪傑集于京華者也。第四首似純是長安之事，然首句之首「聞」字，末句之末「思」字，則不必明點而已知其爲在夔府矣。或曰「秋江」即「巫峽」也。第五首「蓬萊宫闕」、「南山」、「瑶池」、「函關」許多地名，皆屬京華。末以「滄江」一地名歸結，最有力量。八首中唯此首地名採得另是一樣，蓋因譏玄宗好仙，故地名皆切仙境。愈解愈妙，真是無礙辨才。首句「蓬萊宫闕」爲主，蓋取三山之一以命名也。終南山，神宅之窟宅。仙露，合不死之藥。「瑶池」、「函關」點出老子、王母更顯。「滄江」，隱逸所棲。「青瑣朝班」，則東方朔之金馬門。「點朝班」者，即末首之「仙侣」。令人叫快。把一首蚤朝詩却化作遊仙詩，全是幾箇地名點得醒快。第六首首句「瞿塘」與「曲江」並提，中間却側落「曲江」。而城曰「花萼」，苑曰「芙蓉」，簾曰「珠」，柱曰「繡」，纜曰「錦」，檣曰「牙」，特選出一班火艷字面，簇成地名，正是化「帝王州」爲「歌舞地」處，爲後敗興張本。而「瞿塘」止留作末後「回首」二字所憑之地。本集曰：「即從巴峽穿巫峽，便下襄陽向雒陽。」瞿塘峽之口乃入蜀出蜀必由之處，少陵艤舟于此，幾幾有可歸之勢矣。而卒不得歸，隔歲經年，只單單一舟，舟中單單一人，徘徊于此，更見苦極。此蓋以夔之瞿塘，敵彼曲池之數地名，與上首同。但上首「滄江」在後，用爲歸結已妙；此首「瞿塘」在前，用爲領袖尤奇。第七首「昆明池水」，止京華一地名耳，却用夔之「關塞」、「江湖」雙結。蓋以此首譏玄宗之好武功，而又一篇之將終。上六句寫得雄壯之極，非此極天滿地之勢，扛之不起。至第八首首二句，連用京華六箇地名，而其末只用「低頭吟望」虛虛結之，全不點出夔府一箇地名來。或謂第一首俱寫「巫山巫峽」，雖帶出「故園」二字，亦非實境，故此末章全用京華地名，絶不及夔，使前後虛實互補。不知少陵歸思之切，滿心只是京華，滿眼只是京華，而巫山巫峽是其厭惡而急去之者也。奇快之論，却是當日的真情景，妙絶！妙絶！故前半特借以寓興，而末首則掃除其迹耳。

其次，詩中所引人名，明者凡四，暗者凡四。其明者曰「漢武帝」，蓋取以喻玄宗；曰「匡衡」，曰「劉向」，喻己之學問經術，有體有用，絶非迂腐之儒。故又以「青瑣」暗表東方曼倩，「彩筆」暗表司馬長卿，聊示優游玩世之迹，人不易識，而其實抱有撥亂反正之才。如鷹揚之太公，年當遲暮，隱寄江湖，用之最宜及其時也。至於「瑶池」之明稱王母，「紫氣」之暗指老子，偶爾拈來，點綴釜朝之瑞符而已，全非詩之肯綮〔一〕也。然而當八首正中之一聯，非此則又無以生全篇之氣勢。

【校勘記】

〔一〕「肯綮」，原作「肯系」，據文意改。

至於所引之物類，其係於天者，皆用以紀時，時出於天者也。故風雲月露，以紀一年之秋；落日朝暉，以紀一日之時；唯霄漢表闕，北斗標望，取意稍别。物之係於地而可以紀時者，唯有植物。物之植者，榮枯於時者也。最顯者，莫過於「楓樹」、「叢菊」，而若「藤蘿」，若「蘆荻」，若「菰米」，若「蓮房」，若「香稻」，若「碧梧」，凡草木之屬，皆可紀秋。若夫動物，雖無紀時之能，而其受變於時處，亦足感人，如「猿」及「燕子」之類是也，若「鳳凰」、「鸚鵡」、「黄鵠」、「白鷗」，則從思中懸生出來物色，原非實景。物又有係乎人之所需者，其紀時所用，却在瑣瑣事物，若「砧」，若「刀尺」，若「笳」，若「香爐」，若「枕」，而大者若舟車衣馬之屬，不過偶拈以形人世得喪榮辱相懸之勢，以寄感爾。若夫「承露金莖」、「雉尾宫扇」、「珠簾繡柱」、「錦纜牙檣」、「織女機杼」、「石鯨鱗甲」，雖曰用物，而本詩之意，特取以表地。讀詩者宜當地名觀，勿作物類觀。何也？少陵《秋興》八首從太冲《詠史》八首中來也。《詠史》八首全以多多人名寓意，《秋興》八首全以多多地名感懷。故於論末復作《秋興地名圖》，而人名、物名則略。〇古人云「興」括六義之全，少陵此詩八首，首首俱有比、賦之義，無須一一細貼。

至於八首之合乎風、雅、頌者，前三章似列《風》，第四首似《王風》之《黍離》，第五首似《頌》，第六首似《小雅》，第七首似《大雅》，第八首似二《南》士女江漢之遊。然亦不須强分，何也？秦漢以來，世無孔子，誰别頌、雅之所？然亦不妨强分之，以存其意耳。風者，形一國之風俗，故其所取山川形勝之材，不越此邦之界；所用草木鳥獸之名，不踰本土之産。少陵既以長安爲故國，而詩中取材用物，都取諸蜀之夔府，豈所云風不出境之義乎？雖然，嘗攷之《三百篇》，黎侯失國，託身于衛，衛人微之，作《式微》之詩，因以繫衛，遂爲《衛風》。况郡縣以後，天下無分土，故爲詩者，不以一國之風俗爲風，而以一人之感遇爲風。少陵此詩，身之所遇在夔府，心之所感在長安，則即當以所遇、所感現在之實境爲風。第一首既以「巫山巫峽」表厥疆場矣，其江間之「波浪」、塞上之「風雲」，即其山川形勢。而「楓樹」、「叢菊」，莫非兹土之物色。「寒衣」二句，俗勤女工，頗似《唐風》，與長安「拾翠」、「相問」不同。係之以風，洵不誣也。第二首、第三首峽猿之嗷嗷，戍笳之嗚嗚，漁人之泛泛，燕子之飛飛，以及石上之藤蘿，洲前之蘆荻，物色皆屬夔府，獨其悵望八月使槎，徘徊午夜晝省，傷功名之蹭蹬，悼心事之蹉跎，雖緣夔府而觸，不因夔府而生，乃黎侯賦《式微》之本旨也。原夫《式微》之詩，作於黎侯。不繫黎而繫衛，譏衛侯不能修方伯連帥之職耳。唐之方鎮，古之方伯也。絲絲縷縷，俱妙極天工。故少陵於鎮蜀者有譏爾，譏其不能薦賢於天子也。按：少陵自乾元元年己亥冬自隴右入成都，大曆元年自雲安至夔，明年丁未作《秋興》，客蜀凡八年。其時前後作鎮蜀者，如嚴武、高適，皆少陵夙昔同學之士，自輕自肥，婉託其詞，風人和平之致也。已上三首，所賦皆夔府眼前現在之事也。第四首以後，五首俱長安之事，都于夔府無干涉。但五首之中，「蓬萊」以後四首俱從「思」字寫長安往日之事，而第四首則其所聞乃長安現在之事也。昔東周之大夫行役西周，見王城之傾廢，爰作「禾黍離離」之詩，是爲《王風》。但彼當王城傾廢之餘，千里應然蕭條；此當兩都克復之日，一時更爾繁華。第宅衣冠之紛若，金鼓羽書之旁午，則據所聞而賦，與據所見而賦，同一傷悲也。前者進士之舉，既無望於外；而汲引之事，或可得于內。而「王侯」、「文武」云云，如此復何望乎？此所以念及「故國平居」，而慨然「有所思」。但《黍離》之思先王，思其盛，如文、武、成、康之時；此首之思玄宗，亦思其盛，如開元勵治之初。此「秋江」之「魚龍」，猶故國之禾黍，乃思之緣起，而非思之根本也。故於「思」上著一「所」字，見「思」有所以然者，下四首云云之意是也。頌之爲義，有美無刺。如第五首雖句句是美，實句句是刺，刺玄宗之好神仙也。按：開元六年夏，初度鄭銑、郭仙舟爲道士，猶似出於戲；至二十二年，以方士張果爲銀青光禄大夫，從此認真矣。二十五年置玄博士；二十九年得玄元皇帝像，詔兩京諸州各置玄元皇帝廟；天寶元年得靈寶于尹喜故宅，置玄元廟於大寧坊，九月改爲太上玄元皇帝宮；二年改西京玄元廟爲大明宮，東京爲太清宮；八載謁太清宮，册玄元皇帝尊號；七載玄元皇帝降于會昌，改曰昭應；十載朝獻太清宮。故此詩「東來紫氣滿函關」，言關之東、關之西盡爲伯陽紫氣所占也。此句是主，上句是客，俱用漢武帝事，勿認作周穆王事。《周穆王傳》譏遠遊，重在穆王往就王母；《漢武内傳》譏好仙，重在王母來就武帝。乃七夕故事，偶與「秋」字相關。「承露」句亦屬漢武帝求仙之事，以玄宗爲人内多慾而外施仁義，與漢武帝相類。故下文「昆明池」云云，明照出漢武帝。上句終南神仙之窟宅也，「蓬萊宮」言居之深。「雲移」二句，見之難，即方士所云「天子所居，不可令人見」之意也。「一卧」二句，崇奉玄學而抑退儒術，譏其所惑愈深也。誦中有諷，不純乎頌矣。

第六首刺玄宗好土木也。昔遊雒陽，寓次遇二客，一秦人，一蜀人。偶談《秋興》及此首，秦客曰：「開元二十年，命范安及於長安廣花萼樓，築夾城至芙蓉園。二十三年，册楊氏爲貴妃。乃預安排與貴妃行樂之地耳。『花萼』句，言樓之大。一樓耳，築之城，大矣，且作夾城而使之内通于御，其大何如？『芙蓉』句，言苑之遠。謂其勢可以入邊也。『愁』即『城高逕仄旌旗』之『愁』，彼言高意，此言遠意。長安地偏西北，除此一苑，長安之西，幾無地矣。秦之阿房，恐不是過。而目爲『小苑』者，人主一念之侈，猶以爲小也。『簾』、『柱』者，宫殿之飾，『珠』、『綉』言其麗，『圍黄鵠』言其多，『纜』、『檣』者水嬉之具，『錦』、『牙』言其麗，『起白鷗』言其多。『黄鵠』，鳥之好群者。

『珠簾綉柱』之多，重重密密，迎布曲江之岸。自曲江之中心旋而望之，若千萬成群之黄鵠，重重密密，圍住此曲江者。然『白鷗』，水鳥之愛静者，『錦纜牙檣』之多，往來盤曳，處處皆遍，即鷗鳥亦不能遂其飲啄之性。『起』者，起於曲江之中。『圍』者，圍乎曲江之外。『通御』者，自曲江而通。『入邊』者，自曲江而入。則『曲江頭』即《哀江頭》所『潛行』之『曲江曲』。而『花萼』云云，即『江頭宫殿鎖千門』也。夫此不過離宫别館遊幸之所耳，驪山温泉，處處有之，何止一曲江。奢侈至此，是將秦川百二自古帝王之州縮成一掌歌舞之地，以充一人俄頃之歡娱耳。」「一掌」妙言，只容得一箇貴妃在上。

蜀客曰：「如子説，奚以置首二句與末『回首』二字也？」曰：「此二句寫法與上『函關』二句寫法相類，亦相照。函關之西，是謂秦川；而函關以東，東周及六國之故地。玄宗既以秦川爲歌舞之地，則土木之費，不得不取之函關以東之民。則是玄宗一人獨歡獨樂，而天下之民皆在風烟之中矣。其借『瞿塘』與『曲江』萬里相接以徵之者，以詩之作必有所據之地以起。而少陵作詩之時，適在瞿塘峽口，則『回首』之人即少陵；而少陵『回首』之處，即瞿塘峽口也。」蜀客曰：「信哉玄宗之好仙也，將秦川百二捨爲道場；好奢也，將秦川百二排爲戲場；則其好武也，安得不將秦川百二化爲戰場乎？夫玄宗末年之亂，正坐武備不修之故。則第七首曷譏之？譏其務名不務實耳。故朱子作《綱目》，于開元元年大書曰：『講武于驪山。』詞無所貶。十九年三月置太公廟，書法曰：『譏也。』于時帝事邊功，故有此置。其後西北二邊用兵不已，南詔之敗至于喪師二十萬。

未幾禄山犯闕，四海分崩，流爲藩鎮之禍，生民屠戮幾盡，至于五代之後然後已，則皆起玄宗好大喜功之一念，而立太公廟固其意之效也。夫古來王者致治，原不借才異代。故天下之大，天下之人之衆，豈無懷才抱異如太公，而淪迹江湖之間者乎？卒不聞後車之載也，此馮唐所以致嘆耳。此與上首信乎雅矣，但未可大小分耳。至於第八首前六句寫天寶之勝遊，其文法似於第五首前六句相類，所謂『朝野多歡娱』也。此首專序在野，其風物之美麗，士女之遊觀，髣髴《周南》江漢之間，中所拈佳人相問之春，即有女所懷之春。似乎《風》之最正而無所刺，即有所刺，亦于玄宗無與。然君子以爲猶有刺于玄宗者。『仙侶』句不治其庖，始于十八年二月初令百官休日選勝行樂；『佳人』句不績其麻，起於連年御樓觀燈及賜脯，則此詩《風》也，亦《雅》矣。故有識之士推少陵爲二《雅》之才，信然也。夫以二雅之才目少陵，統論其生平之詩耳。若論此詩，則六義皆備，所以托意於『秋』而以『興』義括之也。故學者熟此八首，則全集之千餘篇皆可通；不惟全集，即孔子所删之《三百篇》亦得通。何也？通之以思也。昔孔子謂《詩三百》，可蔽以一言。『一言』者，無物之思也。此詩八首，凡五百一十二言，却把『思』字安于正正中間。恰如居所之北辰，在衆星之中。内除却一『望』字當時冲之南極。將其餘五百一十言分而爲二，各得二百五十字。一以『望』字領之，寫眼前之事，而挾述往事以寄感，是爲前四章；一以『思』字領之，追寫往日之事，而重期後來以見志，是爲後四首。而總以『思』字爲前後黏合之要樞，何也？『思』出於無邪也。思者，興之根本，而秋其枝條，詩中之取材用物，其花葉也。」

客曰：「少陵《秋興》詩八首，古人以爲應唐律一首八句之義。敢問奚合奚分？」曰：作律之法，不過起承轉合。少陵八首亦用此法，所以此詩八首，有合于一首八句之義也。今更爲客分之：第一首實寫秋景，乃律詩起句之法。第二首緊接上意，拈出「望」字，見身在「夔府」，君在「京華」，此律詩二句推衍首句之法。第三首「日日江樓」承身在「夔府」；第四首「寂寞秋江」承君在「京華」，此律詩三、四承第二之法。而以「直北」云云之危急，對「信宿」云云之閒適；以「侯王」云云之赫奕，對「匡衡」云云之侘傺，乃是絕妙頷聯也。第五首、第六首暗頂上文「思」字，略略拓開，一則以「蓬萊」、「瑶池」等神仙窟宅，表往時御政之所，而繫思於「滄江」之上；一則以「花萼」、「芙蓉」等錦繡乾坤，追舊遊幸之處，而遥望於「瞿塘」之間。頸聯尤爲精工之極。第七首「關塞極天」之「鳥道」、「江湖滿地」之「漁翁」，身與玄宗從頸聯分轉而下，總應前文，而單以寓夔作《秋興》之一人收來，以結上七章，亦如律詩末句照映首句之法。故少陵《秋興》八首祗是一首，猶羲、文序《易》六十四卦總是八卦。

附録推論杜律一則

睢陽賈發秀啓夕甫著

登兗州城樓

東郡趨庭日，南樓縱目初。浮雲連海岱，平野入青徐。孤嶂秦碑在，荒城魯殿餘。從來多古意，臨眺獨躊躇。

此子美五言律詩初手，以伯魚自處，而孔子其父者也。問今日所登者何城之樓？則「東郡」即兗州也。問何事而在兗州？則以隨父之任也。

夫兗州者，周公之國，而孔子之家也。凡登眺之詩，必帶懷古。懷古者，必懷其本地之第一流人、第一等事。今在兗州，舍孔子與周公奚歸？然使子美居然孔子自處，何以處夫爲子美之父也者？故退而自處以伯魚，摘取伯魚對答陳亢趨庭之文爲起句。夫趨而過庭者子美，必有獨立堂上之人矣。此善則歸親之誼也。

「日」字即取原文兩「他日」字來，有惜陰之意。謂己從父到此只是學詩學禮，日不暇給，曷嘗有縱意遊覽之一刻；乃今日登此城樓，而得縱目一眺也。「初」字有兩義，照上句「日」字言，與以前止在署中侍親，未嘗離庭前一步，而此則行有餘力之暇餘；一照下七句言，家本秦川，生平所見皆西北山水，而自此則歷覽東南形勝之始也。

「浮雲」二句緊寫「縱目」二字，上句仰寫，下句俯寫。觀其所採《禹貢》地名，盡出兖州之外，則此二句不拘拘一郡之形勝，特以眺者之目量爲限，要之亦不離現在所登之兖州南樓，爲起目之始。先於東郡之左右旁表以距目之界，曰「海」曰「岱」；次於南樓之東南直表以目之距界，曰「青」曰「徐」。「海」之與「岱」懸矣，而以經兖之「浮雲」聯其勢。「連」者，不斷之詞。「青」之與「徐」遠矣，而以目兖之「平野」接其形。「入」者，不盡之詞。夫題詠兖府南樓，而遥采佳名大觀，則「海岱」、「青徐」，誠不可移易。但登眺之時，景物之入目者亦復何限，而聯「海岱」者必以「浮雲」，接「青徐」者必以「平野」。蓋「平野」者，取其幅幀之廣，以徵天地之大，爲下文「嶂孤」、「城荒」張本；「浮雲」者，取其變幻之速，以寓古今之久，爲下文「碑在」、「殿餘」張本。

已上二句寫縱目已極，直如館中初讀書學生，平日爲父師所拘束，一旦放假出遊，滿眼饞態，活現畫出。然後收眼細看本郡景物。嶧山「孤嶂」之上，秦始之碑在焉，是李斯之所書也；曲阜「荒城」之中，魯恭王之殿在焉，是王延壽之所賦也。平日歷覽典籍所載，從來古意，兖州最多，其漫滅無傳，不可勝計。即此二者之尚存，可徵其不誣矣。然此二者之不至漫滅無傳，亦岌岌耳。何也？以上二句天地之大較之，彼「孤嶂」、「荒城」且不異「平野」之丘垤，何況於嶂上之碑、城中之殿乎？以古今之久較之，彼暴秦義漢曾不及「浮雲」之倏忽，而況於猶在之碑、僅餘之殿乎？嗟夫！茫茫天地，悠悠今古，寓形幾何，努力當及少壯。則欲建不朽之業者，非古人，吾誰與歸？但古人之不朽非一轍，或立德，或立功，或立言。我今日而欲圖不朽之業，將以立功乎？宜爲李斯之上書；將以立言乎？宜爲王延壽之作頌。然皆非吾之願也。我之所願者，唯學詩學禮，效孔氏之立德而已，故曰「臨眺獨躕躇」。「躕躇」者，足欲進而心不定也。其不定于彼者，正其足於此也，蓋有子夏戰勝之力矣。

「古意」與「古跡」不同。「古跡」，古人行事所留之遺蹟也，如本集《詠懷古跡》五首是也。至於此詩，若指「秦碑」爲始皇頌德之碑，「魯殿」爲恭王好奢之殿，便是古跡，則與末句不相貫串矣。但此詩不止取秦始、魯恭之行事，而兼取李書、王賦之義，斯可與下文相適，故曰「古意」。「古意」猶言古董，秦碑得李書，魯殿經王賦，方成古董。不然，曷異驛前之稱功碑、縣衙之迎官舍乎？然天下古意，兖州獨多者，孔子魯人也，删史爲經，魯乃宗國，不使如杞、宋之無徵也。而子美却於孔子之事無稱引焉者，蓋懷孔子而即述孔子，此宋人之腐氣也。故只借「秦碑」、「魯殿」二意，虚夾寫出箇願學孔氏之意來。此等詩格，如日者命格之有拱禄、拱貴爲最上也。况其首句已暗引「趨庭」之語，但「趨庭」家人父子居常之禮，不可標爲事跡，然未嘗不可通之孔子之意也。子美之「躕躇」而不從彼二意者，正戀戀此意而不能去也。

况趨庭之教，無非學詩學禮。他日夫子謂伯魚：「汝爲《周南》。」訓以學詩；面牆之立，戒以學禮。此詩取材「趨庭」，不惟誦法孔子，而兼挾周公在内。此等文法，空中之重樓疊閣也。其於兖州人物之大觀，方寫得圓滿無遺，真聖手也。

雖然，兖州之古意，不惟多於春秋之前，即秦漢以後亦復多多。而子美專取此二者，夫燔滅孔子之《詩》《書》者秦人，壞孔氏之宅以爲宫室者魯恭，至於今日，皆若泯若滅。一片神光離合，令人心目俱炫，不可即視。所謂莊註郭象，非郭象註莊也。而獨此誦法孔氏之士，或趨庭而承顔，或登樓而縱目。其以護衛聖道，不待起八代之昌黎，此詩真有不測之神妙矣。所以然者，子美雖當少年，有定識，有定力，因而有定志，有志竟成，遂爲千古詩家之集大成。若其詩與題相顧，其布局措詞，字字皆有法度。題曰「兖州」，即詩首「東郡」，其下「孤嶂」、「荒城」由此生，即「海岱」、「青徐」亦由此生。「南樓」字詩題俱同，「庭」字從「樓」字生，「碑」、「殿」亦從「樓」字生。詩「縱目」及「臨眺」寫題「登」字，「趨」字從「登」字生，「躑躅」又從「趨」字生。其詩律之細，不待晚年也。

客有難啓夕子曰：「此詩寫東郡之形勢，與《秋興》之『蓬萊宫闕』云云，同乎？異乎？」曰：法同而意異。《秋興》法天之全象，《兖州》依人之視界。《秋興》東以函關，西以瑶池，南以終南山爲界，作三點同心半圓形如扇面；《兖州》左以海，右以岱，南以青及徐爲界，作三點同心半圓形如扇面。此法之所以同也。至於「蓬萊宫闕」，君之所居也，可以謂之北，可以謂之中。謂之中者，須再用規作半圓形與前合，成一全圓形，王者居中制外之象也；謂之北者，長安地偏西北，不必更作，即此以象王者負陰抱陽，南面而治天下也。此皆辰居星共之理，子美法以尊朝廷耳。

若夫兖州身之所在，不過一人之寓目感懷，故止寫視理，謂人目之容量，所受於大象之分，即其見界之所至，以示格物之能而已。惟《秋興》爲尊君愛國，故高表凌「漢霄」之「仙掌」，而實以又須知「紫氣」；兗州爲寓目感懷，故俯送入「青徐」之「平野」而連以「浮雲」。此意之所以異也。又須知《秋興》是寫「望」，此是寫「眺」。融合諸詩處渾成無跡，真如無縫天衣。他人飛針度線，縱費經營，終不能無襞績之痕，安得不推此爲聖手？「眺」者，心中無事，極人目量之所至，不必直射，或右或左，縱横遠近，任所觸之物而後感於心。「望」者，心中有事，心之所注而目向之，不左不右，直直射去，如《秋興》二章之「每依北斗望京華」；亦不論目力之所能及不能及，而必躭躭注之，如六章「瞿塘」、「曲江」相去萬里，不因風烟之阻而輟望。故望之有所見而感，無所見而亦感也。又須知此詩之「眺」在圈子中往外眺，《秋興》之「望」在圈子外往内望，何也？《兗府》之「望」，身在南樓；《秋興》之望，身不列蓬萊宫前之朝班，而在巫山巫峽之間也。收拾處不走一絲。

嚴氏糾謬

嚴氏糾謬提要

《嚴氏糾謬》一卷，據嘉慶間張海鵬輯《借月山房彙鈔·鈍吟雜録》本點校。撰者馮班（一六〇四—一六七一），字定遠，號鈍吟，江南常熟人。明諸生，入清不仕。有《鈍吟全集》。詩宗晚唐，與其兄馮舒評點《才調集》、《玉臺新詠》，頗著時譽。《鈍吟雜録》十卷，乃其身後由侄馮武多方搜輯遺稿而成。此卷載於卷五。馮武序謂所得各種著作俱未刊，惟《嚴氏糾謬》得之諸本。又趙執信《鈍吟集序》謂《糾謬》曾由馮氏長子行賢攜之入都，深爲時流鉅公驚怪，可知當年即較著影響。其糾嚴羽説詩用禪之誤，後世亦每有議論。卷中評語出自何焯，《彙鈔》編者有所删併，與全集本原批文字稍有不同。嘉慶間雪北山樵（張承綸）輯《花熏閣詩述》，取《鈍吟雜録》卷三《正俗》中論詩體三則及《鈍吟文稿》中論樂府三則，合爲一卷，仍冠以「鈍吟雜録」之名，實非馮氏之舊。雪樵所取頗爲有識，民國初丁福保輯《清詩話》曾予收入。今以爲雪樵新輯，而入嘉慶期。

嚴氏糾謬

馮 班

嘉靖之末，王、李名盛，詳其詩法，盡本於嚴滄浪，至今未有知其謬者。今備論之如左。自宋末以來，大抵多爲所誤。《詩人玉屑》開卷即載其《詩評》，不待王、李也，攻之極當。錢牧翁作《唐詩英華序》，亦采其大略，然不若此核論，未足袪後學之惑也。

以禪喻詩，滄浪自謂「親切透徹」者，自余論之，但見其漫漶顛倒耳。具疏之如左。

滄浪曰：「禪家者流，乘有大小，宗有南北，道有邪正。學者須從最上乘，具正法眼，悟第一義。若小乘禪，聲聞、辟支果，皆非正也。論詩如論禪，漢、魏、晉與盛唐之詩，則第一義也；大曆以還之詩，則小乘禪也，已落第二義矣；晚唐之詩，則聲聞、辟支果也。學漢、魏、晉與盛唐詩者，臨濟下也；學大曆以還之詩，曹洞下也。」

糾曰：乘有大小，是也。聲聞、辟支，則是小乘。今云大曆以還是小乘，晚唐是聲聞、辟支，則小乘以下别有權乘，所未聞一也。初祖達摩自西域來震旦，傳至五祖忍禪師，下分二枝：南爲能禪師，是爲六祖，下分五宗；北爲秀禪師，其徒自立爲六祖，七祖普寂以後無聞焉。滄浪雖云「宗有南北」，詳其下文，都不指喻何事，卻云臨濟、曹洞。按：臨濟元禪師、曹山寂禪師、洞山价禪師三人並出南宗，豈滄浪誤以二宗爲南北乎？所未聞二也。臨濟、曹洞機用不同，俱是最上一乘。今滄浪云「大曆已還之詩，小乘禪也」，又云「學大曆已還之詩，曹洞下也」，則以曹洞爲小乘矣。所未聞三也。凡喻者，以彼喻此也，彼物先了然於胸中，然後此物可得而喻。滄浪之言禪，不惟未經參學，南北宗派、大小三乘，此最是易知者，尚倒謬如此，引以爲喻，自謂親切，不已妄乎！至云「單刀直入」，云「頓門」，云「活句」、「死句」之類，剽竊禪語，皆失其宗旨，可笑之極。劉後村有云：「詩家以少陵爲祖，其説曰『語不驚人死不休』；禪家以達摩爲祖，其説曰『不立文字』。詩之不可爲禪，猶禪之不可爲詩。」此論足使羽卿輩結舌。

滄浪云：「不落言筌，不涉理路。」按：此二言似是而非，惑人爲最。夫迷悟相覺，則假言以爲筌；邪正相背，斯循理而得路。迷者既覺，則向來之言還歸無言；邪者既返，則向來之路未嘗涉路。是以經教紛紜，實無一法可説也。此在教家，已自如此，若教外别傳，則絶塵而奔，誠非凡情淺見所測，吾不敢言也。至於詩者，言也，言之不足，故長言之；長言之不足，故詠歌之。但其言微，不與常言同耳，安得有不落言筌者乎？詩者，諷刺之言也，憑理而發，怨誹者不亂，好色者不淫，故曰「思無邪」。但其理元或在文外，與尋常文筆言理者不同，安得不涉理路乎？

滄浪論詩，止是浮光略影，如有所見，其實脚跟未曾點地，故云「盛唐之詩，如空中之色，水中之月，鏡中之象」，種種比喻，殊不如劉夢得云「興在象外」，一語妙絶。又《孟子》言「説《詩》者不以文害辭，不以辭害志，以意逆志，是爲得之」，更自確然灼然也。嗚呼！可以言此者寡矣。滄浪只是興趣言詩，便知此公未得向上關捩子。

滄浪一生學問最得意處，是分諸體製，觀其《詩體》一篇，於諸家體製渾然不知，今列之於後。

滄浪云「以時而論，則有建安體」云云。按：此一段雖無大謬，然憒憒無所發明，多有疏贅。

建安體，云「漢末年號，魏曹子建父子及鄴中七子詩」。按：一代文章，惟須舉其宗匠爲後人慕效者足矣，泛及則爲贅也。子建、公幹，文章之聖；仲宣、休璉，多有名作。仲宣《七哀》、《從軍》，休璉《百一》，皆後人之師也。閻丈百詩云：「休璉是七子中人，休璉《百一》作於曹爽專政之時，乃是正始中。定老列之建安，亦微誤。」若元瑜、孔璋，書記翩翩，不以詞賦爲稱；子建有「孔璋不閑詞賦」之言。建安詩體，似不在此人，不當兼言七子也。又五言雖始於漢武之代，盛於建安，故古來論者，止言建安風格。至黃初之年，諸子凋謝不存，止有子建兄弟，不必更贅言更有黃初體也。特主綺靡，尤多麗偶。士衡之出，體實少異於建安之質，宜分太康體。玄風盡革，山水入詠，宜分元嘉體。按：此嚴書已有，但不能舉其人、核其變。

永明體、齊梁體。永明之代，王元長、沈休文、謝朓三公皆有盛名於一時，始創聲病之論，以爲前人未知。一時文體驟變，文字皆避八病。一簡之內，音韻不同；二韻之間，輕重悉異。其文二句一聯，四句一絕，聲韻相避，文字不可增減。「文字不可增減」者，似謂前人文字多未叶宮商，故須增減而後入樂。今則輕重悉異，則無不叶；音韻不同，又無相犯。以被管絃，更不煩增減也。自永明至唐初，皆齊梁體也；至沈佺期、宋之問變爲新體，聲律益嚴，謂之律詩。陳子昂學阮公爲古詩，後代文人始爲古體詩。唐詩有古、律二體，始變齊、梁之格矣。今敘永明體，但云「齊諸公之詩」，不云自齊至唐初，不云沈、謝，知其胸中憒憒也。齊時如江文通詩不用聲病，梁武不知平上去入，其詩仍是太康、元嘉舊體；若直言齊、梁諸公，則混然矣。齊代短祚，齊武帝以永明紀元，凡十一年。王元長、謝玄暉皆歿於當代，不終天年；沈休文、何仲言、吴叔庠、劉孝綽皆一時名人，並入梁朝。故聲病之格，通言齊、梁。若以詩體言，則直至唐初，皆齊梁體也。白太傅尚有格詩，李義山、温飛卿皆有齊梁格詩，但律詩已盛，齊梁體遂微，後人不知，或以爲古詩。若明辨詩體，當云：齊梁體創於沈、謝，南北相仍，以至唐景雲、龍紀，始變爲律體。如此方明。此非滄浪所知。

元和體。東坡云詩至杜子美一變。按：大曆之時，李、杜詩格未行，至元和、長慶始變，此亦文字一大關也。然當時以和韵長篇爲元和體。若以時代言，則韓、孟、劉、柳、韋左司、李長吉、盧玉川，皆詩人之赫赫者也，云「元、白諸公」，亦偏枯。大略滄浪胸中不了了，每言諸公，不指名何人爲宗師，參學之功少也。白公《秦中吟》貞元中作，昌黎貞元進士，則貞元已變矣。韋左司詩，齊梁舊體也。柳儀曹亦然。

「以人而論」至云云。按：此一段漏略疏淺之甚，摽星宿而遺羲、娥。知此人胸中不通一竅、不識一字，東牽西扯而已。

建安以後，詩莫美於阮公《詠懷》，陳子昂因之以創古體。何以不言「阮嗣宗體」？鍾記室《詩品》敘中亦不列阮公，但滄浪在既定《文選》後，爲可怪耳。

潘、張、左、陸，文章之祖，前言太康體，似矣。以人言，則何以缺此四君？

文章之變，潘、張、左、陸以後，清言既盛於時，詩人所作，皆老、莊之讚頌。自顔、謝、鮑，始革其製。元嘉之詩，千古文章，於此一大變，請具論之。漢人作賦，頗有模山範水之文，五言則未有。後代詩人言山水，始於謝康樂也。陸士衡對偶已繁，用事之密，始於顏延之，後代對偶之祖也。劉越石、郭景純，不囿於俗者也；殷仲文、謝益壽始變其體，至元嘉而始大。《三百篇》言飲酒，雖云「不醉無歸」，然以成禮合歡而已；「彼醉不臧」，則有沈湎之刺。詩人言飲酒不以爲諱，陶公始之也。《國風》好色而不淫，近代朱子始以《鄭》、《衛》爲男女相悦之詞，古人不然。《楚詞》美人以喻君子；五言既興，義同《詩》、《騷》，雖男女歡娱幽怨之作，未極淫放，《玉臺新詠》所載可見。至於休、鮑，文體傾側，「傾」，抄本作「輕」。宮體滔滔，作俑於此。永明、天監之際，宜云大同以後。鮑體獨行，延之、康樂微矣。梁武代齊，歲在壬午，以天監紀元者十八年。庚子改元普通，丁未又改元大通。三年辛亥，昭明太子薨，立簡文帝爲皇太子。時徐摛爲家令，屬文好爲新變，不拘舊體，春坊盡學之，「宮體」之號，自斯而始，則距天監已逾一紀矣。不得謂天監以後獨行也，況永明乎。今謝康樂之後不言顏延之，則梁人□之。又不言沈、謝，則齊、梁聲病之體不知所始矣；不言鮑明遠，則宮體紅紫之文，不知所法矣。雖言徐、庾，是忘祖也。於時詩人灼然自名一體者有吴叔庠，邊塞之文所祖也；又如柳吴興、劉孝綽、何仲言，皆唐人所法。柳文暢恐未能立家。何以都不及？子美頗學陰、何，又云「李侯有佳句，往往似陰鏗」，則子堅之體不可缺。言庾則子堅似可該。齊、梁已來，南北文章，頗爲不同。北多骨氣，而文不及南。鄴下才人，盧思道、薛道衡皆有聲譽。自隋煬有非傾側之論，徐、庾之文少變，於時文多正雅，薛道衡氣格清拔，與楊處道酬唱之作，李義山極道之。義山《謝河東公和詩啓》特以越公比仲郢，而以道衡自擬，義取倡和，非舉爲宗師，何足據耶！唐初文字，兼學南北，以人言之，道衡亦不可缺。此條略本《北史・文苑傳敘》，然多骨氣而文不及南者，乃指温、邢未出以前，且通論有韵、無韵者，安得巧附立説？鄴下才人亦皆宗仰江左，故祖珽謂沈、任之是非乃邢、魏之優劣。思道樂府諸篇，道衡《昔昔鹽》、《戲場》諸篇，孰非南朝體乎！魏鄭公《隋書・文學傳敘》云：「江左宮商發越，貴於清綺；河朔詞義貞剛，重乎氣質。氣質則理勝其詞，清綺則文過其意。理深者便於時用，文華者宜於詠歌。」則鄭公立論，雖頗裁大同之淫放，至連絶所長，未有不以南朝詞人爲尸盟耳。《北史・文苑傳》特著諸公者，蓋以北方風雅實始盛於齊季鄴下，以爲自是乃可希風江左，非謂宮體革自盧、薛也。盧没於開皇之代久矣，唐初詩歌承隋之後，輕側淫麗，於是稍止。然率宗師徐、庾，上合沈、謝，無聞别有北宗。若道衡特標一體，反屬杜撰矣。

宋人頗學唐人，滄浪敘唐人差整，彼有所受之也。然沈、宋之前不云李嶠、蘇味道，王右丞以後不言錢、郎、劉隨州，李商隱之下不言温飛卿，元、白之下不言劉夢得，皆缺也。

「又有所謂《選》體」云云。此一段敘論，駁雜譌亂，不可盡正。

云「玉臺體」。滄浪注云：「《玉臺》，徐陵所集，漢、魏、六朝之詩皆有之。或者但謂纖艷者爲玉臺體，其實不然。」案：梁簡文在東宮，命徐孝穆撰《玉臺集》，其序云：「撰録艷歌，凡爲十卷。」則專取艷詩明矣。又其文止於梁朝，無陳、隋，則止四朝耳。今云六朝，皆有謬矣。觀此，則於此書殆是未讀也。

云「西崑體」。注云：「即李義山體，然兼温飛卿及楊、劉諸公而名之。」按：《西崑酬唱集》是楊、劉、錢三君倡和之作，和之者數人。其體法温、李，一時慕效，號爲西崑體。其不在此集者尚多。屬和者又十五人，李宗諤、陳越、李維、劉騭、丁謂、刁衎、任隨、張詠、錢維濟、舒雅、晁迥、崔遵度、薛映、劉秉，其一人則傳寫逸其名氏也。至歐公始變，江西已絶後矣。及元人爲綺麗之文，亦皆附崑體。李義山在唐與温飛卿、段少卿號三十六體，三人皆行第十六也，於時無西崑之名。按：此則滄浪未見《西崑集序》也。其誤始於《冷齋夜話》，金源時此書流於北方，如李屏山《西巖集序》、元遺山《論詩絶句》，率指義山爲崑體。玉溪不掛朝籍，飛卿淪於一尉，安得廁跡册府耶？楊文公序云：「取玉山册府之名，命之曰《西崑酬唱集》。」

云「有一句之歌」。注云：「《漢書》『枹鼓不鳴董少年』，又漢童謡『千乘萬騎上北邙』」。按：《漢書》「董少平」，不作「少年」。「鳴」、「平」是韵，二句之歌也。又云「侯非侯，王非王，千乘萬騎上北邙」，是三句，不是一句。滄浪讀誤本《漢書》，又健忘，所言童謡，失卻二句，可笑。

云「有琴操」。注云：「古有《水仙操》，辛德源作；《别鶴操》，高陵牧子作。」按：《琴操》豈止二篇，《水仙操》亦不始辛德源。觀此則滄浪不知《琴操》也。《琴操》此書雖亡，然《樂府詩集》所載可見。

云「有八病」。注云：「作詩正不必拘，此敝法不足據也。」按：八病出於沈隱侯，古人亦有非之者。然齊梁體正以聲病爲體，律詩則益嚴矣。滄浪既云「有近體，有律詩」，又云「不必拘」，不知律詩「律」字如何解？蓋聲病之學，至宋而譌，故阮逸注《文中子》云「八病未詳」也。如今《金鍼詩格》及周密所言，皆以意妄測，誤也。已經考證，此不具。今人則但以對偶爲律矣。今人作詩，至不識雙聲何事。

云「有古詩全不押韵者，古《採蓮曲》是也」。按：云「江南可採蓮，蓮葉何田田，魚戲蓮葉間」，「田」、「蓮」是韵，「間」字古韵通，何言全無韵也？

云「有後章字接前章者」。注云：「曹子建《贈白馬王彪》詩。」按：《三百篇》已有此體。

云「有絶句折腰者，有八句折腰者」。按：律詩有粘，不知所起。《河嶽英靈集序》云「雖不粘綴」是也；又韓致光有聯綴體，沈存中《夢溪筆談》有偏格、正格之論，是其説也。今云折腰而不言何謂折腰，亦漏略也。折腰者，如絶句「平仄平仄」或「仄平仄平」，不用粘者是也。《中興間氣集》中特標崔峒一絶，注云「折腰體」，似指第四句第三字，非不用黏之謂。

詩法

云「用事不必拘來歷」。按：此語全不可解，安有用事而無來歷者？

云「參活句，勿參死句」。按：禪家言死句、活句，於詩法全不相涉也。禪家當機煞活，有時提唱，有時破除，有時如擊石火、閃電光，有時拖泥帶水。若刻舟求劍，死在句下，不得轉身之路，便是死句。詩人所謂死、活句全不同，不可相喻。詩有活句，隱秀之詞也；直敘事理，或有詞無意，死句也。隱者，興在象外，言盡而意不盡者也；秀者，章中迫出之詞，意象生動者也。禪須參悟，若「高臺多悲風」、「出入君懷袖」，參之亦何益？凡滄浪引禪家語多如此，此公不知參禪也。

云「詩之是非不必争，試以己詩置之古人集中，識者觀之不能辨，則真古人矣」。滄浪之論，惟此一節最爲誤人。滄浪云：「於古今體製，若辨蒼素。」又云：「作詩正須辨盡諸家體製。」滄浪言古人不同，非止一處。由此論之，古之詩人既以不同可辨者爲詩，今人作詩乃欲爲其不可辨者，此矛盾之説也。

云「《古詩十九首》『行行重行行』，《玉臺》作兩首。自『越鳥巢南枝』以下別爲一首。當以《選》爲正」。按：《玉臺集》北宋本正作一首，永嘉陳玉甫本誤耳。今趙氏所刊乃陳本，仍通爲一首也。

云「『仙人騎白鹿』之篇，予疑『苕苕山上亭』已下，其義不同，當又別是一首，郭茂倩不能辨也」。按：此本二詩，樂工合之也。樂府或一篇詩止截半首，或合二篇爲一，或一篇之中增損其字句。蓋當時歌謠出於一時之作，樂工取以爲曲，增損以協律。故陳王、陸機之詩，時謂之乖調，未命樂工也。具在諸史樂志。滄浪全不省，乃云郭茂倩不辨耶？

云「《楚詞》惟屈、宋諸篇當讀之，外惟賈誼《懷長沙》、淮南王《招隱操》」，又云「《九章》不如《九歌》，《九歌·哀郢》尤妙」。按：《九章》有《懷沙》，賈太傅無《懷沙》也；《招隱士》亦非操。《哀郢》是《九章》，《九歌》是祀神之詞，何得有《哀郢》？滄浪云「須熟《楚詞》」，今觀此言，《楚詞》殊未熟，亦恐是未曾看。彼聞賈生爲長沙王傅，自傷而死，遂以爲有《懷長沙》，不知《懷沙》非長沙也。彼知屈子不得志於懷、襄而死，意《哀郢》必妙，不知《九歌》無《哀郢》也。望影亂言，世爲所欺，何哉？

作詩用字不可單，單則無味。此只論近體。用意不可雜，雜則爾我都晦。此只論近體，古詩皆然。

（吴忱、楊焄點校）

詩辯坻

詩辯坻提要

《詩辯坻》四卷，據康熙間刊《毛稚黄十二種書》本點校。撰者毛先舒（一六二〇—一六八八），一名騤，字稚黄，一字馳黄，浙江仁和人。明末諸生。入清棄舉業。有《思古堂集》。《清史稿》卷四八四有傳。此書《自叙》謂作於「乙之首春，成於壬之杪冬」。考順治十七年王士禛、鄒祗謨編選之《倚聲初集》已著録是書，則此「乙」、「壬」當爲順治二年乙酉至九年壬辰。時值作者三十歲上下，故議論不免氣盛，頗有明七子之遺風。如以「格」、「法」論詩，詩須斂才就格，無關才多，良由法少；宗唐前詩而以「唐後」一語略過宋元，直接明詩，是皆七子餘緒。惟論體稍異于前明諸家，如《三百篇》後按詩、騷、樂府三體説之，其中騷流於賦，可無論；詩則揚古體抑近體，故説古多可聽，論近則難當意，尤以七律「已底極變」而重貶之，遂連老杜、義山亦不入法眼，體勢亦竟論至半途而止矣。然説樂府則大反之，漢魏以下，視唐絶句爲樂府，詞之小令、宋詞之長調、金之弦索調、元之套曲，直至明之南曲，以植於樂調串連一系，而未見拘泥，蓋得益於深諳韵學之長也。毛氏由明入清，又曾從陳子龍、劉宗周遊，故論明詩較爲親切，雖宗七子，亦不無商駁；卷四又有專篇論析竟陵鍾、譚，分立説善者與謬者各三十餘則，可謂持平。

詩辯坻序

同郡陸圻景宣拜譔

毛子之辯詩也，將廣詩于天下也。曷爲廣之？將廣詩之治于天下也。蓋詩以言志，志有疆域，則詩有規萬；旨有貞淫，則曲有倫變。善詩者能自澤于弦誦，又能引人於安雅，察其升降，謹其流失，使天下之人皆自進于雍容夷愉，足以宣德意，竭忠孝，即天下稱郅理焉。此毛子之志也，故曰將廣其治于天下也。然則辯詩者何昉乎？語有之：「《國風》好色而不淫，《小雅》怨誹而不亂。」辯之始也。下此則《雕龍》、《詩品》，辯不一家，亦各引信神明，掊擊怫戾，褒斷抑損，大柢可槩見焉。沿及近世，迪功《談藝》之録，弇州《卮言》之編，明瑞《詩藪》之作，莫不羅絡古近，津梁來葉。所謂有龍淵之利，乃可議斷割；擅《淥水》之節，乃可辨鏗鏘者也。予觀毛子天情標遠，中抱隉惻，有詩之質者也。其學瀝液群言，馳騁百代。每以詩自娱，而世亦翕然以詩奉毛氏。即今談詩之異同者，亦折衷于毛氏。乃毛子爲詩，長言之不足，又極辯之。《卿雲》、《八百》而後，舍人、黄門以前，靡不斟酌膏腴，條列情品，反覆窮詰，淵然湊微，洵詞家之具囿，而風賦之都會也。然其取辯于坻者何也？昔子雲之目《方言》曰：「如鼠坻之與牛場也，用則實五稼，飽邦民；不用遂爲糞壤，抵之于道。」茲毛子乃取義于坻，殆莫必其傳耶？抑《詩》有云：「如京如坻。」《傳》云：「有肉如坻。」竊以毛子之學，高則爲陵，大則爲京，將以顯盛之名進之，何邦民之不飽而屑屑憂糞壤爲？矧今毛子之詩既家弦以諷詠，而毛子之辯又户説以眇論，使天下之詩人昭晰而互進，皆將雍容夷愉，以宣德意而竭忠孝，坐臻于郅理，是則毛子廣詩之志已矣，又何邦民之不飽而屑屑憂糞壤爲也？然則廣毛子之志于天下，雖以爲治于天下可也。

詩辯坻卷第一

錢唐毛先舒稚黄著

總論

維詩作詁，賾有煩名，六藝群緯，義洽理備，均以宣其堙鬱，節其波蕩，陳美以爲訓，諷惡以爲戒。上既足以彰知貞淫，而下亦得婉寓怨譏而亡所諱。故迺微之以詞指，深之以義類，幹之以風力，調之以匏弦，質之以撿括，文之以丹彩。用之當時，感人靈於和平；播之歷禩，挹芳流乎無窮。所以采在二代者，與典謨並傳；沿爲變格者，垂至今而不廢。

詩學流派，各有顓家，要其鼻祖，歸源《風》、《雅》。《風》、《雅》所衍，流别已夥，舉其巨族，厥有三支：一曰詩，二曰騷辭，三曰樂府。《離騷》興于戰國，其聲純楚，哀誹淫泆，類出《小雅》；而詳其堂構，不近詩篇，雖瓜瓞于古經，蓋别子而稱祖者也。後遂寖變爲賦，又其流矣。樂府興于漢孝武皇帝，曲可弦歌，調諧笙磬，《練日》奏于郊禋，《鷺茄》詢于玉帳。蓋以商、周《雅》、《頌》歌法失傳，故遺嚴、馬之徒維新厥製，已而才人辭士，下逮于閭巷閨襜，咸各有作，飈流濫焉。「昔有霍家奴」，雅留曲闋；「相逢狹路間」，燕女溺志。稾酌四詩，情亡不有。魏、晉相承，體緒頗雜，而並隸樂府，莫之或變。然周、秦歌謠及「鴻鵠」、「騅逝」諸作，併采入樂苑者，以類相景附云耳。至于唐世樂府，絶句爲多，而章句俳齊，稍同文侯恐卧之響，故填詞出焉。爾時但有小令，聽者苦盡，故宋人之慢調出焉。慢調者，長調也。金人欲易南腔爲北唱，故小變詞法，而弦索調出焉。然弦索調在填詞爲長，在曲又嫌其短，故元人之套數出焉。元曲偏北而不嫺南唱，故明興則引信宋詞，拗旋元嗓，參伍二製，折衷九宫，而今南曲出焉。故漢初已彰樂府，六朝稍演絶句，唐世肇詞，宋時未亡而金已度北曲，元未亡而已見南曲。要皆萌芽，各入其昭代而始極盛耳。斯則樂府之統系，是《三百篇》之支庶也。若夫古詩，大約以五言爲準。何者？後代四言，率多窘縛，附庸三古，難起一宗。五言，西漢則《十九》、「河梁」，東京則伯喈、平子，建安則子建、仲宣，魏、晉則阮、陸、陶、謝，六代翩翩儁儷之風，四唐英英律絶之製。又既趨近體，則七言兼著。故其物章比興，辭班麗則，調務淵雅，旨放清穆，蕩樂府之詠褻，閑騷人之怨亂者，其惟詩乎？若迺詩有變《風》、《雅》，而端木氏又别小大正續傳。予謂騷辭、樂府，大約得于變傳爲多，而詩人有作，必貴緣夫二《南》、正《雅》、三《頌》之遺風，無邪精義，美萃于斯。是則六義之冢嫡，元音之大宗也。《原系篇》。

記云：「白受采。」故知淡者詩之本色，華壯不獲已而有之耳。然淡非學詣閎邃，不可襲致。世有强托爲淡者，寒瘠之形立見，要與浮華客氣厥病等耳。

世目情語爲傷雅，動矜高蒼，此殆非真曉者。若《閒情》一賦，見擯昭明；「十五王昌」，取呵北海。聲響之徒，借爲辭柄，總是未徹《風》、《騷》源委耳。

曹植始開奇宕，頓失漢音；陸機篤尚高華，竟變魏製。潯陽省静體，已非晉骨；宣城驚人句，實始唐音。雲卿、延清，乃開、天之先驅；太原、東川，故大曆之鼻祖。工部老而或失于俚，趙宋藉爲帲幪；翰林逸而或流于滑，朔元拾爲香草。

嚴儀卿云：「學詩入門須正。」亦有始基猥雜，後能自得師，翻然棄故，亦能至道，淳于意之受術陽慶是也。唐有康崑崙，善琵琶，自謂無敵。及聞段善本《楓香》之彈〔一〕，即驚駭下拜。德宗令以本藝授康，段奏曰：「崑崙本領邪雜，且遣十年不近樂器，然後可教。」後崑崙果盡段技。今詩學染指既多，受病不少，畏砭而諱疾，護前而黨同，何文士立志不如優伶遠也？

【校勘記】

〔一〕「楓香」，原文誤作「楓青」，據《樂府雜録》改。

詩須博洽，然必斂才就格，始可言詩。亡論詞采，即情與氣，亦弗可溢。胸貯幾許，一往傾瀉，無關才多，良由法少。如瓠子弛其正道，鉅野泛溢，又惡宣房之塞，其孰能不波？

古今談詩家，其持論大有三弊，而世鮮覺悟，其失往往雷聲，余當辯之。其一則以作詩必有合於古之六義，斯言似已，然《風》、《雅》、《頌》固是分體，不必詳論。以賦、比、興言之，此三者是詩人之志，蓋即婦人童兒發口矢辭，非直陳事，即婉轉附物，或因感抒述，三者之内，必有攸當。是凡詩中自有此三義，非謂具此三義而後爲詩成也。譬諸樂然，有五音耳，任舉陶瓦叩之，弦索彈之，亦必中宮羽之一音，豈謂不爲琯器者便無音耶？自謂詩備六義，然後爲佳，而牽拘膠盭，不勝其敝，但有櫛比，無復神來。又或以莊辭爲備六義，殆又不然。夫古人作詩，取在興象，男女以寓忠愛，怨誹無妨貞正，故《國風》可録，而《離騷經》辭乃稱不淫不亂。《詩》三百篇，大柢言情爲多，乃用《尚書》、《禮運》之義相繩，何其固邪？即以麗辭果流佚者，但可指爲靡音，目爲變聲，不可謂外於六義。何則？就其靡變，亦必固自有賦、比、興耳。自斯言出，而《楚辭》、樂府盡爲外篇，而傅玄《豔歌行》爲賢於《陌上桑》，李唐一代便當尸祝退之，然後晚唐衰宋之作，悉登高坐矣。此一弊也。漢變而魏，魏變而晉，調漸入俳，法猶抗古。六代靡靡，氣稍不振，矩度斯在。何者？俳者近拙，拙猶存古；藻者徵實，實猶存古。嗣是入唐，爲初爲盛，麟德、乾封間，氣魄已見，開元而後，奇肆跌宕，窮姿極情，譬猶篆隸流爲行草耳。穗迹雲書，永言告絶，懷古之士，猶增欷歔。然而談者方誇爲中興，謂足高掩六季，何邪？且近體是唐代所開，而研思搆彩，皆滋潤六朝，十四大家，概乎沾汜，奈何愛唐棣之偏反，忘鄂跗之韡韡。至古體詩，居然醧水之別，益無論已。此二弊也。詩主風骨，不尚文彩，第設色欲稍增新變耳。自皎然以竊占「白雲」、「芳草」詆劉、李諸賢，而近代亦誚「白雪」、「黃金」、「中原」、「紫氣」，是則誠然，然要非大疵也。初、盛唐之「烏鵲」、「鳳凰」、「南山」、「北斗」、「龍闕」、「鳳城」、「横汾」、「宴鎬」，漢、魏人之「鳳凰」、「鴛鴦」、「雙鵠」、「鳴雁」、「驚風」、「白日」，臚陳竹素，覽者初不訝之。又如古詩，「草蟲」、「楊柳」，便屬相思；「騤牡」、「鏘鸞」，輒施行邁；「萬年」、「眉壽」，以爲頌禱；「於皇」、「陟降」，用格神明。若持卑辭相格，亦復可議。要期合律，雖遞襲而不妨乎高。苟乖大雅，則彌變彌墮。于是斯有彦伯澀體，長吉鬼才。近如唐六如之俚鄙，袁中郎之佻侻，竟陵鍾、譚之纖猥，亦俱自謂能超象迹之外，不知呵佛未易，直枉入諸趣耳。此三弊也。《三弊篇》。

詩有八徵，可與論人。一曰神，二曰君子，三曰作者，四曰才子，五曰小人，六曰鄙夫，七曰瘵，八曰鼠。神者，不設矩矱，卒歸于度，任舉一物，旁通萬象。于物無擇，而涉筆成雅；于思無豫，而往必造微。以爲物也，是名理也；以爲理也，是象趣也。攬之莫得而味之有餘，求之也近而即之也遠。神乎神乎！胡然而天乎！君子者，澤于大雅，通于物軌，陳辭有常，攄情有方，材非芳不攬，志非則不吐，及情而止，使人求之，淵乎其有餘，怡然其若可與居。推其心也，拾國香爲餐，而猶畏其污也；薰祓正襟以占辭，而猶畏有口過也，是君子者也。作者，攬群材，通正變，以才裁物，以氣命才，以法馭氣，以不測用法。其用古人之法，猶我法也。猶假八音以奏曲，鍾石之韵往而吾中情畢得達焉。故其詩如奇雲霏霧而非炫也，如震霆之疾驚而非外强也，澹乎若洞庭之微波而不竭其瀾也，中閡而已矣，是作者也。才子者，有情有才，亦假法以範之，時有過差，時或不及。殆其當也，則爲雅辭，不可爲昌言。分有偏至，不能兼也；法有一體，不能合也。然而氣必清明，辭必周澤，斯稱才子矣。小人者，法不勝才，才不勝情，注辭如傾，抒憤如盈，務竭而無後慮，其小人之心聲乎？故其詩若懠若争，若誂若暱，雖羅罼于豐翰，而不可爲飾。君子視之，並器不入。鄙夫者，窘乎材者也。乃欲自見，故匿質而昭文，中亡情而索辭，辭孱則假于物輔。故取物也，不以益中，以塗茨外，趦趄睥睨，冀無窺者。故其語散而不貫，氣時張而時萎，思不盈尺，辭聯尋丈，使人厭之。瘵者，病也。望之膚立，按之無脉，如呻吟之音，雖長逾促，謂之細甚，是曰詩瘵。鼠也者，小而善竊，狡而不能爲物害，故以取喻爲詩者，是强解事人也。未能知之，先欲言之，襲彼之語，以市于此，矛盾而無恤，被攻而無怍色，掎摭無當，聒而不休，操筆迴惑，猶厠鼠之見人犬而數驚恐也，是曰詩鼠。審聲詩之士，以是八徵，參驗無失，則可以觀人矣。爲詩者愼以自驗，務治其中心而底于純，可以無跌。匪曰文章至道寓焉。余故詳著之於篇。《八徵篇》。

欲披其文，先昭其質。故觀者因文而徵情，作者原志以吐辭，則惟詩不可以爲僞也。洞貫古籍，曲盡擬議，非以役物，求自見本質耳。譬之以火煅金，以魚濯錦，知魚、火之借資，識古人爲津筏。是故神明秀練者，其言芳以潔；意廣識通者，其言疏以遠；悽激内含者，其言抑以凌；不見歆趨者，其言静以立；縈紆恬汰者，其言微以長；光華隱曜者，其言清以典。内業既昭，本質斯呈。欲學夫詩，先求其心，故歌之而可以觀志，弦之而可以見形。若夫内無昭質而鬱暢菁華，胸本柴棘而放詞爲高，斯如鎏黄火翠，茹藘練染，不能飾美，適足彰其爲賤工也。

抑有耑求復古，不知通變。譬之書家，妙于臨模，不自見筆，斯爲弱手，未同盜俠。何則？亦猶孺子行步，定須提攜，離便僵仆。故孺子依人，不爲盜力；博文依古，不爲盜才。作者至此，勿忘自强，然而有充養之理，無助長之法也。

詩固不可率爾下字，然當使法格融渾，雖有字法，生于自然。自宋人「詩眼」之説摘次唐人一二字，酷欲倣效，不能益工，祇見醜耳。

高手下語，唯恐意露；卑手下語，唯恐意不露。高手遺調，唯恐過于甘口，卑手反之。此古近高下之由判也。

鄙人之論云：「詩以寫發性靈耳，值憂喜悲愉，宜縱懷吐辭，蘄快吾意，真詩乃見。若模擬標格，拘忌聲調，則爲古所域，性靈斯掩，幾亡詩矣。」予案：是説非也。標格、聲調，古人以寫性靈之具也。由之斯中隱畢達，廢之則辭理自乖。夫古人之傳者，精于立言爲多。取彼之精，以遇吾心，法由彼立，杼自我成，柯則不遠，彼我奚間？此如唱歌，又如音樂，高下徐疾，豫有定律，案節而奏，自足怡神。聞其音者，歌哭抃舞，有不知其然者，政以聲律節奏之妙耳。倘啓脣縱恣，戛擊任手，砰磅伊亞，自爲起闋，奏之者無節，則聆之者不訢，欲寫性靈，豈復得耶？離朱之察，不廢璣衡；夔、曠之聰，不斥琯律。雖法度爲借資，實明聰之由人。藉物見智，神明逾新，標格、聲調，何以異此？鄙人之論又云：「夫詩必自闢門户，以成一家，倘蹈前轍，何由特立？」此又非也。上溯玄始，以迄近代，體既屢變，備極範圍，後來作者，予心我先，即有敏手，何由創發？此如藻采錯炫，不出五色之正間；爻象遞變，不離八卦之奇偶。出此則入彼，遠吉則趨凶。借如萬曆以來，文凡幾變，詩復幾更，哆口高談，皆欲呵佛。然而文尚雋韵者，則黄、蘇小品；談真率者，近施、羅演義。詩之佻褻者，傚吴歌之昵昵；齷齪者，拾學究之餘瀋。嗤笑軒冕，甘側輿臺；未餐霞露，已飫糞壤。旁蹊躑躅，曾何出奇；呫呫喋喋，伎倆頗見。豈若思古訓以自淑，求高曾之規矩耶？若乃借旨釀蜜，取喻鎔金，因變成化，理自非誣。然採取炊冶，功必先之，自然之效，罕能坐獲。要亦始于稽古，終于日新而已。《鄙論篇》。

經

《詩》有賦、比、興，然三義初無定例。如《關雎》，《毛傳》、《朱傳》俱以爲興。然取其摯而有別，即可謂比；取因所見感而作詩，即可爲賦。必持一義，殊乖通識。唯《小序》但唱大指，義無偏即，詞致該簡，斯得之矣。

戴君恩《讀風臆評》云：「《葛覃》題伏章中，『爲絺爲綌』是也。却退一步，先寫中谷始生時景物。三章虛設歸寧一段，認爲實境，便自味索。國君夫人歸寧，亦何至浣洗煩撋若里媪耶！」

韓文注謂《兔罝》、《魚麗》隔句用韵，然愚以爲恐屬偶爾。

《漢廣》：「不可休息。」「息」字當是「思」字之誤。

《采蘋》，戴君恩云：「前連用五『于以』字，奔放迅快莫可遏，末忽接『誰其尸之，有齊季女』，萬壑飛流，突然一注。」又云：「詩本美季女，俗筆定從季女賦起。且叙事絮絮詳悉，至點季女，只二語便了，尤奇。」

戴云：「《行露》妙于用反。」又云：「首章如游魚啣鈎而出淵，二、三如翰鳥披雲而下墜。」

《邶・柏舟》二章，先言心不可轉，次及容止，見非徒内志方嚴，即貌亦未嘗有失色、失笑之嫌。即從朱氏作婦人解，亦佳。

《燕燕》，戴云：「一、二、三都虚叙，四纔實點，亦是倒法，與《采蘋》略同。」

子美詩：「别離已昨日，因見古人情。」是因我而獲古人之心，自《绿衣》篇末句化出，而稍變其意，意味便長。

《凱風》，鍾惺伯敬云：「『棘心』、『棘薪』，易一字而意各入妙，用筆之工若此。」先舒以首章「南」、「心」相叶，「夭」、「勞」相叶；次章「南」、「善」不韵，「薪」、「人」相叶，用韵之變若此。

《谷風》「送畿」正當與「唾井」對，一厚一薄；而三章反以涇自比，以渭比新，可謂怨而不妒。

《泉水》，戴云：「『有懷于衛』，詩之題也，下但藉以寫其極思。蜃樓海市，出有入無，詩人用虚之妙。」

《君子偕老》，鍾惺云：「後二章只反覆嘆詠其美，更不補不淑，古人文章含蓄映帶之妙。」

「玼兮玼兮」三章，寫美人驚豔，便是宋玉二《招》之祖，而中通兩句爲一處，七字成韵，法亦相類也。

「氓之蚩蚩」中着「桑未落」、「桑落」兩段，妙有吞吐之趣。若首章後徑接「三歲爲婦」，便率直乏態矣。

《王·揚之水》，孫鑛文融云：「本怨戍申，却以不戍申爲辭，何其婉妙！」

「載獫歇獢」，鳳洲謂其太拙，月峰賞其饒態。然《禹貢》「惟箘簵楛」，《招魂》「倚沼畦瀛」，句政相類，自是古人恒調，不足致譏，亦無庸深嘆。

《蒹葭》，華亭陳卧子先生云：「此秦人思周之詩。」

《常棣》，俗筆必先從和樂叙至急難，便乏味。又宋蘇子美《報韓持國書》引：「《詩》曰：『凡今之人，莫如兄弟。』兄弟以恩，急難必相拯救。後章曰：『喪亂既平，既安且寧。雖有兄弟，不如友生。』謂朋友尚義，安寧之時，以禮義相琢磨。」亦詩之别解也。

《天保》，鍾云：「九『如』字筆端鼓舞，奇妙。」先舒案：九「如」句法長短參差，極錯綜之妙，而中更着「吉蠲」、「神弔」兩章，尤見篇法變化。

「五日爲期，六日不詹」，鄭箋謂是五月之日、六月之日，此頗近理。若止差一日，何詎極思？《豳風》「一之日」、「二之日」，亦是隔月叙也。

《采緑》後二章，上雙言狩、釣，下只承釣，是古文不拘處。後代詩人亦用此法，如杜詩「學業醇儒富，詞華哲匠能」，下云「筆飛鸞聳立，章罷鳳騫騰」，亦單承次句耳。

《文王》七章，語相承而下，便是陳思《白馬》、靈運《酬弟》所祖。唐初歌行猶存遺法，如「長安大道連狹斜」等篇是也。

《大明》頌二母而末及尚父，邑姜已在其中。蓋芝本醴源，文詞之妙，所謂意到而筆不到耳。

《思齊》本頌文王，却及其祖母與母及妻耳。然妙在先出太任，逆及太姜。凡手當從祖母順叙下，無復詞致。

《皇矣》，孫云：「長篇繁叙，却有精語爲之骨，有濃語爲之色。」又云：「首章是走勢，故次章用緩排語承之，一直一橫，政是節奏。」

「無矢我陵」四句，未能有其物而皆已爲我有矣。此四語似是文王誓師之詞，不無稍加夸大，如後世檄敵者然。

「俾晝作夜」，不曰「俾夜作晝」，造語妙甚。此與「綢直如髮」同，非倒句也，乃倒意也。《檀弓》：「喪冠之反吉，非古。」句意亦同，古文多有之。唐李賀有《夜飲朝眠曲》，或時君有是事，故云爾耶？

「人有土田」章，四「之」字爲語詞，當以「有」、「收」相叶，「奪」、「説」相叶，迺是隔句韵也。

「哲婦傾城」，李延年歌「一顧傾人城」出此，便渾然是漢歌謡語。此以爲刺而彼以爲勸，殆不侔耳。

孫云：「《振鷺》，《毛傳》作興，若『亦有斯容』，則又是比，益見賦、比、興之無定在也。」

鍾云：「《載芟》前半寫田家景象，有讓畔争席之意；後忽説向宗廟朝廷，作大文字，筆端變化如此。《豳風》亦然，而體裁不同。」

《魯頌》，史克所作，而班固《兩都賦序》：「皋陶歌虞，奚斯頌魯。」王延壽《靈光殿賦》：「奚斯頌僖，歌其路寢。」二公皆誤。蓋以《閟宮》詩云「新廟奕奕，奚斯所作」故耳。「奚斯」但作「廟」，非作「頌」也。

《閟宮》祝僖公，乃云「萬有千歲」，猶古人臣子皆得稱朕，崇卑之勢不甚懸隔，故臨文不忌如此。

《列女傳》載莊姜始往齊，淫泆冶容，傅母乃作《碩人》之詩。予謂莊姜賢女而爲是，豈有德耀之心，先衣綺傅粉以觀夫子之志耶？然觀「膚如凝脂」等語，作傅母所賦，似爲得之。「穀則異室，死則同穴」，《列女傳》謂息夫人之所作，夫人與息君遂同日俱死。詩解既別，而事亦與《左傳》小異。

逸

《拾遺》、《搜神》、《述異》等記，巧傅往蹟，僞撰詩詞。此文士儇氣，輯古詩者多不辨，往往視爲皇古之作，推置前行，若《皇娥》、《白帝》諸篇。又黄帝作《棡鼓曲》，曲有「猛虎駭」、「鷙鳥擊」、「龍媒蹀」、「靈夔吼」等名，無論可笑，即「龍媒」字出漢《天馬歌》，自是曉然。此類不能殫述，于是道古，豈稱雅馴？

《皇娥》、《白帝》雖後來僞擬，而風采古麗，音節俊亮，自是齊、梁佳調，非唐以下人所逮。

漢、沔會流處有石銘云：「下至水府三十一里。」相傳秦丞相斯刻石，見周氏《印説》。今逸詩中録古銘，多不載。

何良俊云：「李斯從始皇巡遊諸山刻石，簡質典雅，如三句一韵，皆自立體裁，不事蹈襲。」豈元朗未讀「薄言采芑」之詩耶？又云：「《雅》、《頌》之後，便有宣王《石鼓文》。」以爲僞作，則無足云信，謂宣王時詩，則變《雅》、《魯頌》多有出于石鼓之後矣。

《詩藪》稱：「《急就》三十四章，甚類《雁門太守》等行。」予案：其詞頗不類，當用越人《渡河梁歌》相擬，斯酷似之。

漢

武帝雅好《楚詞》，莊助、朱買臣俱以此得幸。《瓠子》峭刻，《秋風》駘蕩，俊語俱自湘纍脱出。高帝《大風》、《鴻鵠》極汪洋自恣、英雄籠罩之度，終不似武帝詞人本色矣。

《搜神記》載李夫人歌云：「是耶非耶，立而望之，偏娜娜，何冉冉其來遲？」《唐詩選注》載李延年歌，末云：「不惜傾城國，佳人難再得。」皆與《外戚傳》小異。

《落葉哀蟬曲》輕弱纖蕩，決非武帝筆。大抵子年《拾遺》諸古歌詩多僞擬，不止「羅袂無聲」一篇。

《白頭吟》古辭，突然而起，忽然而收，無句不奇，無調不變。

婕妤《紈扇》悽怨含蓄，《緑衣》之流也。文君《白頭》悲恨訐直，其《日月》之風乎？衛莊姜詩四，獨《日月》一篇太露，辭氣不倫，恐非其作。序云：「傷己也。」蓋以遭州吁之難而作，其或是歟？

《胡笳》風格俚淺，乃中、晚唐人劣手所擬，不及《木蘭》尚數里，而《詩譜》猥稱之。此緣文姬《悲憤》傅會而作，杜老《七歌》法與相類，然自出其上。

《羽林郎》「兩鬢何窈窕」，謂頭上所綰雙髻鬟，非兩女子也。

《董嬌嬈》三段，竟作花與人答問。「請謝」二句，花問彼姝；「高秋」四句，彼姝答花；「秋時」四句，花更嘲彼姝，言人反覆不如花也。「何時」猶言曾幾何時。又「時」字讀如「是」字，亦得。「吾欲竟此曲」四句，作者總結。「花落何飄颻」以上一段，緩叙作起，深長婉妙，在漢詩亦自絶少。

峴山《於忽》出於《成相》，詞家談理之鈍者也。

「一鬟五百萬，兩鬟千萬餘」，侈胡姬也；「頭上倭墮髻，耳中明月珠」，稱羅敷也；「指如削葱根，口如含珠丹」，豔蘭芝也。是三貞婦，而作者褻詠如此，不妨古雅，在今必當酷忌。衛人所爲賦《碩人》，寧非仲尼所亟録耶？柴虎臣云：「三者雖極形容，不可謂褻，假令詠閨襜而闌入《青樓》、《子夜》諸曲，便爲狎渫。」應嗣寅云：「《碩人》一詩，詩人私詠，若以進之衛莊固不可，今或贈新婚而譽其妻之美，毋乃傷乎！」

《病婦行》「探懷中錢持授」句韵，「見孤啼索其母抱」句韵，「棄置勿復道」句韵。「授」叶「抱」、「道」，古韵也。《孤兒行》「腸月中愴欲悲」，「月」與「肉」同，古字也。

《豔歌行》「故衣誰當補」，何處當補也；「新衣誰當綻」，何處當綻也，賴得賢主人代我爲夫組紃耳。此閨思之深，可謂貞篤。然夫壻歸入門時，反隱于斜柯而眄之，蓋有所猜耳。故下復云：「語卿且勿眄，水清石自見。」婦人必以貞信自持，然後可以要其夫。《鐃歌》「拉雜摧燒，當風揚灰」，可謂極妒，而必以「鷄鳴狗吠，兄嫂知之」自明，亦此指耳。「鷄鳴狗吠」，即《詩》「尨也吠」，意同。

沈朗思云：「《豔歌行》：『賴得賢主人，覽取爲吾組。』於韵不叶，當是『組』字，傳刻誤也。組者，補縫之義。又劉楨《贈從弟》詩：『豈不罹凝寒。』今俗刻皆作『羅凝寒』，亦以字近而相譌耳。」

孔文舉「高明曜雲門，遠景灼寒素」，于時未睹黃初，忽漏晉、宋。

《離合作郡姓名詩》：「龍虵之蟄，俾也可忘。」「虵」字今多作「蛇」，誤。

《悲憤詩》峻直，正與孟德《蒿里》、《薤露》及孔文舉筆氣極似，此真東京末流筆也，與《木蘭詩》絶不類。子瞻疑之，謬矣。至出塞先後，《蔡寬夫詩話》駁之甚明，無俟余辯。

《古詩》二十首：「行行重行行」，謫宦思君也；「青青河畔草」，怨不得其君也；「青青陵上柏」，憤時競逐，相羊玩世也；「今日良宴會」，遇時明良，思自奮也；「西北有高樓」，悲有君無臣，思自効忠也；「涉江采芙蓉」，放臣思君也；「明月皎夜光」，怨朋友也；「冉冉孤生竹」，傷婚姻遲暮也；「庭中有奇樹」，感別也；「迢迢牽牛星」，怨君臣意隔，不獲自通也；「迴車駕言邁」，孤臣流放，自怨懲也；「東城高且長」，悲時邁也；「燕趙多佳人」，戀君也；「驅車上東門」，傷時速邁也；「去者日已疏」，小人日進，社稷將墟，賢者睹微而牽于時位，欲去不得也；「生年不滿百」，傷時逝也；「凜凜歲云暮」，怨婦思夫，見于夢寐，因自述夢也；「孟冬寒氣至」，「北風」，時氣衰亂也，「衆星」，小人聚也，「蟾兔缺」，君道虧也，君雖思舊見召，心銜恩遇，而懼罹于禍，怨思之志也；「客從遠方來」，孤臣見召，思効厥忠，義同膠漆也；「明月何皎皎」，傷時將亂，欲遂歸志也。虎臣云：「詮解亦自有理，但此等不作解，使覽者各會，正復佳耳。」《古詩二十首解》。

唐文宗宮人沈翹翹歌《河滿子》，有「浮雲蔽白日」之句，其聲宛轉。上欷戲問曰：「汝知之耶？此

《文選・古詩》第一首，蓋忠臣爲姦邪所蔽也。」迺賜金臂環。

南箕不簸，北斗不挹，牽牛不負軛，此自同耳。《古詩》：「南箕北有斗，牽牛不負軛。」箕、斗出有饛，故略用之。「牽牛」句作者自造，故説意獨詳。吳錦雯云：「改『服箱』爲『負軛』，作者亦以因兼創耳。」

「錦衾遺洛浦」，是君有他心，故云「同袍與我違」。「良人枉駕」是夢境，「不處重闈」是覺境。「惟古歡」猶言思舊歡。閨人有寒衣之念，而游子有錦衾之遺，義亦薄矣。然終不敢忘，至形諸夢寐，而猶以昔懷相期，可謂忠信矣。

劉越石「宣尼悲獲麟，西狩涕孔丘」、謝惠連「雖好相如達，不同長卿慢」，此出古詩「三五明月滿，四五蟾兔缺」，一而兩之，摘詞錯綜法也。等而上之，則《豳風》「五月斯螽動股，六月莎鷄振羽」，便是鼻祖。漢、魏人謠詞析姓名者尤多，如「甑中生塵范史雲，釜中生魚范萊蕪」、「萬事不理問伯始，天下中庸有胡公」、「海沂之康，實賴王祥。邦國不空，別駕之功」，然此等自不必深効。唐殷璠《英靈集論》云：「沈生雖怪，曹、王曾無先覺，隱侯言之彌遠。」文中睹此，尤爲詫格。

僞蘇、李《録別》十首，氣露調疾，中有險峭語，欲勝「河梁」，當是建安諸子之擬作。或以「有鳥西南飛」太拘沈韵爲疑，不知《天保》之第三、第六章及《左傳》「有酒如澠，有肉如陵，寡人中此，與君代興」，十蒸單用，自古已然矣。

古詩「采葵莫傷根」云云，又「甘瓜抱苦蒂」云云，又「高田種小麥」云云，似梁《鼓角横吹曲》。古絶句「藁砧」四句，則《清商詞》也，當是誤置漢本。

李太白「蒼梧山崩湘水竭」、張文昌「菖蒲花開月長滿」、李長吉「七星貫斷姮娥死」，俱是決絶語，遺詞絶工。然《鐃歌》「冬雷震震夏雨雪」，實先開之。《鐃歌》語事所或有，質渾而爲古；三子語理所必無，刻畫而近今。

漢後皆風人之詩，魏後皆詞人之賦，雖四始道微，而菁華猶未遽竭。何也？以不墮理窟，不縛言筌耳。世目杜陵義兼《雅》、《頌》，然末葉弊法，頗見權輿。逮宋人踵之，併今詩之法俱喪。慎言哉！

樂府、古詩相去不遠，然大抵古詩以和婉爲旨，以詳雅爲緒，以典則爲其辭；樂府以淫泆悽戾爲旨，以變亂爲緒，以俳諧詰屈爲其詞。古詩色尚清腴，其調尚優；樂府色尚穠，其調尚迅。古詩近于《三百篇》，樂府近于《楚騷》，所由蓋異矣。

然則樂府非德音邪？呈新聲于《雅》、《頌》之外，乃有樂府；節變徵于《楚辭》之餘，乃有古詩，故古詩尚矣。

阮嗣宗，其卯金氏之幹蠱乎？陶元亮，其司馬家之别子乎？

古樂府掉尾，多用「今日樂相樂，延年萬歲期」，又「延年壽千秋」，又「别後莫相忘」等語，有與上意絶不相蒙者。此非作者本詞所有，蓋是歌工承襲爲祝頌好語，隨詞譜入，奏于曲終耳。觀《白頭吟》舊曲與晉樂所奏者可見。又若「置酒高殿上」，章句小差；「蒲生我池中」，魏、晉悉異；「見君前日書」，正截篇首；「山川滿目淚沾衣」，但唱曲亂。猶今傳奇入伶人之手，亦多所竄削。蓋文士屬興操觚，叶律恐疵，故遞有增損云爾。

漢昭《黄鵠》，出于《雜記》。靈帝《招商》，紀于《拾遺》。《雜記》亡論是否葛洪，總是六朝人所撰。《擣素》、《文木》、《菟園》諸賦，豈西京之調！《黄鵠》一歌，足例僞擬。至于子年，尤荒唐不足信。「清絲流管歌玉鳧」，齊、梁《白紵歌》中語耳，謂兩京有此句乎？胡明瑞稱漢世人主多才，而黜數諸作，爲昔人所紿。又班《書》《藝文志》不載諸賦，乃是一證，而明瑞反以挂漏少之。

古人製樂府，有因詞創題者，有緣調填曲者。創者便詞與題附，緣者便題與詞離。譬若唐、宋人小詞《解紅》、《章臺柳》、《雨淋鈴》，始俱即事名題，後來賦此調者俱自抒情景，不復傍倚題事，足徵樂府之源流焉。

《述異記》載漢古諺云：「雖有神藥，不如少年。雖有珠玉，不如金錢。」語甚佳，而《漢乘》不載。趙壹《疾邪》之篇，酈炎《見志》之咏，憤氣俠中，無復詩人之致。

詩辯坻卷第二

錢唐毛先舒稚黄著

魏

《庚溪詩話》云：「魏武、魏文父子横槊賦詩，雖遒壯抑揚，而乏帝王之度。」余謂漢武《秋風》之悲，不害其雄主；隋煬典制之作，無救于亡國。庚溪此論，非通于述作之言矣。

《却東西門行》，奇骨駿氣，跌宕流轉，此曹公五言絶唱也。子建獨得其妙，而更見神詣，遂敻千載。昭明録《苦寒》而遺此篇，良所未解。

子桓《臨高臺》、《釣竿》、《十五》、《陌上桑》，俱有阿瞞骨氣；至《燕歌》、《善哉》諸篇，深秀婉約，便是子桓别開阡陌。

明帝淺弱，得稱三祖。《步出夏門行》，直稍取其父、祖詩增衍成篇耳。

子建《箜篌引》：「驚風飄白日，光景馳西流。盛時不可再，百年忽我遒。」晉樂所奏者，易「驚風」二句置「盛時」二句後，更覺文勢飄動。

曹子建言樂而無往非愁，言恩而無往非怨，真《小雅》之再變，《離騷》之緒風。

《妾薄命》詞意亦自宋大夫二《招》來，在樂府中則創體也。

魏詩：「雲散還城邑，清晨復來還。」唐詩：「定是風光牽宿醉，來晨復得幸昆明。」宋填詞：「明日重扶殘醉，來尋陌上花鈿。」意若相倫，而各用我格，俱敷情之秀句。

曹植《棄婦篇》起處迂緩，正於此見古法。中間莽莽寫去，無不極情妙筆，何減《長門》之賦。此詩三十四句，十七韵耳，中重二庭韵、二靈韵、二寧韵、二鳴韵、二成韵，亦古詩所少。

子建黄初以後，頗搆嫌忌，數遭徙國，故作《吁嗟篇》，又作《怨歌行》，俱極悲愴。謝太傅聞之而泣下沾襟，有以也。

繆熙伯爲魏制樂，述功德。《太和》云：「魏家如此，那得不太平！」鄙俚至此。

嵇康《秋胡》，東京遺調也。訐露促急，殊傷淵雅。

文帝「西北有浮雲」一篇，極其宕逸，苦不能紆徐。大抵子桓短詠便俊，大篇多滯，不如子建泱泱長句，百變不窮矣。

「神飈接丹轂，輕輦隨風移」，二句一事，下爲上引信耳，又以倒互出之，故不覺其複。劉越石「宣尼悲獲麟，西狩涕孔丘」，似效此章法，不免是疵。

子建《贈徐幹》起四句是比，急接「志士」、「小人」，神鋒捷露。良田不雨，兼無晚穫；膏澤所施，長得豐年。即楊惲「田彼南山」之意，皆出於《小雅・四月》之四章。

太史公稱《離騷》兼「好色而不淫，怨誹而不亂」。嗣此者惟有《十九首》，則平和粹雅，幾于無復怨誹好色。最後曹子建近之，「青樓臨大路，高門結重關」，可謂好色不淫矣；「文昌鬱雲興，迎風高中天」，可謂怨誹不亂矣。自非得於《風》、《雅》之旨，其能及此乎？

子建樂府《怨詩行》比《七哀》多十二句，然《七哀》妍至雅潔，似勝《怨詩》。《七步詩》四句者，詞意簡完，然不若六句之有態。

魏人四言，仲宣可亞子建，獨《太廟》三頌、《俞兒》諸歌，剿襲傖父。子建《鼙舞》五章、熙伯《鼓吹》衆曲亦然。信乎頌體不易作，應制難爲工。

西園七子，偉長詩品最劣，發口凡近。「人靡不有初，想君能終之」，已自拙手；「匣鏡上生塵，時不可再得」，句法直可噴飯；「自君之出矣」，雖爲擬者所祖，終是弱調。記室列之下品，當矣。

古人云酒可忘憂，故《詩》有「酌彼金罍」、「微我無酒」之句。然更有以酒喻憂者，《黍離》「中心如醉」、徐偉長詩「憂思連相屬，中心如宿酲」。

阮元瑜《詠史》二首，收法極有氣勢。蓋此體一下斷語，便啓惡道矣。

休璉質直，頗有東京之風。

嵇、阮並稱，嵇詩大不及阮，然志節自高。《答二郭》詩「豫子匿梁側，聶政變其形」，故君之仇，無時能忘。二郭贈嵇詩亦云「所貴身名存，功烈在簡書」、「三仁不齊迹，貴在等賢蹤」，蓋庶殷《多士》之類，非浮沉大將軍門下等比。後叔夜卒與禍會，有殺身成仁之風，豈謂以狂見法耶？

阮嗣宗《詠懷》，如浮雲衝飈，碕岸蕩波，舒蹙倏忽，渺無恒度。

曹孟德如宛馬騁健，揚沙朔風。

子桓風流猗靡，如合德新粧，不作妖麗，自然蕩目。子建嵯峨跌宕，思挾氣生，如高山出雲，大海揚波，雖極驚奇，不輕露其變態也。公幹華逸矯舉，最近思王，並稱曹、劉，不虛耳。劉楨《贈從弟》三首，其人殆恥仕曹氏者，詩中有贊有諷，微意極盡。子建《雜詩》，猶存擬古之迹。至嗣宗《詠懷》，脱去畦徑，超然物表，自起自止，旁若無人。阮公風流，于兹可想。

嗣宗運際鼎革，故《詠懷》詞近放蕩，指實悲憤，與嘆銅駝、悲麥秀，亦連類之文也。詩中屢引伯夷、子房、邵平，厥志暸焉。顔公謂其「身事亂朝，文多隱避」，尚隔一解。叔夜詩亦然。但阮志存高蹈，嵇不忘奮身耳。余謂籍本傳云：「時率意獨駕，不由徑路，車迹所窮，輒慟哭而返。」數語可爲讀阮詩注脚。《魏氏春秋》云：「山濤爲選曹郎，舉康自代。康答書拒絶，而非薄湯、武。」此語可爲讀嵇詩注脚。

六　朝

張茂先詩粗厲少姿制，却能存魏骨于將夷。傅休奕亦然。

王元美評詩，彈射命中。然論陸機云「俳弱」，機調雖「俳」，而藻思沉麗，何渠云「弱」？又潘岳較機力小弱，而風趣雋詣乃過之，《巵言》評又相反。胡明瑞《詩藪》云：「潘、陸俱詞勝者，陸之才富而潘氣稍雄也。」亦是承藉大美弊談。

石衛尉風流豪俊，兼長筆札，而流傳無多。《金谷詩序》，右軍心折；《王明君詞》亦奇警高蒼，不減魏人之製，洵稱才子矣。

桃葉答獻之歌〔一〕，以直見古，以淺見情，乃樂府上乘語；《答團扇》雖小遜，而風調自遠，思致入婉，作家所未易辨。芳姿《白團扇》，亦復憨趣。王氏青衣如此，當不數康成家婢云。

【校勘記】

〔一〕「之」，原文誤作「二」。

桃葉、芳姿俱有《團扇歌》，而王珉與獻之又同時從兄弟，故《玉臺》以桃葉「七寶畫團扇」三首爲答夫之辭，《樂府集》又以第三首「團扇復團扇」爲芳姿之作，皆誤耳。桃葉、芳姿皆王家令婢，而芳姿拙速，桃葉工遲。「七寶」三篇，治不妨質，風致正與「桃葉映紅花」二篇相類，屬桃無疑。蓋緣謝有《白團扇歌》，故桃葉屬和，一家姬侍，亦復閨閣唱酬。題云《答團扇歌》者，答芳姿耳。孝穆不審，遂誤以爲答獻之。而輯《樂府》者，又緣「團扇復團扇」後句云「憔悴無復理，羞與郎相見」，却與芳姿改歌「顦顇非昔容，羞與郎相見」語同，更誤此篇作芳姿歌。宣城致疑而不能辯，余故詳識之。

清商《雙行纏》云：「朱絲繫腕繩，真如白雪凝。非但我言好，衆情共所稱。」又云：「新羅繡行纏，足趺如春妍。他人不言好，獨我知可憐。」二詩自爲反覆，詞意互見，亦自一格。

劉伯倫沉冥之士，少製韵言，《北芒》一篇，亦復磊落矣。

「千里共明月」、「没爲長不歸」，顔、謝所以相嘲謔也；士衡「君行豈有顧，憶君是妾夫」，抑又甚焉。然不足深病者，因拙見古耳。

《雕龍》摘潘岳「口澤」之瑕，未若稱金谷爲「靈囿」，其殆甚乎？《詩乘》呵靈運「在宥」之謂，未若「良辰感聖心」，其殆甚乎？

潘岳《悼亡》，屬思至苦，言情至深。

正叔才似士衡而無其壯，藻似延之而遜其典，頗慚家從矣。

《迎大駕》一篇頗見高華，宜爲記室所賞。

太冲《招隱》，深穎有神理，宜在《詠史》之上。

「峭蒨菁蔥間」，《丹鉛餘録》云：「五言詩用四連綿字，前無古，後無今。」不知「枇杷橘栗」，在漢已然，而安仁詩「周遑忡驚惕」五字連綿，與左並世。此等爲古人留質，或不欲以太朴呵之，亦胡足深賞！柴虎臣云：「二語並陳，安仁似拙，太冲較雅。」

太冲《嬌女詩》獨以沓拖俚質見工，然又非樂府家語。自寫本事，不厭猥瑣，似雅似俳，蓋王褒《僮約》、敬通《數婦》之流也。

柴虎臣云：「張載《登成都白菟樓》詩，猶本『日出東南隅』篇，用韵『魚』、『虞』、『尤』三韵相叶。楊方《合歡》亦然。當是此三韵相通，晉、宋以前俱同之。」

孟陽《七哀》太莽直。

景陽《雜詩》雖不及子建、嗣宗之超，而耀豔深婉，結構省淨，殆過士衡《擬古》矣。獨後「昔我資章甫」諸作，措思庸而設色亦不見奇警。「此鄉非吾土」、「述職投邊城」二篇，大有魏氣。

袁彦伯月下詠史，獲知鎮西，牛渚風流，一時勝賞。今讀其作，調平思鈍，率晉人常調耳。

仲文《九井》之作，疏于延之，幽于平原，爽于康樂，而兼撮三公之勝，義熙詩人，獨見警策矣。記室誚其「不競」，何耶？

晉、宋間，陶、謝齊名而背馳，獨有「虚舟縱逸棹」一首酷似謝作。

靖節好飲，不妨其高。解者多曲爲辯説，亦如解杜詩句句引着「每飯不忘君」，膠繞牽合，幾無復理，俱足噴飯。

淵明詩真處多入俚，亦復宜戒。

謝康樂去西晉已百數十年，而能標準潘、陸，篤尚鎔裁，故稱振起。嚴羽儀卿評云：「靈運徹首尾對句，是以不及建安。」殊可笑也。謝之不爲建安久矣，何勞滄浪道！

康樂文章出處，事與陶異，遠公招距，亦見差别，獨不解作樂府，斯同病耳。

鮑照《代東門行》精刻驚挺，真堪動魄。《白紵詞》字琢句鍊，意致含吐。

《擬行路難》十八首，淋漓極盡，詞亦矢口，當是參軍率爾之作。至于「今我何時當得然，一去永滅入黄泉」，又「愁思忽而至」，又「須臾淹冉零落銷，盛年妖豔浮華輩，不久亦當詣冢頭」，又「朝悲慘慘遂成滴，暮思遶遶最傷心」，又「聽此愁人兮奈何」，俱了不成語，啓無窮惡道。

《詩品》云：「惠休淫靡，情過其才。世遂匹之鮑照，恐商、周矣。」羊曜璠云：「是顔公忌照之文，故立休、鮑之論。」余謂休公婉麗，亦復深秀，不及明遠者，特奇警耳。然是伯仲，何詎商、周！故知中書非盡妒口，記室未爲篤論也。

惠休《江南思》：「垂情向春草，知是故鄉人。」開唐絶之妙境。

靈運志存故國，但牽于禄位，不能如徵士之高蹈，意欲以禄代耕；又義心時激，發爲狂躁，卒與禍遘。節雖不足稱，而志亦有足哀已。

「陳力就列，不能者止」，此周任之言。而靈運詩云：「無庸方周任。」《抱朴子》説項曼都詐稱得仙，自云：「仙人以流霞一杯與我，飲之輒不饑渴。」而簡文詩云：「流霞抱朴椀。」詞家裁句，雖不期徵實，若此故未可訓。

靈運去郡後詩，與曩手較稍明暢。

靈運《鄴中八子詩》是擬建安，却得太康之調。

子建《贈白馬》、韓卿《答希叔》，及二謝兄弟贈酬之作，俱聯絡數章爲一首，不可斷裂。明遠《贈故人馬子喬》六首，遂各自成篇。

明遠風調警動，而「始見西南樓」、「夜久膏既竭」二篇獨容裔唱嘆，以不盡爲工，又其變也。

六朝釋子多賦豔詞，唐代女冠恒與曲讌，要亦弊俗之趨使然也。宋鮑令暉有《代葛沙門妻郭小玉作》詩，俱愁思望遠之詞，當是葛君棄婦學佛，故令暉擬作此詩，代爲寄感。情符許邁，事異鳩摩，斯爲足詠矣。

王融五言俊朗，有謝朓之風。鍾嶸「尺短」之喻，良所未解。

《樂府廣題》云：「蘇小小，錢唐名倡也，蓋南齊時人。西陵在錢唐江之西，歌云『西陵松柏下』是也。」武林有西陵，此亦一證。

前輩雅詞，後人酌用無盡，未有如淮南「王孫」、「春草」語，沾潤既多，愈出而不厭者也。王元長《餞謝文學離夜》詩云：「離軒思黄鳥。」唐陳伯玉詩「離堂思琴瑟」，高達夫「只言啼鳥堪求友，無那春風欲送行」，又「黄鳥翩翩楊柳垂，春風送客使人悲」，戎昱「黄鸝久住渾相識，欲别頻啼四五聲」，俱本于此。杼山三偷律，值此能無平反？

桃源勝地，元亮五言，摩詰七言，然叙致了别。敬亭名山，玄暉長篇，太白短句，竟風美競爽。

茂秦謂「澄江浄如練」，「澄」、「浄」二字意重，欲改爲「秋江浄如練」。元美駁之，以爲江澄乃浄。余謂二君論俱不然。「澄」、「浄」實複，然古詩名手多不忌此處。徐幹「蘭華凋復零」、阮籍「思見客與賓」、《嬌女詩》「渌水清且澄」，謝莊「夕天霽晚氣」、顔延年「識密鑒亦洞」、謝靈運「洲縈渚連綿」、簡文帝「飛棟杏爲梁」、吴均「白酒甜鹽甘如乳」，即朓作仍有「地迥聞遥蟬」，又「曾厓寂且寥」，此類殊多，不妨渾朴。要之，「澄江浄如練」，眺矚之間，景候適輳，語俊調圓，自屬佳句耳。茂秦欲易「澄」爲「秋」，亡論與通章春景牴牾，已頓成流薄。此茂秦欲以唐法繩古詩，固去之遠甚；而元美曲解，亦落言筌，失作者之妙矣。

古來流傳俊句獲賞知音者，如「大江流日夜」，如「澄江浄如練」，如「池塘生春草」，如「空梁落燕泥」，如「鳥鳴山更幽」，如「風定花猶落」，如「庭草無人隨意緑」，如「紅藥當階翻」，如「日霽沙嶼明」，如「明月照積雪」，如「思君如流水」，如「南登灞陵岸」，如「采菊東籬下」，如「隴首秋雲飛」，如「夜雨滴空階」，如「露濕寒塘草」，如「高臺多悲風」，如「清晨登隴首」，如「清暉能娱人」，如「春草秋更緑」，如「霜深高殿寒」，如「海日生殘夜」，如「芙蓉露下落」，如「氣蒸雲夢澤」，如「唯有年年秋雁飛」，如「昔日太宗拳毛騧」，如「淚下如綆縻」，如「楓落吴江冷」，如「夜闌更秉燭」，皆復驚挺清新，金玉其響。味其片言，可以入悟。至于「明月」、「紅藥」二語，景句兼美。弇州互有譏貶，殆是談機所到，乃有是言，非可據者矣。

若夫「思發花前」，内史長價于出聘；「樓觀滄海」，考功驚麗于苦吟。「長楊高樹」，見賞登樓；「寒食飛花」，得知制誥。亦有誦詩擯于牀下，得句厄于土囊。季倫兆讖于同歸，閬仙流淚于潭影，子瞻受擿于蟄龍，季迪致嫌于吠犬，歷下側目于我輩，四溟戕口于泛交。或曲非遒絶，而事屬雅談。連類以推，並資捉麈矣。

謝玄暉《怨情》一曲，頗自輕舉，惟結句似稚，却以此定爲六朝詩筆。

情語肇允，故原《三百》。大抵雍、岐篤貞，淇、洧煽淫，二者之中，仍判悰苦。《氓》耑啓「唾井」之源，《緑衣》開宮詞之始，此哀之緒也。漢宮蹋臂，徵于「荇菜」；楊方《同聲》，亦本「弋雁」，此愉之端也。就兹二情，復有二體。其一專模情至，不假粉澤，摇魂洞魄，句短情多，始于「束薪」、「芍藥」，衍于《九歌》，暢于清商，至填詞而極，此一派也；其一則鋪張衣被，刻畫眉頰，藻文雕句，寓志于辭，則始于《碩人》、《偕老》，靡于二《招》，流于《白紵》，至元曲而極，此一派也。李唐作者，不一其途，最者右丞聯會真之韵，協律奏《惱公》之曲，檢校開「西崑」之製，承旨發無題之詠。飈流符會，餘弄未湮，故格有穠纖，旨有正變。識乖揚搉，概云擯于大雅，則無乃拙目之嗤歟！《情語篇》。

《河中之水歌》：「人生富貴何所望，恨不早嫁東家王。」言盧氏富貴如此足矣，猶恨不得嫁王侯，殆必有所刺。

《容齋隨筆》云有兩莫愁，以石城作歌者爲一人，洛陽女兒爲一人。《樂府解題》亦云。予謂古石城莫愁始製《莫愁樂》二曲，蓋女子善歌，名流于後，故梁武帝《河中之水歌》用其人。詞家設色類然。羅敷、桃葉屢見古詩，豈應便是數人？或以洛陽爲疑者，蓋亦是借景耳。唐詩「西園公子名無忌，南國佳人字莫愁」，信謂莫愁復有洛陽之女，則西園之賓豈又果有公子無忌耶！

又石城在楚，石頭城在吴，昔人傳譌，遂以「莫愁」名金陵之湖。故周清真詠金陵詞云：「莫愁艇子曾繫。」相襲之謬也。若爲好事舉之，又三莫愁矣。

叔達早年用武，晚更逃禪，而詞采之盛，又復古帝王莫比。《江南弄》七曲綿邈新麗，合《九歌》、

《白紵》，乃有此文。

梁元帝「巫山巫峽長，垂柳復垂楊」，一作「山高巫峽長」，此句爲優。

十三覃韵，古詩少見，梁吴孜《春閨怨》用之。觀《毛詩》「節彼南山」首章，又「亂之初生，僭始既涵；亂之又生，君子信讒」，又「泰山巖巖，魯邦所詹」，知覃、鹽、咸三韵古蓋通用矣。

六朝未嫁女子，衣皆斜領。《捉搦歌》：「可憐女子能照影，不見其餘見斜領。」《捉搦》是《胡吹曲》，斜領或是北朝衣製也。柴虎臣云：「陳江總《雜曲》：『但願私情賜斜領。』恐非未嫁衣飾，亦難專屬北朝。」

《子夜》悽怨，《横吹》奇峭，各極五言絶句之妙。《子夜》乃是南音，《横吹》故爲北曲。

廣微《補亡》，調乖四始；士衡《擬古》，曲異二漢。康樂《鄴下》之篇，類傷繁富；德施《山王》之詠，大苦質木。自運維艱，而形似匪易，故知考城之染翰，調美于常均也。然自魏以前，亦未神合，若迺泥陽《陌上》，六季《鐃歌》，無取類我之祝，應略稱服之譏。

考城《雜體詩》擬司空離情，特進侍宴，便勝二公。至于《詠扇》云：「畫作秦王女，乘鸞向煙霧。」雖不必其本調所宜，而詞從興生，不傍古事，語趣飛舉，無慚彩筆。

沈約《六憶》「解衣不待勸」，「不」字當是「必」字，諸本皆誤。「衣」一作「羅」，亦從「衣」爲長。

陳後主《獨酌謡》，時陸瑜、沈炯俱作之，詞頗入俚，便是玉川《飲茶》所祖。余少作《飲酒》詩云：「陶公非湛飲，阮生豈荒宴。誰知樽中趣，可税塵外轡。一酌顔已頩，再酌味尤善。三酌嗒焉忘，無聞亦無見。顧視上路人，炎飈没晨霞。夸譽故蠅聲，馳驅亦蠻戰。朱羲有促軌，金筒無緩箭。何如飲我酒，爛醉卧蒽蒨。陳暄老糟丘，吾與作親串。」調雖稍異，亦頗步其格，漫記於此。

樂府題有《昔昔鹽》及他名「鹽」者甚多，「鹽」疑當讀作「豔」。《郊特牲》：「流示之禽，而鹽諸利。」「鹽」亦讀「豔」。蓋古歌多稱「豔」者，曹孟德樂府「雲行雨步」一章爲豔，蓋是歌名耳。《解頤新語》解「鹽」爲「好」，似未然。又樂府有名「俞」者，如《魏俞》、《吴俞》、《劍俞》、《矛俞》、《弩俞》。「俞」當與「歈」通。《解頤新語》亦解「俞」爲「善」，恐亦是誤。

《西洲曲》，《玉臺》作江淹。余謂江郎流麗中帶蹇澀，此作輕俊，或是唐世擬古之作。「欄干十二曲，垂手明如玉。捲簾天自高，海水摇空緑」，自是大曆以後語。陳伯玉五言尚存朴調，寧謂蕭梁口吻有是耶？

《休洗紅》二首，政是張、王樂府本色。用修稱其古雅，殊謬矣。

《焦仲卿》，漢人奇作；《木蘭詩》，齊、梁以後之古調也。至次篇「木蘭抱杼嗟」，又緣「唧唧復唧唧」篇脱出。間出長句，句頗近俚。及觀結處大作莊語，元和、長慶後手筆亡疑。世稱樂府長篇，寧可並舉耶？

唐山「備矣」，實始「河洲」；蜀姬「皚如」，致類「黄裏」。徐淑答夫，義合《卷耳》；班氏詠扇，怨均「旨蓄」。情之所洩，中符往訓，然耶！梁劉氏《贈夫》詩云：「粧鉛點黛拂輕紅，鳴環動珮出房櫳。看梅復看柳，淚滿春衫中。」非復六義所閑，而冶趣欲絶。

平原駢整，時發雋思。一變而爲康樂侯，遂闢一家蹊術。亡論對偶精切處肇三謝之端，若「沈歡難尅興，心亂誰爲理」、「無迹有所匿，寂寞聲必沉」、「驚飈褰反信，歸雲難寄音」，皆客兒佳處所自出也。

「娵隅躍池」，既資伊謔；「槍臘亦放」，更屬笑端。然《選》詩拙句，殆有甚者：陸士衡「此思亦何思，思君徽與音」，又「曷爲復以兹，曾是懷苦心」，又「親戚弟與兄」，又「偏棲獨隻翼」，潘安仁「周遑忡驚惕」，鮑明遠「身熱頭且痛」，張茂先「吏道何其迫，窘然坐自拘」，江文通「浪迹無妍蚩，然後君子道」，散在篇帙，不覺鎚拙，一經拈出，涉筆可憎。

士衡之詩，才太高，意太濃，法太整。

「高譚一何綺，蔚若朝霞爛」，以色喻聲；「芳氣隨風結，哀響馥若蘭」，以氣喻聲，皆士衡之藻思。

士衡、靈運才氣略等，結撰同方。然靈運雋掩其雄，士衡雄掩其雋。故後之論者，遂無復云謝出于陸耳。

子荆「零雨」，舊亦有名，自今觀之，抄撰《南華》，粗能諧韵耳。

劉太尉詩有孟德之氣、子建之骨，特密處不似魏人耳。盧郎中《覽古》滔滔直書，亦自勁絶。

謝靈運深于造思，巧于裁字，自命幽奇，不由恒轍。

何大復嘗稱：「文靡于隋，韓力振之，然古文之法亡于韓；詩弱于陶，謝力振之，然古詩之法亡于謝。」斯言世共推其鑒，予嘗疑之。夫文至魏氏，漸啓俳體，典午以後，遂爲定制。隋即增華，無關創始。徐、庾先鞭，波蕩已極。歸獄楊氏，議非平允。靖節清思遥屬，筋力頹然。「詩弱于陶」，則誠如何説；至謂「謝力振之，而古法更亡于謝」，則尤爲謬悠也。何者？漢、魏以來，詩少偶句，龍躍雲津，駢仗大作，此鍾嶸所謂「陸機爲太康之英，安仁、景陽爲輔」是也。金行一代，蕭畫守之，元亮瀟脱爲工，此風於變。康樂同時分路，矯焉追古。觀其穎才通度，頗能跅跎，而每抑神儁，降就駢整，潘、陸風流，賴以無墜。非如昌黎之文，既革隋、唐之響，復祧《史》、《漢》之法者也。且何以建安爲古法，則亡其法者，責在士衡，無關靈運。倘以太康爲古法，則存其法者，功在靈運，豈得云亡？衡決之談，莫甚于此。又陸詩雄整，謝詩抑揚。何謂平原「語俳體不俳」，康樂「語體俱俳」，考其名實，酷當易位。片言低昂，後來易惑，遂令謝客受此長誣，此余不得不爲雪之也。《辯何篇》。

「池塘生春草」，景近標勝；「清暉能娱人」，韻遠嗟絶。若宣遠「開軒滅華燭，白露皓已盈」，即景之秀句；玄暉「春草秋更緑，公子未西歸」，撫時之雋思；文通「日暮碧雲合，佳人殊未來」，託怨之微詞，並足流亞矣。

「寢瘵謝人徒」五章，用筆處極倣子建《白馬篇》，但彼以奇變，此善婉折。

《擬魏太子》詩云：「百川赴巨海，衆星環北辰。」開口便氣色矜動，子桓㛹娟之姿，那忽有此？

康樂秀穎之姿，不嫻雄暢，《擬鄴中八首》行墨排鈍，無復宛然，幾成壽陵之步。至于「清論事究萬，美話信非一」、「良遊匪晝夜，豈云晚與早」，了不成語。蘭苕之羽，欲起排雲，竟至鎩翮者，固宜然也。

世目三謝，宣城既是隔代，而文筆英暢，大爲不倫。無已，當躋豫章，鼎足爲允。才長于法曹，氣流于永嘉，然不至改步，使得參此坐，無失烏衣舊遊之好，豈非藝苑銓衡一快？

惠連《擣衣》詩：「腰帶准疇昔，不知今是非。」妙在便住。

明遠「君平獨寂寞，身世兩相棄」，太白「君平既棄世，世亦棄君平」出此，却遜鮑俊。

明遠《東門行》一變一緊，節促而意多，妙筆當不遜陳思王。

謝靈運語妙古今，然有不易學處。「杪秋尋遠山，山遠行不近」、「不同非一事，養痾亦園中」，大自穉氣，尚不畏墜落；至「平生疑若人，通蔽互相妨。理感深情慟，定非識所將」，又「彭薛裁知恥，貢公未遺榮。或可優貪競，豈足稱達生」，又「矜名道不足，適己物可忽」，斡旋發義，去學究也幾希。唯其含吐宛雋，而體沿雅質，故不嫌耳。鈍手爲之，未有不流于議論者。作者此處極險，自非伯昏之射，未可以足垂二分也。

大言、小言，故屬詩派；了語、危語，亦歸韵文。纖纖、雜組，詩謎肇端；離合、姓名，拆白緣起。又有五平、五仄、疊數、迴文、藥名、集句，連類莫殫。近世復有牙籤湊字，八音限韵，正復巧同楮葉，戲類棘門。文章儇習，雅道所戒。獨有《子夜》雙關不厭，當由語質情長，不失雅調故耶？

庾子山撰著，大篇爲古詩之砥柱，短句乃近體之先鞭，盱衡昔今，其才少儷。少陵稱其「清新」，似猶不盡。

或曰：紬黄組碧，潘、陸同工，而沈秀陸不及潘也；瓊柎玉條，顏、謝並映，而奥穎顏不及謝也。

陰、何迭唱，然陰華縝而何遥曠，似是背馳；曹、劉齊名，然劉獷狹而曹閎奇，庸乃倍蓰。《詩藪》云：「陳、隋無論其質，即文無足論者。」予謂非也。夫江、孔軒華，隋煬典暢，足以殿齊、梁之末路，啓李唐之大風。

稗官載宋元嘉中，會稽趙文韶遇青溪小姑，文韶爲歌「草生盤石」，音韵清暢。女令侍婢歌《繁霜》，其詞曰「日暮風吹」云云，今詩篇多載之。「草生盤石」歌不傳，亦一六朝逸詩篇名也。

康樂「石華」、「海月」，人知合掌。尤可異者，《從斤竹澗越嶺溪行》詩，「隈隩」、「陘峴」、「厲急」、「陵緬」、「逕復」、「迴轉」、「沉深」、「清淺」，八句八用複字，風調清軼，殊未覺苦。古人賞此，亦爲名作。乃知晉、宋人筆妙，當求之行墨外，非但不可以近體相繩而已。

《滄浪吟卷》欲芟謝朓「廣平」、「茂陵」一聯，東越《詩藪》欲去蕭慤「笙吹」、「琴奏」十字，是不解六朝格律者。元美謂滄浪論古詩便鶻突，良然。茂秦《直説》直舉胸情，頗多妙悟，亦恨其識鑒至唐便止，向上議論多憒憒。

世並稱三謝，然實互有同異。秘書無微不抉，隱秀絶倫。法曹酷欲似兄，而才幅苦狹，角奥字句，殊乏微思，觀其本色，乃在流逸，《懷秋》、《擣衣》，是其自運之妙。宣城詞鋒壯麗，大啓唐音，元嘉遺響，自朓革之。氏源雖同，詩派判矣。

詩辯坻卷第三

錢唐毛先舒稚黄著

唐 後

李于鱗云：「唐無五言古詩，而有其古詩。陳子昂以其古詩爲古詩，弗取也。」兩「其」字竟作「唐」字解，語便坦白。子昂用唐人手筆規模古詩，故曰「弗取」，蓋謂兩失之耳。

子美七言古大澆初唐之朴，而于鱗云「七言古詩，惟子美不失初唐氣格」，殆所不解。

胡應麟《詩藪》舉文皇《帝京》、允濟《廬岳》、子昂《感遇》等篇，凡二十餘家，謂是「六朝之妙詣，兩漢之餘波」。予謂當是三唐之傑構，六朝之餘波。

岑棘陽《慈恩浮圖》詩，便「東」、「冬」通用；「四角」二語，拙不入古，酷爲鈍語；至「秋色從西來，蒼然滿關中。五陵北原上，萬古青濛濛」，詞意奇工，陳、隋以上人所不爲，亦復不辦，此處乃見李唐古詩真色。

子厚《田家》，曾吉甫以比淵明。然叙事朴到，第去元、白一塵耳，似不足方柴桑高韵。

崔署「東林氣微白」篇，末應有「傷此無衣客，如何蒙雪霜」二句，詞味財足。

于鱗《唐選》五言古詩十四首，就唐論之，既不足以盡其技，以爲古調又未然，殆不如其無選。

沈佺期《答魑魅》詩「魑魅來相問」，又云「影答予他歲」，是用《南華》「罔兩問影」語，而易爲「魑魅」；崔顥《孟門行》「黄雀啣黄花」，用楊寶事，而易「玉環」爲「黄花」，皆是隱映古事而小變之，避常徑也，並不當以誤用駁之。又如「傾城傾國」，李延年爲妹歌也，「朝爲行雲，暮爲行雨」者，高唐神女也，而劉廷芝「傾國傾城漢武帝，爲雲爲雨楚襄王」；《陌上桑》羅敷本拒使君，而駱賓王「羅敷使君千騎歸」，並是裁染詞色，掩映古文。

七言歌行雖主氣勢，然須間出秀語，不得全豪；敘述情事勿太明直，當使參差，更附景物，乃佳耳。唐代盧、駱組壯，沈、宋軒華，高、岑豪激而近質，李、杜紆佚而好變，元、白迤邐而詳盡，温、李朦朧而綺密。陳其格律，校其高下，各有耑詣，不容斑雜。唯張、王樂府最爲俚近，舉止欹露，不足效也。

李白《鸚鵡洲》詩，調既急迅，而多複字，兼離唐韵，當是七言古風耳。

殷璠撰《河嶽英靈集》，持論既美，亦工于命詞，可以頡頏記室，續成《詩品》，惜其所載，尚未備人。其首敘常建，云「一篇盡善者，『戰餘落日黄，軍敗鼓聲死』」。然而「深入疆千里」，似不知句法者。李嘉祐「禪心超忍辱，梵語問多羅」，中、晚語耳。殷謂孫、許更生，未到此境。評義若此，差爲間然。

王子安七言古風能從樂府脱出，故宜華不傷質，自然高渾矣。

希夷《公子行》風流駘宕，有飄雲迴雪之致。《白頭翁》一意紆迴，波折入妙，佳在更從老説至少年，虚寫一段。

李如璧《明月篇》用四「可憐」，參差掩映，通章篇法、調法俱復新妙。

太白天縱逸才，落筆驚挺。其歌行跌宕自喜，不閑整栗，唐初規制，掃地欲盡矣。

太白《公無渡河》乃從堯、禹治水説起，迂癡有致，然筆墨率肆，無足取焉。《蜀道難》等篇亦然，開後人惡道。

「閨裏佳人年十餘」，頗有四傑風格，差逸宕耳。要此等是太白佳作。

《扶風歌》方叙東犇，忽著「東方日出」二語，奇宕入妙。此等乃真太白獨長。

《金陵酒肆留别》，山谷云：「此乃真太白妙處。」而須溪云：「終是太白語别。」予許須溪知言云。

歌行，李飄逸而失之輕率，杜沈雄而失之粗硬。選家辨其兩短，斯爲得之。

杜「秋風淅淅」八句耳，然變態至今莫能踰此等章法。

子美《枏樹嘆》亦近粗直，然至「天意」處一斷，「蒼波老樹」復起作兩層叙，便復有致。

嘉州輪臺諸作，奇姿傑出，而風骨渾勁，琢句用意，俱極精思，殆非子美、達夫所及。

盛唐歌行，高適、岑參、李頎、崔顥四家略同，然岑、李奇傑，有骨有態，高純雄勁，崔稍妍琢。其高蒼渾朴之氣，則同乎爲盛唐之音也。

七言古至右丞，氣骨頓弱，已逗中唐。如「衛霍纔堪一騎將，朝廷不數貳師功」、「願得燕弓射天將，敢令越甲鳴吾君」，極欲作健，而風格已夷。即曲借對仗，無復渾勁之致。須溪評王「嫩復勝老」，愛忘其醜矣。

《莊子》「柳生其左肘」，「柳」類是瘡瘍。摩詰誤以爲樹，《老將行》遂云「今日垂楊生左肘」，誤矣。

司勳《江邊老人愁》叙事坦直，亦不懈，然無復奇出，此等便爲香山長詩之祖。

襄陽歌行便已下右丞一格，無論高、岑、崔、李也。蓋全用姿勝，不復見氣，但未及雋語，爲能立足耳。

龍標七言古氣勢太峻，而才幅狹。然迅快流爽，又一格也。

常建七言古格意輕雋，而下語粉繪皆别設。雖在盛唐，隱開温、李樂府一派。

文房《銅雀臺》前四句可作五言一絶，衍作長調，不覺繁縟，便是此君高處。

君平長篇，天才逸麗，興逐筆生，復工染綴，色澤穠妙。在天寶後，文房、仲文俱當却席者也。

楊衡《白紵》，唐樂府之佳絶者。然自齊、梁人視之，便詞色輕露矣。

王建歌行才思佻淺，便開《花間》一派，不待温、李諸公也。廷禮《品彙》未嫻審格，故中、晚多濫收之弊。

仲初佳篇，如《春詞》結句頗有古氣；《温泉宫行》含吐有致，亦復情思杳靄。至《神樹》短歌，極惡道矣。

仲初《白紵》二首，冶思波屬，足儷仲師。喜其能不作戒荒及「越兵沼吴」等語，乃爲近古。一著此等，便落下格。他體也忌見正面，樂府尤難之耳。

初、盛之後，似合有張、王俚俗一派，猶明中葉有袁中郎輩也。

張籍《節婦吟》亦淺亦雋；《吴宫怨》無中生有，得青蓮之遺。餘作亦有工妙。大抵于結處正意悉出，慮人不知，露出卑手。

文昌樂府與仲初齊名，然王促薄而調急，張風流而情永，張爲勝矣。

昌黎《琴操》以文爲詩，非絶詣。昔人嘗賞之過當，未爲知音。至其擬《越裳操》，「我祖」、「四方」語奇，收斬截古勁，又復渾然。《龜山操》奇而朴，語意工妙。

韓詩「吾欲身爲雲，東野變爲龍」，空同「子昔爲雲我作龍」本此。然韓謙而李倨，亦似故欲避其意耳。

《嗟哉董生行》學《雁门太守》，然氣格凡近不稱。《石鼓歌》全以文法爲詩，大乖風雅。唐音云亡，宋響漸逗，斯不能無歸獄焉者。陋儒嘵嘵頌韓詩，亦震于其名耳。

大曆以後，解樂府遺法者，唯李賀一人。設色穠妙，而詞旨多寓篇外，刻於撰語，渾于用意。中唐樂府，人稱張、王，視此當有郎奴之隔耳。

《致酒行》，主父、賓王作兩層叙，本俱引證，更作賓主詳略。誰謂長吉不深于長篇之法耶？

元和詩響，不振已極，唯權文公乃頗見初唐遺構，亦一奇也。

玉川《樓上女兒曲》通體妍俊，中「直緣」二句殊贅，或「錦帳」下徑接「我有嬌靨」，風格差得上。

張若虚「春江潮水」篇不著粉澤，自有腴姿，而纏綿醖藉，一意縈紆，調法出没，令人不測，殆化工之筆哉！

《絶纓歌》，李頎集無之，而《文苑英華》載爲頎作。然輕緩不振，決非新鄉筆也。

《連昌宮詞》雖中唐之調，然鋪次亦見手筆。起數語自古法。「楊氏諸姨車鬪風」，陡接「明年十月東都破」，數語過禄山，直截見才。俗手必將姚、宋、楊、李置此，邐迤叙出興廢，便自平直。「爾後相傳六皇帝」一句，略而有力，先爲結語一段伏脉。于此復出「端正樓」數語，掩映前文，筆墨飛動。後追叙諸相柄用，曲終雅奏，兼復溯洄有致，姚、宋詳，楊、李略。通篇開闔有法，長慶長篇若此，固未易才。

子美「文章有神交有道」，雖云深老，且起有勢，却是露句。宋人宗此等，失足耳。滔滔一韵，未見精工，至「氣酣日落」以後，浮氣乃盡，真力始見耳。

子美《陪王侍御同登東山最高頂宴姚通泉攜酒泛江》，其詩起四句先將二人叙完，次叙登山只二句，次將泛江衍爲長篇。登山、泛江，自是偉勢，一略一詳乃爾，章法已奇。至主客是兩長官，二十句中以四句了却，意在有無間耳。他人于此戀戀悵悵，豈能自已！

《古柏行》起六句莽莽疏直，故以「雲來氣接巫峽長」二微語承之。或云氣脉不屬，宜有訛，已可笑。或云二句當在「二千尺」下，詩之詩矣。

太宗《餞來濟》，七律已開。以四傑之才，竟無一篇，何也？

「無論去與住，俱是夢中人」，中、晚劣語，亦見之子安耶！

陳伯玉律體，清雄爲骨，綿秀爲姿，設色妍麗，寓意蒼遠。由初入盛，此公變之。沈、宋堂皇，悉皆祖搆于此。

「北斗挂城邊，南山倚殿前」，「挂」、「倚」字新出，便睹盛唐風采。

「明月高秋迴」，「高」、「迴」字複，然不害格。若易作「清秋」或「高秋映」，便自輕萎。「澄江淨如練」，謝茂秦欲改「秋江」，坐不解古法耳。他如「湛露酌流霞」、「寵移新愛奪」，語復可笑，然終不失正始朴處。

沈雲卿「千秋遺令開」，「開」字湊叶。讀者不覺，由專重聲響耳。

小許「天上奉薰歌」，「薰歌」但切宸撰，不慮與題「遇雪」左，唐初多復如此。

垂拱諸賢，張道濟骨力稍弱，詞采亦薄，拙處襲正始之瑕，流處啓大曆之調。

張子壽忠謇之士，陳詩諷主，動合典則，質直有餘，微傷雅致，不徒窘于邊幅也。「劍閣横雲峻」一篇，壯哉詞筆！蜀狩歸來，絶無衰颯之氣，才故是不群。

青蓮五言律自流水法外，頗近正始，不似子美、達夫諸公創體，迥異昔觀。

襄陽《洞庭》之篇，皆稱絶唱，至欲取壓唐律卷。余謂起句平平，三、四雄，而「蒸」、「撼」語勢太矜，句無餘力；「欲濟無舟楫」二語，感懷已盡，更增結語，居然蛇足，無復深味。又上截過壯，下截不稱。世目同賞，予不敢謂之然也。

襄陽五言律體無他長，只清蒼醖藉，遂自名家，佳什亦多。《洞庭》一章反見索露，古人以此作孟公聲價，良不解也。

「鳥道一千里，猿聲十二時」、「五湖三畝宅，萬里一歸人」，句法孤露，意興欲盡。尤易爲淺學效顰，作者不欲數見者也。

岑參「關樹晚蒼蒼」一首，今人當隸馬事，能超脱乃爾！

子美《天河》自佳什，第三、四爲老生藉口，大啓惡解，小恨耳。

張承吉風流之士，而《金山寺》詩：「因悲在城市，終日醉醺醺。」村鄙乃爾，不脱善和坊題帕手段。

「暫將弓並曲，翻與扇俱團」，蔣仲舒謂之近俗。然是初唐本色語，自六朝來，第未稱佳，亦胡云俗？

玄宗「乘時方在德，嗟爾勒銘才」是幸蜀詩，故用張載《劍閣銘》事。蔣仲舒箋引班固《燕然》，非也。

達夫五言律多似短古，亦是風調别處。

韓愈：「漢家舊種明光殿，炎帝還傳《本草經》。」此櫻桃謎也。荆冬倩《奉試詠青》詩：「路闢光天遠，春還月道臨。草濃河畔色，槐斷路邊陰。未映君王史，先標胄子衿。明經如可拾，自有致雲心。」此等題自未易佳，亦何詎作青謎？

岑嘉州《初至犍爲作》，而茂秦改之，語在《直説》中。然頗不及岑氣骨，直落中唐，結句尤劣。蓋謝本色只是中唐耳。

《中興間氣》稱郎士元「暮蟬不可聽，落葉豈堪聞」工于發端，謝朓慚沮。然二語排而弱，思致淺竭，遽駕玄暉乎？

「淹水臨中坐」，杜排律足稱工絶，而胡明瑞《詩藪》抑之。蓋胡于排律專主贍碩，未究起伏之妙，故自運如《詠雪》及《題武侯》詩，往往絶可笑。又元美《哭于鱗百二十韵》，都乏神韵，而明瑞稱之。至明瑞哭王詩，更出王下，乃復自擬古人。

昔人稱老杜字法如「碧知湖外草，紅見海東雲」，句法如「無風雲出塞，不夜月臨關」。余謂此等皆杜句、字之露巧者，渾讀不妨大雅，拈出示人，將開惡道。

張喬「浪影逐游人，自是游人老」，疊句可憎。于武陵亦有「又渡湘江水，湘江水復春」，又唐彦謙「坐無風雨至」，亦然。

「諸葛大名垂宇宙」，通章草草。「伯仲」二語，摘詞中作史論，殊傷淵雅。

李紳《過鍾陵》之作，三、四「江」、「郭」承上，與杜公《吹笛》篇法相似，然非佳格。《江南暮春》又學「去歲荆南梅似雪」，短李殊未精悍。

杜牧之「江涵秋影」，截首四句，乃中唐佳什，衍爲八句便齊氣。「古往今來」，竟成何語？皎然精于詩法，而已作不能稱，較之清江氣骨，故應却步。

杜詩「卧龍躍馬終黄土」，「躍馬」爲公孫述，蓋用《蜀都賦》「公孫躍馬而稱帝」語。然用不始杜，臨海《疇昔篇》已見之〔一〕。劉辰翁「躍馬何限，古人開口自信」，非也。

【校勘記】

〔一〕「臨海」，原文誤作「臨江」。

詩至七言律，已底極變，既難空騁，又畏事累，大抵温麗爲正，間令流逸，讀之表裏妍整，而風骨隱然。頗惡驅駕才勢，有心章彩。至于隸古事，寓評議，斯爲下風。唐初意盡句中，正用氣格爲高。盛唐境地稍流，而興溢章外，不妨婉美。作者取裁，舍是奚適？中葉翩翩，亦曲暢情興。必欲詆覆大曆以下，似屬元美過差之談。至于李商隱而下，予不敢道之。

王維「商山包楚鄧」篇十二句，凡十二見地形，雖全叙行色，而寫送流利，不覺煩，終是詩律未細處。

「羞將短髮還吹帽」一句，翻案意足。「笑倩傍人爲正冠」，贅景乏味，或當時即事語耶？

包佶詩「王粲頻徵楚，君恩許入秦」，借「君」對「王」，不拘姓名，從杜公「子雲」、「今日」，「高鳳」、「聚螢」來。至于鱗「木落毘陵看過雁，月明張翰倚扁舟」，皆祖述此，然只似遊戲耳。

「家散萬金酬士死，身留一劍答君恩」，王元美稱其壯語。然氣盡句中，未爲佳調。「月在上方諸品静，心持半偈萬緣空」，何元朗指爲名作。諦視之，亦禪林恒語耳。

張季直中歲感激，苦節學文，而「深竹閒園偶辟疆」，謂與顧辟疆爲偶，既是凑韵，若解開辟疆畔，更自生硬。渤海五十，張有恧焉。然題云「探韵」，豈是爲韵所拘故耶？

早朝倡和，舍人作沈婉穠麗，氣象沖逸，自應推首。「衣冠身」三字微拙。右丞典重可諷，而冕服爲病，結又失嚴。嘉州句語停匀華净，而體稍輕颺，又結句承上，神脉似斷。工部音節過厲，「仙桃」、「珠玉」近俚，結使事亦粘帶，自下駟耳。四詩互有軒輊，予必賈、王、岑、杜爲次也。

于鱗貶子美七言律慣焉自放，語有當處，未必便爲獻吉而發。然于鱗律鮮拗體，致多精秀，謂自爲地，或有之乎？

太宗幸靈州詩止二句，雖闕而已自籠罩雄奇。

初唐四子，人知其才綺有餘，故自不乏神韻。若盈川《夜送趙縱》，第三句一語完題，前後俱用虛境。臨海《易水送别》，借軻、丹事，用一「别」字映出題面，餘作憑弔，而神理已足。二十字中而游刃如此，何等高筆！

王、孟五言絶筆韵超遠，不減李拾遺。但李近瀏亮，王近清疏，特差異耳。孟他體較王格小減，五言絶句氣更似勝之。

杜《復愁》云：「萬國尚戎馬，故園今若何？昔歸相識少，早已戰場多。」此等用意，便是歇後法。

胡明瑞舉唐五言絶句凡十六首，云佳者大半于此。余觀權德輿《玉臺體》二首，語意佻淺；至王建《新嫁娘》、施肩吾《幼女詞》，摹事太入情，便落卑格。

李適之《罷相作》，敖子發以爲不如錢起《暮春歸故山草堂》。不知李詩朴直，錢詩便巧，李出錢上自遠，子發未審格耳。

盛唐七絶，常建最劣，高得中唐，卑入宋格，如「過在將軍不在兵」是也。

詩有近俚，不必其詞之閭巷也。劉夢得《竹枝》所寫皆兒女子口中語，然頗有雅味。元次山《欸乃曲》云：「好是雲山《韶濩》音。」非不典切蒼梧事，傖父之狀，使人嘔矣。

宋人談詩多迂謬，然亦有近者。至謝疊山而鄙悖斯極，如評少伯「陌頭楊柳」之作、夢得《踏歌詞》、閬仙《渡桑乾》、許渾「海燕西飛」是也。

文昌「洛陽城裏見秋風」一首，命意政近填詞。讀者賞俊，勿遽寬科。

籍、建並稱，然建遠不如籍。籍《楚妃》、《離宫》有盛唐之調，俱得樂府遺風。建《宫詞》直落晚葉，去孟蜀花蕊夫人一間耳。《夜看揚州市》，何里巷也！

王建「内園分得温湯水，二月中旬已進瓜」，華亭李舒章詩「御水先成二月瓜」本此，亦練雅，不覺其是用唐世語。

義山七絶使事尖新，設色濃至，亦是能手。間作議論處，似胡曾《詠史》之類，開宋惡道。

王元美謂「一年又過一年春」與「九月九日望鄉臺」同法，而調少卑，情稍濃。蓋情濃非詩家境詣，此語殊難得解。

太白《清平調》詞「雲想衣裳花想容」，二「想」字已落填詞纖境；「若非」、「會向」，居然滑調；「一枝濃豔」、「君王帶笑」，了無高趣，《小石》躋之坦塗耳。此君七絶之豪，此三章殊不厭人意。

太白「楊花落盡」與樂天「殘燈無焰」，體同題類，而風趣高卑，自覺天壤。

七絶，李益、韓翃足稱勁敵。李華逸稍遜君平，氣骨過之，至《從軍北征》，便不減盛唐高手。

「虢夫人」一首，張承吉之作，又見杜集。然調既不類杜絶句，且拾遺詩發語忠愛，即使諷時，必不作此佻語，應屬祜作無疑。

王表詩「一聲歌發滿城秋」，趙瑕又云「一聲留得滿城春」，鄒子之吹黍谷，庶女之召飛霜，亦詞人不用事之用事耳。

七言絶起忌矜勢，太白多直抒旨意，兩言後只用溢思作波掉，唱嘆有餘響。拙手往往安排起法，欲留佳思在後作好，首既嚼蠟，後十四字中地窄而舞拙，意滿而詞滯。古亦多用景物唱起，然須正意着景中令足，後來神韻自不匱耳。

《詩家直説》云：「予初賦《俠客行》：『笑上胡姬賣酒樓，賭場贏得錦貂裘。酒酣更欲呼鷹去，擲下黄金不掉頭。』自謂結無餘音，更之云：『天寒飲罷酒家樓，擲下黄金不掉頭。走馬西山射猛虎，晚來風雪滿貂裘。』」又改子美《少年行》，法與此同。予前説得此，尤覺醒暢。

張繼詩「江楓漁火對愁眠」。今蘇州寒山寺對有愁眠山，説者遂謂張詩指山，非謂漁火對旅愁而眠。予謂非也。詩須情景參見，此詩三句俱述景，止此句言情，若更作對山，則全無情事，句亦乏味。且愁眠山下即接姑蘇城、寒山寺，不應重累如此。當是張本自言「愁眠」，後人遂因詩名山，猶明聖湖因子瞻詩而名西子湖耳。至于夜半本無鐘聲，而張詩云云，總屬興到不妨。雪裏芭蕉既不受彈，亦無須曲解耳。

宋人之詩傖，元人之詩巷，然亦各自有其佳處。

海叟《楊白花》，謂故君之思，似太褻，當是即胡后本意耳，「渡江水」語尤可見。

鳳洲「人間陸海天茫茫」，出李賀《秦宫》詩，變得雄奇，中着此句，覺通篇發越。

空同「苑西遼后」篇，華亭宋轅文以爲擬杜「昆明池水」，以不甚似見工。然予謂此擬「瞿塘峽口」，非擬「昆明」也。

元美七律，力沉而微傷滯，思精而時入巧，材富而每闌入近語，未足稱長。于鱗語元美「我無凡境，子無神境」，二人亦初不諱之。至《祀康陵》等篇，則李、謝未辦耳。

茂秦「天書早下促星軺」，末結出武選葬兄，點次輕穩，善于避險。

子相矯矯，有拂日摩天之羽，雖傷短促，終自不羈。

詩自萬曆末，争欲決李、王之藩。董宗伯其昌頗自矯峙，然風格亦微跌宕矣。

許景樊，朝鮮女子耳，諸體略放温、李，而七律獨祖七子之風，「層臺」、「一柱」，全學于鱗《登黄榆作》，見有明文章誕敷之遠。

二李、獻吉、于鱗。何、王景明、元美。外，若徐昌穀之邈然潔秀，薛君采之婉摯華亮，顧華玉之格蒼味腴，高子業之造思精微，王稚欽之風神麗昳，自足掩餘子之芳潤，抗四氏以並馳。故以廣大教化論之，或稍遜四家，倘用獨長便決勝。嘗擬合選國初四子，高季迪、楊孟載、張來儀、徐幼文。前後七子獻吉、景明、邊廷實、徐昌穀、康德涵、王敬夫、王子衡爲前七子，于鱗、元美、謝茂秦、徐子與、宗子相、吴明卿、梁公實爲後七子。與上薛、顧、高、王及劉伯温、盧次楩爲二十四家。次楩雖騷賦名，然詩自振迅。

徐昌穀《迪功集》外，復有《徐迪功外集》，吴郡皇甫子安爲序而刻之者；又有《徐氏别稿五集》，其名有《鸎鵲編》、《焦桐集》、《花間集》、《野興集》、《自慙集》，總爲五集。《迪功集》或云是其自選，風骨最高，體律嚴正。《外集》殊復奕奕。《別稿五集》中，《蕉桐》多近體，最疵；《鸚鵡》多學六朝，間雜晚唐，頗有《竹枝》、《楊柳》之韵；《花間》「文章江左家家玉，烟月揚州樹樹花」，詩爲小乘，入詞亦苦方不稱；他如「花間打散雙蝴蝶，飛過墻兒又作團」、《詠柳花》云「轉眼春風有遺恨，井泥流水是前程」，便是詞家情語之最。獻吉叙《迪功集》云：「守而未化，蹊徑存焉。」子安叙其《外集》云：「并包衆美，言務合矩，檢而不隘，放而不踰，斯述藻之善經也，奚取于守化而暇訊其未至哉！」余謂昌穀潔蠲樹藻，頗有騷思，而莊于吐辭，雅深于怨，殆不欲爲放言也。自獻吉論之，乃云「未化」，故應子安叙論優耶！

邊貢詩「自聞秋雨聲，不種芭蕉樹」，王世貞謂芭蕉豈可言樹？余謂「焉得蘐草，言樹之背」，又「男子樹蘭，美而不芳」，不必木本定稱樹也。第「蘐草」、「樹蘭」句「樹」乃活字，邊句是實稱「樹」耳。然語既疵而命意亦近纖詞，于鱗《詩刪》何故收之？

何元朗《叢説》所摘明詩，董潯陽《贈行》詩三首殊工，餘句多不能佳。至稱沈石田「簷前故壘雌雄燕，籬下秋蟲子母雞」，尤可笑。録唐六如《悵悵詞》一篇，雖不入格，而措語酸傷有情，當爲淚下，可與《寄文徵仲書》並觀。然元朗謂之六朝，亦遥遥矣。

謝茂秦謂情詩難作，何元朗謂情詞易工，二語無妨並當。蓋詩必求格，而情語近昵，則易于卑弱；詞則昵乃當行，高顧反失之。又元朗少喜曲，中年病廢，教童子習唱，遂通音調。是躭於曲學者，故不難于言情。茂秦少亦工小詞，後見于鱗諸子，遂大羞悔，故道著情語便苦畏，亦傷弓之驚弦聲也。

有明詩家稱二李、何、王，然于鱗近于優孟抵掌，元美近于監廚請客，相其風骨，殊遜李、何。雖獻吉近粗，大復近弱，當其得意，前無古人，粗弱政是不掩質處。後來曲盡修辭，無瑕可指，而深按之，便苦浮且厲。是李、何所病，猶古民之三疾也夫？

于鱗「萬里銀河」一首，余見其稿，益知改正心苦，古人不漫然也。今録附注：「萬里銀河接御溝，稿作「何處還逢玉樹留」。千門夜色映南稿作「此登」。樓。城頭客醉燕稿作「青」。山月，笛裏寒生薊北稿作「紫塞」。秋。胡地帛書鴻雁動，漢宮紈扇婕妤愁。西風明日吹雙稿作「蓬」。鬢，且逐飛蓬賦遠游。稿作「多病天涯戀舊游」。」其造題亦小異。

茂秦「庭草驚秋」一首，嘗見其舊刻，與《四溟全集》所載多不同，知其先後改定之佳。今録之，以舊詩附注：「庭草驚秋白露垂，舊作「玉露初驚沾草重」。冰輪漸覺渡河遲。光臨鳳闕清鐘斷，舊作「清樽斷」，乃不成語。寒入舊作「氣接」。龍庭畫角悲。天際幾看鴻雁影，山中又老桂花枝。共舊作「不」。知庾亮南樓夜，舊作「下」。曾爲勳名感鬢絲。」

雜論

《解頤新語》云：「詩貴和平，令人易曉。」予謂和平固不在易曉。又云：「子淵《簫頌》傳于宮媵，百藥《童規》諷于樵廝，《長恨》一曲童子解吟，《琵琶》一篇胡兒能唱，豈必深險哉！」予謂詩不貴險，却自須深，元、白鄙俚，詎足爲訓！借如《簫賦》在今，亦未易讀。詩索媪解，豈稱高唱！且百泉嘗稱「文宗能辨苹非籟蕭，知釧爲跳脱」；又以「自古帝王皆遜志典學，故相如、子雲詞賦譎誕，音韵聱牙，漢帝一誦如素閒習」。而兩論並核，殊復矛盾，何耶？

嚴儀卿生宋代，能獨睹本朝詩道之誤，謂：「近代諸公乃作奇特解會，遂以文字、才學、議論爲詩，于一唱三嘆之音，有所歉焉。其末流甚者，叫譟怒張，乖忠厚之風。」論眉山、江西，亦可稱沈著痛快，真夐絶之識，其書之足傳宜也。

皇甫汸云：「詩苟音律欠諧，終非妙境，故無取拗體。」斯言殆不盡然。又云：「元、白六韵，七言排律之始。」豈未睹崔融、杜甫諸公之作耶？

曹植「願爲西南風，長逝入君懷」、徐幹「浮雲何洋洋，願因通我辭」、齊澣〔一〕「將心寄明月，流影入君懷」，又變「風」、「雲」爲「月」；而太白「我寄愁心與明月，隨風直到夜郎西」，則「風」、「月」併役，是用變爲偷者也。石崇金谷澗賦詩，不能者罰酒三斗。太白云：「如詩不成，罰依金谷酒數。」而于鱗「詩成罰我我豈辭，便過三斗無論數」，是用翻爲偷者也。

【校勘記】

〔一〕「澣」，原本誤作「幹」。

張喬《寄維揚故人》：「月明記得相尋處，城鎖東風十五橋。」《解頤新語》謂：「揚有二十四橋，喬蓋想故人之居當過其半，乃知詩人無虛語。」予謂此真百泉魔語也。

胡明瑞性鶩多，故于宋、元詩俱評駁極詳。然眼中能容爾許塵物，即胸次可知，宜詩之不振矣。

相如《美人賦》全倣宋玉《登徒》篇，當是少時學步之作。《雜記》謂其因文君而欲以自刺；武林章氏注《古文苑》，又譏其欲自媚于世，俱謬。

高廷禮曰：「漢、魏質過于文，六朝華浮于實。得二者之中，備風人之體，惟唐詩爲然。」案：高語是以唐人高于漢、魏也。且漢、魏非乏采，而六朝絜漢爲摛華，較唐猶爲存樸，徒自俳儷句字求之，真以目皮相耳。

孫鑛云：「樂府貴俚。」此似未深窺樂府者，後人聞之，恐大詿誤。

《易林》、《參同契》等書，本非文士所撰，其詞特偶作諧聲耳。後之證古韵者，輒引爲據，殊見乖鬲。又若唐、宋以後人著撰，韵多放軼先榘，如晚唐詩首句出韵之類。後輯韵書者，不引著憲，以裁其愆，反援彼譌文，强證通韵，徒炫博雅，不知滋誤。

論文不可束縛，如信《雲漢》而謂「周無遺民」是也；論文不可穿鑿，如解杜詩而句句傅著「每飯不忘君」是也。

詩家如作字家，點畫之間，斟酌繁簡，小有增損，不妨其妙。人名如馬卿、葛亮，多見篇什；仇池九十九泉，而杜詩「長懷十九泉」，古人不謂疵也。如《詩》三百五篇，而孔稱《三百》，舉全略奇，古多有之，顧審其善用耳。

《筆叢》載宋游景仁《黄鶴樓》詩，云：「宋七言律唯此首可追老杜。」今案：其詩云「長江巨浪拍天浮，城郭相望萬景收」，調已極粗滑；至「角聲交送千家月」，鄙俗又甚。「山氣日夕佳」、「衆鳥欣有托」，伊其相謔，故作謬誤耳。他如「弄麞」、「伏臘」、「杕杜」、「金根」，徵杜若于坊州，惑蹲鴟爲羊子；未讀曹賦，乃呼鶡雀；不熟《爾雅》，誤食蟛蜞，博類詞林，均資噱笑。此拾遺所以求過「難字」，隱侯所以畏讀「雌霓」也。

次韵非古，今人每好作之；重字不妨古，而今每酷忌。蓋次韵始於元、白，微之《上令狐文公書》中自叙其故；而重字唐多有之，不止李藩之舉錢起也。沈存中云：「唐人雖小詩，莫不揉埏極工而後已。崔護詩『去年今日此門中，人面桃花相映紅。人面不知何處去，桃花依舊笑春風』，後以語未工，故第三句云『人面祇今何處去』，雖有兩『今』字，不惜也。」斯言得之。

《子夜》雙關，「藁砧」啞謎，雖入巧法而不墜古風。又有巧用别名，略同爲隱者：杜康善釀，曹公即呼酒爲「杜康」。宜城、中山出名酒，梁昭明詩「宜城溢渠盌，中山浮羽巵」，即呼酒爲「宜城」、「中山」。雲和，山名，産木宜琴瑟，王昌齡「斜抱雲和深見月」，即呼琴瑟爲「雲和」。《搜神記》韓憑、何氏魂化鴛鴦，温飛卿詩「粉項韓憑雙扇中」，即呼鴛鴦爲「韓憑」。又阮咸製樂器，其器即名「阮咸」。江南薛九善歌《嵇康》，《嵇康》，曲名，見王銍《侍兒小名録》。至酒名「聖人」、「賢人」、「督郵」、「從事」，樂府名有《董嬌饒》、《王子喬》，皆是類也。作者須古有是稱，不嫌新異，儻復比物創更，必陷險巇。借更名酒「儀狄」，號琴「空桑」，轉展不極，不能不爲詞林笑端。東坡「獨看紅蕖傾白墮」、弇州「吾晚躭劉毅」，是句佳乎？

近體詠史，自不能佳，胡曾百首，竟墜塵溷，《平城》、《望夫石》二詩，結句尤惡。茂秦顧獨稱之，何邪？又云：「詠史宜明白斷案。」非徒不解近體法，是目未經見晉以前詠史者。

李陽冰見《碧落》之碑，數日不去；歐陽詢愛索靖之迹，下馬坐觀。二公之于慕古，可謂勤已。抑豈以摹畫之工而真宰不宣耶！

詩必相題，猥瑣、尖新、淫褻等題，可無作也；詩必相韻，故拈險俗生澀之韻及限韻、步韻，可無作也。

謝茂秦云：「白樂天正而不奇，李長吉奇而不正。」直囈語耳。

何元朗最喜白太傅，稱其「不事雕飾，直寫性情」，不知此政詩格所由卑也。又稱白《琵琶行》、元《連昌宮詞》爲古今長歌第一，殆見淺耳。

杜詩「苔臥緑沈槍」，柴虎臣詩「緑沈終日臥蒼苔」，亦是指槍。或云楊用修嘗辯「緑沈」是色，非物名，不可單用，非也。古人名物，多舉色像形。《詩》稱「茹藘」，不嫌是草。大黃大白，弓杯自見。《漢書》云：「取青紫如拾芥耳。」又云：「紆青拖紫。」後漢《樊君碑》：「龜艾追贈。」艾所以染綬。謝詩：「交交止栩黃，呦呦食苹鹿。」摛詞之家，類多裁綴。聊舉數端，知楊説之未足拘耳。

《滄浪吟卷》云「發端忌作舉止」，貴高渾也；「收拾貴在出場」，須超遠也。

王昌齡集云：「王維詩天子，杜甫詩宰相。」宋嚴羽《吟卷》云：「論詩以李、杜爲準，挾天子以令諸侯也。」然此等論，必自開元以後作者，方當受其折箠使之耳。

初唐用古句，盈川「少别比千年」、正字「丘陵徒自出」，間增一字，便與古意迥别，鎔造入工，不嫌成搆。然《白雲謠》「出」字當讀吹，平聲，叶下「之來」，而伯玉讀作入聲。「中興」讀平聲，而子美詩「新數中興年」，是讀去聲。「中聖」讀去聲，而太白「醉月頻中聖」，是讀平聲。《左傳》「華不注」，「不」字讀柎，如《棠棣》「鄂不韡韡」。「不」字言此山孤秀如華柎之注于水，見虞摯《畿服經》。而李于鱗律詩以「華不注」對「醫無閭」，絶句「我自能憐華不注」，俱讀入聲。律之審音家，諸公未免不識字之誚。

芮挺章云：「道苟可得，不棄于廝養；事非適理，何貴于膏粱！」殷璠云：「名不副實，才不合道，縱權壓梁、竇，吾無取焉。」釋皎然云：「無爵命有幽芳可採者，拔出于九泉之中，使與兩漢諸公並列。」古人是非登降，不苟如此。若于鱗《詩刪》，不寬元美而蔽茂秦，足稱雅正，可以觀德。近則家擅珠璧，裂眥争先，亦有予愛奪憎，好丹非素，風雅之役，兵戎劇焉。嗚呼！作者自難，選亦詎易道哉！

子雲《逐貧》，志安貧者也。謝茂秦呵其心急富貴，不及昌黎《送窮》，大可笑。夫依隱玩世，激詭其詞耳。若謝見，則《北門》爲小人之詩，《漁父》有啜醨之志，斯固哉其言詩者也！至退之送窮仍留窮，意直淺露，不及揚，此漢、唐文格之别。故《反騷》意同《逐貧》，亦爲考亭所掊。何索解不易，子雲之多不幸耶！

陳無己《寄外舅郭大夫》：「巴蜀通歸使，妻孥且定居。深知報消息，不敢問何如。身在何妨遠，情深未敢疏。功名欺老病，淚落數行書。」趙章泉謂：「中二聯虛字多而無餘味，若取前後爲絶句，當不減盛唐。」予謂「欺」字露筋，亦非盛唐。爲更云：「巴蜀通歸使，妻孥好定居。秋風垂老别，淚盡數行書。」

唐人文多似詩，不害爲佳；退之多以文法爲詩，則傖父矣。六朝人序記多似賦，不害爲佳；子瞻多以序記法爲賦，則委薾矣。

詩不崇貴用事而不害乎用事，所謂太虛不拒萬有，真空不離色相也；詩貴自然而又不害乎錘鍛，所謂良金不憚燀冶，美玉不嫌琱琢也。

詩者，温柔敦厚之善物也。故美多顯頌，刺多微文，涕泣關弓，情非獲已。然亦每相遷避，語不署名。至若亂國迷民，如「太師」、「皇父」之屬，方直斥不諱。斯蓋情同痛哭，事類彈文，君父攸關，斷難曲筆矣。而《詩》猶曰：「伊誰云從，惟暴之云。」又曰：「凡百君子，敬而聽之。」其辭之不爲迫遽，蓋如斯也。後之君子，喜招人過，每相摭拾，以資輸寫。夫朋友之道，本以義合者也，小瑕宜合好而掩惡，大過宜忠告而善道，至不獲已，則徐引而退耳。今乃小垢宿愆，動見抵巇，深辭巧詆，務盈篇牘，不卬彼恤，蕲竭我才。約而數之，戾十有七。古人所糾，必務其大，乃有義不繫于君親，事不交乎邦國，可以略置忘言，而得已不已。其戾一也。人非齊聖，孰無過端。閭巷之人，政復多讁，徒以交罕載筆，無與録之耳。屬爲文士，宜有同聲，而小露疻瑕，輒被鉛槧，文章所播，疾於置郵。於是帷墻既隱而郡邑交談，夙昔可磨而千古莫洗。是則君子之有朋，不如閭巷之無友。其戾二也。偶爾寄托，聊復鋪張。盈盈非蕩，生見呵于拾遺；《封禪》非諛，死受嗤于和靖。原厥初情，未如所刺；吹索之後，方將見瑕。其戾三也。又若愆歸往昔，德已更新，咒逝水以求迴，吹宿灰而成焰。將令日月一蝕，永絶還輝。使夫人而君子，則非以諱賢；使夫人而小人，則重之放棄。其戾四也。又或生有密交，死無血胤，賴子一瞑，托我千秋。爾乃未闡幽光，更搜隱痏。夫交密則無微弗識，胤絶則莫與致争。九原可作，其能瞑乎？其戾五也。骨肉天性，倫極人彝，稍中乖嫌，未淪恩紀。記云：「師無當于五服，五服弗得不親。」則默斡潛調，職在朋友。乃有形諸謡詠，洗發詞篇，或爲下而訕上，或代彼而非此。夫隱諸心者，發口爲成言；隱諸事者，入文爲成案。是以未經藻思，情在纏綿茹吐之間；一奉評題，便有弦絶雨墜之勢。其戾六也。等斯而上，益有難言。夫懷罪引慝，昔人之明規；思古無訧，臣子之正訓。又況遇非正則，寃異《小弁》，訕父兄以爲名，斥乘輿而見直。一唱群和，號稱孤憤，險情悖節，孰甚于斯？其戾七也。至如根柢盤錯，徑路紆險，懸度求濟，賢者難之。其或不原隱情而專攻顯迹，舍厥大義而繩以鄙私。夫顯迹易擿，隱情難明；大義罕同，鄙私交贊；口舌求解，瘡瘢愈多。正誼鬱而莫伸，莠言煩而愈熾。君子處此，斯爲寃酷。其戾八也。造膝詭辭，避人焚草，事君之厚，交亦宜然。其或君居九重，友隔千里，則封事郵筒，不得不爾。至于明辯是非以祛群惑者，自當近著輿觀，遠存國憲，如劉歆之《移博士》、杜牧之《上宣州》是也。若其事本瑣尾，情非迫切，而又終朝覿面，永夕抒懷。何緣從容燕笑，則捲舌不談；别去題書，迺詞鋒互起。規誨不諄于口輔，姍笑徒弄于文辭。其戾九也。古人大義離别，惡聲弗聞。乃有本屬素交，未無小忿，屢更風雨，未曠晨宵，而徒筆墨競長，波濤騰口，莞爾相昵則聯牀解榻，投械答贈則矢激霜飛。其戾十也。乃或寒暑之末，醉飽之餘，小罹違迕，便生懟望，鼓其才筆，粉繪交宣，噓雲霧以爲樓，織萋菲而成錦。若而人者，抑爲太甚。其戾十有一也。復有中情淺狹，妄作高深。目人以刻礉爲工，自期以矜誕稱俊。思財片語，神厲九霄。牀下可以卧人，兒子不妨呼客。形諸口頰，已是囂然；一涉文辭，彌深暴慢。其戾十有二也。若夫高下移情，寒暄貳轍，申誼貴遊，則白雪蘭薰，傾倒無盡，侯門仁義，歆德有餘。倘值疏蕪賤士，語默稍睽，則礪齒磨唇，筆長采烈，憑陵激射，借以自殊。其戾十有三也。施不祈報者，達者之用心；受德不忘者，君子之自勑。乃有面背移情，朝晡改趣。方其因熱也，則低頭帖耳，宛轉傅離；及其既往也，則哆口軒眉，詆娸長短。甚者裝裹桀金，便回頭而相吠；酲餘晏酒，已揮毫而見彈。何有大義之滅親，輒云一飯其胡恤。其戾十有四也。文章，公器也；經術，聖心也。自應討論通流，商略忘我。爰若季緒瑣瑣之才，五鹿嶽嶽之氣，徒懷掣箠，失意探珠。遂興閃爍之辭，更創偏畸之議。摇牙相噬，恣極恌儇。其戾十有五也。長者之量，不可概人。此既相加，彼復行甚。糾纏膠結，長滋不解。同心且煎爲萁豆，毛穎將憯于莫邪。其戾十有六也。《春秋》，聖人之刑書也，猶且善善從長，惡惡從短。惡有舞鼠文于播雅，設虎穴于摛華者，謂之何哉！其戾十有七也。假令痛深次骨，讐非戴天，含憤濡毫，亦復胡怪？徒以或生情于伊謔，或互揣爲名高，或資義類而工文，或緣慷慨而釣直，始于自護以求申，終致交攻而修怨。一矢加遺，百端交集。揆諸古人，不其倍歟？悲夫！因師獲印之諺，黨胡然而參夷；説法馬留之謡，社胡然而蠆粉。是故《老子》曰：「聰明深察而近于死者，好譏議人者也；博辯閎遠而危其身者，好發人之惡者也。」且夫修史，王事也，昌黎猶懼獲譴；惟口，無迹也，虞舜戒其興戎。又況書非國乘，事非憲典，而辭翰所涉，行遠而流長，隱而揚之，暫而久之，可不懼哉！可不慎哉！余薄遊文苑，奉教英流，竊睹斯敝，每感于心。在昔有然，今兹彌甚。以爲嚴于律己者，立命之原也；恕于責物者，寬身之仁也；愊于面諍者，篤倫之誠也；謹于繁辭者，致忠之心也；毋敢肆訶者，遠戾之萌也；順受不反者，自訟之方也；刻省束脩者，銷刺之端也；于物無尤者，相化之理也。爰撰兹篇以自勗，且以勸方來。綴文之君子，當以古人之心爲心，則文章盡善矣，姑無以文章爲名也。《詩戾篇》。

古人善論文章者，曹丕、陸機、鍾嶸、劉勰、劉知幾、殷璠、釋皎然、嚴羽、李塗、高棅、徐禎卿、皇甫汸、謝榛、王世貞、胡應麟，此諸家最著，中間劉勰、徐、王持論尤精摧可遵，餘子不無得失。亦有自攄獨欣，不可推放衆製者，如子桓「詩賦欲麗」，士衡「綺靡」、「瀏亮」語是也。

辭學取材，載籍已博，録其要者：《詩三百篇》，《楚辭》，梅鼎祚《漢魏詩乘》、《六朝詩乘》；唐以下則高棅《唐詩正聲》，李攀龍《唐詩選》，華亭三子之《明詩選》；稍廣之則馮惟訥《風雅廣逸》，《昭明文選》，《十二家唐詩》，梅鼎祚《李杜詩選》，《唐詩品彙》。其論詩則劉勰《文心雕龍》，鍾嶸《詩品》，皎然《詩式》，嚴羽《滄浪吟卷》，徐禎卿《談藝録》，王世貞《藝苑巵言》，此六家多能發微。《楚辭》王逸注爲祖，《唐詩選》以舊本有附記而無高、江圈評者爲佳。《文選》詩賦須分代讀之，其分類者，昭明之陋耳，遂使風格升降混淆，詿初學不少。

詩辯坻卷第四

錢塘毛先舒稚黄著

學詩徑録

詩言情、寫景、叙事，收攏拓開，點題掉尾，俱是要格。律尤須謹嚴，頹唐可時有耳。借如律詩，中二聯一實一虚，一黏一離；起須高渾，勢冒全篇；結欲悠圓，盡而有餘；轉折收縱，宜使合度，勿得後先倒置，舒促失節，然後可以告成篇矣。

詩作七古，宜從唐人詩韵，乃爲無弊。五古須論體裁風雅，宜用先秦韵，漢、魏稍密，晉、宋漸近于唐韵矣。倘于韵學未能精，只以唐韵行之爲妥。如古詩《關雎》首章、《皇皇者華》第五章、《天保》「九如」兩章，漢詩「今日良宴會」、「攜手上河梁」、「骨肉緣枝葉」等篇，亦符唐韵。下此益復可知，無所譏駁。倘不知古韵離合而妄通之，必爲識者所笑。

作詩對仗須精整，不定以「青」對「白」，以「冬」對「夏」，以「北」對「南」爲也，要審死活、虚實、平側。借如「登山臨水」、「高山流水」，「登」、「臨」爲活，「高」、「流」爲死，不得易位相對仗也，或有假借作變對耳。又如「高山流水」、「吴山越水」，「高」、「流」爲虚，「吴」、「越」爲實，亦不得易位爲對仗也，或假借斯有之。又如「山水」二字，平可對「雲霞」；若「江水」，乃説江中之水，二字側，不可對「雲霞」，但可以

「山雲」對之。即以一物對二物，亦無不可，總須論字面平側。如以「鸚鵡」對「龍蛇」，或對「鵷鸞」，以一對二之類；若以「鸚鵡」對「神龍」、「彩鸞」，便是以平對側，非其法也。以二對一亦然。如「楓柳」可對「梧桐」，「春柳」便不可與「梧桐」對耳。有自對者，必簡「伐鼓撞鐘驚海上，新粧袨服照江東」，摩詰「赭圻將赤岸，擊汰復揚舲」，摩詰「門外青山如屋裏，東家流水入西隣」，子美「桃花細逐楊花落，黄鳥時兼白鳥飛」。又有借對者，如「高鳳」對「聚螢」，「世家」對「道德」，「鳥道」對「漁翁」。「高鳳」本人，乃借「鳳」對「螢」耳。「世家」義本側，乃借其字面作平對「道德」耳。「漁」借作「魚」對「鳥」。如此古人間有，亦只是遊戲法，不爲經理。古最忌合掌對，如「朝」對「曉」、「聽」對「聞」之類，古人亦多有之，玄宗「馬色分朝景，鷄聲逐曉風」，郎君胄「暮蟬不可聽，落葉豈堪聞」。雖時有拙致，似不足效。

古風長篇，先須搆局，起伏開闔，綫索勿紊。借如正意在前，掉尾處須擊應；若正意在後，起手處先須伏脉。未有初不伏脉而後突出一意者，亦未有始拈此意而後來索然不相呼應者。若正意在中間，亦要首尾擊應。實叙本意處，不必言其餘；拓開作波瀾處，却要時時點著本意，離即之間方佳。此如畫龍，見龍頭處即是正面本意，餘地染作雲霧。雲霧是客，龍是主，却于雲霧隙處都要隱現爪甲，方見此中都有龍在，方見客主。否是一半畫龍頭，一半畫雲霧耳。主客既無別，亦非可爲畫完龍也。

古歌行押韵，初唐有方，至盛唐便無方。然無方而有方者也，亦須推按，勿得縱筆以擾亂行陣，爲李將軍之廢刁斗也。古人有變韵不變意、變意不變韵之法。如子美「内府殷紅瑪瑙盤，婕妤傳詔才人索。盤賜將軍拜舞歸，輕紈細綺相追飛」，四句一事，却故將二句屬上文韵，變二句屬下文韵，此變韵不變意；「貴戚豪門得筆迹，始覺屏障生光輝」，與上「盤賜」二句意不相屬，却聯爲同韵，此變意不變韵。讀之使人惚恍，尋之絲迹宛然，此亦行文之一奇也。

《選》體藴藉方雅，須源于《毛詩》而出之；歌行宕往奇變，須源于《楚辭》而出之。

風格色澤，詩家所謹，若臻神境，又自無不可。近世事與近世字面，初入手時，決當慎之，後來顧當用之如何。區區準繩，非所論于法之外。

王、李之弊，流爲癡肥。鍾、譚剋藥欲砭一時之疾，不虞久服，更成中瘠耳。又其材識本嵬瑣，故不能云救，每變愈下。今之爲二氏左右袒者，不足深辯。但令從《毛詩》、《楚辭》、《樂苑》、《文選》、三唐正變探泝已熟，然後陳宋、元、明人之詩而上下之，則瑯琊、竟陵之病，當如見垣一方，墨守輸攻，舉可廢耳。

詩用連二字有可顛倒互換者，有不可顛倒互換者。如「雲烟」可作「烟雲」、「山河」可作「河山」之類，此可以互換者也；「雲霞」即不可作「霞雲」，「山川」即不可作「川山」，此不可互換者。總以昔人運過、適于上口者爲順耳。嘗見詩流用「丘壑」爲「壑丘」，又有稱「海湖」者，真可笑也。司馬相如賦「鸞鳳飛而北南」；曹植樂府「下下乃窮極地天」，「地天泰」本《易》卦；又《禮記》「吾得坤乾焉」，「坤乾」是商《歸藏易》；《王風》「羊牛下來」，《齊風》「顛倒裳衣」，如此類須有所本，可以倒互。然終近古調，入近體似未宜，斯在作者酌其當耳。

步韵非古也，斷勿可爲。七律一題勿作數首，若杜《秋興》，似無題耳；《諸將》亦叙數事，非復一題。律中重一二字，自不礙法。若長律重押韵，古間有之，似不可爲法。擬古樂府一事，翻似爲戲，無庸多作。

詩有駢字，如「崔嵬」、「嵳峩」、「岧嶤」之類；詩有複字，如「悠悠」、「瀟瀟」、「茫茫」之類。近體斷無單押之法，或審有出處，可間押入古詩耳，然亦須慎之。

昔人云：「一緒連文，則珠聯璧合。」文唯一緒，則珠璧斯可聯合。又云：「講之如獨繭之絲。」蓋作者有情，故措詞必有義；倘詞義閃爍無端緒，則中情必詭，不足録也。《離騷》斷亂，人故不易學，然講之亦仍自義相聯貫。豈如今人，但取鋪詞，不顧乖義，首句張甲，次句李乙，且無當于庸音，何《離騷》之足擬！

文之難者，以本質之華，盡法之變耳。若華而離質，變而亡法，不足云也。譬如木焉，發華英澤，吐自根株，故稱嘉樹；若華而離根者，斯如聚落英、飾剪彩耳。盡法之變，如曲有音有拍，必音、拍具正，然後出其曼嫋頓挫，或揚爲新變聲耳。未有字不審音，腔不中拍，便事遊移高下，妄取娛耳，以爲工歌，知音者必不能賞。此亦可以徵德，豈徒論文！

詩本無定法，亦不可以講法。學者但取盛唐以上、《三百》以下之作，隨拈當吾意者，以題參詩，以詩按題，觀其起結，審其頓折，下字琢句，調聲設色，曲加尋推，極盡吟諷，自應有得力處。然後旁推觸類，一以貫之，仰觀古昔，高下在心矣。詎復虚憍之氣，捃摭之華，能恫喝者耶！

命意見巧，文章之賤工也。而世多聽熒，索解政少。

法老則氣静，學邃則華歛，才高則辭簡，意深則韵遠。言者心聲，而詩又言之至精者也。以此徵心，善廋者不能自匿矣。是故詞夸者其心驕，采溢者其心浮，法佚者其心佻，勢騰者其心馳，往而不返者其心蕩，更端數者其心詭，不待勢足而輒盡者其心偷，故曼衍者其心荒，像擬失類者其心狂，强綴者其心溺，强盈者其心餒，按義錯指求其故而不克自理者其心亡。

詩有十似：激戾似遒，凌競似壯，鋪綴似麗，佻巧似雋，底慸似穩，枯瘠似蒼，方鈍似老，拙穉似古，艱棘似奇，斷碎似變。

初作詩須從實地起步，當試先作近調小詩，起結旋轉，務期中律。或絶或律，臨摹古人字句篇法，宜令俱熟悉之。後漸拓至大篇，窮極變體，氣幹自實，步驟自穩。若未彈求鴞，快騁捷足，氣未充則必憑虚以張其氣，法未穩則必宕往以矜其勢。心爲手習，中氣必喬，返轡既苦途紆，而積久亦復難變，踉蹌而行，終歸失路而已。

竟陵詩解駁議

叙曰：六義振響，蔚爲辭宗；五言遞創，作者景靡。後踵爲駢偶之體，變爲律絶之製。六季三唐，失得互見；初盛中晚，區畛攸分。及宋世酷尚麤厲，元音競趣佻褻，矇醉相扶，載胥及溺，四百年間，幾無詩焉。迨成、弘之際，李、何崛興，號稱復古；而中原數子，鱗集仰流，又因以雕潤辭華，恢閎典制，鴻篇縟彩，蓋斌斌焉。及其敝也，厖龐古事，汩没胸情，以方幅嘽緩爲冠裳，以剡膚綴貌爲風骨，剿説雷同，墜于浮濫，已運丁衰葉，埶值末會。楚有鍾惺、譚元春，因人心厭之餘，開纖兒狙喜之議。小言足以破道，技巧足以中人。而後學者乃始眩瞀楊岐，遲回襄轍，囂然競起，穿鑿紛紜。救湯揚沸，莫之能閼。原夫前後七子，作法匪涼，徒以後起守文，職成拘蔽。假令鍾、譚能滌蕩塵滓，斟酌古原，因其羽毛，樹之骨鯁，則上可崇漢、唐之絶軌，次亦得規嘉、隆之弊法。而惜乎馳騁小慧，河伯自欣。然彼所見，如竇中窺日，明雖不多，景非假借。故《詩歸》詮諦，亦有可算。至于荒才窳匠，尤易竄迹，故駔獪之猥姿，悉冒竟陵之苗裔。原其初政，未或如斯，溯厲階之由興，能無歸獄者乎？蓋鍾氏之書，指義淺率，展卷即通，其便一也；持論儇倪，啓人狙智，造次捷給，易絀準繩之談，其便二也；矜巧片字，不貴閎整，龜腸蟬腹，得就操觚，其便三也；但趣新雋，不原風格，其便四也；前代矩矱，屏同椎輪，便辟淋漓，一往欲盡，當巧之際，無復逡巡，其便五也；高談性靈，嗤鄙追琢，各用我法，遑知古人，則但吐由言，便稱高唱，輒復曹、劉爲拙，沈約如奴，其便六也。所以凡流瑣士，咸共寶祕，自非卓犖之英，罕能拔脚者也。予悲躭溺者既不見其醜，而攻瑕者將併没其好，輒取《詩歸》一書，條其二三理解而録之，紕繆大者則明加駁正，以次于後，庶幾覽者顯知臧否。至余于李、王諸子所論列，間有抵巇，不爲護前，今雜列他卷，亦可得並觀云爾。

《商銘》「嗛嗛之德」云云，鍾云：「説德在前、食在後，便是古文。今人必以德作正義，爲語之殿，欲深反淺。」

《猗蘭操》，鍾云：「操中一字不及蘭，古人文章寄托，不拘如此。」

《水仙操》，鍾云：「一序琴之神理已盡，詩不過咏嘆其妙，正不在多。必欲詩與序多寡淺深相當，不必讀此矣。」

《河上歌》，譚云：「止得妙。若又説向正語便淺，唐人不及古以此。」

「雖有絲麻」及「君子有酒」二詩，鍾云：「孔子删詩不入《三百篇》者，非必盡以詞理佳惡爲去取，亦有單詞錯簡不能成篇者，存此二條以志凡。」

鍾云：「《月令》『冰腹堅』，農語『水生骨』，『腹』字、『骨』字皆古語之奥者，反爲後人刻畫者造端。」

「山川而能語」四句，鍾云：「語太盡情。」

《李夫人歌》，譚云：「自有悼亡氣，與待生者愆期大别。」

《房中歌》，鍾云：「無《雅》、《頌》之和大，亦無漢下之膚近，質奥幻杳，自爲一音。在四詩爲雜霸，在漢以來爲正始。」

「金支秀華，庶旄翠旌」，譚云：「有此八字典麗，則雲景杳冥，不落詩家秀語，此補纖法也。」

「安其所」一章，譚云：「質而近險。」

「豐草葽」八句，譚云：「又宕出一章，波瀾細動。」

鍾云：「《三百篇》後，四言之法有二：韋孟《諷諫》，其氣和，去《三百篇》近而有近之離；魏武《短歌》，其調高，去《三百篇》遠而有遠之合。後世作者，各領一派。」

張衡《同聲歌》，鍾云：「此《國風》專壹之思，非昵情也。」

「青青河畔草」，鍾云：「轉折甚多，不碎不脱，篇法甚妙。」

《易林》：「敝笱在梁，魴逸不禁。」鍾云：「《詩》：『敝笱在梁，其魚魴鱮。』更不説『魴逸』而意已了，此《三百篇》、漢人之别。」

「魚戲蓮葉北」，鍾云：「此處住了，正是後人歌行才起處。」

《陌上桑》，鍾云：「貞静之情，以豔詞發之，豔何妨正也。」

《美女篇》，鍾云：「緝《洛神》餘材而成之，自是悽麗。」

《妾薄命》，鍾云：「昵昵叙致，不盡情不已。其音節撫弄停放，遲則生媚，促則生哀，極顧步低昂之妙。」

東坡謂陶詩「外枯中腴」，鍾云：「陶閒遠自其本色，而淵永温潤，佳在不枯。」先舒曰：「知陶詩非枯，識去蘇遠。」

陶詩「種豆南山下」，鍾云：「儲、王田園詩出此。浩然非不近陶，似不能爲此派，曰清而微遜其朴。」

鍾云：「晉、宋後《子夜》、《讀曲》諸歌，去宋、元填詞途逕甚近，深妙處高唐人一格。然非唐人一反之，承流趣下，填詞當竟在唐。文章運候起伏之微，嘗與譚子反覆感嘆之。」

鍾云：「靈運以麗情密藻發其奇秀，字句時有滯處，即從彼法中來。如吴、越清華子弟作鄉語，聽者不必盡解，口角間自可觀，效之便醜。」

「靈運『可憐誰家婦』二首，情詞是《子夜》、《讀曲》，而氣質之高似過之，去太白反近。」伯敬語。先舒曰：「其氣高，故近也。魏人氣高于漢，唐人氣高于六朝，盛唐氣又高于初唐，愈高愈出愈漓。」

惠連《代古》：「瀉水置井中，誰能計斗升？合如杯中水，誰能判淄澠？」譚云：「兩『誰能』下不更著昵語，故爲善裁。」

范雲詩「春草醉春煙」，鍾云：「近於填詞。」

鍾云：「角巾競放，仙舟虛慕，本是後進吠聲習氣。盧照鄰詩：『悠悠天下士，相送洛橋津。誰知仙舟上，寂寂無四鄰。』寫出李、郭孤嚴，使浮人自廢。」

鍾云：「陳正字律中有古，却深重；李供奉以古爲律，却輕淺。」

譚云：「『漢、魏』二字，誤却多少快才妙筆。」先舒曰：「此語亦淺亦深，亦不可不曉。」

案：譚云：「豔之害詩易見，澹之害詩難知。」語極有會。

又云：「中、晚異于初、盛，以其俊耳。劉文房猶從朴入。然盛唐俊處皆朴，中、晚朴處皆俊。文房語有極真者，真至極透快處，便不免妨其厚。」先舒曰：「真能妨厚，語有深解。」

鍾云：「七言絶句，中、晚人頗妙，正以太工則傷氣，遠于盛唐。」

「元、白詩太直，又二人唱酬，惟恐一語或異，是其病。所謂同調，正不在語俱同」。鍾云。

友夏云：「詩家變化，盛唐已極，後又欲别出頭地，自不得無東野、長吉一派。」

鍾稱「長吉刻削處不留元氣，自非壽相」，此評極妙。譚謂「從漢、魏以上來」，謬以千里。

「古人作詩文，于時地最近、口耳最習處，必極意出脱，如晚唐定離却中唐。推而上之，莫不皆然。非獨氣數，亦緣習尚。然其必欲離者，聲調情事耳。至往代真氣，皆不暇深求，而一切離之自爲高，所以愈離而愈下也」。此友夏語，似已純悟，乃評詩抉摘細碎，耑欲立異于前矩者，豈目睫之喻耶！以上三十八條，是其立説善者。

《皇娥白帝歌》，見王嘉《拾遺記》，晉人之作，其詞容裔綺密，是六朝雅調，而伯敬以爲非漢以下所辦。又「心知和樂悦未央」，《白紵》妙語耳，伯敬比之漢《郊祀歌》，相去益遠。

「雲光開曙月低河」，鍾云：「竟是唐初七言。」非也，是齊、梁樂府佳境。

蘇、李贈答，蘇端明疑其僞作。友夏以爲僞作必出一手，今蘇澹李警，當是兩人，似已。然此爲漢調，故不待澹、警之辯也。且以兩家詩較之，宜李澹而蘇警也。劉彦和云：「成帝品録，三百餘篇，而辭人遺翰，罕見五言，所以李陵、班婕妤見疑于後代。」則梁世已有是論，不始于蘇。蓋蘇詩稠塞，故不解蘇、李之工；鍾、譚清約，故篤稱其妙，兩家亦各知其所近耳。

鍾云：「鄴下、西園，詞場雅事，惜無蔡中郎、孔文舉其人應之。仲宣諸子，氣骨文藻，事事不敢相敵。《公讌》諸作，尤有乞氣。」此是崇名節語，倘就詩論，諸作多偉詞，亦難盡黜。

譚云：「二陸詩，手重不能運，語滯不能清。腹之所有，不暇再擇；韵之所遇，不能稍變。」此砭頗中機、雲之病。然小陸又差秀，不得並譏。且士衡筆墨雖滯，而氣幹華整。蓋黄初既邈，降爲太康，駢儷之中，猶存古法。故客兒稟之以抉其幽，明遠依之以厲其氣。俾諸公邐迤修飾，不遽落于梁、陳纖調者，誰之力歟？至「民動如烟，户庭已幽」語，特稍有生致，亦何足深賞。

漢、魏、六朝諸仙詩，多後來淺人僞撰，鍾、譚每極嘆賞。若太虚真人「種罪天網上，受毒地獄下」，豈復成語，而二子絶愛之。

樂府《横吹》有《東平劉生歌》。又梁元帝《劉生》云：「任俠有劉生，然諾重西京。」《樂府解題》稱：「齊、梁以來爲《劉生》辭者，皆稱其任俠豪放。」蓋劉生本是俠客，故《安東平》第五解云：「東平劉生，復感人情。與郎相知，當解千齡。」此閨中屬望，謂所歡與俠者游，當無虞中道，類如唐人記黄衫豪客解使十郎迴心耳。伯敬乃云「是疑是防」，竟以劉生同諸周史明童，可資一笑。或云「東平劉生」即指《安東平》本曲，蓋歌此曲以爲歡，故下有「感情」、「相知」語，與「郎歌妙意曲，儂亦吐芳詞」、「君歌《楊叛兒》，妾勸新豐酒」，詞意正類，解亦近。

鍾云：「謝靈運『初日芙蓉』，顔延之『鏤金錯采』，顔終身病之。乃《秋胡詩》、《五君詠》清真高逸，似别出一手。若屏却顔諸詩，獨標此數首，向評爲妄語矣。」案：此論非也。蓋《秋胡》、《五君》雖是顔佳作，然若《蒜山》、《曲阿》諸篇，典飭端麗，自非小家所辨。且上人評雖當，不知「初日芙蓉」微開唐製，「鏤金錯采」猶留晉骨。此關詩運升降，鍾殆未知之。

譚云：「康樂靈心秀質，吐翕山川，然必删去《過始寧墅》、《登石門》、《入華子岡》、《入彭蠡湖口》諸作，乃爲真靈運。」案：此故欲與《文選》、《詩删》諸書相反耳。且如《詩歸》所賞「石淺水潺湲，日落山照曜」，何如「白雲抱幽石，緑篠媚清漣」；若「矜名道不足，適己物可忽」，何如「沉冥豈別理，守道自不攜」；若「清旦索幽異，放舟越坰郊」，何如「且申獨往意，乘月弄潺湲」；若「巖壑寓耳目，歡愛隔音容」，何如「徒作千里曲，弦絶念彌敦」。同一賦景寫情，工拙自瞭，何必斷斷去此取彼耶？

謝詩「美人竟不來」，友夏云：「自《離騷》多用『美人』、『佳人』、『夫君』稱其友，入口無鬚眉氣，只宜以『我友』、『故人』、『君子』字還之。」此譚非欲避《騷》，正避歷下諸公家法耳，語大傖父。夫「故人」、「我友」，誰不解稱，而設色審聲，詞各有當。《簡兮》呼周室賢者爲「美人」，光武稱陸閎爲「佳人」，桓彦則云「曹子丹佳人」，又前秦蘇蕙稱其夫竇滔云「非我佳人，莫之能解」，何必湘纍便類巾幗者耶？

「平生疑若人，通蔽互相妨」，鍾云：「歿後不思其好，反惜其短，猶作直諒忠告之思，真交情痛極。」案：此解非也。「若人」是指延州、楚老而言耳。謝以延陵帶劍徐墓，楚老致惋龔生，逝者溘焉，情歸虚設，故平生恒疑二子未盡達觀，雖通而蔽。及今乃徵理感，則深情自慟，初非識之所能禦也。

惠連《西陵遇風獻康樂》五章是一首，《詩歸》删去三章，至「今宿浙江湄」便止，無復情理。友夏以爲促節有妙處，謬矣。

「衡紀無淹度，晷運倏如摧」，鍾云：「《擣衣》詩如何禁得此累重語。」是欲用大曆後裁製繩《選》體，真不知有古法也。

鮑照《行路難》，樂府中最粗露。伯敬以爲全是蘇、李、《十九》性情，此作何解？

謝玄暉詩「鎖吾愁與疾」，「鎖」字太尖，詎得深賞！

唐太宗詩雖偶儷，乃鴻碩壯闊，振六朝靡靡。伯敬以爲終帶陳、隋滯響，讀之不能暢。不知上口輕，便非大手也。唐初作者，醖藉一代，專在凝而不流，奈何少之！

初唐如《帝京》、《疇昔》、《長安》、《汾陰》等作，非鉅匠不辦。非徒博麗，即氣概充碩，無紀渻之養者，一望却走。唐人無賦，此調可以上敵班、張。蓋風神流動，詞旨宕逸，即文章屬第一義。鍾、譚更目爲板，獨取喬知之《緑珠篇》。此等伎倆，爲南唐後主搆花中亭子可耳，安知造五鳳樓手！

鍾謂子昂《感遇》過嗣宗《咏懷》，其識甚淺。阮逐興生，陳依義立。阮淺而遠，陳深而近。阮無起止，陳有結構。阮簡盡，陳密至。見過阮處，皆不及阮處也。

古人工處須學，拙處亦不必盡避，乃成大家。鍾、譚只欲避板避恒，用意良苦，落于褊識。

劉希夷「西北風來吹細腰，東南月上浮纖手」，鍾云：「『吹細腰』，腰益細；『浮纖手』，手益纖。」此種魔解最多，害詩家正氣，偶摘發之。

避癡重可也，削腴不可也；避板可也，導流不可也；避套可也，廢法不可也；冥搜可也，害氣不可也；謝已披之華可也，競雕鎪之字不可也。皆當辯于毫末，偏者顧失之遠。

但欲洗去詩家故常語，然別逕一開，康馗有不踐者焉。故器不尚象，淫巧雜陳；聲不和律，豔詄競響。此鍾、譚持論雖頗有可喜，不欲深道之。

二子于古詩、樂府差有解，唐體逾昧。

譚去鍾益不逮，鍾有持大體處。二子自爲詩亦然。鍾疏薄猶清氣相引，有自成篇章者。譚細已甚，殆不復見句。

二子選唐律，但曉尚清真，薄文彩，不知太宗清真，便啓宋氣；又升輕秀，擯鴻整，不知專尚輕秀，便近元作。

漢詩朴處似鈍，其氣爲之也；魏詩壯處似露，其才爲之也；六朝詩典處似方，其學爲之也；初、盛唐詩贍處似滯，其格律爲之也。鍾、譚每值此等便撟舌，雖云識昧通方，亦自料材力不逮耳。「奴見大家已心死」，又從後而反唇詠之。

伯敬因讀右丞詩而厭劉琨、陸機，非但不知古，併不知唐。

禮之近人情者非其至，此古詩與唐古詩別處。伯敬此處正瞶，乃恨于鱗妄語，非口舌可争。今人酷喜二子家言，亦政愛其近情耳。

伯敬欲使學陶詩者從王昌齡、儲光羲入，是教以逆流舉櫂。徐昌穀亦有「魏詩門户，漢詩堂奥，入户升堂」語，皆吾所不知也。

龍標諸絶句穠秀獨絶，《河上歌》是偶作變體耳。乃伯敬獨深賞，好作異同如此。又鍾云：「龍標宫詞外諸絶，仍是作五言古手段。」此評無論當否，即太白五言不拘屬對，子美七律多拗體，從來作者亦不深尚，即用五言古體爲絶句，亦足貴耶？

《藝苑卮言》云：「『東風摇百草』，『摇』字稍露峥嶸，便是句法爲人所窺。『朱華冒緑池』，『冒』字更捩眼。」前輩詎昧下字之工，恐斲雕喪朴，故于此兢兢。鍾、譚之于「煙花换客愁」、「桃李務青春」、

「白足傲履襪」等句中間一字，極意闡揚，迺嗤前人閱詩疏鹵也。

鍾目韓退之《琴操》爲真《風》、《雅》，未敢信，三唐樂府中當稱傑耳。然古《琴操》多僞作，佳者自少。

竟陵酷賞豔情，或嫌其蕩，而不知無傷于雅也。務去陳言，多贊其功，而不知實深爲厲也。以上三十三條，是其立説謬者。

二子言詩，予摘録大略，要指悉見；中多所遺，亦不欲極盡。自弘、正、嘉、隆間六七君子振興雅則，由兹泝古，歷于唐、漢，代革十數，歲經千載，而能遠弘久斬之澤，豈徒「永嘉之末，復聞正始之音」耶？然不及百年，其所經建者大壞，迷陽罥足，不復可掃。故正聲之衰也，百人輓之而不足；庸音之放也，一人倡之而有餘。于鱗有言，亦惟天實生才不盡。蓋積氣既薄，英哲愈少，江河不返，鍾氏代興。興言及兹，置筆而已。庚之十月七夜。

詞　曲

《西廂》傳奇凡四種，王、關稱最，而詞多出董解元記。董詞稍質于王，風趣不及，沉刻過之。李日華、陸天池俱稚兒號嗄耳。然董詞今失其腔，雖老樂工不辦入弦索。至於綺思雋語，窮工極幽，而仍不失本色，即元、明大家，辦此亦少。相傳董金人，或云元人。王曲「南海水月觀音現」，本董句，而有田水月改王本「現」字作「院」字，即此可證其非。田水月本改《北西廂記》最誖謬，舉一端耳。合「田水月」成「渭」字，當是市傭僞托徐天池。然天池于詞家亦本非正派，《四聲猿》正復筆粗墨燥，皮相謂之元耳。

《草堂詩餘》有胡浩然者，最粗俗可厭。亦有一二致語，如《傳言玉女》元宵詞云：「嬌羞向人，手撚玉梅低説，相逢長是，上元時節。」

范希文詞「天淡銀河垂地」，此語最佳。或作「天漢」，風味頓減。且「銀河」即「漢」，又不應叠用，當是「淡」字無疑。

詞家刻意、俊語、濃色，此三者皆作者神明。然須有淺淡處、平處，忽著一二乃佳耳。如美成《秋思》，平叙景物已足，乃出「醉頭扶起寒怯」，便動人工妙。

男子多作閨人語。孫夫人，婦人耳，《燭影摇红》詞乃更作男相思詞，亦一創也。其詞亦甚精刻悽惋，雖慧男子所不及。

《北西廂》古本，陳實菴點定者爲佳，别本多所改竄，寖離其故。如《董西廂》：「我甚恰纔見水月觀音現。」語頗妙，而實甫仍之。俗本改「現」作「院」，與上「家」字耦，必欲爲村塾聯對耶？又如易「東閣玳筵開」爲「帶煙」者，亦復類此。又如易「馬兒迍迍行」爲「逆逆行」，穿鑿可笑。此類正多。至于平、去、入三聲雖有陰陽，而作者筆墨所至，亦不盡拘，亦欲歌者神明其際，乃悉用纖微繩之，因以竄易古本，誕哉！

李易安《春情》：「清露晨流，新桐初引。」用《世説》全句，渾妙。嘗論詞貴開宕，不欲沾滯，忽悲忽喜，乍遠乍近，所爲妙耳。如遊樂詞，徽須著愁思，方不癡肥。李春情詞本閨怨，結云「多少遊春意」，「更看今日晴未」，忽爾拓開，不但不爲題束，併不爲本意所苦，直如行雲舒捲自如，人不覺耳。

前半泛寫，後半專叙，盛宋詞人多此法。如子瞻《賀新涼》後段只説榴花，《卜算子》後段只説鳴雁，周清真寒食詞後段只説邂逅，乃更覺意長。

柳屯田情語多俚淺。如「祝告天發願，從今永無抛棄」，開元曲一派，詞流之下乘者也。

成都楊慎作長短句，有沐蘭浴芳、吐雲含雪之妙，其流麗煇映，足雄一代，較于《花間》、《草堂》，可謂俱擷其長矣。楊初以博洽名，當時有子雲之目。而長篇鉅什，顧以蕪累纖靡而失之。迹其蒐獵彈射，亦多所挂漏，未足稱功，瑕不勝摘。獨于填詞，染筆稱俊，豈其技之獨工，抑詞有别腸耶？

「撞」字讀平聲。楊慎《望江南》詞：「霜景霽，何處遠鐘撞？」王實甫《西廂記》：「梵王宫，夜撞鐘。」「撞」亦平聲。乃所謂田水月本改作「夜聲鐘」，不徒不識「撞」可讀平，迺「聲鐘」竟是何等語？田水月改《西廂》，謬處多如此類云。

《詩藪》云：「宋以詞自名，宋所以弗振也；元以曲自喜，元所以弗永也。」予以爲非也。夫格由代降，體鶩日新，宋、元詞曲，亦各一代之盛製。必謂律體以下，舉屬波流，則漢宣論賦，已比鄭、衛；李白舉律，亦自俳優。是則言必四而篇必三百，迺爲可耳。且嗣宗斥三楚秀士，亦云荒淫，是《楚辭》且應廢，況下此耶！

曲至臨川，臨川曲至《牡丹亭》，驚奇瓌壯，幽豔淡沲，古法新製，機杼遞見，謂之集成，謂之詣極。音節失譜，百之一二，而風調流逸，讀之甘口。稍加轉换，便已爽然。雪中芭蕉，政自不容割綴耳。「不妨拗折天下人嗓子」，直爲抑臧作過矯語。今唱臨川諸劇，豈皆嗓折耶！而世之短湯者，遂謂其了不解音。又有劣手，鋪詞全乖譜法，借湯自解，擬托後塵。矉里之形，政資一噱。又如使事造語，不求盡解；托寄諧諢，故作迂癡，皆神化所至，匪夷之思。乃有苦駁開棺，謂是明制律例，入宋不合者。此類頗多，抑又從騃人談夢，不足道矣。

《北西廂記》：「請字兒不曾出聲，去字兒連忙答應。」形容君瑞急色，政以不入理見佳。或謂「請」未出聲，如何答「去」，改作「請字兒方纔出聲」，索然無味。識乖名通，屈殺古人幾許。此讀《雲漢》之詩，而謂周果無遺民也。曉此，凡百俱不眘，豈文章一端耶！

楊用修婦亦工樂府，今刻有《楊夫人詞餘》五卷。《一枝花》「天官賜福辰」一套，整麗有法，韵調俱叶，大有元人風格之妙。又《點絳唇》「嬌馬吟鞭」一套，落落疏縱。「錦纜龍舟」一套，粗豪跌宕，且曲中叙及遇豔太守能作主人。此三套似非婦人所辦，恐是用修筆，誤夫人耳。餘作有佳處，而用韵雜，調多舛。如《黄鶯兒》第四、五句云「玉砌雕欄，翠袖花鈿」，乖隔便遠。九疊《悲秋辯》，乃不成句。「費長房縮不盡相思地，女媧氏補不完離恨天」，語儁，而《藝苑卮言》稱之。然不著誰作古句，夫人掩之耶？刻本附單詞小令頗多，間雜淫褻，倡條冶葉之氣，大家非宜，的是滇戍白綾裓醉墨耳，不足自污閨洙泗，余故辯之。用修壽内詞云：「女洙泗，閨鄒魯。」

北腔無入聲，《中原音韵》所以孤行于元世也。自南曲有入聲而四聲始完，遂有純用入聲叶韵脚者，如《浣紗記》「高會玳筵列」之類，予《南曲正韵》載之已詳。《幽閨記》「山徑路幽僻」一套，韵脚仍以入聲分作平、上、去。蓋此記施君美作，施元末人，雖作南曲而尚沿北譜。後之作者，此蔽亦多。審音之士，斯當釐正者也。

詞有《瑞鷓鴣》，七言八句，平聲韵，與七言律詩無異。胡明瑞云：「詞人以所長入詩，其七言律，非平韵《玉樓春》，即襯字《鷓鴣天》。」然《玉樓春》無平韵者，《鷓鴣天》無襯字者，是不知有《瑞鷓鴣》，而强以臆説附會耳。

《二郎神慢》，引子也，勿作過曲唱，如「幽閨拜新月，西樓心驚顫」是也。《二犯江兒水》是南曲，勿作北唱。《點絳唇》第四字不叶韵者，政與詩餘調同。此亦是南引子，勿作北唱，如《琵琶》「月淡星稀」是也。

《藝苑巵言》云：「填詞小技，尤爲謹嚴。」夫詞宜可自放，而元美乃云「謹嚴」，知詩故難作，作詞亦未易也。柴虎臣云：「指取温柔，詞歸醞藉。暱而閨帷，勿浸而巷曲；浸而巷曲，勿墮而村鄙。」又云：「語境則咸陽古道，汴水長流；語事則赤壁周郎，江州司馬；語景則岸草平沙，曉風殘月；語情則紅雨飛愁，黄花比瘦。」可謂雅暢。

《琵琶·念奴嬌序》「長空萬里」一套，風藻流麗，詞亦清壯。何元朗謂無蒜酪呵之，不知曲中須帶蒜酪氣者，政可言北曲耳，以其肇自金、元故耳。若南曲源本詩餘而來，政無須此。可觀南北之別，比于樂府《清商》、《子夜》與《鼓角》、《横吹》，亦各領一派耳。

偶于客坐聞論漢蔡邕不孝、不義、不忠者，詰其故，則據《琵琶記》及《三國演義》諸書耳。予時微引蔚宗書，欲爲邕解，而客刺刺不得休，遂不復辯。因念伯喈忠孝之士，載在舊史，本末昭然，奚足深辯。第悲逢掖之士，而目不親書，漫述傳奇，據爲掌故，迺唁既誕，曾無恧顔。昔沈長卿嘗嗤客談韓信與項羽搏戰，事甚轟赫，以爲讀《史記》不熟。蓋十面埋伏等事非正史，客談乃本於《千金記》耳。語載《弋説》中，與客詈伯喈政相類。至于有才之士，往往苛于尚論，鍛鍊古人，多獲陰譴。如稗官所載楊鐵崖改詩得子，及書生題漢高祖廟被殛事。予之書此，一爲不學妄語之箴，一爲多才逸口之戒，既以自省，亦欲傳之家子弟也。

陳仲醇《品外録》載唐鄭府君夫人崔氏合祔墓誌銘，秦貫之所撰也。陳因據此辨《會真》之誣，洗雙文之辱，用意可謂長者。後余見此搨，楷書微兼隸體，筆意遒古，而辭亦質雅，第誌稱府君諱「遇」不諱「恒」。而眉山黄恪復以《會真》年月參之，此碑所謂「夫人崔氏」者，其生年尚長雙文四歲。蓋滎陽、博陵世通婚媾，誌中崔、鄭，不必便爲鶯、恒。仲醇第欲爲雪崔之地，而弗深考耳。

清河、博陵本不偕老，實甫譜至《驚夢》而止，不失《會真》本來始末；且見情場幻境，微寓指示。漢卿續之，不但文筆不稱，亦大失作者指趨所托矣。

自叙

《詩辯坻》四卷，作于乙之首春，成于壬之杪冬，首尾八年。雖中多作輟，然用意亦勤矣。其初猶多，芟薙得簡。蓋古人神明，筆未易罄，貴覽之者一隅知反，故無取多焉。書成，以示客金子。金子嘆曰：「美矣備矣，理覈而暢，旨微而顯，語簡而該，辭修而雅，可以衷群淆、掩先哲矣。抑予微欲爲子摧之也，古詩多言理，而《頌》爲尤，後多叙情事、述風景，而理則概乎未聞，將毋四詩之緒，獨《頌》廢耶？且宋詩多理學，宜可繼《頌》，而今酷病之，何歟？」予曰：「後世未嘗無《頌》也，調不侔耳。漢《唐山歌》肅穆深永，《練時日》諸篇陟降仿佛，皆《頌》之遺也。魏、晉而下，以逮于唐，郊祀祀先，多有製作，雖不逮古，而盛德形容之意亦可以見。至於奉詔應制之篇，陪祀升壇之作，亦多應義理，典誥同風，是古《頌》之音失傳，而《頌》之義無廢也。宋詩俚露，不但言理，即叙事述情，往往而是，故不得謂漢後無《頌》而獨以宋繼《頌》耳。以爲漢後人談理終不及古，則誠然。然文緣世降，亦不獨《頌》之不逮古耳。」曰：「論詩者多尚含蓄，惡訐露，然《鶉奔》、《相鼠》、《巧言》、《巷伯》以及《板》、《蕩》之篇，其指何絞而辭何迫，夫非《三百》之遺音耶？」曰：「是誠然已，抑予所論者文也，古經之傳，豈能優劣！倘就文而論之，知必不以訐露爲工也。『人之無良，我以爲君』，何如『展如之人兮，邦之媛也』之婉而微矣。舉此一端，可觀其餘已。且予所論近體也，非古也。律、絶之體，旨歸醖藉；《選》體之善，妙于腴雅；

歌行、樂府，亦稍縱矣。倘有人焉，涉子、頑之凶，丁厲、幽之亂，而發爲四言，予又烏能禁其絞且迫焉？且予所論者又正也，非變也。若子所舉是變《風》、《雅》也，正則亡是已。故《記》曰：『七介以相見，不然則已慤；三辭三讓而至，不然則已蹙。』故禮有儐詔，樂有相步，温之至也。夫禮以坊淫主嚴，樂以導和主寬，而詩者樂之用也。主嚴者尚惡迫，而況導和之具，爲樂之用者。是故含蓄者，詩之正也；訐露者，詩之變也。論者必衷夫正，而後可通于變也。」曰：「詩貴性靈。性靈貴質素，不貴華采。而子之辯無耑辭，且奈何！」曰：「人之性靈，亡不具也。質素、華采，其致一也。請以衣裳而譬之：子事父母，衣不純素，以爲孝也；父母没，苴衰而繩纓，亦以爲孝也。豈曰衰服爲性靈，而不純素者之非性靈也？農而襏襫，士而韋布，升爲天子，斯袗衣玉藻矣。如子之云，則山龍藻火，舜之無性靈也久矣。是故緣情而述文，因事以製體，質素、華彩，亦各攸當而已。」曰：「然。子之論具是已。然觀其書，比句剔字，細碎已甚。」曰：「唯唯。夫碎則予何辭焉。文所以載道也，而予取古人筆墨之良楛而掎摭之，將比文事于一技，予罪深矣！夫碎則予何辭焉。」曰：「聞子取乎『坻』之名，曰『用則實五稼，飽邦民』，而烏取乎碎？其果爲糞壤耶？」予笑曰：「道在屎溺，何慮糞壤！抑以其辭，則六經同於玩物焉；苟精其義，即一藝可以彌性焉，貴求指歸所存而已。是在覽者，非予之責。」既與客金子論之，遂退而叙之，附于篇末，明梗概焉。

聲韵叢説

聲韻叢説提要

《聲韻叢説》一卷，據道光十一年六安晁氏刊《學海類編》本點校。撰者毛先舒生平見《詩辯坻》提要。毛氏乃清初深通音韻之士，故此篇説古人聲韻，以《詩三百》爲主，旁及經史，頗有發明。如析出兩字兩韻、四字兩韻、五字兩韻及七字兩韻等，論定古詩歌虛字收句者韻在虛字上一字，叶韻主「法叶」，而不屑於朱子以來之所謂「臆叶」，又主古韻斷自晉、宋，唐韻斷自齊、梁，諸説皆有據。其説就「韵」立言，旨在按「韵」辨析古今字音之同與不同，自是韵學之正，而與稍後諸家「聲調譜」説之重在句中平仄殊途異趣矣。

聲韻叢説

清　錢塘毛先舒稚黄著

近世考古者亦知古音，而自牙吻未精明，故註韻多誤。如「天」字古讀梯因反，而多注讀「汀」；「年」字古〔一〕讀泥銀反，而多注讀「甯」。蓋「天」、「年」古與「真」韻相叶，若作「汀」、「甯」便是「青」韻，「青」是鼻音，與「真」韻相去甚遠。推此以求，註誤學者多矣。

【校勘記】

〔一〕「字古」，原誤作「古字」，據文意改。

古文用韻，有二字成兩韵者。子桑琴歌：「父耶母耶，天乎人乎。」「父」音「甫」，「母」音門補反，只二字相叶成韵；「天」音梯因反，與「人」亦二字相叶成韵；「耶」、「乎」四字，則餘聲耳。此即一言詩也。四字兩韵，則《老子》「知足不辱，知止不殆」、《韓非》「名正物定，名倚物徙」、《史記》「甌窶滿溝，汙邪滿車」。然「潛龍勿用」實爲濫觴，「其虚其邪」亦又繼作。劉彦和謂：「斷竹黄歌，二言之始。」陋矣！《前漢書》「燕燕尾涎涎」，「燕」、「涎」相叶；「木門倉琅根」，「門」、「根」相叶，是五字兩叶，亦見古人用韵之法。

古詩歌以虚字收句者，用韵俱在虚字上一字，其虚字則餘聲耳。如「素絲組之，良馬五之」，「組」、

「五」叶韻，「之」爲餘聲。如「也」字，則「展如之人也，懷昏姻也」云云，「人」、「姻」、「信」、「命」叶韻，「也」爲餘聲。推此如「兮」字、「思」字、「且」字、「止」字、「忌」字、「矣」字之類，其法略同。惟「俟我於著乎而」，則以「乎而」二字爲餘聲，「著」、「素」、「琚」叶，法又小變。《虞書》「元首明哉」「哉」字、《左傳》「我有圃生之杞乎」「乎」字、《國策》「松耶柏耶」「耶」字、《招魂》用「些」字、《大招》用「只」字，悉以虛字前一字成韻。然又有虛字前一字不與通篇叶韻者，起句如《鄘風》「玼兮玼兮」不叶「展」字，《鄭風》「蘀兮蘀兮」不叶「吹」字，《論語》「鳳兮鳳兮」不叶「衰」字；收句如「狂童之狂也且」，「狂」字不叶上「溱」、「人」字。何也？蓋諸詩通篇皆不用「兮」字、「且」字成文。接輿歌通篇亦非「兮」字成文，只是單行一句作起結，不期叶韻。若鳳兮歌末「已而已而，今之從政者殆而」，既兩句用「而」字，便以「已」、「殆」二字成韻矣。又如《衛風》「伯兮朅兮，邦之桀兮」，既兩句用「兮」字，便以「朅」、「桀」二字成韻矣；至「伯也執殳，爲王前驅」，既不用「兮」字，便變作「殳」、「驅」相叶，不叶「朅」、「桀」可矣。蓋古人用韻之法，如此不憚絮舉者，亦見韻學精嚴，一無所苟，今人奈何頹唐恣筆也！

李獻吉《内教場歌》「大同邪，宣府邪，將軍者許邪」，「同」字不叶「府」、「許」者，是學《國策》「松耶柏耶」、《漢書》「牢邪石邪」之法，「松」字、「牢」字亦不叶韻。李更用兩字成句，小變其法，故覺生異。

《毛詩・騶虞》二章末「吁嗟乎騶虞」，皆是單句作收，不必與通章叶韻。如《麟之趾》篇「吁嗟麟兮」、《褰裳》篇「狂童之狂也且」，《詩》中此類頗多。而考亭不察，首章注「叶音牙」，次章注「叶五紅反」，誤矣！夫字或獨音，或數音，皆是定呼，豈隨聲可九邪。

或以周德清《中原音韵》不過寫北方土音耳，不知此書耑爲北曲而設，故往往與北人土音相合，至其斟酌聲韵，宛轉喉吻，則具有精微焉。彼豈不顧韵學，純任土音，而輒著書垂世者邪！

臞仙所輯《瓊林雅韵》，全取《中原音韵》而稍更次之，并换總部之名。如「東鍾」换稱「穹窿」、「江陽」换稱「邦昌」，要與周氏之書無大差别。或云周氏書是北曲韵，臞仙書是南曲韵，謬矣！

古詩韵與近韵讀法多殊，然有一韵聯文，竟與近韵無閒，而讀者因之，遂不信其爲古音者，此不可不辨也。如《鄭風》：「有女同車，顔如舜華。將翺將翔，佩玉瓊琚。」「車」讀「居」，「華」讀「敷」，與「琚」字叶，此人之所知也。至《召南》：「何彼襛矣，唐棣之華。曷不肅雝？王姬之車。」人見其通章如此，遂讀入近韵「六麻」；謂「華」、「車」當讀「敷」、「居」，反不信之。又如《召南》：「羔羊之皮，素絲五紽。」「皮」讀「皤」，與「紽」字叶。《小雅》：「菁菁者莪，在彼中阿。既見君子，樂且有儀。」「儀」亦讀「莪」，與上句「莪」、「阿」字叶。《王風》：「有兔爰爰，雉離于羅。我生之初，尚無爲。」「爲」讀「莪」，與「羅」字叶，此人之所知也。至《鄘風》：「相鼠有皮，人而無儀。人而無儀，不死何爲？」人見其通章如此，遂讀入近韵「四支」；謂「皮」、「儀」、「爲」當讀「皤」、「莪」、「莪」，反不信之。不知古無「六麻」部音，而「四支」多入「五歌」。若「華」、「車」等字，斷無讀入「麻」部法；「皮」、「儀」、「爲」等字斷無讀入「支」部法也。

反切之法，上聲下韵，事甚簡捷，理亦顯明。或以字母之學參之，反滋煩糾，此沈君徵《字母堪删》一論爲確然也。且字母起于神珙，在北魏時，而《三國志》吕布指劉備曰：「大耳兒最叵信者。」「叵」爲

「不可」之義，即合二字爲一音，上聲下韵，翻切已見，則翻切之無待于字母亦明矣。又鄭漁仲《書略》論華、梵音異，華有二合之音，謂雙音合爲單音也，如「者焉」爲「旃」、「者與」爲「諸」之類；梵亦有二合之音，而音中有抑揚高下，故「娑縛」不可爲「索」、「娑彈」不可爲「娷」。觀此則二音切一音，正是中國字學，與梵氏字學正復有殊。世迺謂翻切必須于字母，何邪？

予論句中藏韵之法，如四字二韵、五字二韵者，詳矣。至七字二韵，則《後漢書》：「天下規矩房伯武，因師獲印周仲進。」嗣是題目俊、顧、及、廚，韵語尤多，然皆七言之中，以第四字起韵者也。又有七言而以第二字起韵者，《列女傳》秋胡子謂妻：「力田不如逢豐年，力桑不如見國卿。」古人僅見。自是而下，變爲填詞，爲南北曲，則法益繁矣。

入聲「月」、「屑」展輔而與「曷」、「黠」直喉通，「陌」亦展輔而與「覺」、「藥」斂脣通，何也？蓋入與三聲不倫，本難一例也。又虎臣亦作《四聲表》，與予《唐人韵四聲表》較異。夫予則於平、上、去、入四聲中間明穿鼻、展輔六條相屬之理，故不侔耳。

周秦讀「牛」字皆如「疑」，獨《頌》：「絲衣其紑，載弁俅俅。自堂徂基，自羊徂牛。」「牛」當讀「由」，乃與先後文叶。頗疑之，後徐思之，知「自堂徂基」三句乃變韵之文，「基」、「牛」、「鼒」三字自相爲叶，不與先後文韵相通也。且三句云「自」、云「徂」、云「及」，句意相似，皆從此歷彼之謂。則古人「牛」不讀「由」，可以灼然無疑。因思古人變韵處，後人往往不覺，漫以爲通者多矣。聊舉一端，冀讀者勿昧云。

古人聲音未盡開，故讀者多與今人相遠。亦有聲隨代變，古今不侔者，皆可案韵而得之也。如周秦人讀書，「六麻」一韵皆讀入「魚」、「虞」、「歌」三韵。如「車」讀如「居」，「邪」讀如「徐」，「華」讀如「敷」，「家」、「瓜」讀如「姑」，「麻」讀如「磨」，「珈」讀如居阿反之類，是周秦人聲無今「六麻」讀也。「四支」中如「皮」、「儀」、「爲」、「猗」之類，皆讀入「歌」，是周秦無讀「皮」如「郫」，讀「儀」如「移」者也。「一先」中「年」、「天」、「田」、「顛」之類，皆讀入「真」，是周秦無讀「年」如泥延反，讀「天」如梯烟反者也。「蕭」、「肴」、「豪」中如「蕭」、「膠」、「漕」、「袍」之類，皆讀入「尤」，是周秦無讀「蕭」如「消」，讀「膠」如「驕」者也。「八庚」中如「明」、「京」、「衡」、「英」之類，皆讀入「陽」，是周秦無讀「明」如「名」，讀「京」如「驚」者也。「十一尤」中如「尤」、「謀」、「裘」、「丘」之類，皆讀入「支」，是周秦無讀「尤」如「由」，讀「謀」如「牟」者也。上聲如「好」、「飽」多讀入「有」，「野」、「馬」多讀入「語」，「有」、「久」多讀入「紙」；去聲如「皓」、「道」多讀入「宥」，「夜」、「柘」多讀入「御」，是周秦閒于此諸字皆無近代音讀者也。準此推之，而博攷古文，古人聲韵庶可盡明矣。

俗聲去古益遠，呼字至有無復一音是者。如「大」有四音，《詩·巷伯》「亦已大甚」、《論語》稱「大宰」、《大學》稱「大甲」，俱音「泰」；蔡文姬《悲憤詩》「登高遠眺望，魂神忽飛逝。奄若壽命盡，旁人相寬大」、馬明生詩「對虛忘有懷，遊目託容裔。風塵將何來，真道故可大」，俱音「遞」；《唐韵》「大」入「九泰」，音「汰」；入「二十一箇」，音「惰」，總無今呼達話反者也。如「母」有三音，《詩·小雅》「南山有杞，北山有李。樂只君子，民之父母」、白狼王《遠夷慕德歌》「涉危歷險，不遠萬里。去俗歸德，心懷慈母」，俱音「米」；《南華》子桑琴歌「父耶母耶」，音門補反；《唐韻》「母」入「二十五有」，音「牡」，總無今呼「磨」上聲者也。禮失故可求野，而芳言亦復亂真，可無審耶？

客問予曰：「予嘗謂叶非古法，是已。而文多引稱叶韻，何耶？」予曰：「叶之爲言諧也，和也，初非可廢者也。然有法叶，有臆叶。法叶者，有本而合古者也；臆叶者，無本而隨聲者也。所惡特臆叶耳。若法叶則政當資是以考古文，詎可廢耶！」

俗刻韵書，其通法繆誤甚多。然有可概而廢之者，則轉通之説也。辟如「江」入「東」、「冬」，古「江」音本近「東」、「冬」，三部相通，未嘗扞格。後人讀「江」如「姜」，遂謂通「東」、「冬」爲轉聲耳。又如「庚」半入「陽」，古「明」本讀「芒」、「横」本讀「黄」、「英」本讀「央」、「羹」本讀「剛」，原屬正音，初非轉叶。推諸他韵，亦復同然。則所云轉通者，誠贅詞耳！

「三江」一部獨近「七陽」，傳訛已久，今驟謂音近「東」、「冬」，人故疑之。予姑無援古文爲證，即如「窗」字，今多讀如「瘡」音，而竈上烟窗，時猶呼「窗」如「葱」，此可徵也。斯亦禮失求諸野者耶？

「車遮」部韵至元人而始有，在周秦止屬「魚」、「虞」及「歌」，在漢魏止屬「歌」，在唐宋止屬「麻」。是凡四讀，而始得「車遮」音耳。

晚唐及宋人之于詩韵，元人詞之于詞韵，明人曲之于曲韵，多不復可爲標準。作者既已傳訛，而注韵者輒復引之爲證，益眩惑矣。至古韵尤未易言。韓退之文章宗匠，尚不識韵，况吴才老、楊用修、方子謙諸子所編著，輒可引爲成案、藉爲金科耶？今人不肯沈深讀書，又喜自竪義，毋怪説愈紛拏而理益晦耳！

韓愈《蝌蚪書記》云：「作爲文詞，宜略識字。」然愈識字頗不深，如《諱辨》云：「漢之時有杜度。」不知「杜」上聲，又平聲，晉有杜蒯，劉昌宗讀作屠，無讀作去、入二聲者；「度」去聲，又入聲，《詩》「周爰咨度」，無讀作平、上二聲者，則「杜度」二字非同音矣。云：「諱吕后名雉爲野雞，不聞又諱治天下之治爲某字也。」不知「治天下」「治」字平聲，非去聲也。又《子産不毁鄉校頌》以「監」叶「言」，《徐偃王廟碑》詞以「頑」叶「眈」，古音既無此通法，考之《唐韻》益謬。愈蓋讀「監」爲「肩」，讀「眈」爲「丹」故也。是愈於本朝字尚識之不盡，欬吐有乖，何論蝌蚪書耶？

或問：「古韻斷自六朝，唐韻斷自李唐，此最爲允。而子以古韻斷自晉、宋以前，唐韻斷自齊、梁以後，何耶？且《唐韻》既唐人所作，齊、梁豈能預見其書而用之耶？」予曰：「韻之從來如犬牙交，最不易分。而晉、宋合古爲多，齊、梁入唐益密，故于此分之，亦言其概耳。韻欲嚴而惡濫。齊、梁而後，篇章通古韻者亦恒有之，要是數十分中之一，餘俱與唐韻無差，則用唐未失其方。如直儕于古，斯恐其濫也。若乃《唐韻》出孫愐之手，而律及齊、梁者，愐蓋迹古人而著書，非謂古人預窺其書也。今柴氏《古韻通》且律及周秦，而亡弗符，豈亦古人預見之邪？」

《毛詩》音通，古韻半功；《楚詞》上口，韻學什九。蓋《詩》、《騷》誠韻家之宗也。要之，三代以上人書，往往涉筆成韻，亦不必詩歌，經子皆然。《論語》「多聞闕疑，慎言其餘，則寡尤」，「疑」、「尤」成韻；「多見闕殆，慎行其餘，則寡悔」，「殆」、「悔」成韻。嘗以語人，大噱絶倒。然解人聞之，必不河漢。

弋陽抵齶多穿鼻，如「關山」讀作「光氊」之類；姑蘇穿鼻多抵齶，如「京城」讀作「巾塵」之類，皆土音所囿而訛者也。

周德清合「三江」于「七陽」。彼非不知「江」韻收「陽」頗淺，但字入歌唱，其音曼長，勢必收入「陽」韻而後止。若令不收「陽」韻，必竟收「東鍾」，則又失卻「江」韻，略收「陽」本色，故不得不併爲「江陽」耳。

「江陽」、「庚青」，其收鼻音處正同，故古韻「七陽」、「八庚」往往相通，亦以收音相同故也。

《易林》之韻，非盡無合于古通法，第謬戾處多，不可訓耳。概以爲非，贛亦不受，執其是者而欲盡護其短，而謬之大者也。蓋《易林》只似《周易》爻辭，其間或韻或不韻，本不拘耳。

古韻有可互相叶者，有不可互相叶者。如「東」韻「風」字可叶入「侵」韻，「侵」韻「禽」字可叶入「東」韻。借若二字聯見，則讀「風」爲「孚金」反，以從「禽」字，可也；讀「禽」爲「窮」，以從「風」字，亦可也。此古韻之可互叶者也。《詩》：「鴥彼晨風，鬱彼北林。」則但可叶「風」從「林」，而不可叶「林」從「風」，以「林」字無叶入「東」韻之法也。《易》：「即鹿無虞，以從禽也。君子舍之，往吝窮也。」則但可叶「禽」從「窮」，而不可叶「窮」從「禽」，以「窮」字無叶入「侵」韻之法也。此古韻之不可互叶者也。他韻皆然，推此可明。總欲博考古文，從其同然者爲斷耳。

韻學之弊有四：淺學之士，妄撰韻書，重誣古人，詿誤來學，其弊一也；次有蹇于牙吻，囿于偏方，雖稍窺古法，而吐咳不明，音注之閒，毫釐萬里，其弊二也；又有妄作之徒，不知稽古，孟浪押韻，其弊三也；才劣而口給者，操觚之際，利趁口而畏引繩，故樂就三弊，且爲之張幟，其弊四也。

「車遮」韵中，有讀「嗟」如「齏」，讀「些」如「西」，讀「爺」如「移」，讀「寫」如「洗」，讀「夜」如「異」者，因而唱歌，遂類如「齊微」收音法，皆大誤也。又有讀「靴」如「虛」，讀「呆」如「靄」平聲，皆誤。《度曲須知》一書，可謂精于音理，但《字母堪删論》後總括十九韵頭腹凡例，「侵尋」法當閉口，則「侵」宜作「妻音」切，「鍼」宜作「知音」切，「深」宜作「施音」切，「欽」宜作「欺音」切，「金」宜作「饑音」切，今凡宜用「音」字者，俱用「恩」字，是不閉口而抵齶矣，亦其漏也。

予論韵之離合遞變，雖復援據無謬，第理須通變而難畫一，此予所謂韵學難齊。又云可略言而不可引繩以求也，即中原十九韵轉收諸例，雖法不厭詳，俱有定説，而歌亦存乎神明，要合齒牙得利而已。《詩》不以辭害志，《易》不可爲典要，予于韵學亦云。

學士大夫能稽古，而多不嫻音律；伶人歌工能歌，而不讀書，則習流而昧源，此聲韵之學少能貫通之也。况學者又多未稽古，而優伶併鮮精于音律者乎？

余論《衛風》「伯兮朅兮，邦之桀兮」，是用「兮」字成句，以「朅」、「桀」二字成韵；下二句既不用「兮」字，便自變韵，此韵法隨句法變也。大抵古詩類然。然亦有句變而韵仍者，如「角枕粲兮，錦衾爛兮。予美亡此，誰與獨旦」，下二句雖變法，仍用「旦」字與「粲」、「爛」二字相叶，又一法也。

古詩虛字前一字叶韵者多矣。又有用實字爲餘聲者，《邶・北門》第二、三章，《小雅》「坎坎鼓我，蹲蹲舞我」，皆以「我」字前一字叶韵，是以「我」字爲餘聲也。《鄭・蘀兮》二章皆以「女」字前一字叶韻，是以「女」字爲餘聲也。蓋詩人大抵以句末字同者，即爲餘聲耳。

沈休文以「朋」字隸入「蒸」韻，後人多疑之，以爲「朋」音「蓬」，當入「東」部，援《常棣》「每有良朋，蒸也無戎」、逸詩「翹翹車乘，招我以弓。豈不欲往，畏我友朋」爲據，斥沈之誤。或又云：「可以入『東』，可以入『蒸』。如上二詩，則入『東』之證也；《椒聊》篇『椒聊之實，蕃衍盈升。彼其之子，碩大無朋』，則入『蒸』之證也。」予謂説唯《椒聊》爲可據，餘俱非是。蓋古「朋」字讀蓬恒反，原無讀正「蓬」音者。《常棣》「戎」字本不與「朋」相叶，即上章「每有良朋，況也永歎」可見。而「翹翹車乘」詩「弓」字讀如姑膺反，正叶「朋」字，入「蒸」韻。《采緑》篇「之子于狩，言韔其弓。之子于釣，言綸之繩」、《閟宫》篇「朱英緑縢，二矛重弓」、《九歌》「帶長劍兮挾秦弓，首雖離兮心不懲」，「弓」與「繩」、「縢」、「懲」相叶，俱讀如此，蓋可據也。然則「朋」字宜入「蒸」部，而無入「東」部之理，休文自無弊耳。

凡唱曲有轉收諸法，自不可廢。然須唱本音合足，後乃作轉收耳。蓋本音是主，轉收是客；本音是身，轉收是尾。客故不可以勝主，尾故不可以過大也。

古詩歌俱用虚字前一字叶韻，余既論之詳矣，而後人鮮知者。明唐寅《嬌女賦》用「只」字收句〔一〕，是學《大招》，而「只」字前一字俱不叶韻。又如《衝波傳》載《河上之歌》云：「鵠兮鵯兮，逆毛衰兮，一身九尾長兮。」「兮」字前一字不相叶韻。此歌作傳者所造，不但僞擬之陋，亦徵學古之疏。杜牧之《阿房宫賦》「明星熒熒，開妝鏡也」八句，「也」字前一字亦俱不叶韻。乃知前人亦多昧此法，至伯虎益無論已。又觀《漢書》韋元成詩「赫赫顯爵，自我隊之。微微附庸，自我招之」，又「誰謂華高？企其齊而。誰謂德難?厲其庶而」,「之」字、「而」字前一字亦不叶韻。夫元成父子兄弟以詩起家,而不精韵法如此,爲之一笑。或曰:「『明星熒熒』八句,『鬢』、『蘭』相叶,是隔句韵。《搜神記·淮南操》十二句『下』、『甫』、『女』三韵相叶。韓愈《送陸歙州》詩:『我衣之華兮,我佩之光兮。陸君之去兮,誰與翱翔兮。』蓋古人用韵有此法云。」

【校勘記】

〔一〕「只字收句」,原作「只是收句」,據文意改。

劉向《列女傳》有頌有贊。其頌相傳即向作,或云子歆作。其用韵律之古文,未爲盡倫,然頗有雅合者。其贊則不知何人所作,不但用韵猥雜,即其辭亦卑陋可笑。

《毛詩》單叶「十蒸」韵處甚多,即間雜他韵,亦不過「夢」、「雄」、「弓」合音「綅」數字耳。余故嘗云:此韵在古亦未嘗不嚴,至晉、宋而下,單押益密矣。

陳第以《兔罝》篇「施于中逵」「逵」字,《説文》作「馗」,音「求」,與下句「仇」字叶;與考亭讀「仇」爲渠之反,與「逵」叶者相左。然予讀漢《趙幽王歌》:「爲王餓死兮,誰者憐之!吕氏絶理兮,托天報仇」,「仇」可與「之」叶,自亦可與「逵」叶,不必定讀如「逑」,讀「逵」如「馗」耳。

詩韵唯孫愐《唐韵》一書最爲古本,稽載亦詳明,考韵者自當據以爲正。借如「灰」韵一部中亦自別,而孫本臚分最清楚。如「回」、「枚」之類,自以「灰」字領韵爲一段;「開」、「哀」之類,自以「咍」字領韵爲一段。又如「元」韵一部中亦自别，孫本如「袁」、「煩」之類，以「元」字領韵爲一段；「昆」、「門」之類，以「魂」字領韵爲一段。又如「隊」韵一部中亦自别，孫本如「佩」、「妹」之類，以「隊」字領韵爲一段；「賽」、「戴」之類，以「代」字領韵爲一段；「穢」、「吠」之類，以「廢」字領韵爲一段。今如柴氏《古韵通》、沈氏《詞韵》，多有某韵半通之例，覽者多不通曉。但案孫氏本而考之，亦庶幾矣。

梅村詩話

梅村詩話提要

《梅村詩話》一卷，據宣統間刊《梅村家藏稿》本點校。撰者吴偉業（一六〇九—一六七一），字駿公，號梅村。江南太倉人。明崇禎四年進士，授翰林院編修，遷左庶子，弘光朝任少詹事。入清後官至祭酒。有《梅村集》。傳見《清史稿》卷四八四。此篇僅十三則，所記多爲順治間事，最晚爲順治九年，鄒國平據以定爲順治十年出仕前作。梅村詩一代宗匠，歌行一體尤具史識。其《詩話》亦然，所載交游皆親歷之人事，多關明季存亡，而有爲其詩之本事者。故嘉慶間吴翌鳳箋注其詩集，即備采之。其中如陳子龍、錢謙益、龔鼎孳等，俱與作者同爲一代詩宗，所記諸人之言與事，誠爲信史。下筆又極警策，如陳臥子自評佳句，龔自懺失節，錢則借人自嘲，乃至佳人多情自羞等，各傳其神。而謂臥子自言師承語並非由衷，龔詩有義山之風等，裁斷亦卓絶，後世每祖述之。此篇以《清詩話》本流傳最廣，然頗有疏誤，今改采《家藏稿》本。

梅村詩話

宋玫字文玉，别字九青，萊陽人。年十九，登乙丑進士，繇吏給事中陞太常，進户侍。以枚卜遇譴歸，城陷不屈死。其父尚寶卿繼登，夢李北地生其家而得玫。少而穎異，爲詩學少陵，愛蒼渾而斥婉麗，然不無踳駁。當其合處，不減古人。日課五言詩一首，爲亞卿將大用，年尚未四十，集竟散佚不傳。嘗與余同使楚，楚嘉魚熊魚山、竟陵鄭澹石俱九青同年，到武昌相訪。鄭詩亦清逸，其贈什曰：「剖斗折衡爲文章，天下婁東與萊陽。」謂吾兩人也。九青登黄鶴樓，過小孤，皆有作。今失記，惟憶其《掖中言懷》中一聯云：「朋友誰無生死問，朝廷今作是非看。」時上方切治苞苴，而金吾徼卒乘之，反行其奸利，貪吏放手無罰，而寸蹏尺縑，輒加逮治。九青之語，蓋實録也。過南中有云：「草迷三國樹，水改六朝山。」九青曰：「天下之山，未有不繇水改者。」其用意精刻如此。

陳子龍字卧子，雲間華亭人。繇丁丑進士考選兵給事中，殉節死。友人宋轅文收其遺藁，今並存。卧子負曠世逸才，年二十，與臨川艾千子論文不合，面斥之。其四六跨徐、庾；論策視二蘇；詩特高華雄渾，睥睨一世，好推崇右丞，後又模擬太白，而於少陵微有異同，要亦倔强語，非繇中也。初，與夏考功瑗公、周文學勒卣、徐孝廉闇公同起；而李舒章特以詩故雁行，號陳、李詩；繼得轅文，又號三子詩，然皆不及。當是時，幾社名聞天下。卧子眼光奕奕，意氣籠罩千人，見者無不辟易。登臨贈答，淋漓慷慨，雖百世後猶想見其人也。嘗與余宿京邸，夜半謂余曰：「卿詩絶似李頎。」又誦余《雒陽行》一篇，謂爲合作。余曰：「卿詩固佳，何首爲第一？」卧子曰：「『苑内起山名萬歲，閣中新戲號千秋』，此余中聯得意語也；『祠官流涕松風路，回首長陵出塞年』，又『李氏功名猶帶礪，斷垣落日海雲黄』，此余結法可誦者也。」余贊歎久之。晚歲與夏考功相期死國事。考功先赴水死，卧子爲書報考功於地下，誓必相從，文絶可觀。而李舒章仕而北歸，讀卧子《王明君》篇曰：「明妃慷慨自請行，一代紅顔一擲輕。」則感慨流涕。舒章久次諸生，不遇，流離世故，僶勉一官，反葬請急，遇卧子於九峰山中。期滿北發，未渡江而卧子及禍，舒章鬱鬱道死。雲間有爲詩唁之者曰：「蘇李交情在五言。」未嘗不寄慨於此兩人也。

楊廷麟字伯祥，别字機部，臨江人。爲文排宕峭刻，在韓、蘇間；書法出入兩晉，倣索靖體；詩則好用奇思棘句，不甚合律，然秀異聳拔，往往出人。機部偕卧子同出吾師姜新建之門，以文章氣節相砥礪。既遇黄石齋先生於京邸，一見道合。負直節，好强諫。上書論閣部楊嗣昌失事罪，得旨改兵部贊畫，參督師盧象昇軍事。余贈之詩曰：「諸將自承中尉令，孤臣誰給羽林兵？」蓋實事也。盧與閣部議軍事不合，遇機部相得甚。已而中外異心，兵勢日蹙。盧自謂必死，顧參軍書生，徒共死無益，乃以計檄之去，機部不知也。機部到孫侍郎傳庭軍前六日，而盧公於賈莊殉難，乃求得其尸，抱之痛哭。盧公之死，有馬士抱之，傷不深。機部詩曰：「死君旁者一掌牧。」通首俱妙，而惜佚落不全。又憶其《渾河》詩中聯曰：「春至軍中草木寃。」亦奇句。機部自盧公死後，其策益不用，無聊生。會詔詰督師死狀。賈莊前數日，督師誓必戰，顧孤軍無援，聞太監高起潛兵在近，則大喜，於真定野廟中倚土銼作書，約之合軍。高竟拔營夜遁，督師用無援故敗。機部受詔，直以實對。慈谿馮鄴仙得其書，謂余曰：「此疏入，機部死矣。」爲定數語。機部聞之則大恨。先是，嗣昌遣部役張姓者偵賈莊，而其人談盧公死狀，流涕動色。嗣昌榜笞之，楚毒倍至，口無改辭，曰：「死則死耳，盧老爺忠臣，吾儕小人，敢欺天乎？」遂以考死。於是機部貽書馮與余曰：「高監一段竟爲删却，後世謂伯祥不及一部役耶？」已而機部竟以此得免。余之詩又有曰：「憂深平勃軍南北，疏訟甘陳誼死生。」亦實事也。已而機部過宜興，訪盧公子孫，再放舟婁中，與天如師及余會飲十日。嘉定程孟陽爲畫《髯參軍圖》，錢牧齋作短歌，余得《臨江參軍》一章，凡數十韵，以文多忌，不全録。其略曰：「臨江髯參軍，負性何貞栗。上書請賜對，高語争得失。左右爲流汗，天子知質直。公卿有闕遺，廣坐憂指摘。鷹隼伏指爪，其氣常突兀。同舍展歡謔，失語輒面詰。萬仞削蒼崖，飛鳥不得立。余與交十年，弱節資扶植。忠孝固平生，吾徒在真實。去年東師來，饑飽恣馳突。桓桓盧尚書，提兵戰疾力。將相有纖介，中外爲危慄。君拜極言疏，夜半片紙出。贊畫尚書郎，遷官得左秩。天子欲用人，何必歷顯職。受詞長安門，走馬桑乾側。但見塵滅没，不知風慘慄。四野多豺狼，十日無消息。蒼頭軍中來，整暇見紙墨。唯説尚書賢，與語材挺特。次見諸大帥，驕懦固無匹。逗撓失事機，倏忽不相及。變計趨之去，直云戰不得。成敗不可知，死生余所執。余時讀其書，對案不能食。賈莊敗問至，南望爲於邑。忽得真定書，慰藉告親識。云與孫侍郎，會師有月日。顧恨不同死，痛憤填胸臆。先是在軍中，我師已孔亟。剽略斬亂兵，掩面對之泣。我法爲三軍，汝實饑寒極。諸營勢潰亡，群公意敦逼。公獨顧而笑，我死則塞責。老母隔山川，無繇寄悽惻。作書與兒子，勿復收吾骨。得歸或相見，且復慰家室。别我顧無言，但云到順德。犄角竟無人，親軍惟數百。是夜所乘馬，嘶鳴氣蕭瑟。椎鼓鼓聲衰，拔刀刀芒澀。公知爲我故，悲歌壯心溢。當爲諸將軍，揮戈誓深入。日暮箭鏃盡，左右刀鋋集。帳下勸之走，叱謂吾死國。官能制萬里，年不及四十。詔下詰死狀，疏成紙爲濕。引義太激昂，見者憂讒疾。公既先我亡，投迹復奚恤？大節苟弗明，後世謂吾筆！此意通鬼神，至尊從薄謫。生還就耕釣，志願自此畢。匡廬何巇業，大江流不測。君看磊落士，艱難到蓬蓽。猶見參軍船，再訪征東宅。風雨懷友生，江山爲社稷。生死無愧辭，大義照顔色。」余與機部相知最深，於其爲參軍周旋最久，故於詩最真，論其事最當，即謂之「詩史」，可勿愧。機部後守贛州，從城上投濠死，集竟散佚不傳。

龔鼎孳字孝升，廬州合肥人。甲戌進士，授蘄水知縣。丙子，余與九青使楚，而孝升分一經，最得士，相知爲深。後考選給事中，入清爲僕少，中間流離患難，幾不免。庚寅秋，於臨清舟中報余書曰：「庾樓之别，垂十五年。壬午以前，猶得時通音驛。運移癸、甲，大棟漸傾，妄以狂愚，奮身刀俎，甫離獄户，頓見滄桑，續命蛟宫，偷延晷息，墮坑落塹，爲世慙人。先生方霞引碧山之巔，鴻舉青雲之外，西薇東菊，萬仞難躋。自顧平生，曾邀盻飾，相期何等，差跌至今！所以伏處蓬蒿，欲有陳而未敢也。停舫金閶，竊幸龍門在望，展晤有期。而先生既抱騎省之傷，賤子亦迫王猷之棹，何圖咫尺，復成參商。惟從同人處見先生尺幅寸幀、片言隻字，寶若明珠大貝、火齊木難，攬持芳華，以當瞻侍耳。客秋至白門，拜發良書，欣聞謦咳，魘然頑懦，復起爲人。感念疇曩，泫焉雨泣。自傷失路，尚爲知己所收憐，使得齒於舊遊之末。中間情文温縟，慰諭綢繆，金錯玉盤，美人之遺我厚矣。伏蒙不棄鄙陋，垂問雕蟲。先生留思文章，超絶前軌，馬、班、屈、宋，蔚有兼長。爝火至微，何敢妄希扶桑之耀？且身既敗矣，焉用文之？顧萬事瓦裂，空言一綫，猶冀後世原心。宣鬱遣愁，亦惟斯道。往在燕邸，與秋嶽、舒章諸子各有抒寫，篇軸遂繁。近年以來，蓬轉江湖。仲宣登臨，襟情難忍；嗣宗懷抱，歌哭無端。未極斐然，不無驅染。然前則魂魄初召，瑟既苦而難調；繼迺離索寡群，刀雖操而未善。亟思大雅，提振小巫，九合葵丘，舍公誰屬？方當悉索敝賦，奉鞭弭於中原，不敢煩苞茅之討也。此行粗了殘局，即歸卧松筠。興會適來，扁舟相就，極論千古，殫精百氏。備孔門之游、夏，稱鄴下之應、徐。庶幾餘生，不同草木。先生著作，雷霆天壤，氣象名山，其亦肯示雌霓於王筠，授《論衡》於中郎否耶？」此書至，余發之於相知，讀者無不以爲徐、庾復出也。孝升於詩最秀穎高麗，聲調遒緊，有義山之風。余嘗憶其《潤州》一首中聯曰：「亂後江聲猶北固，坐中人影半南冠。」激昂慷慨，猶是此書大意，可爲三歎！

女道士卞玉京字雲裝，白門人也。善畫蘭，能書，好作小詩。曾題扇送余兄志衍入蜀一絶云：「翦燭巴山别思遥，送君蘭楫渡江皋。願將一幅瀟湘種，寄與春風問薛濤。」後往南中，七年不得消息。忽過尚湖，寓一友家不出。余在牧齋宗伯座，談及故人，牧齋云力能致之，即呼輿往迎。續報至矣，已而登樓，托以妝點始見。久之，云痁疾驟發，請以異日訪余山莊。余詩云：「緣知薄倖逢應恨，恰便多情唤却羞。」此當日情景實語也。又過三月，爲辛卯初春，乃得扁舟見訪，共載横塘，始將前四詩書以贈之。而牧齋讀余詩有感，亦成四律，其序曰：「余觀楊孟載論李義山《無題》詩，以謂音調清婉，雖極其濃麗，皆托於臣不忘君之意，因以深悟風人之指。若韓致光遭唐末造，流離閩、越，縱浪《香奩》，蓋亦起興比物，申寫托寄，非猶夫小夫浪子沈湎流連之云也。頃讀梅村豔體詩，聲律研秀，風懷惻愴，於歌禾賦麥之時，爲題柳看桃之作。彷徨吟賞，竊有義山、致光之遺感焉。雨牕無俚，援筆屬和。秋蛩寒蟬，吟噪喁嘶，豈堪與間關上下之音希風説響乎？河上之歌，聽者將同病相憐，抑或以同牀各夢而輾爾一笑也？」詩絕佳，以其談故朝事，與玉京不甚切，故不録。末簡又云：「小序引楊眉庵論義山臣不忘君語，使騷人詞客見之，不免有《兔園》學究之誚。然他日黄閣易名，都堂集議，有彈駁『文正』二字，出余此言爲證明，可以杜後生三尺之喙，亦省得梅老自下註腳。」其言如此。玉京明慧絕倫，書法逼真《黄庭》，琴亦妙得指法。余有《聽女道士彈琴歌》及《西江月》、《醉春風》填詞，皆爲玉京作，未盡如牧齋所引楊孟載語也。此老殆借余解嘲。

湯燕生字玄翼，姑孰人。《赭山懷古》二首云：「赤鑄山頭鳥不飛，上皇曾此易青衣。無多侍從爭投甲，有限生靈但掩扉。五國城西邊月苦，景陽樓下暮鐘微。傷心莫唱《淋鈴》曲，未得生從蜀道歸。」「淚逐天風向北揮，山僧指點舊重圍。翠華東駐泉偏咽，代馬南來草不肥。野老久知今日事，先臣猶護昔年非。延秋門外王孫盡，司馬元戎自錦衣。」二詩於乙酉五月事極切，哀婉悽節，使人不忍讀。武塘夏雪子極稱之。

周鍾字介生，以陷賊污僞命，自投南歸。南中誣其賀賊表有「堯、舜、湯、武」等語，論斬西市。其實乃張嶙然陝西賀表語，非鍾筆也。嶙然，庚辰進士，以西安知府降賊。曾以語人曰：「偶爲此語，不意爲政府皇上所見賞。」又自請清宮，手棄太廟神主於外。其死也，叩頭流血，口稱「皇上，臣該萬死」，蓋爲天所誅云。鍾以文章負海内重名，不死殉節，死固其罪。獨爲黨人所殺，誣以大逆，則寃甚矣。雲間李雯親見其事，曾爲詩哭之曰：「亂世身名可自繇，恨君不及鄭虔州。《劇秦新論》誰曾草？月旦家評總世讐。」鍾兄曰鏕，字仲馭，亦負重名，相忌積不能平。聞此言即仲馭文致，竟以他獄與鍾同死，「家評」蓋指此也。

楊機部殉節後，云已無子。康小范孝廉來吴門，攜機部在贛州詩十餘首，並言其子尚在。小范與機部同事，兵敗，被縛下獄，瀕死而免。吴門葉聖野贈之詩曰：「盧諶流落劉公死，回首章門一惘然。」亦俠烈士也。余後訪機部子，知在寧都山中。寧都有彭同者，爲機部門人，以諸生特授職方郎，監總兵順慶軍。順慶之復寧都也，在金、王舉事時，機部已前死矣。己丑正月，南贛總兵胡有陞破寧都，職方曰：「吾以書生受思文不次之遇，不可以不死。」與其妻皆自縊。寧都被兵大掠，機部之子亦在掠中。職方之弟曰彭士望者，亦機部門人，訪知之，以三百金贖得，並求得其母子置一處。此兩彭君者，可謂不負機部者也。機部詩，《寄李尚書》云：「朝聞驛使向江樓，虎韔魚文耀列侯。戎服畫綃南浦雨，漢家雲護北陵秋。崆峒山下看雙節，天柱灘頭領八州。今日傳呼新僕射，臨淮依舊擁貂裘。」《過惶恐灘》云：「空山夕照深江樹，明月灘聲下石城。愁盡關河極北望，如今虎豹正縱横。」「鶴猿自在灘邊宿，江漢飄零夢後還。遂使南州爲異域，知君何處塞函關？」《丙戌元日》云：「黄華嶺外瑞雲齊，白鷺洲前戰馬嘶。五道將軍臨直北，三江父老望征西。春風斗帳降銅馬，細雨戈船鬭水犀。此日建昌二字疑應拜舞，近臣還解賦鳧鷖。」又一首：「朝元帳下領高班，稽首春風動百蠻。九葉雲雷開萬國，一時江漢擁三山。宮中勝帖盤龍出，杖裏勞樽藉草頒。從此鎬京傳盛事，年年虎豹渡天關。」《丙戌九日》云：「河西獵火照高樓，五嶺風光異昔遊。木葉看雲寒戍晚，菊花宜雨漢宮秋。山城野幔開三市，江表輕裘署九州。旦晚功成萸釀熟，憑君一笑舊田疇。」又《次首丘》，記其中聯云：「將軍諸嘯多文吏，群盜縱横半舊臣。」機部詩學素拗折，此竟高潭深麗。軍中從容慷慨，戎服賦詩，具見整暇。七年不見，其學問之進益如此。

圓鑑，靈隱僧，故練川大家子也。父兄死國事。其《哭江東》詩曰：「平原曲罷人何在？《越絶書》成事已非。」人多稱之。已而被收，亡命爲僧。在揚州有《過天寧寺見放馬歌》，最悲壯，詩云：「法窟聊藏獅子花，空王爲指金鞭影。」「神駿惟應支遁看，舊恩不願孫陽顧。」「垂頭肯向朔風嘶，烙印猶存漢家字。」《寄兄研德》云：「歸期此夜長難曉，别夢如秋遠更清。」竟以疾歿於靈隱。友人周子俶舊與遊，過其地，爲詩吊之曰：「袁尹全家赴汨羅，九閽夢夢訴如何！只今靈隱猿三叫，似聽《天寧放馬歌》。」又曰：「寺樓遥掛海門潮，鷲嶺龍宫夜寂寥。精衛不知何處去，冷泉亭下獨吹簫。」

黄媛介字皆令，嘉興人，儒家女也。能詩善畫。其夫楊興公，聘後貧不能娶，流落吴門。媛介詩名日高，有以千金聘爲名人妾者，其兄堅持不肯。余詩曰：「不知世有杜樊川。」指其事也。媛介後客於牧齋柳夫人絳雲樓中。樓毁於火，牧齋亦牢落，嘗爲媛介詩序，有今昔之感。吴巖子偕其女卞玄文皆有詩名，媛介相得甚。媛介和余詩曰：「月移明鏡照新妝，閨閣清吟已雁行。花裏雙雙巢翡翠，池中六六列鴛鴦。黄粱熟去遲僊夢，《白雪》傳來促和章。一自蓬飛求避地，詩成何處寄蕭娘？」「罷吟紈扇禮金僊，欲洗塵根返自然。風掃桃花餘白石，波呈荷葉露青錢。山中自護燒丹井，世上誰耕種玉田？磊磊明珠天外落，獨吟遥對月平川。」「石移山去草堂虚，謾理琴尊葺故居。閒教癡兒頻護竹，驚聞長者獨迴車。牽蘿補屋思偏逸，織錦成文意自如。獨怪幽懷人不識，目空禹穴舊藏書。」「往來何處是僊壇？飄忽迴風降紫鸞。句落錦雲驚韵險，思縈彩筆惜才難。飛花滿徑春情淡，新水平隄夜雨寒。憶昔金閨曾比調，莫愁城外小江干。」此詩出後，屬和者衆。妝點閨閣，過於綺靡。黄覿只獨爲詩非之，以爲媛介德勝於貌，有阿承醜女之名，何得言過其實？此言最爲雅正云。

林佳璣字衡者，莆田人。少遊黄忠烈之門。以壬辰二月來婁東。所著詩文詞數十卷，詩蒼深秀渾，古文雅健有法。其行也，余贈以詩，有「五月關山樹影圓，送君吹笛柳陰船」之句。已而道阻，再遊吾州，則秋深木落，鄉關烽火。南望思親，旅懷感咤，有《聽鐘鳴》、《悲落葉》之風焉。其《客中言懷》五首曰：「南方方震蕩，□□久堪悲。海内親朋少，兵間道路遲。無衣霜落後，不寐月明時。孰伴城頭柝，烏啼向北枝。」「音書能不寄，萬嶺鳥空回。壁壘連三楚，乾坤動《七哀》。高秋聊看菊，夜月自空臺。淚眼涓涓甚，憑誰辨劫灰？」「干戈傳更甚，多病在長途。幾月來霜雪，家鄉問有無。雲孤滄海碓，身傍夕陽烏。含愧看秋色，蒼鷹得壯圖。」「幾次逢親故，途窮不敢言。關梁拚一醉，烏雀總千村。樹立清商色，江消野岸痕。二毛潘岳見，貧病媿私恩。」「殺氣何時盡？閩方亂不停。荔支愁萬騎，牛女怨雙星。露白隨風柳，猿啼滿石屏。身經兵火慣，長醉不須醒。」衡者詩文極多，以閩南不辨四聲，多拗體，此五首髣髴江南風致矣。

蒼雪師，雲南人。與維揚汰如師生同年月日，相去萬里，而法門兄弟，氣誼最得。蒼住中峰，汰住華山，人以比無著、天親焉。汰公早世，其徒道開能詩兼書畫，後亦卒。而蒼公年老有肺疾，然好談詩。以壬辰臘月過草堂，謂余曰：「今世狐禪盛行，一大藏教將墜於地矣。且無論義學，即求一詩人，不可復得，廼幸與子遇。我襆被來，不曾攜詩卷，當爲子誦之。」是夜風雨大作，師語音傖重，撼動四壁，疾動，喉間咯咯有聲，已呼茶復話，不爲倦。漏下三鼓，得數十篇，視階下雨，深二尺矣。當其得意，軒眉抵掌，慷慨擊案，自謂生平於此證入不二法門，禪機、詩學，總一參悟。其詩之蒼深清老，沉著痛快，當爲詩中第一，不徒僧中第一也。余憶其《贈方密之》中聯曰：「山中久不見神駿，世上人多好畫龍。」《贈陳百史》五、六聯句曰：「霜氣一湖飛遠夢，月明今夜宿孤峰。朝來無限塵中事，回首西山路幾重？」《金山》詩中兩聯曰：「古今僧住老，日夜水朝東。塔影中流火，帆來四面風。」《清涼臺懷古》曰：「薰風不見吹人醉，春雪無聲到地消。」《焚筆》詩曰：「土冢不封毛盡禿，鐵門斷限字原無。欲來風雨千章掃，望去蒼茫一管枯。」皆絶唱也。師和余《西田賞菊》詩，有「獨擅秋容晚節全」，「全」字落韻。和者甚多，無出師上者。其《金陵懷古》四首最爲時所傳。師雖方外，於興亡之際，感慨泣下，每見之詩歌。嘗自詠云：「剪尺杖頭挑竇誌，山河掌上見圖澄。休將白帽街頭賣，道術終爲未了僧。」益以見其志云。

瞿式耜字稼軒，常熟人。繇進士爲兵給事中，好直諫，爲權相所訐，與其師錢宗伯同罷歸。築室於虞山之下，曰東皋，極遊觀之勝。酷嗜石田翁畫，購得數百卷，爲耕石軒藏之。未幾，里中兒飛文誣染，偕宗伯逮就獄。余時在京師，所謂《東皋草堂歌》者，贈稼軒於請室也。後數年，余再至東皋，則稼軒唱義粤西，其子伯升門户是懼，故山别墅皆荒蕪斥賣，無復向日之觀。余爲作《後東皋草堂歌》，蓋傷之也。又二年，知稼軒以相國留守桂林，城陷不屈，與張别山俱死。别山者，江陵人，故相文忠公曾孫，諱同敞，爲督師司馬。稼軒臨難遺表曰：庚寅十一月初五日聞警，開國公趙印選移營先去，衛國公胡一青、寧遠伯王永祚、綏寧伯蒲纓、武陵侯楊國棟、寧武伯馬養麟盡室而行，惟督臣張同敞從江東泅水過江，相期共死。其赴義則閏十一月之十七日也。纍囚一月，兩人從容唱和。稼軒得詩八首，曰：「二祖江山人盡擲，四年精血我偏傷。」又曰：「願作須臾階下鬼，何妨慷慨殿中狂。」其末章曰：「年逾六十復奚求？多難頻經渾不愁。劫運千年彈指到，綱常萬古一身留。欲堅道力憑魔力，何事俘囚學楚囚？了却人間生死業，黄冠莫擬故鄉遊。」别山和章有曰：「稜稜瘦骨不成眠，祖德君恩四十年。腰膝尚存堪作鬼，死生有數肯呼天。」又曰：「白刃臨頭唯一笑，青天在上任人狂。」又曰：「亡家骨肉多冤鬼，多難師生共哭聲。」又曰：「此地骨原堪朽腐，他年魂不待招尋。」二公死，有舊給事中後出家號性因者收其骨，義士楊碩父藏其槀。稼軒孫昌文間關歸，以其詩與表刻之吴中，爲《浩氣吟》云。别山死事最烈，其未死也，受考掠，兩臂俱折，目睛出，語不爲撓。稼軒有《初六日紀事》一詩曰：「文山當日猶長揖，堪笑狂生禮太疏。」别山和曰：「臂先頭斷生堪賤，身爲城亡計豈疏。銜木焉知舌在否，傷睛自笑眼多餘。」此其被刑時事也。稼軒以義命自處，從容整暇，詩曰：「死豈求名地，吾當立命觀。」又《自艾》曰：「七尺不隨城共殉，羞顔何以見中湘？」蓋指何公騰蛟以殉難封中湘王也。若兩公者，真可謂殺身成仁者矣！錢宗伯爲詩哭之，得百二十韵；其敘《浩氣吟》，文詞伉烈，絶可傳。稼軒在囚中，亦有《頻夢牧師》之作。蓋其師弟氣誼，出入患難數十餘年，雖末路頓殊，而初心不異，其見於詩文者如此。余亦爲詩哭稼軒曰：「萬里從王擁節旄，通侯青史姓名高。禁垣遺直看封事，絶徼孤忠誓佩刀。元祐黨碑藏北寺，辟疆山墅記東臯。歸來耕石堂前夢，書畫平生結聚勞。」其言「通侯」者，蓋稼軒用翼戴功，以留守大學士封臨桂伯也。

抱真堂詩話

抱真堂詩話提要

《抱真堂詩話》一卷，據康熙間刊《抱真堂詩稿》本點校。撰者宋徵璧（一六一五—？），原名存楠，字尚木，江南華亭人。明崇禎十六年進士，官中書舍人。入清後出任潮州知府。與其弟徵輿俱有名，時稱「大小宋」。有《抱真堂詩稿》等。按《詩稿》有順治初刻本，爲八卷，卷七後有識語，謂詩稿刻於順治九年。而詩話載於卷八，當亦作於此前後。康熙刻本則已增刻爲十二卷，詩話亦載末卷。大抵於漢魏、六朝、盛唐人詩作摘句評，頗留意於比較歷代各家之句意關係，不爲無見。時有下及明何大復、陳大樽者，尤覺親切，蓋作者亦此派中人也。下語甚簡練，偶有誤憶處，不足怪也。

抱真堂詩話

雲間宋徵璧尚木筆記

王仲宣「驅馬舍之去，不忍聽此言」，杜詩諸别俱本此。

《焦仲卿》及《木蘭詩》，如看徹一本傳奇，使人不敢作傳奇。

左思《詠史》云：「貴者雖自貴，視之若埃塵。賤者雖自賤，重之若千鈞。」不涉議論乎？

顔延之詩密如秋荼，《五君詠》獨清出。

謝朓「寒城一以眺，平楚正蒼然」，謝混「高堂眺飛霞」、「水木湛清華」，可謂清麗。

顔延之「日落遊子顔」，即有太白「浮雲遊子意，落日故人情」意思在。

于鱗曰：「子昂自以古詩爲古詩。」予謂工部可當此語，子昂似未足。

《選》詩「衣葛常苦寒，食梅常苦酸」、「胡馬依北風，越鳥巢南枝」、「巢居知風寒，穴處識陰雨」、「生年不滿百，常懷千歲憂」，俱是格言。予幼有二語曰：「出路方知雨，行船始信風。」失之太樸。

詠月莫拙於「方暉竟户入，圓影隙中來」，莫妙於「照之有餘輝，攬之不盈手」。

昭明《選》亦以規格爲主，故不采《焦仲卿詩》。但録《團扇》而不録《白頭吟》，何也？

《仲卿詩》「賀君得高遷」，直作惡語。

陸士衡「迢迢峻而安」、「迢迢匿音徽」，亦自生造。

劉楨贈魏文曰：「貽爾新詩文」。可見詩文不得挾貴。

子建「涇渭揚濁清」，音韵清發，更妙於「散馬蹄」「散」字。

魏祖曰：「周公吐哺，天下歸心。」文帝曰：「策我良馬，披我輕裘。」子建曰：「慚無靈轍，以救趙宣。」可以定三詩之優劣。

沈休文「遇可淹留處，便欲息微躬」，居然真率。

太白曰：「欲折月中桂，持爲寒者薪。」子美曰：「斫却月中桂，清光應更多。」

魏文帝曰：「願飛安得翼，欲渡河無梁。」太白曰：「欲渡黄河冰塞川，將登太行雪滿山。」

曹子建曰：「時俗薄朱顔，誰爲發皓齒？」李太白曰：「皓齒信難開，沉吟碧雲間。」

《十九首》曰：「無爲守貧賤，坎坷常苦辛。」謝靈運曰：「誰令爾貧賤，咄嗟何所道。」杜子美曰：「長安卿相多少年。」

《離騷》不可學，嗣此，其《白馬王彪》一篇及太白《遠離别》、子美《同谷歌》，庶幾《騷》之變乎？

王摩詰「明月松間照，清泉石上流」，魏文帝「俯視清水波，仰看明月光」，俱自然妙境。

魏文帝曰：「棄置勿復陳，客子常畏人。」陳思王曰：「棄置勿復道，沈憂令人老。」

陸機云：「不惜微軀退，但憎蒼蠅前。」《十九首》云：「君亮執高節，賤妾亦何爲？」張華云：「不曾遠離别，何知慕儔侣？」俱《三百篇》之遺。

陸機云：「茲物苟難停，我命安得延？」即《十九首》云：「所遇無故物，焉得不速老？」

潘安仁云：「畏此簡書忌。」王摩詰云：「南中纔忌秋。」及謝朓「風煙四時犯」，「忌」、「犯」字用者殊罕。

「幹惟畫肉不畫骨」，韓幹酒肆中物，必得罪於工部。

工部《贈四兄狂歌行》，何大復《贈兄》作祖其意。

工部畫馬詩，四萬匹嘆其盡下，三萬匹稱其皆同。文人之筆，無所不可。

何大復惜王摩詰七言古未爲深造，然《洛陽女兒行》一首殊是當家。高選失之太詳，李選失之太略，未爲中道也。

任彥昇《哭范僕射》詩三押「情」字，沈休文《鍾山》詩用二「足」字，迺二義。文通《雜擬・左記室》詩用二「門」字，郭泰機《貽傅咸》詩連用二「況復」字，俱是實景而工拙自分。

王摩詰「梨花夕鳥藏」，杜子美「山精白日藏」，一風華，一森峭。

平子《四思》用四「倚」字，皆承上「側身」而言。

子建曰：「清夜遊西園。」仲宣曰：「日暮遊西園。」休文曰：「西園遊上才。」鄴下西園之名，最爲典雅。

《十九首》云：「驅車策駑馬。」殊自偃蹇。曹王亦喜用「駑馬」，豈駑馬自勝耶？

曹植《棄婦篇》如「有子月經天，無子若流星」，乃擬漢人語也。

元、白體格不必論，若《琵琶行》，頗盡情事。

大樽性好諧謔，一日偶集子建齋，戲子建曰：「君詩文比宋襄公何如？」家兄未及答。予曰：「猶明府之於陳恒。」滿座絶倒，以其寬博有似襄公「不鼓不列」云。

太白古詩云：「魏武踞八極，蟻視一禰衡。黄祖斗筲人，殺之受惡名。」直是叙事起，不落議論。他人則必云正平蟻視魏武爾。

王摩詰云：「時倚簷前樹，遠看原上村。」李太白云：「倚樹聽流泉。」更復簡澹。

御代馬則思北風，隨越鳥則思凱風，其物色異也。

「此去播遷明主意」，不如「執政方持法，明君無此心」，更爲沉穩。

工部「聽猿實下三聲淚」，「實下」二字不如「虚隨」二字之妙。蓋以《三峽志》有「猿鳴三聲淚沾裳」之句，故「實下」二字乃有根本。

少陵詩不傷於直野，如「日暮不收烏啄瘡」及「孔雀不知牛有角」是也。

「枯桑知天風，海水知天寒」，言其冷暖自知，蓋有不必由乎葉與水者，故系以「入門各自媚，誰肯相爲言」，此亦興而比也。

張茂先「居歡因夜促，在戚怨宵長」，即「歡娱嫌夜短，寂寞恨更長」，而居然雅俗之别。傅休奕亦云：「志士苦日短，羈人知夜長。」

子卿詩四首連用兩「可以喻」，一曰「可以喻嘉賓」，一曰「可以喻中懷」。

詩貴自然，然孔門之雅言也，不曰「虎豹之鞟，猶犬羊之鞟」乎？

工部《悲陳陶》，可謂沉着痛快。「去住彼此無消息，人生有情淚沾臆」，天下傷心之語。《洗兵馬》有「整頓乾坤濟時了」，「了」字亦下得穩。若「三年笛裏關山月，萬國兵前草木風」，則排律中佳句也。

《古柏行》俱有感慨，非苟作者。

工部《贈王司直短歌行》，嬉笑怒罵皆文章。

杜詩《岳麓山道林二寺行》，竟類排律。

岑參《衛節度赤驃馬歌》非不佳，但去杜詩一格，亦自神駿。

王仲宣云：「從軍有苦樂，借問所從誰？」高達夫曰：「從軍借問所從誰？」

陳卧子以杜詩《諸將五首》爲未工。

王摩詰胸中真有輞川，非强爲之詞者。

王摩詰有「忽過新豐市」及「疏雨過新城」，「過」字妙。

岑嘉州曰：「白髮悲明鏡，青春换敝裘。」王摩詰云：「白髮悲花落，青雲羡鳥飛。」《選》云：「望雲慚飛鳥，臨水愧游魚。」

沈休文云：「子建、仲宣，莫不同祖《風》、《騷》，皆以氣質爲主。」蓋兼江左之清綺與河朔之氣質。

杜律時用「動」字，如「風連西極動」、「星臨萬户動」、「旌旗日暖龍蛇動」、「三峽星河影動摇」是也。

杜律時用「拆」字。舒章云：「大字是工部家畜。」

杜詩如「水煙晴吐月，山火夜燒雲」，實爲警句。

杜詩詠馬，李詩詠月，各盡其變。

于鱗選不録《哀王孫》，何也？

「山光悦鳥性，潭影空人心」，乃鍾、譚之嚆矢。

大樽嚴於論詩，凡獻詩者踵相接，大樽意態傲岸，若不足當一顧者。予語大樽：「前輩好推挽人，那得爾爾？」然大樽未嘗不虛心，嘗向予道：「律詩如『春城月出人皆醉』及『羅綺晴嬌緑水洲』之句，詩餘如『無處説相思，背面鞦韆下』一詞，生平竭力摹擬，竟不能到。」有味乎其言也！

吴地兵火，凡薦紳之家，半爲馬厩，故予有「沉香薰馬櫪」之句。偶閲唐詩，見「酒香薰枕席」，已先之矣。

詩家首重性情，此所謂美心也。不然，即美言、美貌，何益乎？

夏瑗公先生不作詩，或强令作之，先生云：「我不善飲，能强之飲乎？」可謂達識。

陳思王其源本於《國風》，唐則太白，明則大復、大樽，其諍子哉！

王弇州謂唐七律罕全璧，如「暮雲空磧時驅馬，落日平原好射雕」，庶足壓卷，惜後有「玉靶角弓珠勒馬」，全首用二「馬」字。予謂可易「暮雲空磧時聞雁」也。五言律則摩詰「風勁角弓鳴」，無可擬議。

顔延之《秋胡詩》曲盡其妙，高達夫《秋胡行》似爲妄作。

左思《招隱》詩：「非必絲與竹，山水有清音。」所爲漸近自然。

惠連《秋懷》詩曰：「雖好相如達，不同長卿慢。」殊有慢世之致。

左思曰：「塊若枯池魚。」於失意之人，神態俱肖。

俗呼月明爲「月亮」，嵇康詩云：「皎皎亮月，麗於高隅。」

「三五二八時，千里與君同」，即是「隔千里共明月」。

《仲卿詩》叙事老朴，延之《秋胡詩》叙事閒雅。

嵇康《贈秀才從軍》而三及琴，一曰「習習谷風，吹我素琴」，一曰「目送歸鴻，手揮五絃」，一曰「鳴琴在御，誰與鼓彈」；若「俯仰自得，遊心太玄」，善於詠琴矣！

謝朓工於發端，如「大江流日夜，客心悲未央」，即爲五律起句，亦殊警策。

謝靈運云：「三五圓景滿，佳期殊未適。」江文通云：「日暮碧雲合，佳人殊未來。」俱原本《楚騷》。

安仁《爲賈謐贈陸機》，而曰「婉婉長離」、「英英朱鸞」，可謂善狀。

《百一詩》，當年見者皆爲怪愕，豈以「問我何功德，三入承明廬」耶？

杜子美云：「見公孫氏舞《劍器》，懷素草書始長進。」太白云：「古來萬事貴天生，何必要公孫大娘渾脱舞！」乃是各抒所懷。

前輩中如莫秋水，以才子自命，於戚大將軍席上使酒罵坐，視胡元瑞殊有傲色〔一〕。其集中《惜餘春》一賦本自濯濯，元美云：「幾欲效之，抑情而止。」固非諛語。

【校勘記】

〔一〕「胡元瑞」原誤作「何元瑞」，今改正。詳王世貞《石羊生傳》。

宋玉之於屈子，猶孔門之有顔，殆庶之彦也。

杜詩如「香稻啄殘鸚鵡粒，碧梧棲老鳳凰枝」，及「麝香眠石竹，鸚鵡啄金桃」，俱華不入俗。

七律如李頎、王維，其婉轉附物，惆悵切清，而六轡如琴，和之至也。後人未能妙臻此境。

凡詩字爲時代所壓，若元章論書及元美、昌穀論詩，駸駸乎驊騮之步哉！然謂曹植不堪整栗，未敢謂然。若思王再加整栗，則入晉詩矣。

《十九首》及蘇、李五言，反覆諷詠，便移寒暑。

建安七子、丕、植，翩翩公子哉！而或謂魯國孔融爲七子之冠。

「明月照積雪」、「池塘生春草」、「空梁落燕泥」、「澄江静如練」、「夜雨滴空堦」、「流水遶孤村」、「岸花臨水發」，俱自然妙句。予偶拈二語於室中，曰：「鳥鳴山更幽，風定花猶落。」

《毛詩》「行邁遲遲，中心有違」、「燕燕于飛，差池其羽」，所謂玩之有餘，味之不窮。

玄元以後，學道之士若魏伯陽、陶弘景、孫思邈，詞翰亦自斐然。

謝靈運「養疴亦園中」，「亦」字殊妙。陸機「通波扶直阡」，「扶」字妙。

《楚辭》，一言以蔽之，曰：「惆悵兮而私自憐。」

《三良詩》，仲宣作何其怨慕，子建作何其忠婉。所處不同，首句各自出意。

延之《秋胡詩》，詩中有畫，不待摩詰也。

工部詩讀數百過，不能名之爲奇，不能名之爲正。

阮籍《詠懷》，予尤好「平生少年時」一首，其他則「一身不自保，何況戀妻子」。

「迴首望平原」，「霸岸之篇」也。「昔爲鴛與鴦」，所謂李都護「鴛鴦之篇」，纏綿巧妙者也。

四言詩，仲宣亦盡其妙。

思王「我願執此鳥，惜哉無輕舟」，與仲宣同聲相應乎？

思王《贈白馬王彪》一詩忠厚悱惻，有韵之《三百篇》乎？

太白之詩豪邁瀟灑，想不耐苦索，故七言律少耶？抑傳者散軼也？若「借問欲棲珠樹鶴」一首，篇體輕澹，亦不易得。

生平見黄石齋先生作五言律、五言古，直不加點，不屬草。若陳、李則皆出之甚澀。

譚友夏《贈王夫人》有「隨風順逆江常在，與夢悲歡枕自如」之句，亦自近詩佳語。友夏詩雖不稱，而爲人跌宕，不愧名士。

何、李論詩，以意境合爲合，意境離爲離，各有是非。若王、李之絶茂秦，則未免凌厲布衣矣！以兩先生之大雅，乃爲此態耶？

七言，初唐、盛唐雖各一體，然極七言之變，則元、白、温、李皆在所不廢。元、白體至卑，廼《琵琶行》、《連昌宫詞》、《長恨歌》未嘗不可讀。但子由所云「元、白紀事，尺寸不遺」，所以拙耳。

列國各有《風》，楚何以無《風》？曰：外之爾。夫外楚又何以列《秦風》？夫視遠者不能見形，聽遠者不能聞聲，其猶愚人之心也哉！何足以知之。自屈、宋以《歌》、《辨》特張楚勁，於是乎有楚風。夫《小戎》、《板屋》，是誠秦聲耳，如「蒹葭蒼蒼，白露爲霜」，與楚風「目眇眇兮愁余」，又何異之有？

聯句若昌黎《石鼎》，自佳。元、白動必數百韵，有類乘舟泛溟海，星辰不辨，但覺身熱頭痛之煩。

夫詩者，事父、事君所作，而出之以風雲月露，非其人勿善矣。猩猩、鸚鵡不離飛走，而傲然以能言之家自命，可乎？

詩之規格，巧行乎其間矣。夫千金良驥，馳騁康莊，又何取乎泛駕？

楊升庵曰：「白居易『千呼萬唤始出來』，不如易以『纔』字。」予意詩以聲調爲工，若「纔出來」，則不中宫商矣。升庵强作解事。

「水田飛白鷺，夏木囀黄鸝」，前人語也。摩詰加以「漠漠」、「陰陰」四字，情景俱妙，固知摩詰善畫也。

雲間王氏有《詩話類編》一書，文蕪而淺，其失也俗。

唐詩有「雲府」，予謂可偶以「玉案」。

杜詩「花邊立馬簇金鞍」，「振朝華於已披」者乎！

王摩詰如「興闌啼鳥换」，「换」字可謂之奇。

陳、李初起，意甚輕陳徵君。兩家之客競相譏詆，以資談端。予心無適莫，素與二子晨夕，而追隨徵君几杖，亦風雨無間。既而徵君歿，陳、李爲文以弔之，且有猶龍之嘆，可謂不遠之復哉！乃知溢美、溢惡，久而論定者也。

詩人之難也，不敢有傲氣，不敢有躁心，不敢有乖調。李白詩「淚亦不能爲之墮，心亦不能爲之哀」，哀之至也！

詩之有隱有秀，畫之有神有逸，天授非人力。

工部之《哀王孫》、《哀江頭》，其工部之《風》乎！

凡詩麗則必靡，秀則必弱。若兼厥二美，免此二憾，其思王乎！

「秦川貴遊，自傷多情」八字，可謂穠至。

抱真堂詩評

抱真堂詩評提要

《抱真堂詩評》一卷，據康熙間刊《抱真堂詩稿》本點校。此卷載於《詩稿》卷十一，係輯吴偉業、陳子龍、李雯等評宋徵璧之語，出自徵璧弟徵琪、徵璣及子侄輩之手。

抱真堂詩評

吴子曰：「捧讀來問，極論作詩之法，上溯四始，旁究六代，貫穿三唐，搜揚二季，其於詩也，可謂美且備矣。弟何人斯，敢置一喙耶？弟材力蹇薄，於此道未有證入。自陳、李云亡，知交寥闊，苟蒙足下不相鄙夷，遂使弟受過差之譚。要之古人，不能庶幾萬一。夫詩之工拙，弟自知之。恨其學之未就，方欲捐棄筆墨，屏跡乎深山無人之境，原本造化，窮極物理，以幾倖其一得，又安能以應酬涉獵、申紙搦管之言，遽爲知己告哉？雖然，當今作者固不乏人，而獨於論詩一道，攻訐門户，排詆異同，壞人心而亂風俗，不能不爲足下一再言之。夫詩之尊李、杜，文之尚韓、歐，此猶山之有泰、華，水之有江、河，無不仰止而取益焉，所不待言者也。使泰山之農人得拳石而寶之，笑終南、太乙爲培塿；河濱之漁父捧勺水而飲之，目洞庭、震澤爲泛觴，則庸人皆得而揶揄之矣。今之學者，何以異於是？彼其於李、杜之高深雄渾者，未嘗望其崖略，而剽舉一二近似，以號於人曰：『我盛唐，我王、李。』則何以服竟陵諸子之心哉？竟陵之所主者，不過高、岑數家耳，立論最偏，取材甚陋。其自爲之詩，既不足追其所見，後之人復踵事增陋，取侏儒木强者，附而著之竟陵，此猶齊人之待客，使眇者迓眇者，跛者迓跛者，供婦人之一笑而已。非有尋丈之壘、五尺之矛，足以致人之師而相遇於境上。苟有勁敵，必過而去之，不足乎攻也。吾祗患今之學盛唐者粗疏鹵莽，不能標古人之赤幟，特排突竟陵，以爲名高。以彼虚憍之氣，浮游之響，不二十年，嗒然其消歇，必反爲竟陵之所乘。如此則紛糾雜揉，後生小子耳目熒亂，不復考古人之源流，正始元聲，將墜於地。噫嘻，不大可慮哉！雖然，此二説者，大人先生有盡舉而廢之者矣，其廢之者是也，其所以救之者則又非也。古樂之失傳也，撞萬石之鐘，懸靈鼉之鼓，莫知其節奏，繁筝哀笛，靡靡之響，又不足以聽也，乃爲田夫嫠婦操作而歌吴歌，則審音者將聽之乎？且人有見千金之璧，識其瑕纇，必不以之易束帛者，以束帛非其倫也。今夫鴻儒偉人，名章鉅什，爲世所流傳者，其價非特千金之璧也。苟有瑕纇，與衆見之足矣，折而毁之，抵而棄之，必欲使之磨滅。而游夫之口號，畫客之題詞，《香奩》、白社之遺句，反以僻陋故存，且從而爲之説曰：『此天真爛熳，非猶夫剽竊摹擬者之所爲。』夫剽竊摹擬者固非矣，而此天真爛熳者，齒牙唇吻，鬥捷爲工，取快目前焉爾，原其心，未嘗以之誇當時而垂後世，乃後之人過從而推高之。相如之詞賦，子雲之筆札，以覆酒瓿，而淳于髡、郭舍人詼諧調笑之辭，欲駕而出乎其上，有是理哉？然則爲詩之道何如？曰：亦取其中焉而已。《閟宮》之章，《清廟》之作，被之管絃，施諸韶箾者，固不得與《兔罝》之野人、《采蘩》之婦女同日而論，孔子删《詩》，輒並舉而存之。夫《詩》者，本乎性情，因乎事物，政教流俗之遷改，山川雲物之變幻，交乎吾之前，而吾自出其胸懷與之吞吐。其出没變化，固不可一端而求也，又何取乎訾人專己、喋喋而呫呫哉！足下天才横發，鴻富典贍，以懸國門而登明堂，非弟之譾薄愚陋所能拜下風者也。蒙手書下及，輒復陳其率略，惟足下更有以教之，幸甚。」先生名偉業，字駿公，號梅村，太倉人。崇禎辛未會元榜眼，順治十年起用，官國子監祭酒。

陳子曰：「予與尚木同里閈，稱無間，相唱酬者幾二十年。尚木近詩，其旨適以衷，其氣和以貞，其調宏以渾，其色温以麗。予讀而嘆曰：思深哉，正而有節，陽舒陰聚，此古者朱襄氏之音也。世其復治乎？蓋尚木之爲詩者，凡三變矣。始則年少氣盛，世方饒樂，蓋多芳澤綺艷之詞焉，是未免雜乎鄭、衛。既當兵數起無寧歲，慨然有經世之志，蓋多感慨閔激之旨焉，是爲秦、齊之音及《小雅》之變。今天下想望太平，故其爲詩也，深婉和平，歸於忠愛，庶幾乎《召南》之有《羔羊》『素絲』，《大雅》之有《卷阿》『飄風』。其於上也，頌不忘規；其於下也，勗而不怒，詩人之義備矣。典午沿漢、魏之後，風流映照，而潘、陸、張、左俱在中朝。永嘉東渡，清言彌盛，而作者寡聞。惟弘農爲中興第一，見稱藝苑。其後獨運風規，一變古道，惟柴桑而已。而《游僊》之作，『虎豹』、『蓁荊』，實露峥嶸；《三良》、《荊卿》，彌多感激，信乎有傷亂思治之情焉。蓋景純、元亮雖始終一節，巽直同歸，而所遘良苦。今尚木發爲詩歌，和厚淵至，此豈季世之音乎？可以占世運而無憂矣。若夫君子之言行也，世變無窮，常度不改，或語或默，或直或隱，不失其正而已，是亦在風雅焉。『訏謨定命，遠猷〔一〕辰告』，此所以黼黻而治也；『風雨如晦，雞鳴不已』，此所以簑笠而處也。以此言詩，其庶幾乎？舍此將奚從哉！」先生名子龍，字卧子，别號大樽，松江人。崇禎丁丑進士，原官兵科給事中。

【校勘記】

〔一〕「猷」，原誤作「猶」，據《詩經・大雅・抑》改。

李子曰：「夫風雅之興，肇自江左，觀其絶業，厥有可論：勒卣風期沈放，故多華逸之詞；闇公術業旁通，體備質文之氣；偉南修雅，雕潤爲長；子建宏深，規摹獨廣；密之秀茂，遂擅清靡；轅文鮮明，作其峻整；尚木夷淡之風，賦懷郎悦；臥子豪動之意，絶唱飈馳。余於數子，皆未有窺焉。」先生名雯，字舒章，松江華亭人。官内翰林弘文院中書舍人。

彭燕又曰：「尚木性樂風騷，意防流濫。夢甘泉之玉樹，庾月常高；采玄武之明珠，謝山非峻。觀其惆悵，則香草私憐；遡彼淵懷，又金庭爲侶。故詞譬春華，詩同秋水。」名賓，華亭人。孝廉。

王勝時曰：「《抱真堂稿》以湘蘭、澧芷之情，兼司馬、枚生之美。古詩則躡跡曹、劉，近體則聯鑣開、寶。至於投贈之什，皆縞帶之惓懷；托寄之辭，乃《國風》之好色。拾《柏梁》之餘材，猶堪廣廈；寶吉光之片羽，足暎重裘。」名澐，華亭人。明經。

張處中曰：「夫詩本乎《三百篇》以及古樂府。《抱真堂詩》自五言古始，何與《風》、《雅》遠矣？師其旨，不師其辭。古樂府篇什雖存，辭句或缺，音節或乖，亦不可得而彷彿已。故陳思多運以五言，青蓮盡變爲長短句，題猶是也，而詩則日新矣。尚木先生五、七言古，蓋取裁乎二公者也。古樂府可以不作也。至若諸體，其情摯矣，而皆源于忠厚；其詞麗矣，而皆歸於和平，又豈漢以下詩人之比乎？雖進於《三百篇》可也。此作者之本旨也。予因讀竟，而略言之。」名宫，華亭人。明經。

董得仲曰：「詩宗盛唐，吾郿同志翕然從風；然聲調格律每苦相似，求其興象高遠者寡矣。近讀《抱真堂詩》，氣度雄逸，詞意雅秀，與陳、李實相羽翼。海内詩人，於此取法，宜夫！」名黄，松江人。茂才。

張友鴻曰：「《抱真堂詩》，大槩廠闕高張，光生彝鼎，道風窈冥，韵被管絃，尚矣！至林泉之逸響，閨闥之幽吟，興到而成，各極其致。苟非宗匠，孰擅兼長？」名一鵠，松江人。進士。

錢子璧曰：「《抱真堂詩》温潤朗悦，執玩反覆，則忠愛惻悱，往往出於蹊徑之外。若越石傷亂之篇，工部詠懷之作，猶覺一往易盡。」名穀，華亭人。太學生。

張洮侯曰：「今天下無論知與不知詩文一道，皆推雲間二十年倡和之功。然予聞我友云：壬申以前之作，惟尚木可存，餘俱宜爲諸公藏拙，以其體格全失也。今讀《抱真堂稿》，於斯言益信。」名慤，華亭人。文學。

吴日千曰：「《小雅》之詩不同於二《南》者，感於遇也；齊、秦、唐、衛之詩不相似者，徵於地也。近者賦詩，何其若立貞觀、大曆之朝，處京都、宛、雒之地乎？讀《抱真堂稿》，景確而旨深，頌而不諛，感而不傷，犁然有徵，燁然有章，内沉而外揚，洵風雅之宗已！」名驥，華亭人。茂才。

吴六益曰：「《抱真堂詩》雄渾瓌偉，若江湖之波濤，烟雲之姿狀也。蓋五言古出建安、二謝，何其和以平也；七言古出《柏梁》，往往有青蓮之致也；近體雜出景隆、大曆，又何其悲以壯也。故律以和聲，弗亂弗激，有其氣矣；言以摛志，弗侈弗浮，有其調矣；志以決往，弗靡弗淫，有其情矣。」名懋謙，華亭人。布衣。

彭古晉曰：「《抱真堂詩》，以瑶林玉樹之華，構璇室瑶臺之麗。論其逸調，則泉湧雲飛；覽其藻姿，則鸞翔鳳翥。贈答無傷乎諧隱，寄懷不涉於淫靡。此實宋大夫騷雅之遺，非止唐詩人開、寶之作。」名師度，華亭人。茂才。

伯氏子建曰：「尚木學詩，每以自然爲宗。出《風》入《雅》，庶乎正始之音；戛玉鏘金，復極人工之巧。用意良深，辨體獨峻。娱康樂之清暉，緬景純之僊契。東海綴《玉臺》之詠，瑕丘輯《珠英》之篇。苞蓄既弘，探汲不竭。在崇雅者采爲筌餌，而式浮者奉爲盤匜，不虚也。眷維我郡爲詩，予兄弟最久，率爾而作，作必數十章。然每輟，或經年，甚或數年，前後際涉不相接。凡所爲詩，不復愛惜，隨手散軼。故尚木之詩，兵火之後，爲數無幾焉。今年春，彙輯詩詞若干卷。尚木且告予曰：『有柴子仲楚、張子聖清，以及世父賓之公，此皆曩昔之同爲詩者，今俱寒煙衰草，泯没無聞。庶幾存我詩，以存其人乎？』夫其用心若此其敦厚也，其亦可以知尚木之爲詩也矣！」伯氏名存標，字子建，號秋士。明經，薦授翰林院待詔，隱居不仕。

從弟直方曰：「仲兄以其詩授徵輿曰：『爾爲我論之，無阿所好。』輿受而讀之，爲之俯而吟，仰而歎，卒卷而輾然喜也。夫風雅之澤，竭於七子，迄今七八十年矣。我郡作者患之，而無以易之。於是一謝耳目之見，而專求之古。其始也，泛濫於三唐；其繼也，盤桓於漢、魏、六季；其終也，推極原本，斷之以《三百篇》。既獲所要歸，欲竭其思致，以自附於聖賢微言之後，且爲天下倡率，亦既數年於茲矣。繼起之彦，環視大江以南、淮泗以北，同聲之士，起而應者，豈虞和者之寡歟？今我兄之爲詩也，非其物不登，非其材不炫，五色章之，無漫我耳，是其質之純也。我虞其積之固而有所鬱也，徐而察之，如緒絲之引焉，如原泉之流焉。條而布之，斯有經矣；振而鳴之，斯有聲矣。是其情之麗也，氣之調也。我又虞其耑之而不變，變之而不化也。縱橫以擬之，悠揚如旌旆焉，動摇如波瀾焉，銛芒如刀劍焉，回合如雲風焉。嗟乎！是固其能化也。是所謂日新之德也，擬議之至也。即古之作者，蔑以加矣。夫十萬之師，有視一人爲重輕者。傳曰：『三卿同之，可謂衆矣。』是我兄之爲詩，固倡率之資，而繼起之藉也。我寧能不輾然喜也？彼後之作者，其將許我，我烏乎阿所好？仲兄曰：『爾過矣。雖然，爾所言固風雅之翼也。』於是遂次輿言於簡末。」從弟名徵輿，字轅文，號直方。順治丁亥進士，仕至副憲。

上吴駿公先生書 附

前者拜捧瓊瑶，知萬緣遺落，獨於詩文一道，謂結習未忘，誠深嗜而篤好之者。近邂逅閣下於金閶，續南皮之勝遊，追雕龍之逸辯，留連移日，遂至忘倦。蓋不佞枯稿木訥，凡遇大人先生，輒緘默逡巡。兹獨發其清狂，忘其忌諱，欲與閣下倣高廷禮《品彙》一書，以大復、滄溟、卧子爲正宗，空同、弇州爲大家，餘者概入名家，其羽翼、接武之名商榷删并，要使耳目清朗。且云宋、明俱後於唐，而明詩與唐並爽，未必非高氏《品彙》之功。蒙閣下不鄙夷其言，私心欣幸，可成一代大觀。乃忽忽復移寒暑，未及理舴艋，過玉峰一步，謹馳尺素，略陳梗概。不佞生平以心痗廢書，既少著述，又衰年多犬馬之疾，恐一旦遂填溝壑，因輯兵火餘燼，凡兒童時作居十之一，少年作居十之三，近年作居十之六，編彙爲《抱真堂詩稿》十卷，謹先就政於閣下。竊謂詩之難，一曰知之難，一曰言之難。能言者未必能作，能作者未必能知。若縱横上下，辨其離合，定其良楛，快然心目手口間，通方廣恕，好遠兼愛，舍閣下其誰與歸？況以閣下天機清妙，研精覃思，包賦家之美心，擅凌雲之宏構，偃蹇煙霞之際，從容猿鶴之間。天既予其才，予其學，予其識，而復予其年，予其時，宜乎立言之家，靡不傾心嚮慕，拜揚大風者矣。夫楊朱、墨翟，子輿氏所深擯，然君子有取焉，以共臨岐路而長號，睹素絲而唏嘘者，有哀憐無辜之心焉。以積迷恒蔽，人所不免，皆由于不能知，不能言，無以相觸發耳。不佞自總角奉教諸君子，既長而與陳、李同學，徒以庸劣病懶，中道而畫，知難而退。近者兵火憂患，焚燒筆硯，又復七八年矣。僻處荒埜，孤陋無所聞見。追維曩昔，風流雲散，不無子期之感。又敝郡多才，雲興霞蔚，使人氣奪，遂頹然自放于大雅，益用闊疏。或見獵心喜，偶一效顰，實乃未窺堂奥。蓋人心思耳目，不甚相遠，均能好金石和鸞之音，辨黼黻雲霞之麗；至欲審察杳渺，窮極精微，則非婁、曠不能，況乎不佞憒然聾瞽哉？惟不佞之聾瞽，特中心未嘗忘乎聽視者耳。閣下高踞百尺樓，睹其倀倀無所之，能不爲之深嘆乎？嘗謂人之有詩，譬諸其有身，其腠理、骨節、胸鬲、肺腑皆病也，而已不知，或得於按脈，或得於望氣，其能隔垣洞達，以刀圭療其膏肓，純灰滌其腸胃，苟非醫和、扁鵲，寧能以一丸排經年之慘戚，起積藏之沉疴乎？夫詩之有綺麗焉，而或以爲淫；清新焉，而或以爲弱；爛熳焉，而或以爲卑。當其好温、李，不知有錢、劉；及其效錢、劉，而後知温、李之靡也。當其好錢、劉，不知有高、岑；及其效高、岑，而後知錢、劉之薄也。但中、晚、初、盛，體格不一，俱各有傳于後，則亦各有精誠透徹，不可誣也。然不佞竊有疑焉，願質之閣下。温厚和平，詩教也。屈、宋且不必論，若《十九首》以及三曹，非三調之正聲，最近于《三百篇》者乎？何以蕭騷感激，使人一再讀之，不能已已，得無過于哀者耶？意者惻怛忠厚之至，乃在志氣之微，而音節又其末耶？故詩以性情、志氣爲主，以自然爲宗，以屢遷其業爲良。淺詣之亦詩，深造之亦詩。轉折而下，不啻如決波；層纍而上，不啻如登山，幾幾乎有欲從末由之嘆焉。非如閣下天姿敏妙，加以歲月，而又得風雨之功、山川之助，其求以坐進此道也實難。是望洋而興歎者，又豈徒不佞一人而已哉！近者高才輩出，大江南北，爭奮於大雅。至於「百年」、「萬里」，「黄金」、「白雪」之流濫，則昔賢已先言之，何敢更僕。不佞落落，逢人耻於攀附，值疾痛之中，率抒胸臆，非有焉文之歎，愧無削稿之勤。伏冀假以津梁，使鄙人獲附青雲。臨楮主臣。

詩剩

詩剩提要

《詩剩》不分卷，據上海圖書館藏鈔本點校。輯撰者王毓芝，會稽人。生平未詳。其弟毓蓍有聲於明末，師從劉宗周，順治二年乙酉杭州城破，投河死。本書有一則録其詩之斷句。又有一則記其先室劉祖祥父弘光乙酉赴國難，歷今甲午十年云云，時爲順治十一年。此一則記在八月，而已近卷尾，全書或即成於是年。凡二五四則，抄於無格紙上，每半頁七行，行十八字。内容多録自宋元詩話筆記，至明則有録有撰，蓋身與其中、不能由己。如上述家難國難外，「陳繼儒」一則又憶及曩日平居松江小崑山下之情景矣。所抄偶有錯訛，酌情校改。有前後重複者，仍之以存原貌。

詩剩

越人王毓芝輯

李德裕巫山神女詩

李德裕鎮渚宫，嘗謂賓侶曰：「余偶欲遥賦巫山神女一詩，下句云：『自從一夢高唐後，可是無人勝楚王？』晝夢宵征，巫山似欲降者，如何？」段記室成式曰：「宋玉招屈之魂，明君之失，恐禍及身，遂假高唐之夢以惑襄王，非真夢也。我公作神女之詩，思神女之會，惟慮成夢，恐亦非真。」李公退慙，其文不編集于卷也。

楊汝士聯句

裴令公居守東洛，夜宴半酣。公索句，元、白有得色。時公爲破題，次至楊汝士，曰：「昔日蘭亭無豔質，此時金谷有高人。」白知不能加，遽裂之曰：「笙歌鼎沸，勿作冷淡生活。」元顧曰：「樂天所謂善全其名者也。」

叩柱清歌

天水趙旭家于廣陵，夢一青衣挑笑牕牖間。及覺，忽有清香滿室。有一女子，年可十五六，容範曠代，笑曰：「吾天上青童，久居清禁，時有世念，罰下人間，感配于君子。」時叩柱清歌曰：「白雲飃飃星漢斜，獨行窈窕浮雲車。」

自落便宜詩

世傳逸詩云：「窻下有時留客宿，室中無事伴僧眠。」號曰自落便宜詩。

南蠻宰相楊奇鯤途中句

僖宗幸蜀，深疑南蠻作梗，乃許降公主。蠻王以連姻大國，喜幸逾常。因命宰相楊奇鯤等來朝行在，且迎公主。途中詩云：「風裏浪花吹又白，雨中嵐色洗還青。」甚清美也。

江爲白鹿洞題壁

江爲少遊廬山白鹿洞，題詩一聯于壁曰：「唫經蕭寺栴檀閣，醉倚王家玳瑁筵。」李璟見之，謂左右曰：「唫此詩者，大是豪族。」

王摩詰董逌畫跋

王摩詰詩「人家在仙掌，雲氣欲生衣」二句，見于董逌畫跋，而本集不載。

孟浩然佳句

皮日休稱孟浩然佳句，有「微雲淡河漢，疏雨滴梧桐」。嘗疑今集中無此首，後見晁公武《讀書志》，與諸名士集秘省聯句云云，其實不在集中也。

黄巢五歲時句

黄巢五歲，侍翁父爲菊花聯句。翁思索未至，巢信口應曰：「堪與百花爲總領，自然天賜赭衣黄。」跋扈之意，已見于嬰孩之時。

妙女别兒詩

妙女自言本是題頭賴吒天王小女，爲泄天門間事，故謫墮人世，已兩生矣。前生有一子名遥見。昨來之日，于金橋上與兒别，賦詩。唯記兩句曰：「手攀橋柱立，淚滴天河滿。」

崔李二生

武公業之愛妾非煙，姓步氏，與比隣趙象通。公業知之，鞭楚致死。才士有崔、李二生，常與公業遊處。崔賦詩，末句云：「恰似傳花人飲散，空牀抛下最繁枝。」其夕夢非煙謝曰：「妾貌雖不迨桃李，而零落過之。捧君佳什，媿仰無已。」李生詩末句云：「豔色香魂如有在，還應羞見墜樓人。」其夕夢非煙戟手而言曰：「士有百行，君得全乎？何至矜片言，苦相詆斥？當屈君于地下面證之。」數日，李生卒，時人異焉。

王庭珪

蜀孟主昶時蜀中富庶，夾江皆創亭榭。名花異香，馥郁森列。昶御龍舟觀水嬉，望之如神仙。兵部尚書王廷珪賦曰：「十字水中分島嶼，數重花裏見樓臺。」昶稱善之。

李後主

樂曲有《念家山》，李後主親演其聲爲《念家山破》。識者知其不祥。在圍城中，作長短句，未就而城破。其詞曰：「櫻桃落盡春歸去，蝶翻輕粉雙飛。子規啼月小樓西，曲闌金箔，惆悵捲金泥。門巷寂寥人散後，望殘烟草低迷。」此詞《臨江仙》第二體也。尚有三句未就。後劉延仲爲補之云：「何時重聽玉驄嘶，撲簾飛絮，依約夢初回。」

太祖一日小宴，顧李煜曰：「聞卿能詩，可舉一首。」煜思久之，乃舉詠扇詩云：「揖讓月在手，動搖風滿懷。」太祖曰：「滿懷之風，何足尚哉？」侍臣莫不嘆服。

周朴

晚唐詩人周朴構思極艱，每有所得，必極其雕琢，故時人稱朴詩月鍛季煉。今其集不傳矣。猶記詩云：「風暖鳥聲碎，日高花影重。」又云：「曉一作晚來山鳥鬧，雨過杏花稀。」誠佳句也。

朴嘗野逢一負薪者，忽持之，且厲聲曰：「我得之矣。」樵夫瞿然驚駭，掣臂棄薪而走。遇遊卒，疑樵者爲偷兒，執而訊之。朴徐往告卒曰：「適見負薪，因得句耳。」卒乃釋之。其句云：「子孫何處閑爲客，松柏被人伐作薪。」如此詩不必大驚小怪。

范文正公祖唐公贈陳希夷詩

范文正公祖唐公有詩贈陳希夷，刻石陝中。今逸上一聯。「曾逢毛女話何事，應見巨靈開此山。濃睡過春花滿地，静林中夜月當關。紛紛詔下忽東去，空使蒲輪倦往還。」

李愕妻

范忠宣守信陽，簽判李愕大夫之室有才藻，魏國夫人嘗與往來。有詩謝魏國云：「朝來瑞藹遍祥虚，果見麻姑降陋居。陶令滿籬唯有菊，相如四壁但藏書。蕭條廷館門羅雀，冷落盃盤食欠魚。」逸後二句。

石蒼舒

石蒼舒與韓魏公有舊，韓拜相，石至干禄，留數月無成。石作詩以别歸云：「（逸上句）簷前二聖擁千官。唯有掃門霜髩客，却隨社燕入長安。」韓覽之惻然，遂注一官而去。

建業進士某

建業進士某遊上庠，不能自給，以詩干韓相魏公，一聯云：「建業江山千里遠，長安風雪一家寒。」韓公憐之，以百千賙焉。

李夷行

李夷行題温公獨樂園之見山臺詩云：「（闕上句）紛紛紅紫簇虚簷。山光不肯饒春色，故向花間出數尖。」

司馬温公無子，又無姬侍。裴夫人既亡，公常忽忽不樂，時至獨樂園，于讀書堂危坐終日。嘗作小詩隸梁間云：「暫來還似客，歸去不成家。」

葉蒙正同人

葉蒙正倅音翠撫一同人投詩，中兩聯云：「吾儕正志堅如石，俗眼相看薄似雲。貧病已甘明世老〔一〕，賢愚留與後人分。」

【校勘記】

〔一〕「老」，原缺，據范公偁《過庭録》補。

九僧詩

歐陽文忠公《詩話》：「國朝浮圖以詩名者九人，故時有集號《九僧詩》，今不復傳矣。」九僧者，劍南希晝、金華保暹、南越文兆、天台行肇、沃州簡長、青城唯鳳、江東宇昭、峩眉懷古，并淮南惠崇，其名也九。僧詩極不多，有景德五年直史館張亢所著序，引崇《到長安》「人游曲江少，春入未央深」之句，皆不載，以是疑爲節本。

楚僧惠崇自撰句圖凡一百聯，皆平生所得于心而可喜者。

《楊雲卿別墅》云：「河分崗執斷，春入燒痕青。」

《長信詞》云：「陰井生秋草，明河轉曙遲。」

《送遠上人西遊》云：「地形吞蜀盡，江執抱蠻回。」

《江行晚泊》云：「嶺暮春猨急，江寒白鳥稀。」

《上谷相公池上作》云：「歸禽動疏竹，落果響寒塘。」

《贈陳六府》云：「野人傳相鶴，山吏學彈琴。」

《夜坐》云：「香淺冰生井，宵分月上軒。」

《贈凝上人》云：「掩門青檜老，出定白髭長。」

《送遷客》云：「浪經蛟浦闊，山入鬼門寒。」

《經緣公舊寺》云：「遺偈傳諸國，留真在一峰。」

《塞上》云：「河冰堅度馬，塞雪密藏鵰。」

《喜長公至》云：「久別年顔改，相逢夜話長。」

《隱者》云：「多年不道姓，幾日旋移家。」

《宿東林寺》云：「鳥歸杉墮雪，僧定石沉雲。」

《上翰林楊學士》云：「露寒金掌重，天近玉繩低。」

《柳氏書齋》云：「著書驚日短，彈劍惜春深。」

《上王太尉》云：「探騎通番壘，降兵逐漢旗。」

《田家秋夕》云：「露下牛羊静，河明桑柘空。」

《舟行》云：「林斷城隍出，江分島嶼迴。」

《寄梅蘇州》云：「鏁城山月上，吹角海鷗驚。」

《宿楊侍郎東亭》云：「卷幔來風遠，移牀得月多。」

《送程至》云：「白浪分吴國，青山隔楚天。」

《遊隱静寺》云：「空潭聞鹿飲，疏樹見僧行。」

《送錢供奉巡警》云：「劍佩明山雪，旌旗濕海雲。」

《梅鼎臣河亭》云：「曠野行人少，長河去鳥平。」

《宿肇公山齋》云：「月高山舍迥，露落石門深。」

《送盧經西歸》云：「霜多秦木迥，雲盡漢山孤。」

《濠梁夜泊》云：「夜闌潮動舸，秋迥月臨城。」

《崔仰秋居》云：「葉落風中盡，蟲聲月下多。」
《贈彭使君》云：「行縣山迎舸，論兵雲繞旂。」
《秋夕》云：「磬斷蟲聲出，峰迴鶴影沉。」
《早行》云：「繁霜衣上積，殘月馬前低。」
《書韓退之屋壁》云：「移家臨醜石，租地得靈泉。」
《秋夕懷長公》云：「秋近草蟲亂，夜遥霜月低。」
《觀宴鄉老》云：「海鷗聽舜樂，山鬼進堯觴。」
《贈素上人》云：「中食下林狖，夜禪移冢狐。」
《晚夏》云：「扇聲猶泛暑，井氣忽生秋。」
《宿翻經館清少卿房》云：「梵容分古像，唐語入經新。」
《江行早發》云：「殘月楚山曉，孤烟江廟春。」
《題王太保道院》云：「鶴傳滄海信，僧和白雲詩。」
《秋夕懷汪白》云：「寒禽栖古柳，破月入微雲。」
《贈白上人》云：「花漏沉山月，雲衣起海風。」
《喜陳助至》云：「樓中天姥月，座上杜陵人。」
《冬日野望》云：「人歸岡舍迴，雁過渚田遥。」

《送人牧滎州》云：「山色臨巴迥，江流入漢清。」
《春申道中》云：「湘雲隨雁斷，楚路背人遥。」
《贈李道士》云：「松風吹髮亂，岩溜濺碁寒。」
《栖霞寺》云：「境閑僧度水，雲盡鶴盤空。」
《林逋河亭》云：「古路隨岡起，秋帆轉浦斜。」
《楊秘監池上》云：「禽寒時動竹，露重忽飜荷。」
《魏野山亭》云：「嵐重琴書濕，風長枕簟寒。」
《塞下》云：「離磧雁衝雪，渡河人上冰。」
《寄白閣能上人》云：「夜梵通雲竇，秋香滿石叢。」
《陝西道中》云：「關河雙鬢白，風雪一燈青。」
《送防秋楊將軍》云：「殺氣生龍劍，威風動虎旗。」
《瓜州亭子》云：「落潮鳴下岸，飛雨暗中峰。」
《賀劉舍人》云：「日纏黄道迥，春入紫微深。」
《除夜》云：「寒燈催臘盡，曉角唤春歸。」
《幽并道中》云：「雁行沈古戍，鵰影轉寒沙。」
《送僧歸天台》云：「景霽雲迴合，秋生樹動摇。」

《過陳摶舊居》云：「亂水僧頻過，荒林鶴不還。」

《宿横江館》云：「露館濤驚枕，空庭月伴琴。」

《維邢道中》云：「馬渡冰河闊，鵰盤磧日高。」

《國清寺秋居》云：「鷩蟬移古柳，鬥雀墮寒庭。」

《書平上人山房》云：「松風傳夕磬，谿霧擁春燈。」

《觀南郊天仗》云：「霓旌摇曙景，鳳吹繞春雲。」

《贈義省上人》云：「坐石雲生裹，添泉月入缾。」

《昇平詞》云：「萬國無刑治，三邊不戰平。」

《國清寺》云：「暝鶴棲金刹，秋僧過石橋。」

《吕氏西齋》云：「雲殘僧掃石，風動鶴歸松。」

《劉參幽居》云：「風暖鳥巢木，日高人灌園。」

《楊都官池上》云：「竹風驚宿鶴，潭月戲春鷺。」

《書矯方屋壁》云：「圭竇先知曉，盆池别見天。」

《送陳舍人巡撫》云：「月露疏寒柝，雲濤閃畫旂。」

《齊上人禪齋》云：「鶴驚金刹露，龍蟄玉缾泉。」

《春日寇宫贊池上》云：「暄風生木末，遲景入泉心。」

《七夕》云：「河來天上闊，雲度月邊輕。」
《贈王道士》云：「海人來相鶴，山狖下聽琴。」
《送孫荆州》云：「畫鷁浮秋浪，金鐃響夕雲。」
《江城晚望》云：「丹楓映郭迥，緑嶼背江深。」
《題王太保山亭》云：「危溜含清瑟，飛花點玉觴。」
《送李秦州》云：「朱旗凌雪卷，畫角入雲吹。」
《畫上人西齋》云：「孤雲發静境，遠籟發秋空。」
《李太博山莊》云：「圍碁分雪石，汲井動金沙。」
《宫中詞》云：「井含春氣碧，樓轉夕陰清。」
《送吴袁州》云：「鳥暝風沉角，天清月上旗。」
《寄肇公》云：「斜吹鳴金錫，歸雲擁石牀。」
《塞上》云：「古戍生烟直，平沙落日遲。」
《嗣上人》云：「拂石雲離帚，嘗茶月入鐺。」
《舟行》云：「遠嶼迎檣出，寒林帶岸迴。」
《送延上人》云：「來時雲擁衲，别夜月隨筇。」
《馬蹟淮亭》云：「路横岡燒斷，風轉浦帆斜。」

《上殿前戴太保》云：「劍静龍歸匣，旗閑虎繞竿。」

《高諲書齋》云：「品畫逢名嶽，横琴憶古賢。」

《太一山》云：「雲陰移漢塞，石色入秦天。」

《塞上送人》云：「地遥群馬小，天闊一鵰平。」

《范溶園池》云：「江花凌霰發，山溜入池深。」

《獵騎》云：「長風躍馬路，小雪射鵰天。」

《高略書院》云：「古木風煙盡，寒潭星斗深。」

《送段工部河北轉運》云：「渡河風動旆，巡部雨霑車。」

惠崇又有詩云：「馬放降來地，鵰盤陣後雲。」又云：「春生桂嶺外，人在海門西。」

僧知業

陸濛妻蔣氏，善屬文而躭酒。有聖保寺僧知業，性高古，有詩名。偶訪陸，談玄之次，蔣氏遽自内遞一盃酒與業公。云：「業不曾飲。」蔣氏隔簾對曰：「祇如上人詩云：『接壘橋通何處去，倚闌人是阿誰家？』觀此風韵，得不飲乎？」業公慚怍，起而退。

蘇東坡

東坡在黄州，而王文甫居東湖。公每乘輿，必訪之。一日逼歲除，至其家，見方治桃符。公戲書一聯于上云：「門大要容千騎入，堂深不覺百男歡。」

王感化

南唐王感化題怪石一聯云：「草中誤認將軍石，山上曾爲道士羊。」

嚴球

南唐宰相嚴球，嘗夜宿金山，有詩云：「淮船分螘點，江市鬧蠅聲。」

蔣密

周行逢據南楚時，零陵士人蔣密能吟詠，頗得風騷之旨。嘗題桑云：「綺羅因片葉，桃李謾同時。」爲作者所許。

樂　君

樂君失其名，達州人，生巴蜀間，不甚與中州士大夫相接。狀極質野，而博學純至。作詩數百篇。其《贈葉司理》一聯云：「末路清談得陶令，他時陰德望于公。」又《寄故人》云：「夜半夢回孤月滿，雨餘目斷太虛寬。」

挽邵康節詩

邵康節歿，鄉人挽詩有云：「春風秋月嬉遊處，冷落行窩十二家。」蓋雒中十餘家，如康節所居安樂窩，起屋以待其來，謂之行窩。

康節先生題枕

康節先生過士友家晝枕，見其枕屏畫小兒行藏，以詩題其上云：「遂令高卧人，欹枕見兒戲。」《擊壤集》不載。

京師士大夫詩

京師輦轂之下，風物繁富，而士大夫牽于事役，良辰美景，罕或游宴之樂。其詩至有「賣花擔上看桃李，拍酒樓前聽管絃」之句。

謝伯初

閩人有謝伯初者，字景山，當天聖、景祐之間，以詩知名。如「多情未老已白髮，野思到春如亂雲」、「自種黄花添野景，旋移高竹聽秋聲」、「園林換葉梅初熟，池館無人燕學飛」，皆無媿于唐賢。

石曼卿

石曼卿卒後，其故人有見之者，云恍惚如夢中，言卿今爲鬼仙也，所主芙蓉城。欲呼故人往遊，不得，忿然騎一素一作青騾，去如飛。其後又云降于亳州一舉子家，留詩一篇，其一聯云：「鶯聲不逐春光老，花影長隨日脚流。」

潘閬

太宗晚年燒煉丹藥，潘閬嘗獻方書。及帝升遐，懼誅，匿舒州潛山寺爲行者。題詩于鐘樓云：「遶寺千千萬萬峰，（逸第二句）。頑童趁暖貪春睡，忘却登樓打曉鐘。」孫僅爲郡官，見詩曰：「此潘逍遥也。」告寺僧呼行者，潘已亡去。

李少雲

有李氏女者，字少雲，夫死無子，棄家著道士服，往來江淮間。其詩有云：「幾多柳絮風飜雪，無數桃花水浸霞。」

婦人押尖字

作詩壓韵，是一巧。中秋夜月詩押「尖」字，數首之後，一婦人云：「蚌人光透股，犀角暈盈尖。」

紫姑神

紫姑神雨詩警句云：「簾捲滕王閣，盆翻白帝城。」誠可喜也。

樹萱録

元撰作《樹萱録》，載入夫差墓中，見白居易、張籍、李賀、杜牧諸人賦詩，皆能記憶，句法亦各相似。最後老杜亦來賦詩，記其前四句云：「紫領寬袍漉酒巾，江頭蕭散作閑人。秋風有意吹蘆葉，落葉無情下水濱。」

《樹萱録》所載諸事近于寓言，而諸篇詩句皆佳絶，蓋唐人之善詩者爲之。如「江聲兼小雨，暝色入啼猿」、「藕隱玲瓏玉，花藏縹緲容」、「紅樹醉秋色，碧谿彈夜絃」、「網斷蛛猶織，梁空燕不歸」，皆警絶，非近人所能也。

黄庶

黄公諱庶，魯直之父。作《大孤山》詩云：「銀山巨浪獨天險，比于一片崔嵬心。」

王豐父

王豐父待制，岐公丞相之子。其詩精密，人鮮知者。如「白髮衰天癸，丹砂養地丁」，又《拄杖》詩：「老境得爲丘壑伴，醉鄉還勝子孫扶。」語意俱佳。

韓維

韓維持國詩格甚奇，如《寄范德儒》云：「睥睨峰高迴過雁，琵琶宵寂語流鶯。」《和兄康公罷相》云：「移病早休丞相筆，坐閑猶着侍臣冠。」《和曾存之》云：「自愧效陶無好語，敢煩凌杜發新章。」皆佳句也，恨世少傳者。

韓持國《題海棠》云：「長條無風亦自動，柔豔著雨更相宜。」漫其後句。

焦夫子

蜀之岷山有焦夫子，國初時人，亡其名。以博學教導後進，故世以「焦夫子」稱。貌陋且怪，長目廣鼻，虬髯垂瘿。性率不自飾，雖冠帶，往往爬搔捫虱。然爲歌詩有驚人句，今蜀人止能誦其一聯云：「兩輪日月磨興廢，一合乾坤夾是非。」熙寧中，文與可因至天彭，館于徐公園，杯酒笑譚中肆筆成夫子像于亭之壁，曲盡寒酸態。元豐壬戌，郡守聶子固懼其歲久隱晦漫滅，遂徙其壁于郡圃凝翠亭，今不存。

張芸叟女

浮休居士張芸叟，久經遷謫，既還，怏怏不平。嘗内集，分題賦詩。其女得蠟燭，有云：「莫訝淚頻滴，都緣心未灰。」浮休有慙色，自是無復躁進意。司馬朴之室，浮休之女也。有詩在鄜延路上一寺中，一聯云：「滿目烟含芳草緑，倚闌露泣海棠紅。」或云便是詠燭者。

舒信道

舒信道謫居四明幾二十年，獨以詩爲樂。嘗得句云：「春禽得意千般語，澗草無名百種香。」自喜之。既而曰：「此聯可入箋注，不可以示人。」遂改去，不用之。

王荆公

荆公有句云：「青山捫虱坐，黄鳥挾書眠。」自謂不減杜語。後薛肇明被旨編公集，求之終莫得。或云公但得此一聯，未嘗成章也。

陳薦

魏公鎮河北，郡圃號衆春。會歲飢，涉春未嘗一遊。陳薦在幕府，以詩請公云：「水底魚龍思鼓吹，沙頭鷗鳥望旌旗。」公亟答之云：「細民溝壑方援手，別館鶯花任送春。」在鎮五年，政聲流聞，自是天下遂屬以爲相。

錦臂韝詩

山東李庭臣嘗言，夷人有持錦臂韝鬻于市者，其上織成詩，一聯云：「恩袍草色動，仙籍桂香浮。」乃景祐五年御製賜進士詩也。以千金易之，作小屏几硯間，見者莫不改容瞻敬。

盧贊

盧贊侍郎《贈鼓琴者》曰：「試將鍾子山水意，一洗退之冰炭腸。」恨失其全篇。

林敏功

宣和末，林子仁敏功《寄夏均父倪》詩云：「嘗憶他年接緒餘，饒三落托我迂疏。溪橋幾換風前柳，僧壁今留醉後書。」忘記下四句。「饒三」，德操也。

張子厚

張子厚先生夢中詩，如「無限寒鴉冒雨飛」、「紅樹高高出粉墻」之句，殆不類人間人也。

杜子美逸詩

狄遵度夢杜子美自誦其逸詩數十章，既覺，記其兩句云：「夜卧北斗寒攝枕，木落霜拱雁連天。」

僧淡然

唐僧淡然詩曰：「到處自鑿井，不能飲常流。」

詹介

詹介，南方人，有《咏梅》詩云：「只有雪争白，更無花似香。」

陳知默

歐陽公晚年最喜陳知默詩，云：「恨不能多記。」但記其兩聯，一云：「平地風烟宜白鳥，半山雲木卷蒼藤。」一云：「雲埋山麓藏秋雨，葉落林梢帶晚風。」

洋州侯

宋宗室洋州侯有《落花》詩云：「緑珠樓下堪惆悵，宋玉墻頭又别離。」又《御溝》詩云：「一條浪截紅塵斷，幾曲遥通紫禁深。」

柳氏

嘉興令陶彖有子爲妖所魅，謁天竺辨才法師治之。師至其家，除地爲壇，設觀音菩薩像，取楊枝霑水，灑而呪之，三繞壇而去。是夜兒寢安然。明日師結跏趺坐，引兒問曰：「汝居何地而來至此？」答曰：「會稽之東，下山之陽。是吾之家，古水蒼蒼。」又問：「誰姓氏？」答曰：「吴王山上無人處，幾度臨風作舞腰。」師曰：「汝柳氏乎？」輾然而笑。乃爲説《楞嚴》秘密神呪，于是號泣請去，不復見。

少陵逸詩

杜少陵逸詩，如《巴西聞收京》云：「傾都看王屋，正殿引朱衣。」又云：「尅復誠如此，安危在數公。」决非他人可到。

葛道人

錢塘有葛道人者，以業屨爲生，得金即沽酒自飲。往來湖上間數歲矣，人無知之者。一日爲寺僧修履，口中微有聲，狀若吟詩者。僧怪而問之，葛生笑曰：「今日偶得句耳。」問之，乃云：「百囀已休鶯捕子，三眠初罷柳飛花。」自是人始知其詩人。

郭功父

郭功父晚年，夢中作遊采石二詩，有「欲尋鐵索排橋處，只有楊花慘客愁」之句。

裴　愈

内臣裴愈好吟咏，有《送魯秀才南遊》詩云：「東吳山色家家月，南楚江聲浦浦風。」《聞蟬》詩云：「楊柳影疏秋霽月，梧桐葉墜夕陽天。」

潘邠老

黄州潘邠老大臨《答謝無逸書》曰：「秋來景物件件是佳句，恨爲俗氣所蔽翳。昨日清卧，聞攪林風雨聲，欣然起，題其壁曰：『滿城風雨近重陽。』忽催租人至，遂敗意。止此一句奉寄。」

張維

張子野父維有《宿清江小舍》詩，僅存一句云：「菰葉青青緑荇齊。」

鄭天休

長安北禪寺廊右，鄭天休資政題十字：「春至不擇地，路傍花自開。」

黄某

錢塘自六蜚駐驆，日益繁盛。湖上屋宇連接，不減城中。「一色樓臺三十里，不知何處覓孤山？」近人詩也。或云爲此詩者，黄姓，失其名。亦嘗作万俟丞相挽詩，有「地下若逢秦相國，也應説不到沅湘」之句。

劉莘老

劉莘老丞相工詩，《送厚卿二人使高麗》云：「杳杳三韓國，煌煌二使星。海神無暴横，天子有威靈。」時以爲絶唱。後四句不傳。

周煇

宋周煇《清波雜志》云：「煇少小時嘗從同舍金華潘元質和人《春詞》，有『捲簾試約東君問，花信風來第幾番』之句。潘曰：『宮詞體也。語太弱，則流入輕浮。』又嘗和人《蠟梅詞》，有『生怕凍損蜂房，膽瓶湯浸，且與温存着』，規警如前。朋友琢磨之益，老不敢忘。潘墓木拱矣。」

蘇舜元

蘇才翁舜元，子美舜欽之兄也。工詩而世少傳者。有《宿僧院》一聯云：「斷香浮缺月，古像守昏燈。」可謂佳絶。

閩人

閩有一官人家子弟，秀穎，美風表。善作詩，詩格似李長吉。有一聯云：「細草行藤路，垂楊席帽風。」然夭卒。

道人

張去華説一道人能詩，一聯云：「窻風枯硯滴，山雨慢琴絃。」亦頗幽奇。

蔡載

蔡載賦梅花，落句：「應有化人巢木末，枝間〔一〕一國自行春。」其冥搜如此。

【校勘記】

〔一〕「枝間」，原誤作「之間」。

吴僧

吴僧舉似蝶詩四韵，忘其首句：「一叢浮動戲蘭芽。裁成碧玉搔頭様，畫作黄金便面花。閑過樓臺飛盡日，又因風雨宿誰家？兒童愛把襜褕撲，驚起雙雙貼彩霞。」

王 邁

王實之邁，閩人，登甲科，甚有文名，落魄不羈。爲正字日，因輪對，及故相擅權。理宗宣諭曰：「姑寘衛王之事。」邁即抗聲曰：「陛下一則曰衛王，二則曰衛王，何容保之至耶？」上怒不答，徑轉御屏曰：「此狂生也。」邁後歸里，自稱「敕賜狂生」。嘗有詩云：「未知死所先期死，自笑狂生老更狂。」年六七歲時，嘗和人詩云：「竹纔生便直，梅到死猶香。」

宋理宗題諸色扇面詩

「履霜知地凍，賞雪念民寒。」「山氣迷曉月，海浪起晴雲。」「鷺起蓮邊曉，鷗棲蓼外凉。」「西風欹翠蓋，曉露浥紅裳。」「艷紅酣霽圃，冷翠媚秋池。」「聲幽梧葉雨，香冷菊花風。」「院子供新茗，園丁獻異花。」「穠華照水澄秋静，冷艷欺風醉露凉。」「一枝翠葉凝秋色，萬粟金英噴古香。」「月篩穠影虚窻静，秋染繁英浄几香。」「千葉喜容迎曉日，萬鈴黄色映朝霞。」「日麗柳塘鶯語滑，雨收桃岸燕飛忙。」

真西山點陳藏一警句

「闢户夜通月，掬泉朝飲星。」「暖曝花岩石，晴眠蘚石烟。」「地曠日難晚，海寛天欲浮。」「與子纔分手，何人更賞心？」「遊歸雲衲破，定起石床温。」「道至無偏黨，心何有重輕。」「萬事豈容人有意，一春多被雨無情。」「舉頭莫看王侯面，失脚恐爲名利人。」「千古留芳唯好句，一生得意總微塵。」

姑蘇女子沈清友

姑蘇女子沈清友能詩，如《咏漁父》云：「起家紅蓼岸，傳世緑簑衣。」《咏牧童》云：「自便牛背穩，却笑馬蹄忙。」得下字之工。

陸君實

「曾聞海上鐵斗膽，猶見雲中金甲神」，乃陸樞密君實《挽張郢州世傑》詩也。張公擁德祐景炎祥興于海上〔一〕，各擁兵南北岸。一夕大風雨，皆不利。張覆舟而薨，翌早獲屍棺斂。其膽如斗大，焚而不化。諸軍感慟。忽雲中見金甲神人，且云：「今天亡我，關係不輕，後身當出恢復矣。」此詩全篇不傳。忠義英烈，雖亡猶耿耿也。

【校勘記】

〔一〕「景炎祥興」，原作「景祥炎興」。今據《宋史》改。

張文簡

張文簡《雪》詩：「銀蟾不雨溜常滴，玉樹無風花自開。」其家集不收。

李伯祥

眉山矮道士李伯祥好爲詩，詩格亦不能高，往往有奇語，如「夜過脩竹寺，醉打老僧門」之句，皆可愛也。

秋景一聯

李循道舉他秋景一聯云：「池藕影疏龜甲冷，井梧凋薄鳳毛寒。」又張一之舉黄元夫詩曰：「葦村風下鵶千點，麥隴天垂月一梳。」皆警句也。

白苧詞

《白苧詞》，傳者至少。其正宫一闋，世以爲紫姑神所作也。方寫至「追昔燕然畫角，寶輪珊瑚，是時丞相，虚作銀城换得」，或問：「出何書？」史答云：「天上文字，汝那得知。」末句云：「東君暗遣花神，先到南國，昨夜江梅，漏泄春消息。」殊爲騷雅。

莫少虚

舊傳《水調歌》一曲，其首章云：「瑶草一何碧，春入武陵溪。溪上桃花無數，花上有黄鸝。」以爲黄公魯直所作。蜀人石耆翁言此莫將少虚《壯氣詞》也，能道其詳。又有《浣溪沙》一闋云：「寶釧湘裙上玉梯，雲重應恨翠樓低，愁同芳草兩萋萋。」一詞云：「歸夢悠揚未見真，繡衣恰有暗香薰，五更分得楚臺春。」皆造語工新。但晚歲心醉富貴，不復事文筆，今人鮮有知少作者。

能詩婦人

《雜説》謂一婦人能詩，舉其一聯云：「年來萬事灰人意，只有看山眼不枯。」

花蕊夫人

花蕊夫人題葭萌驛《醜奴兒》詞云：「初離蜀道心將碎，離恨緜緜，春日如年，馬上時時聞杜鵑。」《詞品》云：「夫人書詞未畢，爲軍騎促行。後人戲續之云：『三千宮女如花，妾最嬋娟。此去朝天，只恐君主恩愛偏。』夫人見宋祖，猶作『四十萬人齊解甲，更無一個是男兒』之句，豈有隨昶行而書此敗節之語乎？不惟虚空架橋，而詞之鄙俚亦狗尾續貂矣。」○《鐵圍山叢談》：「花蕊夫人，蜀王建妾小徐妃者也。後隨王衍歸唐，半途遇害。及孟氏再有蜀，傳至昶，又有一花蕊夫人費氏，作《宫詞》者是也。後隨昶歸宋，十日召花蕊入宫，而昶遂死。昌陵後亦惑之，屢造毒爲患，不能遂。晉邸數諫，昌陵不聽。一日從獵苑中，花蕊在側。晉邸方調弓矢，引滿擬獸，忽回射花蕊，一箭而死。」

蘇小小

司馬槱，字才仲，初在洛下，晝夢美姝牽帷而歌云：「妾本錢塘江上住，花落花開，不管流年度。燕子銜將春色去，紗窗幾陣黄梅雨。」詢其曲名，云是《黄金縷》。後才仲以子瞻薦爲錢塘幕官，爲秦少章道其事。少章續其後段，兹不載。才仲復夢美姝同寢，每夕必來。同寀咸曰：「公廨後有蘇小小墓，得無妖乎？」不逾年而才仲疾。舟人見其携一麗人登舟，走報家，已慟哭矣。

魏夫人

曾子宣丞相，元豐間帥慶州，未至召還。至陜府，復還慶州，往來潼關。夫人魏氏作詩戲丞相曰：「使君自是君恩厚，不是區區愛華山。」

薛泳

薛泳守歲《青玉案》詞云：「一盤清夜江南果，（逸三字句二句）喫果看書只清坐。一年心事，半生牢落，儘向今宵過。　此身本是山中個，纔出山來便差錯，手種青松應長大。縛茅深處，抱琴歸去，又是明年那。」「錯」音「挫」，「大」音「惰」，「那」音「糯」。

江西女子

戴石屏薄遊江西，有富翁妻以女。留三年，思歸。自言曾娶婦，翁怒。女宛曲解之，盡以嫁奩贈行，仍餞以詞，投江而死。詞名《祝英臺近》，曰：「惜多才，憐薄命，無計可留汝。揉碎花牋，忍寫斷腸句。道傍楊柳依依，千絲萬縷，抵不住、一分愁緒。（逸三字句、六字句、五字句）捉月盟言，不是夢中語。後回君若重來，不相忘處，把杯酒、澆奴墳土。」嗚呼！石屏無行如此，而台州猶祀于鄉賢，何哉？

吴兑

宋吴悦圖兑，死後數日，其姪芾夢見之，曰：「吾有詩，爾其志之。」及覺，憶其二句云：「春風陌上一杯酒，回首家園事若何。」

周芝田

周芝田，浙人，浪跡江湖，道冠野服，詩酒諧笑，略無拘撿。亦時出小戲以悦人，而不知其能琴與詩也。遇琴則一彈，適興則吟一二句，而不終篇。嘗賦《石上兩竹》云：「淋漓滿腹藏春雨，突兀半拳生曉雲。」亦自可人。又「草香花落後，雲黑雨來時」。

成都知録

成都府知録，雖京官，例皆庭參。蘇明允常言，張忠定知成都府日，有一生，忘其姓名，爲京仕丞知録事參軍。有司責其庭趨，生堅不可。忠定怒曰：「唯致仕即可免。」生遂投牒乞致仕，自袌牒立庭中，仍獻一詩辭忠定，其間兩句曰：「秋光都似宦情薄，山色不如歸意濃。」忠定大稱賞，自降階執生手曰：「部内有詩人如此而不知，詠罪人也。」遂與之升階，置酒歡語終日。還其牒，禮爲上客。

高麗使人

元祐六年，高麗使人入貢。上元節于闕前賜酒，皆賦觀燈詩，時有佳句進奉。副使魏繼延句，有「千仞彩山擎日起，一聲天樂漏雲來」；主簿朴景綽句，有「勝事年年傳習久，盛觀全屬遠方賓」。

周貫

周貫者，不知何許人，自號木雁子。日酣飲，工作詩，詩成僻。嘗宿奉新龍泉館，半夜搥門。道士驚，科髮披衣，啓問其故。貫笑曰：「偶得句，當奉聞爾。」道士殊不意已，問之，因使口誦，以手指畫，吟曰：「彈琴傷指甲，蓋席損髭鬚。」是夜貫寒甚，以席自覆故爾。

羅可

羅可嘗作百韵雪詩，其間有「斜侵潘岳鬢，横上馬良眉」，誠佳句也。

李邯鄲

宋仁宗天聖中，修國史王安簡、謝陽夏、李邯鄲、黄唐卿爲編修官。安簡神情冲澹，唐卿刻意篇什。李嘗戲爲句曰：「王貌閒如鶴，黄吟苦似猨。」

參　寥

《東坡志林》：「昨夜夢參寥師，携一軸詩見過。覺而記其飲茶詩兩句云：『寒食清明都過了，石泉槐火一時新。』問：『火固新矣，泉何故新？』答曰：『俗以清明日淘井。』當續成詩，以紀其事。」

黄子思

黄子思善詩，《詠懷》曰：「日者未知裴令貴，世人争笑禰生狂。」《重午》曰：「風簷鸎引五六子，露井榴開三四花。」

金野仙

淳熙間，士人朱南一，字德脩，瀟灑閒逸，至老不娶，喜畫山水梅蘭竹石。金野仙曾有詩贈之云：「寄語月谿朱逸士，他年同賞水仙花。」野仙殁後二紀，南一下世，士友相率葬之城陽山，正在野仙墓後。時山中水仙正開，其前知類如此。郡志：趙師夔爲郡日，聞野仙前知，要至郡齋，索詩。詩云：

「王侯門户嬾開顔，斗酒千錢一笑間。」趙時欲以斗酒千錢與之，而野仙已知矣。

范　攄

唐末吴人范攄子，七歲能詩。《贈隱者》云：「掃葉隨風便，澆花趁日陰。」處士方干曰：「此子必垂名。」因作《夏日》詩云：「閑雲生不雨，病葉落非秋。」干曰：「惜其不壽。」未幾果卒。

雍孝聞

雍孝聞自海外量移池州以卒，嘗有詩云：「官田種秫陶元亮，私釜生塵范史雲。」至今郡人猶傳誦之。

周伯仁

南昌士人周伯仁和人《春雪》詩：「照天不夜梨花月，落地無聲柳絮風。」

李太白

東坡《仇池筆記》云：「予頃在都下，有傳太白詩者，其略曰：『朝披夢澤雲。』又曰：『笠澤青茫茫。』此非世人語也。蓋有見太白在肆中而得此詩者。」

王著

王著，洛陽人也。七歲能屬文，十四進士及第。初依師宛句縣張蝦，東京應舉，久不知消息，賃居相國東。因出通衢，忽遇張蝦，遂邀茶肆敘闊。著乃賦蝴蝶詩最嘉，云：「今夜君棲芳草裏，爲傳消息到王孫。」蝦無言，忽然不見。但驚問鄉人，云卒已半年矣。

戴衢

戴衢久不第，嘗有詩云：「坐落千門日，吟殘午夜燈。」

鄭州茶肆中題

「得官修勵虧天子，病較僧齋誤藥王。」

王化基

王化基送梁助曰：「文章换桂一枝秀，清白傳家兩弟貧。」人多誦之。

王綸女

海陵人王綸女輒爲神所憑，自稱仙人。字善數品，形製不相犯。《吟雪》詩云：「何事月娥欺不在，亂飄瑞葉落人間。」說云：天上有瑞木，開花六出。他詩句詞意飄逸，類非世俗可較。《題金山》云：「濤頭風倦雪，山脚石蟠虬。」嘗謂綸爲清非孺子，不曉其義。亦有詩贈曰：「君爲桐葉，我爲春風。春風會使秋桐變，秋桐不識春風面。」居數歲，神舍女去，懵然無知，嫁爲廣陵呂氏妻。

邵睦

邵堯夫之弟名睦者，無疾而化。前此有《重九》詩云：「擬問東籬事，東籬事渺茫。」後果殯于東籬之下。

李季蘭

女子李季蘭，有才名。初五六歲時，作詩詠薔薇，末句云：「經時未架却，心緒亂縱横。」父恚曰：「此女子必爲失行婦人。」竟如其言。

黄魯直

黄魯直嘗得詩一聯云：「人得遨一作交遊是風月，天開圖畫即江山。」以爲晚年最得意，每舉以教人，而終不能成篇，蓋不欲以常語雜之。又嘗得兩句云：「清鑑風流歸賀八，飛揚跋扈付朱三。」未知可贈誰，遂不能成章。

張　吉

宋番陽張吉，方在娠，父介客東西川不還。及爲兒時，與彭器資同學，作詩有「應是子規啼不到，至今我父未歸家」之句，聞者憐之。既長，至蜀，迎其父歸。

盛次仲孔平仲

盛次仲、孔平仲同在館中，雪夜論詩，平仲曰：「當作不經人道語，曰：斜拖闕角龍千尺，澹抹墻腰月半稜。」次仲曰：「甚佳，惜未大也。」乃曰：「看來天地不知大，飛入園林總是春。」平仲乃服。

繁　舉

繁舉字彥舉，陝人，性嗜酒，工詩。客京師十餘年，竟流落以死。同時有鄭雲表者，慕彥舉之爲人，作詩挽之云：「形如槁木因詩苦，眉鎖蒼山得酒開。」人以爲寫真云。

石上句

淳熙年二月，桑子河堰東莊園紫牡丹無種自生，過者競觀。有貴人欲分移之，掘見石如劍，題云：「此花瓊島飛來種，只許人間老眼看。」遂不敢移。以是鄉老生日值花時，必往宴爲壽，或有造花而凋謝者，不吉。唯李嵩一人，三月初八日初度，自八十看花，至一百九歲而終。

口傳詩聯

士大夫間有口傳一兩聯可喜，而莫知其所本者。如：「人情如紙番番薄，世事如棊局局新。」又：「飽諳世事慵開眼，會盡人情只點頭。」又：「薄有田園歸去好，苦無官況莫相求。」又賀人休官詩：「重碧杯中天更大，軟紅塵裏夢初收。」竟不知何人詩。又嘲巧宦而事反拙者：「當初只謂將勤補，到底徒爲弄巧成。」此尤可笑也。

陳純

陳純中秋夕遇三源夫人，酒至數行，各吟和，純和曰：「秋静夜尤静，月圓人便圓。」

惠應廟

邵武惠應廟在軍西五十里大乾山，闔士多往祈禱。郡人張鳳以紹興甲子冠鄉薦，既下第，丁卯再試，欲改賦爲經義。夢僧持鉢，中有詩曰：「賦中千里極歸依，衣鉢成章露翠微。」乃止用賦，而得魁薦。「千里」者，「重」字也。高中得詩曰：「碧瓦朱簷天外聳，黄花緑葉掌中開。」纔及第，娶黄司業女六娘者爲妻。「碧瓦朱簷」，「高」字也。建安詹必勝兄弟三人，得詩曰：「萬里無雲天一色，秋風吹起雁行高。」紙上例書之，是秋同預薦。季弟名居上，仲次之，兄最居後。延平鄭良臣赴舉，其人祈夢詩曰：「筆頭掃落三千士，賜與君家一二名。」良臣是年以第三名薦。李子和將赴太學，祈夢得詩云：「瓊奴耳畔低低語，争乞釵頭利市花。」覺而與親朋言，良以爲吉。然入太學半年，不幸殁，瘞于臨安漏澤園。傍一冢標云：「弟子瓊奴葬此。」

紫姑神

吴興周權巽伯，乾道五年知衢州西安縣。嘗邀紫姑神，聞窻下鵲噪甚急，周試扣，曰：「鵲聲唼唼緣何事，萬里看君上豹關。」周笑曰：「權乃區區邑長，大仙一何相奉過情耶？」周從監左藏〔一〕西庫，擢守婺。

【校勘記】

〔一〕「藏」，原誤作「歲」，據《夷堅志》改。

林玠

林玠卒後，其魂鬱不散。家人每接之夢寐，彷彿聞其聲跡，靈几間器物或自動。乃如紫姑神法，置箕布灰于几。箕輒自舉，遂令人扶之。箕運不休，就眎，則皆詩文也。別父母有句云：「如今我已終天別，何計能酬寸草心？」別兄弟云：「鴻雁層雲憐隻影，池塘芳草憶殘春。」別妻云：「寄言與爾無他説，節義冰霜不可虚。」賦書樓極目云：「清風摇動硯池雲，飛鴻點破江山影。」

福州僧

南方浮圖能詩者多，士大夫鮮有汲引，多汩没不顯。福州僧有詩百餘篇，其中佳句如「虹收千嶂雨，潮展半江天」，不減古人也。

苕溪漁隱

「一鳩鳴午寂，雙燕話春愁。」東坡云：「此唐人得意之句。」苕谿漁隱用二意作春聯：「話盡春愁雙紫燕，喚回午夢一黄鸝。」

翁　某

至元間，宋文丞相有子，出爲郡教授，行數驛而卒。人皆作詩以悼之，閩人翁某一聯云：「地下修文同父子，人間讀史各君臣。」獨爲絶唱。

鄭思肖

鄭所南先生思肖，福建連江人。宋太學上舍，應博學宏詞科，剛介有正志。會元兵南，叩闕上疏，犯新禁，衆争目之。由是遂變今名，曰肖、曰南，義不忘趙，北面他姓也。隱居吴下，一室蕭然，坐必南向。歲時伏臘，望南野哭而再拜乃返，人莫識焉。誓不與朔客交往，或于朋友坐上見有語音異者，便引去。人咸知其狷潔，亦弗爲怪。工畫墨蘭，不妄與人。邑宰求之不得，聞先生有田三十畝，因脅以賦役取。先生怒曰：「頭可斫，蘭不畫。」嘗自寫一卷，長丈餘，高可五寸許。天真爛熳，超出物表。題云：「純是君子，絶無小人。深山之中，以天爲春。」《過齊子芳之書塾》云：「此世但除君父外，不曾别受一人恩。」《寒菊》云：「禦寒不藉水爲命，去國自同金鑄心。」其忠肝義膽，于此可見。晚年究性命之學，以壽終。

谷　音

元杜清碧本集亡宋節士之詩，爲《谷音》二卷，惜世罕傳。如冉琇《蓬萊閣》云：「魯連惟有死，王粲不勝哀。」元吉《上黨》云：「嗚呼皇天肯悔禍，豈有盜賊稱天王。」《夜坐》云：「忽憶梅花不成語，夢中風雪在江南。」《朱尚書席上》云：「主憂臣辱坐感激，忍對花鳥調歡娛。」張琰《官柳》云：「裊裊亭亭忒無賴，又將春色誤江南。」汪涯《采石獨酌》云：「天翻地覆有今夕，酒熟詩温無可人。」丁開《可惜》云：「父老俱嗚咽，天王本聖明。」魚潛《送鄭秘書》云：「童子歌鴝鵒，幽人拜杜鵑。」柯茂謙《魯港》云：「可惜使船如使馬，不聞聲鼓但聲金。」皆悲憤激烈，讀之可爲流涕。

王明清

紹興乙卯春日，王仲言明清與諸友同遊西湖。至普安寺，于窗户間得玉釵半股、青蚨半文，想是游人歡洽所分授，偶遺之者。各賦詩以紀其事，歸録似張安國，云：「我當爲諸公攷校之。」明清云：「凄凉寶鈿初分際，愁絶清光欲破時。」安國云：「仲言宜在第一。」

王一介

熙寧中，王荆公進用時，有王一介中甫者，以詩詆之云：「草廬三顧動幽蟄，蕙帳一空生曉寒。」

昭陵時近臣

昭陵時近臣賦詩，一聯云：「秦帝宫成陳勝起，明皇殿就禄山來。」或有譖于九重，上覽其首句云：「朱衣吏引上高臺。」即不復視。天語以爲器量如此，何足觀耶？嗚呼！昭陵豈不見全篇，倘盡以過目，則不可回互矣。此堯舜之用心，宜乎享國。

僧圓至

元僧圓至工于古文，而詩尤清婉。如《再往湖南》云：「春路踏猶滑，山亭晚更長。竹枯湘淚盡，花發楚魂香。」《涂居士見訪》云：「並坐夜深皆不語，一燈分映兩間身。」其造語之妙，當不減于惠勤、參寥也。

務本坊鬼

長安務本坊西門，蓋鬼市也。風雨晦暝，輒聞喧聚之聲。或有聞夜吟云：「天街鼓絶行人歇，九衢茫茫空有月。」又云：「九衢生人何勞勞，長安土盡槐根高。」

吴克敏

休寧吴克敏讀文有文，元季爲義兵萬户，保障關嶺。天兵克徽，走札溪，題詩石壁云：「怪石有痕龍已去，落花無語鳥空啼。」遂自刎而死。後孔從善爲足成一律，不具載。

范德機

危太樸素與范德機秋夜同步，范得二句云：「雨止脩竹間，流螢夜深至。」喜甚。既而曰：「語太幽。」殆類鬼作。

僧德祥

國初詩僧稱宗泐、來復，同時有德祥者，亦工于詩。其《送僧東遊》云：「與雲秋別寺，同日夜行船。」《詠蟬》云：「玉貂名並出，黄雀患相連。」泐、復不能道也。又《卜築》云：「草生橋斷處，花落燕來初。」亦佳句。

雪庵和尚

雪庵和尚乃葉希賢也，一名葉雲，浙江處州府松陽縣布和鄉懷德里人也。詩體類唐人，草書似右軍。洪武間舉賢良方正，或云舉進士，任江西南昌府通判，續授監察御史。建文中，屢疏言兵事，又嘗劾耿、李二大將失律。壬午，改授翰林學士。是年六月，靖難師進金川門，從建文君出亡，圖舉大事不成，竄之蜀，始慟哭，變姓名，削髮爲僧，假慈化寺法派，諱守牧，號牧嬾牛，外號雪庵和尚。遂西南走重慶，之大竹善慶里。里中有松柏灘，與巴渝接壤。里墟中隱士杜景賢者蠲其地，結庵以居，號龍門山寺。無浮屠像，後人增入觀音像，方以觀音名寺。和尚一有感觸，情見乎詞，多忠憤激烈之句。偶見卧猨，題云：「而今有醒便須醒，莫待藤枯樹倒來。」題《抱琴訪友圖》云：「三尺焦桐七綫琴，迢迢遠遠訪知音。」後松陽劉覺齋誥爲足成一絶云：「不知誰是知音者，彈破乾坤萬古心。」按：史翰林仲彬《致身録》：「監察御史葉希賢，松陽人。祝髪爲比丘，法名應賢。與比丘楊應能、道人程濟從建文帝出亡，朝夕不離。至重慶府之大竹善慶里，本地隱士杜景賢築室與居。時朝廷偵帝，密而且嚴，乃舍此而結庵于雲南白龍山。居之未幾，官司蹤跡及之，又遁處大理府浪穹縣之大喜庵。蓋先時葉與楊所募建者甫落成，而兩人已故，庵之東埋之。中書郭節，連州人，從帝出亡，歸連州時稱雪庵，時稱雪和尚。」史亦同時出亡者，與郭等六人往來道路，給運衣食。郭後卒于家。

宋懌

宋懌，金華人，任翰林院侍書。嘗有詩贈史文質翰林曰：「先生巖谷相，懶作廟廊臣。儀表人中彦，衣冠物外身。江湖咸仰德，郡邑總稱仁。心隨雲共遠，性與圃相親。感時知義切，對客見情真。唯樂青山舊，那驚紫命新。行高堪作傳，（缺四字）神。臨别薰和氣，滿腔都是春。」

寒山寺

姑蘇寒山寺有題詩二句刻于石：「橋邊漁火依然在，詩裏鐘聲到處聞。」

李贊皇

李贊皇有詩可諷：「撿經求緑字，憑酒借紅顔。」

酒店壁間詩

宣和時，酒店壁間有詩云：「是非不到釣魚處，榮辱常隨騎馬人。」

沈太僕

雲間太僕沈公《懷春帖》云：「身入兒童鬥草社，心如太古結繩時。」

王承裕

三原王公承裕，七歲時作《屋隙》詩，略曰：「風來臬上響，月到枕邊明。」

王璣

王中丞璣嘗有詩，一聯云：「天上有人扶日月，山中容我老漁樵。」

魏驥

魏文靖公驥病革時，忽就枕口占云：「平生不作欺心事，一點靈光直上行。」

朱某

葑門老儒朱某，嘗于月下得句云：「萬事不如杯在手，一年幾見月當頭？」

湯胤勣

湯參將胤勣嘗有一聯云：「東坡居士休題杖，南郭先生且濫竽。」又云：「片言曾折獄，一飯不忘君。」又云：「暫挂西山笏，閒開北海尊。」又云：「長身唯食粟，老眼漸生花。」其豪俠之氣，可以想見。

熊 翀

熊尚書翀，少業南壇，從遊者十人。忽夕睹一絶色女立松樹上，衆皆錯愕走，公略不爲意。女滅焉，遂以刀刮樹皮，大書曰：「作怪風雷折，成形斧鋸分。」乃明日夜半雷劈之。

雍 泰

咸寧雍大司徒泰巡鹽南淮，見竈丁貧而鰥者，幾二千人。比及二年，具與完室。既去，淮人詠曰：「客邊撿槖渾無硯，海上遺民盡有家。」又曰：「了却四千兒女願，春風解纜去朝天。」

劉季道

國初廬陵諸君子仕于朝，其聲光炳燿，卓然爲時所稱譽者，無慮數十人，而劉公季道其一也。嘗隨駕幸中都，度清流關。上賦詩，命百官和。公獨先就，有「治定不教生縱逸，功成猶遺歷間關」之句。

上覽之，曰：「有安不忘危之意。」賜與甚厚。

徐誌

合肥徐誌，勛臣裔也。眇一目。其氣與詩俱豪。嘗有詩譏邊將曰：「龍沙逆虜初回馬，麐閣功臣已賜貂。」又曰：「丈夫若得封侯印，不使胡人夜度關。」觀此可知其人矣。

楊文理

楊文理，紈綺子弟也，侈靡，善吟詠。嘗作《行舟八詠》，題曰《篷》、《檣》、《槁》、《櫓》、《貓》、《纜》、《柁》、《跳》，今唯《篷》、《櫓》二篇全。其《詠檣》云：「宵歸海上疑撑月，夜泊山隈欲礙雲。雖愛高標平地起，最憐孤影隔溪分。」缺首尾四句。《詠槁》云：「誰剪湘江玉一枝，棹郎長向手中持。撑開楊柳橋邊市，移過桃花洞口祠。」闕後四句。《詠銕猫》云：「一鐶似月分中墜，四齒如錐向月擎。」首尾闕六句。《詠纜》云：「秋風任擲孤篷外，夜月長維古渡邊。」首尾闕六句。《詠舵》云：「不入紅塵芳草路，慣依疏雨落花津。」首尾闕六句。《詠跳板》云：「踏破曉霜還有跡，溜殘春色已生苔。」首尾闕六句。如此等句，誠爲可人。

安詠

中大夫直徽猷閣安詠，字信可。在黄州有詩云：「萬古戰争餘赤壁，一時形勝屬黄岡。」時争傳誦。惜不見全篇也。

宋太祖

宋太祖微時，夜自華山，道逢月出，有句云：「未離海底千山暗，纔到天中萬國明。」

蜀中舉子

宋仁宗時，蜀中一舉子獻詩于成都府云：「把斷劍門燒棧閣，成都别是一乾坤。」知府械其人付獄，表上其事。仁宗曰：「此老秀才急于仕宦而爲之，不足治也。可授以司户参軍，不釐事務，處于遠小郡。」其人到任不一年，慚恧而死。

玄墓山詩

有客遊玄墓山，作詩有「不見太湖真面目，眼前終恨法華山」之句。

高季迪

高季迪嘗有詩贈袁景云：「新清還似我，雄健不如他。」今其集不載。

太祖御製

宋潛溪太史乞歸，御製詩二句餞之，云：「白下開樽話別離，知君此去跡應稀。」太史續之云：「臣身願作衡陽雁，一度秋風一席歸。」

陳懋仁

檇李陳懋仁《泉南雜志》云：「余所經浙之金衢達建安，始有水碓田、開山壠，閩實爲多。故余詩有『湍中纍石開泉碓，天半鋤雲種水田』之句。」

黄石翁

盧山道士黄石翁伯玉父，好學多聞，性狷介，士大夫多與之遊。嘗有詩云：「歷落求奇蹟，丁寧問異同。」又曰：「石刻披秦篆，銅章辨漢官。」蓋其好古之篤如此。

蘇石

小紅，范石湖青衣也，有色藝。後以贈姜堯章。堯章每喜自度曲，吹洞簫，小紅輒歌而和之。堯章以疾殁，故蘇石挽之曰：「所幸小紅方嫁了，不然啼損馬塍花。」宋時花藥皆出東馬塍、西馬塍，皆名人葬處。姜没後葬此。蘇石謂小紅若不嫁，則哭損馬塍花時矣。

馬伯庸

馬伯庸中丞《縣尹行》有「借問縣尹何出身，手把熊皮隨大人」之語。

胡侍

咸寧胡侍有詩云:「露徑徐行藥,雲門深採芝。」

謝皋羽

《金華遊録》云:「十八日戊戌雨,留祥符寺。皋羽有『塔影霧中深』之句,韶卿足成之。」韶卿,方鳳字。

徐生

金華徐生携詩贈謝皋羽、葉審言、方韶卿諸君,有「鳳凰山上鳳凰翔」之句,聯中以「耕田鹿」、「化石羊」爲對。臨别,密謂審言曰:「余以鹿比僧,羊比道士,鳳凰比諸君子。」審言途中述其語,衆皆絶倒。

暨氏女

元末建安暨氏女，十四歲能詩。人令賦野花，云：「多情樵牧須簪髻，無主蜂鶯任宿房。」識者知後不潔，後果然。

醉仙

有請乩仙者，降筆云：「適從蓬萊山醉而至也。」署曰：「醉仙題，酒酣放歌一首。」但記其四句云：「我居白玉十二之金城，面面群峰拱而立。下有萬頃桃花波，點作酥醽供一吸。」

華鰲

華鰲，章丘人，以繪事妙天下，兼工詩。每落筆輒題咏其上，云「空塵詩畫」，故邑人稱曰「華空塵」云。其佳句如「秋老留紅葉，風來轉緑蘋」，如「雨霽聞啼鳥，風停數落花」，如「鑪頭留宿火，花徑鎖秋雲」，如「愛此疏林月，兼之一磬清」，評者謂有庾、鮑之致。

葉衡吴琳

金華東鹿田寺廊廡列詩石，内有葉丞相衡集杜五言四韵，中二聯云：「水花分塹弱，山木抱雲稠。更宿招提境，還同惠遠遊。」又僧舍壁間有郡倅金陵吴琳題詩，中一聯云：「雲暗雨來疑是夜，山深寒在不知春。」

楊希淳

「才不才間聊隱几，用無用處幾憑欄」，楊希淳字道南詩也。惜不得全篇耳。

容師偃

正德間容師偃，香山人。自少性純孝。父春泉罹癱疾，值寇掠縱焚其父，偃曰：「父老且病，請以身代。」遂就焚死，年二十二。父哀之甚。士人各賦詩挽之，有曰：「千秋烏石江邊月，還照當年孝子心。」

黄邦

蜀烈婦某，其夫臨死，問婦志，婦曰：「死則俱死耳。」遂先夫三日自盡。有黄生名邦者以詩咏之，一聯云：「許死一言何慷慨，先歸三日儘從容。」衆皆擊節。又黄生家居有詩，一聯云：「清淺池塘看乳鴨，寂寥門户數歸鴉。」亦自幽閒可喜。

鄉先生

楊伯海誦鄉先生《枯木》一聯云：「有枝撑曉月，無葉響秋風。」句頗清致，今不記爲何人之作，姑録于此。

金傑

江寧尹金傑，蘭溪人，嘉靖戊午任，好談神仙，知天文。一日觀天象不悦，題詩縣堂，結句云：「江寧事業待賢官。」遂封印棄官去。至庚申秋，振武營兵變，遂殺黄侍郎。

佳句

以下周暉《金陵詩話》所載，皆有集而未傳者。

楊子舉翮《遊廣教寺》云：「雲間聞梵語，烟外聽齋鐘。」

夏允中煜《康郎山奉旨》云：「絶壁秋聲清漱玉，白沙月色爛銀堆。」

馬俊《贈王鼎歸田》云：「幽齋藏島嶼，深徑入林巒。」《江行》云：「霜蒲藏水鳥，煙樹隱柴荆。」《和杜》云：「翠微深見寺，緑野暗啼鶯。」《山居》云：「溪畔游魚吹柳絮，竹邊啼〔一〕鳥避茶煙。」

蔣宗倫主孝《長嘯》云：「重陰接海蒸沙雨，輕霧連山煮石雲。」

蔣存恕主忠《經龍潭舊居》云：「古鎮東西市，長江朝暮潮。」《過鎡公方丈》云：「寶殿迴臨飛鳥上，疏鐘遥隔暮雲深。」

蔣御史誼，字宗誼。八歲時賦詩云：「青天閣雨雲歸岫，紫氣乘龍水入江。」

顧教授言，字如綸。《題畫》云：「沙上閒鷗如有約，堤邊幽草不知名。」

賀山人確，字存誠。《城南雅集》云：「開簾山納翠，掃徑樹留陰。」《都門送别》云：「花落謾驚春已去，愁來恰值酒初醒。」

沈僉事鐘，字仲律。《黄縣》云：「秋殘群木老，野迥亂山高。」《題畫》云：「江山秋色浄，風雨暮寒多。」《新嘉驛》云：「風定涼生樹，庭空月近人。」《鉅野》云：「沙草釀寒殘雪在，野雲翻影斷鴻懸。」《青陽驛》云：「寒凝簾底爐烟細，塵浄墻陰竹色幽。」

徐僉憲完，字用美。《送何省叔還京口》云：「霜冷江涵秋雁影，雨晴岸拍晚潮聲。」《湖山樓》云：「窻含山色晴横岱，簾捲湖光晚映霞。」

羅大理輅，字質甫。《華嚴寺》云：「山色遠含千古秀，洞門深向半岩開。」

羅太守鳳，字子文。《九華遇雨》云：「凌霄縹緲牽高興，入夜淋漓負夙期。」

朱山人宇，字子容。《弘濟寺次韵》云：「望中峰翠雲遮斷，座裏花香風送來。」

方山人憲，號聽泉。《弘濟寺》云：「雲出曉堂龍去遠，雪殘晴樹鳥啼新。」《重遊弘濟寺》云：「五更江色渾無夜，二月梅花别有春。」又云：「數聲啼鳥林中曉，萬樹桃花洞裏春。」

朱山人實，字子元。《弘濟寺次韵》云：「花霧拂檐濃似雨，柳風春浪怒于雷。」又云：「雨開素練波光浄，雲揭青屏岫色新。」

馬郎中瓛，字公信。《曉行》云：「馬蹄入樹鳥夢墮，月色滿橋人影來。」

金秀才琮，字元玉。《丹陽道中》云：「朝霞推日出，陰壑帶冰流。」《雨泉煑茗》云：「細浪捲風生蟹眼，怒濤翻月起龍腥。」

顧貢士嶼，字懋涵。《白牡丹》云：「玉妃罷醉春無暈，素女凌波夜有香。」《天闕山》云：「山深六月藏寒霧，地迥諸天散曉鐘。」

顧秀才應祥，字孝符。《過龍山别業》云：「雲起移山色，風鳴亂鳥音。」《江上曉行》云：「曉行江路月，人語夜船燈。」《送朱子价》云：「人去天涯春草緑，望迷江上暮煙平。」《遊栖霞寺》云：「流泉激石常飛雨，靈草經寒不斷香。」《除夕》云：「今宵對雨娱殘歲，明日逢人説去年。」《登樓》云：「宫闕半從雲裏出，山光多自雨餘來。」

龍僉憲霓，字致仁。《姑蘇道中》云：「野鶴巢難定，春蠶蠒自忙。」《飲東麓亭》云：「墩傳往昔名空在，劍化何年氣尚浮。」《寒夜飲里中諸公》云：「氣回簷雪蝸融同還細，雨濕樓烟重不飛。」

管檢校景，字子山。《遊幕府寺》云：「秋色霜中樹，寒聲雨後潮。」又云：「峰斷青蘿合，江空白練長。」《秋陰》云：「風隨黄葉亂，雨逐黑雲來。」

金舉人大車，字子有。《楷上人山亭》云：「敗葉秋皆墮，寒煙晚欲無。」《幽興》云：「放棹晚潮至，開門春草生。」

金秀才大輿，字子坤。《遊城南諸寺》云：「黄葉喧高樹，青山起夕烟。」《固湖城》云：「山城晴自濕，水國晚多寒。」

王秀才逢元，字子新。《對酒》云：「潦倒不忘桃葉句，蕭閒應戀竹皮冠。」

張士瀹，字心父。《秋郊》云：「野梅當澗落，山鳥隔花鳴。」

李明府曉，字子晦。《江上望金山》云：「濤聲風外壯，雲影日邊輕。」《滄州道中》云：「斷靄斜陽迷去雁，平堤古木集寒鴉。」《春寒夕景》云：「山腰繞樹嵐初起，天末輕陰日欲沉。」

周尚書金，字子庚。《過楊六郎城》云：「山河未改豪華盡，夷夏平分草樹迷。」《涉忽都河》云：

「極浦遥山無去雁，古城荒堞有啼鴉。」

沈御史越，字中甫。《風雨憶城南杏花》云：「濕雲帶瞑酣清晝，芳草含煙靚緑苔。」《冬日諸君集樓上》云：「待臘江梅初抱萼，凌霜籬菊尚留妍。」

陳同知時伸，字元晉。《試燈夕得樓字》云：「火樹參差人影亂，香烟繚繞月光浮。」

陳明府時萬，字孟錫。《元宵大雪》云：「人間矜火樹，天上放冰花。」《登大觀亭》云：「帆開二水天逾闊，雲盡三湘鳥共低。」

張坐營鵬，號竹渠。《登水雲亭》云：「月明江似洗，波動石如浮。」

鄭侍御濂，字師周。《送鄉人歸》云：「江空秋雁影，砌冷夜蛩聲。」《疏請歸省》云：「寒雁投陽書未寄，秋風報冷客先知。」

鄭推府河，字師程。《至江上》云：「愁客難爲别，閒雲漫不開。」又云：「天地水爲際，江山雪滿樓。」

楊秀才穀，字惟五。《宿大城山莊》云：「隔樹林穿暮，披榛徑轉微。」又云：「敗壁青苔應殢雨，寒潭碧水似澄霜。」

馬明府應龍，字呈道。《和杜秋興》云：「興發新秋翻宋賦，捲吹蘆葉擬胡笳。」

高汝州遠，字近思。《泊舟對月》云：「風清沙岸浄，月滿浪花圓。」《弘濟寺》云：「江豚吹浪出還没，野鷺得魚棲復驚。」

朱沅州衣，字正伯。《神策城樓望玄武湖》云：「湖光蕩雲日，山色印寒流。」《登弘濟江閣》云：「孤帆蕩漾緣何事，遠岫依微莫辨名。」

吴侍御自新，字伯恒。《神策城樓望玄武湖》云：「樹色含風冷，谿聲帶月寒。」《湖陰夜泛》云：「九天忽駕冰輪出，萬里遥瞻玉鏡開。」

楊貢士希淳，字道南。《除夕》云：「酒能扶病客，春欲傍愁人。」《秋曉述懷》云：「病常攲枕晝猶夢，瘦不禁秋雨更寒。」《潯陽阻風過海天寺》云：「地隣彭澤懷陶令，山枕匡廬憶遠公。」《牛首》云：「去日僧非憐我老，舊遊人遠得書難。」

馬山人光靈，字一卿。《漫興》云：「風微魚淺戲，泥暖燕先知。」又云：「疏雨長虹斷，遥山積翠微。」

馬明府汝徯，字誠望。《新秋》云：「明月半窻能自至，白雲滿榻似相留。」《秋日永寧庵社集》云：「山色遥連秦樹碧，溪聲常帶梵鐘幽。」

何參議汝健，字體乾。《秋雨晚晴》云：「餘霞明反照，疏柳淡輕煙。」《暮春鴻石園》云：「坐久花香細，談深鳥語幽。」《灌園》云：「天涯飛鳥外，人事落花初。」《宿牛首》云：「山色有無朝雨後，江光隱見夕陽時。」《竹素園漫興》云：「花片飛來情自愜，松陰結處坐偏深。」《雪夜次韻》云：「檻外冰花侵履跡，庭前竹翠濕人衣。」

姚鴻臚淛，字元白。《聞雁》云：「數聲風處斷，孤影月中飄。」《顧孝符見過》云：「旅懷秋欲盡，鄉思客初來。」《贈周文美》云：「燕市風霜凋客鬢，越山兵燹限河梁。」

姚太學之裔，字玄胤。《喜諸君子入社》云：「寒花照座金爲蕊，明月窺簾玉作鈎。」《冶城餞吴莫魏張四子》云：「黄金舊鑄雙龍劍，白雪新傳四傑才。」

宋兵憲存德，字惟一。《叨轉南曹述懷》云：「櫪下驪駒淹歲月，庭前蒼桂飽風霜。」

焦明府瑞，字伯賢。《謝公墩晚眺》云：「夜雪萬家鴻影度，江聲千里岸痕高。」《後湖》云：「無數鷗鳧天上下，幾重樓閣樹高低。」

伊僉事乘，字德載。《游寺》云：「野鶴盤雲□，清風挾水凉。」《落花》云：「銀塘水泛魚吹沫，華屋泥香燕補巢。」

張副使鐸，字鳴治。《宛馬》云：「盤旋風欲動，拂拭雪仍迷。」

張指揮維，字管文。《官舍夜懷》云：「風穿燈影亂，寒逼雁聲高。」

謝山人承舉，字子象。《游寺》云：「深林下馬蒼苔滑，野寺入門秋爽多。」又云：「春雨洗山諸寺近，秋花薰夢一樓空。」《病中答華玉》云：「山與詩肩齊聳瘦，菊隨病眼對争開。」

許山人鏜，字彦明。《秦淮步月》云：「疏鐘城外寺，曲檻水邊樓。」《晚泊毘陵》云：「西風疏雁陣，斜日變山□。」

羅主簿燾，字元溥。《晚過東山寺》云：「聞鐘知寺近，逢鹿覺山深。」《宿高座寺》云：「月來半榻寒松影，風送滿山秋葉聲。」

盛秀才敏耕，字伯年。《山居襍咏》云：「花發臨危岸，鶯啼過遠林。」《宵征》云：「水暝螢光亂，風秋雁語清。」又云：「衙晚催蜂去，巢危促燕飛。」《贈張羽王》云：「潮聲遶屋初消雪，梅蕋知春競放晴。」《遊三台洞》云：「石扉藤蔓迷樵路，流水桃花引客來。」《送大安和尚歸廬山》云：「送客嵠頭防虎嘯，逃禪樹底借枝封。」

卜長史鏜，字子振。《送人還吴門》云：「衰柳帶烟迷遠浦，片帆隨雁下長洲。」《遂閒堂》云：「日高卧榻茶煙細，晝静鈎簾樹色深。」

鄭太守宣化，字行義。《九日燕邸遣懷》云：「叢菊自開吴地蕊，疏碪故擣漢宫聲。」《送安伯惺之成安》云：「蕭騷髩爲風霜短，拓落官驚歲月流。」《春寺讌集》云：「海日倒銜天外影，江雲遥落坐中杯。」

萬明府夢桂，字稚徵。《臘盡客蕪江》云：「凍雲仍易合，殘雪未全消。」《客愁》云：「情淹黄絹字，身敝黑貂裘。」《吴門有感》云：「天青鴻鴈近，水長鱖魚肥。」《程孟孺北上》云：「池上墨花春霧重，閣中玄草錦雲長。」《秋日過懷玉山下》云：「花沿石竇晴偏潤，樹拂凉飈秋正分。」《贈景光父》云：「長林風細花香暖，古寺雲移月上初。」

周明府元，字長卿。《集宜遠樓》云：「闌干千嶂暝，砧杵萬家秋。」《過棲霞東之讀書處》云：「六代碑存誰幼婦，百年書就恰名山。」

焦貢士尊生，字茂直。《寄子餘》云：「病從秋思得，嬾任髩毛蓬。」《送周安陽》云：「語向韓陵堪片跡，□陳漳水尚高臺。」《白雲洞》云：「千林落日稀人跡，一徑疏鐘散鹿群。」《燕子磯》云：「微風山郭酒帘動，細雨江亭燕子飛。」《泛舟秦淮》云：「疏雨乍迷桃葉渡，泠風時度《竹枝》歌。」《閑居》云：「抱瓮丈人時共井，賣漿任俠舊爲隣。」

謝秀才黄鐘，字元聲。《焦山》云：「沙市月明潮似雪，海門風起浪如雷。」《賀周吉父移居城東》云：「閉關領略溪山好，擬易勾除月露才。」

徐公子邦寧，字仲謐。《秋日莊居》云：「樹密雲來暝，山深雨過寒。」《日涉園》云：「水翻細浪魚銜藻，露滴空堦鶴隱松。」《牛首》云：「寺静野雲穿石竇，洞虚飛雨濕莓苔。」

張秀才振英。《潭西樓》云：「松梢白月供長嘯，樓角青山伴苦吟。」

崔秀才士元，字伯仁。《薄暮竇應湖》云：「水邊緑草依晴鷺，岸上青林叫夕蟬。」

陳秀才弘世，字延之。冬日登清凉寺云：「林枯千嶂削，烟冷半江昏。」《清凉山坐月》云：「孤亭全受月，絶巘半沉煙。」《獻花巖》云：「雲歸一巘白，霜過半山紅。」《送王曰常》云：「惜别淹尊俎，含情悵管絃。」《羅惟一移家冶城》云：「委巷樹深疏轍跡，短墻花發燦碁枰。」

馬氏芷居，陳石亭夫人。《苦雨》云：「楊柳深藏徑，梨花静掩門。」

僧溥洽，號南州。《應制題江東橋》云：「浮黿曉渡江流穩，役鵲晴瞻漢影遥。」

天界寺僧圓慧，號秀峰。《夏日即事》云：「草閣凉生今夜雨，海榴花發去年枝。」

普德寺僧寬悦，號臞鶴。《雲社早發從潘景升度歲》云：「谷口梅花晴帶雪，望中煙樹冷孤邨。」《春日山中寄景升》云：「千樹夕陽啼暮鳥，一谿殘日掩寒扉。」

報恩寺僧弘恩，號雪浪。《郭次父舍宅》云：「江山空姓字，樓閣但雲烟。」《宿箭闕》云：「半嶺雲生空翠合，滿林花散曙烟封。」《小橋望月》云：「一片清光孤玉笛，千家烟樹亂疏鐘。」

【校勘記】

〔一〕「啼」，原作「題」，據文意改。

沈　醉

沈醉茶卿隱居許市，其詩攻研澄潔，有出塵之格。如云：「鶴病晚山碧，僧來落葉黄。」如云：「隔花水亂響，中酒人高眠。」如云：「花好不出户，雨來還舉觴。」如云：「酒醒芳草遠，病起落花多。」如云：「隱几亂山晚，閉門流水來。」惜乎天不假年，人無知者。

岳　岱

岳漳河岱《山居》詩三十八首，體裁不一，其警策如《伐竹》云：「萬竿同蔽日，數畝不分烟。」如《浄明寺》云：「方丈留鶯語，山門待馬蹄。」《題顧仲慶水亭》云：「竹深雲日細，江滿芰荷高。」《山居》云：「豆藏熟山兔，荷高宿雨蟬。」七言如《暮秋遊眺》云：「村居繚繞寒原外，人鳥縱横夕照前。」如《山夜喜晴》云：「雲疏落木明星動，雨過堂庭暗水鳴。」如《姜憲副過訪》云：「石門落葉鳴□鳩，澗道芙蓉響蟪蛄。」皆清健可喜。

沈文敏

沈文敏憲副有俊才，尤善論詩。然居常好誦義山《登樂遊原》末句，人頗疑之。景泰初，官于閩，道中寄友詩亦曰：「回首紅塵人去遠，夕陽西望淚沾纓。」愈以爲非遠大之兆。不十年，竟卒于閩。

先君雲竺先生

先君雲竺先生諱濴，字清之，著述甚富。天啓甲子病起倉卒，遂致散失。今所刻《礫園藁》，十不及一也。嘗記《遊慈雲寺》詩云：「踏過五雲山下路，白雲堆裏杖尖開。」忘下二句。

蘇舜澤

蘇侍御舜澤《咏西闕梅》云：「此日韶華開禁苑，向來吟思遶江干。」謝與槐極口賞之。

楊　穀

楊秀才穀，上元尹以苦役役其父兄，穀往訴之。尹以衣巾生員爲題，令其作詩，蓋輕之也。穀援筆成詩，尹見其「草中射虎心空在，天上屠龍事已非」之句，遂免其役。

天台僧

焦狀元竑幼年游天台，宿一小庵。老僧云：「小徒在書館，少刻當來奉陪。」及歸，乃十四五歲僧也。問其所習，云：「學詩。」今日題是《詠曉》，有句云：「殘星雜火明。」焦亟賞之。惜失記僧之名。

温允文

朱閣老國禎《湧幢小品》云：「余入楚，從馬行沙中，没踝，跡深數寸，輿人曰：『馬坎兒』。又武陵谿中架魚梁，以其網遲捷，因水緩急，甚有製。余友温允文深喜之，賦詩曰：『沙晴銷馬坎，水激鬥魚梁。』真妙句，可入唐選。」

張彦先陳延之

《金陵瑣事》：「元末謝宗可，金陵人，有詠物詩。徐茂吾擇其花影、雁字、睡蝶、粉竹、香塵、梅雪、松濤、麥浪、冰花、烟柳、燭淚、月露、荷珠、遊絲十四題詠之。吾鄉何棨所、朱蘭嵎、顧隣初、張華宇、韓襄宇、陳延之、葛雲蒸、李象先、張彦先、孫燕貽、張伯愛、胡彭舉、陳玄胤皆有和章。獨張彦先僻居牛渚，詩名未起。余喜其《詠花影》云：『形消夜雨晴猶在，怨入東風老不知。』客有喜陳延之《雁字》結句云：『可惜月明孤度影，一行不就却徘徊。』余謂此延之終身不遇之讖。」

王漢冲

後府都督王漢冲《雁字》一聯云：「黑海平過疑蘸墨，祝融不渡爲焚書。」人頗稱之。

柳陳父楊不棄

胡應麐《甲乙剩言》云：「余頃入都，同人益寥落無幾，而所見篇什，唯允兆《秋草》十詩及汪明生

《秋閨雜咏》翼翼可誦，其他唯柳陳父《元夕》一結云『看他何處不娱人』，及楊不棄《溪上偶成》『沙頭小鴨自呼名』而已。至如朗哉、公翰諸君，都不復進，亦足以見詩道之不振也。」

某御史

鉛山太僕少卿費堯年，鄉薦之歲，夏五月十三夜夢人賦詩，記得「八窻明月夜玲瓏」之句。覺而異之，私疏于壁。是秋八月十五夜，三場既畢，費綴行而立，投卷于監臨官前。有御史謂其僚曰：「頃得中秋佳句一聯，頗不尋常。」僚曰：「請誦之。」御史曰：「萬里青天秋浩蕩，八窻明月夜玲瓏。」費聞瞿然而出，是科果獲雋。

華善述

華仲達善述，無錫縣人。弱冠時，常遇一仙姝夜降，情好甚篤。懷仙詩數章，其佳句有云：「鏡裏舞鸞空有恨，釵頭飛燕已無蹤。」「永夜夢魂千里月，隔年書信數行星。」「至今别處依然在，夜夜明河瀉枕邊。」「丹霞有路身難到，青鳥能言信易通。」「織就雲衣如可寄，願添跳脱在其中。」皆有感而作，非漫言也。

秦淮社

袁小修結社于秦淮，出一題曰「月映清淮流」。社中諸作，當以「不隨雲影駛，翻共水痕高」爲壓卷。

張孚之

太守張孚之，好集句，工填詞，不甚留心律詩。韓价卿云：「孚之《花月》二十首甚好，乃和文衡山者。二十首用一百六十『花』字、一百六十『月』字，又要拘韵，最是難字。」余喜其句云：「月可羞花非是妒，花能閉月足稱妖。」「月惹花香誰是主，花留月豔迭爲賓。」「爲月屢沾花露濕，因花常戀月華濃。」「客來月徑蟠花坐，酒泛花樽帶月香。」

葛雲蒸

沈生予喜葛雲蒸「鶯聲嬾出村」之句，此句誠佳。

吳叔嘉

吳叔嘉《謝蕭大將軍以斬馘見示》一聯云：「高擎眉目猶含苦，細撿弓刀尚有瘢。」余謂「苦」字不如「怒」字，叔嘉欣然從之。

李流芳

李長蘅流芳文章妙天下。自魏璫竊柄，毒流正人，李既罷上公車，而西湖亦起璫祠。有《答聞子將》詩云：「西湖如沸羹，豈以此易彼。」蓋從此决避世之志矣。

陳繼儒

陳繼儒《太平清話》云：「山鳥每夜五更喧起五次，謂之報更，蓋山中真率漏聲也。余憶曩居小崑山下，梅雨初霽，座客飛觴，適聞庭蛙，請以節飲，因題聯云：『花枝送客蛙催鼓，竹籟喧杯鳥報更。』可謂山史實録。」

陳洪綬

陳章侯洪綬《用邵康節先生即事詩》四首之一云：「桃李堂前打麥場，醉歌田舍酒爲狂。柴門江月詩留别，（逸一句）。人喜我來觀蜡祭，我逢人意就秋香。每當極樂多懷此，懷此家無炎與凉。」

王毓蓍

季弟玄趾毓蓍嘗有句云：「我和汝歌今日事，清談白眼古人情。」

毛鈺龍

劉文貞，姓毛氏，名鈺龍，侍御毛公鳳韶之女，適劉莊公之蔭孫劉守蒙，文貞其謚也。工于詩，其警句如《春日》云：「桃花帶雨烟中閣，燕子春風月下樓。」「詩句怕逢新節序，淚痕多染舊衣裳。」「幽閨永夜燈前淚，孤枕頻年夢裏心。」如《秋月》云：「霜飛衾薄紅綿冷，雲歛天高緑樹寒。」如《病起》云：「對鏡面黄如菜色，看書目眩似花生。」如《緑窻》云：「别思潮回同海水，夢魂春去繞梨花。」如《清明》云：「深愁減盡紅粧興，回施胭脂與後生。」譬之金珠翡翠、珊瑚瑪瑙，黄童白叟，入眼皆知其爲寶矣。

劉祖祥

先室名祖祥，字貞吉，念臺劉先生女也。自幼習《四書》、《毛詩》、《列女傳》，皆先生口授。崇禎壬申，予母商太孺人病劇，刲左股以煮藥以進。丙子，外母章夫人病，復刲右股。弘光乙酉，先生死國難，哀毁成疾而卒。歷今甲午，十年矣。八月一日夜，見夢于余，曰：「我注生已久，兒子繫念，故不即往。今既成立，不可復留矣。」因涕泣訣别，賦詩贈余。迨寤，猶記其末句云：「白雲山與深。」真鬼語也。

媚蘭

南寧伯毛舜臣留守南都，被命灑掃舊内，見别院墻壁多舊宫人題咏，年久剥落，不可盡識。其一署云「媚蘭仙子書」，末二句猶可識，云：「寒氣逼人眠不得，鐘聲催月下斜廊。」

蓮臺仙會品目此定自金壇曹太史者。

女學士王賽玉，品云：「嬴樓國色原名玉，瑶島天仙舊是王。」

女太史楊璆姬，品云：「舊家號國還秦國，希世吴璆共楚璆。」

女狀元蔣蘭玉，小字雙雙，品云：「麗質人如玉，幽香花是蘭。漢宫宜第一，秦史合成雙。」

女榜眼齊愛春，品云：「六宫獨傾國，一笑可留春。」

女探花姜賓竹，品云：「風月宜爲主，心情共此君。」

女會元徐瓊英，品云：「飛瓊歸月態，雲英擣玉情。」

女解元王玉娟，品云：「璠璵藴藉崑山璧，明麗嬋娟倚月宫。」

女魁趙連城，名彩鸞，品云：「連城重良璧，飛舞羨纖腰。」

女魁陳玉英，品云：「芳英春駐色，雅調玉飛聲。」

女魁陳文姝，品云：「舊里陳宫重結綺，高情朱閣細論文。」

女魁張如英，名友真，品云：「含英嬌灼灼，真性自如如。」

女魁蔣文仙，名娽屏，品云：「文姿本超俗，仙籍近題名。」

王無瑕

金陵妓王無瑕，字泰玉，工詩，有《繡佛齋集》。其佳句如《別友》云：「畢竟交歡又成别，不如行路總無情。」如《月夜》云：「醉深玉露侵苔席，坐落殘星冷石門。」如《詠秋海棠》云：「時來幽閣下，清夜醉嬋娟。」如《秦淮泛舟》云：「羅衣飛不起，露濕幾回還。」如《霜上月》云：「誰招青女出，來伴素娥行。」如《新月》云：「垂簾光尚弱，低樹影猶昏。」如《别情》云：「寸腸依斷草，孤影落離杯。」如《咏四更山吐月》云：「何來幽夢後，獨入素幃清。」如《立夏》云：「去年初夏日，那得此清光。」如《立冬》云：「遠樹瘦于簪。」如《送友歸新安》云：「去增新別夢，遠仗故交心。」如《遲方似之》云：「夜鳳融斑管，朝鸞引畫眉。」皆綽約有唐人之致，足以傳矣。

徐姬

徐姬《咏楊花》云：「楊花厚處春陰薄，清冷不勝單夾衣。」吴中徐昌穀極喜其句，作一詩賞之。

朱斗兒

妓朱斗兒，號素娥。與陳魯南聯詩，有「芙蓉明玉沼，楊柳暗銀堤」之句，人多誦之。

趙氏小妓

趙氏小妓，十四能詩。客命作《寄情》詩，以「床」字爲壓。女吟云：「思君君不見，明月照牙床。」

徐翩翩

徐翩翩，舊院妓，嘗有「紅拂當年事，青樓此日心」之句。後竟從良去，良人死，削髮爲尼。

越　妓

越妓某有《寄遠》詩云：「妾心不似秋雲薄，君意何如曉霧濃。」惜全篇不傳。

龍山崖釣魚磯

龍山崖在太湖縣西三里，下有龍湫。水中有釣魚磯，石刻磨滅，不可盡辨，惟存「波光熠影肝膽寒，嵐氣逼人毛髮立」，凡十四字。

棲雲閣石碣

臨洮府金縣棲雲閣有石碣，刻宋人詩云：「倚天危閣帖重崗，細路縈行石磴長。曲澗碧流疏宿雨，夾山紅葉助斜陽。」後缺其半。

韓持國

《石林詩話》云：「許昌崔象之侍郎舊第廳後小亭，舊有海棠二株。韓持國每花開時，輒載酒飲其下，至花謝始去，歲以爲常。余嘗于柱間得公二絶，其二云：『長條無風亦自動，柔豔得雨更相宜。』其後句惜不傳。」

司天橋

宋神宗元符時，有道人書于河南遂平縣司天橋上曰：「日坐竹馬橋，夜宿牧牛軒。」

純陽子

山東長清縣有純陽子草書石刻，在遲賢亭壁石上。草書十字，不可辨。傳云：「吴姚歸別處，結彩便飛空。」

關將軍

肥城李忠丞家有關將軍畫竹二本，枝葉錯綜，自然成詩句云：「莫嫌枝葉淡，終古不飄零。」乃降鸞筆也。

苦筍鹹虀

南康星子縣簡寂院有竹，相傳道士陸静修手種，出苦筍而味能甜。歸宗寺造醎虀，而味反淡。蓋山中佳物也。山中人語云：「簡寂山中甜苦笋，歸宗寺裏淡鹹虀。」

章才邵

宋紹興間，崇安人章才邵微時，夢人以詩告之，有「春風先到紫金溪」之句。後調官監鹽山場，過紫溪，質之耆舊，方證前夢。

宜黄縣

江西撫州宜黄縣北八十里，有鎸蒲州永樂人姚賓八字，筆畫遒勁。或人題詩云：「神力鎸頑石，銀鈎字字匀。」

一字石

江西建昌麻姑山龍門橋左壁竪一小碣，云唐詩僧墓。昔有僧游仙壇歸，題詩于石，有「自從宴罷歸來後，寶殿瑶臺空月明」之句。一樵者弛擔頃，戲于「自」字上畫「一」字。他日僧見，以爲「自」不如「一」之工，忿而死，葬此壁下。至今唯「一」畫未泐，又名「一字石」。

王容

《仰山實録》云：長沙王容，以淳熙癸卯冬赴省，道過仰山禱焉。其夜宿州東旅舍，夢人歌《玉樓春》半闋而醒，云：「玉堂此去春風暖，飛絮馬前撩亂。嫦娥剪就緑羅衣，來到蟾宫與换。」明年果登第。

宋襄

莆田林氏，世居紫霄岩之麓，名北螺村。宋襄有詩刻石，而缺其半。詩云：「十里迢迢上紫霄，半空飛翠望中饒。雷轟羅漢峰前石，路入天台洞裏橋。」

蓋仙山

建寧蓋仙山，介于衢、信、處三府之間，周圍三百餘里。曩無名氏詩云：「涵澄水瀉東西澗，矾硉山蟠南北州。」即此處也。

令狐撰

唐令狐撰築室湞溪南，值雪，跨馬入城，詣侯君房借書。小童携書簏，負琴。皂繒暖帽，委轡長吟曰：「借書離近郭，冒雪渡寒溪。」後有布衣林逸善繪，爲作《令狐雪中渡寒溪圖》。湞溪在湖廣德安府安陸縣。

張景

宋仁宗問方城張景所居，對曰：「兩岸緑楊遮虎渡，一灣青草覆龍洲。」

昭　潭

昭潭在長沙府昭山下，語云：「昭潭無底橘洲浮。」

梁　寅

梁徵士寅《石門集》有《雨淋鈴》調云：「螺峰堆緑，夜來經雨，渾似膏沐。飛泉怒瀉崖谷，懸霜練，鳴蒼玉。虎跡巖前過處，踏碎翠苔褥。聽啼鳥、山北山南，樹杪殘雲自相逐。」此詞甚佳，惜逸其半。

岳　飛

鄂王有《小重山》詞云：「欲將心事付瑶琴，知音少，絃斷有誰聽？」蓋指主和議者多也。

蘇文忠公

《戒菴漫語》：「蘇文忠公真跡凡五首，集所不載。前題云《村醪二尊獻張平陽》，其三：『（首缺一字)出定知書滿腹,瘦生應爲語雕肝。(缺二字)灑落江山外,留與人間激懦官。』其五:『詩如琢雪清牙頰,身覲飛龍吐膽肝。少負清名晚方用,白頭翁竟作(缺一字)官。』」

王荆公

宋王子開遇仙事甚奇,胡徽之爲作傳,或用其傳作《六么》。東坡後作《芙蓉城》詩以實其事,詩載集中。王荆公和東坡歌,首云:「神仙出没藏杳冥,帝遣萬鬼驅六丁。」全篇不傳。

小青

小青,廣陵女子,嫁爲虎林某生妾。生乃豪公子,憨跳不韵,婦復奇妒,小青竟鬱鬱感疾而死。有寄某夫人書一首、古詩一首、絶句十首、詞一首。又《南鄉子》詞不全,僅三句云:「數盡懨懨深夜雨,無多也,只得一半工夫。」

江津縣石壁

重慶府江津縣西山石壁上刻「終古礙新月,半邊無夕陽」之句。

定誇湖碑

四川戎州城外有唐人所立定誇湖碑，曰：「山蒼蒼兮烟際横，波淼淼兮湖水平。」其餘漫滅不可考。

晏元獻

晏元獻守亳，始至，嘗夢賦詩云：「一年爲客未歸去，笑殺城東桃李花。」初莫省謂何。而因春出游，則州之園館皆在城東，公留亳踰年而後移睢陽，無不合者。

楊太守

成化中，楊某守汝寧，夜半巡行閭里，至村舍，見秉燭夜績者，詗之。少頃，聞老嫗呼其女曰：「吾體覺寒，取缾中酒吾飲。」女應曰：「諾。」既而曰：「初一杯則楊太守，再一杯爲劉知縣矣。」楊不喻其旨，詰旦，召至庭問焉。女答曰：「初杯則清，謂如太守；及第二杯則濁，如知縣貪污也。」楊以疋帛勞之。去後，有賦詩云：「憑誰寄語臨民者，莫作人間第二杯。」

生辰歌

八月十六日生辰，有人作歌云：「昨夜萬家齊笑語，祝君千歲共團圓。」

劉少逸

蘇州童子劉少逸，年十一，文辭精敏，有老成體。其師潘閬携見長洲宰王元之、吴縣宰羅思純。二公疑假手，因召試之，與之聯句，略不淹思。思純曰：「無風烟焰直。」逸曰：「有月竹陰寒。」又曰：「日移竹影侵碁局。」逸曰：「風遞花香入酒樽。」元之曰：「風雨江城暮。」逸曰：「波濤海寺秋。」元之曰：「一回酒渴思吞海。」逸曰：「幾度詩狂欲上天。」凡數十聯。二公驚異，聞于朝，賜進士及第。

張紅橋

張紅橋，閩縣良家女，常曰：「欲得才如李青蓮者事之。」福清林鴻投詩稱意，遂侍巾櫛。鴻有金陵之遊，作詞留別，紅橋次韵答之。後以念鴻而死。遺稿中有《蝶戀花》半闋云：「記得紅橋西畔路，郎馬來時，繫在垂陽樹。漠漠梨雲和夢度，錦屏翠幙留春住。」

奚　昌

吴中奚昌元啓與丘瓊山先生最厚，其下第詩有「沙鷗欺人故傍船」之句。

歐陽公

歐陽公與人行令，各作詩兩句，須犯徒以上罪者。公云：「酒粘衫袖重，花壓帽簷偏。」或問之，答云：「當此時，徒以上罪亦做了。」

劉郇伯

劉郇伯與范鄴郎中爲詩友，范曾得一句云：「歲盡天涯雨。」久而莫屬，郇伯曰：「何不曰『人生分外愁』？」范甚賞之。

李習之

唐時文人李習之不能爲詩，韓吏部集有習之兩句云：「前之巨灼灼，此去信悠悠。」殊無可取。鄭州嘗掘地，得刺史李翺戲贈詩一首。此自一李翺，非習之也。《唐書》習之傳亦不記。鄭州王深甫編次習之集，乃收入此詩。

宋徽宗

徽宗嘗戲作小詞云：「孟婆你做些方便，吹箇風兒倒轉。」按：「孟婆」，宋汴京勾欄語，謂風也。

成都妓單氏

成都妓單氏贈陳希夷詩云：「帝王師不得，日月老應難。」名士多稱之。

温　琬

甘棠妓温琬，字仲圭，善作詩。太守張公靖嘗贈之詩，有「桂枝若許佳人折，應作甘棠女狀元」之句。

聶勝瓊

李之問儀曹解長安幕，詣京師改秩。都下聶勝瓊，名倡也，質性慧黠，李見而喜之。將行，勝瓊送别，餞飲于蓮花樓，唱一詞，末句云：「無計留君住，奈何無計隨君去。」李復留經月。

漢陵狐

唐神龍中，廬江何讓之赴雒，過後漢諸陵，見一翁坐盤石上，吟曰：「雒陽女兒多無奈，孤翁老去何讓之。」遽欲前，翁倏然化爲大狐，躍入丘中。

驛壁間句

《自警編》云：「嘗于驛壁間見題兩句云：『人生待足何時足，未老得閒方是閒。』予深味其言，愧未能行也。」

襄陽曹掾

襄陽有一曹掾，不爲郡將所禮，屢窘幾殆。一日掾被召，以詩上郡將而别之，有云：「已覺日光在牛角，未信鞭長及馬腹。」郡將雖嘉賞而愈銜之。

史虚白

南唐史虚白南游至九江落星灣，因家焉。往來廬山，絶意世事。保大初，因韓熙載薦，元宗召見，賜宴保和殿，醉溺于殿陛。元宗曰：「真隱者也。」賜田放還。及元宗南遷，次彭蠡，虚白鶴裘藜杖，迎謁道旁。元宗勞問，使誦近所賦谿居詩。曰：「風雨揭却屋，渾家醉不知。」元宗變色，厚賜粟帛，上尊酒。

毛　炳

南唐毛炳隱居廬山，後徙南臺山，忽書齋壁曰：「先生不住此，千載唯空山。」因大醉，一夕卒。

静趣詩

詩難得句句好。常憶題徐國公宅恕齋一聯云：「窻前適意存芳草，林下歸心放白鷴。」又題夢軒一聯云：「謝家兄弟池塘草，商室君臣鼎鼐梅。」又一人作静趣，忘其首二句，次聯云：「溪邊倚杖看雲起，石上横琴待月明。曲徑苔深留莫掃，閒亭花落聽無聲。山童且莫敲茶臼，祇恐松陰鶴夢驚。」

王莊妃

世廟莊妃王氏，京口人。祖甲以估輸官幣挈居金陵。嘉靖初年，選入後宫，後册爲貴妃，主仁壽宫事，謚曰莊。初，莊妃未幸，嘗竊自吟，有「秋風鈴鐸夜聲多」之句。帝覽而憐之，召當御，大被寵眷。

李文祥

麻城李文祥將覆試，大學士萬安欲託以孫，因許及第。文祥以正對，安怒。其孫延于別館，有畫鳩屬題，其末句云：「春來風雨尋常事，莫把天恩作己恩。」後以事左遷，渡河，冰泮溺死。

李無易

李無易名庸，一字無逸，磧碘巨姓，頗尚文學。國初，坐累徙雲南，發龍江。寄親友詩曰：「不識雲南路，今（缺一字）第一關。（缺一聯）舊驛連新驛，前山接後山。我心無愧怍，天道有時還。」

余行之

清江余行之，在永樂中有能詩盛名。其《題清慎》警句云：「夜門無客敢懷金，秋屋有情甘飲水。」惜不多見。

王氏談録

宋《王氏談録》云：「公言舊嘗得句云：『槐杪青蟲縋夕陽。』因思昔人似未曾道。後閱杜少陵詩，有云：『青蟲懸就日。』尤歎其才思無所不周也。」

朝鮮主試官

嘉靖七年，朝鮮人遇風飄至通州，被囚于守禦所，乃其國主試官。作詩云：「跡如溺海唐王勃，事異投江楚屈平。」餘不傳。

安　詠

宋中大夫直徽猷閣安詠，字信可。在黄州有詩云：「萬古戰争餘赤壁，一時形勝屬黄岡。」時争傳誦，惜不見其全篇也。

東坡詩序

東坡詩序云：「少年時嘗過一村院，見壁上有詩云：『夜涼疑有雨，院静似無僧。』不知何人作也。宿黄州禪智寺，寺僧皆不在，夜半雨作，尚記此詩，故作一絶。」

平江侯館客

平江侯陳公豫鎮守臨清日，館客賦詩，有「簷前絡緯啼」之句。侯謂草蟲不可言啼，遂疏之。不知「絡緯啼」李太白已道之矣。客終無以自明。二人蓋未讀李詩故也。

錢海山

常熟錢侍御海山籍没時，議者因其拂水岩春聯云：「無邊風月供嘲弄，有主江山孰剪裁。」遂坐以謀爲不軌。海山上耿兵憲詩有「官如曾母雖投杼，家誦參乎豈殺人」之句，亦可憐矣。

盧携

盧携夢人贈句曰：「若聞登庸日，庭椿不染風。」初不解其言。後數年，携拜相庭下古椿一株，雖狂風驟雨，不濕不揺。

顧曦

顧東江清致仕家居，不甚與士大夫來往，獨喜與顧味岑曦、戚龍淵韶、張一桂冕諸布衣游處，而與顧尤厚。顧是一老儒，善詩，如《横雲山》詩「野人月黑偷金盎，山鬼天寒泣夜蘿」之句，尚爲人傳誦。

熊軫峰

熊軫峰名宇，字元性，長沙人也。爲松江守，有《郡齋賞牡丹》詩甚佳，今止存上半首，云：「和風湛露萬人家，欄檻當門一樹遮。正憶桑麻沾細雨，更添珠玉對名花。」

朱野航

葑門老儒朱野航頗攻詩，在篠匾王氏教書。與主人晚酌罷，主人入内，適月上，野航得句云：「萬事不如杯在手，一生幾見月當頭。」喜極，發狂大呼，扣扉呼主人起，咏此二句。主人亦大加擊節，取酒更酌，盡興而罷。

章孟端

常熟章孟端御史諸子連中進士，爲京官，同處一邸。或贈之詩，有「四壁金花春宴罷，滿牀牙笏早朝回」之句。

陸容

姑蘇陸公容，天順乙卯赴會試，夢至一寺，老僧出卷求題，爲賦詩餘一闋與之。既覺，猶記其半云：「一片白雲，人留不住。一坐湖山，人移不去。翠竹吟風，蒼松積雨，此是怡情處。」後戊戌在武庫時，夢爲小詞云：「風剪剪，花枝偃，鈴索一聲驚卧犬。可人期不來，半窻明月珠簾捲。」

沈鳳峰

松江沈鳳峰有一聯云：「身入兒童鬭草社，心如太古結繩時。」

郝　隆

郝隆爲栢公南蠻參軍，三月三日會作詩，不能者罰酒三升。隆初以不能受罰，既飲，攬筆便作一句云：「娵隅躍清池。」栢問：「『娵隅』是何物？」答曰：「蠻名魚爲娵隅。」栢公曰：「作詩何以作蠻語？」隆曰：「千里投公，始得蠻府參軍，那得不作蠻語也？」

劉震孫

宋劉震孫長卿，號朔齋。知宛陵日，丞相吴毅夫濳方閒居，劉日陪五橋之遊。劉後以召還，賦《摸魚兒》一詞爲别，末云：「怕緑野堂邊，劉郎去後，誰伴老裴度？」吴爲之揮淚。繼遣一价追和此詞，併以小匳侑之，送數十里外。啓之，精金百星也。憐才賞音如此。

張璪

錢藻收張璪松一株，下有流水，澗松上有八分詩一首，斷句云：「近溪幽濕處，全藉墨烟濃。」

（楊君、張宇超點校）

榆溪詩話

榆溪詩話提要

《榆溪詩話》一卷，據光緒間新建陶氏刊《豫章叢書》本點校。撰者徐世溥（一六〇八—一六五八），字巨源，江西新建人。明諸生，入清不仕。順治十五年三月游江東訪錢謙益，死於盜匪。有《榆溪詩鈔》、《榆墩集》等。此書旨在辨析各體、各家之源流特徵，略主古體及唐以前，持論仍未脱明人之習。「王邵冬夜對雪詩」一則，乃王維詩之誤，王士禛《古夫于亭雜録》指爲笑柄。

榆溪詩話

新建徐世溥巨源著

詩何莫而不出於《三百篇》耶？即以聲字言之，詩有複字、有雙聲、有疊韵、有間叶、有換韵。試舉一二則：「關關」、「喈喈」、「萋萋」、「莫莫」，複字也；「窈窕」、「崔嵬」、「虺隤」，疊韵也；「參差」、「輾轉」，雙聲也；「流之」、「求之」，「砠矣」、「瘏矣」，間叶也；「莫莫」、「是濩」、「爲綌」、「無斁」，換韵也；「悠哉悠哉」，則迴絃；「言告言歸」、「害澣害否」，乃急板。一開卷而得之矣。夫自騷、賦、樂府，以至近體、詩餘、詞曲，何莫而不範圍於《三百》哉！

「明良」賡歌，倡和之始也；《柏梁》七言，聯句之始也。以外則皆源《三百篇》矣。「我姑酌彼金罍」，何必他尋六言之始乎；「維以不永懷」，何必他尋五言之始乎；「螽斯羽」、「麟之趾」，何必他溯三言乎；「且往觀乎洧之外」、「還予授子之粲兮」，何必他溯七言乎？「委蛇退食」，迴文之嚆矢也；「坎坎伐檀」，楚些之唱于也。「關關雎鳩」，已見四平；「采采卷耳」，已具四上；「信誓旦旦」，則四去聲之純；「白石鑿鑿」，實四入聲之備；「踊躍用兵」、「遑恤我後」，錯綜該四聲者，不可勝數也。順之有「涇以渭濁」、「鍾鼓既設」諸句矣；逆之有「不見子都」、「勿替引之」諸句矣。「居諸」，邶之方言也；「乎而」，齊之方言也。「牆茨」、「玼兮」，疊「也」字爲文；「采唐」、「中谷」，重「矣」字爲篇，鄘、衛之熟音也。《杕杜》、《采苓》之用「焉」，《敝笱》、《南山》之用「止」，齊、晉之語助也。知此，而後見《大招》之用「只」，已不如《招魂》之用「些」，蓋不待較其文辭也。故文莫流利於風人，莫典奥於《雅》、《頌》。變《雅》、《頌》而爲《風》者，《九歌》乎？如以《楚茨》、《大田》祈年之什，《清廟》、《我將》禘饗之章，降工歌而使巫舞之、優唱之也。知《騷》之改比、興而爲賦也，知《九歌》之變《雅》、《頌》而爲《風》也，始可與言詩矣。

《大東》，其《離騷》之葭吹與？指歎星河，俯仰衣屨，超忽陸離，非夫採擷蘭、杜，媒求姚、宓者，不能躡其奇蹤也。《無羊》之繪事，至於「降阿」、「飲池」、「負餱」、「何笠」、「寢訛」之異，「麾升」之同，諸態畢具，使韓幹、戴嵩爲之，何以加此？昌黎得之，以作《畫記》，斯亦善乎能臨搨者矣。

先之以《生民》，次之以「篤公劉」，又次之以《緜》，次《皇矣》，次《文王》，而配之以《大明》、《思齊》，則周之本紀内外備矣。《崧高》、《烝民》，皆世家也；《江漢》、《常武》，並列傳也。《谷風》之同心見怒，《氓》之信誓不思，真怨淫悔，千迴萬疊，更充棟小説、鏤心之文，無能及其一語者。

「過夏首而西浮兮，顧龍門而不見」，仲宣「南登灞陵岸，迴首望長安」之所出耶？「背夏浦而西思兮，哀故都之日遠」，則玄暉「大江流日夜，客心悲未央」其接響也。「願徑逝而不得兮，魂識路之營營」，休文竊之，曰「夢中不識路，何以慰相思」。

「無滑而魂兮，彼將自然。壹氣孔神兮，與中夜存。虚以待之兮，無爲之先」，三閭之本領也；「静坐觀衆妙，浩然媚幽獨。迴薄萬古心，攬之不盈掬」，太白之本領也；「惟有摩尼珠，可照濁水源。願聞第一義，迴向心地初」，子美之本領也。不知此而區區求之讀破萬卷、林栖十年者，早失自身面目，去李、杜奚啻萬里。唐人如王昌齡「空山多雨雪，獨立君始悟」、「日月蕩精魄，寥寥天府空」，蓋亦有所得者。韋蘇州「水性自云静，石中本無聲。如何兩相擊，雷轉空山驚」，便引起東坡「若言絃上有琴聲，放在匣中何不鳴。若言聲在指頭上，何不於君指上聽」諸語，此乃反落窠臼蹊區。至於「落葉滿空山，何處尋行迹」，則妙入不言之表矣。

春秋以後，無復采風陳詩之舉。故列國享燕，其卿士亦惟歌舊什而已，未聞陳靈以後有新詩者。一變爲騷，遂啓賦端，而比興亡於賦。至漢《安世房中歌》，居然雅、頌矣，然而非風也。《十九首》真得風人之旨與音矣，然出於士大夫所爲，而非民間之作，亦不可以爲風也。古者之風，皆可絃歌，則非獨雅、頌爲樂矣。自郊祀、鐃歌作，而以樂府爲雅、頌，於是乎雅、頌遂亡於樂府。五言作，而以古詩爲風，於是乎風又亡於古詩。其出自民間而爲風，且入樂府者，惟《子夜》諸歌。而其辭淫，其聲靡，又不可以訓也。詩餘與詞曲已朕兆於此，而古詩盡亡矣。故詞曲者，風與樂府之流而合也。自士大夫爲詞曲，而民間之歌莫采，於是樂府獨流爲曲，而又與風分矣。

《安世房中歌》所謂「七始」者，七音也。即琴之七絃、簫之七調也。以此起調，故謂之「七始」。宋人以管合絃字定律，今試用之，即得其解。詩家不達樂，故從前注不明耳。

「斷竹」、《采葛》、《窮劫》之曲等，即趙燁作；《皇娥》、《帝子歌》、《落葉哀蟬曲》等，即王子年作耳。悉收入古詩者，是未具論世之眼。要與一書之中，凡所録詩歌，能辨其某首爲著書者所作，某首爲著書者所述，乃爲具眼。如《蘆中人》及《河上歌》，則又非趙燁作也。燁傳有此古歌及他事，遂裒益之而作《吴越春秋》耳。《拾遺記》則盡子年所撰矣。又凡賦中之詩，乃賦之兼帶叙事者必有詩，詩本是賦語，並不當收入古詩，收之謬也。近見魏人《清河見挽船士新婚與妻别作》，或刻之以爲蘇武妻答夫詩者，此不過十數年内事，即《詩紀》、《詩所》未嘗爲此僞也，此最可恨。凡此者，皆爲務多之故。夫古不在多，如周鼎、商彝，有一真者，足抵連城，豈以滿案爲勝耶？南榮子曰：「斷竹」之質，雖後傳而有本；《卿雲》之文，較「喜起」而太華。論世論文，當衡之於志氣升降之際。臧顧渚《詩所》多取稗説中詩，故斷自盛唐而晚音時見。馮北海少此弊，獨陶峴《西塞》自屬商角之音。

《十八拍》淺俗之極，不但非唐經生作也，要是元宋俚儒所擬耳。視《悲憤詩》相去豈但萬里！《悲憤》五言詩似是三首，其七言三十八句者，恐即是《胡笳》詩，後人被以聲，爲《十八拍》耳。《於忽操》乃王禹偁擬作，《宋文粹》載之甚明。近代好古者彙萃先秦兩漢詩文，惟恐其不能多，輒有明見其爲某擬，在某集，而故收之者。非獨不能辨贋，而公然欺當世，以爲無博覽者，且并欺後世。其罪於是爲最大也。

前漢詩不使事，至後漢酈炎《見志詩》，始有「陳平敖里社，韓信釣河曲」及「抱玉乘龍驥，不逢樂與和。安得孔仲尼，爲世陳四科」之句。孔北海「吕望」、「管仲」兩言耳，曹氏父子益張之。漢《折楊柳》「默默獨行行」與大曲之《滿歌行》「爲樂未幾時」、雜曲之《傷歌行》「昭昭素明月」，皆曹氏兄弟詩也。《君子行》「周公下白屋，吐哺不及餐」，思王集載之，明是思王作，而梅禹金收入漢樂府。又《善哉行》「仙人王喬，奉藥一丸。慚無靈輙，以報趙宣。淮南八公，要道不煩」，此確然子建作，而鍾伯敬《詩歸》

選入古辭。並非也。

相和歌辭《長歌》「仙人騎白鹿」、「岧岧山上亭」二首，氣味絶是魏音，尤似曹氏兄弟作，比子建稍平矣。閲《藝文類聚》，爲子桓《盟津篇》之前半。歐去魏近，故當從《類聚》爲正。得此頓豁宿疑。《古八變歌》亦似魏詩，但非曹氏兄弟筆耳。李陵「良時不再至」三首絶勝蘇者，以其簡厚淵永也。全璧無瑕。其次則「黄鵠一遠别」，然亦微嫌其纏複。蘇「骨肉緣枝葉」篇「昔者常相近，邈若胡與秦。惟念當乖離，恩情日以新」四語，頗牴牾不相屬，恐有脱句，而後來論者未嘗疑及，何與？

李陵《録别》「爍爍三星列」、「寂寂君子坐」二首，却似子卿氣味。文章敘一事，自有一事之始末。近代評閲家動曰某句伏某案、某句照前某句，使學者每爲古文，未舉筆而先布間架，次設關鎖，甚至有特重出數字以爲照前者，大可笑也。故先秦、西京之文，乃亡於近代之評書者也。古文有追敘者，自不得不然。如「初，鄭武公娶於申，曰武姜，生莊公及共叔段。莊公寤生，驚姜氏，故名曰寤生。遂惡之」，其敘娶申，豈特設此爲克段案耶？就中有小事不得不先入一語爲張本者，如項梁嘗有櫟陽逮，乃請蘄獄掾曹咎書抵櫟陽獄掾司馬欣，則是爲後立司馬欣爲塞王張本耳。如曰「季父」，項梁豈亦爲死定陶案耶？《子夜歌》中，如「歡從何處來，端然有憂色。三喚不一應，有何比松柏」，此詩最妙。前不敘事，而自見其平昔往來之狎密；後不言誓，而自知其夙昔必有指松柏之言。若使近日作古文者爲之，必將敷演作長詩，先敘其歡洽，而後及於憂色；先述其松柏之誓，而後及於不應矣。二十字無首無尾，卻有前有後。以此求之，不獨通詩，兼悟古文。又如「江陵去揚州，三千三百里。已行一千三，所有二千在」，此有何情、何景、何事，而古雅雋永，味之不盡，將游子計程之心、道途涉歷之況一一函蓋，所以不可及也。

《十九首》無可思議矣。如「昔爲倡家女，今爲蕩子婦。蕩子行不歸，空牀難獨守」，以此二十言較「老使我怨」四字，便覺此如嚼蠟；竇玄妻「人不如故」四字簡俊矣，上比「以我御窮」一言，便覺彼味悠迴。學者知此，方於詩稍有入處。「願爲雙鴻鵠」、「思爲雙飛燕」，皆源於《柏舟》之「不能奮飛」也；「南箕北有斗」、「迢迢牽牛星」，即出自《大東》之「簸揚服箱」也；「不惜歌者苦，但傷知音稀」，即「豈無膏沐，誰適爲容」之感念也；「過時而不采，將隨秋草萎」，即《摽梅》「迨吉」、「迨今」之情切也；「不如飲美酒，被服紈與素」，即《山樞》「他人入室」之慰遣也。故《三百篇》者，詩之崑崙，亦詩之海也，無能出其範圍者。學《三百篇》，庶幾得《十九首》；學《十九首》，得似建安足矣。從近體入者，曷由睹河源問支機石哉！

「步出城東門，遥望江南路。前日風雪中，故人從此去」，只用前四句，便是絶妙絶句。

子建詩雖獨步七子，東坡文雖雄視百代，然終不似孟德、明允蒼茫渾健，自有開創之象。此非以父子觀之論之也，殆實亦氣候使然，具眼自得之耳。如昌黎亦果止似中興，故「起衰」之評不謬也。其他詩家有開創氣象者，鮑明遠、陳子昂庶足當之。此四公詩文，乍讀俱如別是一國人到此芰茀立宇，其語言舉動、神彩光氣，俱有不與常倫處。

「今日同堂，出門異鄉。別易會難，各盡杯觴」子建，「勸君更盡一杯酒，西出陽關無故人」摩詰，「異方驚會面，終宴惜征途」杜，數語一類也，而子建語爽俊，摩詰語酸冷，老杜語慘淡。譬之一琴二手，宫商異曲；一曲兩彈，疾徐殊奏。吾友熊伯甘言詩，常有得其微處，曾曰：「如『蕭蕭馬鳴』，便是盛世畋還氣象；杜倒其語而加一『風』字於中，曰『馬鳴風蕭蕭』，便是邊塞景色。」此語可謂知音。少時與伯甘東郊看迎春，伯甘有「蕭蕭風馬鳴」之句，寫出太平春氣，足括《杕杜》末章。

「雙桐生空井」、「江離生幽渚」、「自君之出矣」，皆詩句也。魏人之句，宋已爲題；劉宋之句，齊已爲題；蕭齊之句，梁已爲題。然則《論語》、《孟子》至宋始以爲題者，六朝爲之先驅矣。太白《來日大難》篇：「來日一身，攜糧負薪。今日醉飽，樂過千春。」一醉飽耳，而遂樂過千春乎？何其言之汗也！夫英雄混跡於傭保，異人隱形於乞丐，不屑不潔，饕餮嶔崎，往往如斯。蓋以玩世不恭遂其超然自得，此其所以能「金丹滿握」前「乘龍上天」也。此太白自道，自傳神。前乎此者，惟東方曼倩足當之。故能「戲萬乘若僚友，視儔列如草芥」耳。

何遜「機杼蘼蕪妾，裁縫篋笥人」，將「上山采蘼蕪」、「新裂齊紈素」二首各收入五字内，極爲組練，是盛唐人鍛句鑄事所祖。「露濕寒塘草，月映清淮流」，則又初唐人洗滌穠滯所取法也。

劉綬詩「所以登臺榭，正重接烟霞」，虞騫「冠者五六人，攜手巖之際」，謝燮「杪秋之遥夜，明月照高樓」，此調已濫觴於梁、陳，非至王、孟而始有「暢以沙際鶴，兼之雲外鴻」諸語也。

老杜「何人錯憶窮愁日，愁日愁隨一線長」，三「愁」字夾兩「日」字，以「愁日愁日愁」相接，皆謂古無此體，然非自杜創也。何遜《擬古》云：「家本青山下，好上青山上。青山不可上，一上一惆悵。」非以「上青山上青山」及兩「上一」相接乎？若陳後主《戲贈沈后》，則二十字中有五「留人」、三「不」字，而首二句以三「留人」、兩「不」字相接爲句矣。

王邵《冬夜對雪》詩，使先讀三唐後看六朝者掩姓名而問之，未有不以爲左司也：「寒更傳唱晚，清鏡覽衰顔。隔牖風驚竹，開簾雪滿山。灑空深巷静，積素廣庭閑。借問袁安舍，翛然尚閉關。」

詩至唐聲，直是有别傳，即用字有不得泥古者。如「子規」在《史記・曆書》作「秭鳺」，今從「子規」則輕秀，若書作「秭鳺」即癡拙矣。此等豈非聲外别傳？南榮子曰：「蝃蝀」、「長虹」，一物也，又皆一東韻，而律以「蝃蝀」押則塾矣。《三百篇》固有不可入律詩者也。又如「凍雨灑塵」，《楚詞》也，一東韻，有以「涷」字押者乎？又如明妃，秭歸人，却使「子規」字不得。

「吹笛關山風月清，誰家巧作斷腸聲。風飄律吕相和切，月傍關山幾處明」，詩家用上二字者至今引以爲例。然「風月」二字首並見，則後「風飄」、「月傍」語亦易覺。不如右丞「萬壑樹參天，千山響杜鵑。山中一夜雨，樹杪百重泉」之輕妙渾然，乍讀之初不覺連用「山」、「樹」字也。於「參天」之「杪」想「百重泉」，於「百重泉」知「一夜雨」，則所謂「千山杜鵑」者，政響於「夜雨」之後、「百重泉」之間耳。妙處豈復畫師之所能到，「前身畫師」故是。

《贊公房》「側塞被徑花」，注從未及。法顯《西域記》云：「爾時天人側塞空中。」《招魂篇》：「皋蘭被徑。」信乎，杜無一字無本！

「亂後誰歸得，他鄉勝故鄉」，從來評者、解者俱失之。吾與亂離，片瓦立錐皆無矣，而所至如歸，蓋賴朋友之惠。自屋自穀而外，如坐具、卧具、飲食、炊汲，凡百所用，無一不出於友朋者。每念欲歸，則凡百俱無。以是始知老杜之解，而歎吾朋友之多厚也。承平時讀者何足以知之？「詩書遂牆壁」，頃日詩書，求牆壁而不可得矣。「奴僕且旌旄」，故有憤激。至於出仕者不讀詩史，豈識「春秋至行在，夜深殿突兀」「突兀」二字妙甚。闊地暗天，金碧俱隱，乍見高大聳目，知其爲殿耳，映黑忽得此語。

「極樂三軍士，誰知百戰場」，將卒驕惰，糜費侈態，言內具之。「醉客沾鸚鵡」，杯也；「佳人指鳳皇」，釵也，墮珥遺簪之意。舊注謂：鸚鵡，自負能賦，又謂引禰衡事；鳳皇，譽坐客奇瑞，又謂疑用蕭史、弄玉事。俱可笑。南榮子曰：詩有索解即非者，如「渭水自縈秦塞曲，黄河自繞漢宮斜」，「秦塞」、「漢宮」，何等冠冕，「曲」對「斜」，景象恰合。如注引「宮人斜」，便不成話矣。「黄河遠上白雲間，一片孤城萬仞山」，「遠」字飄忽靈迴，情景俱出。俗本改爲「源上」，風味索然。「立春雨」，見於《本草》，謂立春節以後三日內之雨，男子婦人各服一杯，宜子。雖三皇書也，而以注杜詩之「濛濛立春雨」，謂其有本，却可笑。立春日進生菜是唐典故也，乃杜詩「春日春盤細生菜」，「生」字粘上「細」字，如「憨生」、「瘦生」之解方有致，豈必按典故乎！

（吴忱、楊焄點校）

隱居放言詩話

隱居放言詩話提要

《隱居放言詩話》一卷，據康熙癸酉刊《隱居放言》本點校。撰者夏基，字樂只，號泊莽、磊人，江南休寧人，隱居杭州西湖。有《隱居放言》。按《隱居放言》十二卷，内有《詩話》一卷《詞話》一卷。《放言》有（順治十三年）丙申菊月重九日宋維藩序，又萬壽祺《隱居放言序》謂（順治八年）辛卯秋即應人請而爲此書作序（載羅振玉輯《隰西草堂集拾遺》），而《詩話·詩鑒》中多則故事，已詳及丁酉科場案，故全書似非成於一時，《詩話》應作於順治十四年後。夏氏視唐人《開元天寶遺事》、《會真記》等爲詩話，此書則仿孟啓《本事詩》，三十三則分爲六類：「詩俠」四則記鼎革之際俠女種種義舉，「詩鑒」九則多記士子幸免於科場之禍，「詩感」五則乃才子佳人歡好感傷之故事，「詩樂」四則寫隱士達人自足於塵世苦海，「詩箴」三則規人慎於處世，「詩謔」八則諷世之不正，皆取近人實事，以詩爲媒，演爲故事。此本今庋藏於日本内閣文庫、關西大學圖書館（殘）。國内江西省圖書館藏有一清鈔本，僅爲《詩話》一卷《詞話》一卷，余曾見之，今聞已不存矣。

隱居放言詩話目次

隱居放言詩話總叙

夏生曰：詩話本自唐人，故《開元天寶遺事》及《會真記》等書，要之皆詩話也。其後朱少章作詩話，亦祖唐人遺意，增以宋人逸事。每恨其語無機警，磊人慨然任之，發大覺菩提心，振一世癡迷想，作《詩俠》、《詩鑒》、《詩感》、《詩樂》、《詩箴》、《詩謔》，凡六種，皆近今實事，醒世真言，絶不襍舊編一事。總之，皆從見聞記録，以入情之詩，開勸懲之路，非飾辭曼衍、夸矜小説比也。夫詩有出處，亦有感發。追其所自，不過達人韵士，觸物興吟，因時偶作。後人觀之，自有一種不可磨滅之語。至於遭時不幸，處世艱難，尤有足述者焉。明衰，陋習相仍，釀成大亂。鑽謀傷天地之心，滿盈來鬼神之瞰，以至大道淩彝，士風惡薄。清興，掃除陋習，蕩滌頹風，而庸俗不揣，貪榮賈禍，一時正人君子忍辱吞聲，真婦淑媛含冤卷舌。幸而天道難欺，隨人發落，餓狼饑虎，飽慾招殃。壯士聞而心驚，智人見而髮竪。磊人憤焉，用借晨鍾，爰振聾鐸。首揭楚蘭，知劫財者財還被劫；再題韓氏，知漁色者色爲勢漁。花媍秋吟，報仇雪耻；狂生晉士，識勢知幾。文履素之壁上題詩，明占禍殃有自；羅念菴之乩中寓意，蚤卜關節招非。斯知孽報無差，再世蒙殺戮之慘；種德不謬，新婚免塲事之誅。黄衣入夢數當興，事有固然；河鬼吟詩恩已報，理所必至。白水冰人，詩投翰苑；西溪老俠，紛解才人。總之，得佳句以成懽，因名流而結契。素瓊一死，節繫紅絲；夏郎不生，名光青史。至夫情之所鍾，憐才者必恕壯士；舊之是戀，負鑒者定宥梅英。渡翁湖上忘機，受用一輪明月；頑仙山中自適，瀟灑兩袖清風。靠天耽竹木之幽，魚遊海外；樂叟負水山之僻，雁掠天邊。故孟浪以戒盟而兼却客，下士憚其清嚴；磊落以勸學而大稱師，高徒欽其懿範。是用蘋婆菓熟，達人辭北闕之驂；杜若花開，高士整南行之棹。梅花席上逢佳客，眉老才長；丘壑山中置韵姬，香兒句美。以知桃竹兩嘲，笑妓者妓還笑汝；陰晴互答，謔人者人亦謔之。嗚呼！折臂書生，雖稱善士，或云不合時宜；付法比丘，縱屬高僧，仍恐貽譏後世。蓋滿則招損，謙乃生光。始信天道無私，混濛中自多妙用；人情好薄，狡獪者定受糢糊。嗟夫！鐵硯難親，羶途易逐；青羶不熱，暖灶多烟。鑒兹六則，可絶非心者矣。

隱居放言詩話

天都夏基樂只著　富春宋維藩价祝訂

詩俠

姜楚蘭

劉東平設關起税，闢地開荒，富致敵國。淮有一才妓字楚蘭者，善琵琶，有聲譽，與一生相洽。於時流寇陷京師，將下江南。生負才豪邁，以忠孝自許，可想其人。見國事已去，意欲説東平興兵討賊，不遂。聞才妓在淮浦，問訪之。蘭見生不凡，厚遇焉，遂定交。交久，金盡囊匱。蘭出其橐中藏，代爲歡不繼。其家欲蘭抱琵琶適他貴客，蘭不可。一日，聞劉東平出巡浦上，蘭特盛容飾，鼓絃曲，揚聲於外。便有俠氣。俄而東平至，聞曲聲甚麗，命軍士索之而得楚蘭。蘭得謁，東平見而大悦，遂携至募府，貯以耑房。時令其彈絃曲自娱，愛而忘寵。居半月，蘭語東平曰：「賤妾聞君侯富致敵國，所藏金帛珍玩，可令妾一視否？」東平輾聲大笑曰：「賤奴欲瞰吾富耶？」令出其庫中所藏千萬積以示蘭。蘭喜曰：「願得爲君侯管庫，足矣！」俠機動了。東平復大笑，命府中司鑰者，悉以庫事歸楚蘭。蘭得志。一日聞清兵至，東平懼，巡視黄河。蘭乘其隙，發庫物，夜奔生。先以書致生，令其買舟城下相候。蘭遂挈重貲與生奔，卒不知所往。未幾，清兵至，東平竄海上。蘭得遁淮陰，人爲詩贈之曰：「侯門如海走紅綃，不用崑崙磨勒招。劫盡金裘資壯士，扁舟人羨楚蘭橈。」

韓女道

高兵踞揚州，維揚少婦多爲兵所淫劫。有一鄭秀才者，妻韓氏，善詩詞。秀才性耿介。時維揚守知大事已去，與士民約，牢守揚城。未幾，高兵至。生助守共拒高，不令入城。生被殺，其妻韓氏聞之，慘哭動天。於時江南弘光立，封高氏世鎮維揚。韓婦恐其逮也，習佛事，薙髮居小菴。時一兵遊嬉菴中，睹韓有殊色，意欲加淫。韓氏號不從，爲諸兵所劫，送高興平。時興平有令，凡軍中有獲奇珍美女者亟使獻，匿則坐法。韓氏謁興平，哀訴曰：「將軍以徒步之人，位躋通侯之上，可謂尊且榮矣。維揚少婦，在軍中者，十將八九焉。賤奴，女道士也，習佛事，持齋有日矣。何不釋還修拜，多頌經以祝將軍壽？」便有英氣燦人。興平叱不從，欲留之。韓氏痛哭曰：「將軍獨無佛心耶？」興平笑曰：「豈有殺人武夫而佞佛者？」韓乃賦詩獻曰：「道人縱屬等閒身，不與煙花岸柳鄰。若説將軍不好佛，韋馱尊者是何人？」高不聽，羈之高閣，暮欲成婚。韓不從，抉面毀容，墜樓而死。耿直之報。未幾，高被執，死於敵，諸妾皆爲官没。狼毒之報。

其時士女謡曰：「城門上，亂嘈嘈。兩關廂，被火燒。千軍萬馬勢滔滔，想情人不得揚州到。狼心高，壞心高，這様人兒天不報！」又謡曰：「城門上，飛蝴蝶。兩關廂，流出血。别人妻兒佔作妾，孀居道士仍遭劫。狼高杰，壞高杰，這様人兒天不滅！」

花傭婦

清兵渡江，方、馬二兵蟠踞於杭、嚴二州之間。道經杭，駐湖上，西湖居民皆逃竄山谷間。時湖上一少婦，貌奇美。其夫種花爲業，遭病卧在牀，婦不能割去。適兵勢猖獗，勢無由避，避之則恐殺其夫也，不避而終至受辱。計無復之，遂設術扮男狀，潛處室中。兵搜索無已，知爲婦，心艷之，擄與同寢。婦大號者三，終不得免，遂爲衆兵加淫。夫驚死。次日，欲劫婦他行，婦哭曰：「吾夫死在牀，妾未葬也。殮之待七日，當與汝偕去。今請爲大衆餽酒食，緩以爲期。」殺心動了。衆大喜曰：「婦行孝，又善治殽觴，吾當造汝聚飲食。候令發，與偕往可也。」婦應聲即爲措酒食，極慇懃，衆悦之。越三日，聞清兵至，方、馬亟下令，欲罷營走。婦復設酒食，飲諸兵。先是，其夫患癬疾，得方外毒藥治癬者，貯囊中。婦憶之，遂於酒中置藥。慧心婦人。諸兵皆痛飲，夜半俱斃。清兵至，方、馬皆遁去，婦獲免，與其子仍賣花臨安市。臨安人贈詩曰：「狂蜂亂採竭花漿，苦殺花傭顧二娘。不忍離夫遭賊辱，却教恨事記錢塘。」又曰：「桃掛彎弓柳掛兜，閒花野草亦含愁。何人挽得西湖水，洗却花娘滿面羞。」

郝秋吟

郝秋吟，吴中大家妾也。大家殉國難，收其家而逮秋吟，吟爲兵營長所劫。吟欲死，恐其孤不利也，不得已而從長，長狎之。一日，從外飲，醉扶馬歸，大戲吟，與其子語曰：「爾母爲我妻，爾襲我職，富貴當未艾也。」復命庖人具酒食，醉與吟相調謔。速死矣。夜半就卧寢，大鼾睡。吟起視對月，仰天嘆曰：「某氏世家，一旦澌滅，家勢衰微，無繇得報。妾豈能隱忍辱身，赧面事仇人之顔，而終棄舊恩之渥者乎？」遂拔長佩刀，斷其頭，攜子夜奔。題其壁曰：「我報仇矣。」又題一詩曰：「西子非吾願，紅綃豈易才。虎關逃命去，龍窟問名來。」遂與子投水而歿。

夏生曰：鼎造紛紜，雄姦橫肆，受殃之慘，莫過婦人矣。然水性楊花，隨風飄蕩，不足言矣。至若楚蘭之劫勢資貧，不愛侯而愛士；韓女之墜樓抉面，不苦死而苦生，真可謂婦人之矯矯者矣！至於花傭婦之婉而能，郝秋吟之深而决，總之，所謂俠也。或問：不首韓氏而首楚蘭，何也？愚以世間至青樓敗類，風斯下矣；而能從虎關中脱出身子，不肯事無父無君之人，可謂俠而忠者矣！其餘諸婦，皆從殺夫起見，雖曰轟烈，義不得不然耳。我故曰：不難於殉夫之俠，難於無夫之俠；又不難於一夫之俠，而難於衆夫之俠。

詩　鑒

淮上生

劉東平鎮守淮關，盛賓客，夸詩賦。座中獻詩者，無不頌揚功德，門下多以詩致尊顯。時淮陰一狂生過東平第，見其府甚壯，門甚高，流水繞城而東，作詩刺曰：「韓侯無字母無名，釣跡生祠舊有聲。

募府何須窮壯麗，恐教流水遶孤城。」未幾，清兵至，第被毁，狂生之言驗矣。

韓信、漂母皆淮人，韓有碑城下，母有祠河邊，皆不朽芳跡。假此以譏東平造第之華侈也。

晉孝廉

明末權相當朝，尚夤緣，阿朋黨，鑽刺成風。公卿子弟，無不登高第者。於時晉有一孝廉往會試，覘國亂，入闈中不作文字，惟題一詩卷上而出。其詩曰：「帝室紛紛選勝場，長纓誰請秣南疆？山河日缺金甌痛，殿閣雲摧玉陛傷。空負文章夸晉魏，不堪時事類隋唐。滿朝朱紫群争長，今日何人相李綱？」此崇禎癸未事也。卷交謄録者，送監場。監場恐多事，毁之。未幾，京師陷，豪貴皆被執，登第者皆繫，晉孝廉得免。

文履素

近有一書生姓文字履素者，家苦貧，終老不第。辛卯秋，見買科者紛紛，舉國如狂，心恨之。人皆以爲迂。此生乃閉門枯坐，仰天長嘆，賦詩題壁上曰：「靈鰻秀鯉各争河，跛鱉盲鰍亦弄波。只恐老漁携網至，攫來送汝下深鍋。」詩成，同人皆笑之。及榜發，買科者登第。生慘然無色，又賦詩曰：「神鷹捷鷂赴瓊林，野鶩山雞枉費心。得食更呼群子集，天羅疏漏豈難擒。」詩就，亦粘之壁上。有同學者過而和之，曰：「父不公卿祖翰林，譏嘲太甚。勸君科第莫關心。何如高枕衡門卧，那有龍頭白手擒。」

又和曰：「朝攫黄金夜渡河，那知世外有風波。天津不是人兒戲，墮落翻身險似鍋。」未幾，丁酉秋江南榜發，科場之禍作矣。諸人服其先見。

羅仙乩

丁酉秋，有一士請乩者，其仙用羅念菴下降。此士以科名相訊，兼思圖爲買科之舉。羅仙乃大書帋上，即當年入山詩也。其詩曰：「籠鷄有食湯鍋近，野鶴無糧天地寬。」士得詩，懸之座右，閉門不敢問關節。同學一少年，有艷心買科者，請毁之。次日得關節，亦請乩仙降。題贈曰：「我本當年斗府仙，勸君無事仗青錢。張郎賣杏遭神虎，李叟偷瓜遇毒鸇。可惜英姿埋菜市，猶憐血淚灑冰天。紛紛豪貴皆沉劫，好把文心問老禪。」詩畢，見者驚駭，卒不知其何指也。及榜發，武林錢、苕溪李、武塘張皆以場事受禍，身戮菜市，至流讁者又紛紛也，「冰天」之泣驗矣。乩之先見如此。

黄衣夢

科場禍發，有一士在京邸，夢一黄衣人告之曰：「爾輩功名分定，無爲躁動，但從心性上做苦工夫，高高中第矣。」是士夢覺，憶之，於《論語》即拈「無爲而治者」題，於《中庸》即拈「天命之謂性」題，於《孟子》即拈「君子所性」題，先搆下三作，熟玩之。呈一友，其友笑曰：「『無爲躁動』之言，『無爲而治者』其是矣。若言『性』字，《中庸》甚多，《孟子》亦不少，從何起見？」作一詩嘲之曰：「無爲躁動君休急，心性工夫且莫忙。榜上標名仍是夢，黃衣入夢恐荒唐。」士不聽，細以其所搆三作置座右熟玩。入場果符所夢，得意便書，高中第。憶之，黄衣人乃文昌也，且本朝旗首黄，而三題皆出聖意，可見中第有定數，妄動無益也。

再世僧

科場禍發，舉國如狂。浙東有一翰林坐法。先是，翰林前劫出家新安大嶂山，嶂山有一寺，臨澗鑿邊，其水深不可測，每月出則澄澈見底，人稱之曰月江。僧遂以此爲號月江者。夙世嚴江人，出家嶂山寺，少時拜無欲禪師爲徒。無欲者，本邑人，別號伏鼠禪師。師性静，每食必飯鼠，鼠見之不驚，人以此號之。無欲工《楞嚴》，授月江，月江妙得其解。及無欲死，月江道力愈堅，里人素重之。時天旱，里人求月江講《楞嚴》，大雨時降。又苦澇，請月江復上座再講，雨又止，里人益尊之。其徒梵脩，本里人也，少無行，犯菩薩戒。月江以其善持家，頗重之。其慾益彰。寺壞，里人募大衆布施脩葺，月江命梵脩董其事。其地有三娘子者，梵脩素狎之，得布施之金，私魄三娘子。於時同里知其情，有一棍從中發難，捕梵脩。梵脩知難挽，以重貲賂是棍，即以大衆布施金浪費盡。師責之，梵脩反以棍誣陷告，月江隱護之。適寺中有一鼎，乃宋元祐間古物，時荒歉，爲外人盗去，梵脩即以此事坐是棍，脅邑里中貴人攻之，棍斃於獄。梵脩是年亦得病，死於寺。後三娘子以實告，其鼎即梵脩夥其兄盗也，誣害棍，死於非命。造下大業。邑貴實因月江囑，故共誅之。於時寺産一牛，即梵脩轉結，牧廊下，夜作人語，大號曰：「月江師，月江師。」月江聞之，走廊下竊聽，寂無人語。又從牛口中吐出曰：「月江，月江，我墮輪迴，由汝致之，汝知之乎？」月江悟，遂命道人炊浴湯，浣其身，作詩寫壁上。其詩曰：「自小參禪悟得禪，嗔痴不斷且隨緣。嚴陵江上稱才首，建業場中佔座先。脅勢還因豪勢滅，毒人仍被衆人纏。令人汗下。緇衣血染朱衣赤，過去方知是劫年。」詩就，遂涅槃逝，告寺衆曰：「吾復入嚴江矣。」鑒此則科場結案，翰林之禍，乃前世因也。

新婚郎

科場關節盛行。江南一范生者，家種德致富。其孫幼，聞市人言買科，心艷之。寓鷲峰寺，見一白鬚老持筆來賣，告生曰：「蟾宫筆爾欲售耶？售吾筆者，必折桂手，他日步蟾宫，近嫦娥也。」生聞之，笑曰：「爾筆之妙，一至是乎？」老應之曰：「君少年，貌奇偉，何患嫦娥不得近也？君信我，當爲君作嫦娥媒。」生又笑曰：「嫦娥在月中，古語也，豈今時可得耶？」老又笑曰：「嫦娥在人間，君固不求耳，求則得之矣。」生戲之曰：「爾能爲我作是媒，當以百金報。」便有乃翁氣。老莊然正色，告曰：「某村有一女，吾隣也，年十六，貌賽嫦娥。父新喪，其母欲贅一少年，多有不合意者。以君才貌，適足當之，君願此，立可爲也。」生笑曰：「果有此乎？」老曰：「吾鬚已白，豈有造妄欺少年者？所告乃實語，非誰辭也。」生異之，即囑老爲媒。老同生買一舟，直抵采石磯。其地果有一女，年十六，丰姿奇麗。先是，老已至其家賣針，許與作伐，訂三日回話。屆期，老果至。其母在門候，見同一書生翔徉而來，母大喜曰：「當是吾家婿矣！」留書生在室，細詢之。書生亦求見其女，隔簾望顏色，真如嫦娥在月中也。應前言矣。生以金珀墜、玉雙環爲聘，母納之，遂許婚。生念科場近，訂以場後來贅。母不允，即囑是老爲儐，椎牛烹羊，召親友成禮焉。越半月，生猶恨機會之失也，心念之，作詩別女曰：「一入仙源會再來，阮郎何必戀天台。鹿鳴鼓瑟催人去，且別粧前玉鏡臺。」女答曰：「蝴蝶雙飛陣陣來，何如采石作天台。勸君莫學胡蜂採，結蜜招殃繫柏臺。」生悟，知關節不可爲也，遂不往。其年買關節者皆中式，後獲禍。生得免，具告其父，備語白鬚人狀。父大異曰：「即爾祖也。」奇奇。

黄河鬼

江南省有一生往京鄉試者，其父殖德。國初間，時歲荒歉，其父自販米千石濟貧，活萬人。未幾，父病卒，遺重貲與生，生因援例赴京，是年皆關節用事。一日，過黄河，風波大作，舟不得行，遂泊甘羅城下。至夜半，風息，忽聞船艙外人唱歌，若斷若續，似有激者。其詞曰：「莫渡河，莫渡河，長安還有大風波。報國僧房君莫住，過來就是殺人窩。」生異之，曰：「此文人慷慨吟也。俟天曉，當訪之。」又歌曰：「莫結盟，莫結盟，長安原是陷人坑。金魚池上酒莫喫，拴住頭顱走不成。」少息又歌曰：「好回家，好回家，長安市上狠風沙。蒙面垢身洗不得，不如歸去聽琵琶。」歌罷，記之卷上。天微明，榜人開舟。生起視之，其旁絶無一舟相附，遂大驚。因詢諸僕役，皆不聞。生曰：「此豈鬼播弄我耶？」竟不解。直抵張家灣，入京門，留寓友人下處。卜居僧舍，見報國禪院，皆南人借寓。又其寺青松落落畫闈天開，遂選一室賃居。於時下科者紛紛，皆言關節。其時盟誼方盛，生日與南友游，竟忘河上之歌。一日，有一吳友，傳單邀往金魚池聯盟者。生艷之，遂偕往。及至，一友於席中談關節，密告生。生悦之，訂以報國寺僧房細論。是夜優觴達曙。越次日，各乘馬歸，過菜市，見其地人儔挨擠，按馬難前。生問長班曰：「此何事？」長班答曰：「此刑部押來處決人犯也。」生又曰：「此何地？」長班曰：「菜市口。」又問：「菜市離報國寺幾里？」長班曰：「過去便是。」生駭之，忽憶前者渡河之夢，前夢方醒。遂關門静坐，取前書卷中三歌讀之，身汗下。謝關節，移寓天壇道家。秋闈中，惟蒐索枯腸，作七篇以完場事。不候榜，即買舟南行，囊中金尚未用。道過臨清，有一友乃平日相好者，又同鄉人，遇於市。生素喜青樓，是友知其心，即邀往青樓家爲樂，遂留舟河岸。時臨清花巷歌妓最多，以揚州妓雪娥爲第一，訪者填門。生既至，雪娥即屏客。鄉友爲另賃一室，與生游。交半月，情不能割。雪娥善琵琶，傾動一座。生又悟前者之歌，喜而嘆曰：「黄河鬼不欺我矣！」友問其因，生以實告。友曰：「此天作之合也。君與妓意難舍，情又不可却，而鬼又向君先告之，豈非緣所定耶？况君攜貲尚未費，何不揮千金一買佳人？此千古韵事，亦終身快事也。」生從之。舟人催行速，生即於次日設酌輸金，囑鄉友爲媒，龜從之，送雪娥次日成婚，即登舟偕往南矣。後抵家，知秋闈禍發之狀，戮者俱繫菜市，身獲免。先是，生父渡黄河，見一舟覆没，父揮金命漁舟救之。有一生者，紹興人，往京鄉試，同日溺河中，死於水。父念其無以爲殯，囑土人買棺葬之，立其碑於甘羅城下。憶之，其鬼即此人也。雪娥歸，即生一子。生次科得掇。

清白吏

嘉靖間有一貢舉生，嚴州人，姓宋名澄，字源潔。家貧力學，以清白自守。時新安一賈人，歲暮從遠道至，過其門，見道旁一厠，往便之。腰纏二百金，解其半置厠側，賈忘之，棄金旋去。時公有一僕，亦往厠，見金攫之。適公倚門前，僕見公有急遽狀。詢之，乃知其得金也。命勿匿，待賈還之。僕有難色，公與語曰：「人得横財，必受殃災，切勿匿也。」僕堅拒不出，公撻之，難色始解，遂出金待賈至。時當除夕，公立在門前，見一客倉皇而來，入厠上，淚潸然下。公問曰：「君來此何悼也？」賈以實告，公即召至其家，問原物若干，賈應對不爽，遂還金。賈願以其半爲公壽，公不受。賦詩謝曰：「寂寂閑居茹菜羹，每於先喆步芳程。鶉衣不改西河志，瓢飲寧辭陋巷情。莫謂黄金增壯色，恐教白鏹累家聲。滿門清白君休玷，且守寒窓樂此生。」題罷，公閉户固却，賈拜謝去。是年除夕燒紙畢，公令闔門守歲。至元旦出行，見門上忽有一對，如淡墨色，其聯曰：「今歲真貧士，明年大貴人。」公見聯駭異，疑以爲隣人見嘲也。少頃，燒灰飛去，門不見聯，公更異之。是年果登乙榜，不第，授教職。壽九十而終。至壬戌，其孫宋賢者登進士第，官至大司馬。司馬公初爲御史，掌河南道，書帕之禮，一切不行。及邊鄙多警，有薦公撫晉陽軍者，崇禎上曰：「豈當年不受書帕宋某耶？」清白傳家，其報如此。

夏生曰：《詩鑒》而首淮上生，尊其識也；次晉孝廉，服其智也。文履素憤世而題壁，具有先見之明；羅洪先降乩而不悟，應遭未有之刦。以知黄衣入夢，富貴天生；再世含冤，禍殃必報。故新婚而離科場之慘，豈非祖德昭然；買妓而逃闕節之災，寧不陰功赫若？嗚呼！天道難欺，從人發落。貪天者以爲己力，卒之暗算難憑；盜名者自詡多才，焉識命途有限。鬼瞰慾盈，神相爾室，可勿鑒歟？可勿鑒歟！吾故終以清白吏爲當世取法焉。

詩感

苕溪女

苕溪有一翰林者，家一女，字瓊枝，年十六，詩賦精妙。翰林愛而器之，常語女曰：「吾不願生男，但得一才人爲門楣，了汝生平足矣。苕水名家頗多，而年少有捷才者，百不一見。予聞武林才藪，且我數年來有天竺香願，欲與汝同往謁大士。」女甚喜，即日令買一舟之武林，登三天竺，叩大士還願，借寓白雲房。夜作一夢，見一白衣女人，手持楊枝，語翰林曰：「汝善士也，天不佑汝以奇男，而鍾汝以異女。後有才人爲汝婿，汝無謬許配。道中凡有白水姓者來作伐，彼冰人也，勿拒之。」夢覺，翰林驚，告女曰：「我昨夢大士，大士示我□□□□□解也。」女大駭，曰：「我亦如此夢。」翰林於是命老僕有白水姓者來謁，勿拒去。居半月，門無白水姓者至。翰林□欲返苕溪，與女遊靈隱寺，過冷泉亭。女大驚，語侍婢曰：「昨者之夢驗矣！此女有心。大士告我以白水，白水，泉也。」言未幾，翰林往寺中，女甜冷泉亭下。立少頃，見一風美少年，翔徉而至，顧盼於冷泉之下，若有失者。女睹而異之。先是，此生一母舅在天竺出家，生嘉禾人也，因家貧來依母舅，舅久而厭之。生又遭科舉不利，舅益薄之，并日食不與給。生赧然無色，遨遊山水間，欲覓一棲息地不獲。驟而睹此女，猶仙姬也。熟視之，不敢近。女亦睹生有才品，相顧盼不已。隨往寺令婢遣老僕詢生業，又有智算。生以實告。老僕語生曰：「予非他，乃苕溪翰林家老僕是也。翰林雅重才。生少也賤，曷不録詩文一往謁翰林？生之富貴可圖也。」生感之，遂偕老僕謁翰林，立成一詩呈教。其詩曰：「遨遊山水間，風月何落落。自在佳句。鷦鷯困一枝，無由辨高鶚。才華淹徐庾，翰墨沉盧駱。《三都》草徒成，傖父從人謔。何幸睹休文，堦前望山嶽。」翰林閲而奇之，館於家，許以瓊枝。

梁俠老

西溪梅花最著，有一士避亂其地，相傳爲越東大家子，才人也。客游已久，倦而居林，與一酒傭居相望。傭倚西溪富民梁道温爲債主，家一妻，有殊色。傭粗悍無匹，妻隱憎之。春正月，車騎多往山中賞梅花。傭置旗亭招飲，令其妻當爐。生日夕輸金赴傭飲，與其妻調謔成交。傭婦見生才，心戀之。先是，此婦乃嘉禾一勢家侍妾，頗知書辭，解詩義。因亂嫁酒傭，非其偶也。梁老習聞之。適一日，生過梁園，見寒梅傲雪，心竊慕之，訪其廬，得交梁老。貽贈一詩，梁公厚遇之。其詩曰：「梁園日日見梅花，一榻清風信可夸。到此渾無炎熱態，堪邀高士與烹茶。」又曰：「鐵骨冰肌自不同，排霜傲雪笑春風。此情莫向凡人吐，吐出肝腸總是聾。」梁老曰：「人聾君啞，一段心事，惟旗亭老梅知之，恐説不出也。」常具酌，欲邀生讀書。老有一女，字嬌娥，貌奇醜，而家計不貲，不輕以許人，人亦不輕以求老。老欲以此女歸生，生知其女之醜也，以有妻在室却之。老亦不以此强生，卒相待如故。此老有竅。生與傭婦狎已久，婦懷孕而傭尚不覺。婦設策告生曰：「梁老多俠，雅與君厚，何不借多金以買我身？」生不應，且疑且信。一日過梁老，語曰：「某抱才以遊天下者有日矣，貧且憊，交相爲困。吾翁義至高，不相棄而反相爲憐，恩何渥也！卑人命不猶，托身山水間，以貧憊之軀而喜行杜牧、韓翃之事，談得緼藉。吾翁得無聞而笑之耶？」翁哂曰：「生可能爲杜牧、韓翃，我獨不能法于暢、韓滉乎？」此老又有學。生唯唯去，密告酒傭婦。婦笑曰：「梁公當有以處君矣。」此婦又曉。是夜大雪，西溪傳兵過，婦女皆竄山曲。傭婦乃得乘其隙買一舟，與生潛遁他處。人皆疑其婦爲兵所劫也。傭遍索之，不獲。生復來西溪，佯爲不知者。一日，以其情告梁公。梁語曰：「木成舟矣，將柰何？吾有女，蓄意有年，欲歸生，不得也。今生與傭婦貌相敵而情復相洽，婦得生而遂鴛儔，生得婦而成鸞偶。此守禮者之所憎，而憐才者之所憫也。君吐肝腸，我非聾聵。吾將以吾女配酒傭，多與金以息其怨，絶其望。汝之終身遂矣！」生駭之。老遂以其女屬生媒以歸傭。傭小人也，一旦得多金而獲富人女，且其債可不償，甚快之。不惟心疑生，而反德生矣。生遂得與傭婦買一室，卜居他處。老猶念生之貧也，復以百金爲賀。俠而又俠矣。老佞佛而終。俠是佛種。未幾，生登第，率婦拜其墓，題其碑曰「西溪俠老梁公之墓」。

沈素瓊

崇禎末，有妓沈隱者，字素瓊，維揚人。偕其母游西湖，見山水秀麗，欲將終身焉，遂卜居於樓外樓。初至其地，賦詩題壁。其詩曰：「清風習習月離離，香吐花群孰得知？有恨人嗟琴在室，空留野調寄情癡。」及遊孤山寺，見殘梅開晚，觸物興情，題詩自況。其詩曰：「梅影橫斜露晚花，丰容冷落許誰誇？自憐澹素無人問，浪托林逋處士家。」二詩俱貼齋中。有慕其名而造訪者，雖盛其車馬，翩其衣服杯觴殽列，金玉燦陳，瓊卒不屑視也。嘗讀《青陵臺》詩，中夜嗟嘆，出語人曰：「但得真才士，不復作樓中人矣。」有異志。既而泛西泠，尋蘇小墓，見一士箕踞橋陰。瓊竊偉其爲人，即而詢之，蓋新安夏生也。遂訂交，同往其居，晝夜唱和，相得甚歡。後即許以歸。未幾，國事已去。生負性豪俠，不欲立身天地間，遂痛飲傷肺而死。當其病支牀，瓊日殫慇懃，承顏色，餌藥饋膳，不離寢卧。及臨決撫屍，舉聲一號。後即臨粧臺，盛容飾，沐浴自潔。人竊疑其變志也。至夜，宿柩旁，發夫書篋，遂撫棺哭曰：「夏郎才人！汝志埋青塚中，妾能生紅絲上乎？」因賦詩投地，自經柩側。時清風一過，而魂已隨夏郎去矣。衆驚視之，乃知瓊已死紅絲上也。因索得絶命詩三首，拈其《檢書篋》，詩曰：「千里從君命不猶，十年騷賦倩誰收？長卿一死鷫裘敝，堪笑當年咏白頭。」拈其《臨粧臺》，詩曰：「對鏡臨粧貌不同，空憐黃菊萎秋風。樽前痛飲人何在？血染籬東點點紅。」又拈《泣紅絲》，詩曰：「芍藥摧殘葉亦悲，東風何事妒花奇？無端霪雨來相謔，欲折名園第一枝。」其爲人俠烈如此。又嘗自著詩，名《幽憤言》，題序曰：「隱少貧賤，擲身花柳間，厭苦不得蟬蛻，一生初志，幾付之烟水雲波。自以抱琵琶仰人向人而已，怨且悒焉。及依母氏遊西湖，邂夏郎於西泠之滸，謂是終矣。豈生薄命，憔悴爲郎，寄身名山水間。郎也青燈鐵硯，妾也土銼寒煙。閒居無事，楮墨爲災。但以閨詞無補世風，闖論恐譏大雅，故累葺累焚，芟夷半盡。胡天不惠，喪亂頻加。儒素寒流，復遭鼎沸。脯酒傷人，病深杜陵之肺；奚囊易老，天摧長吉之年。浣花溪上妾招魂，白玉樓中郎作賦。士既蘭摧，妾獨無情同柳折乎？但令青史無私，行從紅絲，永訣矣！」集未成，身先歿焉。

湖東婦

西湖二月桃花節，有一書生放舟湖上，舟中置杯酌甚精，硯墨皆唐宋法物，使不俗。隨舟所至，每題詩自況。過湖東，邂一孀婦，才甚佳，貌甚美，家亦甚饒，其夫歿已踰三年矣。訪婚媾，無適意者。佳婦。一日坐湖樓望春，竊睹生儀容閑雅，心異之。遂題詩一絶，密令侍女投舟中貽生。其詩曰：「二月春光好，堤邊柳始花。吟詩千萬首，當贈阿誰家？」生得詩，駭之，即移舟樓畔，隨命侍兒復婦詩，答曰：「客子遊來倦，何曾敢戀花。抱琴人有意，解渴問伊家。」婦得詩，留意書生，密報一字，命其繫舟湖岸。夜半與生會，所贈賫氈衣飾最富。人有覺者妒之，首於錢塘令。令以風俗事關吏治，命差出拘生。生出語狂放，令怒，欲申文督學。生笑曰：「柰何以風流殺才士？」出語驚人。令曰：「生才何長？」生曰：「文章而外，頗善詩賦。」令即以今日事爲題，生援筆就，曰：「桃拂春風柳拂纓，騷人何處不留情？佳句。當年不作揚州夢，今日何人説杜生？」令曰：「詩雖佳，孀婦非妓也。」生又賦詩獻曰：「偶爾相逢蜀道濱，相如不是薄情人。豈知琴意能挑鳳，更佳。惹得王孫怒氣嗔。」令奇之，釋還。

王梅英

韵婦王梅英，吴中名妓也。性喜梅，因字梅英。嫁楚宦，宦死，武林估客陳姓者娶之，携歸里。陳估性鄙俗，與韵婦不叶，婦因茹齋習佛事。性喜吟咏，架上日置《花間集》、《草堂詩餘》、《唐人百名家詩》各一部。便有韵致。焚香静坐，念佛之餘，間吟詩幾首，聲揚户外。隣有劉尼者，亦善詩，結菴梅花下。愛婦才，友事之。時武林一宦欲延師訓女，尼薦之。宦居湖北，婦居湖南，與宦宅相望。凉秋九月，寫景得情。湖光明麗，婦偕尼散步至宦館。道經北山下，忽遇一生覷之生，宦之年家子也，窺婦才，心艷之。置一詩袖中，見婦過，揖而投之。其詩曰：「《葩經》三百授高徒，風始《關雎》美且都。讀得《鄭風》投芍處，恐教師姆也糊塗。」婦得詩，含笑藏之。一日歸，適其夫往吴門，生訪其家，遂以詩與婦通慇懃。未幾，估從吴中返，生不得往。於時梅花將放，媜念生不已，手書一牋，遂命小僮訂生晤於尼菴之中。其詞云：「賤妾庸流，得交君子，詩句行媒，托身有日矣。不謂一天良月，陡起愁雲，人隔天河，無由得面。憶情腸裂，念舊心酸。幸有隣居近地，菴傍梅花，乃我密交尼獨居處也。園深且僻，可停君子之驂；徑曲而幽，不致漁人過問。况有書在架，蔕草儘可娱情；無鳥竊窺，寒香皆能助韵。雖蜂多逐蝶之能，而鵲有架橋之技。無憂意外，願續前歡。蚤望惠臨，慰我遐眄。英泣拜。」生得書，如約而至。於時雨雪纏綿，梅含未吐。估在家，婦不能出。生候婦已久，抱悶而歸，呵凍作長歌一章，名曰《望梅行》，寄答梅英。其詩云：「陌上尋梅梅氣鬱，凍雲作雨煙光拂。行行緩度北山頭，坐對愁雲意如蝟。將心却事事仍前，此事柰何可却。長悼山阿何太慨。失路迷津欲問蒼，横溪曲澗路羊腸。凄凄細雨凌巾角，披濕拖襟步履蹌。陌上梅，何太晚，信寄予來來復返。空尋不得折花歸，只恐花開雪又損。」婦得詩，含涕不已。時而寒冬已去，而春風又來矣，湖開新面，山解愁容。婦屢以書招生不至，鬱極成病，亦草一歌，名曰《絶懽吟》，復囑小僮投生。歌云：「春來朝氣爽，花氣接禽歌。霧起園林好，春山横翠螺。閉户望君君不見，登樓忽見山開面。春來萬木趁晴陰，坐對芳菲心閃閃。踏春何處尋？讀此真令人腸斷。芳淚灑羅巾。野花含笑竹籬短，寫情盡致。野草連天陌上滛。墻頭柳拂迷人眼，墻外鶯聲綴字吟。春日晴，花正明。去年雪阻梅花信，今日晴逢桃李新。相思不見空投贈，冢滿荒郊何處尋？」生得詩，終不報，婦憤恚死。生負才，終老不第。

夏生曰：苕溪女，可謂知人矣。以泠泉亭落魄之寒士，因一夢而許佳配。雖兆之者大士，成之者家老，而所以結翰林之歡者，詩也。詩不可以爲姻乎？梁公不惜愛女而惜佳士，雖俠氣彌天，亦詩感之耳。素瓊賦詩殉節，流芳百世，紅絲繫命，寧不悲哉！至若鍾情而感詩投，戀舊而樂詩契，二者皆有異致，非俗婦所能比也。

詩樂

渡船翁

渡船翁，不知何處人，日摇一舟湖上，得渡錢而歸，買酒自飲，餘以留後日。或狂風霆雨，竟日夜卧舟中不起。人有呼其渡者，雖多與以金，不許也。嘗自題一詩，置於舟次。其言曰：「芙蓉媚秋水，桃李艷春風。醉卧西湖上，何人似散翁？」憶其詩，大率以芙蓉、桃李比時人，言其艶心名利；而彼以翁自命，謂其老而無求也。又曰：「尋詩北山下，貰酒斷橋邊。風月天相贈，山翁醉自眠。」又曰：「不管人間世，閒尋漁父遊。一春花事鬧，不上釣魚舟。」又曰：「畫舫迎佳客，朱樓布盛筵。經營多慘淡，我醉且由天。」又曰：「輕薄堤邊柳，炎凉湖上風。何爲人不解，顛倒管絃中。」諸詩皆妙。

陳頑仙

陳眉公居佘山，自號曰頑仙，即題其廬曰「頑仙廬」，又自贈數語。其辭曰：「一畝之園，數椽之屋。旁列圖書，隨意花竹。召客有酒，耕田有犢。晚厭蛾眉，餌藥獨宿。」客有問「獨宿」者，其意云何？眉公答曰：「獨宿藥不出《本草》，出心田。君可因名推之。」爰題其柱曰：「世事已成蕉鹿夢，何須着意機關；人生只此草蟲微，正好放懷詩酒。」又題其門曰：「山中宰相。」聯曰：「山爲仁者壽，水是聖之清。」仁、聖孔子不居，而高士居之。其樂如此。

靠天居士

明末有一士隱西溪，偩山面河，家搆數椽其下，舟楫可至其門，題曰「習隱園」。駘宕自得，瀟灑絶塵。自稱曰「靠天居士」，即顔其廬曰「靠天居」。靠天無他長，耕不問奴，織不問婢，朝饔夕飧，無日弗給。客有過者，與譚合，輒置酒烹魚與痛飲，投轄勿使辭去。人有問其術者，靠天以實告，曰：「吾居此有年矣。世間有嬾人，無嬾地。此千古謀生論也，汝知之乎？吾偩山居，前後種竹十畆，桃、梅、杏、李、梨、栗、橘、柚之類，間多植之。三年成林，四年落實。又有池一泓，計三四畆，約養魚數百尾。近池汙下之地，則雜種茭、芋及苧、蔴等物。稍類坡阜者，以茶、菊綴之。臨河更種槐十餘枝。五年而後，諸植漸蘗，吾無事矣。六年之後，竹、木、茶、菓之類可易米、鹽，荒草作薪，苧、蔴易布。一畆之田，出菜可易油；一圈之牢，養豕可佐膳。池魚上釣則就烹，村釀落漿則取飲。新菓不絶於盤，時蔬勿離於口。有機深隱械者，吾謝之却之，禍不至；有見道知義者，吾揖之就之，志日增。凡吾所爲，如此而已。」客唯唯退。又嘗題其齋曰「樂志齋」，齋之聯曰：「世外閒心觀白帖，田家樂事讀陶詩。」梅下有小軒，題曰「息交軒」，聯曰：「一壑一丘士，半痴半懶人。」軒旁有小房，題曰「書畫屋」，聯曰：「謝客卧書巢，名士不如高士樂；貪山臨畫譜，才人豈若嬾人安。」房之上架一閣，園林池館，俱列目前，題其閣曰「暢情閣」，聯曰：「得興且狂歌，功名渾如泡影；遣懷聊寄酒，營謀總屬燈花。」其恬淡如此。又嘗題詩曰：「獨坐幽齋小結廬，門無車馬擾閒居。息交且自從吾好，樂志堪誇與衆殊。閣以暢情觴詠盡，園名習隱友朋疏。靠天不必勞官捕，滑吏姦胥亦恕余。」

樂道人

樂道人卜居湖上，見西山爽氣，喟然曰：「此真讀書林、修性地也。」遂僦居兩峰下。一日，放舟孤山，拜和靖墓，題詩曰：「亭空人去影瀟瀟，曳杖來尋處士橋。莫負西泠好風景，寒梅野鶴可同招。」舟泛蘇堤，詩曰：「湖浄天空過客稀，遊筇不倦柳依依。恍疑身住蓬萊島，一抹煙銷白鷺飛。」過龍井，詩曰：「尋詩南北兩峰清，有意觀山苦不晴。龍井辨才關已閉，至今猶得聽倉鶊。」過靈石，詩曰：「言尋高士到山灣，負我幽期去復還。黄篋樓中人化鶴，劍書石匣等雲閒。」過石屋煙霞，詩曰：「石屋煙霞久不遊，莓苔洞口自深幽。倦來且就柴門坐，巖落空花石點頭。」過九溪十八澗，詩曰：「九溪行過問山家，云此山中獨産茶。十八澗邊留客坐，孤邨繞屋盡梅花。」過雲栖寺，詩曰：「欲向雲栖謁遠公，蓮池杖履總歸空。我來但得烹金液，暫借山泉洗耳聾。」過靈隱，詩曰：「雲深靈隱亂鶯啼，行過岣嶁又澗西。萬竹叢中泉一派，北峰斜壓鷲峰低。」一日別西湖他往，作別西湖詩曰：「言別西湖去，臨行足又違。巖花搴客轡，岸草繫遊衣。」湖山豈易別耶？

夏生曰：寰區，一苦海也；世法，吾桎梏也。人生苦海，又遭桎梏，口不敢言，氣不敢吐。所可言、可吐者，惟眼前山水、胸中詩句而已。然人總畏世法，籠絡一生，由不達觀耳。山水，仁知之樂；詩歌，韵士之風。動静樂壽，興觀群怨，聖人明明道過，俗人不知，坐此惛悶。試看渡船翁一生受用，何必大厦千間；陳頑仙平居數言，何須官居鼎吕；靠天翁隨意成家，何用萬畝良田。人能從苦海中尋出樂趣，由桎梏内打破迷關，學此三君，足矣！吾恒慕此，卜居湖上。學渡翁則無力，學頑仙則無才，學靠天則無此十畝，惟眼前山水，筆底詩歌，幸不放過。咄哉！

詩箴

孟浪生

越中有孟浪生者，善詩歌，喜結客。及金盡，親朋冷落，無一顧者。嘗爲詩寫懷，其詩曰：「結客黄金盡，移家問寂寥。飯香詩衲過，酒熱野人招。世法應無我，盟書自可燒。且從山水樂，讀古學逍遥。」又曰：「結客黄金盡，悽凉已有年。待時天莫問，學古眼争先。但念陶潛柳，寧誇祖逖鞭。揣摩今已熟，長嘯自軒然。」又曰：「結客黄金盡，論交意最真。執鞭徒羡富，割席敢辭貧。奔競名無我，縱横術讓人。但留肝胆在，豪杰與披心。」又曰：「結客黄金盡，還家卧草堂。梅花腸共冷，怪石貌同蒼。却聘才非謝，驚人口似莊。凌雲雖有賦，何必挾遊梁。」又曰：「結客黄金盡，携書作遠遊。噉名投刺嬾，附熱向人羞。才足依司馬，詩能老隱侯。一氈緣未了，鐵硯再來修。」又曰：「結客黄金盡，蕭然一窶人。雀羅親不到，石硯古爲隣。骨傲難從俗，才疏懶逐貧。知予無狎客，仗此得謀身。」又曰：「結客黃金盡，才華喜自優。人皆悲叔夜，我獨笑曹丘。朗月開胸臆，清風豁古眸。湖山知不熱，寂莫與尋秋。」又曰：「結客黃金盡，贏來一病軀。非關道力瘦，却怪命途臞。誤我書千卷，怡情酒一壺。壯心何處問，往事任糊塗。」時有友邀同盟者貽書于生，生答曰：「昔陳仲醇爲一世名士，望重當時。其時有數友聯盟，屬其贈序。仲醇笑曰：『「盟」下有「血」，「契」旁有「刀」。』此義君知之乎？古人結同心之謂契，誓生死之謂盟。今人熱則相親，冷則解散。吾不能爲此序。」遂却之。孟浪生因是亦作却盟詩謝友，其詩曰：「文章自古不長貧，益我浮名戮此身。幾許梁園悲壯士，何多魏苑泣才人。聖賢事業經綸在，豪傑交遊意氣真。舊社新盟聯不已，徒傷年少走紛塵。」又曰：「迂哉社集一何狂，雁塔何曾任主張。賦就三都皆笑駡，吟成梁父獨徜徉。悲來血染黃門草，痛矣魂歸中散堂。堪憶東山人閉户，竹林金谷恐經霜。」又曰：「賢書初下問名流，幾見名流破壁遊？甯戚驅牛能入相，公孫牧豕亦封侯。莫言西邸才争席，還笑南皮士見幽。浮譽浮榮何足問，沽哉待價念先猷。」又曰：「吳山越水競尋盟，旗鼓分途各著聲。牛血未寒戈在室，蘭言方吐棘填膺。知君有耳慚無目，慨我無縱亦不横。蓮社香山高士會，幾曾飛檄問簪纓？」客見詩，唯唯而笑。未幾，朝議有社盟之禁，諸人服其先見。

磊落生

嚴陵佳山水，磊落生嘗遊其地。富春令見而慕之，遂相延爲賓，授及門弟子業。磊生初至其署，見弟子放浪不羈，作《師道吟》訓之。其辭曰：「大道初開天地閉，草衣木食人禽類。倫明教設君爲師，天下人民識書契。文章禮樂法先王，《易》象《詩》《書》明大義。帝降王徂君不綱，國亂世衰斯道廢。尼山出爲萬乘師，執經問業皆高弟。談經説禮三千人，是時布衣乃知貴。從此師道儒爲尊，君不北面稱西席。贄羔束雁拜門墻，家奉其師爲傳習。適館授粲稱好賢，詩詠緇衣重改敝。何論卿相與侯王，皆從先生出短長。父母生兮恩育大，先生教兮德行良。所以敬師敬其德，所以求師求其方。三薰三沐登管仲，八徵八辟聘張良。鬻熊爲師權最貴，吕望分封地最强。横渠講業坐皋比，王通授學峻門墻。馬融絳帳簫笙沸，程顥紗廚蘭麝香。從來敬師皆敬道，疇云先生體不莊。」至踰年，弟子氣質多變化焉。每當冬月則畏寒懶起，夏日則貪凉熟睡，磊生又作《勸學歌》四首警之。其歌曰：「東風媚，百卉争妍花正麗。高樹流鶯語轉多，隔墻蝴蝶□飛入。携書就日動微吟，何用偷光鑿隣壁。趁春光，好磨□，夜寢晨興應自惜。駒陰一去不停留，浪蕩閒遊安取益？」又歌曰：「南風凉，日永晴多晝正長。林間叢竹陰多厚，檻外荷花晚更香。擁几北窗閒寄傲，何如硯墨法鍾王？乘夏日，好修藏，狂風嬾病莫支床。長開書卷終多益，飽飯酣眠甚可傷。」又歌曰：「西風烈，落木鳴蜩聲切切。小山叢桂正飄香，栗里黄花新發葉。閉户攤書納晚凉，何用聞蛩生太息。趁秋凉，好研緝，因首蓬窗當勉力。挑燈夜讀古人書，酒社花緣莫空費。」又歌曰：「北風寒，霜飛雪擁滿前山。竹屋紙牕堪避凍，青氊舊物莫嫌單。圍爐且讀三更火，何如獨立侍程關？趁冬暖，好研鑽，懸梁刺股昔爲難。熊胆嘗多終得味，梅花帳暖勿容貪。」越三年而弟子學成焉。

長安遊

磊落生之遊長安也，與豪貴者遊。見其裘馬翩然，揚眉吐氣，出則呷啞喝道，入則屏幔開筵，磊生見而慕之。未踰年，見有言事奪職者，有抗糧謫降者，有抵冒忌諱、流徙遠方者，更有擊登聞、被彈劾、立刻下刑部處死者，磊生駭焉。居年餘，所交布衣寒素之士卒晏然無恙。於是磊生喟然仰天嘆曰：「富貴眼前花，造物者誘人，一至是乎！」遂別京南返。於時塗中杜若盛放，作《杜若行》以自解。其詩曰：「在京日羨蘋婆菓，在路偏憐杜若花。杜若花開無諂媚，蘋婆菓熟衆矜誇。憶別京師方一月，蘋婆菓熟傷離別。但見河邊杜若花，道過齊東蘋菓絶。可知北土不宜南，焉得南人去不還？故鄉風土多奇別，何取沙塵垢面顔？擊筑不逢高漸子，調箏偏令南人死。章臺柳繫少年駒，楚館還教壯夫靡。我去我來不掛塵，吟詩作畫樂天真。交遊日進蘋婆菓，略嘗滋味且隨人。我聞甘者樹先伐，惟有青松長不拔。丈夫一意殉榮名，蜜取刀頭寧不割。我本無心作浪遊，逍遥一艇泛輕舟。路傍喜見無名草，得意投懽遂解憂。折取供瓶花最久，那知杜若真吾友。自夏徂秋不改顔，何取蘋婆悦我口。嗚呼！何取蘋婆之味適我口！」

夏生曰：詩以示儆，亦風人忠厚意也。古來惟友誼、師道，斷不可濫。讀「金盡」、「却盟」詩，可知不濫交遊矣；讀「師道」、「勸學」歌，可知不悞子弟矣。至如長安險地，風波莫測，苟能從熱鬧場中洗脱，自是高人達士氣概。知作詩苦心，悟涉世識力。劉孝標《絶交論》可不作，韓昌黎

《師説》可不興。李斯上蔡之犬，陸機華亭之鶴，永無千古嘆息之歌矣！讀《詩箴》者，良可三復。

詩謔

香兒吟

陳仲醇隱佘山，日邀遊山水，多覽勝於三泖九峰間。時吴門一春元來訪，留在坐。方冬雪霽，梅花盛放，山水獨明。公與春元飲酒聯詩，正停筆搆思，忽一少年佳妓吴婉容者，自金陵來訪山中，其婢香兒又翩翩特秀。公與春元見而羨之，遂詢妓曰：「善詩否？」妓應曰：「賤流無長才，公倡可和也。」公大喜，援筆屬春元共聯詩。公起唱曰：「春元翰墨空三泖」，春元和曰：「逸士文章落九峰。」妓援筆連續二語，呈曰：「不若梅心堪比妾，春風逸致淡爲同。」妓以公窗下有梅，假此爲贈。公大笑曰：「妙絶！妙絶！此二語春元、逸士一網打盡矣。」香兒跪請公筆，題續曰：「娘言雖妙，不若置身丘壑裏，山山水水興相同。」公與春元撫掌大笑曰：「此婢胸中復有丘壑。」

桃竹嘲

有一士携妓往西湖遊者，妓善詩。繫舟西陵橋，見園中脩竹過墻，桃花相間而出。士即以此爲題，嘲妓曰：「素質清風不用粧，遊絲何得繫衣裳？那知輕薄紅娘引，哄得張生夜跳墻。」妓得韵，答嘲客曰：「濃艷芳姿濃艷粧，春風漫試薄羅裳。無端君子來相謔，惹得佳人也跳墻。」

烟月戲

嘉禾一客來杭州，武林諸公設公席酌之。時一杭友謔曰：「聞之人云，禾中人怕晴，然否？」禾中客問曰：「何謂也？」杭友曰：「禾人不怕晴，每社集必曰烟雨樓，非怕晴而何？」禾中客亦謔之，曰：「吾聞杭友怕月，是否？」杭友曰：「何謂也？」禾中客曰：「有詩爲證，其詩曰：『荷花十里滿亭香，好繫遊舠納晚凉。一曲新詞吟未了，却抛明月進錢塘。』非怕月而何？」後一客惡謔，用其韵改作曰：「燒鵝羊肉石灰湯，先到湖心後岳王。一曲錦帆歌未了，却抛明月進錢塘。」此雖俗謔，亦有深致。

鬻鶴吏

林和靖爲宋處士，隱孤山，以梅爲妻，以鶴爲子，皎皎塵外，至今慕之。近有一貴客過放鶴亭，見寒梅零落，無鶴在山，恐虚鶴亭之名，遂買二鶴養於林公墓所。剪鶴翼，恐其飛去，又設木栅關之。時一士過其亭，大笑之，恐犯尊者，作一詩燒告林公曰：「仙姿不類養鷄鵝，説與先生聽也麽？謝却梅花解却鶴，好留青冢對秋波。」時一客從旁見詩，謂林公清風高致，當年放鶴非鬻鶴也，爲用韵答之曰：「非鷄非鴨亦非鵝，牢繫亭前鶴肯麽？放鶴原非鬻鶴客，何緣冢上作風波。」又一客和曰：「先生愛鶴本非鵝，籠絡山中作甚麽？放去莫汙高士墓，梅花始得見清波。」

求薦生

近日結盟者多設公席，每外方友至，於西湖讌集，即派公分，因名曰公席。每遇科歲試，諸人必求公書薦名士，名曰公薦。時一士公席常與，公薦常例，科舉竟不得，設一策往織造府鑽謀。織造盧公，内相也，素不相識，大叱之。士在府前躊躇盼望，若有失者。忽而遇密友，容貌大慙。友問之，巧爲飾辭。其友别，遂作詩嘲曰：「公席公書日日忙，公公恐未擾茶湯。不如静向雞窓坐，明日觀風殺一場。」又詩曰：「公席公書日日忙，公然名士要觀場。明朝榜發無公道，科舉年年想斷腸。」

折臂翁

近有一客來杭州，荷當正盛，湖上遊人寂寥。客不知其故。時避暑，買一舟繫荷花岸，意欲折數花供瓶。舟人止之，客叱曰：「荷花滿湖，千紅萬紫，何一枝之不可取？」舟人告曰：「此花今有所司，浪取一枝不得。犯者雖費十萬錢，不救也。」客聞而笑之。未幾，一狂生泛小舟來湖北。此生乃武林善詩者，攘取其花，載舟中，戲爲題詠。守花者報知所司，遂領厮養卒數人，駕小航，追狂生舟。索詐不已，遑兇竟斷其臂。生情亟，投溺湖中。客見而駭之，乃知舟人之言不我詿也，遂爲詩紀之，曰：「荷花豈是殺人刀，一片西湖化作牢。浪取一枝遭折臂，問君何處續《離騷》？」又爲《折臂行》以嘆狂生，歌曰：「三日湖邊坐，逢花便繫情。一日觀花花蚤發，二日觀花花氣清。可憐三日花爲祟，折斷遊人臂一莖。折臂不識誰家子，一花遂令遊人死。於今號令不兒嬉，儼取皇陵一抔土。我亦有心折此花，供瓶把翫欲矜夸。那知折花遭折臂，一折手摧如裂麻。狂生狂生能活否？知爾能詩但須口。縱然詠出鬼神驚，下筆何能驅折手？折臂翁，爾何聾。君豈不聞昔日平章宅，一曲西湖秋壑封。遊人不敢窺葛嶺，爾今抵冒何愚矇！」

付法僧

近來佛事繁興，儒術不振。西湖四山，皆名僧卓錫，具德卜靈隱，三宜宅瑪瑙，豁堂居淨寺。其餘紛紛緇布，稱大和尚者不一人，付法者不一家。時一客來湖上，作詩嘆曰：「登壇説法盡浮屠，寶剎金幢翡翠鋪。博物無如空一切，能文何必讓《三都》。紛紛蕭寺皆孱衲，寂寂禪宮半腐儒。滿口毘尼多念佛，不知佛祖念君無？」

觀風士

邇來兵卒驕蹇，武林家無寧居，四山皆厮養侵虐，出入城守索錢。未幾，開府范公至，民獲安恬，墦間皆獲祀，城守不受錢。有一西雍客遊杭州，觀風，嘆曰：「武林此日樂豐年，城守於今不受錢。松柏林中皆長蘖，魚羊市上得烹鮮。清明喜見墦間祭，競渡重逢湖上船。不是使君來撫卹，青郊晨爨幾無煙。」

夏生曰：《詩》稱「善謔不虐」，即一謔之中，亦有大義在焉。巧言譏諷，冷語相嘲，此善於謔者也。香兒續高士之吟，謔中有敬道之意。下至桃竹相譏，煙月戲答，亦謔得風韵。若羈鶴客與求薦生，一者欲附大隱以成名，一者欲求貂璫以鬻貴，未免齷齪近人矣。作詩者從脅旁腦頂上以刀刺進，不管千載後捉鼻取笑，此謔之毒者也。至如貪花而斷其臂，罪不應此極；佞佛而即付法，道何至輕傳？二者亦有可謔之理。若夫振世維風，立綱肅紀，是在大君子之立心，非謔語所能諷也。噫！謔之義始自風人，盛於晉代，濫於晚近。晏平仲、東方朔、淳于髡、樂天、子瞻，其表表者也。予不暇稽古，襍取數條，以爲有識者勸進焉。

買愁集

買愁集提要

《買愁集》四卷，據清初原刊本點校。輯撰者錢尚濠，字振芝，號綏山主人，江南長洲人。生平未詳。按此書未署刊刻年月。據楊國玉考證，書中所載作品，最晚爲湯傳楹詞六首，出自順治二年初刊之《湘中草》十二卷本；又丁耀亢《續金瓶梅》順治刻本卷首「借用書目」已列有《買愁集》一種，序署順治庚子（十七年），則書當成於順治二年至十七年之間（詳楊文《錢尚濠買愁集編刊年代小考》一文）。此書大抵本孟啓《本事詩》體例，分四題集唐以來詩詞曲小説詩話中之涉韵事者，上自帝后嬪妃，下迄才子佳人，種種愛欲情態，「想」後繼以「恨」，「恨」後繼以「哀」，「哀」後繼以「悟」，四題入世出家，宿命乎，超脱乎，隱然示一人生軌蹟在，而以有意無意之「買愁」總綰之，則全書較孟啓之作爲整飭也。各集前列有目録，然所標乃所引詩詞作者名，非原出處。各集前除小序外，另有弁言，惟「想書」缺。此書久湮無聞，民國初忽受歡迎，有上海雜誌公司鉛印本，收入其《中國文學珍本叢書》；民國四年上海藜光社寫印本流傳較廣，然僅收「想書」、「悟書」兩集而已，且不録「弁悟」，「想書」末則有目闕文。

買愁集序

北斗才女，靦妍面而咒桃花；東國王孫，舐嬌痕而求獺髓。記妝臺者，業已黼黻雕房。玉艷窗扉，拂鉛黃而鏡展；蘭香帳額，卸跳脱而膩流。署温柔者，亦且笙簧香瑣矣。顧天亦有情，人誰無恨？銀河之上，能淹織女機絲；蕊殿之閒，舊識常儀杵臼。胡然天帝，寧辭相現五衰；焯彼雲霞，安免魂消六鑿？青冢銷沉於落照，璚樓蕪没於寒煙。洛浦神移，凌波空想；漢皋人遠，捐珮猶憐。武帝所以懷傷，白傅因之歌恨。有情同慨，終古一揆。故春紅埋玉，黄生淚壓犀簾；香碧珠沉，孫氏腸摧瑟枕。晨隱寄根於埤澤，薦靈仙苑；應舒濯質於淤淖，解語帝傍。幸也斯珍，弛則遐棄。流宫逐鳳，珠斗量而買笑；章臺躍馬，錦籠載而纏頭。結蘇小之同心，陌香油壁；玩韋孃之薄鬌，蟬逼雲鬟。樹箏先贈，陋吟笑謔之章；靈犀暗通，奚媿閑情之賦。畫修眉，開輕扇。玉臺去，青鳥來。期三寶之方標，歎五葩之就萎。或當麗景雲纖，芳宵月晝，笙樓度鴈，繡箔穿鶯。憎冶葉之蕭疏，惋陳枚之狼藉。觸餘芬于唾褘，疊離恨于羅韈。愁地悠悠，情天脉脉。似對疑峰，恍沉絳漢。想托隰苓之美，德比良朋；恨同月出之人，神勞君子。作者所以援事以泚筆，寓情以成編。六義本諸風人，三深來自騷苑。不難品重孔嬛，題增宛委矣。吾吴錢子，寸餘華國，學富等身。嗽六而叩寂，康水徵文；汲五而搜腴，葱市啓藻。葳蕤藿靡，操江氏之青鏤；或煜雲襄，洩馬生之黄絹。且也夫潤玉爲姿，詎煩拭汗；搴蘭作骨，不藉薰香。依依楊柳，張緒徊徨；濯濯梧桐，五恭遷止。抱懷賢于天際，栽恨種于房中。先吾意而有拈，拈來玉屑；同斯懷而成搆，搆就花箽。署曰「買愁」，良有以也。夫縣名聞喜，亦既旅懷；村著買愁，最傳客恨。煙巒縹緲，依稀行雨之臺；霧陣横流，彷彿雲騎之路。彼既登臨，未築浣花于草室；此直卧覽，幻成種紙于蕉菴。則哀斯帙者，固已濡髮成書，和血爲鉛；而諷是册者，能不觸韋增惋，涉響流歎也？石天散禪沈顥撰。

買愁集目次

集之一

十四五	歐陽脩
望湘亭	王　觀
晴日園林	邵鴻舉
不須金	張文潛
滿天梅雨	王明之
多半空房	孟淑卿
下幃趺坐	朱淑真
別郎易	魏夫人
道河亭	無　名
披香閣址玉牌	楊　載
小小年華	辛幼安
襄王夢	張子厚
一夜梅花	張子厚
霜月黄昏	康伯可
憶你傷我	許左之
梅村雪店	劉改之
山兒水兒	劉招山
南柯子綺羅香	無　名
門前一樹花	無　名
杏花東	無　名
紅袖高樓	杜　牧
朗軒	慧　姑
吴娃	黄　華
最難忘	無　名
圖貌	王繼學
鶯聲寂	張仲舉
梅子墻頭	劉庭信
春愁澆酒	蔣　捷
城頭啼鳥	鄭思肖
事事可可	柳耆卿
重門鎖	無　名
催人別	程書舟

集之二

恨書　小序一則

集之三

哀　書　小序一則

集之四

悟書

買愁集

綏山主人錢尚濠振芝輯
石天散禪沈顥朗倩閱

一集想書

愁思縈如落絮，凡心不肯粘泥。杜鵑喚醒行人夢，夢來何處？蝴蝶飛殘別院春，春在誰家？秋風薜荔，雲迷楚國三閭；曉市鶯花，酒醒揚州十里。薰爐鎮日縈絲篆，忘不了《四愁詩》；虛幌無人背小樓，忽提起十年事。集《想書》。

老斗云：建和中，保林吴姁以詔下中常侍超，趨詣故大將軍乘氏忠侯商第。「第内讙譟，食時，商女瑩從中閣細步到寢。姁與超如詔書，周視動止，俱合法相。超留外舍，姁以詔書如瑩燕處，屏斥接侍，閉中閤子。時日晷薄辰，穿照蜃牕，光送着瑩面上，如朝霞和雪艷射，不能正視。目波澄鮮，眉嫵連卷，朱口皓齒，修耳懸鼻，輔靨頤頷，位置均適。姁尋脱瑩步摇，伸髻度髮，黝鬆可鑒。圍手八盤，墜地加半握。已乞緩私小結束，瑩面發赬，抵攔。姁告瑩曰：「官家重禮，借見朽落，緩此結束，當加鞠翟耳！」瑩泣數行下，閉目轉面内向。姁爲手緩，捧着日光，芳氣噴襲，肌理膩潔，拊不留手。規前方後，築脂刻玉，胸乳菽發，臍容半寸許珠，私處墳起。爲展兩股，陰溝渥丹，火齊欲吐，此守禮謹嚴處女也。」此書出自六朝手筆，字敲珠艷，句落蘅香。凡一展卷，無不徘徊心動。綏山主人《讀史》詠云：

「銀筆裁來墨幾行，芙蓉粉土玩新妝。燈前催夢婷婷影，帳底呼魂渺渺香。百艷再來生倩女，一花幻出小昭陽。風情公案知多少，倩得書生作媚孃。」

後主于清樂苑中與諸詞臣造樂府，以綺艷相高，極于輕蕩。《玉樹曲》云：「麗宇芳林對高閣，新妝艷質本傾城。映户凝嬌乍不進，出帷含態笑相迎。妖姬臉似花含露，玉樹流光照後庭。」

楊師道《初日看婚》詩云：「洛陽花燭動，戚里盡新蛾。隱扇羞應慣，含情愁已多。輕啼濕紅粉，微睇轉橫波。更笑《巫山》曲，空萬雲雨過。」

沈約《六憶詞》云：「憶來時，灼灼上堦墀。勤勤叙離别，慊慊道相思。相看常不足，相見乃忘饑。」「憶坐時，黯黯羅帳前。或歌四五曲，或弄兩三絃。笑時應莫比，嗔時更可憐。」「憶眠時，人眠强未眠。解羅不待勸，就沈更須牽。復恐傍人見，嬌羞在燭前。」

白樂天詞云：「花非花，霧非霧。夜半來，天明去。來如春夢不多時，去似朝雲無覓處。」

韓偓《香奩》詩云：「千金莫惜早蓮生，一笑從教下蔡傾。仙樹有花難問種，御香聞氣不知名。愁來自覺歌喉咽，瘦去誰憐舞掌輕？小疊紅牋書恨字，與奴方便寄卿卿。」

詩始于《三百篇》，而《國風》句句作情語；莫盛于唐，而唐士人擬格按律，作一情語，悶悶不敢出聲。韓子何人？破藩决籬如此，非情人，直是古人！

開元中，頒賜邊軍纊衣，皆製自宫人。有兵士於衣中得詩云：「沙場征戍客，寒苦若爲眠？戰袍經手製，知落阿誰邊？畜意多添線，含情更著綿。今生已過也，再結後生緣。」

此等詩，鬚眉能作一字否？詩本于情，信然，信然！

貞觀中，一士人于慈恩寺召仙。有仙自稱羅襪仙子，下壇詩云：「隔簾燒燭爛如銀，隱映繁星出絳濱。獨韵三山鶴背笛，吹殘人世幾紅塵。」問仙是何出處？云：「名登桂籍，家住桃源。塵緣未斷，還到人間。」又云：「妾有遊清詞，可記憶也。」詞云：「青裙卸却下瑶臺，一卷瑯函手自裁。何事白雲封不住？夜深飛墮碧龕來。」一「青霓自剪舊時衣，一路寒山夢不迷。堪笑釵頭雙縭子，人間還作鳳凰飛。」二「松門斜徑鎖烟霞，舊是嬌龍小鳳家。近日麻姑書信至，青童遍掃石床花。」三「移過雙檽白玉錢，夢迴明月墮香鈿。窗間一寸眉痕裡，常帶烟霞小有天。」四

石天曰：「人天俱在慾界中。予不幸生於人界，奈無緣乘鳳，空歌牧犢何？意者桃花半面，其在金雞洞口、緑玉田間乎？」作《無題》云：「海底塵生曉未揚，三珠春影佛扶桑。安期手摘雞心果，蕚緑鬟輪鹿角漿。花死不脩明月葬，燕來密與好風商。依稀夢冷仙姝廟，襪底微聞帶露香。」

古《楊柳詞》云：「苡菇葉爛別西灣，蓮子開時猶未還。妾夢不離江水上，人傳郎在鳳凰山。」

韋應物於杜鴻漸席上見二妓侑觴，醉吟一絶云：「高髻雲鬟宫樣妝，春風一曲杜韋娘。司空見慣渾閒事，惱斷蘇州刺史腸。」後二年之京，宿邸中，夢見前二妓執板侑觴，和前詞云：「花作嬋娟玉作妝，風流争似舊徐娘。夜深曲曲灣灣月，萬里隨君一寸腸。」

古絶句有可思者五首，一云：「莫作商人婦，金釵當卜錢。朝朝江口望，錯認幾人船。」又云：「不

喜秦淮水，生憎江上船。載兒夫婿去，經歲又經年。」又：「君家住何處？妾住在横塘。停船試相問，或恐是同鄉。」又：「打起黄鶯兒，莫教枝上啼。啼時驚妾夢，不得到遼西。」又：「高高明月出，照此誰家樓？上有羅衣裳，凉風吹不休。」

昇平公主有才思，喜詩人李端，宴中呈詩云：「青春都尉最風流，二十功成便拜侯。金距鬬雞過上苑，玉鞭騎馬出長秋。薰香荀令偏憐少，傅粉何郎不解愁。日暮吹簫楊柳陌，路人遥指鳳凰樓。」又賦「錢」字韵詩云：「初月如鈎未上弦，方塘似鏡草芊芊。新開金埒教調馬，舊賜銅山許鑄錢。楊柳入樓吹玉笛，芙蓉出水妒花鈿。今朝都尉如相許，願脱長裙學少年。」

戎昱刺浙郡，郡有妓美艷善歌，昱鍾愛之。一日，韓晉公召置籍中，昱作詩送之云：「好去春風湖上亭，柳條藤蔓繫人情。黄鸝久住渾相識，欲别頻啼三兩聲。」

吕温守道州，每當春時，與段洪古竟日微吟花下。或花落，必灑淚酹酒送之。一日牡丹將謝，温對花徘徊，至夜分猶秉燭，因寄古詩云：「盡日看花君不來，江城半夜爲君開。樓中共指南園火，紅燼隨花落碧苔。」

劉長卿有《贈于越尼子歌》云：「鄱陽女子年十五，家本秦人今在楚。厭向春江空浣紗，龍宫落髮披袈裟。五年持戒長一食，至今猶自顔如花。亭亭獨立青蓮下，忍草禪枝繞精舍。自用黄金買地居，能嫌碧玉隨人嫁。北客相逢疑姓秦，鉛華抛却仍青春。一花一竹如有意，不語不笑能留人。黄鸝欲棲白日暮，天香未盡經行處。却對香爐閑誦經，春泉漱玉寒泠泠。雲房寂寂夜鐘發，吴音清切令人聽。人聽吴音歌一曲，杳然如在諸天宿。誰堪世事又相牽，惆悵回船江水緑。」

《初學記》：「閨情詩云：『檻外猧兒吠，知是蕭郎至。剗襪下香階，寃家今夜醉。扶得入羅幃，不肯脱羅衣。醉則由他醉，猶勝獨宿時。』」

裴諴作《南歌子》詞云：「不是厨中串，争知炙裏心。井邊銀釧落，展轉恨還深。」一「不信長相憶，擡頭問取天。風吹荷葉落，無夜不摇蓮。」二「簳蠣爲紅燭，情知不自由。細絲斜結網，争奈眼相鈎。」三又《楊柳枝》詞云：「井底點燈深燭伊，刀郎長行莫圍碁。玲瓏骰子安紅荳，入骨相思知不知？」

龍子猶《掛枝兒》本此。

周德華，劉采春女也。每當春時，喜獨行郊外，或見楊柳垂垂，則采其枝，結爲同心，隨流水放之。每放一枝，則歌云：「碧玉裝成一樹高，萬條垂下緑絲絛。不知細葉誰裁出？二月春風是剪刀。」

李群玉善吹笙，風情自愛。偶於杜丞相筵中見一美人，作詩云：「裙拖六幅湘江水，髻挽巫山一段雲。貌態祇應天上有，歌聲豈合世間聞。胸前瑞雪燈斜照，眼底桃花酒半醺。緑綺隔簾挑不得，春風空負卓文君。」

舊云：「不是相如能賦客，肯教容易見文君。」無味。

盧園，少丞別墅也，頽廢已久。曾有題詩亭上云：「水國微茫障石墉，盧家少婦此遺踪。千株柳色拋金縷，一片波光想玉容。春作情根流不斷，花將淚眼結成慵。愁心惜別知何許？江上青青十二峰。」又有題云：「兩年懽會夢魂中，聚散人間似轉蓬。歲月有情催去雁，關河無信寄來鴻。劍沉延浦光難合，瑟鼓湘靈調未工。萬里相思何處是？夕陽疏影楚雲東。」

李群玉歸涔陽，經二妃廟，題詩云：「小孤州北浦雲邊，二女明妝尚儼然。野廟向江春寂寂，古碑無字草芊芊。東風近墓吹芳芷，落日深山哭杜鵑。猶是含顰望巡狩，九疑如黛隔湘川。」

澄江旅館壁上有詩云：「美人在時花滿堂，美人去後留空床。床上繡衾閑不寢，至今三載猶餘香。香亦竟不滅，人亦竟不來。相思復相憶，白露濕蒼苔。」

張佖爲後主内史，才艷動人。作《江城子》詞云：「碧闌干外小中庭。雨初晴，曉鶯聲。飛絮落花，時節近清明。睡起捲簾無一事，勻面了，没心情。」又：「浣花溪上見卿卿。眼波明，黛眉輕。高綰緑雲，低簇小蜻蜓。好是問他來得麽，和笑道，莫多情。」

李端叔有贈人詩云：「通中玉冷夢偏長，花影籠堦月浸涼。挽斷羅巾留不住，覺來猶有去時香。」又：「情隨榆莢不勝飄，心似楊花暖欲消。擬借瓊林大盈庫，約君孤注賭妖嬈。」

歐陽脩嘗有小詞云：「江南柳，葉小未成陰。人爲絲輕那忍折，鶯憐枝嫩不勝吟，留取待春深。十四五，閒抱琵琶尋。堂上簸錢堂下走，恁時相見已關心，何况到如今。」

文忠此詞，幾爲終身之累。雖然，忠孝廉節，俱從「情」字做出，此詞安足累公哉！

王觀踏青郊外，過望湘亭，題《踏青詞》云：「調雨爲酥，催冰做水，東君分付春還。何人便將輕暖，點破殘寒。結伴踏青去好，平頭鞋子小雙鸞。烟郊外，望天秀色，如有無間。晴則箇，陰則箇，餖飣得天氣，有許多般。須教鏤花撥柳，争要先看。不道吴綾繡襪，香泥斜沁幾行斑。東風巧，盡收翠綠，吹在眉山。」

邵鴻舉《閒居雜題》詩云：「晴日園林放好春，館娃宮裡拾香塵。癡心未了鴛鴦債，宿命多慚鸚鵡身。柳愛風流因病睡，鵲貪懽喜也嗔人。桃花不識潘郎去，又逐東君一面新。」又《寄情》云：「書憐芳草宵憐月，無限離愁只夢傳。最是蛩聲聽不得，蛩聲何日到君邊？」

張文潛喜營妓劉淑女，爲作詩云：「可是相逢意便深，爲郎巧笑不須金。門前一尺春風髻，窗外三更夜雨衾。別讌從教燈見淚，孤舟惟有月知心。東西芳草皆相似，欲望高樓何處尋？」

王明之愛一妓，妓母携之之姑蘇，王留之不得。逾年，作詩寄之云：「黄金零落大刀頭，玉筯歸期畫到秋。紅錦寄魚風逆浪，紫簫吹鳳月當樓。伯勞知我經春別，香蠋窺人徹夜愁。好去渡江千里夢，滿天梅雨是蘇州。」

孟淑卿題《觀蓮美人圖》云：「綠槐蟬静日偏長，懶爇金爐百和香。莫摘池中蓮子看，個中多半是空房。」又《春歸》詩云：「落盡棠梨水拍堤，凄凄芳草望中迷。無情最是枝頭鳥，不管人愁只管啼。」

昔女子戲以蓮的拋郎云：「我憐子也。」問何以不去心？云：「正欲使卿知其心苦耳。」淑卿此詩，風韵爾爾。

朱淑真每至春時，則下幃趺坐，不許侍婢開窗，云：「不忍看春光也。」嘗作《送春詞》云：「樓外柳垂千萬縷。欲繫青春，少住春還去。猶自風前飄柳絮，隨春且看歸何處？滿目山川聞杜宇，便做無情，莫也愁人意。把酒送春春不語，黄昏却下瀟瀟雨。」元夕又作詞云：「去年元夜時，花市燈如晝。

月上柳梢頭，人約黄昏後。今年元夜時，月與燈依舊。不見去年人，淚濕春衫袖。」

魏夫人有《春恨詞》云：「別郎容易見郎難。幾多般，懶窺鸞。憔悴容儀，陡覺縷衣寬。門外紅梅將謝也，誰信道，不曾看。曉妝樓上望長安。怯輕寒，莫凭闌。怕東風，吹上眉端。爲報歸期須及早，休誤妾，一春閑。」又有詞云：「記得來時春未暮，執手攀花，袖染花梢露。暗卜春心共花語，爭尋雙朵爭先去。多情因甚相辜負。看輕折輕離，向誰分訴？淚濕海棠花枝處，東君空把奴分付。」

予嘗作《幽居》詩云：「窗間一榻舊烟霞，消盡閒中鬢裏華。只有詩魂消未得，春風吹上木蘭花。」又：「暗風吹雨入窗紗，零落吟魂感歲華。墻角一枝春去也，書生又看一年花。」較之「門外梅將謝，誰信道，不曾看」，又是愁魔間道矣。

穆陵道河亭上有題詩云：「縠雨初晴緑漲溝，落花流水共沉浮。東風莫掃榆錢去，爲買殘春更少留。」

梁谿楊載集唐人詩句作《宫詞》百首，内有佳絶云：「寂寂孤鶯啼杏園，春愁黯黯獨成眠。深宫更有何人到？紅歇香銷二十年。」二「柳色鶯聲晚日遲，宜春深院鬭花枝。年來事事皆無緒，愁見游空百丈絲。」三「銀漢遥應接鳳城，碧天如水夜雲輕。月光欲到長門殿，道是無情還有情。」四「小帳無人燭影殘，中天月色好誰看？翠輦不來金殿閉，南宫歌管北宫愁。」五「君恩如水向東流，猶有當時歌舞樓。回頭應嘆浮生事，憶得君王舊日懽。」五「馳道楊花滿御溝，晚來隨冰向東流。年年花落無人見，深鎖春光一院愁。」六「陰蟲切切不堪聞，静夜名香手自焚。隨分獨眠金殿裡，夢來何處更爲雲？」七「暗風吹雨入窗寒，抱得秦箏不忍彈。芳樹無人花自落，任他流水到人間。」八「耿耿銀河欲曙天，回看北斗欲潸然。行雲不下朝元閣，繡被焚香獨自眠。」九「一日遊鳳凰山，過宋大内，獨步微吟，尋香問玉，泫然興感。至披香閣址，拾得玉牌一事，上有鐫詞云：「内人曉起怯春寒，輕揭珠簾看牡丹。一把柳絲收不得，和風搭在玉闌干。」載爲之憮然。

《宫詞》句句體貼宫事，是宫記，而非宫詞也；句句作怨語，是宫怨，而非宫詞也。雖然，畫眉夫婿，十里長干，便作千秋怨譜；而三千粉黛，秋風紈扇，日影昭陽，何必不怨？何必不語語皆怨也？載集得之。

辛幼安《贈侍兒》詞云：「小小年華纔月半。羅幙春風，幸自無人見。剛道羞郎低粉面，傍人瞥見回嬌盼。　昨夜西池陪女伴。柳困花慵，見説歸來晚。勸客持觴渾未慣，未歌先覺花頭顫。」

張子厚有異才，多異夢。嘗記夢中詩云：「楚峽雲嬌宋玉愁，月明溪浄映銀鈎。襄王定是思前夢，又抱霞衾上玉樓。」

魂晝寓目，魄夜舍肝。寓目能見，舍肝能夢，見與夢一也。見未必真，夢未必假。

張子厚夢前身是唐盧仝，作《異夢録》。喜咏《感舊詞》云：「當時我醉美人家，美人顔色嬌如花。今日美人棄我去，青樓珠箔天之涯。娟娟嫦娥月，三五二八盈又缺。翠眉蟬鬢生別離，一望不見心斷絶。心斷絶，幾千里。夢中醉卧巫山雲，覺來淚滴湘江水。湘江兩岸花木深，美人不見愁人心。含愁更奏緑綺琴，調高絃絶無知音。美人兮美人，不知爲暮雨兮爲朝雲？相思一夜梅花發，忽到窗前疑是君。」

康伯可作《江城梅花引》云：「娟娟霜月冷侵門。怕黄昏，又黄昏。手撚一枝，獨自對芳樽。酒又不禁花又惱，漏聲遠，一更更、總斷魂。　斷魂，斷魂，不堪聞。被半温，香半薰。睡也睡也，睡不穩，誰與温存？惟有床前銀燭照啼痕。一夜爲花憔悴損，人瘦也、比梅花瘦幾分。」又作《冬景》詞云：「霜幕風簾，閑齋小户，素蟾初上雕籠。玉盤醽醁，還與可人同。古鼎沉烟篆細，玉笋破、橙橘香濃。梳妝懶，脂輕粉薄，約略淡眉峰。　清新歌幾許，低隨慢唱，語笑相供。道文書針線，今夜休攻。莫厭蘭膏更繼，明朝又、紛冗匆匆。酩酊也，冠兒未卸，先把被兒烘。」

許左之代妓作小詞云：「憶你當初，惜我不去。傷我如今，留你不住。」所懽聽之，戀戀踰時。又有句云：「好書醉眼愁將盡，媚句鈎腸懶再吟。」又：「書生薄命原同妾，丞相憐才不論官。」皆極情致。

劉改之赴試別妾，作詞云：「別酒醺醺渾易醉，回過頭來三十里。馬兒不住去如飛，行一䟕來牽一䟕，斷送殺人山共水。　是則功名終可喜，不道恩情拋得未？梅村雪店酒旗斜，去也是，住也是，煩惱自家煩惱你。」

傳奇詞云：「煩惱自家煩惱你，枕頭兒放下都不是。」可爲此詞注脚。

劉招山作《繫裙腰》詞云：「山兒矗矗木兒清。船兒似、葉兒輕。風兒更没人情，月兒明，厮合凑，送人行。　眼兒蔌蔌淚兒傾。燈兒更、冷清清。遭逢雁兒，又没前程。一聲聲，怎生得、夢兒成？」

《南柯子》詞句云：「妾心移得在君心，方知人恨深。」又：「是他春帶愁來，春歸何處？却不解、帶將愁去。」又《綺羅香》詞句云：「臨斷岸、新緑生時，是落紅、帶愁流處。記當日、門掩梨花，剪燈深夜語。」

《清平樂》詞句云：「花開猶是十年前，人不似、十年前後。叮嚀記取兒家，碧雲隱約紅霞。直下小橋流水，門前一樹桃花。」

春來士女都踏青郊外，有以錯刀畫詞青桐樹上，云：「春光入水到底碧，野色隨人是處同。何事殷勤頻借問，妾家只住杏花東。」

樊川詩云：「南陵水面漫悠悠，風緊雲繁欲變秋。正是客心愁絶處，誰家紅袖倚高樓？」

賦情詩，女郎慧姑題於朗軒壁上，清艷特絶。詩云：「自憐新髻好，對鏡久夷猶。回身瞥見郎，含羞整搔頭。花間並郎行，低説夜來話。蝴蝶學嬌癡，飛來傍裙帶。羨殺葉底花，色嬌香不漏。安得郎如葉，長將玉肌覆。」

黄華《采蓮曲》云：「南北湖亭競采蓮，吴娃嬌小得人憐。臨行折得新荷葉，却障斜陽入畫船。」

《瑣囊書》詞云：「翩若驚鴻來洛浦，風流正遇陳王。凌波羅襪步生香，不言惟有笑，多媚總無妝。回首高城人不見，一川烟樹微茫，最難言處最難忘。」

王繼學《題崔徽寫真圖》云：「舞鸞妝鏡拭鉛華，毫素無聲散采霞。夜月影寒生桂魄，春冰暈薄映桃花。夢隨圖去憑青鳥，愁逐書來點絳鴉。未得離魂如倩女，哀容先已到君家。」

張仲舉軒前海棠盛開，值春陰，作《惜花》詞云：「鶯聲寂，鳩聲急。柳烟一片梨雲濕。驚人困，教人恨。待到平明，海棠開盡。　青無力，紅無跡。殘香賸粉那禁得。天難準，晴難穩。晚風又起，倚闌争忍？」又《寫夢》詞云：「相見依然人似舊，比似舊年時較瘦。笑問平安否？不言低掩羅衫袖。　便欲窓前推枕就，無奈紅孱緑僽。驚起空回首，半牀斜月疏鐘後。」想時恨不作夢，夢時又恐不愜所想。我謂夢時不愜，只是想時不真耳；若真想，必有真夢。

劉庭信有詞云：「蝦鬚簾捲紫銅鈎，鳳髓茶閑碧玉甌，龍涎香泠泥金獸。遶雕闌，倚畫樓。怕春歸，緑慘紅愁。霧濛濛丁香枝上，雲淡淡桃花洞口，雨絲絲梅子墻頭。」

蔣捷有詞云：「一片春愁帶酒澆。江上舟摇，樓上帘招。秋娘容與春娘嬌，風又飄飄，雨又瀟瀟。　何日雲帆卸浦橋？銀字箏調，心字香燒。流光容易把人拋，紅了櫻桃，緑了芭蕉。」「心字香」，舊注云：「外國以花釀香，作心字焚之。」則「銀字箏」亦作銀字甲彈之乎？只是作盟心香可耳。

鄭所南有《春日登城》詩云：「城頭啼鳥隔花鳴，城外遊人傍水行。遥認孤帆何處去？柳塘煙重不分明。」又《春詞》云：「春氣暄妍御夾紗，玉釵雙裊緑雲斜。倚闌看遍庭前樹，盡是枝頭結子花。」又《懷友》詩云：「今日樽前忽憶君，爲憐秋事又平分。坐來凝睇西風久，過盡天邊數片雲。」又《春日遊承天寺》云：「野梅香軟雨新晴，來此閑聽笑語聲。不管少年人老去，春風歲歲闔閭城。」又《閨怨》云：「畫眉夫婿客遊梁，獨理瑶琴山水長。莫上翠樓憑几望，陌頭無數碧垂楊。」

柳耆卿有詞云：「自春來、慘緑愁紅，芳心事事可可。日上花梢，鶯喧柳帶，猶壓香衾卧。暖酥消，膩雲髻，終日懨懨倦梳裹。無奈！想薄情一去，音書無箇。早知恁麽，悔當初、不把雕鞍鎖。向鷄窗收拾，蠻牋象管，拘束教吟和。鎮日相隨，莫抛躲。針線拈來共伊坐，和我，免使年少，光陰虚過。」

此詞韵妙。

《春晚》詞云：「紅杏蕭墻翠柳遮，重門深鎖屬誰家？日長亭館人初散，風細秋千影半斜。滿地緑陰飛燕子，一簾晴雪捲楊花。玉樓有客猶中酒，笑撥沉烟索煮茶。」

程書舟《酷相思》詞云：「月掛霜林寒欲墜，正門外、催人起。奈别離、如今真箇是。欲住也、留無計。欲去也、來無計。馬上離情衣上淚。各自供憔悴。問江路、梅花開也未？春到也、須頻寄。人到也、須頻寄。」

竇梁賓《賀盧進士及第》詩云：「曉妝初罷眼初瞤，小玉驚人踏破裙。手把紅箋書一紙，上頭名字有郎君。」

予嘗謂功名富貴可以力致，獨此紅粉知己寥寥，千載不可多遇，遇即成不朽。盧生是懽喜地上人。

青樓詩云：「秦樓明月隱花汀，煙淡春山曉黛青。一百八聲鐘吼罷，夢迴七十五長亭。」

金海陵《贈宫婢》詞云：「箇人無賴是横波，黛染隆顱簇小娥。等得留儂伴成夢，不留儂住意如何？」

趙宜之過蒲東普救寺，僧舍西廂有崔氏遺照，題云：「並燕鶯爲字，聯徽氏姓崔。非烟宜采畫，含秀妒江梅。薄命千年恨，芳心一寸灰。西廂舊紅樹，曾與月徘徊。」又作《鶯鶯歌》云：「伯勞飛遲燕飛疾，垂楊綻金花笑日。緑窗嬌女字鶯鶯，金雀婭鬟年十七。黄姑上天阿母在，寂寞霜姿素蓮質。門掩重關蕭寺中，芳草花時不曾出。」

《西廂・蟾宫曲》云：「錦重重春滿樓臺，經一度花開，又一度花開。彩雲深夢斷陽臺，盼一紙書來，没一紙書來。染霜毫，題恨詞，濃一行墨色，淡一行墨色。攢錦字，砌迴文，思一段離懷，織一段離懷。倩東風寄語多才，留一股金釵，寄一股金釵。」一「碧桃香人在天台，高一簇花開，低一簇花開。翠陰陰竹護庭堦，疾一陣風篩，漫一陣風篩。和悶也凭畫闌，兜一隻繡鞋，靸一隻繡鞋。散心也蕩芳塵，立一會蒼苔，步一會蒼苔。怕多才鶯燕疑猜，遮一半香腮，露一半香腮。」二「冷清清人在西廂，唤一聲張郎，怨一聲張郎。亂紛紛花落東墻，問一會紅娘，絮一會紅娘。枕兒餘，衾兒剩，温一半繡床，閑一半繡床。月兒斜，風兒細，開一扇紗窗，掩一扇紗窗。蕩悠悠夢繞高唐，縈一寸柔腸，斷一寸柔腸。」三「嘆青春何處飄零，遺一段離情，添一段離情。掩香閨無限凄清，有一樣心疼，害一樣心疼。静悄悄花影下，見一番月明，怕一番月明。孤另另枕兒上，聽一點殘更，捱一點殘更。喜今宵花報銀燈，數一日歸程，盼一日歸程。」

王和卿作《一半兒》詞云：「鴉翎般水鬢似刀裁，小顆顆芙蓉花額兒穿，待不梳妝怕娘左猜。不免插金釵，一半兒鬅鬆一半兒歪。別來寬褪縷金衣，粉悴烟憔減玉肌，淚點兒只除彩袖知。盼佳期，一半兒才乾一半兒濕。」

《一半兒》詞情景最難叶，稍差分數，便非一半。此等雅致，元詞中甚難希有。

王實甫賦《別情歌》云：「自別後遥山影影，更那堪遠水粼粼。見楊柳飛綿衮衮，對桃花醉臉醺醺。透内閣香風陣陣，掩重門暮雨紛紛。怕黄昏不覺又黄昏，不銷魂怎地不銷魂？新啼痕間舊啼痕，斷腸人送斷腸人。」

關漢卿題《一半兒》詞云：「雲鬟霧鬢勝堆鴉，淺露金蓮簌絳紗，不比等閑墻外花。罵你俏寃家，一半兒難當一半兒耍。碧紗窗外静無人，跪在床前忙要親，罵了箇負心回轉身。雖是我話兒嗔，一半兒推辭一半兒肯。」

馬東籬《秋思》云：「枯藤老樹昏鴉，小橋流水人家，古道西風瘦馬。夕陽西下，斷腸人在天涯。」

鄭德輝《情詞》云：「不争琴操中，單訴你飄零。却不道窗兒外，有箇人孤另。」

白仁甫《陽春曲》云：「笑將紅袖遮銀燭，不放才郎夜看書。相偎相抱取歡娱，止不過趕應舉，及第待如何？」又：「百忙裏鉸甚鞋兒樣，寂寞羅幃冷串香。向前摟定可憎娘，止不過趕嫁裝，誤了又何妨？」

張小山《秋日宫辭》云：「花邊嬌月静妝樓，葉底蒼波冷翠溝，池上好風閑御舟。可憐秋，一半兒芙蓉一半兒柳。」又：「數層秋樹隔雕簷，萬朵晴雲擁玉蟾，幾縷夜香穿繡簾。等潛潛，一半兒門開一半兒掩。」又《酬耿子春》云：「海棠香雨污銀袍，薜荔空墻閑酒瓢，楊柳曉風凉野橋。雁書高，一半兒行書一半兒草。」又《咏梅》云：「枝横翠竹莫寒生，花淡紗窗殘月明，人倚畫樓羌笛聲。惱詩情，一半兒清香一半兒影。」

陳克明作《美人八詠》，《春夢》云：「梨花雲繞錦香亭，蝴蝶春融軟玉屏，花外鳥啼三四聲。夢初驚，一半兒昏迷一半兒醒。」《春困》云：「瑣窗人静日初曛，寶鼎香銷火尚温，斜倚繡牀深閉門。眼昏昏，一半兒微開一半兒盹。」《春妝》云：「自將楊柳品題人，笑撚花枝比較春，輸與海棠三四分。再偷匀，一半兒胭脂一半兒粉。」《春愁》云：「厭聽野鵲語雕簷，怕見楊花撲繡簾，拈起繡針還倒拈。兩眉尖，一半兒微舒一半兒斂。」《春醉》云：「海棠紅暈潤初妍，楊柳千腰舞自偏，笑倚玉奴嬌欲眠。粉郎前，一半兒支吾一半兒軟。」《春繡》云：「綠窗時有唾茸粘，銀甲頻將彩線撏，繡到鳳凰心自嫌。按春纖，一半兒端詳一半兒掩。」《春夜》云：「柳綿撲檻晚風輕，花影嶺窗淡月明，翠被麝蘭薰夢醒。最關情，一半兒温温一半兒冷。」《春情》云：「自調花露染霜毫，一種春心無處托，欲寫寫殘三四遭。絮叨叨，一半兒連真一半兒草。」

吴郡士人召乩仙，仙至，署曰「黄花女兒」。問其坊曲氏族，曰：「金閶王氏子。生時與里中黄生遇春懽好，又一生愛插黄花，人呼爲『黄花女兒』也。」問：「卿是夭逝耶？」曰：「某年十五而殞。」問：「黄生安在？」曰：「相繼亡矣。今某與同寢處，若人間伉儷也。」衆乞下壇詩，遂題數語云：「忘不了對攏雙袖，忘不了佳期月下偷。忘不了柳遮花映黄昏後，忘不了羅帳綢繆。忘不了紗窗風雨清明候，忘不了多病心情懶下樓。」風流藴藉，字有餘香，竟不知誰家紅玉也。

張安期有潭百畝，寰植芙蓉，秋來紅妝相映。一女子題詩亭上云：「芙蓉花發滿江紅，盡道芙蓉勝妾容。昨日妾從堤上過，如何人不看芙蓉？」

蔡君謨嘗夢至一處，與美人讌歌，贈以詩云：「綽約新嬌生眼底，侵巡舊事上眉尖。問君別後情多少？得似春潮夜夜添。」後至蜀，寓王筠甫家，出妓讌飲，怳惚似夢中所遇美人。夜宿書齋，見壁間題詩在焉，憮然知前詩非夢也。

傳奇中有《清江引》歌云：「一箇姐兒十六七，見一對蝴蝶戲。雙肩靠粉墻，春笋彈珠淚。唤梅香，趕他去別處去飛。」又：「轉過雕闌正見他，斜倚定荼蘼架。佯羞整鳳釵，不説昨宵話。笑吟吟，掐將花片兒打。」

薩天錫爲元時供奉，出入禁中，與嬪娥之紅香、淑艷相親炙。一日邀畫工作《四季宫人圖》，每一圖演七言古以爲題引，詞愈近拙而情態逾欲絶矣。春題云：「紫宫風暖百花香，玉人端坐七寶牀。鳳凰小架懸夜月，一女侍鏡覲濃妝。背後一女冠烏帽，茶色宫袍靴色皂。手持團扇不動塵，一掬香鸞立清曉。一女淺步腰半陀，小扇輕撲花間蛾。淡陰桐樹一女立，手抱胡牀眼轉波。床頭細鎖懸金鍾，白鶴雙飛花影重。青春幻出雲雨夢，巫山宫裏曾相逢。」夏題云：「金猊吐烟清晝長，美人坐倚白玉床。藍彩一女髻垂耳，手持方扇立坐傍。一女最小不會妝，高眉短髮耀漆光。玉纖緑笋握金剪，柳下輕挽宫人裳。金盤玉甕左右列，紅桃碧藕冰雪凉。冰壺之傍立一女，背後隨以雙白羊。手拱金瓶瀉水忙，滴翅灑雪驚鴛鴦。鴛鴦得水自雙浴，美人抱膝空斷腸。」秋題云：「盆池露冷荷半枯，碧波風細雙遊魚。美人坐此緑玉椅，屏山方按雙蟾蜍。椅後二女執纓立，按前二女嬌滴滴。大女手扶小女腰，小女嬌倚大女膝。凉風入樹落翠槐，秋深不見羊車來。金鈴響處吠黄犬，美人恨托芙蓉腮。」冬題云：「錦屏三面圍繡床，沉香椅上鳳褥光。美人端坐袖雙手，臨眉半蹙愁夜長。椅後一女伏白羽，一女執纓更回顧。一女烏帽金縷衣，玉指纖纖携小女。小女手挽大女腰，笑看孔雀雙翠翹。可憐美人獨自坐，翠竹雪響風前梢。」

古《眉譜》有「檀暈」、「倒翠」等名。《眉譜》詩云：「倒暈分梢十樣新，不逢京兆爲誰顰？春山添入秋風翠，捧出峨嵋月半輪。」

《比紅兒》詩云：「青絲高綰石榴裙，腸斷當筵酒半醺。置向漢宫圖畫裏，入胡應不數昭君。」又：「越山重疊越溪斜，西子休憐解浣紗。得似紅兒今日貌，肯教一去見夫差。」又：「撥得芙蓉出水新，魏家公子信才人。若教瞥見紅兒貌，不肯留情賦洛神。」又：「薄羅輕剪越溪紋，鴉翅低從兩鬢分。料得相如偷見面，不應琴裡逗文君。」又：「輕小休誇似燕身，生來占斷紫宫春。漢王若遇紅兒貌，掌上無因着别人。」又：「自有閑花一面春，臉檀眉黛一時新。殷勤爲報梁家婦，休把啼妝賺後人。」又：「晝簾垂地紫金床，暗引羊車駐七香。若得紅兒此中住，不勞烟篠灑宫廊。」又：「蘇小輕匀一面妝，便留名字着錢塘。藏鴉門外諸年少，不識紅兒未是狂。」

三千寵愛在一身。

《西廂》傳奇有崔娘詩云：「清潤潘郎玉不如，中庭蕙草雪消初。風流才子多春思，腸斷蕭娘一紙書。」又《艷詩》云：「春來頻到宋家東，垂袖開懷待好風。鶯藏柳暗無人語，惟有墻花滿樹紅。」又《離思》云：「山前散緩繞堦流，萬樹桃花映小樓。閑讀道書慵未起，水晶簾下看梳頭。」又：「曾經滄海難爲水，除却巫山不是雲。取次花叢懶回顧，半緣修道半緣君。」又《春曉》云：「半欲天明半未明，醉聞花氣睡聞鶯。狌兒撼起鐘聲動，二十年前曉寺情。」

集古題《裴航遇仙圖》云：「湖上春風草木香，溪頭仙子遇裴航。綠雲雙挽曉鬟重，白雪一聲春思長。花擁玉笙隨皓鶴，酒傾玄露醉瑶觴。畫圖仿佛當年事，牽引春風斷客來。」

集古有此天然格調，的是仙裁。

古曲云：「風兒疏剌剌吹動，雨兒淅零零風送，雨兒凄楚風兒横。繡幙中，燈兒一點紅。燈兒照破人兒夢，夢繞巫山若箇峰？」

傳奇詞云：「心情宛舊，繞定咱身後。咱低聲問還去否？問他這般不凑，那般不抖。便待窗前，窗前推枕。呀！猛跳起，人兒不見，不見枕根低叩。」

傳奇小詩云：「卜得上峽日，秋來風浪多。巴陵一夜雨，腸斷《木蘭歌》。」又：「雨滴空堦晚，無心換夕香。井梧摇落盡，一半在銀牀。」又：「命笑無人笑，含嬌何處嬌？徘徊花上月，空度可憐宵。」

張尚禮作《宫辭》云：「庭院沉沉晝漏清，閑門春草共愁生。夢中正得君王寵，却被黄鸝叫一聲。」

昔太祖以此詞善摹宫禁情事，置禮極刑。才情誤人如此。

高季迪《憶遠曲》云：「楊子津頭風色起，郎帆一開三百里。江橋水栅多酒壚，女兒解歌《山鷓鴣》。武昌西上巴陵道，聞郎處處經過好。櫻桃熟時郎不歸，客中誰爲縫春衣？陌頭空問琵琶卜，欲歸不歸在郎足。郎心重利輕風波，在家日少行路多。妾今能使烏頭白，不能使郎休作客。」

楊胤勣《守宫》詩云：「誰解秦宫一粒丹，記時容易守時難。鴛鴦夢冷腸堪斷，蜥蜴魂消血未乾。榴子色分金釧曉，茜花光映玉鞲寒。何時試捲香羅袖，笑語東君仔細看。」

聶大年詞云：「楊柳小蠻腰，慣逐東風舞。學得琵琶出教坊，不是商人婦。忙整玉搔頭，春笋纖纖露。老却江南杜牧之，懶爲秋娘賦。」又：「粉淚濕鮫綃，只恐郎情薄。夢到巫山第幾峰？酒醒燈花落。數日尚春寒，未把羅衣着。眉黛含顰爲阿誰？但悔從前錯。」又：「花壓鬢雲低，風透羅衫薄。殘夢瞢騰下翠樓，不覓金釵落。幾許别離愁，猶自思量着。欲寄蕭郎一紙書，又怕歸鴻錯。」

馬鶴窗召箕仙，一日泛西湖，乩運如飛，書云：「此地曾經歌舞來，風流回首即塵埃。王孫芳草爲誰緑？寒食梨花無主開。郎去排雲叫閶闔，妾今行雨在陽臺。衷情訴與遼東鶴，松柏西陵正可哀。」後書「錢塘蘇小小敬和鶴窗疇昔河橋首唱」。

錢塘士女張妙静，曉音律，善行草。作詞云：「憶把明珠買妾時，妾起梳頭郎畫眉。郎今何處妾獨自，怕見花開蝴蝶飛。」

楊升菴謫滇中，久不得調，寄夫人詞云：「費長房縮不盡相思地，女媧氏補不完離恨天。淚珠與銅壺共滴，愁腸與蘭焰同煎，愁和悶經歲年年。」夫人答詩云：「雁飛曾不到衡陽，錦字何由寄永昌？三春花柳妾薄命，六詔風烟君斷腸。曰歸曰歸嗟歲莫，其雨其雨怨朝陽。相聞空有刀環約，何日金雞下夜郎？」

《西河竹枝詞》云：「酒盡爐青客未休，脱衣走馬恣風流。西河亦有《横塘曲》，一拍風吹入秀州。」又《閶門楊柳枝詞》云：「二月初收鶴市燈，踏春兒女笑春貧。朝來忽地閶門柳，緑到臯橋不見人。」又：「粉光亭子日斕斑，欲寄音書好是難。一夜柳花吹不到，大長干隔小長干。」

沈行集古《香奩》詩，眉公云：「詩有可誦者三，《香奩集》其一也。」詩云：「靚妝纔罷粉痕新，寶鈿香蛾翡翠裙。坐久暗生惆悵事，花牋好作斷腸文。」「鷺花庭院日遲遲，盡日無人誰得知？雲鬢半偏新睡覺，海棠軒外去題詩。」「垂簷深院晚沉沉，鳳折鸞離恨轉深。惟有關山今夜月，只應偏照兩人心。」「春風淡淡影悠悠，欲綰雲鬟却又休。借問含顰向何事？悔教夫婿覓封矦。」「宿雨厭厭睡起遲，曉鶯啼斷緑楊枝。夢中無限風流事，盡在停針不語時。」「清明時節好烟光，草色青青柳色黄。惟有深閨憔悴質，不堪端坐細思量。」「輕移蓮步下芳堦，紅蘂當堦次第開。春意自知無主惜，晚風看落滿青苔。」「紅芳落盡井邊桃，酒病懨懨日正高。百尺朱樓閒倚遍，静看燕子壘新巢。」「愁思看春不當春，梅花已謝杏花新。良人一去無消息，錯恨橋頭賣卜人。」「黄鳥啼時春日高，殘妝和淚污紅綃。傷心更見庭前柳，依舊春來萬萬條。」「海棠庭外雨初收，嬌眼如波入鬢流。試着羅衣寒尚峭，晚風頻動惜花愁。」「一抹濃紅傍臉斜，眼横秋水髻盤鴉。妝成只是熏香坐，二月淮船當到家。」「每見花開即苦春，薄羅輕剪越溪紋。畫樓鎮日無人到，蟬鬢重梳舊日雲。」「南陌秋千寂寞垂，百花如繡照深閨。流鶯不管傷春恨，更向落花枝上啼。」「海棠時節又清明，紫蝶黄蜂各有情。試問閒愁知幾許，一江寒浪若爲平。」「日高閒步下堂階，行到花前淚滿腮。淚眼問花花不語，爲誰零落爲誰開？」「默默無言幾度春，夢來何處更爲雲？桃花臉裡汪汪淚，不是思君是恨君。」「殘妝滿面淚闌干，鬢亂釵横特地寒。火冷烟消寒食過，刺桐花發共誰看？」「細草春莎没繡鞋，閒尋女伴過西家。春風不管人憔悴，開遍薔薇一樹花。」「桃李争妍滿眼前，年年三月病懨懨。柔情牽損雙眉黛，淡畫春山不喜添。」「滿額鵝黄金縷衣，千愁萬恨過花時。亂紅飛過秋千去，盡日無風緑索垂。」「南浦東岡二月時，暫時分手莫躊躇。而今誤我秦樓約，兩見秋風不寄書。」「柳眉梅額曉妝新，傾國傾城總絶倫。心事十分誰會得？海棠風外獨沾巾。」「窺人佯整玉搔頭，睡起懨懨底事羞？忽見陌頭楊柳色，依然春恨鎖重樓。」「銷金帳冷水沉烟，樓上花枝笑獨眠。無限傷情言不盡，幾回欲起即潸然。」「宮樣衣裳淺畫眉，翠翹浮動玉釵垂。年年春事關心事，只有妝樓明鏡知。」「舊事無人可共論，一燈明滅照黄昏。深情厚意知多少？雨打梨花深閉門。」「人傳郎在鳳凰山，相見時難别亦難。狼藉落花春不管，樓前獨自倚闌干。」「鐘鼓無聲夜寂寥，背燈初解繡裙腰。淚痕落枕紅綿冷，縱得春風亦不消。」「有時顛倒着衣裳，不洗殘妝凭繡牀。好是緑窗風月夜，秋來只爲一人長。」「閒愁閒悶日偏長，對鏡那堪重理妝。自剪柳枝明畫閣，驚回白鳥入斜陽。」「嬝娜腰肢淡薄妝，家常愛着舊衣裳。玉關西望腸堪斷，針線慵拈午夢長。」「樓外重重疊疊山，别郎容易見郎難。日高睡起無情思，强把花枝冷笑看。」「冰雪肌膚力不勝，酷憐風月爲多情。自慚不及鴛鴦侶，雙宿雙飛過一生。」「樓上孤燈伴曉霜，啼妝不整困銀床。分明更想殘宵夢，小語低聲賀玉郎。」「芭蕉分緑上窗紗，暗度流年感物華。日正長時春夢短，覺來紅日又西斜。」「室邇其如人遠何，青春白日坐蹉跎。桃花臉薄難藏淚，灑向空川作逝波。」「風透疏簾月滿庭，緑窗今夜夢分明。一春魚雁無消息，不忿朝來喜鵲聲。」「自移枕簟對花陰，瘦覺寬餘臂上金。離別不堪無限意，一年不見一重深。」「紅夾羅襦縫未成，感時心緒杳難平。不知門外春多少，鶯到垂楊不惜聲。」「風恬日暖蕩春光，燕語鶯啼亦可傷。坐睡覺來無一事，窗前和淚繡香囊。」「倚闌無語倍傷情，夜合花開香滿庭。羌管一聲何處笛？細風斜雨不堪聽。」「郎上孤舟妾倚樓，感時傷別思悠悠。離心不異西江水，流到瓜州古渡頭。」「相思無路莫相思，默默春情更泥誰？獨宿孤房淚如雨，此情只有曉雲知。」「曉角昏鐘爲底忙？怕黄昏後又昏黄。近來欲睡兼難睡，半是思郎半恨郎。」「一從別後減零光，拂杵調砧更斷腸。江上有樓君莫望，海天愁思正茫茫。」「花恨紅腮柳恨眉，形同春後牡丹枝。緑窗孤寢難成寐，説與傍人渾未知。」「角聲孤起夕陽樓，不啻秦人怨隴頭。自是斷腸聽不得，吹人不管聽人愁。」「恩愛方深奈別離，蘼蕪盈手泣斜暉。舍南舍北皆春水，忍照鴛鴦相背飛。」「滿眼春愁倚繡牀，酒添顏色粉生光。侍兒扶起嬌無力，枕破施朱隔宿妝。」「淚濕紅牋怨別時，春天杳杳日遲遲。紅稀緑暗能傷客，此日深閨那得知。」「花枝千萬趁春開，短白長紅越女腮。人自多愁春自好，風流何處不歸來？」「膩髮堆雲鏡舞鸞，試從花柳問平安。不知何事秋千下，愁坐關心有幾般？」「常恨春歸人未歸，祇憑魂夢接親知。杜鵑叫落西樓月，正是女郎眠覺時。」「鬢雲斜嚲鳳釵横，意態由來畫不成。無限春愁莫相問，却愁紅粉淚痕生。」「傍簷垂柳報芳菲，自守空樓斂恨眉。黄鳥只愁春去遠，如簧巧囀最高枝。」「香塵微涴合懽鞋，花影無人自上堦。折得一枝香在手，思君簪向鳳凰釵。」「韶華不爲少年留，一寸心中萬里愁。天氣困人梳洗懶，嬌嬈意緒不勝羞。」「遠書歸夢兩悠悠，人自傷心水自流。長路關山何日盡？計程今日到梁州。」「蕙帳金爐冷篆烟，寶釵分股合無緣。沉沉良夜與誰語？獨自燒香獨自眠。」「一半雲鬟墜枕稜，懶將閒事更爭能。侍兒全不知人意，敲遍闌干唤不膺。」「剛被恩情誤此心，花流水怨離離琴。如今妾面羞君面，悔作從來恩愛深。」「愁鎖眉尖畫不成，烟花零落過清明。杜鵑不管離人恨，啼了千聲又萬聲。」「烏雲不理鬢蓬鬆，無力嚴妝倚繡櫳。簾捲玉樓人寂寂，手彈珠淚與東風。」「一更更盡到三更，冰簟銀牀夢不成。欲把傷心問明月，清光此夜爲誰明？」「蒹葭霜盡雁初飛，聞道隣家夫婿歸。怨别自驚千里外，不知何處寄寒衣？」「寂寞襟懷酒半醒，夜香燒罷掩重扃。無端畫角嚴城起，獨擁寒衾不忍聽。」「漏聲透入碧窗紗，天路悠悠星漢斜。獨坐黄昏誰是伴？閒敲棋子落燈花。」「月落孤城忽夜砧，斷腸魂夢雨沉沉。兒家夫婿多輕薄，何事經年阻好音？」「幾展齊紈又懶裁，殘妝淚暈濕紅腮。到頭須向邊城着，肯信愁腸日九回。」「缺月流光入綺疏，西風吹妾妾憂夫。吴魚嶺雁無消息，雲髻朝來不欲梳。」「媚霞横截眼波來，兩葉愁眉愁不開。白日卧多嬌似病，懶修珠翠上高臺。」「梅花似雪柳如烟，時候頻過小雪天。萬恨千愁言不得，願郎安穩過新年。」「睽違已是十秋强，哭損雙眉斷盡腸。何事黄昏尚凝睇，詩成吟咏轉凄凉。」又《四時集古》詩云：「緑楊高映畫秋千，畫出清明三月天。謾遣鯉魚傳尺素，側垂高髻插金鈿。相思相見知何日？多病多愁損少年。君在江南相憶否？亦應懷抱暗凄然。」

《春》「榴花嬌欲鬥羅裙，不忍重看舊寫真。幾樹垂楊陰乍合，滿林幽鳥語方頻。空餘錦字表心素，暗擲金錢卜遠人。別易會難長自嘆，人生莫作婦人身。」《夏》「芙蓉花外夕陽樓，情緒牽人不自由。針線懶拈腸自斷，闌干未倚淚先流。誰憐夜枕驚殘夢？只有空牀敵素秋。欲寄狂夫書一紙，薄情邊雁不回頭。」《秋》「料得南枝有早梅，深閨寂寞罷妝臺。朔風凜凜頻驚坐，別思綿綿不易裁。獨宿自然堪下淚，寸心爭忍不成灰。不眠數盡雞三唱，滿意燈花落又開。」《冬》

潘公理《襍詩》百首，曲盡閨情。今拈其五，詩云：「鶯啼燕語話春愁，片雨分陰不上樓。洗手弄珠無一事，開奩看取桂花油。」一「金華繡韈動遺光，酒帶微醺嬾上牀。侍妾爭傳鷄古貴，不知郎愛口脂香。」二「乍然相傍便相諧，取次温存取次乖。更有魂銷腸斷處，背燈斜脱鳳凰鞋。」三「昨夜郎酣柳市西，斜封紅豆寄當歸。晚來和淚抛金尺，準作愁顔問是非。」四「夜分燈翠逼芙蓉，幕捲金鎖寶髻鬆。記得情深情睡處，半鈎羅韈邊酥胸。」五

《藥名詩》云：「牽牛織女別經年，安得鸞膠續斷絃。雲母帳空人不見，水沉香冷月娟娟。」又：「天門冬日曉蒼凉，落葉愁驚滿地黄。清淚暗銷輕粉面，凝塵閒鎖鬱金裳。石蓮未嚼心先苦，紅豆相看恨更長。鏡裡孤鸞甘遂死，引年何用覓昌陽。」

石天有《數目詩》云：「一春花事一春愁，十二珠簾十二樓。千萬愁中聽百舌，兩三枝上五更頭。」

真娘，吴中妓人也，歌舞特絶。死葬武丘寺前，吴中少年從其志也。墓多花草，以蔽其上。嘉興

縣前亦有吳妓人蘇小小墓，風雨之夕，或聞其上有歌吹聲。後有士人題詩墓上云：「一株繁艷春城盡，雙樹慈門忍草生。愁態自隨風燭滅，愛心難逐雨花輕。黛消波月空蟾影，歌息梁塵有梵聲。還似錢塘蘇小小，祇因回首是卿卿。」綏山主人題詞云：「霧鎖鬟雲重，山低臉黛堆。青蘿煙上月，玉鏡舊時臺。連理枝，雙鴛蓋。合歡花，同心帶。舞衫何處落香塵？蒼霞幾片勞光采。高歌一曲凌風苔，裳梨落盡王孫哀。吳山越山何處路？青鸞西去不復來。」

虞美人墓上有虞美人草，昭君墓上有青草，貞娘墓上有花草。情之所種，可以化生。然則山河大地，榮光繁艷，安知非天地之情種所結想而成者？

洞庭東山有井，云是當年柳毅井。週迴橘樹參差，月夜常見龍女與毅雙雙出遊。辛酉歲，田子藝與王子同游，酒酣賦詩云：「橘花垂蔭碧闌干，此地曾經柳毅傳。卿亦有書吾肯寄，轆轤腸斷碧絲烟。」時林月漸明，隱隱見橘樹中美人掩映，若隔烟霧，却前遥吟云：「橘花如雪晚風清，迢遞關山春夢驚。明月一天凉似水，不堪重省舊時情。」

俞君宣少年登第，風情過人。作《采蓮曲》云：「小姨學采蓮，兩腕白於雪。花色妒緗裙，瓣瓣紅于血。西隣小姑亦採蓮，隔岸徒聞語笑喧。從來不相識，相呼好並船。停橈花下勤把手，他年何處投箕箒？苦樂參差不可言，此日花開得來否？難割藕絲腸，怕逢冶遊郎。歸去風吹小簟凉，時聞花外香。」

人生會少離多，天涯萍梗，誰能遣此？讀此詞，一片離情，在萬里橋頭。

沈君烈《古意》云：「佳人夏午簟如波，佳人無汗嬌輕羅。郎狂散髮投懷多，妾心憐慣不能訶。好爲君綰髻如螺，手蟠緑髮心揣摩，别有憐卿奈妾何？」

桃花女子集句詩云：「梳成鬆髻出簾遲，折得桃花三兩枝。欲插上頭還住手，遍從人問可相宜。」一「慵慵欹枕捲紗衾，玉腕斜籠一串金。夢裡自家搔鬢髮，索郎抽落鳳凰簪。」二「家住東吴白日磯，門前流水浣羅衣。朝來繫着木蘭棹，閑看鴛鴦作隊飛。」三「石頭城外是江灘，灘上行舟多少難。潮信有時還又至，郎舟一去幾時還？」四「山桃花開紅更紅，朝朝愁雨又愁風。花開花謝難相見，懊恨無邊總是空。」五「西湖荷葉緑盈盈，露重風多蕩漾輕。倒折荷枝絲不斷，露珠易散似郎情。」六「芙蓉肌肉緑雲鬟，幾許幽情欲話難。聞説春來倍惆悵，莫教長袖倚闌干。」七

劉夫人《題美人圖》云：「桂魄初生秋露微，輕羅已薄未更衣。銀箏夜久殷勤弄，心怯空房不忍歸。」

一士子寄宿空館，午夜見二女子，冉冉庭中拜月，挑髮微吟云：「拜月下高堂，秋風清露凉。曲欄人語静，銀鴨自焚香。」蓋狐女云。

傳奇詞云：「春至年年韋杜曲，芳草無心裙帶緑。風冷酒初醒，琴心瘦長卿。　藥裹封蛛網，愁入眉尖上。小拜向蓮幢，佛前燒炷香。」

《送友集古》云：「把酒相看對夕曛，紫烟衣上繡春雲。荒山古道無楊柳，惟有松枝可贈君。」

《金谷園集古》云：「深院梧桐壓金井，院門晝鎖回廊静。殘花悵望近人開，猶似當時美人影。」又

有《閨情集古》云：「珠箔上銀鈎，春花壓翠樓。笙歌何處響？鸚鵡對人愁。午睡醒來晚，無人夢自驚。夕陽如有意，偏傍小窗明。」

蘭芳、蕙芳，金閶賈人女也。淑姿窈窕，性耽蘭蕙。父築小樓居之，倩名人畫蘭四壁，二女日夕吟咏于上。聞楊用修作《竹枝詞》，云：「西吴有《竹枝詞》，東吴獨無《竹枝詞》乎？」作數闋云：「姑蘇臺上月團團，姑蘇臺下水潺潺。月落西邊有時出，水流東去幾時還？」一「虎丘山上塔層層，夜静分明見佛燈。約伴燒香寺中去，自將釵鈿施山僧。」二「翡翠雙飛不待呼，鴛鴦並宿幾曾孤。生憎寶帶橋頭水，半入吴江半太湖。」三「館娃宫中麋鹿遊，西施去泛五湖舟。香魂玉骨歸何處？不及貞娘葬虎丘。」四

二女後私一少年子，父覺，竟以雙玉委焉。父可謂憐才矣。

傳奇《釵頭鳳》詞云：「不關愁，非干酒，柳絲搓得鵝兒繡。腰圍瘦，眉痕鬬，十三明月，滿弦時候。逗！就！就！就！　憐花凑，惜花僽，柔香翠颭銀塘皺。紅光溜，濃烟透。金鴉待啄，籠裙荳蔻。逗！逗！逗！」

王元美《春夜不寐》詞云：「尖側東風，迷離烟雨，只解排比黄昏。一燈清映，烱烱淚珠痕。熏盡銅炬香灺，相思被、慰貼難温。那堪更，穿花玉漏，點點出長門。　無端千萬種，新愁舊事，來往紛紛。總成就天涯，一病身。捱得鄰雞報也，權撇下、幾件銷魂。還禁架，楊花燕子，遲日情閑庭。」

古四言詩云：「臨軒啓鑑，以炤二毛。美人阻隔，使我心勞。我有悲歌，苦無絲桐。我有尺書，苦

無飛鴻。清風徐來，暗菊生香。如彼窈窕，低言吐芳。寒衣未裁，庭霜菊浮。懷哉纖手，孰與藏鈎？誰曰江深？魚知其底。誰曰火炎？鼠居其裡。彼美一人，蛾眉傾國。愛我如攜，棄我如擲。阮劉神仙，天台猶慕。淵明淡泊，閑情作賦。衰草索綯，可制我牛。干將在匣，難斷我愁。夜深燭滅，降堦曳屣。樹影蕭疏，參差在地。仰視皓月，光燭無邊。纖阿願托，以鑑所懽。維鵲之腦，使人相思。試以贈之，庶不我辭。莫聽此曲，此曲甚長。停絲罷竹，且進我觴。」

四言詩古拙易，風雅難。讀此則零香斷玉，啄碎風箏。

唐伯虎作《海棠詞》云：「昨夜海棠初著雨，數點輕盈嬌欲語。佳人曉起出蘭房，折來對鏡比紅妝。問郎花好奴顔好？郎道不如花窈窕。佳人見説發嬌嗔，不道死花勝活人。將花揉碎在郎前，請郎今夜伴花眠。」

此詞于舊詞中翻出，如六一居士詩，淺故入情。

古閨宴感懷詩云：「昨夜匆匆扇底風，畫樓西畔桂堂東。身無彩鳳雙飛翼，心有靈犀一點通。隔座送鬮春酒暖，分曹射覆蠟燈紅。馬蹄明月催歸去，搔首西窗自咏蓬。」又：「相見時難別亦難，東風無力百花殘。春蠶到死絲方盡，蠟燭成灰淚始乾。曉鏡但愁雲鬢改，夜吟應覺月光寒。蓬山此去無多路，青鳥殷勤爲探看。」又：「來是空言去絶踪，月斜樓上五更鐘。夢爲遠別啼難喚，書被催來墨未濃。蠟燭半籠金翡翠，麝香數度繡芙蓉。劉郎已恨蓬山遠，更隔蓬山一萬重。」

古《劉阮》詩云：「殷勤相送出天台，仙境那能却再來。雲液既歸須强飲，玉書無事莫頻開。花當洞口應長在，水到人間定不回。惆悵溪頭從此別，碧山明月照蒼苔。」又：「再到天台訪玉真，青苔白石已成塵。笙歌寂寞閑深洞，雲散蕭條絶舊鄰。草樹總非前度色，烟霞不似往年春。桃花流水依然在，不見當時勸酒人。」《題蘭香張碩》詩云：「天上人間兩渺茫，不知誰識杜蘭香？來經玉樹三山遠，去隔銀河一夜長。怨入清塵愁錦瑟，酒傾玄露醉瑶觴。遺情更説何珍重，擘破雲鬟金鳳凰。」又：「碧落香銷蘭露秋，星河無夢夜悠悠。靈妃不降三清駕，仙鶴空成萬古愁。皓月隔花追嘆別，飛烟籠樹省淹溜。人間何事堪惆悵？海色西風十二樓。」

曹秀娥《題美人出浴辭》云：「温泉起來忙護體，帶濕裙拖地。翻嫌月色明，偷向花陰立。俏東風，俏東風，有心兒輕揭起。」

石天曰：「《墨莊漫載》：『婦人弓足始于五代李後主。』非也。六朝樂府有《雙行纏》，其詞云：『新羅繡行纏，足趺如春妍。他人不言好，獨我知可憐。』杜牧詩云：『鈿尺裁量減四分，碧琉璃滑裹春雲。五陵年少欺他醉，笑把花前出畫裙。』段成式詩云：『醉袂幾侵魚子纈，彯纓長戛鳳凰釵。知君欲作《閑情賦》，應願將身作錦鞋。』予少時與楊姬飲，客取其鞋，度杯行酒，有詩咏之云：『無多綦縷結鴛文，藕覆貴妃膝褲名。新籠荔子裙。乍脱荀苞微帶粉，自留花氣不曾薰。朦朧墮枕勾如月，依約浮杯度作雲。偶被小鬟嗔擲了，錦魚成隊狎波紋。』」

湯卿謀《美人臨鏡歌》云：「曉粧欲借胭脂襯，低頭細照芙蓉鏡。願將嬌面對春風，頻迴倩影分明認。可是朦朧雪裏花，還疑秋水浸紅霞。芳晨費盡修眉裏，纔捲珠簾日又斜。」又《美人刺繡歌》云：

「鎖愁春色奈何天，落花飛絮相流連。小姑喚嫂繡錦幞，金刀碎剪閑歡謔。姑道彩鸞毛羽好，朱翎翠翰不曾老。嫂言我愛芙蓉姿，連理並蒂長相思。春夢催人倦且起，回看小姑竟睡矣。」又《新婚曉》云：「日影和烟上畫梁，雙鬟悄立整羅裳。傳來絮語欺鸚鵡，睡足脂痕暈海棠。扣領含羞留待束，褰帷匿笑不成妝。守宫的的争衾艷，未許人前理繡床。」又《新婚夕》云：「最憐妝卸背銀釭，斜溜嬌波印玉郎。臂藕未曾輸作枕，唾花先已謔生香。閑從繡幞窺來去，慢倚熏籠話短長。怪底侍兒屏外聽，故將羅襪蹴鴛鴦。」

卿謀才思掞發，少年應賦玉樓。才滿天概，是耶？非耶？

沈君晦《贈甥女瓊章》詩云：「雙眉纖影月初三，碧黛描成石竹衫。紫釧金星翡翠重，紅綃麝月鳳凰銜。桃花白雪嬌隨母，柳絮因風肯讓男。南國無雙應自貴，北方獨立詎爲慙。懽容未笑芳生靨，細語如聞口半喃。梅額侵霞嫌傅粉，鴉鬟浮鏡不留簪。曲屏曉暖芙蓉睡，小院香多荳蔻含。賦學迴文新識恨，繡殘連理未知諳。樓前無與春相問，花下惟餘影對參。飛去廣寒身似許，比來玉帳貌如甘。東風吹盡吴宫怨，浣石佳人今又南。」

瓊章覽此詞，愀然云：「尤色豈人生之幸耶？」未幾而珠顏殉玉匣矣。惜哉！

湯卿謀《彈鶯詞》云：「曉鶯啼破枕中愁，喚雙鬟小婢，問隔窗悄共誰私語？把妾夢都驚起。青衣笑指園林裡，道紅兒在此摘青梅。嗔打須教去，怕勾引鸚鵡嘴。」

閨中些子事，圖來便是一幅佳畫，寫來便是一首好詞。但恨圖不出，寫不出耳。

吴耳淵《楊柳詞》云：「新調小馬趁飛花，行到垂楊曲巷家。三扣玉扉人未起，忽聞鸚鵡唤燒茶。」又《貽所思》云：「曾騎竹馬過君家，並坐牙床飲露芽。贈我金盆今尚在，何當重搗鳳仙花。」

湯卿謀《鬥草詞》云：「展屏山，自勸尋春駕。梳掠好，將愁謝鄰家。姊妹閒貪耍，執手去荼蘼架。卜鬥草，誰行早嫁？私禱向，海棠花下。一霎小鬟贏着，揉翠喃喃駡。」

袁中郎《江南子歌》云：「鸚鵡夢殘曉鴉起，女眼如秋面似水。皓腕生生白藕長，回身自約青鸞尾。不道别人看斷腸，鏡前每自銷魂死。錦衣白馬阿誰歌？郎不如卿奈妾何。」

董無益記仙女三絶云：「柳條金嫩不勝鴉，青粉墻邊道藴家。燕子不來春寂寞，小窗和雨夢梨花。」又：「松影侵壇琳觀静，桃花流水石橋寒。東風吹過雙蝴蝶，人倚危樓第幾闌？」又：「屈曲闌干月半規，藕花香淡水漪漪。分明一夜文姬夢，只有青團扇子知。」

卓珂月作獨韵詞云：「娘問爲何不去？爹問爲何不去？背地問檀郎：難道今朝真去？郎去，郎去，打疊離魂隨去。 今日問郎來麽？明日問郎來麽？向晚問還頻：有個夢兒來麽？癡麽，癡麽，好夢可如真麽？」

莊所願《子夜歌》云：「爲愛窗前月，遲遲啓繡帷。今宵休更閉，候郎魂夢歸。」二「掩袂下庭闌，擡頭自凝觀。待郎郎不來，抱月空歸去。」三「夜半子規啼，驚殘妾夢回。回時郎已去，悔不蚤追隨。」三「相隔長相憶，相逢轉自疑。恐郎懷别意，不似舊時癡。」

賈伯聖爲御史，喜山東名妹金鶯兒，作《醉高歌·紅繡鞋》曲寄之，曰：「樂心兒比目連枝，肯意兒新婚燕爾。畫船開拋閃得人獨自，遥望着關西店兒。黄河水流不盡心中事，中條山隔不斷相思。常記得夜深沉，人静悄，自來時。來時節三兩句話兒，去時節一篇詩。記在人心窩兒裡直到死。」

有一士訪妓，妓在開府侍宴。候稍久，賦詞寄之，云：「春風捏就腰兒細，繫的粉兒裙不起。從來即向掌中看，怎忍在燭花影裡？酒紅應是鉛華褪，暗蹙損眉峰雙翠。夜深站老繡鞋兒，靠那個屏風立地。」

葉天寥《伊人思《伊人思》，夫人沈宛君所輯名媛遺編。小引》云：「《詩》曰：『蒹葭蒼蒼，白露爲霜。所謂伊人，在水一方。』故知斗北横參，停雲佇靄，芳草因之寄想，幽桂可以相思。山水將歸，共陶風月；琴樽有侶，不負烟霞。領契游深，遡懷神遠。允班荆于縞帶，詎投分于羅裙？然嚶鳴猶切求聲，婉孌無容同好與？奚必蓉袿綰釧，榴黛梳釵，碧管調笙，紅裀按舞，薌膏梟翠之旨，梭躡流黄之機，廼稱婦女事哉！内人沈宛君，遐情慨獨，曠性慵孤，閑詠《陌桑》，效題《團扇》。所憾典型雖邇，軌躅載遥。特於近代名媛，纂摘一二，採其佳句，作我清音。彩映錦囊，香翻綺袖。明妃胡塞，還留桂若之洲；帝子湘波，即是靈均之友。郵花十里，盡啼春樹鶯聲；暮雨重簾，半入秋燈蛩夢。蓋淵綃鏡屧，嘯隱鍼床，非衮線旗亭，金傾紙價者也。君今往矣，卷固存焉。零落殘篇，荒凉敝篋。寂寥誰賞，僅餘秘枕之書；嗚咽奚堪，遂似鄰家之簡。傳傷心于緑字，俾出人間；供雅玩于青閨，爰登木簡。」

葉天寥《彤奩續些些，皆名閨挽葉瓊章、昭齋二女挽什。引》云：「蓋昔《返生《返生香》，瓊章集。》缶響，《愁言》昭齋集。箋餘，薤葉文，聊舒條歗云爾。爰有名閨麗人，咸垂咨悼。扶風輔内，舊是班家；陽夏郡中，夙稱謝闥。窗開翡翠，方竟新妝；粉印芙蓉，隨摛佳句。梳蟬雲之薄鬢，彩奪江郎；寫麝月之雙蛾，丸分越女。才超左嬪，遠追公主之辭；質比令嫻，均擬婕妤之怨。金屏題罷，銀管裁來。靡不遥惜清揚，遐忏婉孌。軫憂隣笛，結愴樓簫。鏡泫鸞飛，遂勒青松之碣；琴淒别鶴，何殊黄絹之碑。未訪潛英，紅箋代石；無勞蘅枕，碧篆留仙。煒矣琅函，猗歟瓊管。至于世交東武，有似楊侯；館築西秦，即同甄后。芳飄柳絮，羊曇甲舅之庭；美映椒花，徐邈邢姨之戚。彭城姊妹，漢宫吹曲之年；康樂池塘，荀孃解圍之歲。情關倫屬，悲感懿親。俱霑湘水之襟，並慨楚妃之歎。雖纏綿惋惻，鴛鴦之製非多；而惆悵低徊，嬋媛之傷已盡。洵明珠之六寸，固靈草之一枝矣。」

曹含齋《士女表》云：「千載風流，向傳江左；六朝佳麗，宛在秦淮。朱雀橋頭，南引狹邪之路；烏衣巷口，曲通遊冶之場。挾彈飛鷹，籍籍繁華公子；鳴鞭策騎，紛紛佻達兒郎。劍客藏名，託讐俠骨；文人失職，借耗壯心。則有仙貌非凡，原居天上；俗緣未斷，蹔謫人間。楊柳腰肢，步塵則軃；芙蓉脂肉，出水不濡。吹氣如蘭，濯肌似玉。口朱未傅，依然夜語聞香；面藥未施，自爾晝眠加瑩。横拖秋水，却厭金篦；淡掃春山，何須石黛。杏黄衫子，偏宜翡翠文裙；耳後珠璫，雅映眉間寶靨。可謂胡天胡帝，乍陰乍陽，獨立無雙，横陳第一者矣！于焉魂與，矧也目成。同題漢上之襟，共結江干之佩。引金張而並入，迷劉阮以忘歸。此處留儂，豈惜纏頭之錦；他年共命，何須繫臂之紗？墮馬妝成，惜不入宫見妒；藏鴉賦就，幸而倚案成憐。此誠欲界之仙都，塵寰之瀛宫也。」

弁　恨

鴛鴦墓月，明呼小娥。或在長門兮永巷，泣溝水之潺潺；或在離宫兮别殿，嘆鈴雨之涓涓。或在樓前，斷送鈿蟬；或在渡頭，情悵花船。或在紫臺兮萬里，白草芊芊；或在青塚兮一抔，碧血田田。伊此境之惝恍，乃存其身以留連。有人告余曰恨窟，予始情悵而惘然。

長洲錢尚濠書於綏山書屋。

買愁集

綏山主人錢尚濠振芝輯
蘆城赤隱呂毖貞九閱

一集恨書

已矣哉！一片殘形空作石，百年遺血漫爲虹。事已到此，慟也何爲？然人去山空，猶作吴門之響；月明魂斷，還聞蜀帝之呼。良由混沌重來，情根不死。爾乃虚空粉碎，恨劫難消。仰頭千古事，書空題破青天；失足百年身，咽淚平填滄海。將欲哭兮不可，欲歌兮不可，抑有言兮是然？無言兮是然？集《恨書》。

咸陽王被收，嬪娥散落人間，每當凄風凉月，沿街接巷。嘗有聯臂而歌，云：「可憐咸陽王，奈何作事誤。金床玉几不能眠，夜踏霜與露。洛水潺潺瀰岸長，行人那得渡！」

定州路側，慕容垂墓也。平楚茫然，行踪斷絶。一日，樵夫于蔓草中得一石碑，其上有鎸詞云：「勅勒川，陰山下，天似穹廬蓋四野。天蒼蒼，野茫茫，風吹草底見牛羊。」背復鎸云：「暑往寒來春復秋，夕陽西下水東流。將軍戰馬今何在？野草閑花滿地愁。」

隋煬帝與蕭妃夜宴行宫，時玉漏初沉，笙歌闃寂。與蕭妃携手閒堦，見銀河耿耿，帝星不明。帝曰：「外邊人必有圖我者。」因唏嘘泣下。蕭妃云：「自古無不亡之天下。」歌云：「瓊瑶宫室，金玉人家，珠簾開處碧鈎掛。嘆人生一場夢話，休錯了歲歲桃花。奈中原離黍，霸業堪嗟。干戈滿目，阻斷荒遐。梨園檀板動新雅，深痛恨，無勤王遠將鸞輿迓。須撲飲，顧不得繁華天下。」

喬知之有妾名碧玉，美艷能歌。知之繾綣，爲之不婚。武承嗣借教歌舞，遂不還。知之痛忿成疾，因作《緑珠怨》云：「石家金谷重新聲，明珠十斛買娉婷。此日可憐君自許，此時可喜得人情。君家閨閣未曾難，嘗將歌舞借人看。意氣雄豪非分理，驕矜勢力横相干。辭君去君終未忍，徒勞掩袂傷鉛粉。百年離恨在高樓，一旦容華爲君盡。」寫以縑素，賂閽守密寄之。玉得詩，悲惋赴井死。

崔玄有妹能詩，悔失節一薄倖人，遂悲惋自悼；終身不復覽鏡。因題破簾云：「已漏風聲擺，繩持也不禁。一從經落節，無復有貞心。」

唐子畏云：「一失脚成千古恨，再回頭是百年身。惘惘頽形，竟成墮甑，離離妄想，終作死灰。」亦可悲矣。

侯夫人，煬帝宫嬪也。才情藻逸，容華絶代。帝既幸迷樓，後宫不得進御。夫人悒鬱經年，一旦自縊，繫詩臂上。左右取進，帝反覆感傷，往視，色猶如桃花也。《自感》詩云：「庭絶玉輦跡，芳草漸成窠。隱隱聞簫鼓，君恩何處多？」又：「欲泣不成淚，悲來翻强歌。庭花方爛熳，無計奈春何？」《自遣》詩云：「春陰正無際，獨步意如何？不及閑花草，翻承雨露多。」《妝成》詩云：「妝成多自恨，夢好却成悲。不及楊花意，春來到處飛。」

昔沈君烈詩云：「四顧天垂圓似甕，幾人呼透甕間音。」奈何，奈何！

楊盈川姪女，十四歲能詩。及笄，與中表弟悦，因寄《新妝詞》云：「宿鳥驚眠罷，房櫳乘曉開。鳳釵金作鏤，鸞鏡玉爲臺。妝似臨池出，人疑月下來。自憐終不見，欲去復徘徊。」弟答《新妝詞》云：「娟娟月入眉，整整雲歸鬢。樓上弄妝遲，簾外風移影。斜窺秋水長，軟語春鶯近。無計奈情何，只有相思分。」竟同日殞。楊哀之，爲之合葬，人號「鴛鴦冢」。羅鄴詩云：「詩情酒癖總休論，病裡時時晝掩門。最是一生凄絶處，鴛鴦冢上欲招魂。」

煬帝極憐韓俊娥，後爲蕭妃所制，不得進御。帝思之成疾，寄詩云：「黯黯愁侵骨，綿綿病欲成。須知潘岳鬢，强半爲多情。」又：「離别腸應斷，相思骨合銷。愁魂若未散，憑仗一相招。」

憐俊娥，究竟爲蕭妃所制，畢竟不憐也。予嘗作《馬嵬詞》云：「長生殿上祝姻緣，馬首紅羅不暫憐。自是薄情渾説慌，不因無策庇嬋娟。」不然，挾天子之貴，而不能得志一婦人，我不信也。

明皇在南内，夢見妃子于蓬山太真院。覺來悲感不置，因作詩遺之，使力士焚于馬嵬山下。詩云：「風急雲驚雨不成，覺來仙夢甚分明。當時苦恨銀屏影，遮隔仙姬祇聽聲。」又作《羅襪銘》曰：「羅襪羅襪，香塵生不絶。細細圓圓，地下得瓊鈎。窄窄彎彎，手中弄新月。」又：「如脱履，露纖圓，恰似同衾見時節。方知清夢事非虚，暗引相思幾時歇！」

享終身之快意者，福人也；抱終身之幽怨者，慧人也。三郎在福、慧之間。

明皇幸蜀，貴妃藁葬馬嵬山下。既返駕，明皇命高力士潛易葬地，至則肌膚已消釋矣，惟胸前繡香囊在焉。力士取歸以獻，明皇大慟，自此時時悲悼。每當風晨月夕，四顧悽愴，擁鼻吟云：「刻木牽絲作老翁，雞皮鶴髮與真同。須臾舞罷無些事，還似人生一世中。」

長安女子郭紹蘭，適任宗。宗賈湘中，數年不歸。蘭一日見雙燕喃喃，因呼與語曰：「我聞燕自海東來，往來必由湘中，爾可寄我壻音耗否？」言訖淚下。燕飛鳴似有所諾，下泊蘭肩上。蘭作詩繫燕足云：「我壻去重湖，臨牕泣血書。殷勤憑燕足，寄與薄情夫。」燕遂飛鳴而去。明年春，夢燕歸，足有繫詩云：「三年離恨憑誰訴？夢裡幾回回又錯。争奈楊花撲面飛，春陰不認歸來路。」蘭驚晤，泣云：「郎不歸矣。」遂卒。

俞乙下第歸，日暮迷路，投宿一村舍。惟有一女子，孤燈紡績，低鬟彈影，幽韵動人。俞挑之云：「何孤苦如此？」女云：「子有才無命，妾有色無緣，天涯萍聚，何必相問？」指壁間《二喬圖》云：「子能題否？」俞未及應，女郎口占云：「江上桃花紅粉腮，偶然吹入玉堂來。東風日暮和烟雨，多少飄零委綠苔。」俞愴然淚下。

崔護初舉進士不第，清明獨遊都城南，得村居，花木叢萃。護叩門久之，有女子自門隙問之，對曰：「尋春獨行，酒渴求飲。」女入，啓門，以一盂水至，獨倚小桃柯停立，而意屬殊厚。崔辭起，送至門，如不勝情而入。後絶不復至。及來歲清明，徑往尋之，而門已扃鎖矣。因題詩左扉云：「去年今日此門中，人面桃花相映紅。人面祇今何處去？桃花依舊笑東風。」

劉禹錫有妓，甚眷戀，將營別墅居之。一日出遊，李逢吉見之，恃勢奪去。劉憤鬱經年，因作《四愁詩》云：「寶釵重合兩無緣，魚在深潭鶴在天。得意紫鸞休舞鏡，傳言青鳥罷銜箋。金盆已覆難收水，玉軫長抛不續絃。若向蘼蕪山下過，遥將紅淚灑窮泉。」一「鸞飛遠樹知何處？鳳得新巢已「已」作「絶」字解。去心。紅壁尚留香漠漠，碧雲初散信沉沉。情知污點投泥玉，猶自經營買笑金。從此山頭似人石，丈夫形狀淚痕深。」二「人曾何處更尋看？雖是生離死一般。買笑樹邊花已老，畫眉窗下月猶殘。雲藏巫峽音容斷，路隔星橋過往難。莫怪詩成無淚滴，盡傾滄海也須乾。」三「三山不見海沉沉，豈有仙蹤更可尋。青鳥去時雲路斷，嫦娥歸處月宫深。紗窗遥想春相憶，書幌誰憐晝獨吟？料得夜來天上鏡，只因偏照兩人心。」

綏山主人曰：「雲情多變，水性易流。柳枝闞昌黎之亡，酥香負杜家之愛。郵亭一夜眠，處士空生巫峽夢；湖洲十年約，青蛾今屬使君家。」作《無題》詩云：「碧雲飛處隔蓬萊，香徑烟銷種緑苔。夢裡關山何日到，書中鴻鴈幾時來？團香和就相思淚，碾玉難成百艷胎。自是人間惆悵事，劉郎辛苦憶天台。」一「自來消息兩茫然，畫損雕闌擲破錢。秋雁書空還有唳，春蠶絲盡不禁眠。已無梧葉題長恨，空折梅花報可憐。一夢揚州成底事，挑燈誰話舊因緣？」二「悠悠魚鴈别經時，瘦盡江郎鬢裏絲。天上有星臨薄命，人間無藥治相思。空餘舊恨歌桃葉，誰識新詞唱《柳枝》？十二峰前多少意，倩風吹與玉人知。」三「獨立東風苦自嗟，悵悵暗數昔年華。雲鬟有恨終爲石，萱草無懽不耐花。燕子自尋王謝壘，馬蹄曾識茂陵家。蒼茫望斷歸來路，一寸心中萬里涯。」四「凡材何計合姻緣，誤入三山小有天。賦就《西廂》飛白鳳，夢來神女剷藍田。看花和淚思長好，對月傷心説再圓。情緒近來言不得，夜深獨自禮金仙。」五「浪説懽情不可尋，星橋拆處采雲深。窺奩影斷鸞分鏡，膩枕香消玉墮簪。一尺難挨回首路，千金莫買隔簾心。何年再展雙翺翼，飛上紅樓倚碧琴。」六「浮漚聚散豈爲期，零落花魂倦眼低。枕上三更銷夢雨，燈前一折買愁詩。難將白雪調蘇小，何用黃金鑄牧之。二十四番風信急，雕梁春暗絡塵絲。」七「襄王曾伴楚江雲，花使無端惜離群。鸞鳳笙中喚小玉，鴛鴦冢上哭雙文。淚絲堪織流黃綺，雁字誰書白練裙？王粲登樓渾是病，暮烟何處問湘君？」八「腸斷崔徽待月身，淚流清血自霑巾。嬌多嗔愛情難測，憶久悲懽夢似真。蕭史何年憐月姊？裴郎鎮日酹冰人。惘然愁思渾無賴，一任桃花流水春。」九「臨鏡朝來不欲看，情禪何日出邯鄲？西陵歌斷鶯花小，南國香消佩帶寒。好夢迷天皆薄倖，侯門如海只悲酸。蒹葭莫問長干路，江上烟生白露團。」十「歌舞教成十載恩，今朝誰識舊王孫？五湖自載吳宮月，三峽空歸蜀帝魂。芳草萋迷人事改，孤雲明滅此心存。曉來染得相思字，半是芸香半淚痕。」十一

李涉至揚州，遍歷諸寺。偶於城外草菴中遇一女子，風鬟霧鬢，拜泣道左，乃故劉員外愛姬宋態也。李問何行止？曰：「飄泊耳。」李不勝嘆悼，贈以詩云：「長憶雲仙至小時，芙蓉頭上綰青絲。當時驚覺高唐夢，惟有如今宋玉知。」又：「陵陽夜醮使君筵，解語花枝在眼前。自從明月西沉海，不見嫦娥二十年。」態爲之悲慟，李亦泣下，嘆曰：「白髮有前後，青山無古今。我與卿今日結成千古之恨矣！」

崔涯妻，揚州雍總校女也，儀質閒雅，夫婦甚睦。一日，崔小得罪於雍，雍勃然仗劍入室，立令女

剃髮爲尼。涯悲泣，不聽分疏，親戚揮慟送之。涯不得已，裁詩留贈云：「隴上流泉隴下分，斷腸嗚咽不堪聞。嫦娥一入宫中去，巫峽千秋空白雲。」崔自此不娶。

元微之娶韋氏，字蕙藂，婉麗多才思。官未達而苦貧，二十殞芳。微之痛悼，作詩傷之，云：「謝家最小偏憐女，嫁與黔婁百事乖。顧我無衣搜畫篋，泥他沽酒拔荆釵。野蔬充膳甘長藿，落葉添薪仰古槐。今日鬢蟬何處去？竹爐蓬竈鎖荒齋。」

採薪女多於錢塘負薪來往，烟眉霧臉，辛苦可憐。一日，杭妓承應燕會，皆綵衣細馬。一女息擔，掩泣而歌云：「亂蓬爲鬢布爲巾，曉踏寒山自負薪。一種錢塘江上女，着紅騎馬是何人？」

杜牧游湖州，見一里姥携一髽髻女子，年十餘歲，而娉婷秀出，國色無雙。牧驚愛之，以指環定情，約以十年後來娶。後大中三年，牧始守湖州，已踰四朞，而女竟他適矣。牧不勝惋恨，賦詩云：「自是尋春去較遲，不須惆悵惜芳姿。狂風落盡深紅色，緑葉成陰子滿枝。」

沈君烈有詩云：「欲尋花信去尋遲，花上流鶯已占枝。三百金驕公子勒，十千酒捧美人巵。不搴簾額通聲福，可隔墻頭和句詩。世上風流詞賦久，俗邊春夢不多時。」亦可謂解嘲矣。

劉禹錫懷人不至，嘗作《楊柳枝詞》云：「春江一曲柳千條，二十年前舊板橋。曾與情人橋上别，恨無消息到今朝。」

王憲累舉不第，題一絶於崇慶寺壁，云：「十口溝隍待一身，半年千里絶音塵。鬢毛如雪心如死，猶作長安下第人。」

唐制：天子親自策士。至有主司十薦，而不得一第者。怨氣所積，釀成黄巢之禍。嗟乎！腹噉千百蠹魚，筆冢相望，髮白而不能博半綸，能不悲哉？綏山主人作《下第》詩，有云：「二九年中夢筆橋，文成光怪墨成妖。可憐白鳳飛何處？化作啼鵑不可招。」

羅隱初赴舉，過鍾陵，見營妓雲英。後下第，復見雲英，把酒唏嘘。隱作詩云：「鍾陵醉别十餘春，重見雲英掌上身。我未成名君未嫁，可能俱是不如人。」

韋莊寓蜀，有愛姬，姿質艷麗，詞翰精絶。蜀主建聞之，託以教内人奪去。莊追念悒怏，作《謁金門》詞云：「空相憶，無計得傳消息。隔斷桃源人不識，采雲何處覓？　新睡覺來無力，不忍把伊書跡。滿院落花春寂寂，斷腸芳草碧。」姬得詩，不食卒。

陸仲舉飄泊江湖，過武林，邂逅歌妓王玉貞，一見投契，深相眷慕。貞更不他接，日脱簪珥，買歡湖上。後貞囊篋空乏，舉竟欲分袂。貞留之不得，作詞贈别云：「來時吴會猶殘暑，去日武林春已暮。欲知恩愛感人深，灑淚多於江上雨。　懽情未舉眉先聚，别酒多斟君莫訴。從今寧忍看西湖，擡眼盡成腸斷處。」舉既去，貞遂赴湖死。

僕固懷恩女，年十八，能詩，解音律。唐代宗册爲崇徽公主，遠嫁吐番。泣别時，手把石上，遺痕不消。歐陽公題詩云：「故鄉飛鳥尚啁啾，何况悲笳出塞愁。青冢芳魂知不返，翠崖遺跡爲誰留？玉顔自惜爲身累，肉食何知預國謀。行路至今空嘆息，野花岩草自春秋。」

荆公女蓬萊君，適吴安持。持好遊，蓬萊經年獨處。題詩寄父云：「西風吹入小窗紗，秋色應憐我憶家。極目江山千里恨，依然和淚看黄花。」父以新釋《楞嚴》寄之，並和以詩云：「青燈一點映窗紗，好誦《楞經》莫憶家。能了諸緣如夢幻，世間應有妙蓮花。」

徐凝管販湘中，數年不歸。妻字錦姒，作長怨歌寄之。而凝計本消乏，恥歸故里，裁詩寄答云：「三秋雙鯉到天涯，起坐沉吟忽憶家。久别不堪成獨夢，夜闌消息問燈花。」又：「錦緘青鳥遠相聞，惟有梅花可贈君。欲折不堪摇落甚，愁心一片寄春雲。」

曾眉涯赴舉，每寓一營妓家，至則流連感愛，誓訂終身。而涯累舉不第，妓不勝悲悼，作詩贈别云：「牽君衫袖爲君歌，半入陽關半渡河。纔唱一聲雙淚落，十年無奈别離多。」

李芾宿鳳山驛，見壁上有詩甚悽楚。詩云：「富川遥望劍江西，一片孤雲對夕暉。有淚應投烟樹斷，無書堪寄雁鱗稀。問安已負三千里，流落空懷十二時。海闊天高俱是念，憑誰爲我説歸期？」芾爲之唏嘘嘆咏。是夕，夢一素衣女子，歛衽而前曰：「妾楊氏女也，可附載否？」遲明起眎驛後，一棺埋荒草中，題云「江西楊氏雲瑶之櫬」。芾慟然，爲之設奠，載歸江西，葬於西門外苧溪庵中。因題詩墓上云：「生前應識杜蘭香，摘下相思命似霜。一束愁魂飛不去，紅塵高夢正黄粱。」又：「自憑青鏡自思量，爲甚悲來爲甚狂？世上相思無着處，荒郊何計冢鴛鴦。」

海州士人李慎言，嘗夢至一處水殿中，觀宫女戲毬。有《抛毬曲》十餘闋，詞皆清婉。醒記二闋云：「侍燕黄昏曉未休，玉堦夜色月如流。朝來自覺承恩醉，笑倩傍人認繡毬。」又：「堪恨隋家幾帝王，舞裀揉盡繡鴛鴦。如今重到抛毬處，不是金爐舊日香。」

王珪妹美秀有才，適貧士，鬱鬱失懽，二十而鬢蟬憔悴。一日歸，見歌舞滿堂，一姬嫣然。問之，年二十矣。王妹愀然，贈以詩云：「昔聞海上有仙山，烟鎖樓臺日月閒。花下玉容長不老，只因春色勝人間。」

王荆公子元澤有心疾，與妻未嘗接。妻獨居小樓，焚香禮佛。荆公憐而嫁之，元澤贈以詞云：「楊柳絲絲弄輕柔，烟縷織成愁。海棠未雨，梨花先雪，一半春休。而今往事難重省，歸夢繞秦樓。相思只在，丁香枝上，荳蔻梢頭。」

欽宗北狩，出南薰門，大雪，後宮臣民泣送。相顧凄楚，無不腸斷。民間作《憶君王》詞云：「依依官柳拂宮墻，寶殿無人春晝長，燕子歸來依舊忙。憶君王，憶君王，月破黄昏人斷腸。」

宋陳石泉自北歸，有北人陳參政餞之，作《木蘭花慢》云：「北歸人未老，喜依舊，着南冠。正雪暗潢池，雲迷芒碭，夢落邯鄲。鄉心，日行萬里，幸此身生入玉門關。多少秦烟隴霧，西湖洗征衫。燕山，望不見吴山，回首一歸難。慨故宫離黍，故家喬木，那忍重看。鈞天，紫微何處，問瑶池八駿幾時還？誰在天津橋上，杜鵑聲裡闌干。」

靖康間，京畿女子爲金俘虜，如墮葉飄花，零落道左。一女自稱秦學士，題詩道中云：「眼前雖有還鄉路，馬上曾無放我情。」讀者無不下淚。

王氏女，幼聰慧，父母爲之擇配，未偶。摽梅已過，荏苒多愁，因作詩云：「白藕作花風已秋，不堪殘睡更回頭。晚雲帶雨歸飛急，去作西窗一夜愁。」

劉弇有愛妾，字佛奴，早逝。弇見佛必下泪。春日嘗作詞云：「東風依舊，着意隋堤柳。搓得鵝兒黃欲就，天氣清明時候。　去年紫陌清明，今宵雨魄雲魂。斷送一生憔悴，能消幾箇黄昏？」又：「風急花飛晝掩門，一簾疏雨滴黄昏，便無離恨也消魂。　翠被任熏終不暖，玉盃慵舉幾番温，這般情事與誰論？」

冉芸甫有妾，年十四，得瘵疾。甫置錢十萬，托姙娘營求醫禱，經年而奄逝。芸拊膺彌歲，嘗作詩云：「樂廣清羸知幾年，姙娘相托不論錢。輕盈妙質歸何處？惆悵碧樓紅玉鈿。」又：「經年消瘦暗傷神，夜夜燈前伴病身。欲向孤衾尋舊夢，可憐慣作不眠人。」又：「空房獨坐對啼鴉，霜影朦朦月欲斜。銀燭不知人永別，寒宵猶發舊時花。」

陳後山作《妾薄命》二首云：「主家十二樓，一身當三千。古來妾薄命，事主不盡年。起舞爲主壽，相送南陽阡。忍着主衣裳，爲人作春妍。有聲當徹天，有淚當徹泉。死者恐無知，妾身徒自憐。」又：「葉落風不起，山深花自紅。捐世不待老，惠妾無其終。一死尚可忍，百歲何當窮？天地豈不寬，妾身無所容。死者如有知，殺身以相從。」

李易安適趙明誠，平生同志。誠在太學，朔望告謁，出質衣，取半千錢，步入相國寺，市碑文果實歸，相對咀嚼展玩。後連守兩郡，竭力以事鉛槧。及卒，易安爲文以祭曰：「白日正中，嘆龐翁之機捷；堅城既墮，憐杞婦之深悲。」後竟墮節，再適非人。安恚悶無聊，秋日作《聲聲慢》詞云：「尋尋覓覓，冷冷清清，悽悽慘慘戚戚。乍暖還寒時候，最難將息。三杯兩盞淡酒，怎敵他、晚來風急。鴈過也，正傷心，却似舊時相識。滿地黄花堆積。憔悴損，如今有誰堪摘？守着窗兒獨自，怎生得黑。梧桐更兼細雨，到黄昏、點點滴滴。這次第，怎一箇愁字了得？」

徽宗北隨金虜，後見杏花，作《燕山亭》詞云：「裁剪冰綃，輕疊數重，冷淡胭脂注。新樣靚妝，艷溢香融，羞殺蕊珠宫女。易得飄零，更多少、無情風雨。愁苦！閒院落淒凉，幾番春莫？憑誰寄離恨重重，這雙燕何曾，會人言語。天遥地遠，萬水千山，知他故宫何處？怎不思量，除夢裡、有時曾去。無據，和夢也、有時不做。」又遇清明日，作詩云：「茸母初生認禁烟，無家對景倍悽然。帝城春色誰爲主？遥指鄉關涕淚漣。」

金人徙徽宗回燕京，一日行至平順州，止泊驛舍。時以七夕，官中於驛作酒肆，縱人會飲。帝於室中見一胡婦，携數女子，皆俊目艷麗，或歌或舞，或吹笛，持酒勸客，所得錢物、酒食率歸胡婦。稍不及者，婦以杖擊之。少頃，官遣皂衣吏賫酒飲帝。胡婦不知爲帝也，亦遣一横笛女子入室，對帝嗚咽，不成曲。帝問女子曰：「吾與汝爲鄉人，汝東京誰氏女也？」女顧胡婦稍遠，乃曰：「我百王宫魏王女孫也，先嫁欽慈太后姪孫，京城陷，爲賊擄至此，賣與豪門作婢。先遭主母詬撻，轉鬻於此胡婦，俾在此日夕求酒食、錢物。若不及，即以箠楚隨之。」言訖，問帝曰：「官人亦是東京人，想亦擄來此也。」帝但泣下，遣之。此女流落，後至粘罕處。張純孝在雲中府，于粘罕席上見之，不勝悲悼，作詞云：「疏眉秀盼，向春風、猶是宣和妝束。貴氣盈盈，姿態巧，舉止况非凡俗。宋室宗姬，秦王幼女，曾嫁慈欽族。干戈横蕩，事隨天地翻覆。一笑邂逅相逢，勸人飲酒，旋旋吹横竹。流落天涯，俱是客，何必平生相熟。舊日榮華，如今憔悴，付與杯中緑。興亡休問，爲伊且盡船玉。」

周美成在姑蘇，與營妓岳楚雲相愛。後從京師過吴，則已從人久矣。因作《點絳唇》詞，托其妹寄之，云：「遼鶴西歸，故人多少傷心事。短書不寄，魚浪空千里。憑仗桃根，説與相思意。愁何際，舊時衣袂，猶有東風淚。」楚雲得書，感泣累日而卒。

岳州徐天寶妻被虜來杭，途經數千里。主者數欲犯之，而終以巧計脱。蓋寶妻有令姿，主者弗忍逼也。一日，强劫之，因告曰：「俟妾祭先夫，乃爲君婦不遲。」主者喜，乃焚香再拜，祝南向，飲泣題《滿江紅》詞於壁，投大池中而死。詞云：「漢上繁華，江南人物，尚遺宣政風流。緑窗朱户，十里爛銀鈎。一旦刀兵齊舉，旌旗擁、百萬貔貅。長驅入，歌樓舞榭，風捲落花愁。清平三百載，典章文物，掃地都休。幸此身未北，猶客南州。破鑑徐郎何在？空惆悵、相見無由。從今後，斷魂千里，夜夜岳陽樓。」

長湖道上，有婦人題壁詞云：「盈盈淚眼，往日青樓天樣遠。秋月春花，輸與尋常姊妹家。水村山驛，日暮行雲無氣力。錦字偷裁，立盡西風雁不來。」

天台妓嚴幼芳，與唐與正狎。朱晦菴行部按之，備受楚掠，辭不及唐，經年幽繫。晦庵去，石公憐之，爲之釋獄，並與落籍。秀奴口占别詞云：「不是愛風塵，似被前緣誤。花落花開自有時，揔賴東君主。去也終須去，住也如何住？若得山花插滿頭，莫問奴歸處。」

謝希孟未遇時，與一妓眷戀，妓甚資給之。一日，忽欲歸，不告而行。妓追送江滸，悲戀慟哭。孟取佩巾，書一詞與之，云：「雙漿浪花平，夾岸青山鎖。你自歸家我自歸，説着如何過？　我斷不思量，你莫思量我。將你從前與我心，付與他人呵。」妓得詞，赴水死。

陸務觀娶唐氏，琴瑟甚和，而不當母夫人意，遂至解褵。一日春游，相遇於禹跡寺南之沈氏園。唐凝睇顧陸，如不勝情，因遣婢致酒殽。陸悵然下淚，爲賦詞題贈云：「紅酥手，黄封酒，滿城春色宮墻柳。東風惡，懽情薄，一懷離恨，幾年離索。錯！錯！錯！　春如舊，人空瘦，淚痕紅裛鮫綃透。桃花落，閒池閣，山盟雖在，錦書難托。莫！莫！莫！」唐亦答詞云：「世情薄，人情惡，雨送黄昏花易落。曉風乾，淚痕殘，欲箋心事，獨語斜闌。難！難！難！　人成各，今非昨，病魂嘗似鞦韆索。角聲寒，夜闌珊，怕人尋問，咽淚妝懽。瞞！瞞！瞞！」未幾，以愁怨死。陸再過沈園，登高眺望，悽情滿目。又題詩云：「落日城頭畫角哀，沈園非復舊池臺。傷心橋下春波緑，曾見驚鴻照影來。」又：「夢斷香消二十年，沈園柳老不吹綿。此身行作稽山土，猶吊遺踪一泫然。」題律詩云：「楓葉初丹槲葉黄，河陽愁鬢怯新霜。林亭感舊空回首，泉路憑誰説斷腸？壞壁題詩塵漠漠，斷雲幽夢事茫茫。年來妄念消除盡，回首蒲龕一炷香。」後復夢游沈園，作兩絶云：「路近城南已怕行，沈家園裡更傷情。香穿客袖梅花早，緑蘸藍橋春水生。」「城南小陌又逢春，空見梅花不見人。玉骨久成泉下土，墨痕猶鎖壁間塵。」

戴石屏未遇時，流寓江西武寧，武寧富翁妻以女。留三年，忽欲歸，知其有室矣。父怒，女宛轉爲解，贈以嫁奩，投江死。遺辭付戴云：「惜多才，憐薄命，無計可留汝。揉碎花箋，仍寫斷腸句。道傍楊柳依依，千絲萬縷，抵不住、一分愁緒。　捉月盟風，不是夢中語。後回君若重來，不相忘處，把杯酒、澆奴墳土。」

負心至此，必遭嚴武、王魁之報矣，而竟不然，奈何！

易彦章以優校爲前廊，久不歸。其妻作詞寄之，云：「染淚修書寄彦章，貪却前廊，忘却回廊。功名成就不還鄉，石做心腸，鐵做心腸。紅日三竿懶畫妝，虚受韶光，瘦損容光。思量何日得成雙，羞對鴛鴦，懶對鴛鴦。」又作詞云：「朝有時，暮有時，潮水猶知日兩回，人生長别離。來有時，去有時，燕子猶知社後歸，君行無盡期。」

靖康間，京城破，有賈舍人者，甚儒雅，無金帛女子之畜。嘗題一絶于壁云：「愁見干戈起四溟，恨無才術濟生靈。不如痛飲中山酒，直到太平方始醒。」

宋徽宗微行至玉局觀，見壁上留題云：「簾卷曲欄獨倚，江展暮天無際。〔一〕淚眼不曾晴，家住吴頭楚尾。數點雪花亂委，撲簌沙鷗驚起。詩句欲成時，没入蒼烟叢裏。」極加嘆賞。還宫，遣中侍問何人作，訪之不得。逾年北狩，泊居庸關，時暮雪糁糁，鴈行嚦嚦，惘然下淚。欲作詞不能，因憶前題，風景宛然，遂秉燭追前韵云：「題起半生心事，白髮數莖已矣。青史幾行書，寫到看看紙尾。風緊驛亭早閉，兩兩角聲徐起。好夢欲來時，没入千愁堆裏。」又題驛壁云：「徹夜西風撼破扉，蕭條孤館一燈微。家山迴首三千里，目斷天南無鴈飛。」

【校勘記】

〔一〕「簾卷曲欄獨倚」兩句原文空闕，據《唐宋諸賢絶妙詞選》補。

李公昴《恨詞》云：「釵留去年約。恨易老嬌鶯，多誤靈鵲。碧雲杳杳天涯各。望不斷芳草，絮香飄泊。迴文强寫字屢錯，淚欲注還閣。撩天去春脚。便采局誰忺，寶軫慵學。階除拾取飛花嚼。是多少春恨，等閒吞却。猛拍闌干嘆命薄，悔舊諾。」

元兵下江南，吉安城陷。有趙氏女攜三歲小兒，匿大成殿。亂兵追及，見其姿色，争欲犯之。趙大詬，兵怒，并其懷中三歲小兒殺之。兒項掛金錢，及死，金錢蹟留血痕影中，水沃愈著。一日趙氏附乩，大書集唐律二十首、絶句十首。律詩云：「花壓闌干春晝長，清歌一曲斷君腸。雲飛雨散知何處？天上人間兩渺茫。已託焦桐傳密意，不將清瑟理《霓裳》。江南舊事休重省，桃葉桃根盡可傷。」一「魂歸溟溟魄歸泉，却恨青娥誤少年。自是桃花貪結子，只應梅蕊故依然。風流肯落他人後，哀樂猶驚逝水前。何事黄昏尚凝睇，孤燈挑盡未成眠。」二「寒蛩唧唧樹蒼蒼，城上高樓接大荒。午夜漏聲催曉箭，六街晴色動秋光。滿庭詩景飄紅葉，此地悲風起白楊。舞袖弓鞋渾忘却，人間惟有鼠拖腸。」三「雲想衣裳花想容，青春已過亂離中。功名富貴若長在，得喪悲懽總是空。牕裏日光飛野馬，巖前樹色隱房櫳。身無彩鳳雙飛翼，油壁香車不再逢。」四「應笑無成返薜蘿，年年惆悵是春過。時攀芳樹愁花盡，寒戀重衾覺夢多。桂嶺瘴來雲似墨，蜀江風湛水如羅。人生富貴須回首，世事無幾奈爾何。」五「家住寒塘獨掩扉，高情雅淡世間稀。不將胭粉涴顔色，惟恨緇塵染素衣。歸目併隨回鴈盡，離魂潛逐杜鵑飛。東風吹淚對花落，惆悵朱顔不復歸。」六「有時顛倒着衣裳，萬轉千回懶下床。艷骨已成蘭麝土，蓬門未識綺羅香。漢朝冠蓋皆陵墓，魏國山河半夕陽。滿眼波濤終古事，離人到此倍堪傷。」

七「一寸相思一寸灰，且將團扇暫徘徊。月明古寺客初到，風静寒塘花正開。緑水青山雖似舊，紅顔白髮遞相催。無情不似多情苦，肯信愁腸日九迴。」八「形容變盡語音存，地迥難招自古魂。閑結柳條思遠道，欲書花葉寄朝雲。牕殘夜月人何在？樹蘸蕪香鶴共聞。今日獨經歌舞地，娟娟霜月冷侵門。」九「風火年年報虜塵，每回回首即長嚬。明眸皓齒今何在？異服殊音不可親。幾樹好花閒白晝，數株殘柳未勝春。狂風落盡深紅色，水遠山長愁殺人。」十「絃管遥聽一半悲，羅衾滴盡淚臙脂。鳥啼花落人何在？節去蜂愁蝶未知。鵬上承塵纔一日，雪殘鳷鵲亦多時。緑雲斜嚲金釵墜，獨立蒼茫自課詩。」十一「煙郊四望夕陽曛，世路干戈惜暫分。内屋金屏生色畫，粉霞紅綬藕絲裙。兼葭淅瀝含秋雨，銅雀荒凉鎖暮雲。舊業已隨征戰盡，獨留青冢向黄昏。」十二「愁心一倍長離憂，到處明知是暗投。雨冷香魂弔書客，夜深燈火上樊樓。山中老蓿依然在，檻外長江空自流。明月易低人易散，寒鴉飛盡水悠悠。」十三「葉滿苔堦杵滿城，登高遠望自傷情。瓊枝璧月春如昨，冰簟銀床夢不成。往事悠悠增浩嘆，新愁冉冉帶餘酲。豈知一夕秦樓客，腸斷緑荷風雨聲。」十四「芙蓉肌肉緑雲鬟，泣雨傷春翠黛殘。歌管樓臺人寂寂，山川龍戰血漫漫。千年别恨調琴懶，幾許幽情欲話難。回首舊遊真似夢，寒潮惟帶夕陽還。」十五「一見清明一改容，每驚時節恨飄蓬。風塵荏苒音書絶，人物蕭條市井空。荒埭暗鷄催曉月，野花黄蝶領春風。玉環飛燕皆塵土，只有襄王憶夢中。」十六「處處斜陽草似苔，野塘晴暖獨徘徊。侍臣最有相如渴，欲賦慚非宋玉才。絃管變成山鳥弄，屧廊空信野花埋。情知到處身如寄，莫遣黄金漫作堆。」十七「落落疏星滿太清，寒江近户漫流聲。長疑好事皆虛事，道是無情還有情。且盡醁醽消積恨，休將文字占時名。秋來見月多歸思，斜倚薰籠坐到明。」十八「繞門清槿絶塵埃，白石蒼蒼半緑苔。酒力漸消風力軟，桃花浄盡菜花開。一泓海水杯中瀉，萬里銘旌死後來。世上英雄本無主，争教紅粉不成灰。」十九「門前不改舊山河，蓮渚愁紅蕩碧波。墜葉飄花難再復，浮雲流水竟如何？魚龍寂寞秋江冷，鴻鴈不來風雨多。窮巷悄然車馬絶，磬聲深夏出煙蘿。」二十絶句云：「高髻雲鬟宮樣妝，嫁來長在舅姑傍。寧知草動風塵起，墜素翻紅各自傷。」一「雙鬟慵整玉搔頭，百感中來不自由。富貴繁華何處在？夕陽西下水東流。」二「夫子紅顔我少年，嫁來不肯出門前。於今拋擲長街裏，萬古知心只老天。」三「殘妝滿面淚闌干，鬢亂釵横特地寒。不見紅顔空死處，故園東望路漫漫。」四「潮生滄海野棠春，劍逐驚波玉委塵。青血化爲原上草，人生莫作婦人身。」五「百年世事不勝悲，大厦元非一木支。慷慨西風淚横臆，此心惟有老天知。」六「血迸金鎗卧鐵衣，江山猶是昔人非。舊時王謝堂前燕，更傍誰家門户飛？」七「不見人煙空見花，煙籠寒水月籠沙。人生自古誰無死，莫怨東風當自嗟。」八「側垂高髻插金鈿，閑過春風六六年。今日亂離俱是夢，英雄無策庇嬋娟。」九「起看天地色淒凉，塵夢那知鶴夢長。血汙遊魂歸不得，新墳空築舊衣裳。」十

元丞相伯顔統兵入杭，謝、全兩后以下皆赴北。有王婉儀者，題詞於驛云：「太液芙蓉，渾不似、舊時顔色。曾記得、恩承雨露，玉樓金闕。名播蘭簪妃后裡，暈潮蓮臉君王側。忽一朝、鼙鼓揭天來，繁華歇。　龍虎散，風雲滅。千古恨，憑誰説？對山河百二，淚霑襟血。驛館夜驚塵土夢，宮車曉碾關山月。願嫦娥、相顧肯從容，隨圓缺。」後入北，懇乞爲女道士。文文山和之云：「試問琵琶，胡沙

外、怎生風色？最苦是、姚黄一朵，移根僊闕。王母權闌璚宴罷，仙人淚滿金盤側。聽行宫、半夜雨淋鈴，聲聲歇。　彩雲散，香塵滅。銅駝恨，那堪説。想男兒慷慨，嚼穿齦血。回首昭陽離落日，傷心銅雀迎新月。算妾身、不願似天家，金甌缺。」又和云：「燕子樓中，又捱過、幾番秋色？相思處、青年如夢，乘鸞仙闕。肌玉暗消衣帶眼，淚珠斜透花鈿側。最無端、蕉影上窗紗，青燈歇。　曲池散，高臺滅。人間事，何堪説。向東陽阡上，滿襟清血。世態便如飜覆雨，妾身原是分明月。笑樂昌、一段好風流，菱花缺。」

陳敬叟《錢塘記・恨詞》有云：「金屋難成，阿嬌已遠，不堪春暮。聽一聲杜宇，紅敷緑老，雨花風絮。」此詠謝太后年七十，不能死難，被擄北去也。時有孟鯉詞云：「匆匆杯酒又天涯，晴日墻東叫賣花。可惜同生不同死，漫隨春色去誰家？」

汪若水從三宫北去，留滯燕京。時有王清惠、張瓊英，皆故宫人，善詩，相見輒涕泣。水嘗和清惠詩云：「愁到濃時酒自斟，挑燈看劍淚痕深。黄金臺迥少知己，碧玉調高空好音。萬葉秋聲孤館夢，一窗寒月故鄉心。庭前昨夜梧桐雨，勁氣瀟瀟入短襟。」後元世皇時，若水哀懇，乞爲黄冠，世皇許之。瀕行，與故宫人十八人釃酒城隅，鼓琴叙别。不數聲，哀音哽亂，淚下如雨。張瓊英送之詩云：「客有黄金共璧懷，如何不肯贖奴回？今朝且盡穹廬酒，後夜相思無此杯。」

吴彦高在燕山，赴張總侍御家集。張出侍兒佐酒，中有一人，意狀摧抑可憐。叩其故，乃宣和殿小宫姬也。不勝悲愴，賦詞云：「南朝千古傷心事，猶唱《後庭花》。舊時王謝，堂前燕子，飛向誰家？恍然一夢，仙肌勝雪，宫髻堆鴉。江州司馬，青衫淚濕，同是天涯。」

靖康之變，中原爲虜地。當時朝士，無不陷没。曾見關中驛舍壁間有詩云：「鼙鼓轟轟聲徹天，中原廬井半蕭然。鶯花不管興亡事，妝點春光似去年。」又：「渭平沙淺鴈來棲，渭漲沙移鴈不歸。江海一身多少事，清風明月淚沾衣。」

張秦娥能詩，嘗賦《遠山》云：「秋水一林碧，殘霞幾縷紅。水窮霞盡處，隱隱兩三峰。」其後流落不偶，飄泊無歸。劉昂遇之，贈以詩云：「遠山句好畫難成，柳絮才高總是情。滿眼詩魂招不得，倚爐空聽煮茶聲。」又：「二九春光已半蕪，鬟蟬零落一身孤。寒窗昨夜瀟瀟雨，紅日花梢入夢無？」秦娥爲之泣下。

蜀主祈時於青城山，青城令獻美人張麗華，蜀主幸於齋宫。是夕風雷大作，麗華殞玉。後有法師秦若冲者，誦經巖中，見竹陰一女子號泣而出，掩袂微吟云：「獨卧經秋墮鬟蟬，白楊風起不成眠。澄思往日椒房寵，淚濕衣襟損翠鈿。」若冲爲之誦《九轉生神經》，水火鍊度。明日，女子霓裳霞帔，歛袵而謝曰：「妾隨金簡出幽冥矣。」

趙孟頫以宋室賢才，失身北仕，揚州春市，琵琶别調矣。然而哀音離黍，故國凄涼，未嘗不纏綿四韵中也。嘗作《聞擣衣》詩云：「露下碧梧秋滿天，砧聲不斷思綿綿。北來風俗猶存古，南渡衣冠不及前。苜蓿總肥宛騕褭，琵琶曾没漢嬋娟。人生俛仰成今昔，何待他年始惘然。」又舊作二絶云：「春寒惻惻掩重門，金鴨香殘火尚温。燕子不來花又落，一庭風雨自黄昏。」「梅花開盡雪飄零，楊柳青青春水生。一夜東風吹鴈過，江南江北故鄉情。」

王氏守素，錢塘民家女。夫棄家爲全真，素留之不能，遂束髮着冠，入吴山二十年。後貽隣女詩云：「不見遼東丁令威，舊遊城郭昔人非。鏡中春去青鸞老，華表山空白鶴歸。石竹淚乾斑雨在，玉簫聲斷采雲飛。洞門花落無人跡，獨坐蒼苔補道衣。」

李當，名妓也。晚年不遘知音。一日讀《琴操傳》，至「門前冷落車馬稀，老大嫁作商人婦」，便潸然下淚，即日束髮爲女道人。段天祐贈以詩云：「歌舞當年第一流，洗妝今日别青樓。便隨南岳夫人去，不爲蘇州刺史留。瓊館月明蕭鳳下，綺窗雲散鏡鸞收。却嫌癡絶潯陽婦，嫁得商人已白頭。」

揭傒斯未達時，遊湖、湘間。一日泊舟江涘，夜二鼓，攬衣露坐，仰視明月如晝。忽中流一櫂漸逼，内有一素妝女子，斂衽而起，容儀甚雅。傒斯問之，曰：「妾商婦也，良人久不歸，聞君來，故相迓耳。」因與談，甚愜懷。迨曉戀戀不忍去，贈傒斯詩云：「盤塘江上是奴家，郎若閒時來吃茶。黄土作墻茅蓋屋，庭前一樹紫荆花。」明日舟行阻風，上岸沽酒。問之，即盤塘鎮。行數步，見一舍，墻垣皆黄土，中庭紫荆芬然，一小鬟立花下。問之，云：「家主遠行，娘子獨居，卧病三載而逝，昨營葬後園耳。」傒斯往視之，見冢前紫荆甚茂。傒斯徘徊，不覺淚沾冢土。

南渡後，京畿士女往往南竄。南陽驛壁有題詞云：「流落南來可自嗟，避人不敢御鉛華。却思當日鶯鶯事，獨立東風霧鬢斜。」

趙孟頫書齋四壁喜録弔古詩，悒鬱之志，情見乎詞。嘗録《華清宫》詩云：「幽薊烟塵别九重，貴妃湯殿罷歌鍾。中宵扈從無全仗，大駕蒼黄發六龍。妝匣尚留金翡翠，暖池猶浸玉芙蓉。荆榛一閉朝元路，惟有悲風吹晚松。」又録《鸛雀樓》詩云：「鸛雀樓西百尺墻，汀洲雲樹共茫茫。漢家簫鼓隨流水，魏國山河半夕陽。事去千年猶恨速，愁來一日即知長。風烟併在思歸處，遠日非春亦自傷。」

元末，中原紅軍亂起，駕幸灤京。山東及畿甸，一望蒿萊。張仲舉在都下，寄友詩云：「天子臨軒授鉞頻，東南無地不紅巾。鐵衣遠道三軍老，白骨中原萬鬼新。篆士精靈虹貫日，仙家談笑海揚塵。都將兩眼淒涼淚，哭盡平生幾故人。」

世廟時，宫人張氏恃貌，不肯阿順，宫監匿閉無寵，抱憤而卒。臂上繫羅巾，有詩云：「悶倚闌干强笑歌，嬌姿無力怯宫羅。欲將舊恨題紅葉，只恐新愁上翠蛾。雨過玉堦天色浄，風吹金鎖夜凉多。從來不識君王面，棄置無情奈爾何。」

費相國女，適吴公子，蕩子也。經年悒鬱，寄母詩云：「嚙指題詩寄老親，洞房辜負十年春。西江不是無門第，錯認荆溪薄倖人。」母一慟幾絶。

梁隆吉登鎮海樓，聞角聲凄楚，題詩云：「聽徹哀吟獨倚樓，碧天無際思悠悠。誰知盡是中原恨，吹到東南第一州。」

徐甜齋旅寄江湖，十年不歸。嘗作《夜雨》詞云：「一聲梧葉一聲秋，一點芭蕉一點愁，三更歸夢三更後。落燈花，碁未收，嘆新豐孤館人留。枕上十年事，江南萬里憂，都到心頭。」

金陵教坊妓齊錦雲，與庠士傅春眷愛。後春被仇誣事繫獄，雲脱簪珥爲饋給，至不繼，售卧褥供之。後春謫戍雲南，雲欲隨去，不可，因贈詩云：「一呷春醪萬里情，斷腸芳草斷腸鶯。願將雙淚啼爲雨，明日留君不出城。」又贈詞云：「治巵送君行，君行妾亦行。君行馬頭月，妾行夢裡程。夢裡醒還住，馬頭去不停。把酒依依别，何處送君行？」春既去，雲削髮爲尼。

梁公實有《吊揚州隋離宫》詩云：「藻井雕甍駐采霞，錦帆一去已無家。凄凉夜月樓前舞，零落春風仗外花。殘燒空原碑卧草，夕陽依岸柳藏鴉。可憐河水滔滔逝，不識人間有歲華。」

故宋汴京酒樓，多有良家女流爲唱座者。壁間曾有題吴歌云：「阿母只要光光鏝，我苦何曾管雪下去送官，買酒輪番。怎容懶，有客教奴伴。」辭句酸絶。

李禎《至正妓人行》：「永樂十七年，予自桂林役房山。冬，邂逅一遺姬逆旅中，雖汩没塵土，有衰老態，然尚餘笑談風韻，以紫簫自隨。訪其詳，蓋大都妓人，以才貌隸教坊供奉。陵遷谷變，將落髮爲尼，不果。轉嫁編氓，益淪落，今就食匠營間。因呼酒飲之，使吹數調，相與論疇昔繁華富貴事如目睹。然每一追思，輒復掩涕。豈古往今來，紅顔薄命，當如是耶？余爲低回慨嘆，作長辭贈之。乃謝曰：『此元白遺音也，何相見之晚耶？妾旦暮委塵土，當與偕焚，庶讀之于地下耳。』明年春，予還京師，重訪之，則已殁矣。因檢斯稿，猶若見其俯仰笑語之態也。悲夫！」詞云：「桃花含露傷春老，蓮葉欺霜悴秋早。紅飄翠殞誰可方？大都妓人白頭媪。言辭婉媚雖足愛，顔色萎摧寧再好。姿同蒲柳先凋零，景近桑榆漸枯槁。我役房山滯客邊，客邊意氣迥非前。螺杯謾想紅樓飲，鴈柱徒懷錦瑟絃。晏歲荒村因邂逅，芳樽小酌且留連。陽臺楚雨情磨滅，舞袖弓鞋事棄捐。于今淪落依草木，天寒幽居在空谷。爺娘底處認墳墓？姊妹何鄉尋骨肉？初謂終身永歡笑，那知末路翻撈摝。莫惜縹囊紫玉簫，暫吹絳闕瑶臺曲。停觴起立態如癡，歛衽躊躇半晌時。凝悄徘徊傾聽久，微茫杳渺度腔遲。嬌疑睍睆鶯求友，嫩訝呢喃燕哺兒。巨壑潛蛟驚起蟄，危巢別鵠苦分離。分離或變成凄切，凄切愈加音愈咽。蕩子江湖信息稀，疲兵關塞肌膚裂。似啼似訴復似泣，若慕若怨兼若訣。孤舟嫠婦旅魂消，異域纍臣鬢毛折。參差角羽雜宫商，徵韵紆徐巧押揚。墜絮遊絲争繞亂，哀蛩怨蚓互低昂。呦呦瑞鹿跼靈囿，噦噦和鸞集建章。楚弄數聲諧洗簇，《氏州》一曲换《伊》《凉》。《伊》《凉》溜亮益閑暇，塤篪笛笙皆在下。琚劚鏗鏘韵碧霄，機梭淅瀝鳴玄夜。須臾衆調多周遍，返席重論盛年話。一自干戈遽擾攘，幾多行輩遄淪謝。記得先朝至正初，奴家才「才」、「纔」同。學上頭顱。銀環約臂聯條脱，綵綫挼絨綴罛罟。博局倦餘邀伴賭，秋千蹴罷倩人扶。纖腰數被隣姬妒，鬒髮常煩阿姐梳。羽林英俊馳輕轂，慣向奴家通夕宿。鳳枕鴛衾肯蹔辜，蜂媒蝶使交相屬。冰容反懼脂粉涴，香體匪藉沉檀浴。退居始替興聖班，内使傳宣又催促。宇宙雍熙百姓安，仁覃四裔覆三韓。畏吾夷名選作必闍赤，欽察恩深荅剌罕。已見拂郎呈騕褭，還聞緬甸貢琅玕。丹楹陡峻棲鵷鶵，素表玲瓏鏤角端。神州形勝真佳麗，鬱鬱葱葱蟠王氣。五穀豐登免税糧，九重娱樂耽聲妓。廣寒宵得侍乞巧，太液晨許陪脩禊。避暑巡遊欲届程，沿途宿頓争除地。隨鑾供奉揀娉婷，特勅奴家扈蹕行。鹵簿曉排仙仗發，抹倫晴鞠繡鞍乘。營問鼓鐲轟雷動，磧外氛埃掃雷清。紈扇試時違大内，花園過去是開平。宗王貴戚咸來會，嵩呼萬歲齊齊跪。緋纓帽妥鉢焦圓，黑瓣髻紉卜郎鋭。後先雉尾怯薛執，左右麟苻火赤佩。茜罽縫袍竺國師，霞綃蹙帔天魔隊。齊姜宋子總尋常，惟詫奴家壓教坊。樂府競歌新北令，構欄慵做舊《西廂》。煞賓院本偏蒙賞，喝采箜篌每擅場。渾脱囊盛阿剌酒，達拏珠絡只徐裳。胡元運祚俄然歇，遠遁龍荒棄城闕。官裡遥銜朔漠塵，哈敦暗哭穹廬月。壞宫畫静着封鎖，虚室苔生罷朝謁。絶徼陰森部落衰，中原傾洞烽烟爇。填溝塞塹總嬋娟，蟻虱微軀幸瓦全。窈窕蛾眉渾懶畫，蹣跚繭足亦羞纏。祇園披剃思依佛，梵榻跏趺擬學禪。練衲正宜參般若，赤繩無奈墮痴緣。蘭心蕙性非堅固，宛轉綢繆媒妁誤。嫁與凡庸里巷兒，流爲鄙賤糟糠婦。文禽失類偶鶏鶩，孔雀迷群隨鶻鷺。手具盤飧奉舅姑，親操井碓應門户。物换星移十載强，尊嫜殂没藁砧亡。屢遭疾疫男捐館，苦迫饑寒媳去房。瓦缶泥罏長是伴，瑶簪翠鈿已相忘。忍談富貴徒增感，怕説酸辛只斷腸。筋骸疲憊龍鍾久，里舍么娘嗤老醜。塗抹伊誰識阿婆，彈撾競自矜纖手。偷生又幸逢明代，垂死寧當正丘首。轗軻頹齡諒弗多，槎牙瘦骨行將朽。欷歔歎古更嗟今，少日榮華晚陸沉。亹亹願母嫌聒耳，寥寥罕遇是知音。織烏荏苒忙過隙，司馬泛瀾已濕衿。往運推移端莫挽，窮途汨没最難禁。妓人聽我相寬慰，美貌多爲姿質累。倉惶明鏡樂昌分，縹緲層樓緑珠墜。雖云煢獨困貧乏，贏得妖嬈到憔悴。世上浮名不直錢，樽中醇酎休辭醉。屏營拉泪起逶迤，載拜慇懃乞賦詩。土炕蓬窗秋寂夜，挑燈快讀解愁頤。那知皓首逢元稹，弗用黄金鑄牧之。洒翰酬渠增慷慨，風流千載繫遐思。」

朝雲，錢塘名妓也。蘇子瞻絶愛幸之，納爲常侍。及貶惠州，家妓散去，獨雲依依嶺外。子瞻甚憐之，作詩曰：「不學楊枝别樂天，且隨通德伴伶玄。阿奴絡秀方同老，天女維摩總解禪。經卷藥爐新活計，舞衫歌扇舊姻緣。丹成隨我三山去，不作巫山雲雨仙。」蓋紹聖元年十一月也。三年九月，朝雲淹然抱病，臨卒，誦《金剛》偈四句而終，葬于西禪寺松林下。後人因而建詩屋數楹，環植梅茶百株，游人於此憩息焉。洪武初，一士人乘醉踏月過此，忽見一倩妝女子，前有侍婢持燈先導。士竊隨之，倏然不見，惟見月映長廊，字跡淋漓滿壁。士睎眎，得集句律詩十首、絶句十五首，蓋仙靈之貽芳也。集句律詩云：「家住錢塘東復東，偶來江外寄行蹤。三湘愁鬢逢秋色，半壁殘燈照病容。艷骨已成蘭麝土，露華偏濕蘂珠宮。分明記得還家夢，一路寒山萬木中。」一「妾本錢塘江上住，雙垂别淚越江邊。鶴歸華表添新冢，燕蹴飛花落舞筵。野草怕霜霜怕日，月光如水水如天。人間俯仰成今古，只是當時已惘然。」二「三生石上舊精魂，化作陽臺一段雲。詞客有靈應識我，碧山如畫又逢君。花邊古寺翔金雀，竹裡春愁冷翠裙。莫向西河歌此曲，清明時節雨紛紛。」三「東望望春春可憐，江籬漠漠荇田田。遶籬野菜飛黄蝶，糝徑楊花鋪白氊。雲近蓬萊長五色，鶴歸華表已多年。夢回明月生南浦，淚血染成紅杜鵑。」四「浮雲漠漠草離離，淚濕春衫鬢脚垂。秋水爲神玉爲骨，芙蓉如面柳如眉。鍾隨野艇回孤棹，蟬曳殘聲過别枝。青冢路邊南雁盡，問君何事到天涯？」五「身前身後事茫茫，惱斷蘇州刺史腸。猿帶玉環歸後洞，君騎白馬傍垂楊。鶴群長遶三珠樹，花氣渾如百和香。慚愧情人遠相訪，爲郎憔悴却羞郎。」六「孤月無情掛翠巒，金爐香燼漏聲殘。雲收雨散知何處？鬢亂釵横特地寒。去日漸多來日少，别時容易見時難。明朝有約誰先到？青鳥殷勤爲探看。」七「杏花疏雨立黄昏，金屋無人見淚痕。短鬢欲星愁有效，此身雖異性常存。關門不鎖寒溪水，環珮空歸月夜魂。倚柱尋思倍惆悵，夜寒皺玉倩誰温？」八「萬紫千紅總是春，登臨一度一思君。舞低楊柳樓心月，香沁梨花夢裡雲。風景蒼蒼多少恨，陰蟲切切不堪聞。思君今夜腸應斷，書破羊欣白練裙。」九「零落殘魂倍黯然，一身憔悴對花眠。南園緑草飛蝴蝶，落日深山哭杜鵑。天若有情天亦老，月如無恨月常圓。此聲腸斷非今日，風景依稀似往年。」十絶句云：「舞衫歌扇舊因緣，萬事傷心在目前。雲物不殊鄉國異，夭桃窗下背花眠。」一「烟籠寒水月籠沙，誰信流年鬢有華。燕子銜將春色去，夢中猶記詠梅花。」二「青山隱隱水迢迢，客路都隨歲月消。惟有别時今不忘，水邊楊柳赤闌橋。」三「杜陵寒食草青青，長誦《金剛般若經》。雨冷香魂弔書客，夢中同躡鳳凰翎。」四「遠上寒山石徑斜，宫前楊柳寺前花。紅顔未老恩先斷，莫怨東風當自嗟。」五「與君約略説杭州，山外青山樓外樓。屈指别來經幾載，愁心一倍長離憂。」六「旅館寒窗夜不眠，湘波冷浸一枝蓮。何時最是想君處？月落烏啼霜滿天。」七「欲寫愁腸愧不才，依稀猶記妙高臺。問予别恨知多少？巴蜀雪消春水來。」八「紫烟衣上繡春雲，一樹繁花對古墳。辛苦無歡容不理，半緣脩道半緣君。」九「春愁冉冉帶餘酲，珍簟銀床夢不成。知子遠來深有意，酷憐風月爲多情。」十「光陰卒卒一飛梭，怨入東風芳草多。舊枕未容春夢斷，秦雲楚雨暗相和。」十一「身前身後思茫茫，秋菊春蘭各吐芳。慙愧情人遠相訪，爲郎憔悴却羞郎。」十二「白褡玉郎寄桃葉，金鞍駿馬换小妾。翠眉蟬鬢生别離，南園緑草飛蝴蝶。」十三「野棠開盡飄香玉，細柳新蒲爲誰緑？忽忽窮愁泥殺人，逢人更唱相思曲。」十四「瞿塘嘈嘈十二灘，遶船明月江水寒。欲隨郎船看明月，遊絲落絮春漫漫。」十五

味詩意，大都别恨離愁。士子何人，而爲雲珍重道意如此？意者士子爲東坡後身，遼鶴歸

來，昔人無恙耶？

陳祭酒，劉六、七之軍諮也。事敗，獲送京師，題詩衛輝驛壁云：「志氣軒昂今已休，傷心兩眼淚横流。秦庭有劍誅高鹿，漢室無人問丙牛。野鳥空啼千古恨，長江不盡百年愁。西風動處多零落，一任魂飛到故丘。」

倪元鎮，無錫巨室。元季天下大亂，盡散其家貲，往來江湖。過蘇臺，作《懷古》云：「望中烟草古長洲，不見當時麋鹿遊。滿目越來溪上水，流將春夢過揚州。」

鐵鉉爲布政，靖難時死節。二女皆國色，成祖怒，皆令入教坊。數月辛苦萬狀，誓不受辱。時有鉉同官至，二女爲詩以獻。長女詩云：「教坊脂粉洗鉛華，一片閑心對落花。舊曲聽來猶有恨，故園歸去已無家。雲鬟半綰臨妝鏡，雨淚交流濕絳紗。今日相逢白司馬，樽前重與訴琵琶。」次女詩云：「骨肉傷殘事業荒，一身何忍去歸娼。淚垂玉筯辭官舍，步蹴金蓮入教坊。覽鏡自憐傾國色，向人肯學倚門妝？春來雨露寬如海，嫁得劉郎勝阮郎。」

宸濠舉兵，婁妃、翠妃切諫，不聽。及兵敗，妃赴水死。濠哀之，作詩云：「池臺春色知何在？紫燕黄鸝各自飛。」又題驛壁云：「懶與乾坤擔此憂，不如隨分上瀛洲。清風明月人三箇，芳草斜陽土一丘。夢短夢長都是夢，愁來愁去總成愁。無窮心事憑誰訴？滿目黄花別様秋。」

宸濠云：「紂以聽婦人而亡，我以不聽婦人而亡。嗟乎！古來亡國，豈盡婦人事哉？」詩云：「已聞劍閣脱征衣，又見鑾輿幸蜀歸。泉下阿鸞應有語，這回休更怨楊妃。」故云：吴亡越亦亡,夫差却便宜了一西子。假使宰嚭不倖,鴟夷不浮,越雖進百西施,何益哉?

莊定山嘗賦《曾節婦詩》云:「二十夫君棄妾身,諸郎痴小舅姑貧。自憐薄命同衰葉,不掃蛾眉嫁別人。化石未成猶有淚,舞鸞雖在不驚塵。鎖窗獨對東風樹,歲歲花開他自春。」

雪菴和尚,不知何人也。靖難時,往來黔中,日買楚《騷》,乘小艇於中流讀之。讀一葉則沉一葉,讀畢大叫慟哭。後卒,發其笥,止《百將傳》一部、《大學衍義》一部,不知欲何爲也。嘗題詩云:「年方十五去遊方,終日修行學道忙。說我平生辛苦事,石人應下淚千行。」又云:「看了青燈夢不成,東風混雪落寒聲。半生客裡無窮恨,告訴梅花說到明。」

進士竇翰題雪菴壁云:「當初何不解漁樵?卜得龍門避世高。别有乾坤生晝夜,更無江海作波濤。持齋諒是慚周粟,說法惟聞誦楚《騷》。鐵石心腸誰識得?豈無太史筆如刀。」可謂詩史。

沈君烈作《江頭行》云:「揚子江頭秋夜宿,人語喁喁眠不熟。知是隣舟促膝聲,起鑿蓬窗漏紅燭。燭下摇摇一女郎,二八差浮二九傍。半臂薄施無裼襲,搔頭斜墮不梳妝。上坐一嫗口無齒,下坐一翁鬚半紫。嫗似烟花舊主人,翁似江河老商子。女郎側面坐中邊,鄉音相通意不然。疑詞欲答微挑髮,殘酒將拈又斂拳。衷腸吞吐聲嘈雜,荻尾嘶風隔萍葉。依稀耳屬半言清,寧及黄泉毋作妾。其他曲折不能猜,使我徬徨中夜來。天下夢緣隨處妄,世間幽恨幾人開?憐君未必君知覺,攪得無端痴淚落。鼓鳴解纜五更頭,明夜沙灘月消索。」

安生詩。安生徐姓,姑蘇人。美丰容,善寫蘭竹梅花,兼善書。歸海寧陳太學爲小星。太學就選長安，挈安偕往。安偶于中秋步月，邂逅少年陳生，不能定情，遂與訂約，憐陳生之麗容也。已而太學偵知，獲陳生，將鳴之官。而陳生兄弟相率奪生，竟斃太學，由是隣里共執安、陳詣御史。御史訊之，安聲聲訴寃，且云：「兩才相愛，非爲淫也。」御史憐之，命各呈詩。陳詩先成，云：「明知美色是妖孽，誰能瞥見心如鐵？鶯聲巧喚不由人，兩兩挽就相思結。只圖地久與天長，詎料所天病欲絶。今日李若代桃僵，抱恨黄泉滴紅血。」御史命安不得換韵，安執詩泣，亦成一首，云：「恩情總是前生孽，非關怕守衾兒鐵。癡心要學卓文君，衾生穴死深相結。一朝夫病病後亡，爰書未就情先絶。可憐人草可憐詩，聲聲啼出杜鵑血。」御史深憐之，云：「吾不忍刑汝，今釋汝，可爲尼以謝前罪。」安涕泣，堅欲嫁陳生。御史怒，斷云：「夫病不湯藥，夫死不衰麻，坐死何疑？」已而奉旨如律，安遂與陳永訣書，燈下復草永訣詩十一首。次早就刑，仰天呼曰：「爲陳郎死，死亦何恨！」踰三日，陳無疾卒于獄。書云：「媿妾麄姿，沐君過寵。小星是託，皦日爲盟。方嗟未了塵緣，罔意遽成幻泡。固死生之有數，即悲戚其何裨？況八還已悟無還，而三昧應知不昧。宿根既浄，幽壤皆怡。獨因瓊玖未酬，一段精誠不泯。無由執手，尤切傷心。聊識短章，代爲永訣。不得終韓娘之題葉，或可効蕭氏之遺環。淚與情俱，語隨氣盡，千祈自玉，萬勿余珍。」詩云：「枝上鶯聲水上萍，嬌花冉冉草青青。一場好夢而今醒，環佩香飄月滿庭。」又：「文不成名詩不動，半生俠烈竟何聞？空餘幽恨漫天際，化作愁霖與怨雲。」又：「蒲柳從來不耐秋，況爲風雨久相讐。人生滋味只如此，簡點癡腸付水漚。」又：「瞬息百年同一夢，王侯螻蟻總歸墟。所悲未得酬知己，幽恨綿綿無日舒。」又：「幽夢傷心心轉悲，幾番彈淚濕衾禂。可憐寂寞窗前月，來夕清光照阿誰？」又：「殘燈挑盡已三更，萬籟無聲月轉明。收拾荆釵與裙布，凄然一曲訴衷情。」又：「春縱繁華有了期，花催不必爲花悲。梁園詞賦君加意，妾在黄泉也展眉。」又：「風雨瀟瀟一院凉，寄來宋玉莫悲傷。上林花木渾如錦，開盡江梅有海棠。」又：「光陰逐却指尖彈，已悉人間行路難。從此脱離煩惱去，任從長夜自漫漫。」又：「香風縹渺步虚聲，天上應聞白玉京。只恨《漢書》猶未就，頻焚筆劄意縈縈。」又：「從今煩惱卸眉端，荷可爲衣露可餐。自去自來人不識，洞簫吹徹碧空寒。」

沈氏女，十五，有才色。選入宫，試《守宫論》，獨佳，册爲宫中學士。弟春闈赴京，因寄弟書云：「玉堦夜月，空懷紈扇之悲；金屋寒砧，不寄鎖袍之怨。百年薄命，刻刻秋風；一片閑心，時時春夢。」復綴詩云：「自少辭家侍禁闈，人間天上兩依稀。朝隨鳳輦趨青瑣，夕捧鸞書拜紫微。銀燭燒殘空有淚，玉釵敲斷竟無歸。年來望爾登金籍，同補山龍上衮衣。」

周岐鳳，畸人也。讐家嗾之，流落江湖二十餘年，不得歸。常熟錢曄投以詩云：「聞説多才昔未逢，年來何處覓行踪？一身作客如張儉，四海何人是孔融？野寺鶯花春對酒，湖橋風雨夜推篷。機心盡付東流水，回首家山一夢中。」鳳得詩，一慟幾絶。

馮猶龍《離亂歌》：「數年以來，朱門嬌媛，窮巷幽姿，盡於兵燹者多矣。玉碎香消，花殘月缺。魂消薊北之烟，埋青無地；泣盡江南之血，化碧何年？鳳臺一夢，鸞簫何處？吹雲燕市皆空，馬髻當年墮月。時惟静夜，聽遠笛以哀秋；坐對清宵，黯孤燈而泣雨。爲憐冷翠摧殘，牽情異域；更恨怨紅零落，墮節終天。聊興嗟於翰墨，遂致嘆於咏歌。」作《富貴女嘆》云：「畫欄豆蔻紅珠掌，深閨蕙質藏銀幌。煮麝煎膏盡日閒，等閒不受春光攘。阿母工夫事事宜，兒家門户軟簾垂。玉鏡時開雲母鑷，雕籠戲畫雪兒眉。長廊跳脱看年命，沉香供奉花情性。鸞帶原隨碧玉簫，縑絲譜出嬌羞致。一自梳妝青漆樓，深深似海不知愁。蛤帳更闌銀箭咽，菱囊星曉篆烟浮。丫鬟偷唱鶯聲底，欲透春情惜羅綺。明月千金一寸心，繡床顛倒無心理。誰知擱鼓起風塵，燕子花阡泣鬼神。赤眉定奪蛾眉案，驚破誰家蝶夢人？蕭娘齊去淚如雨，可憐叱利誰相語？顏色從來悮妾身，舊時甲第蒼涼處。半疑半訝紮雕鞍，玉肢野外不勝寒。關山潦倒蟬鬢亂，半夜由他趁所懽。此生命薄長已矣，往事依稀恨如此。笳度清宵淚暗流，淚流盡是良家子。猶記當時養鳳凰，須臾結髮從犬羊。侍兒後騎離前騎，姊妹他鄉念故鄉。斜插小靴鬆黑鬟，玉手纖纖執雕靷。含羞蓄憤被風霜，馬上回身時欲隕。昔日豪華稱莫當，熊羆百萬斷人腸。縱然速作荒燐鬼，猶帶餘腥向北邙。一朝紅粉同時盡，秦楚燕齊香玉殞。豈無阿閣理青塵，亦有卧房同幻蜃。落魄佳人復奈何，我聞此事動悲歌。江南兒女多情思，笑傍王孫拭翠蛾。」又《貧賤女嘆》云：「幽巷年年惜顏色，枳花竹葉長相憶。遠山淡掃宜不宜，夜夜荆釵愁嘆息。可憐十五未嫁人，玉顏寂寂低斂顰。春樹採桑溪水曲，宵燈織素鑿東隣。蕩子結婚重名姓，豪家幾遍明珠聘。但見西施住若耶，豈有郎君輕玉鏡？蹉跎愛惜度年光，眉黛何如怨恨長。蝴蝶飛來嬌不語，鴛鴦獨宿夜偏涼。裁紈貼勝心情倦，荆榛門户羞歌扇。家對寒塘裊碧絲，愛遊僻徑看花面。何處鳴金動地來，一齊驅向馬虺隤。錦營賊帥相思夢，罽帳賢王合巹杯。蔡琰聲聲十八曲，家少黄金誰見贖？丁香枝上不禁春，血淚明眸空斷續。回思往事更傷心，欲覓征鴻寄信音。妾身不望生還好，傳語家中漫擣砧。晨聞異樂心長斷，當風塞上瞻星漢。數盡江邊春燕歸，又看絶域秋鴻亂。故鄉人遇意殷勤，爲説家園兩地分。父母荒郊何處别？長兄聞道又從軍。生嗟薄命隨流水，玉門關外何時死？新妝莫保遭亂離，夢魂驚顫何如此。爲惜名香爲惜花，鸞書鼠筆淚交加。佳人莫怨無情種，且抱琵琶營裡撾。鐵菱鹿角香魂塹，陰山借作定婚店。落葉浮萍去不回，離鞍生把紅兒殮。惆悵曾無古押衙，劫取園陵小内家。止餘睩老含糊眼，哭遍胡城百萬花。」

柳捷子流寓閩中，黄昏於簷蔀下，彷彿見一垂髫兒，攜之入室，則脩眉皓齒，豔若神仙，云是宦室子，遭父譴逸出耳。柳秘之經年，懽好如伉儷。嘗贈以詩，有云：「柳烟桃露剪春衣，疑謫人間是也非。花魄已銷焉敢妒，月魂欲動定相依。弱教看去應須死，秀許餐時自不飢。爲問荀郎何處在？香飄綺席轉霏微。」後携之遊杭，寓湖上。柳每出，必鍵户。一日晚歸，闃然不見，蓋爲同寓生竊去也。柳大恚恨，苦索不得，題詞寓壁云：「徙倚床前濕臂紗，輕烟籠罩海棠花，隔屏愁背一燈斜。蝴蝶自從飛去也，茫茫無路記西家，憑誰説與到天涯？」

泐大師吴中古佛，現女身入上方宫度世者。附乩作村婦豔詩云：「西施盡住黄金屋，泥壁蓬窗獨剩儂。寄語梁間雙燕子，天涯可有好房櫳？」

劉彦先少任俠，有才氣，歷遊四海，訖不得志。嘗宿天慶寺，題詞云：「少年聽雨青樓上，紅燭昏羅帳。壯年聽雨客舟中，天闊雲低，斷雁叫西風。而今聽雨僧廬下，鬢已星星也。悲懽離合總無心，一任堦前點滴到天明。」

靖難師入城，建文與程濟君臣祝髮，從水關出。初入蜀，後入滇，常往來貴州諸寺中。正統庚申，出滇南。時濟已亡，建文無依，乃入府，坐藩堂，自稱：「我建文皇帝也。」衆聞之悚然，問所欲。曰：「我願歸骸骨鄉土耳。」以聞於朝，乘傳至京師，朝廷命太監經侍吴亮往審視。一見即曰：「吴亮耶？」亮曰：「非是。」曰：「我御便殿食子鵞，遺片肉於地，汝戲餂之，豈遽忘乎？」亮伏地哭，不能仰視。亮既復命，夜縊死別室。朝廷迎歸，後卒不封不樹。建文常賦詩云：「犖落西南四十秋，蕭蕭白髮已盈頭。乾坤有恨家何在？江漢無情水自流。長樂宫中雲氣散，朝元閣上雨聲愁。新蒲細柳年年緑，野老吞聲哭未休。」又題金竺長官司云：「風塵一夕忽南侵，天命潛移四海心。鳳返丹山紅日遠，龍歸滄江碧雲深。紫微有象星還拱，玉漏無聲水自沉。遥想禁城今夜月，六宫猶望翠華臨。」「閲罷《楞嚴》磬懶敲，笑看黄屋寄曇標。南來瘴嶺千層迥，北望天門萬里遥。款段久忘飛鳳輦，袈裟新换袞龍袍。百官此日知何處？惟有群烏早晚朝。」

靈巖有題弔古二絶云：「錦帆遊處百花新，今日飛塵撲路人。惟有數株楊柳色，青青不改舊時春。」「西施軟舞百花中，十里香飄趁曉風。一别姑蘇三百載，鷓鴣不到館娃宫。」綏山主人和之云：「登臨怕見客愁新，忍説溪紗石上人。爲問蘇臺舊時路，寺門斜日照青春。」「興亡滿目夕陽中，山帔晴雲水棹風。千載繁華留不住，鐘聲十里梵王宫。」

王百谷有一妾名青琴，以婦妒去之。一日，妾遺素帨，繡句云：「侯門一入深如海，從此蕭郎是路人。」王爲之感悼，賦無題詩，托老嫗贈之，而妾已自縊矣。詩云：「十七梳頭緑鬢斜，生來宋玉是隣家。短墻不礙黄鸝過，疏箔難教粉蝶遮。杜牧重來看結子，劉郎前度見栽花。何人得似江州客，白髮青衫聽琵琶。」一「芙蓉江上露凄凄，楊柳樓前月影低。燕入朱門藏不見，馬過花巷憶還嘶。藕絲無力終愁斷，萍葉隨流未肯齊。信有銀河千萬里，人間隔斷路東西。」二「玉釵中斷兩鴛鴦，繡枕平分半海棠。戲擲櫻桃奩尚在，學吹《楊柳》笛還藏。紅顔夢裡將爲石，青鬢愁中易作霜。錦字消磨鴻鴈絶，門前咫尺是衡陽。」三「昔日吹簫鳳下來，如今鳳去只荒臺。劍分安得重歸匣，水覆難教再上杯。倩酒禁愁何日醉？待花消恨幾時開？無情最是窗間雨，吹入空牀長緑苔。」四「舊時門巷草蕭蕭，月色江聲共寂寥。眉黛盡從啼處損，鬢霜留待見時消。形骸太瘦同山竹，信誓無端異海潮。望盡南船渾怕問，一回無詢一無聊。」五「河邊七夕會牽牛，一點紅妝不耐秋。日日題詩俱是淚，重重見面只含羞。虬髯傳裡尋紅拂，鳳曲聲中嘆白頭。一自斷魂無處覓，十年王粲不登樓。」六「自從抱瑟入朱門，新寵安能識舊恩。明裡開顔暗流淚，面前行樂背消魂。梅花見説渾無色，鸚鵡傳來不肯言。知在闌干第幾曲，青天何處覓崑崙？」七「一朵千金泣露斜，簾櫳難護幙難遮。吴王城上同看月，伍相江邊獨浣紗。楊柳名爲離別樹，芙蓉號作斷腸花。舊時隣舍皆新主，莫認東墻是宋家。」八

綏山主人曰：「雲鬟如霧，不增柳氏之憐；粉面若瓊，竟致楚王之怒。《關雎》撰自周公，鶬鶊無如梁后。大人妒陣，膽落東山；司馬愁城，心驚南郡。」賦《四星》詩云：「一片行雲蕭寺東，偶然携入小蘭叢。可憐姊姊終歸月，不信姨姨巧鬭風。石氏樓空珠尚緑，張家人去豆還紅。凭

欄無限相思賦，寫在江淹兩字中。」

唐伯虎詩。伯虎名寅，姑蘇人。負俊才，能文工詩，翰墨精絶。與衡山文公遊，公以其書示刺史曹公鳳，鳳奇之曰：「此龍門燃尾之魚，不久當化去。」已而果得解，北試，復掇會首。放榜後，因一俗子闢節，殃及寅，不置辯，竟至黜落。悒悒浪跡江湖，都宿僧房妓館。嘗作《悵悵》詩云：「悵悵莫怪少時年，百丈游絲易惹牽。杜曲梨花杯上雪，灞陵芳草夢中烟。前程兩袖黄金淚，公案三生白骨禪。老後思量應不悔，衲衣持鉢院門前。」又作《漫興》云：「十載鉛華夢一場，都將心事付滄浪。内園歌舞黄金盡，南國飄零白髮長。髀裏肉生悲老大，斗間星暗誤文章。不才嬴得腰堪把，病對緋桃檢藥方。」一「久遭名累怨青衿，半壁藤蘿覆釜鬵。去日苦多休檢曆，知音諒少莫修琴。平康驢背駝殘醉，穀雨花壇費朗吟。老向酒杯碁局畔，此生何望不甘心。」二「驅馳南北罨頭塵，襤褸衣衫墊角巾。萬點落花俱是淚，滿杯明月即忘貧。香燈不起維摩病，櫻筍難消穀雨春。鏡裏自看成一笑，半生傀儡局中人。」三「擁鼻行吟水上樓，不堪重數少年遊。四更中酒半床病，三月傷春滿鏡愁。白面書生期馬革，黄金遊客剩貂裘。近來檢點行藏處，飛葉僧房細雨舟。」四「造物何常苦忌名，太平端合老無能。交游散去綈袍冷，風雪欺貧瓦罐冰。二頃未謀田負郭，一餐隨分欲依僧。醉時試倩家人道，消盡粗疏氣未曾。」五「此生甘分老吴閶，寵辱多無剩有狂。秋榜才名標第一，春風絃管醉千場。跏趺説法蒲團軟，鞋襪尋芳杏酪香。只此便爲吾事了，孔明何必起南陽。」六「平康巷陌倦遊人，狼藉桃花中酒身。短夢風烟千里蝶，多情絃索一牀塵。黄金誰買《長門賦》，黛筆難描滿額顰。惟有所忺知此意，對燒高燭照殘春。」

七「落魄迂疏自可憐，焚香掃榻枕書眠。張儀捫頰猶存舌，趙壹探囊已沒錢。滿腹有文難罵鬼，措身無地反憂天。多愁多病多傷壽，且酌深杯看月圓。」八「謝遣歌兒解臂虜，半瓢詩稾一枝藤。難尋萱草酬知己，且摘蓮花供聖僧。時事百年蝸角戰，酒杯三月鳳頭燈。盡嘗世味猶存舌，荼薺隨緣敢愛憎。」九

沈君烈諱承，玄心傲骨，淡性飛才，七困舉場，不售而逝。少君薄氏作挽詩百首，詩成，一身旋殉。鐵板之歌，痛於閨怨矣。詩云：「上帝徵賢相紫宸，賦樓何足屈君身。仙才天上原來少，故取凡間學道人。」一「藿食蕉衣道骨癯，天翁毒手亦何須。雖然奪得文人算，能奪文章半句無？」二「環堵蕭然風雪紛，一盂久矣絕諸葷。生平消福緣何事？惟有雄文遏采雲。」三「場中無命莫論文，有鬼能遮秉鑑人。却怪君文遮不住，故將奇疾殺君身。」四「果然天道忌才名，一刻難留欲去程。贏得篋中奇字在，據將千古與天爭。」五「鐵骨支貧意獨深，有睛不屑顧黃金。時人漫賞雕蟲技，沒却英雄一片心。」六「錢神墨吏鬼無訶，苦執貧儒欲奈何？一片紙錢都不帶，反將鐵面折閻羅。」七「墨改朱塗紙未黃，中原望氣識奇光。爲君什襲藏金匱，留與千秋認沈郎。」八「不爐不扇幾更霜，鋭意應同百鍊鋼。鐵硯未穿身已死，九泉何處用文章？」九「半世心精苦繡成，山河擬仗筆尖平。今朝束起懸高閣，落手猶聞嘆息聲。」十「七戰金陵氣不降，可憐傑士殉寒窗。科名誤我今如此，踢倒金山瀉大江。」十一「廿載徒然六息功，怒飛未遂徙南風。梟盧擲下飛旋久，拍案呼來不是紅。」十二「痛飲高談讀異文，回頭往事已如雲。他生縱有浮萍遇，政恐相逢不識君。」十三「手運風斤闢混淪，墨花開處剪鋒新。文心化作青松塵，拂盡

凡夫筆下塵。」十四「濁世何爭頃刻先，人間真壽有文章。　君文自可垂天壤，翻笑彭翁是夭亡。」十五「末劫灰中一卷心，千秋石匣俟知音。　世間耳目嬰兒淺，怕聽人彈霹靂琴。」十六「絶壁無緣困五丁，不留一綫與人行。　君文幻似桃源路，只恐青山誤後生。」十七「碧落黃泉兩未知，他生寧有晤言期。　情深欲化山頭石，劫盡還愁石爛時。」十八「英雄回首即長眠，手擲山河交與天。　骨相不須麟閣畫，江聲岳色把神傳。」十九「惜福持齋器不盈，清脩何反促前程？　冥途業鏡如相照，照出枯腸菜幾莖。」二十「一片冰心白日寒，由他獰鬼狀千般。　相傳地府威儀肅，莫作新詩謔冥官。」廿一「家計如君未是貧，清泉滿釜不生塵。　穿厨野雀分餘飲，箇是君家闖席賓。」廿二「半世交游半陸沉，古人已死博知心。　思君欲把黃金鑄，世上難求足色金。」廿三「玄語凉心不可思，令人欲語拙言詞。　風吹天半蛾嵋雪，下灑人間六月時。」廿四「不如烟草竟消沉，鶴返遼東轉累心。　千歲歸來人世改，當時眷屬已無尋。」廿五「神識今朝隔冥陽，隨他業報不須忙。　君無多事求超脱，湯鑊蓮花總戲場。」廿六「甕裏醯雞世界寬，蹄涔魚鱉掉迴瀾。　天河收却長鯨去，恐把千江一吸乾。」廿七「他人哭我我無知，我哭他人我則悲。　今日我悲君不哭，先離煩惱是便宜。」廿八「馬遷作史遍游觀，中國山川出彈丸。　君御長風游八極，文章眼界海天寬。」廿九「既醒方知夢是迷，此言亦是夢中詞。　黃粱睡覺成仙去，究竟還非出夢時。」三十「英骨沉沙夜吐光，石羊晝走被樵傷。　西輪不返千年恨，魄化飛烏駡夕陽。」三十一「饑腸寒骨儒非易，飾面違心仕更難。　地上有身無放處，不知地下可相安？」三十二「掃葉烹泉薪水優，拜來雅貺不須酬。　自嘲殺業難除盡，枯蚌爲刀截菜頭。」三十三「北邙幽恨結寒雲，千載同悲豈獨君。　焉得長江俱化酒，將來澆盡古今墳。」三十四「舌碎常山血濺泥，樊於頭落手猶提。寢終豈是男兒事，應怪家人聒耳啼。」三十五「踏遍名山苦未能，頑身蜕去好飛行。昨朝蝶化莊周重，今日莊周化蝶輕。」三十六「何人不是夢中人，好夢榮華惡夢貧。君是酒人方夢飲，阿誰呼覺未沾脣？」三十七

《無可奈何集・曉起感懷詞》云：「悄無人，宿雨懨懨，空庭乍歇。聽簷前、鐵馬戞叮噹，敲破夢魂殘結。十年事，天涯恨，又早在、心頭咽。　誰憐我、綺窗前，鎮日鞋兒雙跌。今番也、石人應下千行血。擬展青天，寫作斷腸文，難盡説。」

《迷仙誌》題跋云：「是集也，皆古忠臣孝子、貞夫悌弟，大有不得于胸中，而借以耗其胸臆者也。深心所至，析骨椎肝。雖劈碎長空，燒枯大海，而情根無極，恨種難消。于是故爲汗漫不切之詞，支離無解之韵，一片剛腸，翻成繞指，纏綿凄愴，折折周周。嘆長夜之難迴，散愁心于别楮。草青春至，無非離索之懷；木落秋空，盡是淒凉之色。嗟乎！佩結陳王，寧因洛浦；衫青白傅，豈繫江州。」

朱袞《含滋小記》：「歲丁未，客游黔中。兄仲方有征苗之役，繫苗之子女以千數。總帥中丞將聚圍而燔之，仲力請得免。於是分給諸將吏，而仲得十二人，皆十數歲女子。羈絏累月，劚草根爲食，羸瘠之狀不忍目。既涉旬，稍見膚理，已而漸壯澤，語言狀貌都不異漢人。仲因以兩人爲余旅中伴，其一曰含滋，自言仲家子，年十三，眉目秀爽，纖肌細腰，善笑，輾然快人意。同寓友生有鬱疾，每聽其笑，未嘗不飛越起舞。寒夜擁爐，清宵坐月，試教之曲，輒應聲而歌，歌聲遏雲。因度曲，遂能識字，一月之中，中郎傳奇成誦矣。留連荏苒，未免有情，然不及亂也。己酉春，以試事南歸，欲與俱載而不

可，慘然爲別，約明春爲相見期。既脂車，贈以九絶句，裂裙而書，中有『西川問玉環』之句，指而問曰：『非韋皋傳奇耶？』淚偕語集如霰。自黔及吴將萬里，涉鳥道，泛長江，馬蹄芳草，帆影晴波，髣髴花氣鶯聲，逐琴劍而西歸也。歸未數月，仲亦罷官。含滋病瘵且劇，扶病迎拜，泫然風雨摧花，紅退柔條矣。以庚戌冬某日奄逝。逝之前三日，凝睇相顧，出袖中絶句還余，掩面無一語，詩竟爲先讖。噫嘻，悲哉！鮫珠夜璧，産彼遐譯。胡然萬里，奄兹一夕。黯黯誰招，雲魂霧魄。夢駭降旗，妍銷雹石。未了姻緣，生綃半擘。慧性疇依，月流江白。春留錦字模糊，望絶珊珊夜碧。葉底含緋疑笑靨，枝頭綴露還啼赤。籠中鸚鵡，猶聞《子夜》之歌；陌上垂楊，不舞當年之客。」

朱衮爲亡婦禮懺，作疏云：「某智術瑣闇，時命迍邅。十指懸錐，一身臃腫。是以酷罰用降，宜逮厥躬。豈其釁孽是波，竟貽伊婦？既愚迷而莫辨，尤憤鬱以無從。敢布下忱，仰祈慈鑒。蓋聞福過生災，器盈招覆。若流離困苦，已經世境難堪；而疾病死亡，復遇人生不幸。豈是今生罪過，良由宿世寃愆。婦某，一窮被體，萬古攢心。齠齡操帚，三冬曾擁嚴姑；壯歲空帷，萬里未歸弱壻。浪得人身四十年，歷盡艱辛三十載。牽鹿車而共載，常飛甑上之塵；對牛衣以長悲，誰裂輿中之絹？居不謀于服食，病無力於醫巫。斂止敗絮，奠仍藜藿。無梅生嫁時之衣，有昭妃洗面之淚。已矣一生，受諸苦惱。茫茫去劫，願脱沉淪。前生罪，今生受過；後世因，今世未作。望慈悲普照，度拔弘施。海若迴風，飄覆舟於彼岸；山靈出雨，種枯薺于來春。轉女身作男身，化苦境爲樂境。猶居濁土，當拋離別之悲；若作姻緣，無復朽愚之配。瀝忱懺禮，短疏哀祈。」

張麗貞，吴江女子，鍾情所至，悮奔匪人，遂致陷獄。其獄中自序云：「悔此宵一念之差，嘔心有血；致今日終身之誤，剥面無皮。還顧影以自憐，更書空而獨語。妾本吴江望族，曾解披章；閨閣幽姿，未閑窺户。北堂恩重，瑯函深貯掌中珠；南浦春明，金屋迥遮機上錦。況值髫年二八，忍忘律戒三千。夫何隨父嘐城，寄居椽舍。溺女奴之長舌，來奸奆之籠頭。漫詡國士之才，計諧占鳳；妄數家嚴之慝，侮擬乘龍。伊既曲叙其悲思，儂亦頓深其怨慕。自謂知書識禮，不妨反經爲權。逐張倩之離魂，重門夜出；持樂昌之破鏡，永巷宵奔。天明而至荒郊，日暮而棲别館。一朝消息漏，道傍笑破朱唇；三尺典章嚴，堂上嗔生鐵面。雷霆劈開鬼膽，冰鑑照出妖形。爲訪婚姻，並非媒酌；所圖嬿婉，竟是人奴。方知假假真真，神呆半晌；已悟生生世世，罪大迷天。延息之入囹圄，撫心而傷塵土。凄凉夜柝，坐來墻角鬼燐寒；憔悴春華，睡起夢中鄉路杳。青草黄泥，畢寃魂于今日；白雲紅日，見慈母以何年？嗚呼！碩鼠拖腸，羌螂化羽。倘青蘋之得薦，尚白圭之可磨。已决策于外黄，世無張耳；誰録瑕于上蔡，人是季心。已矣蛾眉，淹然蟻命。圖再新而不得，伏九死以何辭？漫訴衷腸，十首怨詩留客邸；可憐骨肉，一緘清淚寄吾家。」

有如此異才，而爲奸人所欺。聰明太過，禍鬼揄揶，英雄失足，古今同慨，豈獨婦人！

弁哀

陟彼高岡，遥望平田。東西直指，南北迴阡。長林兮漠漠，茂草兮芊芊。云是繁華一夢，不知幾千百年。漢苑荒臺埋月，陳宫斷井迷煙。睇横天之遠岫，覽匝地之長川。邈邈愁余，感今思古。瞻顧荒墟，涕下如雨。憶夢迷樓十二，酒霧濛濛；步帳三千，麝月融融。金泥封於欄楯，銀蒜掛于簾櫳。于是飾沉水以爲棨，結流蘇而成幌；曖神居與帝所，眇瀛洲若方丈。則有上都曼媛，北地名姝。一雙白璧，百斛珍珠。香澣盧家少婦，玉琢錢塘小蘇。或藏顰于豹尾，或漏語于蝦鬚。擲千金以一笑，傾百城而倩扶。莫不窺雲掠鬢，妒月排袾。别有梁家都監，漢宫小嫣。光艷悦澤，芬芳便妍。偷香傅粉，競寵争憐。繡帳氍毹夜月，青蘇白菰睡筵。貝帶鵔鸃之帽，銀鞍瑪瑙之鞭。願承恩而剪袖，長侍立而凭肩。何明月之西沉，更□河之東建。夷宫三月之輝，祁連百迴之戰。秋鬢如絲，春花如霧。火照旗門，塵生帳殿。魂銷千騎之旌，淚掩九華之扇。玉碎珠宫，蘭摧桂甸。撫臺榭如平生，望君王而不見。

嗟乎！年代邈遠，風雲寂寥。去若水逝，離若蓬飄。舞歌旋滅，影塵乍消。履曲池兮平衍，經輦路兮蕭條。寶衣共此香塵化，玉甃隨兹野火燒。

況復灌莽迷離，萑蒲蔓延。荒岡桂隁，道傍空委石麟；古隧松奔，路上再逢金椀。鳥聲兮寂寂，狐跡兮斑斑。山鬼兮夜嘯，林猿兮晝攀。不見細腰千隊，空餘垂柳一灣。適亂離之王粲，伴蕭瑟之庾山。徘徊歌舞地，掩袂獨潸潸。

長洲錢尚濠題於綏山書屋。

買愁集

綏山主人錢尚濠振芝輯
西林小隱莊學孔所顧閲

一集哀書

竊聞悲者不可纍欷，思者不可歎息，此言人情之感也。予懷憂鎸骨，漲淚瀰天。拈就鴛鴦恨譜，夜深禿盡燈煤；詡殘蝴蝶閒魂，曉起驚看鏡雪。故園春老，何人衫袖印眉痕；別浦烟消，幾曲琵琶消帶眼。未嘗不涕交頤而淚交臆也。集《哀書》。

天寶末，玄宗嘗乘月登勤政樓，命梨園弟子歌數闋。歌云：「富貴榮華能幾時？山川滿目淚沾衣。不見祇今汾水上，惟有年年秋雁飛。」時玄宗春秋已高，樂極悲來，問是誰詩。或對曰李嶠，嘆曰：「李嶠真才子也！」因悽然涕下，不終曲而起。及幸蜀，登白衛嶺，覽眺徘徊，復歌是詞，嘆曰：「李嶠真才子也！」高力士以下，無不揮涕久之。

明皇初自蜀回，夜闌，倚勤政樓，南望烟月滿目，因歌云：「庭前琪樹已堪攀，塞北征人尚未還。」歌未畢，里中聞有怨歌者，謂力士曰：「得非梨園舊人乎？遲明爲我訪來。」翌日，力士求之於里中，果是。其夜復乘月登樓，四顧悽愴，見妃子侍者紅桃在焉，遂命歌妃子《凉州曲》云：「塞下霜歸滿地黃，相思盡處已無腸。好知一夜榆關夢，軟語商量到故鄉。」曲罷，無不掩涕。

元人有《驪山詞》云：「馬嵬西去路，愁來無會處，但淚滿關山。空有香囊遺恨，錦襪傳看。玉笛聲沉，樓頭月下，金釵信杳，天上人間。幾度秋風渭水，落葉長安。」

明皇流離播遷，不能忘情妃子，天下哀之，似爲千古有情人。殊不知一日殺三子，如斷螻蟻，又似爲千古至無情人。嗟乎！以其所不愛，及其所愛，報復之理，彰彰不爽。國破身危，豈獨楊氏罪哉！

楊志堅嗜學能詩而貧，妻每厭之。一日告離，堅以詩送之云：「平生志業在琴書，頭上如今有二絲。漁父向知溪谷暗，山妻不信出身遲。荆釵任意撩新鬢，明鏡從他別畫眉。今日便同行路客，相逢即是下山時。」

世無少君、孟光，鹿車牛衣中，不知埋没多少男兒生氣矣！雖然，買臣墨綬銅符，安知非羞婦一擊之力耶？故我謂羞婦是漂母。

劉夢得至石頭城，題詩城上云：「山圍故國周遭在，潮打孤城寂寞回。淮水東邊舊時月，夜深還過女墻來。」

天台妓蕊珠，與唐宜之訂終身約。既而宜之赴京三年，珠日夕吟哦小樓中，病鬱而卒，凡床几、簾幃、裙帨，墨痕與淚痕相間。詩皆集句，有云：「樓上殘燈伴曉霜，天涯一望斷人腸。回身掩淚挑燈立，拭却千行更萬行。」二「一枝殘菊不勝秋，秋思愁心雙淚流。無限别魂招不得，滿天風雨下西樓。」二「殘花悵望近人開，南國情人去不回。回首可憐歌舞地，年年春色爲誰來？」三「高樓獨上思依依，海闊天長音信稀。日晚江南望江北，山川滿目淚沾衣。」四「烟籠寒水月籠沙，楊柳絲絲拂岸斜。小院回廊春寂寞，夜來風雨送梨花。」五「耿耿銀河雁半橫，凄凄長似別離情。鴛衾別久難爲夢，斜倚薰籠坐到明。」六「蕭蕭落葉送殘秋，寂寂長江萬里流。獨倚欄干正惆悵，寒鴉飛盡水悠悠。」七「千山萬水玉人遥，人事音書漫寂寥。惆悵一年春又去，更無消息到今朝。」八「誰家玉笛暗飛聲，總是鄉關離別情。妾夢不離江水上，夜來還到洛陽城。」八「離人到此倍堪傷，雲雨巫山枉斷腸。回首舊遊真是夢，起看天地色凄凉。」九「斜背銀釭半下幃，錦衾香冷夢來稀。多情自古還多恨，今日思君淚滿衣。」十「楊柳陰陰細雨晴，碧天如水夜雲輕。春來處處聞啼鳥，獨擁寒衾不忍聽。」十一「青山重疊樹蒼蒼，雨霽憑高只自傷。無路從容倍笑語，此生何處問劉郎？」十二

王播少貧，嘗于惠照寺隨僧饘粥。二紀後，出鎮揚州，還訪舊游處，題詩壁上云：「二十年前此地遊，木蘭花發院重修。而今重到經行處，樹老花殘僧白頭。」

李翺在潭州席上，見有舞《柘枝》者顔色憂悴，詰之。曰：「妾是姑蘇韋中丞愛姬之女也，以兄弟夭折，委身樂部，恥辱先人。」言訖涕咽，情不能堪。翺深爲之嗟嘆，乃贈以詩云：「姑蘇太守青蛾女，流落長沙舞《柘枝》。滿座繡衣皆不識，可憐紅臉淚交垂。」既而顧其言語清婉，有冠蓋風，遂於賓榻中選士而嫁之。女感泣，獻詩云：「湘江舞罷忽成悲，便脱蠻靴出絳幃。誰是蔡邕琴酒客，魏公懷舊嫁文姬。」

魏公以千金贖文姬，畢竟是憐文姬還是憐蔡邕？我欲起阿瞞而問之。

李涉能詩，晚游閩越，馳車至循州，冒雨來宿，田翁指一草莊借息。莊有一老，杖履迎賓，年已八十，自稱韋思明也。因與談論諸家詩歌，次第及涉詩。老人酷稱善，因吟數首云：「遠别秦城萬里遊，亂山高下出商州。關門不鎖寒溪水，一夜潺湲送客愁。」又：「滕王閣上唱《伊州》，三十年前向此遊。半是半非君莫問，青山長在水長流。」老人悽然興嘆，涉亦不覺悲愴。

武宗寵愛孟才人，疾篤，見才人侍側，泣問曰：「吾死爾何如？」才人泣曰：「請縊耳。」因請歌一曲，歌云：「故國三千里，深宫二十年。一聲《河滿子》，雙淚落君前。」「自倚能歌曲，先皇掌上憐。新聲何處唱？腸斷李延年。」歌未畢，氣結而死。張祜弔以詩云：「偶因歌態詠嬌嚬，前歌是祜作故也。傳唱宫人二十春。却爲一聲《河滿子》，下泉須弔舊才人。」

張尚書有愛妓關盼盼，善歌舞，雅多風態。尚書殁，盼盼日居小樓中，念舊不嫁。數年有詩云：「樓上殘燈伴曉霜，獨眠人起合懽床。想思一夜情多少？地角天涯未是長。」又：「適看鴻雁岳陽回，又睹玄禽逼社來。瑶瑟玉簫無意緒，任從蛛網任從灰。」又：「北邙松柏鎖愁烟，燕子樓中思悄然。自埋劍履歌聲絶，紅袖香消二十年。」白樂天和之云：「滿窗明月滿簾霜，被冷香消拂卧床。燕子樓中霜月夜，秋來祇爲一人長。」「今春有客洛陽回，曾到尚書墓上來。見説白楊堪作柱，争教紅粉不成灰。」「細帶羅衫色似烟，幾回欲起即潸然。自從不舞《霓裳》曲，疊在空箱二十年。」盼盼覽詩慟哭，旬日而殞。

云：「才子春情重，佳人别恨深。」

袁皓初登第，過岳陽，悦妓瑞枝，求之嚴使君，不肯與落籍。皓作詩寄枝云：「携得春風過岳陽，桂枝香惹瑞枝香。可憐暮雨生巫峽，争奈朝雲屬楚王。萬恨只憑回顧眼，寸心牽破别離腸。南亭晏罷笙歌散，日落烟波正渺茫。」

張褘有愛姬，早逝，悼念不已。高曙乃作哀詞置几上，云：「枕障薰爐隔繡幃，二年終日苦相思，好風明月爾應知。天上人間何處去？舊懽新夢覺來時，黄昏細雨畫屏垂。」褘覽之，爲之失聲。

石天有侍妾調花，早殁，愴悼經年，作詩云：「淚壓犀簾銀蒜斜，（黄涉有婢字笑春紅，既死，涉念之，淚洒犀簾，至皆損壞。）笑春紅杳白鸞車。頻婆解結相思果，茉莉争開奈可花。玄的羽釵空有賦，紅香粟玉轉成嗟。瓊魚唅老難消熱，猶想金莖露未晞。」

鄭殷彝旅會稽唐安寺樓，見壁上題云：「瑯琊王氏霞卿，光啓三年，陽春二月，登于是閣。臨軒軫恨，睹物增悲。雖觀煥爛之華，但比凄凉之色。時有輕綃捧硯，小玉看題。」詩曰：「春來引步强尋游，恨睹烟霄簇寺樓。舉目盡看停待景，雙眉不覺自如鈎。」

李端叔懷人感懷，登樓愴望，題詩云：「江上晴樓翠靄間，滿闌春水滿窗山。青楓緑草將愁去，遠入吴雲冥不還。」

劉采春《望夫歌》云：「昨日勝今日，今年老去年。黄河清有日，白髮黑無緣。」

薛逢《貧女吟》云：「殘妝滿面淚闌干，幾許幽情欲話難。雲髻懶梳愁折鳳，翠蛾羞照恐驚鸞。南隣逸女初鳴珮，北里新懽已夢蘭。惟有深閨憔悴質，年年長凭繡床寒。」又：「蓬門未識綺羅香，擬托良媒亦自傷。誰愛風流高格調，共憐時世儉梳妝。敢將十指誇纖巧，不把雙眉鬭畫長。最恨年年厭針線，爲他人作嫁衣裳。」

洛中舉子與樂妓茂英善，時英年甚少。後十年，英尚未嫁，舉子復于江外遇之，因贈詩云：「憶昔當初過柳樓，茂英年少尚嬌羞。隔窗未省聞高語，對鏡曾窺學上頭。一别中原俱老大，重來南國見風流。彈絃酌酒話前事，零落碧雲生暮愁。」

曹唐寓江陵佛寺，境甚幽勝。每自臨翫賦詩，得句云：「水底有天春漠漠，人間無路月茫茫。」吟諷間，恍惚見二女掩抑荒榛中，云：「感君佳句，妾乃天台桃源女子也。」言訖不見。唐惘然入室，見壁上有天台二女圖，因足前詩云：「不將清瑟理《霓裳》，塵夢那知鶴夢長。水底有天春漠漠，人間無路月茫茫。玉沙瑶草連溪碧，洞口桃花滿院香。曉露風燈易零落，此生何處問劉郎？」數日而唐亦淹逝。

人間歲短而景長，仙家歲長而景短。唐未嘗逝。

瀟湖梁公女意娘，與姑表李生通。李别去，憶娘作歌寄之，云：「落花落葉落紛紛，終日思君不見君。腸斷斷腸腸欲斷，泪珠痕上更添痕。一片白雲青山内，一片白雲青山外。青山内外有白雲，白雲飛去青山在。我有一片心，無人共君説。願風吹散雲，訴與天邊月。携琴上高樓，樓虚月華滿。相思曲未終，淚滴冰絃斷。人道海水深，不抵相思半。海深尚有涯，相思渺無畔。君住湘江頭，妾住湘江尾。相思不相見，同飲湘江水。夢魂飛不去，所欠惟一死。入我相思門，知我相思苦。長相思兮長相憶，短相思兮無盡期。早知如此絆人心，悔不當初莫相識。」

莫愁湖在秣陵城中，本盧家少妓莫愁所居里也。江波疊翠，柳黛堆雲，風鬟月鏡，彷彿在朝烟莫雨中。鄭谷過此，題詩云：「石城昔爲莫愁鄉，莫愁魂散石城荒。帆來帆去江浩渺，花開花謝春悲涼。」

歐陽詹遊太原，悦一妓。將别，約至都相迎。途中寄詩云：「驅馬漸覺遠，回頭長路塵。高城已不見，况復城中人。去意自未甘，居情諒猶辛。萬里東北晉，千里西南秦。一屨不出門，一車無停輪。流萍與繫匏，何日得相親？」妓得詩，思之成疾，乃剪其髻藏之，謂女弟曰：「歐郎至，可以爲信。」因題詩曰：「自從别後減容光，半是思郎半恨郎。欲識舊時雲髻樣，爲奴開取縷金箱。」絶筆而逝。歐至見之，痛悼而卒。

陸放翁之蜀，宿驛中，見題壁云：「玉堦蟋蟀鬧清夜，金井梧桐辭故枝。一枕凄涼眠不得，呼燈起作感秋詩。」詢之，則驛卒女。陸遂納爲妾，半載，竟因夫人妒逐之。女作辭云：「只知眉上愁，不識愁來路。窗外有芭蕉，陣陣黄昏雨。曉起理殘妝，整頓教愁去。不合畫春山，依舊留愁住。」

陸有愛妻見逐于母，愛妾復見逐于妻。放翁妻妾垣中，應有二重磨蝎。

靖康間，一士人讀書山中，夜聞哀吟聲，與風颸飄颻，凄楚特絶。曉起見窗楞一絶云：「何人窗下讀書聲？南斗闌干北斗横。千里思家歸未得，春風腸斷石頭城。」又一士人於寒食節提壺走松柏間，微吟獨酌。忽見一女子，綵衣繡裳，冉冉而没。覓之不得，見松枝上紙錢梟梟。諦睞得一絶云：「爺娘送我青楓根，不識青楓幾回落。當時手刺衣上花，今日爲灰不堪着。」

宋既亡，鄭所南隱居長洲之承天寺，終身不娶，時時向南慟哭。嘗作《夏駕湖晚步》詩云：「豈獨吴王事可憐，人生回首總凄然。空嗟落日猶如夢，不記東風幾换年。寶駕跡消前古地，菱歌聲斷晚來船。如今城郭多遷變，茅屋荒頽草積烟。」又自吟云：「空中變化觀龍現，世上悲凉誤鳳來。」

聶碧窗作《哀被擄婦》詩云：「當年結髮在深閨，豈料人生有别離。到底不知因色誤，馬前猶自買胭脂。」又：「雙柳垂鬟别様梳，醉來馬上倩人扶。江南有眼何曾見，争捲珠簾看固姑。」

潘文虎《哀擄婦四禽言》詩云：「交交桑扈，交交桑扈，桑滿墻陰三月暮。去年蠶時處深閨，今年蠶時涉遠路。路傍忽聞人採桑，恨不相與携輕筐。一身不蠶甘凍死，祇憶兒女無衣裳。」「不如歸去，不如歸去，家在浙江東畔住。離家一程遠一程，飲食不同語言異。今之眷屬皆寇仇，開口强笑心懷憂。家鄉欲歸歸未得，不如狐死猶首丘。」「泥滑泥滑，脱了繡鞋脱羅襪。前營上馬忙起行，後隊搭駝疾催發。行來幾里日已低，北望燕京在天末。朝來傳令更可怪，落後行遲都砍殺。」「行不得也哥哥，行不得也哥哥，帳房偏野常前呼。阿姊含羞對阿妹，大嫂揮涕看小姑。一家不幸俱被虜，猶幸同處爲妻孥。願言相憐莫相妒，這行不是親丈夫。」

長安有一故第，云是宜春院妓人故居，扃閉已久。一日有士子僑寓，中夜聞嘆息聲不已，彷彿有苦吟云：「禁鼓初傳時下打，虚過清風明月夜。眼如魚目幾曾乾，心似酒旗終日掛。銀漢低垂星斗横，院宇空寥燈燭卸。西樓瀟灑有誰知？獨自上來獨自下。」

李後主去國後，時凭闌悽愴。作詞云：「簾外雨潺潺，春意闌珊，羅衾不奈五更寒。夢裡不知身是客，一餉貪歡。獨自莫凭闌，無限關山，別時容易見時難。流水落花春去也，天上人間。」故臣聞之，無不淚下。

我嘗覽銅臺之烟草，嘆華林之榛莽，古今凭吊，未嘗不徘徊腸斷。奈何朝爲金谷，暮爲塵土。炎涼倏忽，一身親歷。未免有情，誰能遣此？

東坡宿靈隱山房，夜聞窗外女子歌云：「音音音，你負心，真負心。辜負俺，到如今。記得當初低低唱，淺淺斟，一曲值千金。如今拋我在古墻陰，秋風荒草白雲深，斷橋流水何處尋？悽悽切切，冷冷清清。」東坡推窗即之，見女子冉冉沒於墻下。明日鍬發，得古琴一張。

東坡在徐州，夜登燕子樓，夢見一美人，歛衽而前云：「妾關盼盼也，乞學士贈詞。」坡覺，賦詞云：「天涯倦客，山中歸路，望斷故園心眼。燕子樓空，佳人何在，空鎖樓中燕。古今如夢，何曾夢覺，但有舊懽新怨。」後陳彥升有詩云：「僕射新阡狐兔遊，侍兒猶在水邊樓。風清玉簟慵欹枕，月好珠簾不上鈎。殘夢覺來滄海闊，新詩吟罷紫蘭秋。樂天才思如春雨，斷送芳華一夜休。」元薩天錫有詩云：「雪白楊花撲馬頭，行人春盡過徐州。夜深一片城頭月，曾照張家燕子樓。」

東坡與朝雲閒坐，一日見青女初臨，涼颸乍起，四顧蕭瑟，命朝雲歌。朝雲歌喉纔囀，紅淚雙垂。坡問之，云：「妾所不能歌者，『枝上柳綿吹又少，天涯何處無芳草』也。」

佛書云：「想少情多爲鈍器。」蓋極聰明人未免多情，極多情人未免自誤其聰明。雲非坡老，其終爲妓乎！

孟淑卿《悼亡》詩云：「斑斑羅袖濕啼痕，深恨無香使返魂。荳蔻花存人不見，一簾明月伴黄昏。」

陸士規過黄陵廟，題詩云：「東風吹草緑離離，路入黄陵古廟西。帝子不知春又去，亂山深處鷓鴣啼。」

《古别離》詩云：「水國葉黄時，洞庭霜落夜。行舟聞商賈，宿在楓林下。此地送君還，茫茫似夢間。後期知幾日？前路轉多難。巫峽通湘浦，迢迢隔雲雨。天晴見海檣，月落聞鐘鼓。人老自多愁，水深難急流。清宵歌一曲，白首對汀洲。與君桂陽别，令君岳陽待。後事忽差池，前期日空在。木落雁嗷嗷，洞庭波浪高。遠山雲似蓋，極浦樹如毫。朝發能幾里，莫來風又起。如何兩處愁，皆在孤舟裡。昨夜天月明，長川寒且清。菊花開欲盡，薺菜泊來生。下江帆勢遠，五兩遥相逐。欲問去時人，知投何處宿？空聆猿嘯哀，泣對湘潭竹。」

金人亂後，汴都繁華，鞠爲烟草。曾純甫奉使過汴，作辭云：「記神京，繁華地，舊遊踪。正御溝、春水溶溶。平康巷陌，繡鞍金勒躍青驄。解衣沽酒，醉絃管，柳緑花紅。到如今，餘雙鬢，嗟前事，夢魂中。但寒烟、滿目飛蓬。雕闌玉砌，空餘三十六離宫。寒笳驚起莫天雁，寂寞西風。」

驪山下逍遥别業，蓋韋嗣所建。中宗嘗幸之，賦詩勒石在焉。一夕忽失碑字，换墨題云：「曉星明滅，白露點，秋風落葉。故址頹垣，冷烟衰草，前朝宫闕。長安道上行客，依舊名深利切。改變容顔，消磨今古，隴頭殘月。」

江南李國主納土，攜二公主入京。後爲遼中聖所獲，甚寵幸，封芳儀。趙至忠没遼，相見慟哭。後忠歸著《虜廷雜記》，作《芳儀曲》云：「金陵宮殿春霏微，江南花發鷓鴣飛。風流國主家千口，十五吹簫粉黛稀。滿堂詩酒皆詞客，奪錦揮毫在瑶席。《後庭》一曲姿風流，泪灑臨江悲故國。公卿獻籍朝未央，勅書築第優降王。魏俘曾不輸織室，公奉一官奔武疆。初，長公主嫁武疆孫供奉。秦淮潮水鍾山樹，塞北江南易其處。雙燕清秋夢柏梁，吹落天涯猶並羽。相隨未是斷腸悲，黄河應有却還時。公主與供奉將還故鄉。寧知翻手明朝事，咫尺山河不可期。倉皇三鼓滹沱岸，良人白馬今誰見？國亡家破一身存，可嘆身存抑何願？芳儀加我名家新，教歌遣舞不由人。採珠拾翠衣裳好，深紅暗緑驚胡塵。陰山射虎邊風急，嘈雜琵琶酒闌泣。無言數偏天河星，只有南箕近鄉邑。當年千指渡江來，千指不知身獨哀。中原骨肉又零落，黄鵠寄意何當回。生男自有四方志，女子那知出門事。君不見李陵椎髻泣窮途，丈夫漂泊猶堪憐。」

徽宗北狩，御筆流落人間。有《春風花鳥圖》，一士題詩云：「玉輦南巡事已空，尚餘奎藻繪春風。年年花鳥無窮恨，盡在蒼梧夕照中。」又題《寒江獨釣圖》云：「莫怪烟波名利微，江雲染得緑蓑衣。悽凉五國邊城將，得似寒江獨棹歸。」

孫蕙蘭妍姿秀慧，歸傅若金，五月而卒，寓殯湘中。若金念之不置，賦詩云：「湘皋烟草碧紛紛，泪灑東風爲憶君。浪説嫦娥能入月，虛疑神女解爲雲。花陰晝坐閑金剪，竹裏春遊冷翠裙。留得舊時殘錦在，傷心不忍讀迴文。」又《悼亡》云：「憶别依依出畫欄，誰知復見此生難。湘江月缺波痕冷，巫峽雲銷山色寒。繡架寂寥針線斷，粧奩零落粉脂乾。夢回酒醒猿啼絶，空向西窗泪眼漫。」

狐能幻化，往往托形爲女子，然明艶巧慧，情愛歡好，猶夫人也。楚中士人汪明遇嘗遇之，一日泣別，作詩云：「鉛華久御向人間，相對鉛華更慘然。縱有青青今夜月，何因重照舊雲鬟？」又柳妖贈別詩云：「仲冬二八是良時，江上多緣與子期。今日臨岐一杯酒，共君千里遠相思。」

人而無情，噬吮骨肉，性同梟獍，此人而異類也。若夫猿下泪知哀，鹿斷腸知慈，以及雀銜環、燕繫書、鴛之交頸、魚之比目，其情感有勝于人者，此異類而人也。若狐若柳，吾恨不與把臂入林。

東坡寒食獨行郊外，見殯宫纍纍，作歌云：「烏啼鵲噪昏喬木，清明寒食誰家哭？風吹曠野紙錢飛，古墓纍纍春草緑。棠梨花映白楊路，盡是死生離别處。冥漠重泉哭不聞，瀟瀟暮雨人歸去。」

元末，天下大亂。兵部侍郎林諫先作詩送侄使南云：「清秋送侄出都門，別泪臨風下酒罇。萬里西風鄉井念，十年春草國朝恩。鶺鴒飛疾音偏遠，鴻雁行稀日欲昏。獨上居庸最高處，回頭一望一銷魂。」

順帝宫嬪程一寧，經年未見寵幸。春夜登翠鸞樓，歌詞悽楚，有云：「淡月輕寒透碧紗，小窗和夢聽啼鴉。春風不管愁深淺，日日開門掃落花。」

倪元鎮避亂，散家財，往來江湖，多寓琳宫梵刹。一日思歸，作詩云：「久客懷歸思惘然，松間茆屋女蘿牽。三杯桃李春風酒，一榻菰蒲夜雨船。鴻跡無端迷雪渚，鶴情何日到芝田。他鄉空有還鄉夢，綠樹年年叫杜鵑。」

遼王故宮沙橋門外，有宮人斜，宮殯埋香處也。每陰寒晦黑，過者聞紅愁綠慘之聲。近有少年子，乘醉踏月入空宮，經素香亭下，睹一美人，霓裳練裙，倚闌而歌曰：「明月滿空堦，梧桐落如雨。涼飔襲人衣，不知秋幾許。」歌竟，杳然不見。噫嘻！小山蘭坂，鞠爲茂草；東閣平津，廢爲車廐。所可惜者，春意闌珊，至今章華臺前老妓，半是流落宮人，猶能彈出箜篌絃上，「一曲《伊州》泪萬行」也。

毛舜臣被命洒掃南内，迴廊粉壁，多有宮人字跡留香。有媚蘭仙子題云：「寒氣逼人眠不得，鐘聲催月下斜廊。」字畫婉麗，風情月思，令人惘然。

傳奇詞云：「清宵竹冷瀟湘紫，瑶瑟如聞悲帝子。但看春草向春生，幾見情人爲情死。書生薄命同遷次，夜雨《離騷》詩一紙。多情誰用管無情，只爲多情腸斷耳。」

毘陵王民，石天門人。居河上，嘯咏一室，寡儔侣。平康丘姍者，相與投契，丘甚暱之。王善病，丘爲之脱簪珥，營醫藥。既而丘爲母逼他適，王甚悲思，作十絶。其略云：「蕭蕭羈旅病中身，消受蛾眉念苦辛。自脱珥簪謀藥餌，肯憐王粲困書貧。」又：「身是前生一老禪，悮從花下問因緣。今朝難捧維摩杖，自鎖重重離恨天。」又：「楊花滿苑故飛飛，撩亂春風入我衣。不忍芳菲輕颺去，籠將雙袖裹香歸。」

吴俗：洞庭凡閨中藁砧，半作浮梁蕩子。吴耳淵石天門人。作《閨中》詩云：「征人别我去荆都，爲道春來便返吴。昨見陌頭桃已發，不知春亦到荆無？」又：「寶鏡春寒掩不開，漫山紅紫亂成堆。征人不及梁間燕，落盡楊花未肯回。」

金陵女子懷人詩云：「瀟湘江上探春回，消盡寒冰落盡梅。願得兒夫似春色，一年一度一歸來。」

斜橋客邸，夜召紫姑，懸筆而書，忽飛筆題詞壁上，云：「淒涼天氣，淒涼院宇，淒涼時候。孤鴻叫斜月，寒燈伴殘漏。落盡梧桐秋影瘦，鑑古畫眉難就。重陽又近也，對黄花依舊。」後書「過夏子題」。唐時舉子不及第，恥歸故里，都僦居寺刹，謂之「過夏」。題此者，蓋金臺殞恨、玉樓賫志者也。悲夫！

士女莊靜香，所願姊。嗜書能詩，適陸墓某。悒鬱多感，二十三歲而卒。嘗作《宮辭》云：「玉溜苔錢繡翠茵，花愁月怨過芳春。欲題幽恨傳紅葉，忽憶君王舊日恩。」又：「一搦腰肢減帶圍，病容常倩鏡變窺。自知命薄難承寵，不敢窗前蹙恨眉。」

陳素字素君，荊府宮人也。著《秋顔草》，有《病起》詩云：「今朝病微可，扶起看游鱗。自恨形如竹，蕭蕭付此春。群鴉屯晚樹，一鶴瘦湘濱。步屧知何日？空階草繡茵。」又：「淚銷雙眼俊，骨露一身單。」

新嘉驛有女子題云：「予生長會稽，幼工書史。年方及笄，嫁于燕客。具林下之風致，事腹負之將軍。加以河東獅子，日吼數聲。今早薄言往訴，逢彼之怒。鞭笞亂下，辱等奴婢。氣填胸臆，幾不能起。嗟乎！紅顔薄命，死何足惜！但恐湮没無聞，故忍死須臾。以淚和墨，題詩于壁。庶知音讀之，悲予生之不辰也！」詩云：「銀紅衫子半蒙塵，一盞殘燈伴此身。恰似梨花經雨後，可憐零落不成春。」又：「萬種憂愁訴與誰？對人强笑背人悲。此詩莫作尋常看，一句詩成千淚垂。」馮猶子和之云：「千秋紅粉盡成塵，詩句猶留夢裡身。恰似太真香襪在，行人指點馬嵬春。」「已嫁從夫怨阿誰，換花換馬亦何悲？忍將無限閨中苦，換取詩名壁上垂。」

唐子畏居桃花庵，軒前庭半畝，多種牡丹。花開時，邀文徵仲、祝枝山賦詩浮白其下，彌朝洽夕，有時大叫慟哭。至花落，遣小伻一一細拾，盛以錦囊，葬于藥欄東畔。作《落花》詩送之，和石田韵。云：「今朝春比昨朝春，北阮翻成南阮貧。借問牧童應没酒，試嘗梅子又生仁。六如偈送錢塘妾，八斗才逢洛水神。多少好花空落盡，不曾遇着賞花人。」「能賦相如已倦遊，傷春杜甫不禁愁。頭扶殘醉方中酒，面對飛花怕倚樓。萬片風飄難割舍，五更人起可能留？妍媸雙脚撩天去，千古茫茫土一丘。」「谿水東流日轉西，杏花零落草萋迷。山翁既醒依然醉，野鳥如歌復似啼。六代寢陵埋國媛，五侯車馬闘家媛。東隣謝却看花伴，陌上無心手共携。」「蟄燕還巢未定時，山翁散社醉扶兒。紛紛花事成無賴，默默春心怨所私。雙臉胭脂開北地，五更風雨葬西施。匡牀自拂眠清晝，一縷茶烟颺鬢絲。」「春盡愁中與病中，花枝遭雨又遭風。鬢邊舊白添新白，樹底深紅換淺紅。漏刻已隨香篆了，錢囊甘爲酒杯空。向來行樂東城畔，青草池塘亂活東。」「簇簇雙攢出繭眉，淹淹獨立曲闌時。千年青冢空埋怨，重到玄都好賦詩。瓦竈酒香燒柿葉，畫梁燈暗落塵絲。尋芳了却今年債，又見成陰子滿枝。」「花開共賞物華新，花謝同悲行跡塵。可惜錯抛傾國色，無緣逢着買金人。煢煢愛水衫前淚，渺渺遊魂樹底春。一霎悲歡因色相，欲從調御懺癡嗔。」「天涯晻溘碧雲横，春社園林紫燕輕。桃葉參差誰問渡？杏花零落憶題名。日高蘚雜蝸黏壁，雨過鶯啼葉滿城。邀得大堤諸女伴，踏歌何處和盈盈？」「節當寒食半陰晴，花與蜉蝣共死生。白日急隨流水去，青鞋空作踏莎行。收燈院落雙飛燕，細雨樓臺獨囀鶯。休向東風訴恩怨，自來春夢不分明。」「紅塵拂面望春門，緑草齊腰金谷園。鶴篆遍書苔滿徑，犬聲遥在月明村。春風院院深籠鎖，細雨紛紛欲斷魂。拾得殘紅忍拋却，阿咸頭上伴銀旛。」「春來卒卒去匆匆，刺眼繁華轉眼空。杏子單衫初脱暖，梨花深院自多風。燒燈坐惜千金夜，對酒空思一點紅。倘是東君問魚雁，心情説在雨聲中。」「舊酒新啼滿袖痕，憐香惜玉竟難存。鏡中紅粉春風面，燭下銀屏夜雨軒。奔月已憑丹換骨，墮樓端把死酬恩。長洲日莫生芳草，消盡江淹黯黯魂。」「萬紫千紅莫謾詩，今朝粉蝶過鄰家。昭君偏遇毛延壽，高穎「穎」音結。不憐張麗華。深院青春空自鎖，平原紅日又西斜。小橋流水閒村落，不見啼鶯有吠蛙。」「花落花開總屬眷，開時休羡落休嗔。好知青冢骷髏骨，就是紅樓掩面人。山屐已教休泛蠟，柴車從此不須巾。仙塵拂劫同歸盡，墜處何須論厠茵。」「楊柳樓頭月半規，笙歌院裡夜深時。花枝的的難長好，漏木丁丁不肯遲。金釧袖籠新藕滑，翠眉奩映小蛾垂。風情多少愁多少，百結迴腸説與誰？」「春夢三更雁影邊，香泥一尺馬蹄前。難將灰酒澆新愛，只有詩囊報可憐。深院料應花似霰，長門愁鎖日如年。憑誰對却閑桃李，説與悲歡石上緣。」

石天寓閩海烏石山房，卧病枕上，賦《落花》詩四首，云：「勸罷長星酒未空，避風臺畔月朦朧。鵑啼恨血飛秦苑，蝶化饑魂出楚宫。釵影似摇新步障，衣香疑捲舊薰籠。麗娘背指秋千笑，照破胭脂井底紅。」又：「神女廟前春可憐，望夫臺上杳如年。風刀急剪迴文錦，月斧空修拾翠鈿。倚破桃花逢半面，强擡柳眼足三眠。紅綃拭透相思泪，夜撥琵琶訴别船。」又：「蕉鹿韶光惱夢牽，御風仙子幾時還？胭脂願葬長生地，風雨休啼薄命天。老不回頭看漢主，去猶含泪綬胡鞭。誰將一滴澆青冢，啼煞枝頭血杜鵑。」又：「十里梨花繡粉烟，收將羯鼓卸頭纏。綵雲狼籍霓裳後，落月依稀寶瑟前。命薄鶯鶯難再嫁，身輕燕燕不重還。櫻桃血寫天公疏，私乞風光續小年。」

慶曆間，有豪客寓居浦城邸中。凌晨，窗間有一麗人，芳容冶態，時時掩抑，把筆題詩于壁云：「風雨瀟瀟正早春，從車萬里起清晨。芳姿不慣天涯旅，弱質何堪海角塵。紅袖只今多有泪，翠衾從此懶將薰。鴛鴦舊夢如還在，只怕鸚鵡會喚人。」後書「天涯女子杜瓊枝題」。周君建曰：「自古佳人才子，賦命多薄，況才美兩擅，落跡風塵，蹈山涉水，飽歷星霜。偶一念至，能不悲哉！予情奴也，鍾情在我輩。」踵韵和之云：「夢裏懷人怯早春，小鬟低語又凌晨。黛蛾怕見山頭月，釵燕翻蒙陌上塵。萬樹吹香看自落，一爐添火向誰薰？雨中寂寞風前恨，幾處哀絃動旅人。」又賦瓊枝云：「纖腰愁絶舞羅寬，送客亭車罷曉鬟。香暗流蘇虛暮雨，翠沉鸞鏡淡青山。草長坐怨驪歌遠，花落空餘燕子還。惆悵此情何處盡？彩雲黯黯度江關。」

《題天如和尚墓》詩云：「曉山烟重莫山開，石馬朝朝伴緑苔。掃得墓門清似水，梅花昨夜又飛來。」又：「原上春風散鬼燐，馬蹄月上莫山貧。樵哥猶是不歸去，放鶴亭中問主人。」

敖姬，杭之右姓也。黔中某孝廉者，過杭而携之至姑蘇。半年，孝廉卒，姬亦殉。芳僕竟載孝廉柩歸，遺姬柩于尼菴。吳中陳孝廉過而哀之，爲買半畝于虎丘鐵花菴畔，將擇日而窆焉。時有某別駕携二姬之任，亦相繼含玉。別駕解組去，而二姬之柩塵網公廨中。陳孝廉并爲之治紼，同敖姬而合瘞之。嗟乎！南國香消，不見帳中之面；天涯萍聚，空歸月下之魂。能不痛哉！銘敖姬墓云：「舍爾貴竹，酌兹三泉。山藏古寺，劍静沉淵。白雲欲歸，青松半筵。永寧貞魄，鐵花秀嵓。何以比德，潭影蘸烟。」銘二姬墓云：「行即此路，遑分後先。今夕奚夕，明月在天。一行秋雁，環佩游仙。嘗留一道，堤上春還。」又酹三姬詩云：「綉屏曲曲掩回文，冷落空箱白練裙。江上采雲秋共散，欲搴芳杜吊湘魂。」一「露萎蘭芽冷玉堦，水萍離合總天涯。休嫌花事須臾散，相逐南征有鳳釵。」二「蒼霞片片玉爲阡，幾瓣飛花點翠鈿。誰謂紅顏嗟薄命，劍池流水自年年。」三「翠雲千頃鬱松楸，寂寞三姬共一丘。夜半月明連袂出，可中亭畔聽吴謳。」四

運使何公妾翠薇，主婦妒，幽之別墅，二歲而卒。後一少年入墅，恍惚遇之。薇以詩贈別云：「不斷塵緣露本真，翠薇花下遶香魂。如今了却風流願，一任東風啼鳥聲。」

仙籙云：「心死可以生身。」我謂心不死可以生鬼。

祝惟清遊湖湘間，泊舟沙際，夜聞哀吟悽慘。明日見沙上大書一絶云：「長鯨吹浪海天昏，兄弟同時吊屈原。千古不消魚腹恨，一家誰識雁行寃？紅粧少婦空臨鏡，白髮慈親尚倚門。最是五更淒絶處，一輪明月照雙魂。」

武林姬小青，十五歲適某。某内，妒婦也。結褵未久，倍加詬辱，幽之別室。姬因遺某夫人書，抱鬱而終。嗟乎！容華無主，銷沉鳳舞鸞歌；寂寞誰憐，斷送月沉花謝。百年苦樂由他人，一旦紅顏爲

君盡。非姬也耶？書云：「開頭祖帳，迥隔人天。客舍良辰，當非寂度。馳情感往，瞻睇慈雲。分燠嘘寒，如依膝下。糜身百體，未足云酬。姊姊姨姨無恙，猶憶南樓元夜，看燈諧謔，姨指畫屏中一憑闌女曰：『是妖嬈兒倚風獨盼，恍惚有思，當是阿青。』妾亦笑指一姬曰：『此執拂狡鬟，偷近郎側，將無似姊？』于時角彩尋歡，纏綿徹曙，寧復知風流雲散，遂有今日乎？往者仙槎北渡，斷梗南棲。狺語哮聲，日焉三至。漸乃微詞含吐，亦如尊旨云云。竊揆鄙衷，未見其可。夫屠肆菩心，餓狸悲鼠，此直供其换馬，不則辱以當罏。去則弱絮風中，住則幽蘭雪裏。蘭因絮果，現業誰深？若便祝髮空門，洗妝浣慮，而艷思綺語，觸緒紛來。正恐蓮性雖胎，荷絲難殺，又未易言此也。乃至遠笛哀秋，孤燈聽雨。雨殘笛歇，謖謖於聲。羅衣壓肌，鏡無乾影。朝泪鏡潮，夕泪鏡汐。今兹鷄骨，殆復難支。痰灼肺燃，見粒而嘔。錯情易意，悦憎不馴。老母姊弟，天涯問絶。嗟乎！未知生樂，焉知死悲？憾促歡淹，無乃非達。妾少受天穎，機警靈速，豐兹嗇彼，理詎能雙？然而神爽有期，故未應寂寂也。至其淪忽，亦匪自今。結褵以來，有宵靡旦。夜臺滋味，量不殊斯。何必紫玉成烟，白花飛蝶，乃謂之死哉！或軒車南返，駐節維揚。老母惠存，如妾之受。阿秦可念，幸終垂憫。疇昔珍贈，悉令見殉。瑶鈿繡衣，福星所賜，可以超輪消劫耳。小六娘先期相俟，不憂無伴。附呈一絶，亦是鳥死鳴哀。其詩小像，託陳媪好藏，覓便馳寄。身不自保，何有于零膏冷翠乎？他時放船堤下，探梅山中，開我西閣門，坐我緑陰床，髣生平于響像，見空幃之寂颺。是耶？非耶？其人斯在。明冥異路，從此永辭。玉腕珠顔，行就塵土。興言及此，慟也如何！」附詩云：「百結迴腸寫泪痕，重來惟有舊朱門。夕陽一片桃花影，知是亭亭倩女魂。」

小青焚餘詩，詩皆爲妒婦所焚，數首得之翠匣餘幅耳。《稽首大士》云：「稽首慈雲大士前，莫生西土莫生天。願爲一滴楊枝水，洒作人間並蒂蓮。」《臨水與影語》云：「新妝竟與畫圖争，知在昭陽第幾名？瘦影自臨春水照，卿須憐我我憐卿。」《看牡丹亭記》云：「冷雨幽窗不可聽，挑燈閒看《牡丹亭》。人間亦有癡于我，不獨傷心是小青。」《看花鳥》云：「何處雙禽集畫闌？朱朱翠翠似青鸞。如今幾箇憐文采，也向春風鬥羽翰。」又《臨水》云：「脉脉溶溶灩灩波，芙蓉睡醒欲如何？妾映鏡中花映水，不知秋思落誰多？」《踏青》云：「西陵芳草騎轔轔，内信傳來喚踏春。杯酒自澆蘇小墓，可知妾是意中人。」《看梅》云：「春衫血淚點輕紗，吹入林逋處士家。嶺上梅花三百片，一時應變杜鵑花。」

周君建曰：「嗟乎！小青之形，宓妃湘靈；小青之文，庚月秋雲；小青之神，立玉吹笙；小青之生，永巷長門。緑衣碎綵，白華黯檽。望王孫兮不見，遂覯處而自零。嗟乎小青，花悴半開，酒停微醉。新桐截引，輕檀罷歌。美緒不終，古今同恨。小青已矣，又何言哉！」爲賦一絶云：「雪在天兮水在瓶，梨花肌瘦對離亭。昭君遠嫁文姬老，枉死人間是小青。」又作懺詩云：「休將薄命與天争，絶代風流絶代名。修得來生配才子，鴛鴦枕上喚卿卿。」綏山主人曰：「嗟乎！世之負才零落，躑躅泥犁中，顧影自憐，若忽若失，如小青者，可勝道哉！」

《緑陰篇叙》云：「道人弱齡便墮情癡，多病長嚴色戒。故繡榻鉛華，每懷多露；而青樓綺麗，恒羡如雲。于是托興登臨，幽傳樽斝，殷凝舞影，碧洒歌塵。送隋柳之鶯聲，絪緼入夢；飄楚蓮之蝶翅，恍惚疑真。至若春草嬌眠，秋蟾妒影。凉生菡萏，霜冷芙蓉。曲奏《陽春》，觴飛《子夜》。六街烟鎖冰毬，十里晴披絳樹。燕語木蘭舟未動，馬嘶油碧幰來遲。霏香嶺上，翠拂遠山之眉；弄色池邊，玉映明霞之靨。纖肢舞艷，皓齒流妍。寶袜蘭芬，珠綃雪嫩。燃璧月之脂，猩紅夜吐；藉通僊之枕，麝氣朝迷。魂銷綵筆之江郎，腸斷霞篇之謝客。固已駁娑浪子，徵馳無賴者矣。及夫商飈振樹，玄鳥辭梁。永晝膏殘，黄昏葶萎。孤舟商婦，間抱琵琶；野寺緇衣，閴聞鍾磬。凄凄腓木歸鴉，黯黯春魂啼鳥。曾時序之幾何，乃變遷之若是。丹顔不住，靈藥誰貽？螓首蛾眉，請看雞皮鶴髮；陰房鬼火，移來翠幕明燈。盛衰之理固然，感慨之懷空爾。追鋪媚景，爰綴靡辭。篇名《緑陰》，譬彼青帝迴輪，長條改色也。」

吴江葉天寥《窈聞記》：「《易》曰：『原始反終。』故知死生之説，精氣爲物，游魂爲變，是故知鬼神之情狀。史嚚曰：『神聰明正直而一者也。』《列子》曰：『精神離形，各歸其真謂之鬼。』《九歌》曰：『身既死兮神以靈，魂魄毅兮爲鬼雄。』鬼神繇來尚矣。佛自東漢明帝夜夢金人，飛行殿庭，以問傅毅，而後羽林之傳遍于中夏。仙則蕋珠翠瓔之室，琅書紫文之載，燦分繁星，煜綮杲日。穆皇之彦，抗浮丘之思；窈窕之英，託婉妗之想。霄舉羽馭，固遐軌也。鄙儒拘理，妄夫崇無。轉燐野火，莫辨化生之機；蛇蚹蜩翼，空祖《齊物》之論。徒陋觀井，祇同語冰爾。今皇帝崇禎紀曆七年，閼逢奄茂之格，厥維季春，律中姑洗，郡中競言故監察御史、誥贈太僕寺卿周公來玉爲蘇州府城隍之神。庶人在官者奔走恐後，一如郡侯下車故事。夫鼎灰噓蜀，玉寺泉丹；劍血漂吴，錦帆浪碧。馬泥漢尉，門賜靈光之旌；螭引江碑，廟構金亭之異。楚閭昭湘岸之石，平原遺羅浮之書。武相感夢于荆人，梁王函香於宋祖。荔枝桂樹，神降柳州之館；雨澄霧霽，忠顯紀侯之祠。略指往昔，概云然矣。故雖輿臺無稽，言不登于縉紳；倘亦宣聖不語，理實寓其神怪。余甥嚴聖與，故昭陵大學文靖公孫。家僮嚴永，市居金閶。今兹孟陬，欻若徂暝。心氣微熱，繼以澌甦。云爲長邑陰宰，召使持檄。衡陽可到，朝賁京兆之封；謳士未來，日作太山之伯。神名王師貞，齊人故金吾也。長松都尉，細柳將軍。何代黄沙秦塞，今時白馬吴門。亡何，周侯莅任。朱旛畫戟，分天帝之銅符；絳節崇軒，握忠臣之玉印。兩邑例送執事，共二十人，永亦備數。周侯鑒其悃愊，拔之稠儕，俾佐理曹，奉書讞折。余以南吕之月，臻戾甥室，親聞斯事，趣永目之。家本吹簫之市，生來舞鶴之場。闤闠咸曰質誠，神明故嘉茂樸。予問：『魂感所至，奚去奚歸？冥境遍歷，是昭是暗？』永曰：『去心浹晨，歸或停夕。感分人鬼之別，境無幽明之殊。晴旭則雲霞蝃蝀，黯晦則風雨鷄鳴。宫室帷帳，衣履琴劍，甘齊清茗，金錢刀貝，種種幻緣，悉如世上。』余問：『侯果周太僕耶？』曰：『然。凡符檄晉天，章疏迪帝，函札陳名，因侯故諱也。』然則芙蓉城主，即仍曼卿之稱；靈芝館吏，不改白公之篆。余問：『汝司何事？』永曰：『客鬼。』余曰：『何謂客鬼？』永曰：『人非土著，地是居亭，生則蕞芮以棲，死即蓬顆於此，是名爲客。皆由我侯牒送東岳，暨于閻羅，癉惡詔獄，彰善轉輪。倘其閲實不孚，迴生未至，散溢均壥，聚摩閎巷。闔閭城外，還依舊日江山；要離冢邊，即對昔時風月。主鬼皆然，匪獨客鬼。但彼客鬼歔哀羈旅，結愴關河，露濕霄寒，雲荒夜咽，莫不神摇故國，恨飲殊鄉。向白楊而凄吟，佇青楓而掩泣。于時仰籲周侯，下諸掾屬，傳繻允發，爰方啓行。然後津堠無譏，脩途莫阻。庶幾華亭之歎，偕唳鶴以遄旋；易水之歌，遡蕭風而斯邁。永之承攝，此其職也。侯規準王侯，別有天地。鍾簴廟貌，非今壇宇。華殿顯敞，應門蔣蔣。千櫨浮跋，藻棁櫱櫱。萬幾待理，朝暮程衡。羔裘如濡，出則大夫之服；魚貫以寵，入有小星之陳。備神人之榮，殫赫奕之制矣。』永語未已，余懷奔瞀，感念亡女，喟焉嬰心，謂永：『如汝所言，似非虛渺。凡今人死，審必由茲。則余昔載玄英之候，瓊娥墜彩。寶婺沉光，日月如流。哀傷靡替，因何從始？聚忽摶沙，緣何遂終？散隨閃影，必有司存，能稽晰否？』爰摘薄號，捻管書授，一十七歲，名瓊章，某年月日死；一二十三歲，名昭齊，某年月日死。永素謹愿，具爲領諾。翼日往役侯所，又次之日來復予云：『圖藉紛委，典有攸司。其人姓沈，署曰掌案。石函金匱，非彼弗啓。永遂申叙前說，冀求鏡照。沈秉執公憲，遵法懍肅，故以永情上聞周侯。周侯鑒薄言往愬之容，爰涣德音孔昭之旨，曰：「赫赫冥府，煌煌帝靈。汝在賤隸，覬窺秘册。神有常刑，以懲妄越。第陰譴一及，即無生理。鑒汝恭恪夙懋，茲且宥爾。」永皇懼伏地，叩頭流血曰：「死罪。有某兩女夭亡，痛不忍釋，諄摯切囑，故冒明威。且某之言，與侯生時契符贈帶，游擬撫塵。雖死生路異，而父子情深。涕泪之私，惟神所鑒。」侯迺首予口應曰：「哦。」旋起入內，詔許簡籍。又誡永曰：「今後甚勿復然也。」夫挂劍壠樹，愴笛山陽。兹猶生友敦義，徘徊舊故。迺若平生已矣，慷慨何言？井障流鸜，庭鐘舞鵠，交昆之故，永斷私情。矧又名綰天章，身還帝闕。已騎箕尾，孰問朋簪。端明押衙之時，萊公閻浮之日。篤念伏木，俯聽下請。斯其忠於社稷，碧化綿載；厚于交友，金照幽壤矣。須臾，掌案語曰：「彼十七歲者，謫下散仙女也。

不當于塵世作偶，故即去爾，今不在冥中。二十三歲者，壽本二十五歲，于七年十二月死，因妹之死，日衝時衝；一人死有二棺，又衝，故遂致死。陽數未盡，今魂猶在家中，未至此也。」』傷心之語，忽追二載凄凉；實録之言，不敢一字益損。然予低徊疑信，再三詰永：『既云許汝，何弗詳言？倘或欺予，徒兹妄障。十七歲者，第曰去爾。神豈不知，去果安往？』永曰：『我儕小人，第將命爾。詳則未詳，妄原非妄。彼云不在冥中，固當已登仙府。』客曰：『景華上昇，昔聞黄瓊之女；麻姑可識，即是方平之妹。汝女瑶姿豫挺，靈解早鍾。八石玉漿，一雙繡履。瑞雪可謡，玄霜詎搗？金扃載返，銀闕非遐。去彼蓬閬，更何疑焉？惟是二棺之説，竊深詫駴。庶或以兹有無，衡其爽協。』余言：『我女死時，家遣平頭，買棺去後。中州牧伯，悼楊葉之明星；清河公子，怨薪翹之皎月。佳期莫側，舉家驚惋。爰致瓌材，俾斲容廡。彼舟北至，市艇南來。忽於昧爽，並暑交集。如帛庭帝賜，敢虚彼惠；業桐肆金償，又爲我物。一貯惼柎，一寄支提。二棺之來，殆斯故也。實無一人，與知此事。』坐皆悚然，咸起改容，時八月二十五日也。迨鬱儀之閏朔，弭松楫于江干。余曰：『一片悲楚心腸，兩載徬徨情事。思究來生夙世，前後因緣，而廼惝怳寡端，率略尠緒。夜臺無路，難期墮淚之人；弱水徒航，莫寄思家之夢。言之匪徵，不其誕歟！』沈君庸曰：『不然。彼夫稗官談衍，野乘雕爽，鬪炫夸靡，矜工傅會。繫斯數語，質而非侈。詎若《齊諧》誌怪，漶漫不經；漆園滑稽，荒唐恣僻。又恐聽詫創聞，語艱傳信。爰舉二棺，以爲左券。寓彰括微，覈小該大。金釵鈿合，更憑七日之辭；翠管痕斑，方驗九嶷之淚。雖十空幻化，根因未拆；而一指實相，逗泄已多。深印禪機，巧參冥數，莫徵于斯，何云誕哉！』周君期曰：『君家長淑，虔心貝梵，臨歿坐逝，還稱佛名。彼今既去，幽魂未往，則知靈燈非滅，慧筏可渡。正宜弘宣五蘊，揚啓四門。寶樹七枝，朗開心蘂；甘露八水，潤滌情波。五色天花，花散天女之坐；一輪明月，月澄明性之輝。』余曰：『敬如誨言，殆無憾矣。』嗟乎！低紅掩翠，椒黛歌銷；絃斷徽亡，梅花曲冷。碧天空怨，玉妃啼樹；青溟無情，帝女填波。海西洲畔，不逢返魂之香；遼表柱頭，幾見歸家之鶴。一朝永別，千載無期。人生痛哀，有甚此歟？余自兩女奄淪，終年悲悼。裙留簇蝶，長想少君；珮出江湄，每詢交甫。而神光離合，人事銷沉。臨卭謝方，鴻都乏術。無由獲睹，悲矣如何！乍聞青鳥之音，稍識玄城之秘。漫憐艷質，羡玉骨之仙緣；益證忠魂，信丹心之帝簡。太僕以山川河嶽之氣，英燦雲霄；下走以奚廝奴隸之餘，辭傳金石。皆可紀也，敢詳誌之。今春上元之後，素月流天，瑞花集樹，簾風送冷，曙漏催愁。余宿外軒，寂寥悽感。夢一青衣小鬟，持瓊章二詩，云遺彼貽送，不見瓊章也。詩云：『可是初逢蕚緑華，瓊樓烟月幾仙家？坐中吹徹《凉州》笛，笑看窗前夜合花。』其次作，寤時忘上二句，止憶末韵云：『昨夜簫聲雲際響，無人知是麗華來。』語亦似仙。但麗華是漢光烈皇后、陳後主貴妃名，豈更有名之者耶？瓊章以詠他人，抑自况耶？夢境何可深求，聊識此爾。」

《續窈聞記》：「吴門泐菴大師，陳、隋宿德也。親受天台智者大師止觀之教，歷千餘年，墮神趣中，現女人身，能以佛法行冥事。錢宗伯《靈異記》詳矣。昨旃蒙淵獻之歲，月會鶉星，日盈龍首，余家恭設香花幡幢，敦延鑾馭。午間，先有女史傅遥遥至，云：『師待下春，方可至此。』余同諸人屏氣佇候，良久師至，下壇即云：『頃散花女史稱有《彤奩》兩集，可借觀乎？』余拜謝曰：『但恐上瀆聖靈，敢煩云借。』舉集呈閲。閲訖，師云：『意將欲不朽之耶？』余跽而進曰：『昔者兩女淪徂，珠沉玉隕，實傷于懷。念其平日風雅遺致，不忍委諸草莽，庶幾私慰哀情，何敢妄期不朽。既承慈問，益愴幽芳。倘徼蓮座之雕英，俾振蕪香之弱蘂，紫銑一言，青筠千古，曷勝死生之感。』余泣而請之。師云：『不嫌荒陋，當僭弁詞。』詞曰：「吴汾諸葉，葉葉交光。中秀雙姝，尤餘清麗。驚材凌乎謝雪，逸藻媲于班風。湘濤晨捲，新文與旭彩齊暉；金穗宵垂，細慧同夜鐘較静。裁繁花于皓腕，剪秋月爲冰心。蓮舄能飛，翠嫵皆語。一則天末鳳栖，爰隨簫史；一則春塘鴛睡，未許山陰。真連璧之傾城，洵多珠之聚掌。影閟金閨，或維母認；名鏤紫琬，不許人知。豈期賦樓雖有碧兒，侍案復須玉史。妹初奔月，姊亦凌波。嗟乎，傷哉！天邪？人也！觀遺掛之在壁，疑魂影之猶來。痛猿淚之下三，哀鴈字之失一。左思賦嬌，不堪更讀；中郎絶調，今復誰傳？于是檢厥遺文，花花卸淚；吟其手澤，燕燕窺牕。或崔徽真在卷中，即夫人儼臨殿外。授之梨氏，用告邦人。觀其瑶情蕙質，洵天遣以暫來；知夫霧骨烟姿，定人留而不住。東家有女，不敢效顰；南史逢君，應爲編傳。遂于懺除綺語之餘，有此不揣揄揚之贅。弁諸册首，留作新譚。』其精言麗采，揮灑錯落，筆不停手，應接靡暇。鴻文景爍，靈篇暉曜，真上超沈、謝，下掩庾、徐也。時日已虞淵，爰返翠華之駕，歸真道山。詰早降蹕，亟索金箋，爲畫牡丹、芙渠、菊花、水仙四幅，生色映人，墨韵飛舞。掛置佛前，作天女曼陀華供，觀者咸讚歎不可思議功德焉。畫竟，余即跪問：『先妣太宜人馮氏，蓼莪罔極，追慕無從。今于天道、人道，將焉處耶？』師云：『業已受生。塵海茫茫，去即不認。今雖不越五十里之地，然石上之笑，正未可必也。仍居榮貴之塗，非下室蓬户，亦足慰矣。』余又叩問亡兒世偁，師云：『偁之前身生于雲間，已聘一女，將婚而死。因悟世法無常，遂離俗出家，爲高行律師。女于夢中時往視之，覺而邪心萌動，動則隳戒，遂至于此。然此事甚奇，因緣在三世以前，本皆女也。偁爲奚氏，顧爲楊氏，俱武水人，中表姊妹，以才色相慕悦，誓同居不嫁。六七年所，父母終不能成其志，爲各選婿。二女不相期約，俱于一日剪髮成尼。父母亦無可奈何，遂創立梵舍，聽其同處。精參内典，勤求佛法，可云美矣。後一女先卒，終時謂其一云：「我生生世世必不捨汝，然我計之，爲兄弟則各有室，爲姊妹則各有家，不若迭爲夫婦可耳。」然而數載薰脩，人天證明，不容破戒，于今三世矣。三世俱定盟爲夫婦，願力也；三世究竟不成夫婦，戒力也。今夕當重與授記，解開此結。』余又問亡女葉氏紈紈往昔因緣，今時棲托。師云：『天下最有癡人癡事，此是發願爲女者，向固文人茂才也。虔奉觀音大士，乃于大士前日夕回向，求爲香閨麗質，又復能文。及至允從其願，生來爲愛，則固未註佳配也。少年修潔自好，搦管必以袖襯，衣必極淡而整。宴爾之後，不喜伉儷，恐其不潔也。每自矢心，獨爲處子。嘻，亦癡矣！今歸我無葉堂中，法名智轉，法字珠輪。恐亂其心曲，故今日不攜之歸來耳。』無葉堂者，泐師于冥中建設，取《法華》「無枝葉而純真實」之義。凡女人生具靈慧，夙有根因，及生前無過，少年夭逝者，即度脱其魂於此，教修四儀密諦，往生西方，俱稱弟子，有三十餘人。别有慈月宫中侍女，名紈香、梵葉、嫫娘、閑惜、提袂、娥兒甚多，不能殫述。余又問亡女小鸞，師云：『月府侍書女也。』余問：『月府即世所傳廣寒宫邪？』師云：『非也，固别有耳。』『然則何故下謫？』師云：『游戲。』余問：『游戲何以必至我家？』師云：『神仙游戲，固必擇清節之家，且昔與君曾相會故也。』余問相會之時，師云：『君前生爲秦太虛。前之前爲梅福，一會瓊章；瓊章時爲女子，名松德。又前之前爲魯仲連，更一相會。君夫人即秦太虛夫人，蘇子美小女。又前爲蔡經妹，亦一會瓊章。君家諸眷屬都有奇跡，查不得清耳。』余問：『鸞今往何處？』師云：『緱山仙府。』余問：『即今嵩高緱嶺在中州者邪？』師云：『非也，雲霞之外。』『在月府何名？』師云：『寒簧。』『今往仍復舊名邪？』師云：『否也，即名葉小鸞矣。』余問：『與張婿何緣？』師云：『曾一見耳。張郎前身姓鄭，浙中一鉅卿公子。鄭之前身固參宗師，亦龍姿也。當其爲鄭生時，少年高才，自謂曾倐玉京女史。寒簧偶聞斯言，即于其讀書樓下花架之中一現仙女天身。鄭生見之，亦詫本處閨質，初不意神仙示影也。此天順二年三月初三日事。張之今有是緣，蓋前以未得詳覩奇麗踪跡，悒悒不遂，故又尋至耳。』余問：『若然，何以終不得合？』師云：『寒簧偶以書生狂言，不覺心動失笑。實則既一現後，即已深悔，斷不願謫人間行鄙褻事。然上界已切責其一笑，故來；因復自悔，故來而不與合也。』余泣懇大師神通道法，招魂來歸。師云：『魂在仙府，恐不得招。且蓬山弱海，路甚遠也。』余再懇之，延至午後，師忽云：『頃已發使往邀瓊娘道駕，夜可至矣。』至夜，師云：『瓊娘已到。』命之禮佛，拜祖母靈几，即云：『試作一詩，用觀雅韵。』女辭不敢，師云：『不妨。』女即作云：『身非巫女慣行雲，肯對三星蹴絳裙。清映聲中輕脱去，瑶天笙鶴兩行分。』師云：『尊人思君，至切至切，可引之進謁母夫人。』問：『如何可以引進？』師云：『香燈。』隨以香燈引入，至中庭，見母即出。出即作詩呈父母云：『帷風瑟瑟女歸來，萬福尊前且節哀。』二語即止，似哽咽不能成者。余問：『有説否？』云：『無説。』『思父母否？』云：『時思也。』『認否？』云：

『認。獨不認房，因房已改故也。再引我房去。』又作一詩云：『汾干素屋不多間，半庇生人半庇棺。黃鶴飛時猶合哭，令威回日更何歡！』詩竟，即書『紅于』。其侍兒。余問：『要喚紅于邪？』云：『我也思他。』余即喚紅于執燈，重引入卧房。余與內人對視空中，共相號泣，悲慟酸楚，幾欲腸斷。已即旋出，余問：『汝既隸仙籍，死時是何光景？何人邀往？』女云：『菩薩有變易生死，衆人有分段生死。兒猶在分段之中，去時但見童面如玉，女面如珠，紫金幢、赤珊瑚節、大紅流蘇結爲臺閣，青猊駕橋，赤虬驂乘，黃雲蓋頂，青雲捧足，紅雲開路，白雲護身。爾時殊樂，不知苦也。』余問：『今夕如何而來？』云：『亦乘雲而來耳。』問：『見祖母否？』云：『不見。』『見昭齊姊否？』云：『在無葉堂。』『汝何以知之？』云：『頃是泐師告兒也。』『見二弟否？』云：『在門外，八弟亦在。』余問：『八弟幼，有人抱耶？』云：『扯着二哥。』是夜爲倩兒作焰口佛事，故俱至。問答未竟，師云：『無明緣行，行緣識，識緣名色，名色緣六入，六入緣觸，觸緣受，受緣愛，愛緣取，取緣有，有緣生，生緣老死憂悲苦惱。君諦聽之，我當細講。』停乩甚久，師云：『奇哉是也，割愛第一。』又云：『菩薩正妙于從空出假，子真妙悟天開也。』女即作詩呈師云：『弱水安能制毒龍，竿頭一轉拜師功。從今別却芙蓉主，永侍猊床沐下風。』師云：『不敢。』女云：『願從大師授記，今不往仙府去矣。』師云：『既願皈依，必須受戒。凡授戒者，必先審戒。我當一一審汝。汝仙子曾犯殺否？』女對云：『曾犯。』師問：『如何？』女云：『曾呼小玉除花虱，也遣輕紈壞蝶衣。』『曾犯盜否？』女云：『曾犯。不知新綠誰家樹，怪底清簫何處聲。』『曾犯淫否？』女云：『曾犯。晚鏡偷窺眉曲曲，春裙親繡鳥雙雙。』師又審四口惡業，問：『曾妄言否？』女云：『曾犯。自謂前生懽喜地，詭云今坐辯才天。』『曾綺語否？』女云：『曾犯。團香製就夫人字，鏤雪裝成幼婦詞。』『曾兩舌否？』女云：『曾犯。對月意添愁喜句，拈花評出短長謡。』『曾惡口否？』女云：『曾犯。生怕簾開譏燕子，爲憐花謝駡東風。』師又審意三惡業：『曾犯貪否？』女云：『曾犯。經營湘帙成千軸，辛苦鶯花滿一庭。』『曾犯嗔否？』女云：『曾犯。怪他道藴敲枯硯，薄彼崔徽撲玉釵。』『曾犯癡否？』女云：『曾犯。勉棄珠環收漢玉，戲捐粉盒葬花魂。』師大讚云：『此六朝以下，温、李諸公，血竭髯枯，矜詫累日者。子于受戒一刻，隨口而答，那得不哭殺阿翁也！然則子固止一綺語罪耳。』遂予之戒，名曰智斷。女即問：『何謂智？』師云：『有道種智，一切智，一切種智。』又問：『何謂斷？』師云：『斷塵沙惑，斷無明惑。有三智應脩，三惑應斷。菩薩有智德、斷德。智、斷者，菩薩之二德也。』女云：『菩薩以無所得故而得，以無所斷故而斷。』師大驚云：『我不敢以神仙待子也，可謂迴絶無際矣。』遂字曰絶際。今無葉堂中稱絶子，亦稱絶禪師。以上六月初十語也。内人以哀深嬰疾，杪秋五日，又復奄然。余懷痛傷，非可言盡。自冬及春，每致問大師，僅以牘札往返，煩雁魚耳。幸于今兹釋迦佛誕之月二十六日，大師羽葆葩軒，頓轡蒿室，披瀝苦悰，獲垂昭示。先是清晨，慈月宫人曹文容致師翰函云：『即日接來信，知諸君在汾干，甚快事。此約已久，擬赴之，直至今夕。天下事無大無細，洵皆因緣哉！午後不肖當過，幸少竢我。本堂今日脩普賢觀未成，諸公宛君母女。當約明日振錫還家耳。』午後某獨到也，某稽首。』午後，師至，即問云：『太虚別來無恙？念之念之。』余拜謝，敬問：『亡婦沈氏字宛。已在無葉堂中，授何法名？』師云：『法名智頂，法字醯眼。摩醯首羅天王頂上一眼，大千世界雨，彼皆能知點數，取此義也。今教持《首楞嚴咒》，以斷情緣。絶子則天上天下第一奇才，佛法中未易多見。醢子當與不肖共監新幢，珠子即珠輪昭齊。則佐母氏而鼓大音，亦奇傑也。明日當同三公來。尊兄父子不必如今日設供，酌水採花，以盡端節之歡。前日猶是世緣，于今已成法眷。看絶子口吐珠璣，亦世外之樂也。但勿及家事，醢公愁緒初清，恐魔嬈又起耳。若絶子，則雖以萬紖絲令之理，亦能一手分開，以熱湯沃其頂上，能出青蓮朵朵，固不妨以愁心相告也。』書訖回鑾。翌日，師引三人同至，即聯句云：『靈辰敞新霽，密壺升名香。泐師神風動遥天，宛君道氣瀰曲廊。昭齊憨燕驚我歸，宛疏花落我床。瓊章宿珠罥我釵，宛飄埃沾我裳。昭繡花生匣鏁，宛蟲鼠游裙箱。瓊遺掛了非我，宛檀佛因專房。瓊新荷爲誰緑，昭朱曦慘無光。宛君子知我來，清涕流縱横。宛舅氏知我來，不復成趨蹌。昭兄弟知我來，衆情合一愴。瓊婢僕知我來，洒掃東西忙。宛請君置家業，觀我敷道場。須彌已如砥，師黑海飛塵揚。瓊月亦沉崑崙，師日不居扶桑。瓊帝釋辭交珠，師迦文掩師幢。瓊萬法會有盡，師一切皆無常。瓊獨有芬陀華，久久延奇方。靈光頂上摇，師慈雲寰中翔。瓊斷三而得三，師遮雙即照雙。瓊父兄亦衆生，母女成法王。師感應今日交，宛圍繞後時長。昭思之當歡踊，瓊何爲又徬徨？師』詩畢，宛君即云：『一别至今，幽明遂隔。雖云學道，豈便忘情。身中無病否？』余言：『我亦無病，但思君切耳。君何以得至無葉堂？』云：『得本師導御，送至郡，對簿畢，即達也。』余問：『對簿則有罪邪？』云：『有。子女既多，爲累不少。幸師法力銷去。』余問：『經懺至否？』云：『有資。凡在世人，必宜力脩冥福，于死時尤要也。』余問：『君初死時，有所見否？』云：『出門之頃，自想我往何處去，如許人何自來者？又聞室内號叫不絶。方省我如此，莫不即是死邪？復欲入問，輿人不肯，止從輿背回望門面旗竿，戀戀難捨。一霎即是銀海茫茫，一無所見，隱隱但聞敲漁船之聲。須臾至郡，升庭立西階，後留賓室耳。』余問：『君有何言？有所需用，當焚寄之。』云：『一無所欲，祇是放君不下。宦海風波，早住爲佳。偕隱是不能矣，孤隱須自計。』余言：『思君甚苦，奈何？』云：『生時同苦，苦在一處；死後同苦，苦在相望。』余問：『諸子在前見否？』云：『皆見。』余問：『有言囑否？』云：『讀書守分，素有志節，我又何言？但不見其成立，我自感傷耳。』余問：『君今道裝邪？閨裝邪？』云：『閨裝搭戒衣。』余問：『何衣？』云：『紅繻，天藍戒衣。昭齊緑繻，紫色戒衣。瓊章鵞黄襦，水碧戒衣。』余問：『衣從何來？』云：『依報隨處自有。』又云：『惟二兒白衣。』余言：『正欲問二兒消息，知在大師外宫，君常見否？』云：『常見。但遥見庭角，今日始得交言耳。今亦歸在此也。平時瓊章每有開導語傳與，每通一信，未嘗不慟哭。主者問何人哭，偁即云：「要生西方人哭也。」師即云：「送生者已不一二次矣。然一爲戀母姊，一爲依聽法，立意不去，故今教以念佛，徑脩西方，反是一直截易易之事。」』余問：『偁既同歸，不知亦有言否？』瓊章即云：『不必問伊，已一心念佛，恐聰明人一挑又動耳。』余問昭齊：『汝有説否？』云：『兒更何言。一念之誤，遂至如此。幸過本師，正如塞翁失馬耳。至于琴瑟七年，實未嘗伉儷也。』余問：『汝何以得至無葉堂中？』云：『偶爾游行虚空，爲邏卒所捉，因解入上方宫，承師收授佛戒。』余問：『既受佛戒，愁宜釋矣。』云：『恨未易消。』師即云：『恨在何許？覓恨來與我看。』對云：『雖然，猶有根蒂在耳。』師云：『根蒂能發芽，須極力搜剗也。』余問瓊章：『在緱山時有詩作否？』女云：『世法無常，會歸滅盡，如石火水沫，我寧爲其摇動哉？《返生香》一刻，正如石灰囊，已留一跡。倘到處留跡，不亦憊乎？』師命辭歸，宛君云：『爲道愛身，省愁念佛，珍重珍重。』瓊章云：『父還要眼明手快，情種愁苗，乃是入獄根本，一刀割絶，立地清凉。告辭。』余問大師：『頃諸眷屬何如？』云：『醯子一提起輒大淚，至首不能仰視。珠子亦泣。絶子微笑，相勸慰也。世偁反不爾。』余問：『醯子如此，今日反爲增累，奈何？』師云：『日復一日，自道心精進耳。』師云：『諸葉君今日暫别母姊，清秋風色佳時，期來重聚，以當世外清緣。桂子開花時，遲亦不至菊謝也。』余言：『亡鸞未及留照，乞師爲寫影神。』師云：『此事甚難。』因題一詞云：『是邪非邪？立而俟之，風何肅穆其開幃。是邪非邪？就而聽之，聲瑟瑟其如有聞。步而來者誰耶？就而問之，淚闌干音干。其不分明。瞥然而見者去耶？怪而尋之，僅梅影之在牕云。』丙子夏日，寫絶子小影不得，擬李夫人體嘆之。」

葉天寥《癸酉除夕紀夢》詞云：「除日江汀萬户烟，寒風蕭瑟凍雲天。一聲爆竹催春色，盡對流光逐送年。年去年來長嘆息，去年腸斷今沾臆。疏香閣外舊枝斜，曲欄朱箔渾相識。相識相悲晝閣人，繡簾無復步生塵。瀟瀟午晝蕉心雨，寂寂殘宵桂影春。春晝秋宵何太促，幾回淚點苔痕緑。忽從昨夜夢魂還，開幃驚見花顔玉。細語低呼眺睩矑，柔肌倦怯袖雙扶。重來翠簟芙蓉幃，亟索紅香萏菡爐。爐燒沉冰輕烟舉，火齊瓊漿小婢煮。雲鬟粉靨玉姿紅，櫻唇歷歷分明語。初向妝臺憶蕙綢，斷霞遥泣雁行秋。可憐未識昭齊去，猶問梨花夜月愁。夜月梨花人已矣，瑶池咫尺三千里。對言明歲碧桃開，玄都人又歸來爾。姊妹心傷兩地飛，青春弱女竟誰依？鵑魂欲冷荒山月，蝶夢空留金縷衣。幸有恩深妗母在，含情含思嬌憐愛。光碧庭前並看花，蘂珠宮內雙描黛。蘂珠金闕又分離，妗託心詞寄母知。還待北堂妝罷後，共挑西燭夜深時。夜夜朝朝休再別，清樽聚話重娛悦。黄粱一枕夢魂驚，紗窗猶剩燈明滅。明滅殘燈夜未央，羅衾空怨五更霜。起來哭向靈几處，淚染黄雲送夕陽。」

葉天寥《祭亡女昭齊文》云：「年月日，歲聿云暮，風雨淒然，長女昭齊週朞也。惻愴驚心，燒文奠告曰：嗚呼哀哉！繁雲迷垠，玄陰凝雪。冷莖愁枝，野草荒蓺。鬱華不開，晦霾慘結。芳鏡掩塵，畫奩碎玦。日月云遒，露霜更迭。靈幃告週，悲哀愴咽。庭前凍色，檻外寒光。人何寂寞，樹何蒼茫。宛如昨昔，汝病在床。我則於外，商岐問黄。母則于內，調藥視湯。今焉期矣，景在人亡。春秋代序，冬夏非長。空餘涕淚，衹有淒涼。昔胡兇毒，父母斷腸。今胡遽促，兄弟除喪。嗚呼哀哉！瓊章未歸，故死我室。汝來哭姊，遂終斯疾。妹殯東廂，汝陳西宅。嘷風嘯雨，鬼影孤寂。魂兮歸來，曾否聚覿。麥飯薺肴，清酤一滴。倘非同此，精靈安適？秋夜春朝，蝶飛灰佰。欲見無由，血心寸割。期年之間，哀鬢頓白。九原有知，亦應隕魄。嗚呼哀哉！汝生存日，深懷衛思。魚波雁羽，寒暑靡差。自汝徂謝，東望漣洏。誰歟問我，寂寂歲時。蓴絲莫採，柳絮空悲。經年消息，無去無歸。嗚呼哀哉！汝故房櫳，蛸縈網彈。窮蛄晝啼，銅鐶日鎖。深院無人，梁塵虛墮。朱欄絳花，霏微盈朵。魂兮往否，碧窻小坐。香留遺匣，粉蠹殘芸。瑶徽泣月，銀葉啼薰。紅妝一閉，金縷無裙。賣釵禮佛，鏤棗傳文。愁言紙貴，嗟悼咸云。汝身雖死，名則已聞。聞則汝名，痛居我體。颯雨驚飈，潸然洟涕。哀我二人，哭汝姊娣。魂兮奚之，末無見理。人生至此，眉蹙難伸。一哭汝妹，再哭汝身。妹方浹歲，汝又週辰。

西風雙淚，我獨何人？北闕上書，甘老沉淪。青衫白髮，終焉賤貧。未知抔土，歸在何年？長憐玉骨，莫慰金鈿。一行秋雁，兩處春鵑。誰將幽恨，告我嬋娟。書詞未已，雨霰瀰天。天悲地惻，草木銜酸。嗚呼痛哉！」

葉天寥《祭亡女瓊章文》云：「維年月日，第三女小鸞週期也。人亡序改，境往痛新。陳觴灑淚，告于我女曰：嗚呼痛哉！去年今日，我哭汝死。胡然迭微，又茲盈紀。霜飛露零，六驥奔駛。悠悠經年，寸腸如梟。悁悁心目，常若見爾。驚花墜葉，怳惚往矣。情繭抽而彌長，思膠纏而曷止？于時野開旭靄，水泛清波，悽颸脫木，蒼樹方酡，繁雲橫岫，淡月懸蘿，荇牽蛤艇，葎殞蛩莎。泫新愁于綵瑟，潸往夢于玄蛾。愾《衛風》之『匪澣』，唤桓生之『奈何』。組幄晝青，芸缸夜碧。竹檻花吁，桐幃卷惜。曲疊藍湘，蒜鉤翠帟。落盡燕支，塢殘杵石。對螢砧與粉蝶，涕淋浪而絡繹。染鵑紡以留紅，濕龍綃之皛白。燈花怯睡，簷雨敲床。金泥春去，銀菓秋長。裙寒梔子，綦委蓮瓤。寶釵生折，瑶鏡誰芳？薰籠簟枕，物在人亡。盡日傷心，不見畫簾之女；終朝泪眼，漫焚繡佛之香。瓊蕊無徵，瑩冰遂冷。人事蹉跎，音書咽哽。小窻風雨，初送梨花；半壁蘚苔，又横梅影。寂寥蕉緑，舊日朱欄；零落梧黄，昔時銀井。忽靈座之告期，已遥遥其去永。風含悴而披幃，日無情而故景。血濺痕以猶新，何流光之斯騁。嗚呼痛哉！令儀婉孌，瀉汭河洲。掞華蔚藻，掩謝排劉。殊姿異態，匪可狀求。風流雲散，滄海浮漚。如何蓂御，又焉云週。三百日之已餘，忽如回首；十七年之一去，空自凝眸。歌著青裙，樓傅黄鶴。重來芳草，何年珠箔？非瑶姬入楚，無待雨雲；倘羽客歸遼，猶然城郭。夢回細雨，俱銷夜月之魂；影落花陰，宛出疏香之閣。精靈安往？天地孤蹤。豈知父母，別後愁衷。星霜鬢換，涕泗衣濃。似楚塞無歸之雁，洵吴江最冷之楓。漫老一身，對開南菊；但將雙淚，與共東風。人亦有言，寂寢相見。漢渚初秋，夢遊廣殿。鏐闕璇宫，西廂深院。群仙女真，霓翔霞絢。一女素裳，雪膚豐倩。鬒鬒麗垂，流漪映眄。舉目則汝，失哀迅歡。我爰躡履，崇軒敞壇。汝即振屣，佩逶環珊。瑶姿憺豫，雋采詳閑。盈盈無語，脉脉交看。悵仙凡之隔路，徒雪涕以汍瀾。嗚呼痛哉！錦水波漫，洞天日晚。磵響鳴璫，巖垂黛琬。追夢境而非疑，溯蓬山而益遠。九華紫雲之房，五色麻姑之苑。彤香玉女，絳帳嬋娟。身前身後，何因何緣？因何從始？種玉藍田。緣何早斷？明珠沉淵。侶並雲璈，故謝吹簫之匹；名歸琅簡，即彫瑞葉之年。嗚呼痛哉！斜陽又西，哀鴻唳霽。寒埃蕭蕭，凄其以慄。今夕何夕，恍焉昨日。遺琴空張，繐幃飄空。陰房燐火，蟏蛸罘罳。魂兮何依？常否來斯？父母對哭，鬼必見之。御酸鎖惻，孰告汝知？嗚呼痛哉！朞年之間，風花幾度。海棠嬌睡，芙蓉艷吐。水玉題罷，縷金非故。芳奩寂寞而凝塵，流黄荒凉而網霧。仙車莫返，芝砌卦苔。桃源一閉，千春不開。最是悲傷，欲見無由之處；更無消息，相思積寸之灰。玉埋麝骨，几薦螺杯。熛松燧改，銅箭壺催。父母停喪，兄弟除服。非情忍忘，越禮懼瀆。侍女紅于，敢愆夙昔。髽笄三年，遐慰幽淑。庶幾山陽未遠，猶留聞笛之人；靈光僅存，還想亡簪之哭。嗚呼痛哉！」

弁悟

余善鬱，抱鬱疾。每一作，則怦心忡忡，躑躅几榻間，逾時而後已。考之方書，鬼區岐伯，未嘗載也。淹淹縷息，星霜三易矣。戊辰春，羽客偷凡，周子過余診焉。相與論五忽直旨，及玄牝、神谷諸要，鑿鑿造理，余心契之。因偕至長春山房，山房者，周子鍊室也。琪花瑤草，幡影石徑，翛然塵絶。周子彈琵爇茗，娓娓忘倦。夜分燃燭題詩，余有「星虛瑤雞下，香冷石樓深」之句。時月色横窗，杲白如晝。余憊甚，不能久坐。周子爲余掃榻掛劍，蓋恐休文弱質，二豎侵魔也。已而周子連牀息焉，齁聲如雷。予輾轉不寐，回思曩日，篝燈簡鍊，引錐策枕，何其鋭也；紅燭呼盧，分鬮押韵，何其俠也；或秋腸泛月，春夜擁花，何其適也。今日地爐藥裹，化朮苓蠹魚，又何憊也。蕭騷反側，漏下三十刻，始假寐。既寐即夢。夢春天融怡，踏青郭外，邂逅少年場，跳浪於落花飛絮、紫陌紅塵間。有頃，游渴思飲，相承登酒樓。樓闌屈曲，俯瞰狹斜。

愁治既盡，諸同遊懽呼浮白。而余獨如平時疾作，或戚或□，拊心告瘁，裴回展轉。一睫間，諸同遊闃不見，顧北窗瑣瑣然，有二頭陀在焉，一麈一鉢，嗟然相默。□不覺爽心異疾，回顧夙業，涕淚悲泣，合掌投地。二頭陀一若笑，一若怒。笑者曰：「子有心，不自見。病則不見，見則不病。」怒者說偈云：「紅塵夢斷青山曉，兩袖清風五畐旌。」又云：「鶯啼處，春日俞西斜；塵夢了，處處吾家。」予罄然若失，忽忽舉首顧影，而余已成沙彌，無悸焉。警寤，急諏周子與語。周子曰：「噫嘻！十年富貴，竟逢春夢之婆；一室淒涼，倏遘黄粱之客。身如泡影，心無住相，非夢覺之故歟？」相與雷嘆，質明而起，盥水理櫛，二豎迸診，霍然病已。噫，予從此悟道。

長洲錢尚濠題於綏山書房。

綏山主人錢尚濠振芝輯
愛日居士顧夏聲宣大閱

買愁集

一集悟書

色界參差，情波反覆。青鸞曾記綵鸞書，風月裁成懽喜地；行雲不上朝雲墓，悽涼迸出夜摩天。陡現懶殘，卒逢汗漫。撐開臉上烟霞，隔斷紅塵萬里；潑盡胸中冰雪，銷磨白晝一輪。欲贈忘言，興來如答。集《悟書》。

禪悟

李翺問藥禪師云：「如何是戒、定、慧？」師曰：「太守直須向高高山頂坐，深深海底行，閨中物捨不得便是滲漏。」師一夜登山大笑，翺貽以詩云：「選得幽居愜野情，終年無送亦無迎。有時直上孤峰頂，月下披雲笑一聲。」

齊己詩云：「心清鑑底瀟湘月，骨冷禪中太華秋。」又陳陶詩云：「高僧示我真隱心，月在中峰葛洪井。」讀二詩，心骨俱涼。

貫休入蜀，上王建詩云：「一瓶一鉢垂垂老，萬水千山得得來。」又作《一鉢歌》云：「無可離，無可着，何處更求無病藥？藥是病，病是藥，到頭兩事須拈却。亦無藥，亦無病，正是真如靈覺性。」

僧圓澤與李源相善，澤圓寂時，約云：「十三年後于杭州天竺寺相見。」李如期自洛之吴，赴舊約也。至天竺寺葛洪井畔，聞牧童扣牛角而歌云：「三生石上舊精魂，賞月吟風不要論。慚愧情人遠相訪，此身雖異性常存。」又歌云：「身前身後事茫茫，欲話因緣恐斷腸。吴越山川尋已遍，却回烟棹上瞿塘。」遂隱不見。

妙總禪師，蘇頌孫女也。參機感契，已入正信。逢大慧師，舉巖頭婆子話問之，總答偈云：「一葉扁舟泛渺茫，呈橈舞棹别宫商。雲山海月都抛却，赢得莊周蝶夢長。」

生公于虎丘説法，聚石爲徒，雨花亂墜，石俱點頭。一夜聞鬼嘯不絶，生公云：「何不爲人去？」明日見石上大書一絶云：「做鬼今經五百秋，也無快樂也無愁。生公教我爲人去，只恐爲人不到頭。」

梅花尼子題壁云：「一尺風鬟六幅裙，芒鞋踏破嶺頭雲。歸來笑撚梅花嗅，春在枝頭已十分。」

異僧遇賢，號林酒仙。一達官訪之，賢問何來，達官云：「踏春到此。」賢云：「門前緑樹無啼鳥，庭下蒼苔有落花。聊與東風論箇事，十分春色屬誰家？」

林逋《送慈公還虎丘》詩云：「孑孑歸檣五兩輕，佛林禪石抱雲根。單囊㪺罷還微笑，却是青山不出門。」

僧冲邈《翠微山居》八首：「閑來石上卧長松，百衲袈裟破又縫。今日不愁明日事，生涯只在水雲中。」一「臨溪草草結茅堂，静坐安然一炷香。不是息心除妄想，都緣無事可思量。」二「老老山僧不下堦，雙眉恰似雪分開。世人若問枯松樹，我作沙彌親手栽。」三「白足休拈似與非，杖藜挑得故山歸。鉢中雪叟千家飯，身上雲香一衲衣。」四「一池荷葉衣無盡，數樹松花食有餘。却被世人知住處，更移茅屋作深居。」五「茅簷静坐千山月，竹户閑棲一片雲。莫送往來名利客，堦前踏破緑苔紋。」六「爐中無火已多時，早起惟將一衲披。莫怪山僧常冷淡，夜深懶去拾松枝。」七「豈是栽松待茯苓，且圖山色鎮長青。他年行脚不將去，留與人間作畫屏。」

僧可天訪葦影禪師。師方焚香，天問師：「香在何處得來？」師作詩云：「七軸蓮經供茗瓢，一龕繡佛掛松寮。舶香亦帶魚龍氣，自採枝頭栢子燒。」

僧上士送僧詩云：「一鉢即生涯，隨緣度歲華。是山皆有寺，何處不爲家？笠重吴天雪，鞋香楚地花。他年松偃處，香雪護袈裟。」

吉水東山脩禪師，講義精邃。一日有遜秀才來謁，玄談霏娓，題詠軒軼，蓋山猿聽講，日久得悟者也。《題解空寺》云：「古塔凌空玉筍高，斜陽半壓水嘈嘈。老禪掩却殘經坐，静聽松聲沸海濤。」《書方丈》云：「幾曲風琴響暗泉，亂紅飛墜佛龕前。白雲深護高僧榻，不與人間俗客眠。」《送僧》云：「松翠侵衣屐印苔，杖藜幾度此徘徊。山僧忘却山中好，去入紅塵不再來。」《詠鶴》云：「遠辭華表傍禪關，别却浮丘伴懶殘。金磬數聲秋日晚，雙飛帶得白雲還。」《贈僧》云：「一瓶一鉢一袈裟，幾卷《楞嚴》到處家。坐穩蒲團忘出定，滿身香雪墜曇華。」《落葉》云：「萬片霜紅照日鮮，飛來堦下覆苔磚。等閒不遣僧童掃，借與山中麀鹿眠。」《山中四景》云：「門逕苔深客到稀，遊絲低逐軟紅飛。松梢零落飄金粉，童子枝頭晒衲衣。」「風敲窗竹驚僧定，鳥觸殘花墜澗香。《圓覺》半函看已了，紉針自補舊衣裳。」三「幾點歸鴉幾杵鐘，紛紛凉月在孤峰。清霜獨染千林樹，明月漫山一片紅。」「十笏房清百衲温，名香長是夜深焚。道人愛看梅梢月，分付山童莫掩門。」

石屋禪師詩。師諱清珙，字石屋，姑蘇人。誕時有異光。二十祝髮，參及菴禪師，見風亭，豁然有省。菴曰：「汝作麽生會？」師曰：「清明時節雨初晴，黄鶯枝上分明語。」菴頷久之，曰：「後與汝同龕。」師遂登霞霧山，卓錫不出。嘗作《山居》詩云：「吾家住在霅溪西，水滿天湖月滿溪。未到盡驚山險峻，曾來方識路高低。蝸涎素壁粘枯殻，虎過新蹄印雨泥。閒閉柴門春晝永，青桐花發畫胡啼。」「柴門雖設未嘗關，閒看幽禽自往還。白璧易埋千載恨，黄金難買一生閒。雪消曉嶂聞寒瀑，葉落秋林見遠山。古柏烟銷清晝永，是非不到白雲間。」「白髮禪翁久住菴，衲衣風捲破襤毵。溪邊掃葉供爐竈，霜後苫茅覆橘柑。本等天真非造化，現成公案不須參。豁開户牖當軒坐，盡日看山不下簾。」「卧雲深處不朝天，只在重巖野水邊。草榻夢回窗有月，竹爐茶熟竈無烟。萬緣歇盡非除遣，一性圓明本自然。湛若虚空嘗不動，笑看横浪起桑田。」「破屋蕭蕭枕石臺，柴門白石爲誰開？名場成隊挨身入，古路無人跨脚來。深夜雪寒惟火伴，五更霜冷有猿哀。袈裟莫笑無人補，收卷雲霞自剪裁。」「緑霧紅霞竹徑深，一菴終日静沉沉。等閒放下便無事，着意看來還有心。小卉時開參色相，山禽自語足圓音。拈來即是天真佛，擊碎虚空量古今。」「客愛幽閒到竹籬，逢迎應恕禮全虧。滿頭白髮鬔鬆聚，一頂袈裟撩亂披。黄葉火殘終夜後，青猿聲斷五更時。擁衾相對蒲團坐，鎮日忘言契此機。」「自覺從前世念輕，老來任運樂閒情。芒鞋竹杖春三月，紙帳梅花夢五更。佛度有緣皆妄想，心無住處是修行。松風昨夜熾然説，自是聾人不要聽。」「我本禪宗不會禪，甘休林下度餘年。鶉衣百結通身掛，椶篋三條驀肚纏。山色溪光明祖意，鳥啼花笑悟機緣。有時獨上臺磐石，午夜無雲月一天。」「茅屋青山緑水邊，往來年久自相便。數株紅白桃李樹，一片青黄菜麥田。竹榻夜移聽雨坐，紙窗晴啓看雲眠。人生無似清閒好，得到清閒豈偶然。」「白雲深處結茅廬，隨分生涯樂有餘。未死且留寒燄火，息機何必絶交書。湛然凝寂通三際，廓爾圓明裹十虚。潦倒不知菴外事，琅琅深夜一龕魚。」「計拙慚虧應世才，聰明無分占癡呆。自言境物皆虚幻，誰解因緣盡倘來。黄葉隨流閒去住，白雲横谷漫徘徊。雙眸合却方纔好，爲愛青山又放開。」「紅日東升夜落西，黄昏鐘了五更雞。乾坤老我一頭雪，歲月消磨百甕虀。記得餵雛已化鶴，偶然種樹又成蹊。秋風處處堪傷羽，且向空山擇木棲。」

又絶句：「有人問我何年住？坐久纔方省得來。門外碧桃親手種，春光二十度花開。」「年老菴居養病身，日高猶自未開門。怕寒起坐燒松火，一曲樵歌隔塢聞。」「玉堂銀燭笙歌夜，金谷羅幃富貴家。爭似道人茅屋下，一天晴雪晒梅花。」「粥去飯來何日了，日生月落幾時休？都來與我無干涉，空起許多閒念頭。」「此事誰人敢强爲？除非知有莫能知。分明月在梅花上，看到梅花早已遲。」「攀緣起倒易消停，卒急難除是愛憎。我笑青山高突兀，青山嫌我瘦稜層。」「茅屋低低三兩間，團團環遶盡青山。竹牀不許閒雲宿，日未斜時便掩關。」「着意求真真轉遠，擬心斷妄妄猶多。道人一種平懷處，月在青山影在波。」「萬緣脱去心無事，諸有空來性坦然。幾度夜窗虚吐白，月和流水到門前。」「半窗松影半窗月，一箇蒲團一箇僧。盤膝坐來中夜後，飛蛾撲滅佛前燈。」「雲未歸時便掩扃，柴床眠穩思冥冥。山家不養雞和犬，日到茅簷夢未醒。」「茅屋方方一丈慳，四簷松竹四圍山。老僧自住尚狹窄，那許白雲借半間。」「團團一箇尖頭屋，外面誰知裡面寬。世界大千都着了，尚餘閒地放蒲團。」「老來無事可干懷，竹榻高眠石枕斜。夢裡不知誰是我，覺來新月到梅花。」「禪餘高誦寒山偈，飯後濃煎穀雨茶。尚有閒情無着處，攜籃過嶺採藤花。」「新縫紙被暖烘烘，黄葉堆頭火正紅。閒夢不知誰喚醒，五更聽得下方鍾。」

又《送智西堂歸靈隱》云：「一榻平分鑑古軒，爐熏相對坐忘眠。山林禮樂無今昔，時節因緣有變遷。樹影高低深夜月，猿聲長短五更天。兩冬不得梅花信，又約梅華到冷泉。」

又《會趙初心提舉》云：「老來脚力不勝鞋，竹杖扶行步落華。待月伴雲眠蘚石，尋梅陪客過隣家。粥香瓦鉢山田米，雪泛甆甌水磨茶。今日爲翁時暫出，此心長只在烟霞。」

又《别南山經室》云：「屋借雲邊兩載居，晴原無事便攜鉏。和香探得隣家菊，趁嫩挑來自種蔬。秋殿寂時山磬歇，夜窗虚處柏烟疏。明朝又向他山去，何日重來讀梵書？」

又《送觀侍者》云：「放下身心返自觀，略無毫髪許相瞞。雲收霧捲乾坤闊，月上青山玉一團。」又《寄友》二絶云：「山舍無聊夜卧遲，因君記得去年時。豆華棚下曾分榻，月落松梢尚詠詩。」「萬松影裡三間屋，杜木岩前一箇僧。三二十年如此過，肯將清淡换虚名？」

綏山主人曰：「永明、石屋、中峰諸大老皆有山居詩，發明自性，振響千古，而兼之氣格雄渾，字句精工，則石屋諸詠尤爲絶唱。所以然者，以其皆自真參實悟，溢于中而揚于外。如微風過極樂之寶樹，帝心感乾闕之瑶琴，不搏而聲，不撫而鳴，是詩之極妙，而又不可以詩論也。不攻其本而擬其末，終世推敲，則何益矣！」

又曰：「昔達磨壁觀，片言默示，四世相傳，皆取静證。至神會禪師始著言詮，嗣後列派分宗，甚至一話一言，莫不組章繪句；而懲其弊者，又起而爲擊叉舞笏，挽弓輥毬，大可噴飯。嗟乎！如珙公者，片言心印，川月皆圓，讀者自足警發。豈必上堂示衆，拍板門槌，頂門棒喝，乃見少林大意哉！」

頂門針十三則。僧問妙覺禪師云：「雁過長空，影沉寒水。雁無遺跡之意，水無留影之心，還端的也無？」師曰：「蘆花兩岸雪，江水一天秋。」

問：「如何是一印印空？」玉泉達禪師曰：「萬象將歸古鏡中。」「如何是一印印水？」曰：「秋蟾影落千江裏。」「如何是一印印泥？」曰：「細觀文彩未生時。」

「脱落衣衫見本形，寸絲不掛得安寧。若人要躱渾身影，須向無陰樹下行。」

「雨洗淡紅桃蕊嫩，風摇淺碧柳絲輕。白雲影裏怪石露，緑水光中古木清。」

問：「如何是諸座了底心？」廣因禪師曰：「漁翁睡重春潭濶，白鳥不飛舟自横。」

問廣福禪師：「如何是和尚家風？」曰：「翠竹叢中歌欵乃，碧岩深處卧烟蘿。」問：「客來將何祇待？」曰：「没底籃兒盛皓月，無心盌子貯清風。」

問：「如何是奪人不奪境？」曰：「家庭已無回信日，路途空有望鄉碑。」「如何是奪境不奪人？」曰：「滄海儘教枯到底，青山直得碾爲塵。」「如何是人境兩俱奪？」曰：「天地尚空秦日月，山河不見漢君臣。」「如何是人境俱不奪？」曰：「鶯囀千林花滿地，客遊三月草侵天。」口誦心行，即是轉經；口誦心不行，即是被經轉。「翠竹黄花非外境，白雲明月露全身。到頭盡是吾家物，信手拈來不是塵。」問大通和尚：「如何是無縫塔？」曰：「烟霞生面背，日月遶簷楹。」「如何是塔中人？」曰：「竟日不干清世事，長年占斷白雲鄉。」

「四海浪平龍睡穩，一天雲浄鶴飛高。」何不道「騰空仙駕原非鶴，照日驪珠不是龍」？景岑禪師作《色空偈》云：「礙處非墻壁，通處没虚空。若人如是解，心色本來同。」枯木寒岩，更無津潤；幻人木馬，情識皆空。方能垂手入鄽，轉身異類。却不道「無漏國中留不住，却來烟塢卧寒沙」。

柳色含烟，春光迴秀。一峰孤峻，萬卉争妍。白雲淡濘已無心，滿目青山元不動。漁翁乘鈎，一溪寒色未曾消；野渡無人，萬古碧澤清似鏡。

仙悟

吕真人一日遊四明金鵝寺，顧方丈蕭然。有童子出，吕問：「此何寥寥？」童曰：「莫道寥寥，虚空也不着。」吕佳其言，題詩于壁云：「方丈有門出不鑰，見箇山童露雙脚。問伊方丈何寂寥？道是虛空也不着。聞此語，何欣欣，主翁豈是尋常人。我來謁此不得見，渴心耿耿生埃塵。歸去也，波浩渺，路入蓬萊山杳杳。相思一上石樓時，雪晴海闊千峰曉。」

有仙藍采和，一脚跣，一脚靴，歌于市曰：「踏踏歌，藍采和，世界能幾何？紅顏一春樹，流年一擲梭。古人混混去不返，今人紛紛來更多。朝騎鸞鳳看碧落，暮見桑田生白波。」

李涉晚年投簪遊五嶽，過古鶴澗，題云：「華表千年一鶴歸，丹砂爲頂雪爲衣。泠泠仙語無人聽，却向五雲飜翅飛。」

廬山茅屋詩云：「萬山頂上一茅屋，老僧半間雲半間。三更白雲行雨去，回頭方羨老僧閑。」

長安市中有襤褸道人，日入市飲酒。問姓名不答，題詩云：「酒盡君莫沽，壺傾我當發。城市多囂塵，還山弄明月。」

有一老人手持一編，往來湘中。一日題詩石上云：「山中老人讀黄老，手挽紫藟坐碧草。春至不知湘木深，日暮忘却巴陵道。」

虎丘劍池，云是闔閭埋玉處。一潭清冷，深不可測。宋戊子歲忽乾暵，中見石扉。遊人競下探之，見石扉上題二絶云：「望月登樓海氣昏，劍池無底浸雲根。老僧只恐山擕去，日暮先教鎖寺門。」又：「劍去池空一水寒，遊人到此凭闌干。年來世事銷磨盡，只有青山依舊看。」

馬自然神異不測，每吟云：「何用燒丹學駐顔，鬧非城市静非山。時人若覓長生藥，對景無心是大還。」

有人題驛亭云：「帆力劈開千頃浪，馬蹄踏破五陵青。浮名浮利過于酒，醉得人間死不醒。」

徐仙亭，昔陳陶騎鶴處也。有人題詞云：「竹杖芒鞋，閑訪亭中仙境。不見高人跨鶴歸，風水摇清影。　古往今來，舊事休重省。十里梅花雪正晴，月遥山冷。」

許用晦過緱山廟，題詩云：「王子求仙月滿臺，玉簫清轉鶴徘徊。曲終飛去不知處，山下碧桃春自開。」又《送宋處士》詩云：「賣藥修琴歸去遲，山風吹盡桂花枝。人間甲子須臾事，逢着仙人莫看棋。」

許真君弟子吴猛詩云：「幾叠雲山是我家，一笻明月到天涯。春風戀酒不歸去，老却碧桃無限花。」

《山中四威儀詞》云：「行不與人共行，出關兩足雲生。爲看千峰吐翠，踏翻古渡月明。」「住不與人共住，茅屋松窗一副。庭前有鶴吟風，門外落花無數。」「坐不與人同坐，婆娑影兒兩箇。雪花撲面飛來，笑我北窗紙破。」「卧不與人同卧，葛被和雲包裹。孤峰獨宿無聊，明月梅花與我。」

朱希真好吹笛，日往來烟波間。客聞其笛聲飄渺，則移舟踪跡之。嘗作詩云：「青羅包髻白行纏，不是凡人不是仙。家在洛陽城裹住，卧吹鐵笛過伊川。」

林豈凡詞翰瀟洒，丰姿都雅，角巾鶴氅，飄若神仙。過垂虹橋，題云：「飛梁壓水，虹影澄清曉。橘里漁村半烟草。嘆今來古往，物换人非，天地裡，惟有江山不老。　雨巾風帽，四海誰知我，一劍橫空幾番過？按玉龍，嘶未斷，月冷波寒，歸去也、林屋洞門無鎖。認雲屏烟障是吾廬，任滿地蒼苔，年年不掃。」一云是呂岩題。

有人題詩太行石壁上云：「太行千里連芳草，獨酌一杯天地小。醉卧花間人不知，黃鶯啼破春山曉。」

報恩衲子詞云：「此事《楞嚴》嘗布露，梅花雪月交光處。一笑寥寥空萬古。風甌語，迥然銀漢横天宇。

蝶夢《南華》方栩栩，班班誰跨豊干虎？宣州有僧出神通了業緣，娶妻生二子，後入山，跨虎而歸。而今忘却來時路。江山暮，天涯目送飛鴻去。」

張君壽浪遊江河間，八月十四夜，皎月澄空，忽見上流一舟如雀，獨一老翁盪槳，歌云：「郎提密網截江圍，妾把長竿守釣磯。滿載魴魚都換酒，輕烟細雨又空歸。」君壽異之，刺舟與語。翁又歌云：「蓼香月白醒時稀，潮去潮來自不知。除却醉眠無一事，東西南北任風吹。」

寒山子題壁云：「蠶荳香生洞水深，溪邊閒立聽風吟。有人識得寒山子，直到天台寺裏尋。」

雪菴和尚題《抱琴訪友圖》云：「三尺焦桐七綫琴，迢迢遠遠訪知音。」題未畢，一道人過，足云：「不知誰是知音者，彈破乾坤萬古心。」

一人入武夷山中，見溪中流出桃花瓣，闊寸許。其人沿溪尋訪，見石壁上有詩一絶云：「塵埋下界三千丈，溪盡中流十八灘。夜深鶴透秋空碧，萬里西風一劍寒。」

玉牌詩云：「跨鶴歸來不記年，洞中流水綠依然。無人知是三三月，萬樹桃花月滿天。」

塵悟

廣陵妓黄鶯有姿色，豪客填門。一日，有一士子托宿，黄以襤褸拒之。士子題二詩于屏而去，一曰：「嫫母西施共此身，可憐老少隔千春。他年鶴髮雞皮媪，今日紅顔花貌人。」二曰：「花開花落兩悲歡，花與人還事一般。開在枝頭防客折，落來地上倩誰看？」

《錢塘夢》小詞云：「試問水歸何處？無明徹夜東流。滔滔不管古今愁。浪花如噴雪，新月似銀鈎。　暗想當年富貴，掛錦帆直至揚州。風流人去幾千秋。兩行金線柳，依舊纜扁舟。」「青山無數，緑水無數，那更白雲無數。灞陵橋上望西川，動不動八千里路。去時節春莫，來時節秋暮，急回頭又早冬莫。想人生會少離多，嘆光陰能有幾度。」

羅鄴賦《春草》詩云：「芳草和烟暖更青，閑門要路一時生。年年點檢人間事，惟有春風不世情。」

白樂天《對酒》詩云：「蝸牛角上争何事？石火光中寄此身。隨富隨貧且隨喜，不開口笑是癡人。」又云：「百歲無多時壯健，一春能幾日晴明？相逢且莫推辭醉，聽唱《陽關》第四聲。」又云：「昨日低眉問疾來，今朝收淚弔人回。眼前見例君看取，且遣琵琶送一杯。」

李煜題《漁父》二詞云：「浪花有意千里雪，桃花無言一隊春。一壺酒，一竿鱗，世上如儂有幾人？」二「一棹春風一葉舟，一綸繭縷一輕鈎。花滿渚，酒滿甌，萬頃波中得自由。」二

唐伯虎《題畫》云：「蘆葦蕭蕭野渚秋，滿蓑風雨獨歸舟。莫嫌此地風波險，處處風波處

處愁。」

《題漁樵問答圖》詩云：「釣月樵雲共白頭，也無榮辱也無憂。相逢話到投機處，山自青青水自流。」

韓成封送段濬過滻水，題詩云：「緑暗紅稀出鳳城，暮雲宫闕古今情。行人莫聽宫前水，流盡年光是此聲。」時段晚年不解組，故云。

錢起《蜜脾》詩云：「年年花市幾曾淹，斟暖量寒日日添。採得百花成蜜後，不知辛苦爲誰甜？」

劉太保《幽棲》詩云：「雨過幽庭長緑苔，東風時爲掃塵埃。無人曾見春來處，門外桃花只自開。」

傅公謀《水調歌頭》詞云：「草草三間屋，插槿旋添栽。碧紗窗户，眼前都是翠雲堆。一月山翁高卧，踏雪前村清冷，木落遠山開。惟有平安竹，留得伴寒梅。唤家僮，開門看，有誰來？相逢一笑清話，煮茗更傳杯。有酒且添箇月，有月且添箇客，醉舞起徘徊。明日人間事，天自有安排。」

黄玉林《酹江月》詞云：「吾廬何有？有一灣蓮蕩，數間茅宇。斷塹疏籬聊補葺，那得粉墻朱户。禾黍西風，雞豚落日，灑脱田家趣。客來茶罷，自挑野菜同煮。多少甲第連雲，十眉環座，人醉黄金塢。回首邯鄲春夢破，零落珠歌翠舞。得似衰翁，蕭然陋巷，長作溪山主。紫芝可採，更尋岩谷深處。」

劉圻父有詞云：「今來古往長安道，歲歲榮枯原上草。行人幾度到江濱，不覺身隨楓樹老。蒲花易晚蘆花早，客裡光陰如過鳥。一般垂柳短長亭，去路不如歸路好。」

劉後溪詞云：「春風開者，一時還共春風謝。柳條送我今槐夏。不飲香醪，孤負人生也。

曲塘泉細幽琴寫，胡床滑簟應無慣。日遲睡起簾鈎掛。何不歸歟？花竹秀而野。」

姚牧菴詞云：「十年燕月歌聲，幾點吴霜鬢影。西風吹起鱸魚興，雲薄崦嵫晚景。榮枯枕上三更，傀儡場中四并。人生幻化如泡影，幾箇低頭自省？」

許東溟詞云：「路遠危峰斜照，瘦馬塵風衣帽。此去是蕭關，向長安。便坐紫微花底，只似黄粱夢裡。三徑易生苔，早歸來。」

洪覺範《浪淘沙》詞云：「城裡久偷閑，塵涴雲衫。此身已是再眠蠶。隔岸有山歸去好，萬壑千岩。霜晚更凭闌，滅盡晴嵐。微雲生處是茅菴。試問此生誰作伴？雲水同龕。」

辛幼安《遣興》詞云：「醉裡且貪歡笑，要愁那得工夫。近來始覺古人書，信着全無是處。昨夜松邊醉倒，問松我醉何如？只疑松動要來扶，以手推松曰去。」

趙秉文詞云：「風雨替花愁。風雨罷，花也應休。勸君莫惜花前醉，今年花謝，明年花謝，白了人頭。乘興兩三甌。任溪山，好處尋遊。但教有酒身無事，有花也好，無花也好，選甚春秋！」

陳彦修有姬，氣羸，多異夢。一夕，夢少年携上酒樓酣飲，少年執板，歌以侑酒。覺猶記，云：「人生開口笑難逢，富貴榮華總是空。惟有隋堤千樹柳，滔滔依舊水流東。」

東坡遊西湖，妓琴操相携。坡云：「何謂湖中景？」操云：「落霞與孤鶩齊飛，秋水共長天一色。」「何謂景中人？」操云：「裙拖六幅湘江水，髻挽巫山一段雲。」「何謂人中景？」操云：「金勒馬嘶芳草地，玉樓人醉杏花天。」坡云：「究竟如何？」對云：「門前冷落車馬稀，老大嫁作商人婦。」操言大悟，即日削髮爲尼。

東坡《述懷·行香子》詞云：「清夜無塵，月色如銀。酒斟時，須滿十分。浮名浮利，休苦勞神。似隙中駒，石中火，夢中身。雖抱文章，開口誰親？且陶陶，樂取天真。幾時歸去，作箇閑人。背一張琴，一壺酒，一溪雲。」

東坡《骷髏贊》云：「黄河枯髑髏，本是桃花面。而今不忍看，當時恨不見。業風相鼓轉，巧色美倩盼。無師無眼禪，看便成一片。」

葉唐夫築茅屋于松間。人問其何不營治居室，唐作詩云：「家住夕陽江上村，一灣流水繞柴門。種來松樹高于屋，借與春禽養子孫。」

楊誠齋《月下傳杯》詩云：「老夫渴急月更急，酒落杯中月先入。領取青天併入來，和月和天都蘸濕。天既愛酒自古傳，月不解飲真浪言。舉杯將月一口吞，舉頭見月猶在天。老夫大笑問客道：月是一團還兩團？酒入詩腸風火發，月入詩腸冰雪潑。一杯未盡詩已成，誦詩向天天亦驚。焉知萬古一骸骨，酌酒須吞幾團月？」

楊誠齋與朱文公同召，文公出，公不起，退休南溪，老屋一區，僅庇風雨，長鬚赤脚三四人。嘗自贊云：「江風索我吟，山月喚我飲。醉倒落花前，天地爲衾枕。」

郭朝儀致仕，吕川贈以詩云：「漫道任公釣有神，六鰲無跡海生塵。争知静卧南窗下，蘭菊任争秋與春。」

眉公《格言》詩云：「過去事已過去了，未來不必預思量。只今只説只今話，一枕黄粱午夢長。」又：「不會謀生不讀書，數竿修竹是吾廬。近來學得長生訣，賣盡呆獃又賣癡。」

唐子畏《桃花庵歌》云：「桃花塢裡桃花菴，桃花菴裡桃花仙。桃花仙人種桃樹，又折花枝换酒錢。酒醒只在花前坐，酒醉還來花下眠。半醒半醉日復日，花落花開年復年。但願老死花酒間，不願鞠躬車馬前。車塵馬足貴者趣，酒盞花枝貧者緣。若將富貴比貧賤，一在平地一在天。若將花酒比車馬，他得驅馳我得閒。别人笑我忒風顛，我笑他人看不穿。不見五陵豪傑墓，無花無酒鉏做田。」

王來《漁家傲》詞云：「日月無根天不老，浮生總被消磨了。陌上紅塵常擾擾。昏復曉，一場大夢誰先覺？　洛水東流山四遶，路傍幾箇新華表。見説在時官職好。争信道，冷烟寒雨埋荒草。」

《自勉》詩云：「寒暑潛催歲月流，刹江堆裡莫尋求。終須白骨埋青冢，難把黄金買黑頭。死後空餘千古恨，生前誰肯一時休？出門長嘯乾坤老，且弄江雲送白鷗。」

《題蚌鷸相持圖》詩云：「老蚌親陽只爲寒，野禽何事苦相干？身離穴窟珠胎損，力倦沙灘翠羽殘。開口不如緘口穩，入頭方信出頭難。早知盡落漁人手，雲水飛潛各自安。」

沈石田過一達官家，見堂中古畫一幅，畫一老嫗騎牛吹笛，援筆題云：「楊妃曾踐馬嵬坡，出塞昭君恨最多。争似阿婆牛背穩，笛聲吹出太平歌。」

唐子畏《題畫》云：「百尺松杉貼地青，布衣衲衲髮星星。空山寂寞人聲絶，狼虎中間讀道經。」又：「紅樹中間飛白雲，黄茅檻底界斜曛。此中大有逍遥處，難説與君畫與君。」又：「柴門深掩雪洋洋，榾柮能消此夜長。最是詩人安穩處，一編文字一爐香。」又《贈趙一蓬》云：「烟水孤蓬足寄居，日長能辦一餐魚。問渠勾當平生事，不弄絲竿就讀書。」

中峰《樂住辭》云：「玉殿瓊樓，金鎖銀鈎。總不如，岩谷清幽。蒲團紙帳，瓦鉢磁甌。却不知春，不知夏，不知秋。萬事俱休，名利都勾。罷攀緣，永絶追求。溪山作伴，雲月爲儔。但樂清閑，樂自在，樂優游。」又：「頓脱塵羈，深處幽棲。兀騰騰，絶慮忘機。繩床石枕，竹榻柴扉。却也無憂，也無喜，也無悲。淡飯黄虀，寂寞相宜。類孤雲，野鶴無疑。策筇峰頂，岩洞閒嬉。但看青山，看緑水，看雲飛。」又：「松嫩堪飡，竹密須删。息風塵，何事相關？心超物外，身處人間。有十分清，十分淡，十分閒。學道非堅，守道多難。結跏趺，坐斷塵寰。蕭條僧舍，寂寞禪關。看幾層雲，幾層水，幾層山。」

《樂隱詞》云：「閬苑瀛洲，金谷陵樓。算不如，茅舍清幽。野花繡地，莫也風流。也宜春，也宜夏，也宜秋。酒熟堪醻，客至須留。更無榮、無辱無憂。退閒一步，着甚來由？但倦時眠，渴時飲，醉時謳。」又：「短短横墻，矮矮疏窗。忔憎兒，小小池塘。高低疊障，緑水邊傍。也有些風，有些月，有些涼。日用家常，竹几藤床。靠眼前，水色山光。客來無酒，清話何妨？但細烹茶，爇烘盞，淺澆湯。」又：「水竹之居，吾愛吾廬。石磷磷，亂砌堦除。軒窗隨意，小巧規模。却也清幽，也瀟灑，也寬舒。懶散無拘，此等何如？倚闌干，臨水觀魚。風花雪月，贏得工夫。好炷些香，説些話，讀些書。」又：「浄掃塵埃，惜爾蒼苔。任門前，紅葉鋪堦。也堪圖畫，還也奇哉。有數株松，數竿竹，數枝梅。花木栽培，取次教開。明朝事，天自安排。知他富貴，幾時來？且優游，且隨分，且開懷。」

唐叔達詞四闋：「美竹幽花，便是清涼界。澹飯粗茶，且共消閑話。白日苦喧譁，有約來長夜。網得魚蝦，壺傾問酒家。筆走龍蛇，詩來付杜家。人間禍福亂如蔴，我也難禁架。休占鵲與鴉，任作牛與馬，但教方寸長瀟洒。」「覆轍翻舟，那箇肯回頭？利劍長矛，何人肯放手？無數世間愁，憑着人承受。拜將封侯，送英雄的釣鈎。按簿持籌，賺愚人的械杻。休題能向死前休，更算千年後。步步使機謀，也要天公湊，行年五十方參透。」「革帶襴袍，一第應難到。象簡緋袍，一品猶嫌小。量盡海波濤，人心難忖着。翠養翎毛，爲誰頭上好？豢養脂膏，爲誰腸内飽？千尋鳥道上雲霄，何必多經到。平地好逍遥，高處多顛倒，世人只是回頭少。」「百甕黄虀，須了今生事。一縷紅絲，須是前生繫。人事有推移，盡是天安置。智似靈龜，何嘗脱死期？巧似蜘蛛，何嘗不忍饑？運通數在四更時，夜半猶然顛頞。千年薦福碑，九日滕王記，勸君須等時辰至。」

附

屠緯真《冥寥子遊》：「冥寥子爲吏，困世法，與人吐逆情之談，行不典之禮。何謂匿情之談？主賓長揖，寒暄而外，不敢多設一語。平生無斯須之舊，一見握手，動稱肺腑；掉臂去之，轉盼吳越。面頌盛德，則夷也。不旋踵而背語，蹠也。燕坐之間，實辨有口，乃托簡重。身有穢行，謬爲清言。懼裡言漏實，莊語觸忌，則一切置之，而別爲浮游不根之談，甚而假優伶之謳歌以亂之。即耳目口鼻，悉非我有；嗔喜笑駡，總屬不真。俗已如此，雖欲力矯之不能。何謂不典之禮？賓主酬應，無論尊貴，雖其平交，終日磬折〔俯〕首。何仇于天，而日與之遠；何親于地，而日與之近。貴人纔一啓口，諾聲如雷；一舉手，而我頭已搶地矣。彼此相詣，絶不欲見。而下馬投刺，徒終日僕僕。夫往來通情，非舉行故事也。先王制禮，固如是乎？褒衣束帶，縛如檻猿。虱噆膚，癢甚而不可捫。跬步閑行，輒恐踰官守。馬上以目注鼻，視不越尺寸。視越尺寸，人即從旁偵之。溺下至不可忍，而無故莫敢駐足。其大者三尺在前，清議在後，寒暑撼其外，得失煎其中，豈惟繩墨之夫哉！雖有豪傑快士，通脱自喜，不涉此途則已，一涉此途，不得不俛而就其籠絡。冥寥子將縱心廣意，而游于漭瀁之鄉矣。

「或曰：『吾問之：道士處静不枯，處動不喧，居塵出塵，無縛〔無〕解。俄而柳生其肘，鳥巢其頂，此亦冥静沉寥之極也。供爨下之役，拾地上之殘，此亦卑瑣穢賤之極也。而至人皆冥之。子厭仕路之跼蹐，而樂奇游之清曠，無乃心爲境殺乎？』冥寥子曰：『得道之人，入水不濡，入水不焦；觸實若虚，蹈虚若實；靡入不適，靡境不冥，則其固然。余乃好道，非得道者也。得道者，欛柄在我，虚空粉碎。投之嚣喧穢賤，若濁水青蓮，淤而不染，故可無擇乎所之。余則安能？若柳之從風，風寧則寧，風摇則摇；若〔沙〕（河）之在水，水清則清，水濁則濁。余嘗終日清静，以晷刻失之；終歲清静，以一日失之。欲聽其所之,而在境不亂,不可得也。使天子可以修道,而巢、許何以箕、潁?使國王可以修道,則釋迦何以雪山?使列侯可以修道,則子房何以謝病?使庶官可以修道,則通明何以掛冠?余將廣心縱志,而遊于漭瀁之鄉矣。』

「或曰:『願聞子游。』冥寥子曰:『夫游者,所以開耳目,舒神氣,窮九州,覽八荒,采真訪道。庶幾至人,啖雲芝,逢石髓,御風騎氣,泠然而飄,眇不知其所之。然後歸而掩關面壁,了大事矣。余非得道者,宅神以内,養德以澹,游氣以虚,敢不力諸?然而未也。宅神以内,忽而馳乎外;養德以澹,忽而移於濃;游氣以虚,忽而着於意。其中不寧,則稍假外鎮之。其心無以自得,則或取境娱之。故余之游迹奇矣。挾一煙霞之友與俱,各一瓢一衲,百錢自隨,不取盈而取令,百錢常滿,以備非常。兩人乞食,無問城郭村落、朱門白屋、仙觀僧廬,戒所乞,以飯不以酒,以蔬不以肉。其乞辭以孫不以哀。有畀則去之,其不畀者亦去之,要以苟免饑而已。有疑物色者,晦而自免去。有見凌者,屈體忍之。有不得已,無所從乞,即以所攜百錢用其一二,遇便即補足焉。非甚不得已,不用也。行不擇所之,居不擇所止。其行甚緩,日或十里,或二十里,或三十、四十、五十里而止。不取多,多恐其罷也。行或遇山川之間,青泉白石,水禽山鳥,可愛玩。即不及往,選沙汀盤石之上,或坐而眺焉。邂逅樵人漁父、村氓野老,不通姓氏,不作寒暄,而約略田野之趣,移晷而去,别而不關情也。大寒大暑,必投栖止焉而不行,懼寒暑之氣侵人也。行必讓路,津必讓渡,江湖風濤,則止不渡。或半渡而風濤作,則凝神定氣,委命達生,曰:「苟渡而溺,天也。」即悲,寧免乎?如其不免,則游止矣。幸而獲免,游如初。遭惡少年于道，或誤觸之，少年行其無禮，則孫辭謝之，謝之而不免，則游止矣。幸而獲免，游如初。有疾病，則投所止而調焉。其同行者稍爲求藥，而已則處之泰如，内視反聽，無怖死。如是則重病必輕，輕病立愈。如其大運行盡，則游止矣。幸而獲免，游如初。踪跡所至，邏者疑焉，而以細人見擒。或以情脱，或以知免。如其不免，則游止矣。幸而獲免，游如初。行而託宿石菴茅舍，無論也。託宿而不及，即寺門嵓阿，窮簷之外，大樹之下，可以偃息。或山鬼伺之，虎狼窺之，奈何山鬼無能爲苦，虎狼無術以制之，不有命在天乎？以四大委之，而神氣了不爲動，卒填其喙，數也，則游止矣。幸而獲免，游如初。其游以五嶽四瀆、洞天福地爲主，而以散在九州之名山大川佐之，亦止及九州所轄、人迹所到而已。其在赤縣神州之外，若須彌、崑崙及海上之十洲、三島，身無羽翼，恐不能及也。所遇亦止江湖之士、山澤之臞而已。若扶桑青童、陽谷神王、桐柏小有、王母雲林諸真，身無仙骨，恐不能覯也。其登五嶽也，竦立罡風之上，游覽四海之外，萬峰如螺，萬水如帶，萬木如薺，星河摩于中領，白雲出于懷袌，鶡鷃舉手可拾，日月掠雙鬢而過之，即嘯語亦不敢縱，非惟驚山靈，殆恐咫尺通乎帝座矣。上界晴灝，萬里無纖翳。下方雷雨晦冥而不知，惟聞霹靂聲細于兒啼。斯時也，目光眩瞀，魂氣躍躍出壙埌。即欲乘長風而去，何之乎？或西日欲匿，東月初吐，烟霞晃射，紫翠倏奕，峰巒遠近，乍濃乍淡。又或五夜聞鐘聲，大殿門不關，虎嘯有風，颭颯去。披衣起視，則兔魄斜墮，殘雪在半嶺，烟花溟濛，前山不甚了了。于斯時，清冷逼人，心意欲絶。又或嶽帝端居，群靈來朝，幢節參差，令管簫簫，殿角雲起，幕彼霞綃，恍惚可睹，似近而遥。快哉靈人之音，何彼冷風之斷之也！五嶽而外，名山復不少矣。若四明、天台、金華、括蒼、金庭、天姥、武夷、匡廬、峩眉、終南、中條、五臺、太和、羅浮、會稽、茅山、九華、林屋諸洞天福地，稱仙靈之窟宅、神仙之奥區者，莫可殫數。芒屩竹杖，縱不能遍歷，隨其力之所能到而遨焉。飲神瀵之水，問仙鼠之名，啖胡麻之飯，餐柏上之露。或絶壁危峰，陡插天表，人不能到，則以索自絙而登。或石梁中斷，玉扉忽開，奮而闌入，無恐谽谺。穿窱之洞，深黑而不見底，僅通一線，仰逗天光，以火自爇，而入焉無恐。以尋高流羽士、肉芝瑶草，及仙人之遺蜕處。游于大川，若洞庭、雲夢、瞿塘、巫峽、具區、彭蠡、楊子、錢塘，空闊浩淼，魚龍神怪之所出没。微風不動，空如鏡也。神龍不怒，抱珠卧也。水光接天，明月下照。龍女、江妃，試輕綃，蹑文屨，張羽蓋，吹洞簫而出，淩波徑渡，良久而滅，胡其泠爽也！惡風擊之，洪濤隱起，鴟夷賈怒，天吴助之，大地若磨焉，寓縣若簸焉，恍乎張龍公挾九子，擘青天而飛去，胡其險壯也！又秀媚靓妝，莫如虎林之西湖，楊柳夾岸，桃花臨水，則麗華、貴嬪之開曉鏡也。芰葉吐華，芙渠濯濯，朝光澄鮮，芳香襲人，則宜主、合德之出浴也。天清日朗，風物明媚，朱閣朝臨，蘭橈夕泛，則楊家妃子之笑也。煙雨如黛，群山黯淡，奇絶變幻，亦大可喜，則吴王西子之顰也。冥寥子散步西、泠六橋，已而深入天竺、靈鷲，禮古先生，罷而出，訪丁野鶴于烟霞石屋之間。又潮音落迦，則冥寥子之家山也，觀音大士道場在焉。采蓮花而觀大海，豈不勝哉！』

「意興既遠，汗漫而行，萬里足下，耳目愜其性。或旬日居之，終朝趺坐，以煉三寶，《道德》五千言，其竅與妙乎？玉清金笥，其忘與覓乎？扶桑玉書，其不問隣乎？《陰符》一篇，其機在目乎？太上指其觀心，古佛操其定慧。因禪定以求參同，則兀如非枯也。仙靈之宫，真如之寺，金身妙相，焜燿如日月。燭既明矣，香既清矣，羽人衲子，分蒲團而坐，啜茗進菓，繙經閱藏。小倦則相與調息入定，久之而起，則月在藤蘿，蕭籟闃然。沙彌以頭觸地，童子據藥爐而瞑。于斯時，雖有塵心，何由而入也？若在曠野，矮墻茆屋，酸風吹扉，淡日照林，牛羊歸乎長坂，饑鳥噪于平田，老翁敝衣亂髮而曝短桑之下，老婦以瓦盆貯水而進麥飯。當其情境悽絶，亦蕭瑟有致哉！若道人之遊，以此爲厭薄，則不如無游也。若入通都大邑，人烟輻輳，車馬填委。冥寥子行歌而觀之，若集百貨者，若屠沽者，若倚門而謳者，若列肆而卜者，若聚訟者，若戲魚龍、角觝者，若樗蒲、蹴踘者，冥寥子無不寓目焉。興到入酒肆，沽濁醪，焚枯魚生菜，兩人對飲。微酲，長吟采芝之曲，徘徊四顧，意豁如也。驚詫市人，何物道者，披藍縷蕭然，而風韵乃爾乎？衆共疑之，蓋仙人云。須臾徑去不見。

「高門大第，王公貴人，置酒高會，金釵盈座，玉盤進醴。堂上樂作，歌聲遏雲。老隸守門，拄杖在手。道人驀入乞食焉，雙眸炯碧，意度軒軒，而高唱曰：『諸君且勿喧，聽道人歌《花上露》：花上露，何盈盈。不畏冷風至，但畏朝陽生。江水既東注，天河復西傾。銅臺化丘隴，田父紛來耕。三公不如一日醉，萬金難買千秋名，請君爲歡調鳳笙。花上露，醲于酒。清曉光如珠，如珠惜不久。高墳鬱纍纍，白楊起風吼。狐狸走其前，獼猴啼其後。流香渠上紅粉殘，祈年宮裏蒼苔厚，請君爲歡早回首。』歌罷，若有一客怒曰：『道者何爲？吾輩飲方酣，而渠馨來敗人意。』亟以胡餅遺之，道人則受胡餅趨出。一客謂其從者曰：『急追還道者。』前一客曰：『飲方懽，恨渠來溷人，以胡餅逐之善矣，何故追還？』後一客曰：『僕察道者有異，欲令還而熟視之。』前一客曰：『乞兒也，何異之？彼渠意所需，一殘羹冷炙而足。』又一客曰：『味初歌詞，小不類乞者。』座上若有一紅綃歌姬，離席曰：『以兒所見，此道者，天上謫神仙也。兒察其眉宇清淑，吐音俊亮，謬爲乞兒狀，而舉止實微露其都雅。歌辭深秀，乃金臺宫中語，固非人間下里之音，况吐乞兒口哉！神仙好晦迹而游人間，乞追之，勿失。』最後一客曰：『何關渠事，亦飲酒耳。試令追還道者，固無奇矣。』紅綃者不服，曰：『兒固與諸公無緣。』又若有一青綃者，復離席曰：『諸公等以此爲賭墅，可乎？試令返道者果有異，則言有異者勝；返之而無奇，則言無奇者勝。』諸公大鬨曰：『善。』令從者追之，則化爲烏有先生矣。從者反命，前一客曰：『吾固知其不可測也。』紅綃者愀然曰：『是甫出門而即烏有耶？惜哉！失一異人。』

「冥寥子曳杖逍遥而出郭門，連經十數大城，皆不入。至一處，見峰巒背郭，樓閣玲瓏，琳宫梵宇，參差掩映，下臨清池。時方春日韶秀，鳥唱嘉樹，百卉敷榮。城中士女，新妝袨服，雕車綉鞍，競出行春。或蔭茂樹而飛觥，或就芳草而布席，或登朱樓，或櫂青雀，或並轡而尋芳，或連袂而蹋歌。冥寥子樂之，踟蹰良久。俄而若一書生，膚神清爽，翩翩而來，長揖冥寥子曰：『道者亦出行春乎？僕有少酒在前溪小閣櫻桃之下，朋儕不乏，而欲邀道者助少趣，能從行否？』冥寥子欣然便行，至其處，若見六七書生，皆少年俊雅。先一書生笑謂諸君曰：『吾輩在此行春，無雜客。適見此道者，差不俗。今日之樽罍，欲與道者共之，諸君以爲何如？』咸應曰：『善。』于是以次就坐，道者坐末席。酒酣暢洽，談議横生，臧否人物，揚扢風雅。有稱懷春之詩者，有咏采秀之篇者，有談廊廟之算策者，有及山林之遠韵者，辨博紛綸，各極其至。道人惟飯啖而已。先書生雖在劇譚中，顧獨數目道人，曰：『道者安得獨無言？』道人曰：『公等清言妙理，聽之欣賞而不能盡解，又何能出一辭。』少選，諸君盡起，行陌上，折花攀柳。時多妖麗，蘼蕪芍藥，往往目成。而道人獨行入山徑，良久而出。諸君曰：『道者獨行何爲？』曰：『貧道適以雙柑斗酒，往聽黄鸝聲耳。』一書生曰：『道者安得作許語！差不俗，庸知非黄冠中之都水賀監耶？』道人深自謙抑。諸君復還就坐，一人曰：『今日之遊，不可無作。』一人應曰：『良是。』有一人則先成一詩，曰：『疏烟醉楊柳，微雨沐桃花。不畏清樽盡，前溪是酒家。』一人曰：『厨冷分山翠，樓空入水烟。青陽君不醉，風雨送殘年。』一人曰：『戲問懷春女，輕風吹綉繻。不嗔亦不答，只自採蘼蕪。』一人曰：『金鞭擲道傍，寶馬桃花汗。何故擲金鞭，儂將試紈扇。』一人曰：『青山帶城郭，緑水明朝陽。日莫那能返，開簾延月光。』道人曰：『諸公詩各佳甚。』一人曰：『道人能賞我輩之詩，必善此技，某等願聞。』道人起立，謙讓再三，諸君固請不輟。道人不得已，徐曰：『諸公信一時之秀，藝各擅長。貧道蟬噪鴉鳴，以博諸公噴飯。』乃吟曰：『沿溪踏沙行，水緑霞紅處。仙犬忽驚人，吠入桃花去。』諸君大驚，起拜曰：『咄咄道者，作天仙之語，我輩固知非常人也！』于是競問道人姓名，但笑而不答。問者不已，道人曰：『諸公何用知道人名。雲水野人，邂逅一笑，即見呼以「雲水野人」可矣。』諸君既心異道人，于是力欲挽入城郭。道人笑曰：『貧道浪游至此，四海爲家。諸公謬愛，即追隨入城，無所不可。』遂相攜入城，以次更宿諸君家。自是或登高堂，或入曲房，或文字之飲，或歌舞之場，道人無不往者。城中傳聞有一雲水野人，好事者争相致之，道人悉赴。人與之酒，即飲；與之談詩文，即談詩文。挈之出游，詢以姓名，則笑而不答。其談詩文，剖析今古，規合體裁頗核。或稱先王，間及世務，兼善恢諧，人愈益喜之。而猶習于養生家言。偶觀歌舞，近靡曼。或調之，以察其意。道人忻然，似類有標韵者。至主人滅燭留髡，燕笑媟狎，即正容危坐，人莫能窺。夜嘗少卧，借主人一蒲團，結跏趺其上，倦則即其上假寐而已。人以此益異焉。居月餘，一日忽告去。諸君苦留之，不可得，各出金錢布帛諸物相贈，作詩送行。臨别，諸公皆來會，惆悵握手，有泣下者。冥寥子至郭門，第僅足百錢，悉出諸公所贈諸物，散給貧者而去。諸君聞，益嘆息，莫測所以。

「又或隨其所到，有故人在焉。疇昔以詩文交者、以道德交者、以經濟交者、以心相知者、以氣相期者，思一見之，則不復匿姓名，徑造其家。故人見冥寥子衣冠稍異，怪問之。答曰：『余業謝人間事，通明季真吾師也。』曰：『婚嫁畢乎？』『未也。以俟其畢，如河之清。向子平去而不返，余猶將指家山，聊以適我性命。』于是款之清齋，追往道故數十年之前，俛仰一笑，俱屬夢境。友人乃低回慨嘆，且羨：『冥寥子其無累之人耶！夫貴勢高張，榮華滲漉，人之所易溺也。白首班行，龍鍾盤珊，以戀其物，而不肯舍，一旦去之，攢眉向人。業問車馬而遲行，出國門而回首。既返田舍，不屑屑焉藝穜稑、理麻豆，而日夜問長安之耗，而遺書當路故人焉。胸中數往數來，直至屬纊乃已。有大拜命下之日，即其屬纊之辰；有目瞑數時，而朝使後至者，大可笑也。子何修而早自脱屣若此？』冥寥子曰：『余閒中觀焉，殆有所傷而悟也。余觀于天，日月星漢，何冗而早夜西馳？今日之日，一去即失，雖有明日，非今日矣；今年之年，一去即失，雖有明年，非今年矣。天日自長，吾日自短，三萬六千朝而外，吾不得而有也；天年自多，吾年自少，百歲而外，吾不得而有也。又恐其所謂百者，所謂三萬六千者，人生常不滿，而其間風雨憂愁、塵勞奔走之日常多；良時嘉會，風月美好，胸懷寬閑，精神和暢，琴歌酒德，樂而婆娑者，知能幾何？日月之行，疾于彈丸。當其轂轆而欲墮西岩，雖有拔山扛鼎之力，不能挽之而東；雖有蘇、張之口，不能説之而東；雖有樗里、晏嬰之知，不能偷取之而東；雖有觸虹、蹈海之精誠，不能感之而東。余觀于地，高岸爲谷，深谷爲陵，江湖湯湯，日夜東下而不止。方平先生曰：余自接待以來，已三見滄海爲桑田矣。余觀于萬物，生老病死，爲陰陽所磨。如膏之在鼎，火下熬之，不斯須而乾盡；如燭在風中，摇摇然，泪枯燼落，頃刻而滅；如斷梗之在大海，前浪推之，後浪叠之，泛泛去之，而莫知所栖泊。又况七情見戕，聲色見伐，憂喜太極，思慮過勞。命無百年之固，而氣作千秋之期；身在膏火之中，而心營天地之外。及其血氣告衰，神明不守，安得不速壞乎？王侯將相，甲第如雲，擊鐘而食，動以千指。平旦開門，賓客擁入；日昃張宴，粉黛成行。道人過之，呵聲雷鳴而不敢窺。後數十年又過之，則蔓草瓦礫，被以霜落，風凄日冷，不見片瓦。兒童牧羊放豕之場，乃疇昔燕樂歌舞處也。方其鼎盛豪華、諧謔歡笑時，寧知遂有今日？大榮衰歇，何其一瞬也！豈止金谷、銅臺、披香、太液，經百千年而後淪没哉！暇日出郭，登丘隴，鬱鬱纍纍，燕、韓耶？晉、魏耶？王侯耶？厮養卒耶？英雄耶？騃子耶？黄壤茫茫，是烏可知！吾想其生時，耽榮好利，競氣争名，規其所難圖，而獵其所無益，憂勞經營，疇不其然？一朝長寢，萬慮俱畢。余嘗宿于官舍，送往迎來，不知其更幾主也；余嘗閲乎朝籍，去故登新，不知其更幾名也；余嘗出關門，臨津渡，陟高崗，眺原野，舟車駱繹，山川莽蒼，不知其送人幾許也。嘆息沉吟，或繼以涕泗，則吾念灰矣。』友人曰：『晏子有言：古而無死，則爽鳩氏之藥也。齊景公流涕悲傷，識者譏其不達。今吾子見光景之駛疾，知代謝之無常，而感慨係之，至于沉痛，得毋屈達人之識乎？』冥寥子曰：『不然。代謝故傷，傷乃悟也。齊景公恨榮華之難久，而欲據而有之，以極生人之樂；我則感富貴之無常，而欲推而遠之，以了性命之期，趨不同也。』曰：『子今者遂已得道乎？』冥寥子曰：『夫遊，豈道哉？余厭仕路跼蹐，人事煩囂，而聊以自放者也。欲了大事，須俟閉關。』曰：『子一瓢一衲，行歌乞食，有以自娱乎？』冥寥子曰：『余聞之師，蓋自少趣任澹。烹羊宰牛，水陸畢陳，其始亦甚甘也。及其厭飽膨脝，滋覺甚苦，不如青蘇白飯，氣清體平，習而安之，殊有餘味。妖姬孌童，盡態極妍，撾鼓吹笙，滿堂鼎沸，其始亦甚樂也。及其興盡意敗，轉生悲涼，不如焚香擁書，兀兀燕坐，氣韵蕭疏，久而益遠。某雖嘗濫進賢冠，家無負郭，槖無阿堵，止有圖書數卷。載之以西，波臣懼爲某累，一舉而捐之水濱。此身之外，遂無長物。境寂而累遣，體逸而心閑，其趨詎不長哉！一衲一瓢，任其所之。居不擇處，與不擇物。來不問主，去不留名。在冷不嫌，入囂不溷。故我之游，亦學道也。』其人乃欣然而喜曰：『聆子之言，如服清凉散，不自知其煩熱之燥體也。子既好道，願聞其旨。夫三教亦有異乎？』曰：『無有異也。今夫儒者，在世之法也；釋、道者，出世之法也。儒者用實，而至其妙處本虚；釋、道用虚，而至其現處本實。譬之人，五穀以濟饑，甘漿以止渴。以漿濟饑不濟，以穀止渴不止。儒者以其道治世，脩明人倫，建立紀綱，法精綱密，人待以爲命。然而世法榮華，易生健羨；世法無常，易生得失；世法束縛，易生厭苦；世法勤勞，易生煩燥。至于釋、道，貴寂寞而去榮華，重性靈而輕得失，離束縛而尚擺落，舍煩燥而就淒涼。故儒者，譬則穀食也；釋、道，譬則漿飲也。以釋、道治世，若以漿濟饑，固無所用之；欲存儒而去釋、道，若食穀而不飲漿，如煩渴何？故三教並立，不可廢也。』曰：『釋與道亦有異乎？』曰：『無有異也。釋貴虛静，道亦貴虛静；釋貴無爲，道亦貴無爲。釋之所重在神，故但修性而不言命，靈明之極，萬劫不壞，是性自該命也；道之所重在形，故多修命，然必性命雙脩，以性立命，而後超凡度世，是命不能離性也。道家鍊精還氣，鍊氣還神，鍊神還虚，以成大丹，而出有入無，是有爲而無爲也；釋家戒生定，定生慧，至于慧，則靈光所在亦丹也，是全以無爲。無爲之爲，其道愈大也。釋家一證真空，萬劫不壞，長生其所不必言者；道家形神俱妙，自然長生，初非貪長生而脩道。以長生爲言者，蓋爲學人設，而非黄老之本旨也。道家有專言修命者，其道不大，雖足延年易壞，所謂地仙之輩是也。釋家修性不徹，則其形既壞，而其神有未能獨立，不免投胎奪舍，所謂清靈之鬼是也。要而言之，佛、道若成，仙何論乎？脩仙者，以佛脩仙，仙道乃大。二氏微有不同，其大處同也。』友人曰：『子之論三教核矣，何患不成！』冥寥子曰：『夫道，知之非難，行之難。行而不知，若盲者之索塗也；知而不行，畫餅其可充饑乎？』于是里中之人稍稍有知冥寥子者，相期來視。冥寥懼其疲于酬應，乃辭友而果于行。

「俄而一書生至，與冥寥論辨。書生曰：『仙與佛，果有之乎？』曰：『是何言與？今夫凡夫縱欲憂勞，則心氣憒耗；偶時日清心寡欲，則神識爽然。人能密緯靈氣，保和靈光，則成仙作佛，又何疑乎？吾姑淺言之：佛、道兩藏及《高僧傳》、《神僧傳》、《傳燈録》、《列仙傳》諸書，往往出至人大儒手。

百千萬億歲以來，彼豈盡無其事而妄言之，以欺誑後世者耶？神怪鬼魅，世人嘗有見聞者。有鬼神，則有仙、佛，何言其無？即爲謗道。』曰：『所謂東岳酆都、閻羅冥官，果有之乎？』曰：『是何言與？今夫明有閻浮提，天子宰割四海，其下則有宰相、六曹、監司、群牧，宣教達情，以恩威慶賞整齊萬民，而後成世道。人天之上，有天帝端居，統治下土；其下則有天神諸將，三官萬靈，考校人間善惡，分别賞罰，以彰神理。子謂神靈無有，寧謂上帝亦無有乎？有上帝而無神靈，一孤帝巍然于玉清之上乎？又何以賞罰善惡而行其教令也？』曰：『善惡報應，三世因果，果有之乎？』曰：『作善降之百祥，作不善降之百殃，儒者之言也。欲知前世因，今生受者是；欲知來世因，今生作者是，釋氏之言也。今夫愚騃薄惡之子，終身富貴，慶流子孫，非其今生足以受之也，或以其前世種福根深也；聰明好修之夫，夭札坎壈，後嗣零落，非其今生有以取之也，或以前世之修福薄也。不然，則此二事遂不可解，而上帝賞罰之權倒置矣。』頃之，一少年來，戟手而駡冥寥子曰：『道人乞食，得食則去，饒舌何爲？是妖人也。吾且聞之官。』攘臂欲毆冥寥子。冥寥子笑而不答。或勸之，乃解。

「于是行歌而去。夜宿逆旅，或有婦人，冶容艷態而窺于門，須臾漸迫，微辭見調。冥寥子私念：『此非妖也耶？』端坐不應。婦人曰：『我仙人也。愍子勤心好道，故來度子。且與子宿緣，幸無見疑。吾將與子共遊于蓬萊、度索之間矣。』冥寥子又念：『昔聞成子學道荆山，試而不遇，卒爲邪鬼所惑，失其左目，遂不得道而絶。《真誥》以爲猶是成子用志不專，頗有邪心故也。夫鬼狐惑人，傷生隕命，固也，不可近。即聖賢見試不遇，亦非所以專精而凝神也。』端坐如初。婦人瞥然不見，爲鬼狐，爲魔試，皆不可知矣。冥寥子遊三年，足跡幾遍天下，目之所見，耳之所聞，身之所接，物態非常，情境靡一，無非鍊心之助，雖浪游，亦不爲無補哉！」于是歸而葺一茆四明山中，終身不出。」

（楊君、虞桑玲點校）

詩法初津

詩法初津提要

《詩法初津》三卷，據清初刊本點校。撰者葉弘勳，字有大，號震澤棘人。江南蘇州人。明末庠生，入清棄舉業。有《儀汐軒稿》等。此書卷首葉子循序署順治十五年，正文前載《儀汐軒詩草》一卷，自序亦有「乙未夏秋之間，寄跡邗溝，薄有題詠」等語，乙未爲順治十二年，略可知其寫作時間。其《緒論》雖多列元明人詩法之著，然與同時馬上巘《詩法火傳》之彙輯群言不同，並不抄撮諸書，而是出以己語，分規式、意匠及結構、指摘、申説等部，略相當於詩體、詩題及作法等，一一解説意指，證以詩例。詩題詳列出「榮遇」等四門三十餘種，又及於情景、六藝、八病等，卷末不忘溯源於古逸。故其説雖淺近，體例則不可謂不備。葉氏與金聖歎有交往，卷三即取其起承轉合説，又有一則録其説杜詩之語，頗預時流。此本無刻書單位及刻書時間，扉頁署「儀汐軒輯」，又署「本衙藏版」，「本衙」未詳所指。所載《儀汐軒詩草》一卷，以非論詩，今删去。孫殿起《販書偶記續編》著録有康熙間德榮堂刊本，未知即此本否。又乾隆間有錢思敏、白璧、錢國琛合輯之《增訂詩法》一種，即取葉氏此書，調换卷次，抽取原書之近體作法各則，列爲卷一、二，取原書之「意匠部」各則，分爲卷三、四。解説文字基本照抄而頗有删削，詩證删節更甚，如排律一體，原書有五、七言，五言列至一百韵，而《增訂》則删去七言，五言亦大幅删去二十韵以上者。故全書雖增三卷爲四卷，篇幅反較葉氏原書減少。其改訂文字亦草草，「沈歸愚鑒定」、「增訂詳明」云云，書賈求售之標榜而已，實不及葉氏《初津》遠甚。

序一

吾甥葉有大，小時即能爲詩，不假學習，蓋夙慧也。記其甫八歲，曾有詠雪句云「莫羨高樓歌有酒，只憐貧户賦無衣」，雖近淺薄，然頗知用意矣。嗣後舅甥遊處不恒，晤接稀聞，而有大乃獲侍葛振甫先生，與葛仲御、葛亮生、孔大文交，皆以英少而從事聲律之學。其時《詩歸》盛行，隨俗宗法竟陵，頗傷清弱，然不掩其秀慧靈奇之氣。振甫與諸子既後先謝世，有大年力益劭，自悔少作，復出入於長吉、義山之間，鷩藻殊華，溢於行字。後緣避兵嬰疾，拋擲儒冠，遂專志爲詩。已乃遊邗溝，望匡廬，泛大江，登黄鶴，眼際寥廓，胸次塊壘，而詩愈蒼勁，升李、杜之堂，排高、岑之闥。老幹凌霜，枝葉刊落；凡蕚纖卉，豈能與並。顧其生性不喜名，見噉名若渴之士，輒攢眉避去，以此不爲人所知。近從楚中歸，旅泊吴門，會士子邌如，學爲詩賦，載酒問奇者，户外屨滿。因輯爲此編，以簡應對之煩，署曰《初津》，謂爲初學首途云爾，實未足以盡吾有大也。有大生平所著及其詩集，行且次第問世。世有識者，定信吾言之非譽矣。

五湖烟叟竺菴陸樞漫題

序 二

天下無一事而無法，如匠人之規矩，射者之彀率。前乎我者，工祝詔之；後乎我者，宗祧守之。詔之詳，不厭其煩；守之篤，不譏其陋，以爲是固然爾。獨於詩則不然，搦管便賦，矢口高吟，家儲、王而人李、杜，大都師心自運，不聞有所指授稟承也。竊怪唐世以詩制科，其事嚴於帖括，當日賢俊之彦，童而習之，皓首不衰，至有謂「吟成五字句，撚斷數莖髭」者，其攻苦也如是。唐人難視之，乃今人顧易視之，則何今時才子之多而唐世慧業之薄乎？又何今人之慧業獨鍾於詩，而才子之能有時窮於括帖乎？古人謂畫鬼魅易，畫狗馬難。蓋言狗、馬常在耳目間，故須有法，如帖括是；鬼魅淪於杳冥，非人所習，不必拘拘於法，如詩是也。吾兄有大曰：是未以詩法告之爾。吴歈齊謳，闐咽里巷，三尺之童子皆可聯臂蹋歌，蹻足效舞。爲之叩陽律而召陰吕，則襄、曠之才見矣。操尺箠以御跛羊，肱揮口叱，罔或不遵。爲之左鸞右和，磬控縱送，則泰豆、造父之技顯矣。由是列爲五部，證以群言，深切著明，不覺今人之非，惟覺古人之是。俾世之爲詩者，循軌可以得路，標指可以睹月。於以鳴盛宣和，歌吹熙美，有唐不得專美於前，是詩學之大成也。顔曰《初津》，蓋有大之謙夫。

順治十五年秋八月弟子循湄仙甫書

詩法初津目次

卷一　規式部

卷二　意匠部

卷三　結構部　申説部　指摘部

總論
犯重説　失粘説　沈休文所定八病説　平頭説
上尾説　蜂腰説　鶴膝説　大韵説
小韵説　正紐説　旁紐説　倒字押韵説
用生澀字説　詩源總論 附　詩源證 附
已上指摘部

緒論

詩何法？詩法者，强名之也。奕有譜，陣有圖，然而對局精思，不假能於成勢；臨機決勝，非拘守乎空言。乃蕩規裂矩，未稱良工；軼駕旁馳，豈云善御？欲變化於法之外，或亦當講求乎法之中乎？耕當問奴，織當問婢，謂其素所習也。

匠人作室，必先經畫區畛，所謂左廟右社、前朝後市，其體制各别，先有成算也，因列「規式部」於首。規式既定，然後運引操墨，相度衆材，曰左曰右，指撝群工，而乃足以集事，故次列「意匠部」。意匠經營，胸有成室矣，然棟梁榱桷，門墻户牖，一之不備，未可落成也，故次列「結構部」。古之慎事者，既告戒之，又丁寧之，既欲其明白，而又欲其曉暢。知之者一言已多，不知者重言非贅；厭聞者惡其瀧瀧，喜聽者或亦樂其諄諄乎？故次列「申説部」。《斯干》之詩云：「風雨攸除，鳥鼠攸去。」《綿》之詩云：「削屢馮馮。」苟有瑕可攻，有隙可入，非室之善者也。立法者必求無弊，故次列「指摘部」。

家鮮藏書，胸慚行秘，又近從楚中倦遊而歸，笈中所攜卷帙，尤爲有限，兼以急於問世，不暇致詳，掛漏之譏，諒所不免。興會所至，涉筆標釋，時日相局，未能詳詁。且其間有原詩未佳，而偶因於法有合，則亦信手取之備數，覽者幸鑒。其爲詩法也，非選詩也，庶不厚訾。

世之所恒習，惟五言、七言，其他有三言，有四言，有六言，有聯句，聯句雖詩家所時有，然能詩者自知之，故不列。有集句，集古人成句爲詩。有全平，有全仄，有平上，有平去，有平入，通首不雜他聲。有一言至十言，每二句加一字。有建除，用曆中建除二字。有藥名，有謎語，有回文，種種不同。本擬各列成部，緣不幸先大人見背，踉蹌奔還故山，未及竟業，種種脱漏謬誤，俟他日另爲增刪。

作者於「規式部」中任舉一體一格，然後審是何等之題。於「意匠部」中隨題構思，次後精求篇章句字，而去其非法者，則於「結構」、「申説」、「指摘」三部中有小益焉，飛蟲弋獲，或不以他山而見遺也。二十年前，記亡友沈子固先生諱維楨出示《詩法源流》一書，其時漫不之問。適今夏從事斯役，問之九微世兄原名燈，今改光國，字君被。及彌甥沈簡修名在庭，子固先生從孫。則其書固在也。而吾友范吉人名能迪、張雨公名琛先後出示白樂天《金鍼集》、范德機《木天禁語》、楊仲弘《詩法》及《詩法家數》、傅與礪《詩法正論》、黄子肅《詩法》，吾友張眉生名介壽出示揭曼碩《詩法正宗》、某《詩宗正法眼藏》《詩學正源》，僧某《詩家一指》《詩學禁臠》、某《沙中金集》、梁橋《冰川詩式》，吾友馮明節名高出示《古今詩話》，併鍾嶸《詩法》、嚴滄浪《詩法》合觀之。而書寫讎較之役，則馮子翼武名樹雲、張子聖游名麟、内姪張奕芳名神傳、張持萬名世維皆共事於斯者也，例得併書。

去秋楚中多暇，評有《唐氏平》一書，洗抉古人之隱微，頗有管見。以卷帙浩繁，猝難竟業。茲編間取一二，其名「平」者，取論詩無冤也。頃間又集唐詩，如應制、考試之類，去其山林、僧道、閨閣、邊塞、哀思、哭挽諸題與場屋無關者，微加分類評閲，名《唐音盛事》，皆不日問世，用告知我者。

震澤棘人葉弘勳有大氏謹識

詩法初律卷一

古吴葉弘勳有大輯　後學張葩整躬、朱熿丙文校

規式部

總　論

詩中之句法長短，其意無殊，而其體不能無異。古詩多四言，五言盛於漢，七言盛於唐。今世所尚，惟五言、七言而已。六言亦間有之。古風、長短句及樂府則三言、四言、八言、九言皆有。五言、七言内，各備近體、古風二種。

近體説

近體内有五言絶句，有七言絶句；有五言律詩，有七言律詩；有五言排律，有七言排律。

古風説

古風内有五言短古風，有七言短古風，有五言長古風，有七言長古風，有長短句短古風，有長短句長古風，有樂府。

近體解

長短有式，如五言絶句，止二十字。七言絶句，止二十八字。五言律詩，止四十字。七言律詩，止五十六字。惟排律，則於律詩一首之外任意增去，長短不拘。平仄須調，别有詩粘，見後。中聯必整，此專言律詩也，首尾亦有對偶甚整者，中聯亦有流走不整者，兹就常法而論。一韵到底。雖長如排律，亦不换韵。自梁陳以來，始開儷對之風。沈約用韵愈益拘謹，至唐初沈、宋沈佺期、宋之問之後，加意整齊，金科玉律，愈精嚴矣。因其起於近代，非往古所有，故謂之近體。

古風解

長短不拘，平仄不粘，整散不一，韵可轉换。自有詩以來，至於六朝，延及於今，皆用此體。其體最古，故謂之古風。

絶句説

絶句者，截律詩半首而爲詩也。或截律詩前四句，則前散後對；或截律詩後四句，則前對後散；或截律詩中四句，則四句皆對；或截律詩中起二句、結二句，則四句皆散。此正體也，其他變體不一，兹略備其概。

絶句之法，以第三句爲主。第三句用實事接前二句，是爲實接；第三句用虚語接前二句，是爲虚接。此正格也，其他變格不一，玆亦略備其概。

絶句證

易水送别（駱賓王）

此地别燕丹，荊軻往刺秦王，别太子丹於易水之上。壯士髪衝冠。怒甚則髪皆上指曰衝冠。「壯士」，可用平平聲。「衝」字可用仄聲。昔時人已没，今日水猶寒。借昔日之壯士況所送之人。

寒日汜上（王維）

廣武城邊逢暮春，汶陽歸客淚沾巾。落花寂寂啼山鳥，楊柳青青渡水人。

已上五言、七言各一首，截律詩前四句，前散後對。

守　歲（張説）

故歲今宵盡，新年明旦來。愁心隨斗柄，東北望春迴。立春則北斗之柄黄昏指東北。

題楚昭王廟（韓愈）

丘墳滿目衣冠盡，城闕連雲草樹荒。猶有國人懷舊德，一間茅屋祭昭王。

已上五言、七言各一首，截律詩後四句，前對後散。

絶　句（杜甫）

遲日江山麗，《詩》：「春遲遲。」春風花草香。泥融飛燕子，泥暖而冰化，燕子銜而成巢。沙暖睡鴛鴦。

絶　句（前人）

兩個黄鸝鳴翠柳，一行音杭白鷺上青天。窗含西嶺千秋雪，門泊東吴萬里船。

已上五言、七言各一首，截律詩中四句，皆對。

和張僕射塞上曲（盧綸）

林暗草驚風，將軍夜引弓。平明尋白羽，没在石稜中。

贈花卿（杜甫）

錦城錦城，成都府。絲管日紛紛，半入江風半入雲。此曲祇應平聲天上有，人間能得幾回聞。

已上五言、七言各一首，截律詩起、結各二句，皆散。按，此上共八首，絶句正體。

城隍廟賽雨　謝雨而祭也。（羊士諤）

零雨慰斯人，齋心薦緑蘋。蘋，水草，熟以爲葅，可爲豆實，以告潔也。薦，進也。山風簫鼓響，如祭敬亭神。敬亭，山名。

雪後宿同軌店上法護寺鐘樓望月（元稹）

滿山殘雪滿山風，野寺無門院院空。烟火漸稀孤店静，月明深夜古樓中。

已上五言、七言各一首，第三句以實事接前二句，謂之實接。

春後雨(孟郊)

昨夜一霎雨,一霎,雨不多時也,可用平平聲。天意蘇群物。何物最先知,虚庭草争出。

秋　思(張籍)

洛陽城裏見秋風,欲作家書意萬重。復恐匆匆説「説」字可用平聲。不盡,行人臨發又開封。

已上五言、七言各一首,第三句以虚語接前二句,謂之虚接。按,此上共四首,絶句正格。

同褒子秋齋獨宿(韋應物)

山月皎如燭,風霜時動竹。夜半鳥驚棲,窗間人獨宿。

送别歌(郎士元)

穆陵關上秋雲起,安陸城邊遠行子。薄暮寒蟬三兩聲,回望故鄉千萬里。

已上五言、七言各一首,前散後對,仄韵。

宫中樂(令狐楚)

邊風千里驚,漢月五更明。縱有還家夢,猶聞出塞聲。

渡湘江(杜審言)

遲日園林悲昔遊,今春花鳥作邊愁。獨憐京國人南竄,不似湘江水北流。

已上五言、七言各一首,四句皆對,起句平聲。

子夜春歌（郭振）
青樓含日光，緑池起風色。贈子同心花，殷勤此何極。
此起二句對，後二句散，仄韵，而起句平聲。

古　意　題著作舍人壁。
白雲蒼梧來，氛氳萬里色。問君太平代，栖泊靈臺側。「代」字可用平聲。
因省風俗訪道士姪不見題壁（韋應物）
去年澗水今亦流，去年杏花今又折。山人歸來問是誰，還是去年行春客。
已上五言、七言各一首，四句皆散，仄韵，而起句平聲。

憶東山（李白）
不見東山久，薔薇幾度花。白雲還自散，明月落誰家。
薔薇、白雲、明月三者，皆東山中之物。我在東山時，此三者皆爲我之所有。我既爲客在外而不見東山，蓋已久矣，薔薇不知其又開幾度也。白雲起滅，無人領略，畢竟還自散也。明月在天，無人久玩，究且落誰家也。三者非東山，而讀去恰好是憶東山矣。看他三者用三様憶法，有變化。

嶺　猿（常建）
裊裊淒淒清且切，鷓鴣飛處又斜陽。相思嶺上相思淚，不到三聲合斷腸。

已上五言、七言各一首，四句皆散，平韵，而起句仄聲。

塞下思友（王勃）

雲間征戍斷，月下歸思切。鴻雁西南飛，如何故人别。

入關先寄秦中故人（岑參）

秦山數點似青黛，渭水一條如白練。京師故人不可見，「見」字可用平聲，可不用韵。寄將兩眼看飛雁。

已上五言、七言各一首，起二句對，末二句散，而起句亦仄聲，又不押韵。

同群公題張處士菜園（高適）

耕地桑柘間，地肥菜常熟。爲問葵藿資，何如廟堂肉。

山中問答（李白）

問余何事棲碧山，笑而不答心自閒。落花流水杳然去，别有天地非人間。

出關路（白居易）

山川函谷路，塵土遊子顔。蕭條去國意，秋風生故關。

孟城坳（裴迪）

結廬古城下，時登古城上。古城非疇昔，今人自來往。

登廬山五老峰（前人）

廬山東南五老峰，青天削出金芙蓉。二句寫此境之妙。九江秀色可攬結，此句寫對境之妙。吾將此地巢雲松。結句入自己。

已上五言三首、七言二首，謂之拗體。按，此上共十六首，略備絶句變體。神而明之，在乎學者。

古　詞（李群玉）

一合相思淚，臨江灑素秋。碧波如會意，却與向西流。江水東流，因所思在西，故願其西向，而寄所灑之淚。

宮　詞（長孫翱）

一道甘泉接玉溝，上皇行處不曾秋。言昔日繁榮，依稀尚在。誰言水是無情物，也到宮前咽不流。

已上五言、七言各一首，謂之一意格。前首言淚，後首言水，一意到底。

汾上驚秋（蘇頲）

北風吹白雲，萬里渡河汾。心緒逢摇落，秋聲不可聞。

送元二使安西（王維）

渭城朝雨浥輕塵，客舍青青柳色新。勸君更盡一杯酒，西出陽關無故人。

已上五言、七言各一首，謂之折腰格。兩首起二句雖與下意相貫，而實不相聯屬也。

詠　史（高適）

尚有綈袍贈，應憐范叔寒。不知天下士，猶作布衣看。范睢已爲秦丞相而須賈猶憐其貧，贈以綈袍。

酬樂天秋興見贈本句云莫怪獨吟秋興苦比君較近二毛年　鬚髮黑白相雜曰二毛。（元稹）

勸君莫作悲秋賦，白髮如星也任垂。畢竟百年同是夢，長年何異少何爲。「長」，上聲；「少」，去聲。

已上五言、七言各一首，謂之續腰格。兩首末二句雖與上文不接，而實相流通也。

春　怨（金昌緒）

打起黄鶯兒，莫教枝上啼。啼時驚妾夢，不得到遼西。

王昭君（白居易）

漢使卻回憑寄語，黄金何日贖蛾眉。君王若問妾顔色，莫道不如宫裏時。

已上五言、七言各一首，謂之聯珠體。四句聯絡不斷也。

元日恩賜柏樹應制（李乂）

勁節凌冬勁，芳心待歲芳。偏令人易壽，非止麝含香。

吐蕃别館中和日寄朝中僚舊 二月朔日爲中和節（吕温）

清時令節千官會，絶域窮山一病夫。遥想滿堂歌笑處，幾人似我向東隅。

已上五言、七言各一首，謂之分應格。第三句應第一句，第四句應第二句。

賦　詩（辛弘智）

君爲河邊草，逢春心剩生。言多心也。妾如臺上鏡，得照始分明。

華陽觀中秋夜招友玩月（白居易）

人道中秋明月好，欲邀同賞意如何。華陽洞裏秋壇上，今夜清光此處多。

已上五言、七言各一首，謂之各應格。第二句應第一句，第四句應第三句，上下半首各自呼應成章。

逢雪宿芙蓉山主人（劉長卿）

日暮蒼山遠，天寒白屋貧。柴門聞犬吠，風雪夜歸人。

從軍行（王昌齡）

玉門山障幾千里，山北山南總是烽。人依遠戍須看火，馬踏深山不見蹤。

已上五言、七言各一首，謂之錯應格。第三句應第二句，第四句應第一句。

別輞川（王維）

依遲動車馬，惆悵出松蘿。忍别青山去，其如緑水何。「遲動」，可用仄平聲。

宿石邑山中（韓翃）

浮雲不共此山齊，山靄蒼蒼望轉迷。曉月暫飛千樹裏，秋河隔在數峰西。

已上五言、七言各一首，謂之雙尾格。以兩意承結。

罷相作（李適之）

避賢初罷相，樂音洛聖且銜杯。爲問門前客，今朝幾箇來？

答蓮花妓（陳陶）

近來詩思清於水，老大心情薄似雲。已向升天得門户，錦衾深愧卓文君。「得門」，可用平仄聲。

已上五言、七言各一首，謂之單尾格，以一意承結。

江　雪（柳宗元）

千山鳥飛絶，萬徑人蹤滅。孤舟簑笠翁，獨釣寒江雪。

江南逢李龜年（杜甫）

岐王宅裏尋常見，崔九堂前幾度聞。聞其曲也。最是江南好風景，落花時節又逢君。

已上五言、七言各一首，謂之到頭結穴格。趕至末句盡處始見題眼。

初　春（王績）

春來日漸長，醉客喜年光。稍覺池塘好，偏宜酒甕香。

送狄宗亨（王昌齡）

秋在水清山暮蟬，洛陽樹色鳴皋煙。送君歸去愁不盡，又惜空度涼風天。

「水」字、「不」字、「惜」字，可用平聲。「鳴」字、「涼」字，可用仄聲。〇水也，山也，蟬也，樹色也，煙也，皆秋也。之所在也，皆愁也，皆可惜也。涼風天，亦秋也。

已上五言、七言各一首，謂之翹首青雲格。提起首句第一字，全首皆應之，筆不他顧。

尋隱者不遇（賈島）

松下問童子，言師采藥去。只在此山中，雲深不知處。

南遊感興（竇鞏）

傷心欲問前朝事，惟見江流去不回。日暮東風春草緑，鷓鴣飛上越王臺。

已上五言、七言各一首，謂之下答上格。第一句問，下三句皆答。

風（李商隱）

撩釵盤孔雀，惱帶拂鴛鴦。羅薦誰教近，齋時鎖洞房。

閨　怨（王昌齡）

閨中少去聲婦不知愁，春日凝妝上翠樓。忽見陌頭楊柳色，悔教平聲夫婿覓封侯。

已上五言、七言各一首，謂之下翻上格。前首有風翻作無風，後首無愁翻作有愁。按，此上共二十六首，略備絶句變格。神明其意，在乎學者。

律詩説

律詩者，調平仄，拘對偶，嚴如法律也。或起、結不對，惟中二聯對；或起及中二聯對，惟結不對；或起不對，惟中二聯及結對；或八句皆對，此正體也。其他變體不一，兹略備其概。律詩至法有四實者，有四虚者，有前實後虚者，有前虚後實者，此正格也。其他變格不一，兹略備其概。

律詩證

九日侍嚴應制得長字（沈佺期）

御氣幸金方，秋屬金，故曰「金方」，言天子乘時令也。憑高薦羽觴。薦，進也。羽觴，杯傍有兩翼，如羽狀。魏文頒菊蕊，魏文帝《與鍾繇書略曰》：「九月九日，芳菊紛然獨榮。謹奉一束，以助彭祖之術。」漢武賜萸房。漢武帝宮人賈佩蘭九日佩茱萸。○二句承「薦羽觴」，況今日賜宴。去鶴留笙吹去聲，○言鶴鳴如曲。歸鴻識舞行音杭。○言雁陣如舞。二句宴時歌舞。臣驩重平聲九慶，日月奉天長。稱君爲天。

和祠部王員外雪後早朝即事（岑參）

長安雪後似春歸，擬雪於花。積素凝華連曙暉。色借玉珂迷曉騎去聲，○珂，朝馬之飾，行則有聲。光添銀燭晃朝衣。二句雪後之狀。西山落月臨天仗，北闕晴雲捧禁闈。二句雪後之景。聞道仙郎歌白雪去聲，由來此曲和去聲人稀。宋玉對楚王曰：「其爲《陽春》《白雪》，國中屬而和者不過數十人。」○二句結和王員外意。

已上五言、七言各一首，起、結不對，惟中二聯對。

望春亭侍燕遊應制（杜審言）

帝出明光殿，天臨太液池。堯尊隨步輦，舜樂繞行麾。萬壽禎祥獻，三春景物滋。小臣同酌酒，歌頌答無爲。按，此首句用仄聲，亦可備一法。

奉和立春遊苑迎春（李適）

金輿玉輦迎嘉節，御苑仙宮待獻春。淑氣初銜梅色淺，條風半拂柳條新。重一「條」字，應避。天杯慶壽齊南嶽，聖藻光輝動北辰。稍覺披香殿名歌吹去聲近，龍驂薄暮下城闉。按，此首首句用仄聲，亦可備一法。

已上五言、七言各一首，起及中二聯對，惟結不對。

奉和登驪山頂寓目應制（李乂）

崖巘萬尋懸，居高敞御筵。行戈疑駐日，魯陽公戰酣，日落揮戈而日爲之駐。步輦若升天。城闕霧中近，關河雲外連。「霧」字可用平聲，「雲」字可用仄聲。繆陪登岱駕，封禪之帝登於泰山曰「登岱」，以況登驪山。忻奉濟汾篇。漢武帝幸河汾賦詩。

奉和春初幸太平公主南莊應制（宋之問）

青門路接鳳凰臺，素滻宸遊龍騎來。滻，水名。天子遊曰「宸遊」。「龍騎」言馬如龍也。○「騎」，去聲。澗草自迎香輦合，岩花應待御筵開。文移北斗成天象，言聖製如天文。酒遞南山作壽杯。《詩》：「如南山之壽。」此日侍臣將石去，昔人乘槎遊天河，將織女支機石還。織女，天帝孫，故以況太平公主。共歡明主賜金迴。

已上五言、七言各一首，起不對，惟中二聯及結對。

奉和七夕兩儀殿會宴應制（李嶠）

靈匹三秋會，匹，配也。仙期七夕過。槎來人泛海，昔人海上乘槎，直至天河。橋渡鵲填河。織女七夕渡湖，使鵲爲橋。帝縷昇銀闕，天機罷玉梭。織女會牽牛而罷織。誰言七襄詠，諸星，謂之經星。金、木、水、火、土五星，謂之緯星。緯星隨日月右轉，經星隨天左旋，一日一夜行一周，自晨至昏，當行七舍。十二時，乃十二舍也。織女星乃經星之一，亦當行七襄，故《詩》云：「跂彼織女，終日七襄。」○「七襄」，可用平仄聲。重平聲入五絃歌。舜彈五絃之琴，歌《南風》之詩，以況聖製。

九　日（杜甫）

重陽獨酌杯中酒，抱病起登江上臺。「起」，可用平聲。竹葉於人既無分，分，音問；竹葉，酒也。菊花從此不須開。殊方日落玄猿哭，舊國霜前白雁來。弟妹蕭條各何往，「各何」，可用平仄聲。干戈衰謝兩相催。

已上五言、七言各一首，起及中二聯至結俱對。按，此上共八首，律詩正體。

遊少林寺（沈佺期）

長歌游寶地，佛、法、僧爲三寶，故寺曰「寶地」。徙倚對珠林。徙倚，遷徙而立也。佛所居之林以珠爲羅網，故曰「珠林」。雁塔風霜古，昔有義雁捐軀殉其偶者，人造塔瘞之，名「雁塔」。龍池歲月深。紺園澄夕霽，佛地曰「紺園」。碧殿下秋陰。歸路煙霞晚，山蟬處處吟。

洛　陽（許渾）

禾黍離離半野蒿，昔人城此豈知勞。謂後人豈知昔人之勞。水聲東去市朝變，「市」，可用平聲。山勢北來宫殿高。「宫」，可用仄聲。鴉噪暮雲歸故堞，堞，城上墻。雁迷寒雨下空濠。可憐緱嶺登仙子，猶自吹笙醉碧桃。周王子晉於緱山嶺上騎鶴吹笙仙去。

已上五言、七言各一首，中四句皆景物而實，謂之四實格。

除夜宿石頭驛（戴叔倫）

旅館誰相問，寒燈獨可親。一年將盡夜，萬里未歸人。寥落悲前事，支離笑此身。支離，形體頹敝也。愁顔與衰鬢，明日又逢春。「與衰」，可用平仄聲。

寄李儋元錫（韋應物）

去年花裏逢君别，今日花開已半年。世事茫茫難自料，春愁黯黯獨成眠。身多疾病思田里，邑有流亡愧俸錢。聞道欲來相問訊，西樓望月幾回圓。

已上五言、七言各一首，中四句皆情思而虚，謂之四虚格。

熱（杜甫）

雷霆空霹靂，雲雨竟虚無。炎赫衣流汗，低垂氣不蘇。乞爲寒水玉，願作冷秋菰。寒水玉，水晶也；菰，茭也，成於冷秋。二物皆凉，故願爲之。何似兒童歲，風凉出舞雩。

感懷（劉長卿）

秋風葉落正堪悲，黄菊殘花欲待誰。水近偏逢寒氣早，山深長見日光遲。愁中卜命看周易，夢裏招魂誦楚辭。自笑不如湘浦雁，飛來却有北歸時。

已上五言、七言各一首，前聯景而實，後聯情而虚，謂之前實後虚格。

雲陽館與韓升卿宿别（司空曙）

故人江海别，幾度隔山川。乍見翻疑夢，相悲各問年。孤燈寒照雨，深竹暗浮煙。更有明朝恨，離杯惜共傳。言豈惜也。

幽州新歲作(張説)

去歲荆南梅似雪,今春薊北雪如梅。共知人事何常定,且喜年華往復來。邊鎮戍歌連夜動,京城燎火徹明開。遥遥西向長安日,願上南山壽一杯。

已上五言、七言各一首,前聯情而虚,後聯景而實,謂之前虚後實格。按,此上共八首,律詩正格。

尋陸羽不遇(僧皎然)

移家雖帶郭,野徑入桑麻。近種籬邊菊,秋來未著着同花。扣門無犬吠,欲去問西家。報道山中出,歸來每日斜。

此八句一意直下,通不對,而音節是律。

舟中晚望(孟浩然)

挂席東南望,青山水國遥。舳艫争利涉,來往任風潮。問我今何適,天台訪石橋。坐看霞色晚,疑是赤城標。此不對處對。

弔　僧(鄭谷)

幾思聞静話,夜雨對禪牀。未得重相見,秋燈照影堂。僧死,懸像之堂曰「影堂」。孤雲終負約,薄宦轉堪傷。夢遶長松榻,遥焚一炷香。

此前半首用第三句對第一句,第四句對第二句,謂之隔扇對體。絶句亦可用此體。

下　第（賈島）

下第唯空囊，「唯」字可用仄聲。如何住帝鄉。杏園啼百舌，誰醉在花傍。淚落故山遠，病來春草長。「故」字、「病」字可用仄聲。知音逢豈易，孤棹負三湘。

鸚鵡洲（李白）

鸚鵡來過吴江水，首句「鵡」字可用平聲，「來」字可用仄聲。江上洲傳鸚鵡名。鸚鵡西飛隴山去，「隴山」，可用平仄聲。芳洲之樹何青青。「之」字、「何」字可用仄聲。煙開蘭葉香風暖，岸夾桃花錦浪生。遷客此時徒極目，長洲孤月向誰明。長洲，即指鸚鵡洲。

已上五言、七言各一首，頷聯不對，惟頸聯對。

溪行即事（僧靈一）

近夜山更碧，入林溪轉清。「更」，可用平聲。「溪」，可用仄聲。不知伏牛事，潭洞何縱横。「伏牛」，可用平仄聲。「何」，可用仄聲。曲岸烟初合，平湖月未生。孤舟屢失道，「屢」，可用平聲。但聽秋泉聲。「秋」，可用仄聲。

黄鶴樓（崔顥）

昔人已乘黄鶴去，已乘，可用平仄聲。首句「鶴」字可用平聲。此地空餘黄鶴樓。黄鶴一去不復返，「一去」，可用平平聲。「不」字可用平聲。白雲千載長悠悠。「長」，可用仄聲。晴川歷歷漢陽樹，「漢」，可用平聲。芳草萋萋鸚鵡洲。日暮鄉關何處是，煙波江上使人愁。

已上五言、七言各一首，起先對，頷聯卻不對，謂之偷春體。如梅花偷春而先開也。

田家元日（孟浩然）

昨夜斗回北，「斗」字可用平聲。今朝歲起東。我年已强仕，「已强」，可用平仄聲。無禄尚憂農。野老就耕去，荷去聲鋤隨牧童。「就」字、「荷」字，可用平聲。田家占氣候，共説此年豐。此惟起二句對，後六句俱不對。

早　秋（許渾）

遥夜泛清瑟，西風生翠蘿。殘螢委玉露，早雁拂銀河。拂，可用平聲。高樹曉還密，遠山晴更多。淮南一葉下，自覺老煙波。「老」，可用平聲。

題省中院壁（杜甫）

掖垣竹埤梧十尋，洞門對雪常陰陰。落花遊絲白日静，鳴鳩乳燕青春深。腐儒衰晚謬通籍，退食遲回違寸心。衮職曾無一字補，許身愧比雙南金。

已上五言、七言各一首，謂之拗體。

奉和九日幸臨渭亭登高應制得日字（鄭南金）

重陽玉律應，「應」，可用平聲。萬乘金輿出。風起韵虞絃，雲開吐堯日。菊花逢聖酒，「酒」，可用平聲。茱萸掛衰質。「茱萸」，可用仄仄聲。欲知恩煦多，順動觀秋實。

九月九日酬顔少府（高適）

簷前白日應平聲可惜，籬下黄花爲去聲誰有。行子迎霜未换衣，主人得錢始沽酒。蘇秦憔悴時多飲，多飲，可「仄平」聲。蔡澤栖惶世應平聲醜。縱使登高只斷腸，不如獨坐空迴首。

已上五言、七言各一首，謂之仄體。按，此上共十二首，略備律詩變體。神明其意，在乎學者。

晴（杜甫）

久雨巫山暗，新晴錦繡文。碧知湖外草，紅見海東雲。竟日鶯相和去聲，摩霄鶴數群。野花乾更落，風處急紛紛。

春　遊（秦韜玉）

選勝逢君敘解攜，解攜，别也。思和平聲芳草遠煙迷。小梅香裏黄鶯囀，垂柳陰中白馬嘶。春引美人歌遍熟，遍，曲調名。風牽公子酒旗低。早知有此關身事，悔不前年住越溪。

已上五言、七言各一首，謂之一意格。前首新晴之意，後首選勝之意。

海鹽官舍早春（劉長卿）

小邑滄洲吏，新年白首翁。一官如遠客，萬事極飄蓬。柳色孤城裏，鶯聲細雨中。羈心早已亂，「早」，可用平聲。何事更春風。第四、第八句兩「事」字，須避。

冬日登越王臺思歸（許渾）

月沉高岫宿雲開，萬里歸心獨上來。河畔雪飛楊子宅，言家鄉。海邊花盛越王臺。言彼地。瀧分桂嶺魚難過，瀧，粤水名。瘴近衡陽雁却回。鄉信暫稀人漸老，只應平聲頻看北枝梅。大庾嶺上梅花枝分南北，獨看北枝，思家之切。

已上五言、七言各一首，謂之折腰格。前首先言官而後言春風，後首先言思歸而後言信。雖與下意相貫，而實不相連屬也。

王十五司馬弟出郭相訪兼遺營茅屋貲（杜甫）

客裏何遷次，江邊正寂寥。肯來尋一老，愁破是今朝。憂我營茅棟，携錢過野橋。他鄉惟表弟，還往莫辭遥。

奉和竇容州（元稹）

明公莫訝容州遠，一路瀟湘景氣濃。斑竹初成二妃廟，娥皇、女英哭舜，淚痕染竹成斑。碧蓮遥聳九疑峰。九疑，山名，言其形如碧蓮。禁林聞道長傾鳳，池水那平聲能久滯龍。言不久内擢以祝之。自歎風波去無極，「去無」，可用平仄聲。不知何日更相逢。

已上五言、七言各一首，謂之續腰格。兩首後四句雖與上文不接，而實相流通也。

擣　衣（杜甫）

亦知戍不返，「戍」，可用平聲。秋至拭清砧。已近苦寒月，「苦」，可用平聲。況經長别心。「況」，可用平聲。寧辭擣衣倦，「擣衣」，可用平仄聲。一寄塞垣深。用盡閨中力，君聽空外音。

張鍊師　女道士（劉禹錫）

東嶽真人張鍊師，高情雅淡世間稀。堪爲列女書青簡，久事元君住翠微。元君，南嶽魏夫人也。遠山黛色曰「翠微」。金縷機中拋錦字，玉清壇上着霓衣。雲衢不擬吹簫伴，只合乘鸞獨自歸。無心配偶。

已上二首謂之聯珠格。八句聯絡不斷也。

贈崔員外(韋應物)

一别十年事,「十」字,可用平聲。相逢淮海濱。「淮」字,可用去聲。還思洛陽日,「洛陽」二字,可用平仄聲。更話府中人。此聯應首句。且對清觴滿,寧知白髮新。此聯應次句。匆匆何處去,車馬冒風塵。

鄜州留别張員外(韋莊)

江南相送君山下,塞北相逢朔漠中。三楚故人皆是夢,十年塵事只如風。此聯應首句。莫言身世他時異,且喜琴樽數日同。此聯應次句。惆悵却愁明日别,馬嘶山店雨濛濛。

已上五言、七言各一首,謂之分應格。頷聯應首句,頸聯應次句。

易州過郝逸人居(賈島)

每逢詞翰客,邀我共尋君。果見《閒居賦》,未曾流俗聞。也知鄰市井,宛似出囂氛。卻笑巢由輩,何須隱白雲。

西湖留别(白居易)

征途行色慘風煙,祖帳離聲咽管絃。翠黛不須留五馬,刺史車駕五馬。皇恩祇許住三年。緑藤陰下鋪歌席,紅藕花中泊妓船。處處迴題盡堪戀,「盡堪」,可用平仄聲。就中難别是湖邊。

已上五言、七言各一首,謂之各應格。上下半首各自呼應成章。

送　别(李咸用)

别意説難盡,離杯深莫辭。長歌終此席,一笑又何時。此聯應次句。棹入寒潭急,其去愈速矣。帆當落照遲。其去愈遠矣。此聯應首句。遠書如不寄，無以慰相思。

登凌霄臺（羅鄴）

高臺今日竟長閒，因想興亡自慘顏。四海已歸新雨露，六朝空認舊江山。此聯應次句。槎翘獨鳥沙汀畔，槎，枯木也。翘，立也。風遞連檣雪浪間。遞，送也。○此聯應首句。好是輪蹄來往便，輪蹄，車馬也。誰人不向此躋攀。

洛陽早春（顧況）

何地避春愁，終年憶舊遊。一家千里外，此句應次句。百舌五更頭。此句應首句。客路偏逢雨，此句應首句。鄉山不入樓。此句應次句。故園桃李月，伊水向東流。故園在東，如此桃李之月而不能歸，不如伊水也。

憶故山贈司空文明（李端）

漢主金門正召才，金馬門乃賢才待詔之處，以漢況唐。馬卿多病自遲迴。司馬相如字長卿，有消渴病。舊山暫別老將至，「老」，可用平聲。此句應首句。芳草欲闌歸去來。「歸」，可用仄聲，此句應次句。雲在高天風會起，此遭際有時。此句應首句。年如流水月長催。此句應次句。知君素有棲禪意，歲晏蓬門遲爾開。「遲」，可用仄聲。「遲」，待也。

已上五言、七言各二首，謂之錯應格。顛倒參差而應。

酬韓庶子（張籍）

西街幽僻處，正與懶相宜。尋寺獨行遠，獨，可用平聲。借書常送遲。「借」，可用平聲。此聯是「幽僻」。

家貧無易事，身病是閒時。此聯是「懶」。寂寞誰相問，祇應君自知。顧首聯。

江樓宴别（白居易）

樓中别曲催離酌，燈下紅裙間去聲緑袍。此聯是「燈下」。寒流帶月澄如鏡，夕吹去聲和霜利似刀。此聯是「樓中」。樽酒未空歡未盡，舞腰歌袖莫辭勞。顧首聯。

已上五言、七言各一首，謂之首尾相顧格。

哭長孫侍御（杜甫）

道爲詩書重，名因賦頌雄。禮闈曾擢第，曾登科。憲府舊乘驄。曾爲御史。流水生涯盡，浮雲世事空。唯餘舊臺柏，「舊臺」，可用平仄聲。御史臺中有柏。蕭索九原中。九原，地下也。

諸將第四（前人）

錦江春色逐人來，巫峽清秋萬壑哀。正憶往時嚴僕射，共迎中使望鄉臺。因今懷昔，因地懷人。主恩前後三持節，軍令分明數音朔舉杯。西蜀地形天下險，安危須仗出群才。

已上五言、七言各一首，謂之前開後合格。前首上四句説生前，是開；下四句説死後，是合。後首上四句説地，是開；下四句説人，是合。○按，此上共二十首，略舉律詩變格。神明其意，在乎學者。

排律説

五言排律，唐初應制詩。雖創於唐，然作者頗少，亦多未合律，兹取其字順調和者爲式。大約排律，其對偶、平仄與律詩同，其起止照應與長篇古風同。惟於律詩八句之外，任意鋪排聯句，多寡不拘，唐人應制考試多止六句。茲略舉其概。

排律證

奉和拜洛應制 五言五韻（李嶠）

垂拱中，武承嗣作《瑞石文》曰：「聖母臨人，永昌帝業。」獻曰：「獲之雒水。」太后喜，拜雒受圖。

七萃鑾輿動，禁軍曰「七萃之士」。千年瑞檢開。文如龜負出，圖似鳳銜來。用《河圖》、《洛書》事。殷薦三辰享，三辰，日、月、星也，言其歆格。明禋萬國陪。精誠而祭曰「禋」。周旗黃鳥集，漢幄紫雲迴。《漢書儀》云：「皇帝自行，群臣從，齋皆百日，紫壇帷幄。」又《漢書》云：「漢宣帝始幸甘泉，有紫黃氣從西來。」日暮鈎陳轉，勾陳，星象禁軍。清歌上帝臺。

奉和聖製早渡蒲關應制 五言六韻（張說）

蒲坂橫臨晉，華芝曉望秦。華蓋、芝蓋，皆御車之飾。關城雄地險，橋路扼天津。樓映行宮日，隄含宮樹春。聯中兩「宮」字，須避。〇下「宮」字可用仄聲。黃雲隨寶鼎，漢武帝迎鼎汾陰，至中山有黃雲蓋焉。紫氣逐真人。老子過函谷關，關有紫氣。東詠唐虞跡，西觀周漢塵。「周」，可用仄聲。山河非國寶，明主愛忠臣。

月夜有懷王端公兼簡朱孫二判官 七言六韻（僧清江）

月照疏林驚鵲飛，「驚」，可用仄聲。羈人此夜共無依。青門旅寓身空老，青門，在秦中。白首頭陀力漸微。屢向曲池陪逸少，王羲之字，況端公。幾回戎幕接玄暉。謝朓字，況二判官。四科弟子稱文學，五馬諸侯是繡衣。頌端公。江雁往來曾不定，野雲摇曳本無機。自比。修行未盡身將盡，欲向東山掩舊扉。

積　雪　五言七韵（賈島）

省屬時霖滯，今逢臘雪多。南猜飄桂渚，粤西。北訝雨交河。邊地。盡滅平蕪色，彌重平聲古木柯。空中離白氣，島外下滄波。隱者迷樵道，朝人冷玉珂。夕繁仍晝密，漏間去聲復鐘和。積想高嵩頂，新秋皓月過平聲。

秘書省有賀監知章草題詩筆力遒健風尚高遠拂塵尋玩因有此作　七言六韵（温庭筠）

越谿漁客賀知章，任達憐才愛酒狂。鸂鶒葦花隨釣艇，蛤蜊菰葉夢横塘。幾年涼夜拘華省，一宿秋風憶故鄉。榮路脱身終自得，福庭回首莫相忘。出籠鸞鶴歸遼海，落筆龍蛇滿壞墻。李白死來無醉客，可憐神彩弔殘陽。

奉和聖制正月十五夜燃燈繼以酺宴應制　五言八韵（王維）

上路笙歌滿，春城漏刻長。遊人多晝日，明月讓燈光。魚鑰同翔鳳，龍輿出建章。九衢陳廣樂，百福透名香。仙妓來金殿，都人遶玉堂。定應平聲偷妙舞，從此學新粧。奉引迎三事，三事，三公也。司儀列萬方。奉引、司儀，皆贊禮之官。願將天地壽，同以獻君王。

寒園郊行視園樹 七言八韵(杜甫)

柴門擁樹向千株，丹橘黄柑此地無。江上今朝雲雨歇，籬中秀色畫屏紆。桃蹊李徑年雖故，梔子紅椒艷色殊。鏁石藤梢元自落，倚天松骨見來枯。林香出實垂將盡，葉蔕辭枝不重蘇。愛日恩光蒙借貸，清霜殺氣得憂虞。衰顔動覓藜牀坐，緩步仍須竹杖扶。散騎去聲未知雲閣處，晉潘岳《秋興賦》：「余以太尉掾，寓直於散騎之省，高閣連雲，陽景罕曜……夙興晏寢，匪遑底寧……於是慨然而賦。」啼猿僻在楚山隅。

贈韋左丞丈濟 五言十韵(杜甫)

左轄頻虚位，《唐六典》：左右丞管轄省事。今年得舊儒。二句叙其爲左丞。相門韋氏在，經術漢臣須。漢韋賢及子玄成皆以經術爲相。韋思謙爲尚書左丞，子嗣立爲天官侍郎，知政立事。嗣立二子洹、濟，洹終陳留太守，濟於天寶中，授尚書左丞，三世爲省轄。時議歸前列，天倫恨莫俱。鴒原荒宿草，《詩》：「脊令在原，兄弟急難。」《檀弓》：「朋友之墓，有宿草而不哭焉。」○五句叙其家事。鳳沼接亨衢。晉人比中書爲天上鳳凰池。○此句美其今日。有客雖安命，衰容豈壯夫。家人憂几杖，《月令》：養衰老，用几杖。甲子混泥塗。《左傳》：絳縣老人曰：「臣生之歲，正月甲子朔，四百有四十五甲子矣。」趙孟召而謝過曰：「使吾子辱在泥塗久矣，武之罪也。」不謂矜餘力，還來謁大巫。陳琳《答張紘書》曰：「小巫見大巫，神氣盡矣。」歲寒仍顧遇，日暮且踟躕。老驥思千里，飢鷹待一呼。孫楚《鷹賦》：「飢則易呼。」君能微感激，亦足慰榛蕪。八句自敘。

酬樂天雪中見寄 七言十韵(元稹)

知君夜聽風蕭索,曉望林亭雪半糊。撼落不教平聲封柳眼,掃來偏盡附梅株。敲扶密竹枝猶亞,煦暖寒禽氣漸蘇。坐覺湖聲迷遠浪,回驚雲路在常途。錢塘湖上蘋先合,梳洗樓前粉暗鋪。石立玉童披鶴氅,臺施瑶席換龍鬚。滿空飛舞應平聲爲瑞,寡和去聲高歌只自娱。莫遣擁簾傷思去聲婦,且將盈尺慰農夫。稱觴彼此情何異,對景東西事有殊。鏡水遶山山盡白,琉璃雲母世間無。

早入清遠峽 五言十一韵(宋之問)

傳聞峽山好,「峽山」,可用平仄聲。旭日棹前沂。雨色摇丹嶂,泉聲聒翠微。兩巖天作帶,萬壑樹披衣。秋橘迎霜序,春藤礙日輝。翳潭花似織,緑嶺竹成圍。寂歴環沙浦,葱蘢轉石圻。露餘江未熱,風落瘴初稀。猿飲排虚上,南人謂市爲「虚」,蓋市罷人散而猿飲也。禽驚掠水飛。榜童夷唱合,樵女越吟歸。良候斯爲美,邊愁自有違。誰言望鄉國,「望鄉」,可用平仄聲。流涕失芳菲。

秋 寄 五言二十韵(白居易)

娃館松江北,館娃宫,吴王所築。稽城浙水東。會稽城。屈君爲長史,伴我作衰翁。旌旆知非遠,煙雲望不通。忙多對酒榼,「對」,可用平聲。興少閲詩筒。淡白秋來日,疏凉雨後風。餘霞數片綺,「數」,可用平聲。新月一張弓。影滿衰桐樹,香凋晚蕙叢。饑啼春穀鳥,寒怨絡絲蟲。覽鏡頭雖白,聽歌耳未聾。老愁行自貴,醉笑與誰同。清旦方堆案,黄昏始退公。可憐朝暮景,銷在兩衙中。

早春遊樊川野居卻寄李端校書兼呈崔峒補闕司空曙主簿耿緯拾遺 五言十四韵（盧綸）

白水遍溝塍，青山對杜陵。晴明人望鶴，曠野鹿隨僧。古柳連巢折音舌，荒隄帶草崩。陰橋全覆雪，瀑溜半垂冰。鬥鼠摇松影，遊龜落石層。韶光偏不待，衰敗巧相仍。桂樹曾音層争折，龍門幾共登。琴師阮校尉，「阮」，可用平聲。籍爲步兵校尉。詩和去聲柳吴興。柳惲爲吴興太守。舐筆求書扇，張屏看畫蠅。曹不興誤點屏風，因畫爲蠅。孫權謂是真，以手彈之。卜隣空遂約，問卦獨無徵。投足經危路，收材遇直繩。守農窮自固，行樂病何能。掩帙蓬蒿晚，臨川景氣澄。颯然成一叟，誰更慕騫騰。

秋日遣懷十六韵寄道侶 五言十六韵（陸龜蒙）

盡日臨風坐，雄辭妙略兼。共知時世薄，寧恨歲華淹。且把靈方試，休憑吉夢占。夜燃燒汞火，丹家呼水銀爲「汞」。朝鍊洗金鹽。有路求真隱，無媒舉孝廉。自然成嘯傲，不是學沈潛。水恨同心隔，霜愁兩鬢霑。鶴屏憐掩扇，烏帽愛垂簷。雅調去聲宜觀樂，清才稱去聲典籤。冠危玄髮少，書健紫毫尖。故疾因秋召，塵容畏日黔。壯圖須行行，行，杭，去聲。儒服謾襜襜。片石聊當枕，横煙欲代簾。蠹根延穴蟻，疏葉漏庭蟾。藥鼎高低鑄，雲庵早晚苫。胡麻如重寄，從誚我無厭平聲。

奉送王信州北歸 五言十八韵（杜甫）

朝廷防盜賊，供給愍誅求。下詔選「選」，可平聲。郎署，傳聲典信州。四句追叙出守之由。蒼生今日困，天子嚮時憂。井屋有煙起，「有」，可用平聲。瘡痍無血流。「無」，可用仄聲。四句言他處荒亂。壤歌惟海甸，畫角自山樓。白髮寐常早，荒榛農復秋。「農」，可用仄聲。四句言信州治安。解龜逾卧轍，解龜，去官也；

卧轍，攀留也；逾者，不顧而去。遺騎去聲覓扁舟。二句敘去任之事。徐榻不知倦，陳蕃爲徐孺設榻，此句喻信州待己之厚。潁川何以酬。黄霸爲潁川太守，此句喻己感信州之深。塵生彤管筆，公自嘆曾爲拾遺。寒膩黑貂裘。二句自敘貧困。高義終焉在，斯文去矣休。别離同雨散，行止各雲浮。四句敘别。林熱鳥開口，江渾平聲魚掉頭。尉陀雖北拜，太史尚南留。《太史公自序》「留滯周南」，公以自喻。四句言信州去後己失所也。軍旅應都息，寰區要盡收。恢復土宇。九重思諫諍，八極念懷柔。四句勉其去後之業。徙倚瞻王室，從音匆容仰廟謀。故人持雅論，絶塞豁窮愁。復見陶唐理，甘爲汗漫遊。言天下太平，己甘隱居自放。六句自述祝望之意。

奉和中書崔舍人八月十五日夜玩月二十韵 五言二十韵（劉禹錫）

暮景中秋爽，陰靈既望圓。浮精離碧海，分照接虞淵。虞淵，日没之地，言日没而月繼。迥見孤輪出，高從倚蓋旋。《周髀》術：天之行如倚蓋。二儀含皎澈，萬象共澄鮮。整御當西陸，日月秋行西陸。舒光麗上玄。從星變風雨，箕好風畢好雨，月躔則風雨應。順日助陶甄。遠近同時望，晶熒此夜偏。運行調玉燭，潔白應金天。秋也。曲榭疑瑶鏡，通衢若象筵。逢人盡冰雪，遇境即神仙。引素吞銀漢，凝清洗緑煙。皋禽驚露下，《詩》：「鶴鳴於九皋。」鄰杵思去聲風前。水是還珠浦，山成種玉田。合浦還珠，藍田種玉。劍沉三尺影，燈罷九枝燃。象外形無迹，寰中影有遷。稍當雲闕正，末映斗城懸。静對揮宸翰，閒臨襞綵牋。境同牛浦上，宿在鳳池邊。興掩尋安道，詞勝平聲命仲宣。王子猷雪夜訪戴安道。謝莊《月賦》曰：陳王抽毫進牘，以命仲宣。此言崔舍人之賞月出於二者之上。從今紙貴後，不復詠陳篇。結八句歸美中書崔舍人。

遭風二十韻 七言二十韻(元稹)

洞庭瀰漫接天迴，一點君山似措杯。暝色已籠秋竹樹，夕陽猶帶舊樓臺。四句敘木風之景。湘南賈音古伴乘風信，夏口篙工厄溯洄。逆流而上曰「溯洄」。後侶逢灘方拽簽，前艅到浦已眠桅。四句敘艅風之舟。俄驚四面雲屏合，坐見千峰雪浪堆。罔象睢盱頻逞怪，罔象，虚空也。睢盱，怒貌。石尤翻動忽成災。石尤，逆風也。騰靈豈但河宫溢，坱軋渾憂地軸摧。疑是陰兵致昏黑，致昏，可用平仄聲。果聞靈鼓借喧豗。龍歸窟穴深潭漩，蜃作波濤古岸隤。水客暗遊燒夜火，楓人夜長上聲吼春雷。楓人生楓樹上，其形似人，聞雷漸長。浸淫沙市兒童亂，汩没汀洲雁鶩哀。十四句敘風勢。自歎生涯看轉燭，更悲商旅哭沉財。檣烏聞折音舌頭倉掉，水狗斜傾尾纜開。在昔詎慚横海志，此時甘乏濟川才。歷陽舊事曾音層爲鱉，鮌穴相傳有化能。音奈，平聲，三足鱉也。鮌入水化爲黄能。閉目唯愁滿空電，「滿空」，可用平仄聲。冥心真類不然灰。心如死灰。○十句敘遭風情景。那知否極休徵至，漸覺宵分曙氣催。怪族潛收湖黯湛，幽妖盡走日崔音摧嵬。紫衣將校臨船問，白馬君侯傍去聲柳來。唤上驛亭還酩酊，兩行音杭紅袖拂樽罍。八句敘風静後。

偶題 五言二十二韻(杜甫)

文章千古事，得失寸心知。作者皆殊列，名聲豈浪垂。騷人嗟不見，漢道盛於斯。前輩飛騰入，餘波綺麗爲。後賢兼舊例，歷代各清規。十句總敘文章源流。法自儒家有，心從弱歲疲。永懷江左逸，指鮑、謝輩。多病鄴中奇。指建安黄初輩。騄驥皆良馬，麒麟帶好兒。言前輩授受□□。車輪徒已斲，《莊子》輪扁曰：「斲輪，得之於手而應之於心。臣不能喻臣之子，臣之子亦不能受之於臣。」堂構惜仍虧。漫作潛夫論，後漢王符隱居著書，以譏當時得失，不欲彰顯其名，號《潛夫論》。虚傳幼婦碑。曹娥碑陰題云「黄絹幼婦外孫齏臼」，黄絹，色絲也，色絲爲「絶」；幼婦，少女也，少女爲「妙」；外孫，女子也，女子爲「好」；齏臼，受辛之器，受辛爲「辭」，合來乃「絶妙好辭」四字。緣情慰漂蕩，十一句自敘作述之有得，兼傷己無傳人也。抱疾屢遷移。經濟慚長策，飛棲假一枝。塵沙傍蜂蠆，江峽繞蛟螭。蜂蠆、蛟螭，比兇暴。蕭瑟唐虞遠，聯翩楚漢危。比當時。聖朝兼盜賊，異俗更喧卑。鬱鬱星辰劍，蒼蒼雲雨池。用「蛟龍得雲雨，恐非池中物也」語自比。兩都開幕府，兩都亂。萬寓插軍麾。天下亂。南海殘銅柱，馬援征南，立銅柱勒功。○南蠻亂。東風避月支。越裳氏入貢於周，以東風應律也。月支，乃西羌國名，今言避之則相反矣。○北狄亂。音書恨烏鵲，恨其空報喜而無音信也。○「恨烏」，可用平仄聲。號怒怪熊羆。稼穡分詩興，因耕廢吟。柴荆學士宜。故山迷白閣，白閣山，乃終南之附山。秋水憶皇陂。皇陂，皇子也，在關中。不敢要平聲佳句，愁來賦别離。二十三句，細敘流寓亂離之狀。

新秋言懷寄魯望三十韵 五言三十韵（皮日休）

新秋入破宅，「入」，可用平聲。疏澹若平郊。户牖深如窟，詩書亂似巢。移牀驚蟋蟀，拂匣動蠨蛸小蛛。静把泉華掬，閑拈乳管敲。檜身渾平聲箇矮，石面得能⿰鹵頁。小桂如拳葉，新松似手梢。鶴鳴轉清角，「轉清」，可用平仄聲。鶻下撲金鶬，合音葛藥還慵服，爲文亦懶抄。煩心入夜醒，「入」，可用平聲。疾首帶涼抓。杉葉尖於鏃，藤絲韌似鞘。債田含紫芋，低蔓隱青匏。老柏渾平聲如疥，陰苔忽似膠。王餘落敗塹，「落」，可用平聲。胡孟入空庖。度日忘冠帶，經時憶酒肴。有心同木偶，無舌並金鐃。興欲添玄測，狂將換易爻。達人唯落落，俗士自譊譊。底力將排難去聲，何顔用解嘲。欲銷毁後骨，「毁」，可用平聲。空轉坐來胞。猶豫應平聲難抱，狐疑不易去聲包。等閒逢毒螫，容易去聲遇咆哮。時事方千碣，公途正二崤。名微甘世棄，性拙任時拋。白日須投分音問，青雲合定交。仕應平聲同五柳，歸莫舍上聲三茅。澗鹿從來去，煙蘿任溷淆。狙公鬧後戲，「鬧」，可用平聲。雲母病來摻。從此居方丈，終非競斗筲。道窮應平聲鬼遺去聲，性拙必天教平聲。無限疏慵事，憑君解一袍。

風疾舟中伏枕書懷呈湖南親友三十六韵五言三十六韵（杜甫）

軒轅休制律，虞舜罷彈琴。尚錯雄鳴管，黄帝使伶倫取竹於嶰谷，制十二篇以聽鳳之鳴，雄鳴六，雌鳴六，正十二律，以調八方之風。舜操五絃之琴，歌《南風》之詩。今有風疾，是律管乖錯，而不能調也。猶傷半死心。枚乘《七發》云：「龍門之桐，高百尺而無枝，其根半死半生。」四句是言風疾。聖賢名古邈，羈旅病年侵。舟泊常依震，湖平早見參。如聞馬融笛，若倚仲宣襟。王粲登樓思歸。故國悲寒望，群雲慘歲陰。水鄉霾白屋，楓岸疊青岑。鬱鬱冬炎瘴，濛濛雨滯淫。鼓迎非祭鬼，彈去聲落似鴞禽。興盡才無悶，愁來遽不禁平聲。生涯相汨没，時物正蕭森。疑惑尊中弩，《風俗通》：汲令應彬請主簿杜宣飲酒，時壁上弩照於杯中，其形如蛇。宣惡之，因得疾。彬知之，延宣於舊處置酒。彬曰：「此弩影耳。」宣疾遂瘳。淹留冠上簪。牽裾驚魏帝，魏辛毗諫文帝，帝起入内，毗隨而引其裾。投閣爲劉歆。楊雄校書天禄閣，爲劉歆子棻所連。使者收雄，雄恐，乃從閣上自投，幾死。此論昔日論房琯而忤肅宗之事。狂走終奚適，微才謝所欽。吾安藜不糝，食止菜羹，無米。汝貴玉爲琛。烏几重重俱平聲縛，鶉衣寸寸針。哀傷同庾信，信作《哀江南賦》。述作異陳琳。琳之檄，能愈頭風。今已有風疾，是不如琳。十暑岷山葛，三霜楚户砧。叨陪錦帳坐，《漢志》：郎官賜錦帳。公嘗爲員外郎，故云。〇「錦」，可用平聲。久放白頭吟。反樸時難遇，忘機陸易去聲沉。《莊子注》：「沉不在水，而乃在陸。」應過俱平聲數粒食，張華《鷦鷯賦》：「巢林不過一枝，每食不過數粒。」〇「數」，可用平聲。得近四知金。王密懷金贈楊震曰：「暮夜無知者。」震曰：「天知、地知、子知、我知，何謂無知！」此謂湖南親友餽贈者。春草封歸恨，言不得歸家。源花費獨尋。言無處避亂。轉蓬憂悄悄，蓬花隨風而轉，言己無定蹤。行藥病涔涔。行藥，服藥後行以宣導之也。女醫淳于衍投毒藥以飲許后，有頃曰：「我頭涔涔然，藥得無有毒乎？」瘞夭上聲追潘岳，潘岳《西征賦》：「夭赤子於新安，路側而瘞之。」意公有喪子之戚。持危覓鄧林。夸父追日，道渴而死，棄其杖，屍作鄧林。公意□杖以持危。蹉跎翻學步，《莊子》：壽陵餘子，學步於邯鄲，失其故步。公自喻趨時。感激在知音。卻假蘇張舌，高誇周宋鐔。莊子説趙文王曰：「天子之劍，以燕谿、石城爲鋒，齊、岱爲鍔，晉、魏爲脊，周、宋爲鐔。」鐔，音淫，劍鼻也。納流迷浩汗，浚址得嶔崟。城府開清旭，松筠起碧潯。披顔争倩倩笑貌，逸足競駸駸。朗鑒存愚直，皇天實照臨。公孫仍恃險，侯景未生擒。喻當時倡亂者。書信中原闊，干戈北斗深。北方亂。畏人千里井，江南計吏止宿傳舍，將去，以馬殘草瀉於井中，謂無再過之期矣。不久，復經此地，飲水，遂爲昔時之剉刺喉而死。故後人戒之曰：「千里井，不瀉剉。」問俗九州箴。漢楊雄作《十二州箴》。戰血流依舊，軍聲動至今。葛洪屍定解，葛洪屍解仙去。許靖力難任。平聲。〇王朗與靖書曰：「足下周遊江湖，以暨南海，歷觀夷俗。」公自喻在南方而無力佳濟。家事丹砂訣，無成涕作霖。三十二句是舟中伏枕書懷。

詠雪贈張籍　五言四十韻（韓愈）

只見縱横落，寧知遠近來。飄颻還自弄，歷亂竟誰催。座暖銷那平聲怪，池清失可猜。坳中初蓋底，垤處遂成堆。慢有先居後，輕多去卻回。度前鋪瓦隴，發本積牆隈。穿細時雙透，乘危忽半摧。舞深逢坎井，集早值層臺。砧練終宜搗，階紈未暇裁。城寒裝埤堄城上小墻，樹凍裹莓苔。片片勻如剪，紛紛碎若挼。定非搏鵠鷺，真是屑瓊瑰。緯繣觀朝萼，冥茫矚晚埃。當窗恒凜凜，出户即皚皚。壓野榮芝菌，傾都委貨財。娥嬉華蕩漾，胥怒浪崔音摧嵬。磧迥疑浮地，雲平想輾雷。隨車翻縞帶，逐馬散銀杯。萬屋漫汗俱平聲合，千株照曜開。松篁遭挫抑，糞壤獲饒培。隔絕門庭遽，擠排陛級纔。擠，可以平聲。豈堪裨嶽鎮，強上聲欲效鹽梅。隱匿瑕疵盡，包羅委瑣該。誤雞宵呃喔，驚雀暗徘徊。浩浩過平聲三暮，悠悠匝九垓。鯨鯢陸死骨，「陸」，可用平聲。玉石火炎灰。厚慮填溝壑，高愁撽斗魁。日輪埋欲側，坤軸壓將頹。岸類長蛇攪，陵猶巨象豗。水官詩傑黠，木氣怯胚胎。著着同地無由卷，連天不易去聲推吞雷反。龍魚冷蟄苦，「冷」，可以平聲。虎豹餓號平聲哀。巧借奢華便，專繩困約災。威貪陵布被，光肯離去聲金罍。賞玩捐他事，歌謠放我才。狂教平聲詩硉矹，興與酒陪鰓。惟子能諳耳，諸人得語去聲哉。助留風作黨，勸坐火爲媒。雕刻文刀利，搜求智網恢。莫煩相屬和去聲，傳示及提孩。暗譏權要之詩。

寄岳州賈司馬六丈巴州嚴八使君兩閣老五十韻 五言五十韻（杜甫）

衡嶽啼猿裏，巴州鳥道邊。故人俱不利，謫宦兩油然。四句總敘兩人遷謫作冒。開闢乾坤正，追敘中興。榮枯雨露偏。肅宗私其靈武從龍諸人，而疏蜀中舊臣。長沙才子遠，釣瀨客星懸。用賈誼、嚴光況賈、嚴二公。○四句敘遷謫之由。憶昨趨行殿，殷憂捧御筵。自敘奔赴行在之時。討胡愁李廣，奉使待張騫。承上「殷憂」而言，上句恐討逆之師敗績也，下句恐救援之兵不赴也。無復雲臺仗，虛修水戰船。草創規模。蒼茫城七十，樂毅下齊七十餘城，田單復之。流落劍三千。吴王有魚腸之劍三千。○上句言恢復之功未奏，下句言戰守之備未齊。畫角吹秦晉，秦晉陷。旄頭俯澗瀍。東京陷。小儒輕董卓，有識笑苻堅。浪作禽填海，赤帝之女，溺海而死，魂化爲鳥，常銜木石填海。那平聲將血射天。商帝武乙無道，爲革囊，盛血，仰而射之，命曰「射天」。○海何可填？天何可射？比安、史犯順，徒取董卓、苻堅之禍敗。萬方思助順，一鼓氣無前。陰散陳倉北，晴薰太白巔。此言肅宗駐蹕鳳翔，開收復京師之路。亂麻屍積衛，已復河北。破竹勢臨燕。將破范陽。法駕還雙闕，王師下八川。《關中記》：關内八水。此言收復長安。此時霑奉引，奉引，乃朝會贊禮之官。霑奉引者，亦得列於朝班也。時公爲左拾遺，扈駕還京。佳氣拂周旋。貔虎開金甲，麒麟受玉鞭。侍臣諳入仗，廐馬解音懈登仙。黄帝駕乘黄而仙去。花動朱樓雪，城凝碧樹煙。衣冠心慘愴，故老淚潺湲。痛定思痛。哭廟悲風急，朝音潮正音征霽景鮮。元旦朝會。月分梁漢米，春給水衡錢。内蘂繁於纈，宮花軟勝綿。恩榮同拜手，出入最隨肩。晚著着同華堂醉，寒重平聲繡被眠。轡齊兼秉燭，書枉滿懷牋。書問往來，滿懷皆是。○自「恩榮」至此，皆言二人在朝相與之厚。每覺昇元輔，深期列大賢。秉鈞方咫尺，鎩翮再聯翩。方望其大用，不意相繼降謫。○四十八句，自初赴行在至二人降謫時，詳敘之，見肅宗寡恩。禁掖朋從改，微班性命全。言二人既去，朝廷别用一番人，獨己僅存耳。青蒲甘受戮，青蒲，以蒲青爲席蔽地，諫官伏其上。白髮竟誰憐。弟子貧原憲，孔門弟子，原憲最貧。諸生老伏虔。前漢伏生年九十餘，以《書》教於齊魯。師資謙未達，鄉黨敬何先。五句自傷貧老。舊好腸堪斷，新愁眼欲穿。翠乾危棧竹，巴州。紅膩小湖蓮。岳州。賈筆論平聲孤憤，嚴君賦幾篇。定知深意苦，莫使衆人傳。恐其以詩取咎。

貝錦無停織，《詩》：「成是貝錦。」蓋貝有文采，錦文似之，喻讒人集人過成罪，猶女工集采色以成錦。朱絲有斷弦。比二人，恐美中不足。浦鷗防碎首，霜鶻不空拳。言去小人當待其時，不可空言取禍。地僻昏炎瘴，山稠隘石泉。念其所謫非所。且將棋度日，應平聲用酒爲年。典郡終微眇，治中實棄捐。十八句敘相思而勸規勸。安排求傲吏，言己亦安排求出。比興展歸田。言己亦比例求歸。展，寬也，不止如二人之出也。去去才難得，惜朝廷之一空。蒼蒼理又玄。天不可問。古人稱逝矣，吾道卜終焉！六句言己將去。隴外翻投跡，漁陽復控弦。思明又亂。笑爲妻子累，甘與歲時遷。親故行稀少，兵戈動接聯。他鄉饒夢寐，失侶自迍邅。多病加淹泊，長吟阻静便。□聲。○十句申言去思。如公盡雄俊，「盡雄」，可用平仄聲。志在必騰騫。二句慰之作結。

春六十韵（元稹）

節應寒灰下，春生返照中。未能消積雪，已漸少回風。四句冒。迎氣邦經重，齋誠帝念隆。龍驤紫宸北，「紫宸」，可用平仄聲。天壓翠壇東。言東郊迎氣之事。仙仗摇佳彩，榮光答聖衷。言感格獲應。便從威仰座，隨入大羅宫。先到璇淵底，偷穿玳瑁叢。館娃朝鏡晚，太液曉冰融。晚觀池水，明如鏡初開，則以曉來冰融故也。曉冰宜寒，因春而融。撩摘音剔芳情遍，搜求好處終。敘迎氣畢，扈駕遊内苑之事。○十四句言在上者當春之樂。九霄渾平聲可可，一句結上。萬姓尚忡忡。一句起下。晝漏頻加箭，晝日。宵暉欲半弓。夜月。○二句作興，見同此春日，同此春月，萬姓不當獨忡忡也。驅令平聲三殿出，乞與百蠻同。直自方壺島，以仙地比京師。斜臨絶漠戎。南巡曖珠樹，「曖珠」，可用平仄聲。西轉麗崆峒。度嶺梅甘坼，潛泉脈暗洪。悠悠鋪塞草，冉冉著着同江楓。自「南巡」以下至此，見戍役之地，春光相同。蠶役投筐妾，耘催荷去聲蓧翁。耕織以供戍役，難堪之極，而亦同此春也。既蒸難發地，仍送懶歸鴻。難發之地，春亦蒸之；懶歸之鴻，春亦送之。見無處無物非春。○十六句言萬物尚忡忡之意。約略環區宇，一句結上。殷勤綺鎬酆。一句起下。○鎬酆，皆秦地。華去聲山青黛撲，渭水碧沙蒙。宿露清餘靄，晴煙塞入聲迴空。燕巢纔點綴，鶯舌最惺憁。膩粉梨園白，胭脂桃逕紅。鬱金垂嫩柳，罨畫委高籠。地甲門閫大，天開禁掖崇。起下二句。層臺張舞鳳，鳳爲臺飾。閣道架飛虹。上爲閣，下爲道，皆可行走，其形如虹。麯蘖調神氣，鵷鸞竭敬忠。起下二句。歌聲齊錫宴，車服獎庸功。《尚書》：「明試以功，車服以庸。」庸，用也。俊造興時用，結上二句。閭閻賀歲豐。起下二句。倡樓歌細細，農野麥芃芃。貴主驕矜盛，豪家恃賴雄。偏沾打球彩，「打球」，可用平仄聲。頻得鑄錢銅。專殺擒楊若，殊恩赦鄧通。女孫新在內，嬰稚近封公。遊衍關心樂音落，詩書對面聾。盤筵饒異味，音樂斥庸工。酒愛油衣淺，杯誇瑪瑙烘。挑鬟玉釵髻，「玉釵」，可用平仄聲。刺繡寶裝攏。啓齒呈編貝，彈絲動削葱。醉圓雙媚靨，波溢兩明瞳。四十二句。言「殷勤綺鎬酆」之意，極侈在內之樂，反形在外之苦。但賞歡無極，一句結上。那知恨亦充。一句起下。洞房閒窈窕，庭院獨葱蘢。謝砌縈殘絮，班窗網曙蟲。望夫身化石，爲去聲伯首如蓬。六句言「恨亦充」之意。顧我沉憂士，騎平聲他老病驄。静街乘曠蕩，初日接曈曨。飲敗肺常渴，「肺」，可用平聲。魂驚耳更去聲聰。因存心也。虛逢好陽豔，「好陽」，可用平仄聲。其那苦昏懵。僶勉還移步，持疑又省躬。慵將疲悴質，漫走倦羸僮。季月行當暮，良辰坐歎窮。晉悲焚介子，魯願浴沂公。燧改鮮妍火，陰繁晻澹桐。瑞雲低凹凹，香雨潤濛濛。藥溉分窠數音朔，籬栽備幼衝。種去聲莎憐見葉，護筍冀成筒。有夢多爲蝶，因蒐定作熊。漂沉隨壞芥，榮茂委蒼穹。震動風千變，晴和鶴一沖。言他人有時得意。丁寧搴芳侶，「芳」，可用仄聲。須識未開叢。比己尚不逢時。○三十二句自敘。

和鄭拾遺秋日感事一百韻 五言百韻（韋莊）

禍亂天心厭，一句總敘世事。流離客思去聲傷。一句總自敘。有家拋故第，無罪謫遐方。二句承「流離」。負笈將辭越，揚帆欲泛湘。避時難駐足，感事易音異迴腸。四句承上兩句。雅道何銷德，妖星忽耀芒。中原初縱燎，下國竟探平聲湯。盜據三秦地，兵纏八水鄉。戰塵輕犯闕，羽旆遠巡梁。自此修文代，俄成講武場。熊羆驅涿鹿，犀象走昆陽。御馬迷新棧，宮娥改舊妝。五丁功再睹，八難去聲事難忘。鳳引金根疾，兵環玉弩彊。建牙雖可恃，摩壘詎能防。霍廟神遐遠，圯橋路杳茫。出師威似虎，禦敵狠如羊。眉畫猶思赤，巾裁未厭黄。晨趨鳴鐵騎去聲，夜舞挹瓊觴。僭侈彤檐亂，喧呼繡鬢攘平聲。但聞争曳組，詎見學垂韁。鵲印提新篆，龍泉奪曉霜。軍威徒逗撓去聲，我武自惟揚。負扆勞天眷，凝旒念國章。繡旗張畫獸，寶馬躍紅鴦。但欲除妖氣，寧思蔽耿光。曉煙生帝里，夜火入春坊。鳥怪巢宮樹，狐驕上苑牆。設危終在德，視履豈無祥。氣激雷霆怒，神驅嶽瀆忙。功高分虎節，位下恥龍驤。遍命登壇將，巡封異姓王。志求扶舊典，力未振頹綱。五十二句詳言首句「禍亂」之事。漢路閒雕鶚，雲衢駐驌驦。寶裝軍器麗，麝裛戰袍香。日睹兵書捷，時聞虜騎去亡。人心驚獬豸，雀意伺螳螂。上略咸推妙，前鋒詎可當。紆金光照耀，執玉意昂藏。覆餗非無謂，奢華事每詳。四民皆組綬，九土墮耕桑。飛騎去聲黄金勒，香車翠鈿裝。八珍羅膳府，五采鬥筐牀。宴集喧華第，歌鐘簇畫梁。永期傳子姓，寧誤犯天狼。未睹君除側，徒思玉在旁。竄身奚可保，易地喜相將。國運方夷險，天心詎測量。九流雖暫蔽，二柄豈相妨。小孽乖躔次，中興繫昊蒼。法堯功已普，罪己德非涼。帝念惟思理，臣心豈自遑。詔催青瑣客，時待紫微郎。定難去聲輸宸算，勝平聲災減御粱。皇恩思蕩蕩，睿澤喜洋洋。偃卧雖非晚，艱難亦備嘗。舜庭招諫鼓，漢殿上書囊。儉德遵三尺，清朝音潮俟一匡。四十六句詳言首句「天心厭亂」之事。世隨漁父音甫醉，身效接輿狂。竄逐同天竇，遭罹異建康。道孤悲海澨，家遠隔天潢。卒歲貧無褐，經秋病泛漳。似魚甘去乙，比蟹未成筐。守道慚無補，趨時愧不臧。殷牛常在耳，晉豎欲藏肓。忸恨山思板，懷歸海欲航。角吹魂悄悄，笛引淚浪浪。俱平聲。亂覺乾坤窄，貧知日月長。勢將隨鶴列，忽喜遇鴛行音抗。〇二十二句詳敘次句「流離」之事。已報新迴駕，仍聞近納隍。文風銷劍楯，禮物換旂裳。紫闥重平聲開序，青衿再設庠。黑頭期命爵，頳尾尚憂魴。吳坂嘶騏驥，岐山集鳳凰。詞源波浩浩，諫署玉鏘鏘。飼雀曾傳慶，烹蛇詎有殃。弢弓褌勁鏃，匣劍淬神鋃。謇謇寧慚直，堂堂不謝張。曉風趨建禮，夜月直文昌。二十句述鄭拾遺來信，說中興朝事。去國時雖久，安邦志不常。良金爐自躍，美玉櫝難藏。北望心如旆，西歸律變商。跡隨江燕去，心逐塞鴻翔。晚翠籠桑塢，斜暉掛竹堂。路愁千里月，田愛萬斯箱。伴釣歌前浦，隨樵上遠岡。鷺眠依晚嶼，鳥浴上枯楊。驚夢緣欹枕，多吟爲倚廊。訪僧紅葉寺，題句白雲房。帆外青楓老，樽前紫菊芳。夜燈銀耿耿，曉露玉瀼瀼。異國慚傾蓋，歸塗俟併糧。身雖留震澤，心已過雷塘。執友知誰在，家山各已荒。海邊登桂檝，煙外泛雲檣。巢樹禽思越，嘶風馬戀羌。寒聲愁聽杵，空館厭聞螿。望闕飛華蓋，趨朝音潮振玉璫。米慚無薏苡，麵喜有桄榔。話別心重平聲結，傷時淚一滂。佇歸蓬島後，綸詔閤青緗。四十四句自述近況也。

短古風説

短古風與散體五言絕句相似，須使言盡而意不盡。茲以五、七言及長短句，或一韻、或換韻諸體爲式，因其篇短，謂之短古風。

短古風證

下山歌（宋之問）

下嵩山兮多所思，攜佳人兮步遲遲。松間明月長如此，君再遊兮復何時。

觀放白鷹　長短句四句一韻（李白）

寒冬十二月，蒼鷹八九毛。寄言燕雀莫相啅，自有雲霄萬里高。

曲　江　七言五句一韻（杜甫）

自斷此生休問天，杜曲幸有桑麻田，故將移住南山邊。短衣匹馬隨李廣，看射猛虎終殘年。李廣數奇不偶，故將從之。公自傷不遇也。

貧交行（杜甫）

翻手作雲覆手雨，紛紛輕薄何須數上聲。君不見管鮑貧時交，此道今人棄如土。

踏歌辭　五言六句一韵（崔液）

庭際花微落，樓前漢已横。金臺催夜盡，金臺，燈燭臺。羅袖佛寒輕。樂音落笑暢歡情，未半著着同天明。

擕手曲　七言六句一韵（田娥）

擕手共惜芳菲節，鶯啼錦花滿城闕。行樂音落逶迤念容色，色衰祇恐君恩歇。鳳笙龍管白日陰，盈虧自感青天月。

代謝好答崔員外　謝好，妓也。長短句六句一韵（白居易）

青娥小謝娘，白髮老崔郎。謾愛胸前雪，其如頭上霜。别後曹家碑背上，思量平聲好字斷君腸。曹娥碑背有「絶妙好辭」隱語，此妓名謝好，故有此嘲。

答張五弟　長短句六句一韵（王維）

終南有茅屋，前對終南山。終年無客長閉關，終日無心常自閒。不妨飲酒復垂釣，君但能來相往還。

白紵辭　七言七句一韵（李白）

吴刀剪綵縫平聲舞衣，明妝麗服奪春輝。揚雪轉袖若雪飛，傾城獨立世所稀。激楚結風醉忘歸，高堂月落燭已微，玉釵掛纓君莫違。

對　酒　長短句七句一韵（李白）

葡萄酒，金叵羅。杯也。吴姬十五細馬馱。青黛畫眉紅錦靴，道字不正嬌唱歌。玳瑁筵中懷裏醉，芙蓉帳底奈君何。

烏棲曲　七言四句二韵（王建）

章華宫章華，楚宫名。人夜上樓，君王望月西上頭。夜深宫殿門不鎖，白露滿山山葉墮。

寄遠曲　七言六句二韵（張籍）

美人來去春江暖，江頭無人湘水滿。浣紗石少水禽棲，江南路長春日短。蘭舟桂檝常渡江，無因重平聲寄雙瓊璫。

弄白鷗歌　長短句六句二韵（劉長卿）

泛泛江上鷗，毛衣皓如雪。朝飛瀟湘水，夜宿洞庭月。歸客正夷猶，愛此滄江閒白鷗。

望夫石　長短句六句二韵（王建）

望夫石，江悠悠。化爲石，不回頭。山頭日日風和雨。行人歸來石應平聲語。

汴州亂　七言六句二韵（韓愈）

母從子走者爲誰，大夫夫人留後兒。昨日乘車騎大馬，坐者起趨乘者下。廟堂不肯用干戈，嗚呼奈汝母子何。

烏棲曲　長短句六句三韻（王昌齡）

白馬逐牛車，黄昏入狹斜。柳樹烏争宿，争枝未得飛上屋。東房少去聲婦婿從軍，每聽烏啼知夜分。

烏棲曲　七言七句三韻（李白）

姑蘇臺上烏棲時，吴王宫裏醉西施。吴歌楚舞歡未畢，青山欲銜半邊日。銀箭金壺漏水多，起看秋月墜江波。東方漸高奈樂音落何！

塞下曲　長短句七句二韻（郎士元）

寶刀塞下兒，輕身百戰曾音層百勝，壯心竟未嫖姚知。白草山頭日初没，黄沙戍下悲笳發。蕭條静夜邊風吹，獨倚營門望秋月。「月」字如改平聲，與上字同押，即七句三韻矣。

擬古庭前有奇樹　五言八句二韻（韋應物）

嘉樹藹初緑，蘼蕪吐幽芳。君子不在賞，寄之雲路長。路長信難越，惜此芳時歇。孤鳥去不還，緘情向天末。

懷仙歌　七言八句二韻。〇按，五言、七言長短句八句一韻者，與諸句一韻者同，故不復録。（李白）

一鶴東飛過滄海，放心散漫知何在。仙人浩歌望我來，應平聲攀玉樹長相待。堯舜之事不足驚，自餘囂囂直可輕。巨鰲莫戴三山去，我欲蓬萊頂上行。

登古鄴城　長短句八句二韻（岑參）

下馬登鄴城，城空復何見。東風吹野火，暮入飛雲殿。城隅南對望陵臺，漳水東流不復回。武帝宫中人去盡，年年春色爲平聲誰來。

走馬引　五言八句三韵（李賀）

我有辭鄉劍，玉鋒堪截雲。襄陽走馬客，意氣自生春。朝嫌劍花盡，暮嫌劍花冷。嫌其未殺人也。能持劍向人，不解音懈持照身。教人反躬自省。

芳　樹　長短句八句三韵（徐彦伯）

玉花珍簟上，金縷畫屏開。曉月憐筝柱，春風憶鏡臺。筝柱春風吹曉月，芳樹落花朝暝歇。藁砧刀頭未有期。藁砧，夫也。刀頭，還也。攀條拭淚坐相思。

長古風説

凡作長古風，其一韵、换韵之法，與短古風相同。大約其法有每句押韵到底者，有兩句押韵到底者，有幾句一换韵者。其换韵句數多寡隨意。因其篇長，謂之長古風。

長古風證

箜篌引　七言一韵，每句押韵到底。〇按，此即柏梁臺體也，但彼此每人作一句，如聯句之法，與此稍異。（王昌齡）

盧溪郡南夜泊舟，夜聞兩岸羌戎謳。其時月黑猿啾啾，微雨沾衣令人愁。四句即地即景起興。有一遷客登高樓，不言不寐彈箜篌。二句出箜篌。彈作薊門桑葉秋，一句。風沙颯颯青塚頭，一句寫箜篌之聲。

將軍鐵驄汗血流，深入匈奴戰未休。黃旗一點兵馬收，亂殺胡人積如丘。瘡病驅來役邊州，仍披漠北羔羊裘。顏色饑枯掩面羞。眼眶淚滴深兩眸，思還本鄉食氂牛，欲語不得指咽音煙喉。或有強壯能啅嘍，意說被他邊將讎，五世屬藩漢主留。碧毛氈帳河曲遊，橐駝五萬部落稠，敕賜飛鳳金兜鍪。爲君百戰如過籌，靜掃陰山無鳥投，家藏鐵券特承優。黃金百斤不稱去聲求，九族分離作楚囚，深溪寂寞絃苦幽。草木悲感聲颼飀。二十三句寫箜篌曲中之情。仆本東山爲去聲國憂，明光殿前論九疇。簏讀兵書盡冥搜，爲君掌上施權謀，洞曉山川無與儔。紫宸詔發遠懷柔，搖筆飛霜如奪鉤，鬼神不得知其由。憐愛蒼生比蚍蜉，朔河屯兵須漸抽，盡遺降於江反來拜御溝。便令蒼生休戈矛，何用班超定遠侯，史臣書之得已不。不，音浮。○十四句。因聞箜篌而自敘。

北　征　五言一韵，每兩句押。（杜甫）

皇帝二載秋，閏八月初吉。杜子將北征，蒼茫問家室。四句總冒。維時遭艱虞，朝音潮野少暇日。顧慚恩私厚，詔許歸蓬蓽。拜辭詣闕下，怵惕久未出。雖乏諫諍姿，恐君有遺失。君誠中興主，經緯固密勿。東胡反未已，臣甫憤所切。古韵叶。揮涕戀行在，道途猶恍惚。十四句追敘未北征前之情。乾坤含瘡痍，憂虞何時畢。二句起下。靡靡踰阡陌，人煙眇蕭瑟。所遇多被傷，呻吟更流血叶。回首鳳翔縣，旌旗晚明滅叶。前登寒山重平聲，屢得飲馬窟。邠郊入地底，涇水中蕩潏。比京都失守。猛虎立我前，比胡人在前途。蒼崖吼時裂。叶菊垂今秋花，言人民已遇喪亂之日。石戴古車轍。叶。○言山川無異太平之舊。青雲動高興，幽事亦可悅。叶山果多瑣細，羅生雜橡栗。或紅如丹砂，或黑如點漆。雨露之所施，甘苦實結實。比當時人才。同屬朝廷所教育。然有從逆守節之異。緬思桃源内，益嘆身世拙。叶坡陀望鄜時，谷巖互出没。我行已水濱，我仆猶木末。叶鴟鳥鳴黄桑，野鼠拱亂穴。叶夜深經戰場，寒月照白骨。潼關百萬師，往者散何卒。音測。遂令半秦民，殘害爲異物。况我墮胡塵，及歸盡華髮。叶。〇三十八句。敘北征時途中之景之情。經年至茅屋，妻子衣百結。叶慟哭松聲迴，悲泉共幽咽。叶平生所驕兒，顔色白勝雪。叶見耶背面啼，垢膩脚不韤。床前兩小女，補綻才過膝。海圖拆波濤，舊繡移曲折。叶天吴及紫鳳，顛倒在裋褐。叶。天吴，水獸，八首八足，尾背青黄。〇按，此雖言妻子補衲救寒，亦暗比時事乖錯。老夫情懷惡，嘔泄卧數日。那無囊中帛，救汝寒懍慄。粉黛亦解包，衾裯稍羅列。叶瘦妻面復光，癡女頭自櫛。叶學母無不爲，曉妝隨手抹。叶移時施朱鉛，狼藉畫眉闊。叶生還對童稚，似欲忘饑渴。叶問事競挽鬚，誰能即嗔喝。叶飜思在賊愁，甘受雜亂聒。叶新歸且慰意，生理焉音煙能説。叶。〇三十四句。敘北征初至家時之情之景。至尊尚蒙塵，幾日休練卒。仰觀天色改，旁覺妖氣豁。叶陰風西北來，慘淡隨回紇。其王願助順，其俗喜馳突。送兵五千人，驅馬一萬匹。此輩少爲貴，四方服勇決。叶。〇承上。所用皆鷹騰，破敵過箭疾。聖心頗虚佇，時議氣欲奪。叶伊雒指掌收，西京不足拔。叶官軍請深入，蓄鋭何俱發。叶此舉開青徐，旋瞻略恒碣。叶昊天積霜露，正氣有肅殺。叶禍轉亡敵歲，勢成擒妖月。叶彼命其能久，皇綱未宜絶。叶憶昨狼狽初，事與古先别音鱉。〇叶。姦臣竟葅醢，同惡隨蕩折。叶。〇謂楊國忠輩。不聞夏殷衰，中自誅褒妲。叶。〇褒姒妲己，指貴妃。周漢獲再興平聲，宣光果明哲。桓桓陳將軍元禮，仗鉞奮忠烈。叶。微爾人盡非，於今國猶活。叶淒涼大同殿，寂寞白獸闥。叶都人望翠華，佳氣向金闕。叶園陵固有神，掃灑數音朔不缺。煌煌太宗業，樹立甚宏達。叶。〇四十八句祝成中興之業。

江南遇天寶樂叟歌 七言，一韵到底，兩句一押。（白居易）

白頭病叟泣且言，祿山未亂入梨園。能彈琵琶和法曲，多在華清隨至尊。是時天下太平久，年年十月坐朝音潮元。千官起居環佩合，萬國會同車馬奔。金鈿照耀石甕寺，蘭麝薰煮温湯源。貴妃宛轉侍君側，體弱不勝平聲珠翠繁。冬雪飄飄錦袍暖，春風蕩漾霓裳翻。已上述繁華之時。歡娱未足燕寇至，弓勁馬肥邊語喧。豳土人遷避獯鬻，鼎湖龍去哭軒轅。從此漂淪到南土，萬人死盡一身存。秋風江上浪無際，暮雨舟中酒一樽。涸魚久失風波勢，枯草曾音層沾雨露恩。我自秦來君莫問，驪山渭水如荒村。新豐樹老籠明月，長生殿暗鎖黄昏。紅葉紛紛蓋欹瓦，綠苔重重俱平聲封壞垣。唯有中官作宫使，每年寒食一開門。已上述喪亂之後。

尋高鳳石門山中元丹丘 五言换數韵（李白）

尋幽無前期，乘興不覺遠。蒼崖渺難涉，白日忽欲晚。未窮三四山，已歷千萬轉。溪深古雪在，石斷寒泉流。峰巒秀中天，登眺不可盡。丹丘遥相呼，顧我忽而哂。遂造音皂窮谷間，始知静者閒。留歡達永夜，清曉方言還。

連昌宫詞 七言换數韵（元稹）

連昌宫中滿宫竹，歲久無人森似束。又有墻頭千葉桃，風動落花紅蔌蔌。四句述目前，引起。宫邊老人爲去聲余泣，少去年選進因曾音層入。上皇正在望仙樓，太真同凭闌干立。樓上樓前盡珠翠，炫轉熒煌照天地。歸來如夢復如癡，何暇備言宮裏事。初過平聲寒食一百六，店舍無煙宮樹緑。夜半月高絃索鳴，賀老琵琶擅場屋。力士傳呼覓念奴，念奴潛伴諸郎宿。須臾覓得又連催，特敕街中許然燭。春嬌滿眼睡紅綃，掠削雲鬟旋去聲裝束。飛上九天歌一聲，二十五郎吹管逐。逡巡大遍涼州徹，色色龜茲音丘慈轟陸續。李謩壓笛傍去聲宮墻，偷得新翻數般曲。平明大駕發行宮，萬人歌舞塗路中。百官隊仗避岐薛，楊氏諸姨車鬥風。已上述連昌之盛。明年十月東都破，御路猶存禄山過。驅令平聲供頓不敢藏，萬姓無聲淚潛墮。兩京定後六七年，卻尋家舍行宮前。莊園燒盡有枯井，行宮門闥樹宛然。爾後相傳六皇帝，不到離宮門久閉。已上敘連昌宮之衰。往來年少去聲説長安，玄武樓成花萼廢。去年敕使因斫竹，偶值門開暫相逐。荆榛櫛比音避塞音色池塘，狐兔驕癡緣樹木。舞榭攲傾基尚在，文窗窈窕紗猶緑。塵埋粉壁舊花鈿，烏啄風箏碎珠玉。上皇偏愛臨砌花，依然御榻臨堦斜。蛇出燕巢盤斗拱，菌生香案正當衙。寢殿相連端正樓，太真梳洗樓上頭。晨光未出簾影黑，至今反掛珊瑚鉤。指示傍人因慟哭，卻出宮門淚相續。自從此後還閉門，夜夜狐貍上門屋。已上因連昌宮而及西都之宮。我聞此語心骨悲，太平誰致亂者誰。翁言野父音甫何分別音鱉，耳聞眼見爲去聲君説。姚崇宋璟作相公，勸諫上皇言語切。燮理陰陽禾黍豐，調和中外無兵戎。長上聲官清平太守好，揀選皆言繇至公。開元欲末姚宋死，朝音潮廷漸漸繇妃子。禄山宮中養作兒，虢國門前鬧如市。弄權宰相不記名，依稀憶得楊與李。廟謨顛倒四海摇，五十年來作瘡痏。今皇神聖丞相明，詔書纔下吴蜀平。官軍又取河南賊，此賊亦除天下寧。年年耕種宮前道，今年不遣子孫耕。老翁此意深望幸，努力廟謀休用兵。此上借與老翁問答之言反覆明之亂之故。

帝京篇 長短句換數韵(駱賓王)

山河千里國，城闕九重平聲門。不睹皇居壯，安知天子尊。四句作冒。皇居帝里崤函谷，鶉野龍山侯甸服。五緯連影集星躔，八水分流横地軸。秦塞重平聲關一百二，此上述帝京形勢。漢家離宫三十六。桂殿嶔岑對玉樓，椒房窈窕連金屋。三條九陌麗城隈，萬户千門平旦開。複道斜通鳷鵲觀去聲，交衢直指鳳凰臺。劍履南宫入，簪纓北闕來。聲名冠去聲環宇，文物象昭回。鉤陳肅蘭苑，壁沼浮槐市。銅羽應風回，金莖承露起。校文天禄閣，習戰昆明水。朱邸抗平臺，黄扉通戚里。平臺戚里帶崇墉，炊金饌玉待鳴鐘。小堂綺帳三千户，大道青樓十二重平聲。寶蓋雕鞍金絡馬，蘭窗繡柱玉盤龍。繡柱璇題粉壁映，鏘金鳴玉王侯盛。王侯貴人多近臣，朝遊北里暮南鄰。陸賈分金將宴喜，陳遵投轄正留賓。趙李經過平聲密，蕭朱交結親。丹鳳朱城白日暮，青牛紺幰紅塵度。俠客珠彈去聲垂楊道，娼婦銀鉤采桑路。娼家桃李自芳菲，京華遊俠事輕肥。延年女弟雙鳳入，羅敷使君千騎去聲歸。同心結縷帶，連理織成衣。春朝桂尊尊百味，秋夜蘭燈燈九微。翠幌珠簾不獨映，清歌寶瑟自相依。恒論平聲三萬六千是，寧知四十九年非。已上敘帝京宫室豪貴之盛。古來榮利若浮雲，人生倚伏信難分。始見田竇相移奪，俄聞衛霍有功勳。未厭金陵氣，先開石槨文。朱門無復張公子，灞亭誰畏李將軍。相顧百齡皆有待，居然萬化咸應平聲改。桂枝芳氣已銷亡，柏梁高宴今何在。春去春來苦自馳，争名争利徒爾爲。久留郎署終難遇，空鎖相門誰見知。當時一旦擅豪華，自言千載長驕奢。倏忽摶風生羽翼，須臾失浪委泥沙。黄雀徒巢桂，青門遂種瓜。黄金銷鑠素絲變，一貴一賤交情見。紅顔宿昔白頭新，脱粟布衣輕故人。故人有湮淪，新知無意氣。灰死韓安國，羅傷翟廷尉。已上叙帝京豪貴之衰。已矣哉，歸去來。馬卿辭蜀多文藻，揚雄仕漢乏良媒。三冬自矜誠足用，十年不調去聲幾邅迴。汲黯薪逾積，孫弘閣未開。誰惜長沙傅，獨負洛陽才。已上自叙。

樂府説

唐人以來，雖有樂府，然而古樂府之音調蓋久失矣，此事鄭浹漈《樂府解題》及郭茂倩、左克明《樂府》等篇辯説頗詳。兹就詩體而論，略存數章，以見其概。

樂府證

將進酒（李白）

君不見，黄河之水天上來，奔流到海不復回。君不見，高堂明鏡悲白髮，朝如青絲暮成雪。人生得意須盡歡，莫使金樽空對月。天生我材必有用，千金散盡還復來。烹羊宰牛且爲樂音雒，會須一飲三百杯。岑夫子，丹丘生，將進酒，杯莫停。與君歌一曲，請君爲去聲我傾耳聽。鐘鼓饌玉不足貴，但願長醉不復醒。古來聖賢皆寂寞，惟有飲者留其名。陳王昔時宴平樂音落，斗酒十千恣歡謔。主人何爲言少錢，徑須沽取對君酌。五花馬，千金裘，呼兒將出换美酒，與爾同銷萬古愁。

短歌行（王建）

人初生，日初出。上山遲，下山疾。百年三萬六千朝，夜裏分將强半日。有歌有舞間早爲，昨日健於今日時。人家見生男女好，不知男女催人老。短歌行，無樂音落聲。

拘幽操（韓愈）

目掩掩兮其凝其盲，耳肅肅兮聽不聞聲。朝不日出兮夜不見月與星，有知無知兮爲死爲生。嗚呼！臣罪當誅兮天王聖明。

艾如張（李賀）

錦襜褕，繡襠襦，强乞良反飲啄，哺爾雛。隴東卧穟滿風雨，莫信良媒隴西去。齊人織網如素空，張在野田平碧中。網絲漠漠無形影，悮爾觸之傷首紅。艾葉緑花誰翦刻，中藏禍機不可測。

白紵歌（張籍）

皎皎白紵白且鮮，將作春衣稱去聲少年。裁縫平聲長短不能定，自持刀尺向姑前。復恐蘭膏汙去聲纖指，常遣傍人收墮珥。衣裳著着同時寒食下，還把玉鞭鞭白馬。全旨自矢守法潔身也。

詩法初津卷二

古吴葉弘勳有大輯　馮高明節
同學張介壽眉生、沈光國君被參

意匠部

總論

意之於詩，如馬之駕車，將之御兵，心之運四體也。有一題，必有一定之意。雖詩之變化無方，而意之經營有主。入廟思敬，入墓思哀，歡者不能强之使戚，怨者不能平之使和。若意不先立，而率爾搦管，僅沾沾於聲調、字句之間，則徒車難以適遠，亂兵難以當敵，頑體難以將事矣。故作詩必須先立意，而欲立意，必須先知審題，須先知每題中有景、有情，則意有所託。又必須先知六義，則意有所範。

審題

題有四大門：一朝廷，二仕宦，三往來，四當身也。曰榮遇，曰紀述，曰諷諫，此朝廷之題。曰上投，曰功德，此仕宦之題。曰賀，曰尋訪，曰逢，曰贈，曰嘲戲，曰示，曰留别，曰夢，曰懷思，曰寄，曰送别，曰酬答，曰和，曰謝，曰哭挽，此往來之題。自朋友、親戚、家人、眷屬及奴婢等，與我非一人，則皆往來之類也。

如東交則西好，此讐則彼怨，上使則下事，無往而不來，亦無來而不往，但較之朝廷及仕宦，覺爲平等或輕微，非一例耳。曰考試，曰譏刺，曰志喜，曰登臨，曰即事，曰憑弔，曰征行，曰旅寓，曰題記，曰閨情，曰古意，曰邊塞，曰詠物，曰詠史，此當身之題。我自寫其胸中，與他人無干也。詩題雖多，然約略盡之矣，縱有遺漏，亦即此可以悟彼。而此諸題，各各有意，其意則亦千篇一律，不能南轅而北轍也。

榮遇題説

榮遇之題四種：爲應制，爲朝，爲直宿，爲賜物。其氣象須富貴尊嚴，其風規須典雅温厚，其思致須殷勤忠謹，其詞采須藻麗清新。大約應制如已有聖製在前者，須稱美其所詠之事，或兼美聖製。如奉詔竟作者，亦須稱美其所詠之事。二者皆宜述其事之大概，使觀者了然。又宜援引古來帝王同類典實相證，而言今日與之匹休，或言今日更勝之。至末或述自己躬逢其盛，欣喜無任之意，或祝聖祚鞏固，或祈聖壽永長，或勉聖德益進無數，或謙言自己無才無德，不能揄揚厥美。間有援引古來之不善，以形容今日之盡善者，然此意還當避忌，不用可也。朝亦有二，如早朝則言入朝之景、之情，或述在朝之事，或兼及退朝之事；如退朝，則言退朝之景、之情，亦有先説在朝，而歸到退朝者。直宿則須言直宿之景、之情，或寓忠愛於憂盛危明，或寄風指於身閒思退，或感恩圖報，矢靖生平。賜物則須貼切其物，若詠物之例，掩題而看，必非他物可以籠統。又須見天恩隆重，拜登知感爲貴，忌在寒儉而失之陋，繁縟而失之俗、失之寬套，觸犯忌諱而失之不詳。

榮遇詩證已下詩不能遍舉各體，且有一種題，本末嘗兼衆體者。茲隨意偶拈，勿訝其漏。

奉和聖製同玉真公主遊大哥山池應制（張説）

池如明鏡月華開，池。山學香爐雲氣來。山。二句美山池。神藻飛爲脊令平聲賦，「脊令」，可用平仄聲。○《詩》：「脊令在原，兄弟急難。」因聖製稱「大哥山池」，故用兄弟典故。○美聖製。仙聲颺出鳳凰臺。秦穆公女弄玉，登臺吹簫引鳳，騎之仙去。○美玉真公主。

奉和聖製九月九日登慈恩寺浮圖應制（劉憲）

飛塔雲霄半，清辰羽旆遊。羽旆，從駕之仗。登臨憑季月，寥廓見中州。御酒新寒退，五句美九月九日登慈恩寺浮圖。天文瑞景留。言有聖製能使今日之景常在目前。美聖製。辟邪將獻壽，九日登高，爲辟邪也。茲日奉千秋。祝聖。

奉和立春遊苑迎春應制（馬懷素）

玄籥飛灰出洞房，玄籥，即候氣之律琯。立春節至則太簇之琯飛灰。青郊迎氣肇初陽。仙輿暫下宜春苑，御醴行開薦壽觴。四句美迎春。映水輕苔猶隱綠，緣堤弱柳未舒黃。二句寫立春之景。唯有裁花飾簪鬢，「飾簪」，可用平仄聲。恒隨聖藻狎年光。結，美聖製。

奉和聖製幸鳳湯泉應制（張説）

周狩聞岐禮，周宣王狩於岐陽。○破「幸」字。秦都辨雍上聲名。記鳳湯泉所在之地。獻禽天子孝，存老聖皇情。二事乃其時兼舉者。温潤宜冬幸，遊畋樂音落歲成。見不妨農。湯雲出水殿，「出」，可用平聲。暖氣入山營。坎意無私結，坎屬水，時賜人同浴，故云「無私」。乾心稱去聲物平。即上句意。帝歌流樂府，溪谷也增榮。美聖製。

侍宴應制（喬知之）

紫禁肅晴氣，天象紫微垣占應宫禁，故云「紫禁」。○「肅」，可用平聲。朱樓落曉雲。豫遊龍駕轉，豫遊，用「一遊一豫」語。天樂鳳簫聞。竹外仙亭出，花間輦路分。六句美宴。微臣一何幸，「一」，可用平聲。詞賦奉明君。自敘感恩。

興慶池侍宴應制（韋元旦）

滄池漭沆帝城邊，殊勝昆明鑿漢年。漢武帝鑿昆明池，習水戰。夾岸旌旗疏輦道，疏，開也。中流簫鼓振樓船。雲峰四起迎宸幄，水樹千重平聲入御筵。六句美興慶池燕。宴樂音雒已深魚藻詠，起下。承恩更欲奏甘泉。楊雄獻《甘泉宫賦》，中寓諷諫，併感恩圖報。

三月三日曲江侍宴應制（王維）

萬乘去聲親齋祭，千官喜豫遊。奉迎從上苑，祓禊向中流。草樹連容衛，山河對冕旒。畫旗摇浦溆，春服滿汀洲。仙樂龍媒下，神皋鳳蹕留。從今億「億」，可用平聲。萬歲，天寶紹春秋。

早春桂林殿應詔（上官儀）

步輦出披香殿名，清歌臨太液池名。曉樹流鶯滿，春堤芳草積。風色翻露文，雪華上空碧。花蝶來未已，山光暖將夕。

已上共八首，俱應制。

凌晨入朝（前人）

脈脈廣川流，驅馬入長洲。「馬」，可用平聲。「長」，可用仄聲。鵲飛山月曙，蟬噪野風秋。俱言入朝之景。

春日早朝（張籍）

曉陌春寒朝音潮騎去聲來，瑞雲深處見樓臺。夜來新雨沙堤濕，東上閤門應平聲未開。「閤」，可用平聲。

早　朝（耿湋）

鐘鼓餘聲裏，千官向紫微。冒寒人語少，乘月燭來稀。清漏聞馳道，輕霞映瑣闈。猶看嘶馬處，未啓掖垣扉。俱言入朝之景。

早朝大明宫呈兩省僚友（賈至）

銀燭朝音潮天紫陌長，禁城春色曉蒼蒼。千條弱柳垂青瑣，百囀流鶯繞建章。宫名。四句言入朝之景。劍珮聲隨玉墀步，「玉墀」，可用平仄聲。衣冠身惹御爐香。二句言朝中之景。共沐恩波鳳池上，朝朝染翰侍君王。二句朝中之事。

早　朝（韋元旦）

震維芳月季，春于卦屬震；季，三月也。宸極衆星尊。用「北辰星共」義。二句總起。玉珮朝音潮三陛，鳴珂度九門。挈壺分早漏，挈壺，主刻漏之官。伏檻耀初暾。北倚蒼龍闕，西臨紫鳳垣。六句言朝内之景。詞庭草欲奏，「草」，可用平聲，謂代制稿。温室樹無言。温室乃漢禁中之室，孔光性謹密，或問：「温室中有何樹？」光不對。二句言朝中之事。解翰空爲忝，長懷聖主恩。二句感恩。

早　朝（王維）

皎潔明星高，蒼茫遠天曙。槐露暗不開，城鴉鳴稍去。始聞高閣聲，莫辨更衣處。銀燭已成行，金門儼騶馭。俱入朝之景。

春日退朝（劉禹錫）

紫陌夜來雨，南山朝下看。戟枝迎日動，閣影助松寒。瑞氣轉綃縠，遊光泛波瀾。御溝新柳色，處處拂歸鞍。俱退朝之景。

紫宸殿退朝口號（杜甫）

户外昭容紫袖垂，雙瞻御座引朝儀。昭容，女官也。坐朝則倒行引駕而出，故袖垂户外而面瞻御座。户，蓋殿上之户也。香飄合殿春風轉，花覆千官淑景移。晝漏稀聞高閣報，天顔有喜近臣知。六句朝中之景。宫中每出歸東省，會送夔龍集鳳池。夔、龍，舜臣，況當時宰相。唐制，左拾遺隸門下省，在東，故曰東省。鳳池，中書也，省在西。時公爲左拾遺，當歸東省而集西，中書省見宰相也。二句退朝之事。

已上共八首，俱朝。

早入諫院（鄭谷）

紫雲重疊抱春城，廊下人稀唱漏聲。二句直宿之景。偷得微吟斜倚柱，滿衣花露聽宫鶯。二句直宿之情。

春宿左省（杜甫）

花隱掖垣暮，啾啾棲鳥過平聲。星臨萬户動，月傍九霄多。四句直宿之景。不寢聽金鑰，冀其開門。因風想玉珂。冀僚友入朝爲早朝之時，俱起下文。明朝有封事，數音朔問夜如何。四句直宿之情。

朝　直（鄭谷）

朝直叨居省閣間，由來疏退接安閒。落花夜静宫中漏，微雨春寒廊下班。自扣玄門齊寵辱，從他榮路用機關。孤峰未得深歸去，名畫偏求水墨山。俱言直宿情景。

中書即事（裴度）

有意效承平，無功益聖明。灰心緣忍事，霜鬢爲論兵。道直身還在，起下句。恩深命轉輕。鹽梅非擬議，葵藿是平生。白日長懸照，蒼蠅謾發聲。高陽舊田地，終使謝歸耕。通首俱言情。

禁中寓直夢遊仙遊寺（白居易）

西軒草詔暇，記直宿事。松竹深寂寂。月出清風來，忽似山中夕。三句記直宿之景。因成西南夢，夢作遊仙客。覺音叫聞宫漏聲，猶謂山泉滴。四句記直宿之情。

已上共五首，俱直宿。

元日恩賜柏樹應制（趙彦昭）

器乏雕梁器，材非構廈材。比物自謙。但將千歲葉，柏葉不凋。常奉萬年杯。比物自述圖報之意。

奉和聖製立春日侍宴内殿出剪綵花應制（宋之問）

金閣妝仙杏，瓊筵弄綺梅。人間都未識，天上忽先開。蝶繞香絲住，蜂憐彩豔迴。今年春色早，應爲剪刀催。上六句美綵花，末二句兼帶立春日。

和張員外敕賜百官櫻桃（韓愈）

漢家舊種明光殿，炎帝還書本草經。二句櫻桃典故。豈似滿朝承雨露，共看傳賜出青冥。香隨翠籠擎初到，色映銀盤寫瀉同未停。四句言敕賜。食罷自知無所報，空然慚汗仰皇扃。二句感恩。

已上三首，俱賜物。

紀述題説

紀述之題，凡有祥瑞、典禮、武功、文德之類，職在儒臣，每作爲歌詠，以侈陳其事。必須揄揚欣忭，鳴盛宣和，亦須條載明備，事詳筆簡。或寓勸勉君德、忠愛無已之旨。其所忌在草野而傷於不經，疏率而傷於漏，窒塞而傷於晦。

紀述詩證

宣政殿芝草（李義府）

明王敦孝感，寶殿秀靈芝。二句由君德説到芝草。色帶朝陽浄，光涵雨露滋。二句寫芝草。且標仙德重，更引國恩施。二句極美芝草。聖祚今無限，祝聖。微臣樂未移。自敘。

觀玉芝慶雲（王維）

大同殿生玉芝，龍池上有慶雲，百官共睹，蒙恩賜宴，敢書即事。

欲笑周文歌宴鎬，周天子宴鎬京，歌《魚藻》詩。還輕漢武樂横汾。漢武帝幸汾陰，賦詩。豈知芝草生三秀，靈芝一年三秀。一句美芝。復有龍池出五雲。一句美雲。陌上堯樽傾北斗，樓前舜樂動南薰。二句美宴。共歡天意同人意，萬歲千秋奉聖君。二句祝聖。

喜聞盗賊藩寇總退（杜甫）

今春喜氣滿乾坤，南北東西拱至尊。大曆三年調玉燭，《爾雅》：「四氣和，謂『玉燭』。」玄元皇帝聖雲孫。遠孫謂「雲孫」。

朔旦冬至攝職南郊（權德輿）

大明南至慶天正平聲，冬至爲南至。朔旦圓丘樂九成。文軌盡同堯歷象，齋祠忝備漢公卿。星辰列位祥光滿，金石交音曉奏清。六句敘南郊。更有觀臺稱賀處，黄雲捧日瑞昇平。冬至登臺觀雲。二句敘冬至兼祝聖。

諷諫題説

諷諫之題，凡時政之失，如聲色貨利、土木神仙、荒遊寵幸，或遠賢黷武之類。多有言今而託之於古者，言唐則稱漢，言明皇則稱武帝，言貴妃則稱飛燕，言目前之亂則稱秦漢之季是也。有非今而託之於思古者，非當時則思皇古或唐虞三代是也。有言人而託之於仙者，言太真則稱王母是也。有言人而託之於物者，言才德不遇則稱卞和獻玉遭刖，言宵小倖進則稱衛懿舞鶴乘軒是也。亦有淡寫輕描，凡常敘述，雖不加評論，然令人反覆有餘思。此等義例，難以盡陳，其詩亦難備引，學者舉一反三可矣。忌在危言以賈禍，直言以近謗，不如爲尊者諱而言以失體。

諷諫詩證

號國夫人（杜甫）

號國夫人承主恩，私家婦女，非可承主恩者。平明上馬入宮門。言平明則白日昭然，言上馬則路人共見，而宮門出入無忌，可羞甚。卻嫌脂粉污顏色，淡掃蛾眉朝音潮至尊。私家婦女，非可朝至尊者。

己亥歲（曹松）

澤國江山入戰圖，生民何計樂樵蘇。憑君莫話封侯事，一將功成萬骨枯。

宮中行樂詞二首（李白）

柳色黄金嫩，梨花白雪香。以花樹比妃子。玉樓巢翡翠，金殿鎖鴛鴦。以珍禽比妃子。

選妓隨雕輦，徵歌出洞房。言歌舞之樂。宮中誰第一，飛燕在昭陽。一言其寵幸專房，一況其嬖幸得君。

盧橘爲秦樹，蒲萄出漢宮。行樂之境。煙光宜落日，絲管醉春風。行樂之時。笛奏龍吟水，簫鳴鳳不空。行樂之事。君王多樂音雒事，還與萬方同。結歸勸勉。

冬日雒城北謁玄元皇帝廟（杜甫）

配機玄都閟，極，北極也。玄都，北方也。廟在雒城北，故云。憑高禁籞長。《漢書音義》：禁苑之籞，折竹以懸繩連之，使人不得往來。守祧嚴具禮，遷王至廟曰祧。掌節鎮非常。節，護廟使者之節。四句言老子用宗廟禮爲不經。碧瓦初寒外，琉璃瓦也。金莖壹氣旁。金莖，承露盤，在殿前，謂其廟似宮殿。山河扶繡户，廣大也。日月近雕梁。高也。四句言其制侔宮殿爲非禮。仙李盤根大，老子生，指李樹爲姓，而唐祖之，故云。猗蘭奕葉光。漢武帝生於猗蘭殿，況唐受姓之始。世家遺舊史，前注謂，太史公不作老子世家，而至於列傳。愚謂世家，譜牒也。唐祖老子，譜牒無稽，不足爲信。道德付今王。明皇親注《道德經》。四句言妄認族姓之非。畫手看前輩，吴生遠擅場。吴道子。森羅移地軸，妙絶動宮墻。五聖聯龍衮，五聖，高祖、太宗、高宗、中宗、睿宗也。道子畫之於廟壁。千官列雁行。音杭。冕旒俱秀發，旌旆盡飛揚。五聖千官，君臣何等崇重，而乃畫於廟壁，親切如此。八句言畫壁猥侮之非。翠柏深留景，紅梨迥得霜。風箏吹玉柱，露井凍銀牀。銀牀，井欄也。四句言謁廟時之景。身退卑周室，經傳拱漢王。謂老子在周爲柱史，其後身退卑隱，不喜炫耀尊顯，僅有經傳漢世，爲文帝師法耳。谷神如不死，養拙更何鄉。《老子》：「谷神不死，是謂玄牝。」四句言老子以清静退隱爲事，僅有經傳。即令不死，亦當藏名養拙，豈肯憑人降形，以博人主之崇奉乎？深言建祠加號之非。

同諸公登慈恩寺塔（杜甫）

高標跨蒼穹，比人主尊位。烈風無時休。此時多闕政。自非曠士懷，登兹翻百憂。翻，反也。登高欲散心，而今反憂，比君子入朝求進而反傷時。四句總冒。方知象教力，塔廟者，佛以形象教人。足可追冥搜。仰穿龍蛇窟，謂磴道屈曲而升。始出枝撑幽。枝撑，斜柱也。塔每級有斜柱，至盡處爲出枝撑。七星在北户，河漢聲西流。羲和鞭白日，少昊行清秋。謂漸趨衰晚。秦山忽破碎，京都將亂。涇渭不可求。涇濁渭清，謂清濁無分。俯視但壹氣，焉音烟能辨皇州。天下俱茫茫不可知，而京師亦如此。十二句承首句來，言上將亂而下將危。回首叫虞舜，蒼梧雲正愁。懷古傷今。明皇巡幸貴妃皆從，故比之二妃。惜哉瑶池飲，日宴昆崙丘。周穆王與王母宴於瑶池，比貴妃。四句懷古帝以傷今王，言天下將亂，不可荒樂。黄鵠去不息，哀鳴何所投。二句比君子將隱。言雖有忠讜，時不能用。君看隨陽雁，各有稻粱謀。二句比小人貪禄，無益於時。

上投題説

上投之題，皆身在下位，用於當事者。其人或係世胄，則須敘其家門。其人或任事權，則須稱其功德。其人或係舊交，須追論其疇昔遊處。其人或係通家，則須鋪述其父祖款曲，中間或引用同姓古彦，以見閥閲淵源。或歸美所居山水，以見地靈人傑；或揄揚其現在官職，以見器局有餘，將來當更超擢。若欲求見，須言企慕之誠。若欲干請，則須言貧困之狀。若欲乞其薦達，須先自謙抑然，後言略有何長足取，末俱歸於感恩思效、報德不忘之情。或不欲徑露傷雅，則借託於物象，如蠅之附驥、婦之媚夫、絲蘿之附喬木等類。又須地步據得高，架子張得大，使人尊敬而不敢輕狎，若韓昌黎《上宰相諸書》爲妙。忌在太誇近諛，太卑近諂，或忤犯不知避諱而近於不諳事宜。

上投詩證

閨意獻張籍（朱慶餘）

洞房昨夜停紅燭，待曉堂前拜舅姑。妝罷低聲問夫壻，畫眉深淺入時無。比己之詩文，以夫壻比籍，謂爲知己也。

山中寄樊僕射（于鵠）

却憶東溪日，同年事魯儒。僧居閒共宿，酒肆醉相扶。四句敘舊。天畔雙旌貴，一句美僕射。山中病客孤。無謀還有計，春谷種雙榆。三句自述。

投翰林蕭侍郎（張蠙）

九仞牆邊絶路岐，野才非合自求知。反起。靈湫豈要魚棲浪，仙桂那平聲容鳥寄枝。承上比物。纖草不銷春氣力，微塵還助岳形儀。比物求薦。從來爲學投文鏡，文鏡如今更有誰。美侍郎。

上張弘靖相公（王建）

傳封三世盡河東，美其家門。家占去聲中條第一封。美其所居。旱歲天教平聲作霖雨，「作霖」，可用平仄聲。明時帝用補山龍。山龍，衮服之章。《詩》：「衮職有闕，維仲山甫補之。」草開舊路沙痕在，唐制，宰相之第築沙堤，達於朝而使之行。美其世相。日照新池鳳跡重。平聲，亦美其世相。四句美之。卑散自知霄漢隔，若爲門下賜從音匆容。自述求見。

贈翰林張四學士（杜甫）

翰林逼華蓋，謂其近上。「逼華」，可用平仄聲。鯨力破滄溟。謂其承勢。天上張公子，宮中漢客星。四句總冒。賦詩拾翠殿，「拾」字可用平聲。佐酒望雲亭。紫誥仍兼綰，黄麻似六經。謂其草制。内分金帶赤，恩與荔枝青。六句言其榮寵。無復隨高鳳，高鳳好學，想學士曾從公讀書，故云。此句結上啓下。空餘泣聚螢。車胤家貧無燈，囊螢讀書。此生任春草，「任春」，可用平仄聲。垂老獨漂萍。二句自敘。儻憶山陽會，悲歌在一聽。平聲。希其念舊薦己。

功德題説

功德之題須言其生平、學問、操守，以爲立德、立功之本，又須言其未任事時所患何病，朝野憂惑懸望之意何狀，以爲立德立功之由，然後詳敘其如何立功，如何立德，又須説到立德、立功之後如何光景，如何歌思在人，如何榮寵及身，或祝其異日再立功德。其所忌與記述略同。

功德詩證

贈李愬僕射（王建）

和雪翻營一夜行，神旗凍定馬無聲。遥看大號去聲連營赤，知是先鋒已入城。敘雪夜破蔡州之功。

狂寇後上劉尚書（方干）

孫武傾心與萬夫，削平妖孽在斯須。纔施偃月行軍令，便見臺星逼座隅。獨柱搘天寰海正，雄名蓋世古今無。聖君争不酬功業，仗下高懸破賊圖。

秋日荆南送石首薛明府辭滿告别奉寄薛尚書頌德敘懷斐然之作三十韻（杜甫）

南征爲客久，此句是荆南。西候别君初。此句是秋日送。歲滿歸鳧舄，此句是薛明府辭滿告别。秋來把雁書。此句是奉寄薛尚書。荆門留美化，此句申言薛明府辭滿。姜被就離居。姜肱兄弟篤愛，共被而卧。此句言二薛兄弟相見。聞道和親人，垂名報國餘。二句略美薛尚書。連枝不日並，「不」字可用平聲。八座幾時除。二句祝二薛。往者胡星孛，恭惟漢網疏。風塵相澒洞，天地一丘墟。殿瓦鴛鴦坼，宮簾翡翠虚。鉤陳摧徼道，槍纛失儲胥。文物陪巡狩，親賢病拮据。十句詳敘未立功已前事。公時呵猰貐，首唱卻鯨魚。勢愜宗蕭相，材非一范睢。屍填太行道，血走浚儀渠。滏口師仍會，函關憤已攄。紫微臨大角，皇極正乘「乘」，以去聲作平聲用，未可法。輿。賞從去聲頻峨冕，殊恩再直廬。豈惟高衛霍，曾音層是接應平聲徐。降集翻翔鳳，追攀絶衆狙。侍臣雙宋玉，戰策兩穰苴。十八句詳紀薛尚書公爵。鑒澈勞懸鏡，荒蕪已荷去聲鋤。向來披述作，重平聲此憶吹嘘。白髮甘凋喪，去聲。青雲亦卷舒。六句自敘。經綸功不朽，跋涉體何如。二句問訊。應平聲訝耽湖橘，常餐占去聲野蔬。十年嬰藥餌，萬里狎樵漁。揚子淹投閣，鄒生惜曳裾。但驚飛熠耀，不記改蟾蜍。煙雨封巫峽，江淮略孟諸。十句敘别。湯池雖險固，遼海尚填淤。努力輸肝膽，休煩獨起予。四句勉其更立功。

賀題説

賀題不一，如升官、科第、壽誕、婚嫁、生子、遷移之類，俱須切確其人其事，或用典實以形容之。忌在寬浮而涉套，質率而涉俚，不祥而涉嫌。

賀詩證

門下相公榮加册命天下同歡忝沐眷私輒感申賀（劉禹錫）

册命出宸衷，官儀自古崇。特膺平土拜，光贊格天功。再佩扶陽印，常乘鮑氏驄。七賢遺老在，猶得詠清風。

賀裴廷裕登第二首（李搏）

銅梁千里曙雲開，僊籙新從紫府來。天上已張新羽翼，世間無復舊塵埃。

曾音層隨風水化凡鱗，安上門前一字新。聞道蜀江風景好，不知何似杏園春。

予與微之今年冬各有一子戲作一什相賀（白居易）

常憂到老都無子，何況新生又是兒。陰德自然宜有後，皇天可得道無知。鄧攸，字伯道，無子。人曰：「天道無知，使鄧伯道無兒。」一園水竹今爲主，百卷文章更付誰。莫慮鵷雛無浴處，即應平聲重平聲入鳳凰池。

送雍陶及第歸成都寧親（賈島）

不唯詩著籍，兼又賦知名。議論於題稱，春秋對問精。半應平聲陰騭與，全賴有司平。六句美其及第。歸去峰巒衆，別來松桂生。漲江流水品，當道白雲坑。勿以攻文捷，而將學劍輕。六句敘其歸成都，想陶幼曾習武。製衣新濯錦，開醞舊燒罌。同日升科士，誰同膝下榮。四句美其寧親。

尋訪題説

尋訪之題二種：有尋訪者，有尋訪不遇者。其於尋訪，須寫自己來意，或寫其人之性情，或寫其家之風景。其於尋訪不遇者，須寫悵悵惋惜之致，或寫其家之閒寂，或寫其時之疑訝。忌在庸俗寡趣、浮悶寡情。

尋訪詩證

訪皇甫七（白居易）

上馬行數里，數，可用平聲。逢花傾一杯。更無停泊處，還是覓君來。述來意。

同諸公尋李方直不遇（包何）

聞説到揚州，吹簫憶舊遊。承上，言彼到揚州之意。人來都不見，同諸公尋，故云「都不見」。莫是上迷樓。此句寫疑訝。迷樓，在揚州。

訪許顔（杜牧）

門近寒谿窗近山，枕山流水日潺潺。寫其家風景。長嫌世上浮雲客，老向塵中不解顏。寫其人性情。

訪李卿不遇（錢起）

晝戟朱樓映晚霞，高門寒柳度飛鴉。寫其家閒寂。門前不見歸軒至，城上愁看落日斜。寫悵悵惋惜。

訪許用晦（張祜）

遠郭日曛曛，停橈一訪君。二句寓來意。小橋通野水，高樹入江雲。二句寫其家風景。酒興曾音層無敵，詩情舊逸群。怪來音信少，五十我無聞。四句寫其人性情。

訪戴天山道士不遇（李白）

犬吠水聲中，桃花帶雨濃。樹深時見鹿，谿午不聞鐘。野竹分青靄，飛泉掛碧峰。六句寫其家閒寂。無人知所去，愁倚兩三松。二句寫悵悵惋惜。

題張氏隱居（杜甫）

春山無伴獨相求，伐木丁丁俱音争山更幽。澗道餘寒歷冰雪，言其僻。石門斜日到林丘。言其遠。〇四句寫來意。不貪夜識金銀氣，遠害朝看麋鹿遊。乘興杳然迷出處上聲，對君疑是泛虛舟。四句寫其人性情。

尋郭道士不遇（白居易）

郡中乞暇來相訪，洞裏朝音潮元去不逢。看院祇留雙白鶴，入門惟見一青松。藥爐有火丹應平聲伏，雲碓無人水自春。六句寫來意，兼寫其家閒寂。欲問參同契中事，更期何日得從音匆容。二句寫悵悵惋惜。

過李楫宅（王維）

閑門秋草色，終日無車馬。客來深巷中，犬吠寒林下。四句寫其家風景。散髮時未簪，道書行尚把。與我同心人，樂音落道安貧者。一罷宜城酌，還歸洛陽社。六句寫其人性情。

逢題説

逢題二種，或有逢舊識，或有逢親友。逢舊則寫舊情，逢新則寫新喜。或敘其人，或自敘。忌在膚而不切、直而少致。

逢詩證

逢　舊（白居易）

久別偶相逢，俱疑是夢中。敘其人兼自敘。即今歡樂音落事，放盞又成空。

逢故人（張籍）

山東一十餘年別，敘舊。今日相逢在上都。説盡向來無限事，相看盡是白髭鬚。

途中逢進士許巢（方干）

聲望去已遠，「去」，可用平聲。門人無不知。「無」，可用仄聲。義行相識處，貧過少去聲年時。妨寐夜吟苦，「夜」，可用平聲。愛閒身達遲。「愛」，可用平聲。難求似君者，「似君」，可用平仄聲。我去更逢誰。新喜。

長慶寺遇常州阮秀才（許渾）

高閣晴軒對一峰，毗陵書客此相逢。晚收紅葉題詩遍，秋待黄花釀酒濃。山館日斜喧鳥雀，石潭波動戲魚龍。上方有路應平聲知處，疏磬寒蟬樹幾重。平聲。俱寫新遇時情景。

長安遇馮著（韋應物）

客從東方來，衣上灞陵雨。問客來何爲，采山因買斧。冥冥花正開，颺颺燕新乳。昨别已經春，鬢絲生幾縷。叙舊。

短歌行（杜甫）

前者途中一相見，人事經年記君面。後生相勸何寂寥，君有長才不貧賤。君今起柁春江流，余亦沙邊具小舟。幸爲去聲達書賢府主，江花未盡會江樓。

贈題説

贈題，或讚美，或規勸，俱須道己款曲，肖彼行藏，間寫贈時之景。忌在質魯無文，直嶇少情。

贈詩證

贈李中華（梁鍠）

莫向嵩山去，神仙多誤人。不如朝音潮魏闕，天子重賢臣。規勸。

贈陜掾梁宏（賈至）

梁子工文四十年，詩顛名過草書顛。讚美。白頭仍作功曹掾，俸薄難供沽酒錢。

贈苗發員外（祖詠）

宿雨朝來歇，空山天氣清。盤雲雙鶴下，隔水一蟬鳴。古道黄花落，平蕪赤燒去聲生。燒，野火也。茂陵雖有病，司馬相如晚居茂陵，有消渴病，詠自況也。猶得伴君行。寫贈時情景。

贈賈島（張籍）

籬落荒涼僮僕饑，樂音雒遊原上住多時。蹇驢放飽騎將出，秋卷裝成寄與誰。拄杖傍上聲田尋野菜，封書乞米趁時炊。姓名未上登科記，身屈惟應平聲内史知。

贈鄭大夫魴（孟郊）

天地入胸臆，吁嗟生風雷。文章得其微，物象由我裁。宋玉逞大句，李白飛狂才。以宋玉、李白況之。苟非聖賢心，孰與造化該。勉矣鄭夫子，驪珠今始胎。

嘲戲題説

知契親狎，事有可笑者，以詩調弄，忌在俚而傷雅，謔而爲虐。

嘲戲詩證

聞裴秀才迪吟詩因戲贈（王維）

猿吟一何苦，愁朝復悲夕。莫作巫峽聲，巫峽中多猿吟，故戲比之。腸斷秋江客。

戲問花門酒家翁（岑參）

老人七十仍沽酒，千壺百甕花門口。道傍榆莢多似錢，摘來沽酒君肯否。

戲答諸少年（白居易）

顧我長上聲年頭似雪，饒君壯歲氣如雲。朱顔今日雖欺我，白髮他時不放君。

嘲王歷陽不肯飲酒（李白）

地白風色寒，雪花大如手。笑殺陶淵明，不飲杯中酒。陶淵明爲彭澤令，好酒。今王歷陽亦縣令也，而不飲酒，故嘲之。浪撫一張琴，淵明蓄琴無弦，曰：「但得琴中趣，何勞弦上音。」虚栽五株柳。淵明門栽五柳，號五柳先生。空負頭上巾，淵明葛巾漉酒。吾於爾何有。白善飲，故云。

留别題説

留别之題，須寫不忍别之意，或依依其人，或戀戀其地，或述聚日歡情，或記别時風景，或傷去路之遥，或悲會期之杳。忌在説去住無意緒，敘前後少思理。

留别詩證

江陵酒中留别坐客（吴温）

尋常縱恣倚青春，不契心期便不親。今日煙波九疑路，「九疑」，可用平仄聲。相逢盡是眼中人。

夏末留别洞庭知己（朱慶餘）

清秋時節近，分袂獨淒然。此地折高柳，「折高」，可用平仄聲。古人折柳爲别，將以代馬鞭也，故别詩多用之。何門聽平聲暮蟬。浪摇湖外日，山背楚南天。空感迢迢事，榮歸在幾年。

留别宗人太守郎中邁（滕倪）

秋初江上别旌旗，故國無家淚欲垂。千里未知投足處，前程便是聽猿時。誤攻文字身空老，卻返漁樵計已遲。羽翼凋零飛不得，丹霄無路接差音雌池。

留别雒京親友（韋應物）

握手出都門，雒京，東都。駕言適京師。長安，西京。豈不懷舊廬，惆悵與子辭。麗日坐高閣，清觴燕華池。昨遊倏已過，後遇良未知。念結路方永，歲陰野無暉。單車我當去，暮雪子獨歸。臨流一相望，零淚忽沾衣。

懷思題説

懷思之題，有因夢而思者，有觸景物而思者，有追往事而思者。須將所思之人與因而所思之事，合説得怵怵動心爲妙。忌在人與事無關，我與二者無涉。

懷思詩證（編者按：四字原闕，依體例補出。）

長灘夢李紳（元稹）

孤吟獨寢意千般，合眼逢君一夜歡。慚愧夢魂無遠近，不辭風雨到長灘。

久不得張喬消息（鄭谷）

天末去程孤，沿淮復向吴。亂離何處甚，安穩到家無。樹盡雲垂野，檣稀月滿湖。傷心繞村落，「繞村」，可用平仄聲。應平聲少舊耕夫。

寄題説

寄懷與贈及懷思等題相類，敘我目前之景并胸中之意，寄之彼人，當使千里如面談。所忌亦與諸題相類。

寄詩證

寄令狐郎中（李商隱）

嵩雲秦樹久離居，雙鯉迢迢一紙書。休問梁園舊賓客，「舊賓」，可用平仄聲。茂陵秋雨病相如。

寄錢庶子（賈島）

曲江春水滿，北岸掩柴關。祇有僧鄰舍，全無物映山。樹陰終日掃，藥債隔年還。猶記聽平聲琴夜，寒燈竹屋間。

寄劉禹錫（戴叔倫）

謝相園西石徑斜，知君習隱暫爲家。有時出郭行芳草，長日臨池看落花。春去能忘詩共賦，客來應平聲是酒頻賒。五年不見西山色，悵望浮雲隱落霞。

寄皇甫賓客（白居易）

名利既兩忘，形體方自遂。卧掩羅雀門，門静，故可羅雀。無人驚我睡。睡足斗擻衣，閑步中庭地。食飽摩挲腹，心頭無一事。除卻玄晏翁，皇甫謐號玄晏先生，以況賓客。何人知此味。

君不見簡蘇徯（杜甫）

君不見道邊廢棄池，君不見前者摧折音舌桐。百年死樹中去聲琴瑟，承次句。一斛舊水藏蛟龍。承首句。丈夫蓋棺事始定，君今幸未成老翁，何恨憔悴在山中。深山窮谷不可處上聲，霹靂魍魎兼狂風。

送別題説

送別有數等，如別征戍，則寫黯慘而勉之努力效忠；送人遠遊，則寫不忍別而勉之及時早回；送人仕宦，則寫欣喜而勉之憂國恤民，或訴己窮居而望其薦拔。中多托酒以將意，亦觸景而寄情。所忌與留別同。

送別詩證

送張起崔載華之閩中（劉長卿）

朝音潮無寒士達，家在舊山貧。相送天涯裏，憐君更遠人。

送朱越（王昌齡）

遠別舟中蔣山暮，君行舉首燕平聲城路。薊門秋月隱黄雲，期向金陵醉江樹。

送趙侍郎歸上都（岑參）

驄馬五花毛，青雲歸處高。霜隨驅夏暑，風逐振江濤。執簡皆推直，勤王豈告勞。帝城誰不戀，回望動離騷。

送浙東陸中丞（朱慶餘）

坐將文教鎮藩維，花滿東南聖主知。公務肯容私暫入，豐年長與德相隨。無賢不是朱門客，有子皆如玉樹枝。自愛此身居樂音雒土，詠歌林下日忘疲。

酬答題説

酬答之題，如但答其意，則曰和某人；倘用其韵，則曰用某人韵；如原唱是一東，和篇亦用一東内韵。如挨次其韵，不復更换顛倒，則曰次韵。次韵詩，古人甚少，始於元、白，盛於皮、陸，濫觴於宋人。今世初學多好爲此，然拘牽韵腳，往往傷氣，不可爲也。其詩當觀原詠，若答束相似，須不即不離。忌在雷同而無以自見，寬泛而失於離根。

酬答詩證

酬樂天頻夢微之（元稹）

山水萬重平聲書斷絶，念君憐我夢相聞。我今因病魂顛倒，唯夢閑人不夢君。白居易原唱曰：「晨起臨風一惆悵，通州湓水斷相聞。不知憶我因何事，昨夜三迴夢見君。」

酬高使君（杜甫）

古寺僧牢落，空房客寓居。故人供祿米，鄰舍與園蔬。雙樹容聽平聲法，《涅槃經》：世尊在雙樹間演説如是大經。三車肯載書。草玄吾豈敢，漢楊雄作《太玄經》。賦或似相如。孝成帝時，客有薦雄文似相如者。○高適原唱曰：「傳道招提客，詩書自討論。佛香時入院，僧飯屢過門。聽法還應難，尋經剩欲翻。草玄今已畢，此外更何言。」

酬韋韶州見寄（杜甫）

養拙江湖水，朝音潮廷記憶疏。深慚長者轍，重得故人書。白髮絲難理，新詩錦不如。雖無南過雁，看取北來魚。韋迢原唱曰：「北風昨夜雨，江上早來涼。楚岫千峰翠，湘潭一葉黄。故人湖外客，白首尚爲郎。相憶無南雁，何時有報章。」

酬郭十五判官（杜甫）

才微歲老尚虚名，卧病江湖春復生。「春」，可用仄聲。藥裏關心詩總廢，花枝照眼句還成。只同燕石能星隕，自得隋珠覺夜明。喬口橘洲風浪促，繫帆何惜片時程。郭受原唱曰：「新詩海内流傳遍，舊德朝中屬望勞。郡邑地卑饒霧雨，江湖天闊足風濤。松醪酒熟旁看醉，蓮葉舟輕自學操。春興不知凡幾首，衡陽紙價頓能高。」

哭挽題説

於其人情義深厚則哭之，平交則挽之。須切其人生平，讀之便見是哭挽何人方好。忌在哀而太傷，套而不切。

哭挽詩證

哭孟郊（賈島）

身死聲名在，多應平聲萬古傳。寡妻無子息，破宅帶林泉。塚近登山道，詩隨過海船。故人相弔後，斜日下寒天。

故武衛將軍挽辭（杜甫）

嚴警當寒夜，前軍落大星。《晉陽秋》：有星赤而芒角，西南流投於諸葛亮營，俄而亮卒。壯夫思感決，哀詔惜精靈。王者今無戰，書生已勒銘。封侯意疏闊，「意疏」，可用平仄聲。編簡爲去聲誰青。末四句傷非用武之時，不使表見也。

考試題説

考試之題，非祥瑞則典故，或古人成句也，俱須揄揚盡致，鋪敘有體，考訂明晰，引證確切爲貴，或末後歸到自己求進之意。大約場屋所命，多係無情、無景之題，作者平日須博通群籍，分類而求，則臨題自知出處矣。氣局須闊大，音調須閎亮，字句須華練，脈理須緊密，對仗須精整，起須峻峭，中須從容轉動，結須渾融。忌在窘澀而不裕，低咽而不揚，膚浮而不透，懈緩而不嚴，杜撰而不典，斷續而不貫，錯亂而不清，呆板而不活，駁雜而不純，淺露而不蓄。數者雖作詩皆宜熟知，然功名之際，尤當加意。

考試詩證

京兆府試殘月如新月（鄭谷）

榮落何相似，言他物不能始終如一。初終卻一般。暗破「殘如新」。猶疑和夕照，新月。誰信墮朝寒。殘月。水國輝華別，此句言究竟不同，翻下。詩家比象難。家人應平聲誤拜，婦女多拜新月。棲鳥反求安。殘月出時天曉，鳥飛矣。因其如新月，故安棲也。三句極寫「如」字。屈指期輪滿，新月。何心謂影殘。殘月。庾樓清賞處，庾亮南樓賞月，嘯詠達旦。吟徹曙鐘看。此四句分別殘月不是新月，剔明「如」字。

都堂試貢士日慶春雪（李衢）

錫瑞來豐歲，慶春雪。旌賢入貢辰。貢士日，二句破題。輕摇梅共笑，飛弱柳知春。遶砌封瓊屑，依階噴玉塵。四句寫春雪。蜉蝣吟更苦，《國風·蜉蝣》之詩云：「蜉蝣掘閲，麻衣如雪。」唐士子服麻衣，故用之。科斗映還新。「科」、「斗」，二字也，謂試卷。二句寫貢士。鶴吹去聲迷難辨，雪如鶴羽，故曰「鶴吹」，比貢士。冰壺鑒易真。二句歸美主司。因歌大君德，「大君」，可用平仄聲。率舞詠陶鈞。二句頌聖。

大曆十四年侍郎潘炎試花發上林苑（王表）

御苑春何早，繁花已繡林。二句明破題。笑迎明主仗，香拂美人簪。地接樓臺近，天垂雨露深。四句寫上林發花，他處移借不得。晴光來戲蝶，夕景動棲禽。二句暗寫「發」字。欲托淩雲勢，先開捧日心。二句借花自比。方知桃李樹，從此别成陰。二句借花歸美試官。

省試昆明池織女石（童漢卿）

一片昆明石，千秋織女名。二句明破題。向風長脈脈，臨水更盈盈。二句寫織女。有臉蓮同笑，無心鳥不驚。二句寫織女石。岸雲連鬢濕，沙月對眉生。苔作輕裙色，波爲促杼聲。還如朝鏡裏，形影自分明。六句兼寫昆明池。按，末亦暗比試官。

奉試明堂火珠　武后鑄銅柱，上設火珠。（崔曙）

正位開重屋，暗破明堂。淩空出火珠。明破「火珠」。夜來雙月滿，曙後一星孤。天净光難滅，雲生望欲無。四句寫火珠。遥知太平代，「太平」，可用平仄聲。國寶在名都。二句因明堂而頌聖。

湘靈鼓瑟（錢起）

善鼓雲和瑟，雲和，地名，出瑟材。明破「鼓瑟」。常聞帝子靈。堯女舜妃，死爲湘君，故曰「帝子」。暗破「湘靈」。馮音憑夷空自舞，馮夷，水神也。楚客不堪聽平聲。逸韵諧金石，清音發杳冥。蒼梧來怨慕，舜南巡，崩於蒼梧，二妃哭之，故云。白芷動芳馨。流水傳湘浦，悲風過洞庭。曲終人不見，江上數峰青。十句渾渾寫題。

省試觀慶雲圖（柳宗元）

設色既成象，暗破「圖」字。卿「卿」與「慶」同以去聲作平聲用。雲示國都。明破「觀慶雲」三字。九天開祕祉，百辟贊嘉謨。二句頌美君臣。抱日依龍衮，非煙近御爐。高標連汗漫，迴望接虛無。四句寫慶雲。裂素榮光發，舒華瑞色敷。二句寫圖。恒將配堯德，「配堯」，可用平仄聲。垂慶代河圖。二句祝聖。

府試觀開元皇帝東封圖（馬戴）

儼若翠華舉，「翠」，可用平聲。暗破「開元皇帝」。登封圖乍開。明破「觀東封圖」。冕旒明主立，冠劍侍臣陪。二句寫「東封」。跡類飛仙去，光同拜日來。粉痕疑檢玉，封禪之禮以玉刻文，緘藏山頂，秘而不使人知，曰「檢玉」。黛色訝生苔。掛壁雲將起，陵風仗若迴。六句寫圖。何年復東幸，「復東」，可用平仄聲。魯叟望悠哉。二句勸駕。

省試驪珠詩 驪龍頷下珠（耿湋）

是日重平聲泉下，言探平聲徑寸珠。龍鱗今不逆，龍頷下有逆鱗，攖之殺人，珠在頷下，故難採。魚目也應平聲殊。魚目似珠。掌上星初滿，盤中月正孤。比也。酬皇光莫及，照乘去聲色難踰。梁惠王有珠，前後照車十二乘。八句發題。欲問投人否，先論平聲按劍無。鄒陽《獄中上梁王書》：「臣聞明月之珠，夜光之璧，以暗投人於道，衆莫不按劍相眄。何則？無因而至前也。」儻憐希代價，敢對此冰壺。四句自比求進。

省試内出白鹿宣示百官（黄滔）

上瑞何曾乏，毛群表色難。推於五靈少，「五靈」，可用平仄聲。三句暗破「白鹿」。宣示百寮觀。明破「宣示」。形奪場駒潔，《詩》：「皎皎白駒，食我場苗。」光交月兔寒。相傳月中有搗藥玉兔。已馴瑶草別音鼈，孤立雪花團。四句寫「白鹿」。戴豸慚端士，獬豸，觸邪之獸，故諫官之冠象其形。抽毫躍史官。言其瑞宜史官記之。貴臣歌詠日，皆作白麟看。四句自比。

唐時以詩取士，試卷甚多，漫録十首爲法，餘詳載拙選《唐音盛事》，嗣容問世。

譏刺題説

大略與諷諫相似。然人臣告君，與僚友規戒、草野憂時不同，或所見與所聞，與所傳聞，亦必有異。則諷諫全用微詞，譏刺不妨略露也。亦須視其時可危言乎，否則言孫矣；視其人喜聞過乎，否則忠告善道矣。哀而不傷，怨而不怒，古詩人皆然，吾何獨不然？忌在淺露而昧於明哲，徑直而隣於罵詈，迂闊而不切於事情。

譏刺詩證

龍池　明皇潛丘化爲池，有白龍見焉。（李商隱）

龍池賜酒敞雲屏，羯鼓聲高衆樂停。明皇善擊羯鼓。夜半宴歸鐘漏永，薛王沉醉壽王醒平聲。○楊貴妃先配壽王，明皇奪之入宮。此追刺之，而深冷不露。

麗人行（杜甫）

三月三日天氣新，紀實起興。長安水邊多麗人。水邊非麗人所當行樂之地。態濃意遠淑且真，肌理細膩骨肉勻。此下俱承上「麗人」二字。○二句言意態肌體之美。繡羅衣裳照暮春，蹙金孔雀銀麒麟。即上句之「繡」也。頭上何所有？翠爲匐葉垂鬢脣。背後何所見？珠壓腰衱穩稱去聲身。六句言服飾之華。就中雲幕椒房親，皇后所居曰椒房。賜名大國虢與秦。虢國、秦國夫人，皆貴妃之姊封號。○二句，言族姓之貴。紫駝之峰出翠釜，橐駝背上高肉如峰，其味最美。水精之盤行素鱗。犀箸厭飫久未下，鸞刀縷切空紛綸。黃門飛鞚不動塵，御廚絡繹送八珍。如此佳餚，猶厭飫不食，而黃門又馳賜御廚，何其奢也。六句言飲饌之精。簫鼓哀吟感鬼神，一句言歌樂之妙。賓從去聲雜遝實要津。要津皆出門下，見權勢之盛也，而男女混雜無分，亦隱然言外。○三句言賓從之衆。後來鞍馬何逡巡，當軒下馬入錦茵。楊花雪落覆白蘋，青鳥飛去銜紅巾。青鳥，西王母之侍者。紅巾，用以拂塵。今楊花自落水中，而侍者忙取紅巾，將以拂之，見其小心供令也。○二句言服御之勤也。炙手可熱勢絕倫，慎莫近前丞相嗔。丞相，楊國忠也。通篇皆言麗人，而以丞相結之，蓋當時國忠身爲大臣，亂倫無忌，朝綱風俗，所傷非小。平平敘去，其失自見。○二句言權勢之横。

志喜題説

有爲天道而喜者，有爲朝事而喜者，有爲人情而喜者，有爲境地物象而喜者。須從未喜之前，説到可喜之時，其喜倍爲洋溢。忌在怯而尚，鬱躁而太放。

志喜詩證

喜　雨（杜甫）

南國旱無雨，先説時之無雨。今朝江出雲。次説候之將雨。入空纔漠漠，灑迥已紛紛。二句正説雨。巢燕高飛盡，林花潤色分。二句就物象説雨。晚來聲不絶，應平聲得夜深聞。雨多晚晴，晚而不止，故冀夜深猶雨。二句説雨足，不言喜而喜在其中。

新春聞赦（馬戴）

道在猜讒息，仁深疾苦除。堯聰能下聽，湯網本來疏。

喜杜荀鶴及第（李昭象）

深巖貧復病，未喜之時。榜到見君名。驀然而喜。貧病渾平聲如失，應首句下三字。山川頓覺清。應首句上二字。一春新酒興，四海舊詩聲。二句應次句。日使能吟者，西來步步輕。二句極寫喜字。

登臨題説

登臨之題，須寫四面山川之景，與一時遊涉之情。或泉石，或林巒，或煙雲，或花鳥之類，皆景也。或感今，或弔古，或思國懷鄉，或怡襟適趣，皆情也，任其所感觸而用之。忌在浮泛而不醒，動遊移而不貼切。

登臨詩證

西塞山(元稹)

勢從千里奔,直入江中斷。嵐横秋塞雄,地束驚流滿。

上香爐峰(白居易)

倚石攀蘿歇病身,青筇竹杖白紗巾。他時畫出廬山障,便是香爐峰上人。

與諸子登峴山(孟浩然)

人事有代謝,「有代」,可用平仄聲。往來成古今。「往」,可用平聲。江山留勝跡,我輩復登臨。水落魚梁淺,天寒夢澤深。夢澤,楚水名。羊公碑尚在,讀罷淚沾襟。羊祜有碑在峴山,見者思其遺愛,無不墮淚,名「墮淚碑」。結應前四句。

憑弔題説

憑弔之題有二種:有言古者,有言今者。若記當年之盛衰,則歎目前之空幻,此言古也;若傷近時之摇落,則想舊日之繁華,此言今也。忌在膚滯而不能動於中,哀傷而不能知其故。

憑弔詩證

蘇臺覽古（李白）

舊苑荒臺楊柳新，菱歌清唱不勝平聲春。只今惟有西江月，曾音層照吳王宮裏人。

金陵圖（韋莊）

江雨霏霏江草齊，六朝如夢鳥空啼。無情最是臺城柳，依舊煙籠十里堤。

長安路（皇甫冉）

長安九城路，「九城」，可用平仄聲。戚里五侯家。結束趨平樂音雒，翩聯抵狹邪。高樓臨遠水，複道出繁花。唯見相如宅，蓬門度歲華。唯見貧居尚存，則富貴之家皆盡矣。

燕昭王（陳子昂）

南登碣石坂，遥望黄金臺。丘陵盡喬木，昭王安在哉。霸圖悵已矣，驅馬復歸來。

征行題説

征行之題，須寫跋涉之情及見聞之景。與登臨略似。

征行詩證

從鄭至東京(白居易)

從鄭至東京，山低路漸平。風光四百里，「四」，可用平聲。車馬十三程。花共隨鞭看，杯多並轡傾。笙歌語談笑，隨分音問自將行。

東平路作(高適)

南國適不就，東走豈吾心。索索涼風動，行行秋水深。蟬鳴木葉落，茲溪更秋霖。

旅寓題說

旅寓之題，或述客中況味，或述地主禮節，或述其地佳勝；或思朝，或思鄉，或思婦，種種不一。若得意者，須見隨遇而安之意；若失所者，須見彷徨無依之意。尚留而思，則言他方之可念；欲去而敘，則言此處之難堪。所忌與登臨略同。

旅寓詩證

天　涯(李商隱)

春日在天涯，天涯日又斜。鶯啼如有淚，爲去聲濕最高花。

客中行(李白)

蘭陵美酒鬱金香，玉碗盛音成來琥珀光。但使主人能醉客，不知何處是他鄉。欲説客中苦況，故説有美酒而無主人，然不説不能醉客之主人，偏説「主人能醉客」而以「但使」二字，皮裏春秋，若非題是《客中行》，幾被先生迷殺。

旅次錢唐(方千)

此地似鄉國，「似」，可用平聲。堪爲朝夕吟。「朝」，可用仄聲。雲藏吴相廟，樹引越山禽。潮落海人散，「海」，可用平聲。鐘遲秋寺深。「秋」，可用仄聲。我來無舊識，誰見寂寥心。

題記題説

題記之題，或有因其地而題者，或有因乎我而題者。因其地則與登臨略同，因乎我則與志喜、憑弔略同。

題記詩證

題長安主人壁(張謂)

世人結交須黄金，黄金不多交不深。縱令平聲然諾暫相許，終是悠悠行路心。黄金不多，非無金也。暫相許，非絶未然諾者也。因金不多，交便不深，因交不深，便相許不終。彼無金者，可輕言結交乎？長安勢利之地，此風尤甚，故題之。

題友人屋（李昌符）

松底詩人宅，閒門遠岫孤。數家分小徑，一水截平蕪。竹節偶相對，鳥名多自呼。愛君真靜者，欲去又踟躕。

題岐王舊山池石壁（白居易）

樹深藤老竹回還，石壁重重俱平聲錦翠斑。俗客看來猶解音懈愛，忙人到此亦須閒。況當霽景涼風後，如在千巖萬壑間。黃綺更歸何處去，雒陽城內有商山。夏黃公、綺里季乃四皓之二，隱商山。

閨情題説

以文人之筆代紅女之思，其間有傷從軍行役者，則寫仳離之懷；有比忠君戀國者，則寫繾綣之致。忌在粗而不潤，直而不婉。

閨情詩證

思婦眉（白居易）

春風搖蕩自東來，折盡櫻桃綻盡梅。唯餘思婦愁眉結，無限春風吹不開。

秋　閨（鄭愔）

征客向輪臺，幽閨寂不開。音書秋雁斷，機杼夜蛩催。虛幌風吹葉，閒堦露染苔。自憐愁思去聲影，常共月徘徊。

秦女卷衣(李白)

天子居未央，妾侍卷衣裳。顧無紫宫寵，敢拂黄金牀。水至亦不去，熊來尚可當。微身奉日月，飄若螢之光。願君采葑菲，無以下體妨。

古意題説

取往古之意，傳今日之情，或取古事而飾以今辭，或取古調而傳以今指。以叙古如今、叙今如古爲妙。忌在摹形而失情，循名而昧體。

古意詩證

古　意(吕温)

越歐百鍊時，越歐冶子善鑄劍。楚卞三泣地。二寶無人識，千齡皆棄置。空巖起白虹玉光，古獄生紫氣。寶劍埋豐城獄，紫氣上干斗牛。安得命世客，直來開奥秘。劍任㓰鐘看，玉從投火試。必能絶疑惑，然後論平聲奇異。

古　意(常建)

牧馬古道傍，道傍多古墓。蕭條愁殺人，蟬鳴白楊樹。回頭望京邑，合沓生塵霧。富貴安可常，歸來保真素。

邊塞題説

邊塞之題，有陳風沙之苦，有陳鋒鏑之危，有陳鄉國之思，皆主規諫人主黷武。有陳軍武之盛，則爲揚厲當時戰功。所忌與諷諫、功德題略同。

邊塞詩證

望　臨（王昌齡）

飲馬渡秋水，水寒風似刀。平沙日未没，黯黯見臨洮。當日長城戰，咸言意氣高。黄塵足今古，白骨亂蓬蒿。

隴上行（王維）

負羽到邊州，鳴笳度隴頭。雲黄知塞近，草白見邊秋。

送耿十三湋復往遼海（戴叔倫）

仗劍萬里去，「萬里」，可用平平聲。孤城遼海東。「遼」，可用仄聲。旌旗愁落日，鼓角壯悲風。野迥邊城息，烽消戍壘空。轅門正休暇，「正休」，可用平仄聲。投策拜元戎。

詠物題説

詠物之題，有明詠，有暗詠。明詠者，明明説出其物而詠之也。暗詠者，暗暗想像其物而詠之也。俱須寫其出處，寫其典故，寫其形狀，寫其性情。或借之以寓意，或譜之以備考。皆宜不即不離，掩題如見爲妙。忌在太粘着、太浮泛。

詠物詩證

幽　蘭（崔塗）

幽植衆寧知，芳馨只暗持。自無君子佩，未是國香衰。白露沾常早，春風到每遲。不如當路草，芬馥欲何爲。通篇俱寫「幽」字，自比。

菊（羅隱）

籬落歲云暮，數枝聊自芳。雪裁纖蘂密，金拆小苞香。千載白衣酒，一生青女霜。春叢莫輕薄，彼此有行藏。

已上俱屬暗詠。

黑　鷹（杜甫）

黑鷹不省人間有，度海疑從北極來。正翮摶風超紫塞，玄冬幾夜宿陽臺。虞羅自各虚施巧，春燕同歸必見猜。萬里寒空祇一日，金眸玉爪不凡材。

黄藤山下聞猿（韋莊）

黄藤山下駐歸程，一夜號平聲猿弔旅情。入耳便能生百恨，斷腸何必待三聲。穿雲宿處人難見，望月啼時兔正明。好笑五陵年少去聲客，壯心無事也沾纓。

已上俱係明詠。

詠史題説

或檃括其人之一生，或偶舉其事之一節。賢者須欽慕取法，不賢者須貶抑示戒。前案未確者須翻案出陳，使後人讀之，勝於觀史爲妙。忌在刻薄而傷厚，庸腐而無奇，誣罔而不能服人之心。

詠史詩證

詠　史（高適）

尚有綈袍贈，應平聲憐范叔寒。不知天下士，猶作布衣看。

春申君（杜牧）

烈士思酬國士恩，春申誰與快寃魂？三千賓客總珠履，欲使何人殺李園？春申爲李園所殺，傷無復讐之客也。

高陽池（胡曾）

古人未遇即銜杯，所貴愁腸得酒開。何事山公持玉節，等閒深入醉鄉來。譏山簡不得沉酣於酒。

情景説

作詩非情則景。然説景處，景須暗與情相屬，如雁哀猿怨便起離思，花媚鳥和自饒遊興是也。説情處須暗與景相關，如勞人思婦觸目無不淒涼，弔古傷今隨指皆成感慨是也。大約景之喧寂與情之悲歡一一符合，因其敘景即可以知其情，因其寫情即宛然睹其景，景不離情，情不離景，方不泛駕。此義每詩中比比有之，兹不復具證。

六義説

風、雅、頌爲經，賦、比、興爲緯。賦、比、興者，貫乎風、雅、頌之中者也。雖名六義，其實體三用三。

風

風者，列國民間之詩，太史采之，而被於樂者也。主於達事情，通諷諭，形見閭閻之俗尚。二《南》，純乎美者也，故謂之正風。諸國之詩兼美刺，故謂之變風。變極思正，猶亂極思治，故《豳風》列變風之終。大約風之體，温而厚，婉而善入，微而不露，言之者無罪，聞之者足以戒。

雅

雅者，朝廷之事，公卿大夫之詩也。主於備箴規，存勸戒，宣導君臣之隱忱。音體崇鉅者曰大雅，音體輕揚者曰小雅。成、康以上之詩專於美，故謂之正雅。成、康以後之詩兼美刺，故謂之變雅。大約雅之體，愷切敷陳，明晰正告，不用微言，無取諷辭，使人悚然而動聽。

頌

頌者，宗廟之詩，用之歆格鬼神者也。主於揚盛德，敘成功，導達子孫臣庶之誠敬，純美無刺。孔子，魯人也，且魯有成王之賜，又殷人也。微子封於宋，其後世有孔父嘉，爲孔子所自出。且殷爲先代帝王之後，於周爲賓，皆得用天子禮樂，故有《魯頌》、《商頌》。大約頌之體，質而不文，簡而不繁，奧而不膚，謹重而不佻，令人肅然而恭，穆然而思。

按，《詩》亡之後，風、雅、頌之法不傳矣，而其意未嘗不在。凡瑣細之事，或事雖瑣細，而一時政治之得失，因之以見。如譏黷武，則言關塞之危苦；刺勞役，則言閨房之怨思；傷小人之在上，則言爵秩之寵榮；悼賢者之在下，則言山林之閒曠等類，俱用風之意。後世一姓而治，有朝廷而無列國，凡朝貴之詩不涉政治者，亦風也。凡莊重之事不涉草野者，如應制、早朝、宸遊、戰功、紀典、禮述、變亂等類，俱用雅之意。凡一姓之興，必命儒臣，作爲章曲，太常習之，以交於天地、神祇、祖宗、群祀，如樂府等類，俱用頌之意。風、雅恒用，頌不恆用，且頌今已入古文中，別爲一門。

賦

賦者，鋪張實事。

比

比者，以彼比此。或取彼物比此人，或取彼事比此情。明明説彼物彼事，卻隱隱是此人此情。有通篇皆比者，有比而帶興者，有比而帶賦者。詩有難於顯白者用之。

興

興者，以彼引此。或就時地，或借景物，引起意中之所欲言，引起之後，所引者撇去不顧。有興而兼賦者，有興而兼比者，詩有難於徑遂者用之。按，自宋玉、景差輩，騷變爲賦，賦於是自爲一門，不列於詩。又，今世爲詩者，率多鋪張實事，則賦可不講。○風、雅、頌既以《詩》亡不論，賦又可不講，然則六義之中，所急宜明者，比、興而已，兹略引數章爲證。

比體詩證

詠　烏（李義府）

義府初召見，令詠烏。詩成，太宗覽之，笑曰：「我當以全林借汝。」

日裏颺朝彩，日中有三足烏。琴中伴夜啼。有《烏夜啼》曲。上林多少樹，不借一枝棲。

春宮曲（王昌齡）

昨夜風開露井桃，古詩：「桃生露井上。」以昨夜桃開比平陽新寵。未央前殿月輪高。上四字承寵之地，下三字承寵之時。平陽歌舞新承寵，漢武帝衛皇后，乃平陽公主家侍女也。簾外春寒賜錦袍。比而帶興。

臨洞庭（孟浩然）

八月湖水平，涵虛混太清。氣蒸雲夢澤，波撼岳陽城。四句賦洞庭。欲濟無舟楫，此句自比不能進用。端居恥聖明。謂「邦有道，貧且賤焉，恥也」。此句承上自賦。坐觀垂釣者，徒有羨魚情。古語：「臨淵羨魚，不如退而結網。」二句承上自比。

興體詩證

古　意（沈佺期）

盧家少婦鬱金堂，古莫愁女子，姓盧氏。鬱金堂，言其堂中如鬱金之香也。以「堂」字起下「梁」字，竟作「香」字者，訛。海燕雙棲玳瑁梁。以海燕雙棲反興少婦獨居。九月寒砧催木葉，十年征戍憶遼陽。白狼河北音書斷，承上二句。丹鳳城南秋夜長。起下二句。誰爲含愁獨不見，更教平聲明月照流黄。機上所織之色。

雜　興（李白）

白日與明月，晝夜尚不閒。以明月之不閒興人之不久。況爾悠悠人，安得久世間。傳聞海水上，乃有蓬萊山。玉樹生緑葉，靈仙每登攀。一食駐玄髪，再食留紅顔。吾欲從此去，去之無時還。興而兼賦。

○起雖興體，實亦題中正意，故謂之兼賦。

答東野夷門雪（陸長源）

好去聲丹與素道不同，以「道不同」興事皆别。失意得途事皆别音鱉。東鄰少去聲年樂音雒未央，承上「得途」。南客思歸腸欲絶。承上「失意」。千里長河冰復冰，雲鴻冥冥楚山雪。二句單承「失意」。○興而兼比。○起雖興體，實亦比意，故謂之兼比。

詩法初津卷三

古吴葉弘勳有大輯　後學馮樹云翼武、
張麟聖遊　内侄張祚傳奕芳、張世維持萬校

結構部

總　論

作詩需知題，次韵，次章，次句，次字。蓋積字成句，積句成章。一字之工，生一句之色；一句之拙，爲一章之玷。而韵未按，措句不穩；題既明，布意有序。又須知起、承、轉、合之方，精此而詩無遺藴矣。

題面説

今人與古人，毋論詩不敵，即觀其題，已判時代矣。古人題中字不輕用，必斟酌穩妥，其間頗多寓意。作詩必顧題，並不遺漏參差。亦有詩成然後裝題者。總之，命題不苟而已。

題面證

遊龍門奉先寺（杜甫）

題云「遊」而詩卻是「宿」，蓋龍門近東都，其地暄熱，日間未覺山水之妙，偶然下榻，而其妙始見。必一宿後，遊事方了，故不曰「宿」，而曰「遊」也。

已從招提遊，寺謂之「招提」。更宿招提境。陰壑生虚籟，泉聲，至夜始聞。月林散清影。林影，入夜而見。天闕象緯逼，高。雲卧衣裳冷。寒。欲覺聞晨鐘，令平聲人發深省。當時來遊，不覺其妙，何意一宵借榻，鐘鳴夢醒，始悟有如此之妙乎。

劉九法曹鄭瑕丘石門宴集（杜甫）

聖歎先生曰：題中無枉字，又無陪字。然則先生不與宴集矣，如何又有此詩？及讀「掾曹」、「能吏」二聯，而後知劉乃枉駕，鄭則夤緣。一段幽事，敗於俗物，故不復書「枉」、書「陪」。

秋水清無底，蕭然静客心。掾曹乘逸興，鞍馬到荒林。能吏逢聯璧，華筵直一金三十兩。晚來横吹去聲好，泓下亦龍吟。末兩句非贊横吹之好，正言秋水之清也。游山動用鼓樂，自是俗吏惡習，然秋水直至晚來而明鑑如畫，映澈鬚眉，嫋嫋笛聲，若出水底，此境故自不惡，故終始寫之。贊秋水之清，正厭同遊之濁。

韵脚説

古人無次韵者，即考試限韵，亦不限於一韵門内，不須次韵也。自元、白，皮、陸，至於宋人，次韵盛行。學者群然效之，甚至以巧押險韵爲工，不顧所押安否。譬如造寶築墻，苟基址不固，則棟宇有傾壓之患矣，非小失也。又作詩須情景間出，虚實兼行，不可連用數虚字韵、數實字韵。至於近體，概用沈韵，古風當用古韵其韵多用轉叶。沈韵世皆知之，兹不具證，略舉用古韵者爲例。

韻腳證 古韻

贈先達（劉駕）

終南蒼翠好，未必如故山。叶心期在榮名，三載居長安。叶昔蒙大雅匠，勉我工五言。叶業成時不重，辛苦只自憐。皎皎機上絲，盡作秦箏弦。貧女皆罷織，富人豈不寒。叶驚風起長波，浩浩何時還。叶時君當要路，一指王化源。叶

章法説

一章有一章之章法，數章成篇，有數章之章法。一章章法，則起、承、轉、合是矣。詳後。數章章法，有由淺入深者，有由反及正者，有每章各詠一事，合數章成篇，不能增一，不能減一者。後人不明此法，其作詩也，不顧前後，混亂無序。或頭上安頭，屋上架屋，重複少味，買菜求益而已。其選詩也，於古人一題數首中，率意抽取，昧於前後節次，致起訖茫然，血脈斷續，截首遺項，斷脛置軀，其失不可勝數，皆因不知章法也。略舉數題爲例。

章法證

涼州詞二首（孟浩然）

渾成紫檀金屑文，作得琵琶聲入雲。邊地迢迢三萬里，那堪馬上送明君。樂以遣懷，今以如此美林，作爲琵琶，如此妙聲，而愈增明君之痛。則凡戍客羈孤，與明君同遇者，痛應相似矣。

異方之樂令平聲人悲，羌笛寒笳不用吹。坐看今夜關山月，愁殺邊城遊俠兒。由上章言之，若馬上明君之痛，全因琵琶而起，異方之樂令人悲也。故笛也、笳也，皆異方之樂也，請不吹可乎？豈知涼州風物，觸目傷情，即使笳、笛無聲，而月照關山，邊愁自起，明君之痛，果爲琵琶否？總見涼州之不堪也。此兩章共八句，卻有六句反，止末二句正耳。若止選前一章，幾不知其意之所在矣。

清平調詞三首　樂府有《清調》《平調》二曲（李白）

雲想衣裳花想容，春風拂檻露華濃。若非群玉山頭見，會向瑶臺月下逢。首章詠貴妃也。貴妃之美，形容難罄，故由淺入深以形容之。實説一句，用「雲想」四字約略其裝束，用「花想」三字約略其容貌。虚説一句，用「春風」七字約略其丰神。而貴妃之美，已仿佛矣。末二句，只用是耶非耶、何天何帝之法詠歎之。

一枝濃豔露凝香，雲雨巫山枉斷腸。借問漢宮誰得似，可憐飛燕倚新妝。次章詠花也。貴妃曰「春風拂檻露華濃」，花曰「濃豔」，其相似在此。

名花傾國兩相歡，長得君王帶笑看。解音懈釋春風無限恨，沉香亭北倚闌干。三章，詠明皇也。「春風拂檻露華濃」是將花比人，「可憐飛燕倚新妝」是將人比花。而有花不可無人，有人不可無花，有花與人，不可無君王，三者更拆開不得。可知此三章不能減一章，不能增一章，玆謂章法。

句法説

五字句則上四下一，或上三下二、上二下三，七字句則上六下一，或上四下三、上五下二，俱有自然之節。然前文用何樣句法，則後文便須變换。其間有起句，有對句，有結句，俱須渾成，不得扭捏生湊。拆開逐句俱有思理，合攏而看數句自相融通，方爲名手。

句法證

春日早朝應制（戴叔倫）

仙仗肅朝官，上三下二。承平聖主歡。上二下三。月沉宫漏静，雨濕禁花寒。上二下三。丹荔來金闕，朱櫻貢玉盤。上三下二。六龍扶御日，只許近臣看。上四下一。

含　香（韋莊）

含香高步已難陪，上四下三。鶴到清霄勢未迴。上五下二。遇物旋添芳草句，逢春寧滯碧雲才。上四下三。微紅幾處華心吐，嫩緑誰家柳眼開。上六下一。卻去金鑾爲近侍，上四下三。便辭鷗鳥不歸來。上四下三。

起　句

故人南郡去，去索作碑錢。《聞斛斯六官未歸》錦里先生烏角巾，園收芋栗未全貧。《南鄰》○已上近體賦起。仙宫雲箔卷，露出玉簾鉤。《初月》千年積雪萬年冰，掌上初擎力不勝。《水晶枕》○已上近體比起。高高丹桂枝，裊裊女蘿衣。《山中興作》黄鳥翩翩楊柳垂，春風送客使人悲。《送李寀》○已上近體興起。我之曾老姑，爾之高祖母。《送表姪》巢父掉頭不肯住，東將入海隨煙霧。《送孔巢父》○已上古風賦起。夜疑關山月，曉似沙場雪。《李花》一尺圓潭深墨色，篆文如絲人不識。《鏡》〇已上古風比起。楚臣傷江楓，謝客拾海月。《同友人舟行》天津橋下陽春水，天津橋上繁華子。《公子行》〇已上古風興起。

對句

異類對。天、地、花、鳥是也。同類對。花、葉、龍、鳳是也。連珠對。蕭蕭、赫赫是也。扇對。第一句對第三句，第二句對第四句。句中對。每句中自相對也。巧對。恰好成對，不可多得。借對。如「清」借「青」用，「滄」借「蒼」用，「洪」借「紅」用，以顔色字對之。流水對。兩句相對，竟可作一句看。

吴楚東南坼，乾坤日夜浮。《洞庭湖》豈有文章驚海内，謾勞車馬駐江干。《有客》〇已上異類對。不識冶遊伴，多逢憔悴人。《春思》白片落梅浮澗水，黄梢新柳出城墻。《春至》〇已上同類對。寂寂春將晚，欣欣物自私。《江亭》處處落花春寂寂，時時中酒病懨懨。《春晝醉眠》〇已上連珠對。得罪台州去，時危棄碩儒。移官蓬閣後，穀貴没潛夫。《哭鄭司户蘇少監》昔年共照松溪影，松折碑荒僧已無。今日還歸錦城事，雪鋪花謝夢如何。《哭僧》〇已上扇對。江流天地外，山色有無中。《漢江臨泛》桃花細逐楊花落，黄鳥時兼白鳥飛。《曲江對酒》〇已上句中對。叫切禽名宇，飛狂蝶姓莊。《春興》金爐香動螭頭暗，玉珮聲來雉尾高。《元日朝迴》〇已上巧對。根非生下夏土，葉不墜秋風。《月中桂》廚人具雞黍，稚子摘楊羊梅。《裴司士見尋》黄雀數聲催柳變，清青溪一路踏花歸。《越溪村居》〇已上借對。海内存知已，天涯若比鄰。《杜少府之任蜀州》羞將短髮還吹帽，笑倩傍人爲整冠。《九日》〇已上流水對。

結句

或就題結。或開一步。或收前聯之意。或應首二句之意。必看全首方知所結，故不具證。

字法説

詩之鍊字，如傳神之點睛。一身靈動，在於兩瞳；通章精采，生於一字。又如九轉之丹，黍米點化，瓦礫成金。至於詩眼，尤宜加意。五言以第三字爲眼，七言以第五字爲眼。

字法證

詩眼用實字　五言第三字，七言第五字，用實字在内，自然老健。

星河秋一雁，砧杵夜千家。韓偓　古砌碑横草，陰廊畫雜苔。司空曙　行雲星隱見，疊浪月光芒。感時花濺淚，恨别鳥驚心。杜甫　寶帳金屏人已帖，圖花學鳥勝初裁。李適　開冰池内魚新躍，剪綵花間燕始飛。劉憲　花迎劍佩星初落，柳拂旌旗露未乾。　朝登劍閣云隨馬，夜渡巴江雨洗兵。岑參　小院迴廊春寂寂，浴鳧飛鷺晚悠悠。杜甫

詩眼用響字　自然閎朗

白沙留月色，緑竹助秋聲。李白　重碧拈春酒，輕紅擘荔枝。杜甫　煙容開遠樹，春色滿幽山。孟浩然

春遊歡有客，夕寢賦無衣。儲光羲苜蓿隨天馬，葡萄逐漢臣。王維九天閶闔開宮殿，萬國衣冠拜冕旒。王維秦地立春傳太史，漢宮題柱憶仙郎。李頎西山落月臨天仗，北闕晴雲捧禁闈。岑參魚吹細浪摇歌扇，燕蹴飛花落舞筵。杜甫雪霽山門迎瑞日，雲開水殿侯飛龍。錢起

詩眼用拗字　五言第三字，七言第五字，平與仄對換，自然森挺。

孤鳥背秋色，遠帆開浦煙。周賀雁識楚山晚，蟬知秦樹秋。司空曙雲捲兩山雪，風輕千樹霜。許渾渡口月初上，人家漁未歸。劉長卿殘月曉窗迥，落花幽院深。元稹映階碧草自春色，隔葉黄鸝空好音。杜甫草色全經細雨濕，花枝欲動春風寒。王維高齋獨宿遠山曙，微霰下庭寒雀喧。道心淡泊對流水，生事蕭條空掩門。韋應物殘星幾點雁横塞，長笛一聲人倚樓。趙嘏

第二字鍊

柳深陶令宅，竹暗辟疆園。李白水回青嶂合，雲度緑溪陰。　竹引攜琴入，花邀載酒過。孟浩然檣帶城烏去，江連暮雨愁。王維寺憶曾遊處，橋憐再渡時。杜甫日映層巖圖畫色，風摇雜樹管弦聲。宗楚客花迎劍珮星初落，柳拂旌旗露未乾。岑參波漂菰米沉雲黑，露冷蓮房墜粉紅。杜甫身隨敝履經殘雪，手綻寒衣入舊山。劉長卿燕知社日辭巢去，菊爲重陽冒雨開。韋應物路繞寒山人獨去，月臨秋水雁空驚。盧綸

第三字鍊　五言第三字，已在前「詩眼」中。兹惟七言。

秋後見飛千里雁，月中聞搗萬家衣。劉方平諸溪近海潮皆應，獨樹臨河葉盡流。李端

第五字鍊　七言第五字，已在前「詩眼」中。兹惟五言。

寒雪梅中盡，春風柳上歸。　山從人面起，雲望馬頭生。李白。　挂席樵風便，開軒琴月孤。　垂柳金堤合，平沙翠幕連。孟浩然　對酒山河滿，移舟草樹回。　興闌啼鳥緩，坐久落花多。王維　香霧雲鬟濕，清輝玉臂寒。杜甫

第七字錬

日色纔臨仙掌動，香煙欲傍衮龍浮。王維　雲開汶水孤帆遠，路繞梁山匹馬遲。高適　思家步月清宵立，憶弟看雲白日眠。　無邊落木蕭蕭下，不盡長江滾滾來。杜甫　長樂鐘聲花外盡，龍池柳色雨中深。錢起

第二、第五字錬

山隨平野盡，江入大荒流。李白。　日落江湖白，潮來天地青。　草枯鷹眼疾，雪盡馬蹄輕。王維　思深應帶別，聲斷爲兼秋。高適　地坼江河隱，天青木葉聞。　雲移雉尾開宮扇，日繞龍鱗識聖顔。杜甫　色借玉珂迷曉騎，光添銀燭晃朝衣。岑參　葉稀風更落，山迥日初沉。杜甫　興過山寺先雲到，笑引江帆帶月行。錢起　家散萬金酬士死，身留一劍答君恩。劉長卿　門通小徑連芳草，馬飲春泉踏淺沙。郎士元　風吹曉漏經長樂，柳帶晴煙出禁城。司空曙

五言三、四用連字　詩中用之，可免蜂腰之失。

卷簾花雨滴，掃石竹根移。僧清江　山明殘雪在，湖滿夕陽多。皇甫冉　越女紅裙濕，燕姬翠黛愁。杜甫　雲霞仙掌出，松柏古祠深。皇甫曾

七言五、六用連字　詩中用之，可免鶴膝之失。

水聲東去市朝變，山勢北來宫殿高。許渾　水近偏逢寒氣早，山深長見日光遲。劉長卿　自去自來梁上燕，相親相近水中鷗。杜甫　人間路止潼關近，天上山惟玉壘深。李商隱

按，此二條，古詩每皆有之，而今之作者多所未諳。漫舉此爲例，勿嫌草草也。

起承轉合説

不論近體、古風，皆要知起、承、轉、合之法。以《三百篇》言之，如《周南·關雎》則第一章首、次句是起，三、四句是承，第二章是轉，第三章是合。《葛覃》則第一章是起，第二章是承，第三章首句至五句是轉，末句是合。《卷耳》則第一章首、次句是起，三、四句是承，第二章至第四章是轉，末句是合。《樛木》、《螽斯》、《桃夭》、《兔罝》、《芣苢》、《漢廣》，則每章自爲起承轉合。通篇亦有由淺入深之法。《汝墳》則第一章是起，第二章是承，第三章上三句是轉，末句是合。《麟之趾》則每章首句是起，三句「吁嗟」二字是轉，「麟兮」二字是合。其他自《召南》而下，至於歷朝諸名詩家，皆以此法求之。以短篇言之，如荆軻《易水歌》「風蕭蕭兮」四字是起，「易水寒」三字是承，「壯士一去兮」五字是轉，「不復還」三字是合。以長篇言之，如古人《木蘭詩》，「促織何唧唧」是起，「木蘭當户織」以下是承，「歸來見天子」以下是轉，「雄兔脚撲朔」以下是合。古之作者，雖未必盡爾，然理勢自然，正不能不爾也。若縱論之，一篇有起承轉合，一章有起承轉合，一句有起承轉合，直至一字亦有起承轉合。或疑此語爲誕，予解之曰：

所謂一句一字有起承轉合者，其起承轉合不於有字句處，而於無字句處也。即以一字言之，如偶拈一「詩」字，若欲以口代筆，苟非數字言，則「詩」字之説未盡，「詩」字之義未明，此中豈無起承轉合哉？諸倣此。大抵起處用力者，須如開門見山，突兀動觀；用趣者，須如閒雲出壑，輕逸自在。承處須不即不離，筍湊脈流。轉處須變化，須健捷。合處須淵永，有含蓄不盡之致；又須迴龍顧祖，不致散漫無情；又須凝結成穴，風迴氣聚。短篇雖一句一字，必備此法，其説見前。長篇或用一句起，或用多句起。或用一句承，或用多句承。或用一句轉，或用多句轉，又或再轉、三轉、無窮轉，曲折關生。合處或用多句住，或陡然便住。短篇忌窒塞，須字字相生。長篇忌錯亂，忌重複，須布置間架。一題幾章者，或與長篇同有首尾，或各自成章，有淺深。

起承轉合證

關　睢

關關睢鳩，在河之洲。起 窈窕淑女，君子好逑。承 參差荇菜，左右流之。窈窕淑女，寤寐求之。求之不得，寤寐思服。悠哉悠哉，輾轉反側。轉 參差荇菜，左右采之。窈窕淑女，琴瑟友之。參差荇菜，左右芼之。窈窕淑女，鐘鼓樂之。合

詩意本以「關睢」興「好逑」，故知是起。即以「好逑」正意接出，故知是承。如是詩意已畢矣，卻追敘未得時來，使波瀾不盡，故知是轉。仍收到既得後去，完結「好逑」二字，故知是合。

葛覃

葛之覃兮，施于中谷，維葉萋萋。黄鳥于飛，集于灌木，其鳴喈喈。起葛之覃兮，施于中谷，維葉莫莫。是刈是濩，爲絺爲綌，服之無斁。承言告師氏，言告言歸。薄汙我私，薄浣我衣。曷浣曷否，轉歸寧父母。合

詩意本后妃治葛，卻追敍葛葉初盛時，故知是起。因言治葛之事，故知是承。如是詩意已畢矣，卻幻出將歸寧前一段，以「汙絲」、「浣衣」映帶治葛，故知是轉。治葛，婦道也；歸寧，女道也。能恪勤于爲婦，始不媿乎爲女，而後可歸見父母矣，乃以歸寧收之，故知是合。

按，據《三百篇》，難以悉舉，姑援二篇爲例。

易水歌（荆軻）

風蕭蕭兮起易水寒，承壯士一去兮轉不復還。合

詩意本言適秦之事，而無以發端。其時悲風凜冽，正與死別黯慘情節相似，觸目而感，矢口而吟，故知是起。風蕭則水寒，同類而見，故知是承。此與壯士無關也，然適當其時，適有此景，有適爲此事，因轉出正意來，而以「不復還」收之，與「風蕭」、「水寒」全副合拍，故知是合。

木蘭詩

促織何唧唧，起木蘭當户織。不聞機杼聲，唯聞女歎息。問女何所思，問女何所憶。女亦無所思，女亦無所憶。昨夜見軍帖，可音克汗平聲。突厥稱君爲可汗，因尊唐天子爲天可汗。大點兵。兵書十二卷，卷卷有耶名。阿耶無大兒，木蘭無長勑張反兄。願從買鞍馬，從此替爺征。東市買駿馬，西市買鞍韉。

南市買轡頭，北市買長鞭。旦辭耶孃去，暮宿黄河邊。不聞耶孃喚女聲，但聞黄河流水鳴濺濺俱平聲。旦辭黄河去，暮宿黑山頭。不聞耶孃喚女聲，但聞燕山邊騎去聲鳴啾啾。千里赴戎機，關山度若飛。朔氣傳金柝，寒光照鐵衣。將軍百戰死，壯士十年歸。承歸來見天子，天子坐明堂。策勛十二轉，策勛，論功也。十二轉宜陞十二級也。賞賜百千强。强，多也。可汗問所欲，木蘭不用尚平聲書郎。願賜名駝千里足，送兒還故鄉。耶孃聞女來，出郭相扶將。阿姊聞妹來，當户理紅妝。小弟聞姊來，磨刀霍霍向豬羊。開我東閣門，坐我西間牀。脱我戰時袍，著同着我舊時裳。當牕理雲鬢，照鏡貼花黄額飾。出門見火伴，火伴皆驚忙。同行十二年，不知木蘭是女郎。轉雄兔脚撲朔，雌兔眼迷離。雙兔竝地走，安能辨我是雄雌。合。兔之雌雄難辨，是比體。

詩意本言木蘭女爲男裝從軍，必須説從軍之由。有臨織歎息一事始焉，而織時適聞促織之聲，遂以促織之唧唧興女之歎息，故知首句是起。因言歎息兵書，而欲代父從軍。此下盛言從軍之事，故知木蘭以下至「十年歸」爲承。前文已畢代父從軍之事，因敘及歸來改妝一段，以展奇情，故知歸來以下，至「是女郎」是轉。題情已無餘矣，卻只是以女爲男，蹤跡奇異耳。末只將雌雄難辨之意作結，而通體皆收拾在内。爲孝，爲俠，爲節，情無不罄，故知末四句是合。

詩粘説附

詩粘者，調平仄，協音聲。或五言，或七言，粘字成句，中無戾纇之病也。此法惟近體用之。而就近體中，亦止須料理絶句。欲作律詩，不過依前半四句之平仄再作四句足矣。欲作排律，不過依起首四句之平仄，排排對去，至八句不止，便是排律也。其四句内，第一句第幾字用平聲，則第二句第幾字用仄聲；第一句第幾字用仄聲，則第二句第幾字當用平聲。第二句第幾字用平聲，或用仄聲，則第三句除住腳字，須平仄相反。住腳者，如五言之第五字，七言之第七字。其他平仄，俱與第二句同。第三句第幾字或平或仄，則第四句第幾字或平或仄，皆須與之相反。此四句之通例也。其每句内，五言則第一、第三字可平仄通用，七言則第一、第三、第五字可平仄通用。至於第二、第四，或第六，宜平必平，宜仄必仄，不可通用也。唐人詩多失粘者，近來律甚拘嚴，難以唐人爲比。

詩粘附

别有拗體，散見前絶句、律詩規式及句法中。

五言首句亦可用仄仄仄平平，三、五、七句不可。

仄可平仄平可仄平仄　平可仄平仄可平仄平

平可仄平平可仄仄仄　仄可平仄仄可平平平

又首句亦可用平平仄仄平，三、五、七句不可。

平可仄平平可仄仄仄　仄可平仄仄可平平平

仄可平仄平可仄平仄　平可仄平仄可平仄平

七言首句亦可用仄仄平平仄仄平。三、五、七句不可。

仄可平仄平平平仄仄　平可仄平仄仄仄平平

平可仄平仄仄平平仄　仄可平仄平平仄仄平

又首句亦可用平平仄仄仄平平，三、五、七句不可。

平平仄可平仄平平仄　仄仄平平仄可平仄平

仄仄平平平仄仄　平平仄可平仄仄平平

申説部

總論

前文備論詩法，復證之以名作，學者由其道，不致北轍而南轅。即擅譽著作之林，建標騷雅之壇者亦不能外此。而他有所創獲，但恐倉卒成書，漏遺不免，再四繙閲，更加引伸，刮垢磨光，豈憚勤勩，畫蛇續脛，祈勿譏嗤。

申説絶句

絶句字數最少，而含蓄無窮。用筆須如斬釘截鐵，不可增減。用意須如水月鏡花，不可執著。使言絶而意不絶，齒頰之外，别有餘甘，斯得之矣。

申説律詩

律詩貴謹守詩律，尤貴超脱詩裁。用粘處間用拗體，更加森挺。用對處間用流走，更加融洽。切不可儷青偶緑，如村塾學課，一味死板。用古處，僻事顯用，熟事隱用，貴於巧切。若能化腐爲奇，尤屬鑪錘妙手。

申説排律

排律雖屬長篇，然須鋪敘明白，前後照應，一氣呵成。雖屬板體，然須血脈通融，轉折過接，泯然痕跡。若專取精整，斷續不貫，或專好冗長，拖沓無味，甚或錯亂重複，了不見其布置經營，何取其爲排律也！

申説短古風

短古風與散體五言絶句相似，須使言盡而意不盡。

申説長古風

長古風與排律相似，但散多而對少耳。其用韵之句，或一句一韵，或二句一韵，或三句一韵，須錯綜而見，使人不測爲妙。其轉韵依然，或多句轉，或少句轉，總之歸於不拘而已。大約古風多四句一轉韵者。至末後當兩句一轉韵，連轉兩韵或三韵。或每句押一韵，連押四五句，繁音促節，有曲終而亂之致。此但七言古也，五言古多一韵到底，或亦四句一轉，二者俱忌重複錯亂。

申説樂府

樂府雖音調不傳，而氣格可摹，以質古簡奥、聲光穆然爲妙。

申説章法

作詩必要知章法，則一題一首中，自然前茅後進，奇正相生；一題幾首中，自然馬跡蛛絲，鉤連不斷，而無畫蛇添足之失。

申説句法

有子母裝句者，句中兩字相關。如「竹疏煙補密，梅瘦雪添肥」、「曉荷重映晚，秋草碧於春」是也。以疏密、肥瘦、曉晚、秋春爲子母。有錯綜成句者，字宜在上反下，宜在下反上。如「野禽啼杜宇，山蝶夢莊周」、「紅稻啄殘鸚鵡粒，碧梧棲老鳳凰枝」是也。應云「莊周山蝶夢，杜宇野禽啼」、「鸚鵡啄殘紅稻粒，鳳凰棲老碧梧枝」。有疊實字成句者，如「蚌蠃魚鱉蟲，瞿瞿以狙狙」、「岷峨之山中巴江，桂椒楠櫨楓柞樟」是也。此等多倣漢賦體。有公取古人句者，如「退之常有言，青蒿倚長松」、「解道澄江浄如練，令人常憶謝玄暉」是也。有問答成句者，如「誰當穫者婦與姑，丈夫何在西擊吴」是也。各上四字問，下三字答。有裝虛字成句者，如「乍逢如未識，相問各淒然」、「更爲後會知何地，忽漫相逢是别筵」是也。要渾成，忌清弱。有陡然而收之句，如「君不見，蜀葵花」是也。本只説蜀葵花，而含意無盡。有比喻而收之句，如「志士幽人莫怨嗟，古來材大難爲用」是也。通篇言古柏，末忽比人。有反題而收之句，如「西江賈客珠百斛，船中養犬多食肉」是也。通篇言山農之苦，忽以賈客之樂結。有拋開而收之句，如「雞蟲得失無了時，注目寒江倚空閣」是也。因不忍雞之食蟲而縛之，因不忍雞之被縛而釋之，卻用閒事銷歇。

申説字法

腐字要新用，如經史成句之字，入我手中，别有鍛鍊，若魏武帝用「呦呦鹿鳴」等語入樂府，居然是其手筆。生字要熟用。凡艱澀罕用之字，偶然入詩，俱須穩貼，不致戾目。虛字要實用，如之乎者也等字，須用之雄健渾成，不致清弱寒儉爲妙。死字要活用，假如「青草」二字，鍊字者謂之「碧草」，或謂之「芳草」，或謂之「煙草」，煙本死物，着「草」字上便活矣。俗字要雅用。「酒肉」、「賬簿」皆須典核。

指摘部

總論

臨文有得必有失，而詩尤甚，而律詩尤甚。唐人著作映照千秋，然尺璧微瑕，不能相掩。後人才不及唐，未得其瑜而先有其疵，可乎？至梁沈休文沈約所論詩家八病，雖過乎嚴，作者不必拘拘，然亦宜知之，因爲拈出。

犯重説

古詩止忌重意、重韵，不忌重字。律詩并忌重字。若用重字作章法，如《黄鶴樓》詩、《鳳凰臺》、《鸚鵡洲》詩、《龍池》篇等，類連見而反作趣。排律不忌重字，惟忌重意、重韵。絶句與律詩同。

失粘説

失粘，在唐人則以爲變體，在今人則妨律矣。

起聯失粘

浣花流水水西頭，此句失粘。主人爲卜林塘幽。已知出郭少塵事，更有澄江銷客愁。無數蜻蜓齊

上下，一雙瀏鶒對沉浮。東行萬里堪乘興，須向山陰上小舟。杜《卜居》

第二聯失粘

摇落深知宋玉悲，風流儒雅亦吾師。悵望千秋一灑淚，蕭條異代不同時。此聯失粘。江山故宅空文藻，雲雨荒臺豈夢思。最是楚宫多泯滅，舟人指點到今疑。杜《詠懷古跡》

第三聯失粘

竹里行廚洗玉盤，花邊立馬簇金鞍。非關使者徵求急，自識將軍禮數寬。百年地僻柴門迥，五月江深草閣寒。此聯失粘。看弄漁舟移白日，老農何有罄交歡。杜《仲夏嚴公枉駕》

第四聯失粘

衡嶽新摧天柱峰，士林憔悴泣相逢。祇今文字傳青簡，不使功名上景鐘。三畝空留懸磬室，九原猶寄若堂封。遥想荆州人物論，幾回中夜惜元龍。柳宗元《挽吕衡》

中二聯失粘

鳳凰臺上鳳凰遊，鳳去臺空江自流。吴宫花草埋幽徑，晉代衣冠成古丘。三山半落青天外，二水中分白鷺洲。總爲浮雲能蔽日，長安不見使人愁。李白《鳳凰臺》

七言絶句失粘

平湖一望上連天，秋景千尋下洞泉。忽驚水上江華滿，疑是乘舟到日邊。張説《泛洞庭》

五言絶句失粘

漢庭榮巧宦，雲閣薄邊功。可憐驄馬使，白首爲誰雄。陳子昂《贈喬侍御》

失律 猿、口、子三字俱上聲。

明到衡山與洞庭，若爲秋月聽猿聲。愁看北渚三湘遠，惡説南風五兩輕。青草瘴時過夏口，白頭浪裏出湓城。長沙不久留才子，賈誼何須弔屈平。王維《送楊少府貶郴州》

又 薄、麓、谷三字同入聲，麓、谷二字又同韵。

主家陰洞細煙霧，留客夏簟青琅玕。春酒杯濃琥珀薄，冰漿碗碧瑪瑙寒。誤疑茅堂過江麓，已入風磴霾雲端。自是秦樓壓鄭谷，時聞雜珮聲珊珊。杜《鄭駙馬潛曜宴洞中》

沈休文所定八病説

休文爲律韵之祖，其所定八病曰平頭，曰上尾，曰蜂腰，曰鶴膝，曰大韵，曰小韵，曰正紐，曰旁紐八種。惟上尾、鶴膝最忌，餘病猶可。然學者既從事律韵，何可不知乎？

平頭説

平頭者，第一字不得與第六字同聲，第二字不得與第七字同聲。此就五言詩論也。顯言之，不過首句第一字不得與次句第一字同聲，首句第二字不得與次句第二字同聲。七言倣此。如「今日良宴會，歡樂難具陳」，「今」、

「歡」字同平聲，「日」、「樂」字同入聲也。

上尾説

上尾者，第五字不得與第十字同聲。顯言之，不過首句末字不得與次句末字同聲也。七言倣此。如「西北有高樓，上與浮雲齊」，「樓」、「齊」字同平聲也。

蜂腰説

蜂腰者，第二字不得與第五字同聲，此就一句中論。兩頭大中心細，似蜂腰也。如「聞君愛我甘，切欲自修飾」，「君」、「甘」字同平聲，「欲」、「飾」字同入聲。

鶴膝説

鶴膝者，第五字不得與第十五字同聲。顯言之，不過首句末字不得與第三句末字同聲。七言倣此。兩頭細中心粗，如鶴膝也。如「客從遠方來，遺我一書札。上言長相思，下言久別離」，「來」、「思」同平聲也。若一句舉其法，首尾須避之，第三字不得與第五字相犯，第五字不得與第七字相犯。

大韻説

大韻者，重疊相犯。如五言詩，以「新」字爲韻者九字內，若用「津」、「人」字，爲大韻。如「吴姬年十五，春日正當壚」，「吴」、「壚」同韻也。

小韻説

小韻者，除本韻外，九字中不得有兩字同韻，如「客子已乖離，那宜遠相送」，「子」與「已」同韻，「離」與「宜」同韻。「離」、「宜」自相犯，非犯韻腳，故謂之小韻。小韻居五字內最急，九字內較緩。

正紐説

正紐者，「壬」、「衽」、「任」、「人」一紐，一句內有「壬」字，不得犯「衽」、「任」、「人」字也，如「我本漢家女，來嫁漠北庭，」「家」與「嫁」係正紐。

旁紐説

旁紐者，從連韻而紐，若「今」、「錦」、「禁」、「急」，與「陰」、「飲」、「蔭」、「邑」，是連韻紐之也。如「丈人且安坐，梁陳將欲起」，「丈」、「梁」二字係旁紐。旁紐居五字內最急，九字內較緩。

倒字押韵説

詩因韵腳所拘，倒其字以押之。此須有來歷，如左思詩「壯齒不恒居，歲暮常慨慷」，乃因魏武帝有「慨當以慷」句，便不刺眼。他有作者，不可援此爲例。即工部「愛汝玉山草堂静，高秋爽氣相鮮新」，以「新鮮」二字倒押，畢竟未穩。此雖唐人詩中往往見之，然何如以魯男子之不可，學柳下惠之可乎？

用生澀字説

詩貴新奇，非生澀之謂也。唐徐彦伯爲文，多變易求新，以「鳳閣」爲「鵷閣」，「龍門」爲「虬户」，「金谷」爲「銑溪」，「玉山」爲「瓊岳」，「竹馬」爲「篠驂」，「月兔」爲「魄兔」，千古笑柄。又宋子京修《唐書》，亦有此癖，歐陽永叔患之。一日署户上云「宵寐匪禎，札闥洪休」，宋讀之曰：「得非『夜夢不詳，書門大吉』乎？何艱晦乃爾。」歐陽曰：「『震霆不及掩聰』，亦猶是也。」宋用「迅雷不及掩耳」如此。宋聞之，稍改前失。此可爲鑒。

詩源總論附

《虞書》云：「詩言志，歌永言。」蓋詩之爲道尚已。葛天氏八士捉抃，捉足摻尾，叩角亂之，而歌八闕，其詩之始乎。然其辭不傳矣。三言詩，或言起於晉夏侯湛，此但就通篇者而論，其實古箴銘謠諺皆有之。如《湯盤銘》，其一也。四言始於《明良》、《卿雲》之歌，《明良歌》見《尚書》，不載。五言詩，或言起於蘇、李「河梁」，實始於《南風》之詩。七言詩，或言起於柏梁體，實始於甯戚《飯牛歌》。《三百篇》多四言，其三言至八、九言悉備。

詩源證附

康衢謠

堯治天下，未知治與不治，乃觀於康衢，有老人含哺鼓腹而歌。

日出而作，日入而息，鑿井而飲，耕田而食。末有「帝力何有於我哉」，句獨長，又不押韵，疑歌罷後之言。

卿雲歌 卿，音慶，五色瑞雲。

舜將禪禹，而歌《卿雲》。帝唱之，八伯咸進稽首而和，帝乃載歌。

卿雲爛兮，糺縵縵兮。糺，糾同，紛也。日月光華，旦復旦兮。日月光華，已是旦矣，而有卿雲之燦爛，是復旦也。以比己之後又有禹，歸美之也。旦，明也。

八伯歌

明明上天，爛然星陳。日月光華，弘於一人。歸美於帝。

帝載歌

日月有常，星辰有行。四時順經，萬姓允誠。於音嗚予論樂，於，歎詞。配天之靈。遷于賢善，莫不咸聽平聲。○日月、星辰、四時，皆進退有節，爲萬姓所信，則我將禪禹，所謂配天之靈，而莫不咸聽，合群心也。鼚乎鼓之，軒乎舞之。菁華已竭，褰裳去之。鼚，鼓聲。軒，舞貌。當其盛時鼓舞，當其衰時褰裳，明己既倦勤，必宜禪禹也。

南風之詩

南風之薰兮，可以解吾民之慍兮。薰，和也。南風之時兮，可以阜吾民之財兮。南風和暖，長養萬物，萬物長養，皆是民阜厚也。

甯戚飯牛歌

甯戚欲干齊桓公，困窮無以自達，於是爲商旅，將任車宿於郭門外。桓公郊迎客，辟任車，爝火甚衆。戚飯牛車下，擊牛角而疾商歌，齊桓公聞之，曰：「異哉，非常人也。」

南山矸，白石爛，矸，山有石貌。以石爛興末句。生不遭堯與舜禪。短布單衣適至骭，骭，脛骨也。從昏飯音反牛薄夜半，薄，近也。長夜漫漫倶平聲何時旦？

康浪平聲之水白石粲，康浪水，在山東。中有鯉魚長尺半。水中見石，言其淺也，淺水有魚，比飯牛中有賢。敝布單衣裁至骭，裁，纔同。清朝飯牛至夜半。黄犢上坂且休息，吾將捨汝相齊國。作自負語以動之。

出東門兮厲石斑，上有松柏青且闌。闌，殘也。厲石上有松柏，亦比貧賤中有賢，松柏後凋而且闌，比君子懷才而愈困。粗布衣兮緼縷，時不遇兮堯舜主。牛兮努力食細草，大臣在爾側，吾當與爾適楚國。言將他適以激之。

（楊焄、李裕政、嚴程、王樂點校）